ハヤカワ・ミステリ

REGINALD HILL

死は万病を癒す薬

A CURE FOR ALL DISEASES

レジナルド・ヒル

松下祥子訳

TOKYO
HAYAKAWA
BOOKS

A HAYAKAWA
POCKET MYSTERY BOOK

世界中のジェイン・オースティン愛読者に

中でも、十年前にサンフランシスコで開催された〈北米ジェイン・オースティン協会〉年次総会でわたしを歓迎してくださった方々に、本書を捧げる。総会のテーマは「『サンディトン』——新方向？」というもので、その最中に本書の種が蒔かれた。わたしが彼女の未完の物語を動かした方向を、ほかのジェイン・ファンのみなさんがよしとしてくださることを願っている。もしよしとすることがはばかられるとしても、あのときわたしが講演のあとで贈呈された（どこに結びつきがあるのかよくわからなかったが）スウェット・シャツの胸にプリントされた助言を思い出していただきたい。

——気が向いたらいくらでも狂ったように走りなさい。でも気絶しないように（オースティン『マンスフィールド・パーク』の一節）——

少なくとも、これだけは認めていただけるだろう。わたしはところどころでやや狂ったように走ってしまったかもしれないが、最後まで、気絶はしなかった！

海の空気と海水浴とを合わせれば、ほとんどすべての病気を退治できた。どんな病気でもどちらかが効くのである。胃、胸、血液の不調を正し、痙攣、肺疾患、敗血症、胆汁過多、リューマチを抑える。海のそばにいれば、誰も風邪をひかない。食欲が減退しない。気が滅入らない。衰弱しない。海の空気と海水浴とは人を癒し、和らげ、なごませ、また人を強壮にし、元気づける。ときには海の空気、ときには海水浴が、ここぞというところに効果をあらわすものであるらしかった。

ジェイン・オースティン、『サンディトン』

すると、騎士ベディヴィアは叫んだ。ああ、アーサー殿、今あなたがわたしを敵の中に一人残して行かれては、わたしはどうなるのでしょうか? 王は言われた。自らを慰め、できるだけのことをしなさい。もうわたしに頼ることはできない。わたしはこの深手を癒すためにアヴィリオンの谷へ向かう。もしその後消息を聞かなくなれば、わたしの魂のために祈ってほしい。

サー・トマス・マロリー、『アーサー王の死』

人はみな癒されるまいと努力する。なぜなら、死こそが万病を癒す薬なのだから。

サー・トマス・ブラウン、『一医家の宗教』

死は万病を癒す薬

装幀　勝呂　忠

登場人物

アンディ・ダルジール……………………………中部ヨークシャー警察の警視
ピーター・パスコー………………………………同主任警部
エドガー・ウィールド……………………………同部長刑事
ハット・ボウラー
シャーリー・ノヴェロ　}……………………………同刑事
デニス・シーモア
アマンダ（キャップ）・
　　　　　　マーヴェル………………ダルジールのパートナー
トム・パーカー……………………………………サンディタウンの地主
メアリ………………………………………………トムの妻
ミニー………………………………………………トムとメアリの娘
シドニー……………………………………………トムの弟
ダイアナ……………………………………………トムの姉
サンディ・グリフィスス…………………………ダイアナ・パーカーの友人
ダフネ・ブレレトン………………………………サンディタウンの名士
クララ………………………………………………ダフネの姪
ヘンリー・デナム…………………………………ダフネの亡夫（第一）
エドワード・デナム………………………………ダフネの甥。准男爵
エスター……………………………………………エドワードの姉
ハワード（ホッグ）・ホリス……………………ダフネの亡夫（第二）
ハロルド（ヘン）・ホリス………………………ハワードの腹ちがいの弟
アラン・ホリス……………………………………〈希望と錨〉亭の店主。ハワードの親類
オリー・ホリス……………………………………工場の門番。ハワードの親類
レスター・フェルデンハマー……………………アヴァロンの院長
ペチューラ・シェルドン…………………………同看護部長
ゴードン・ゴッドリー……………………………治療師
ヤン・リー…………………………………………針治療師
サミー・ラドルスディン…………………………犯罪記者
ビアード……………………………………………弁護士
ジャグ・ウィットビー……………………………地元警察の巡査部長
フラニー・ルート…………………………………旧友
シャーロット（チャーリー）・
　　　　　　　ヘイウッド………心理学を学ぶ若い女性

第一巻

どの町も偉大な女性を持つべきである。

1

送信者：charley@whiffle.com
宛先：cassie@natterjack.com
件名：壊れた水差し、バカヤロ、戦車罠

ハイ、キャス！

暗黒のアフリカ奥地はいかが？　奇にして珍、でしょうね。でも、奇にして珍ならウィリングデン農場の出来事のほうが上をいくわね。当ててみて！　ＯＫ――ギブアップ？

泊まり客がいるのよ！

それも、大嫌いなアーニー叔父さんが例によってふいに訪ねてきたとかじゃないの。知らない人たち！

　こういう話。この夏は雨ばかりでひとかったあと、八月は暑くなった。アフリカの暑さとまではいかないけど、ヨークシャーの標準からすれば、かなり蒸し暑い。パパとジョージはミル・メドウで働いていた。わたしはママから、二人に冷たいレモン・バーリー水を持っていってあげるよう頼まれた。わたしがやる気を見せればパパは喜ぶ、とママは言った。パパとわたしは武装休戦中なのよ、わたしが計画に変更なしと明らかにして以来ね。つまり、給料の出る仕事に就く、あるいは（もっと望ましい）いい給料を取る夫を見つけて落ち着くかわりに、大学院に進む、ってこと！　でも、やる気を見せちゃいけない理由はなかったし、四輪バイクを運転する言い訳にもなるから、喜んで出かけた。

　マグを持っていくのを忘れたけど、パパは文句を言わず、こっちのほうが好みだって感じで水差しから直接飲んでたから、ママの言ったとおり、パパは喜んでいたのかも。実際、けっこういい気分でおしゃべりしていたら、ふいに老犬ファングが唸り始めた。歯は半分なくなったし、もう羊についていけないくせに、唸り声だけはまだたいしたものよ。何事かとパパがあたりを見まわすと、その顔がカミナリオヤジの形状に変化した。

「あのバカヤロ、どういうつもりだ？」彼は怒鳴った。

ご存じのとおり、パパの人口学によれば、ウィリングデン教区の外に住む人間はすべて、無実と立証されるまではバカヤロと見なされる。この場合は、わたしもそれに半分は賛同したわ。

問題のバカヤロは、ミル・メドウ沿いの細道をかなりのスピードで運転していた。どうやってゲートを抜けたのかはわからない。カミナリオヤジは去年、ランブラー（田園の私有地内の一般通行権を主張するハイカー）たちから訴えられたあと、鎖と南京錠をはずさなくちゃならなかったんだけど、そのかわりに、わたしたちが子供のころやった知恵の輪みたいな金属の掛け金をつけたのよ。バカヤロは運よくそれをはずせたのかな。もっとも、運はすぐ尽きたけどね！

彼は新型のハイブリッド四輪駆動を運転していた。ほら、良心は咎めず、不便もなしってやつ！それで、路面がいいのを見て取ると（トラクターのタイヤは木に生るものじゃない！おぼえてる？）、こいつはいい！安全にオフロード運転を楽しめるぞ、と思ったんでしょうね。

計算外だったのは、ジョージが言うところの親父の戦車罠。つまり、ゲートの先で細道が曲がって、水車小屋の廃屋に向かってぐっと高くなる手前にある、排水溝。

去年、新しい観光地図が出たんだけど、水車小屋のしるしがあって、廃屋とは一言も書いてない。その結果、大勢のバカヤロが文化遺産センターだと思い込んで、ガイド付きツアーにアフタヌーン・ティーを期待してやって来るのよ！ランブラーに敗訴してから、パパは自分の帝国内を歩いて通り抜ける〝ひげ面の変人ども〟は受け入れざるをえなくなったけど、私道に入ってくる車はさすがに腹に据えかねた。それで、ある日掘削機を使ってせっせと働き、排水溝が細道を横切るようにしたの。カバが転がれるほどのどろどろの水たまりになったわ。すなわち、戦車罠！

たいていのドライバーはこれを一目見ただけで逃げ出す。

でも、このバカヤロときたら、明らかに自分のハイブリッド・カーなら川を渡り、アルプスだって登れると思ったのね。それでずんずん進んだ。

まずい判断。

三十秒のあいだ、車輪は茶色いどろどろを噴き上げた。まるで胃腸病の牛みたい。それから、車はじわじわと横倒しになり、最後には運転席のほうを下にして四十五度の角度になった。

「出してくれと、助けを求めてくるな」カミナリオヤジは満足げに言った。

そのとき、助手席側のドアがぱっとあいた。最初に出てきたのは、ひらひらしたつばの広いサン・ハット。昔のミス・マープル映画でお上品な女性がガーデニングをするときかぶるような帽子ね。かぶっている女性は車からなんとか出ようとした。その下から悲鳴。彼女がドライバーの体のどこかふんづけるべきでない部分をふんづけたらしかった。

女は助けを求めて見まわした。すると、わたしたちがいた。わたしと、パパと、ジョージと、ファング。そろって五十ヤードのところから彼女を見返していた。

「助けて!」彼女は声を上げた。「お願い、手を貸していただけます?」

ジョージとわたしはカミナリオヤジを見た。ジョージは自分の身の程をわきまえていたから。わたしはパパがどう出るか、好奇心満々だったから。

もし相手が男だったら、パパは動かなかったと思う。まあ、相当な交渉なしではね。でも相手は女で、女がすべきことをしていた。つまり、男の助けを求めていた。

「ま、おれたちがちょいと見てやるか」と彼は言った。おいおい、おれたちとは、もちろん、彼とジョージのことよ。

パパはレモン・バーリー水を飲み干し、水差しをわたしの手に押しつけた。まるでわたしを従順な乳搾りの娘だと思ってるみたいにね。それから事故現場に向かった。ジョージがすぐあとに続き、ファングまでついていった。

わたしは水差しを草地に落としてしまった。運悪く、石ころにぶつかって、ひびが入った。やだ!と思わず言った。はるかな昔からうちにある、あの古い素焼きのやつよ。カミナリオヤジの考えでは、レモン・バーリー水をあれ以外の容器で持ってくるのは、聖餐式のぶどう酒をジャムの瓶で出すようなもの。それはわかってた。しょうがないわ。これからはプラスチック・ボトルで我慢してもらいます！

わたしもついていった。家に帰ってきてから、初めてまあまあおもしろそうなことが起きたんだから、見逃すつもりはなかった。

女はとてもやせていた。つば広帽子は斜めになり、大きな麦わらのショルダー・バッグを馬の餌袋みたいに首から下げていた。ひどく心配そうな顔だったので、ドライバーは深刻な怪我をしているに違いないと思った。でも、今ならわかるんだけど、あれは焦点の定まらない不安感を表わす彼女のふだんの表情から二段階くらいしか上ではなかった。もう一つ目についたのは、車のドアにペンキで書かれた言葉。プロの仕事で、優美な手書き風の書体でこうあった。

〈サンディタウン――健康ホリデーのふるさと〉

彼女は言っていた。「主人をここから出していただけますか？　怪我をしているようなんです」

「いや、大丈夫だ」と男の声がした。「ほんとに、ちょっと挫いただけだ。心配はいらないよ――あーう！」

言葉と同時に、彼の頭が奥さんのウエストの高さまで出てきた。赤っぽい髪、優しそうな茶色の目、表情豊かな細面。悪い顔じゃないわ、たとえ鼻から血を出し、左の頬に足跡をつけていてもね。三十代半ばか後半。社交的な微笑を浮かべようとしていたけど、どうやら足首が耐えられる以上の体重をかけてしまったみたい。

ジョージは車の側面に飛び乗り、女の脇の下に手を入れて、彼女の足が泥んこにならないよう、高々と持ち上げて、さっとパパに手渡した。十八歳で、ジョージはアーニー・シュワルツェネッガーが小人《ホビット》に見えるくらいの体格！　去年の十二月のスキー旅行（ええ、そう、わたしがいまいましいリアムとくっついちゃった、あれ）のときなんか、ジョージを時間制でわたしの友達連中に貸し出そうかと思ったくらいよ。まあ、温かいワイン《グルーヴァイン》をおごってもらうのを一回ごとのレンタル料と考えれば、わたしがやったのはまさにそれ！

次に怪我人が出てきて、カミナリオヤジは女をわたしに預け、やれやれという顔になった。パパは男のほうがお好みね、とか、からかってやろうかと思った。なにしろあの人はいまだにゲイの男には手術を施すべきだと考えてるからね。でも、時と場所をわきまえて、やめた。

「ご親切に。どうもありがとう。すぐよくなります。メアリ、きみは大丈夫？」男はべちゃくちゃと言った。

女は言った。「ええ。でもあなた、その鼻、血が出てるわ」

「なんでもない。さっき止まったとき、ステアリングにぶつけたんだろう」彼は言って、鼻梁についたあざをこすった。

わたしの目には、どうも足跡らしく見えた。外交的表現はプラスに評価できたわ。パパがいつも旧約聖書的に、悪いことはすべて元をたどれば女のせいだと決めつける態度とは大違い。

バカヤロ氏は自己紹介しようとした。不幸にして、そのためにはカミナリオヤジの支えを離れて握手の手を差し出さなければならなかったから、不可避の結果が足首に出た。「トム・パーカーと申します」彼は言った。「これは家内のメアリです。あーう！」

これもプラス評価。まあ、パパの目にはね。この人、イギリス人に違いなかった。心理学コースで最初に教えられたのは、礼儀を守るためなら痛みも恐れないのはイギリス人だけってこと。

「見てみましょう」わたしは言った。「パパ、そこにすわらせてあげて」

パパは言われたとおりにした。そんなのって、初めてよね！

「娘は救急看護の訓練を受けていましてね」パパは誇らしげに言って、おまえの自慢話だから聞けとばかり、わたしにちょっと手を置いた。ところが、おねえちゃんを巻き込んで、せっかくの話を損ねちゃったの！

「こいつが大学に入りたいと言ったとき」パパは続けた。

「それなら、姉のキャシーみたいに看護師になるコースに入れとすすめたんですがね、もちろん、聞く耳もあらばこそ、こっちはレンガ塀に頭を打ちつけるようなものだった」

あの有名な表現が登場したのは、一週間ぶり。まだかまだかと心待ちにしてたのよ！

わたしは言った。「父の言うことなんか、まともに受け取らないでください。死んだら、壊れたレンガを集めて墓石を作ってやりますから。じゃ、今のうちに靴を脱いでください」

わたしが靴とソックスを脱がせると、バカヤロ氏は顔をしかめた。それから、腫れ上がった足首を見て、なにやら誇らしくうれしそうな表情になった。わたしは素人ながら意見を言おうとしたんだけど、彼のほうが先に、奥さんに向かってこんなようなことを言った。

「ほら、メアリ、典型的な皮下腫脹だ。これから斑状出血が広がることは疑いない。足根の動きは限られているが、まだ不可能ではない。ただし、中程度ないし激しい痛みを伴う。挫傷だな。せいぜい捻挫だろう。ありがたいことに、わたしはいつも治りが早い。怪我をした経緯を聞いたら、みんな大笑いだ。治療師をさがしていてこんな目にあったときてはな！」

この奇妙な自己診断に加え、締めくくりはもっと奇妙だったから、こいつはやっぱりことのほかバカなバカヤロだとパパは納得して、相手を怒鳴りつけた。「いったいどういうつもりだったんだ？　ここは田舎道で、公共のレース場じゃない！」

パーカーは答えた。「もちろん、おっしゃるとおりです。でも、いかに俗世間を離れた治療師でも、車の通る道をあんなひどい状態にしておくとは思いませんでしたから」

「ひどいどころじゃないわ、危険です！」奥さんが相槌を打った。「あんな状態をゆるしている人なんか、訴えたほうがいい。訪ねてくる人がどうやって家に近づけると思っているのかしら？」

するとジョージがにやりとして、口を挟んだ。「うん、親父の戦車罠より先へ行けるやつは多くない」

女は彼を不審そうな目で見た。一方、パパは例の〝口を出すな〟の目つきでジョージをにらんで、話題を変えた。

「家？　どこの家だね？」

「ミスター・ゴッドリーの家です。ほら、あそこ」パーカーは言った。

彼は丘の斜面の廃屋を指さした。下のほうから見ると、ハンノキの葉が生い茂っているせいもあって、まだ立っている壁は一つだけなのに、その後ろにちゃんと建物があるみたいに見えるのよね。

「古水車小屋のことか？　よせばよかったんだ」パパは言った。「あそこには見るべきものはなんにもない。機械類は二十年前にすっかり取り去られて、その一部はヨークシャー渓谷博物館で見られますよ、暇つぶしをしたいならね。建物のほうは、屋根は落ちて、壁もほとんどなくなった。わたしとしては何年も前に残りを壊したかったんだが、どっかのバカが保存命令を取りつけてきましてね」

「でも、そんなはずはない」男は逆らった。「メアリ、あの雑誌を見せて」

女はバッグをあさって、《中部ヨークシャー生活》を一部取り出した。〝癒しの手〟と題した短い記事のページが開いてあって、ちょっと恥ずかしそうな表情のひげ面の男が、話題の手と思われるものを上げている写真がついていた。男の名前は――絶対笑っちゃうから――ゴードン・ゴッドリー！

「ほらね」ミスター・パーカーは勝ち誇って言った。「ここに住所がはっきり出ている。ウィリングディーン、古水車小屋。ハロゲートから戻る途中で、村への道標を見たんです――ハロゲート訪問は、残念ながらなんの実も結ばなかった。かつては立派な鉱泉場だったかもしれないが、今ではほぼすっかり軽薄な商業主義に身を落としてしまった――で、当然その道標から曲がって、通りがかりの若者に、古水車小屋への道を尋ねた。彼は非常に正確に行き方を教えてくれ、おかげでここに来たわけです。それなのに、あれは古水車小屋ではないとおっしゃるんですか？」

これはトム・パーカーの台詞そのままよ。そうでなきゃ、あの味はわからない。なんかまるで、昔の本が現実になったのを聞いてるみたいなの！

　パパはにやりとした。バカヤロどもの間違いを正してやるのは大好きだものね。

「そのとおり、昔は水車小屋だったし、古いのも確かだ。しかし、あそこには半世紀以上、誰も住んでいない。わけを教えてあげましょう。ここはウィリングデン。ウィリングディーンならずっと先、谷の北の端ですよ」

　もしパパがサッカー選手だったら、即座に頭の上でシャツを振りながら、野原を走りまわったところだわ！　勝つのが好きなのよね。負けるのは誰でもかまわない。昔、スナップ（子供向けのトランプ遊び）をやったときのこと、おぼえてる？

　ミスター・パーカーは捻挫した足首より、この知らせのほうによほど気を落としたようだった。

「ごめんよ」彼は奥さんに言った。「もっとよく見ておくんだった」

　またすべての責任を自分がかぶっている、雑誌の記事を手にしているのは奥さんのほうなのに。優しいのね、とわたしは思った。その報酬に、奥さんはテリアのごとく断固として夫を支持した。

「同じことよ」彼女は言った。「地図にはここは公共の通行権のある道だと書いてあるもの、誰かがきちんと管理維持しておくべきだわ」

「チャーリー」パパは急いで言った。「その足首はどうだと思う？」

　わたしは患者の意見に反対する意味はないと思った。

「ミスター・パーカーのおっしゃるとおり、たんなる捻挫だと思うわ」わたしは言った。「冷湿布がいいでしょう。それに、重みをかけないこと」

　どうだったかしら、ヘイウッド看護師？

「よし」パパは言った。「チャーリー、四輪バイクを持ってこい。パーカー夫妻をうちまで運んで、もう少し楽にしてもらおう。ジョージ、おまえはここにいて、車をあの泥の中から引き上げる手配をしろ。それから洗車して、損害をチェックする。わたしは携帯でおかあさんに連絡して、やかんをかけろと言う。こちらのお二人はお茶が飲みたいだろうからな」

わたしはパパの視線をとらえて、びっくり仰天、あいた口がふさがらないって顔をつくって見せたわ。あのよそ者嫌いが突然よきサマリア人に変身だもの。

パパときたら、顔を赤くした！　それから、恥ずかしそうににやっとしたから、見て見ぬ振りをしろって意味だと思った。

わたしもにやにや笑いを返して、四輪バイクのほうに向かった。

パパって、悪い人じゃないわよね？　自分のやりたいようにやってさえいればね。ちょっと、おねえちゃんみたい！　わかったわよ、わたしもまあ似てる。カエルの子はカエル。でも、先鞭をつけたのはおねえちゃんよ。おねえちゃんがパパの言うなりにならず、看護師になって外国へ行ったりしてなかったら、わたしは大学に入って心理学を学ぶほどのガッツは持てなかったんじゃないかな。入学から三年たって、パパのせいで気が狂いそうになるたび、あれはケース・スタディだと思うようにしてるの！

それはともかく、なぜパーカー夫妻が泊まり客になったか、まだ話していなかったわね。

こういうわけなの。ジョージが戦車罠から車を引き出してみると、ステアリングが曲がって、まっすぐ進まなくなっていた。ウィンストンの修理工場では、修理はきくが、パーツを取り寄せなきゃならないと言った。明日には届くという話だけど、ウィンストンのことだから、期待はできなかった。

これを聞くと、パーカーは言った。「そうですか。平気です。あの、ミスター・ヘイウッド、村の旅館の電話番号を教えていただけませんか？　さっき見かけたんですが、心地よさそうな宿のようだったから、車の準備ができるまでのあいだ、あそこに泊まろうと思います」

パパの頭をいろんな考えがよぎるのが、まるでおでこにスクリーンがついてるみたいに見て取れた。このあたりじゃ、パパほど訴訟好きの男はいない。自分がパーカーの立場なら、車が戦車罠に落ちた瞬間から、賠償金のことを考えてるでしょう。バカヤロどもに対する彼の見解は近所じゅうでよく知られているし、かれらを遠ざけておくためのいろんな策略をパパは自慢さえしている。でもこのごろじゃ、農村経済への貢献度は農業より観光が上とあって、誰もが彼に賛成してるわけじゃない。だから、〈駄馬の頭〉亭でみんながここぞと噂話を交わしているのを聞けば、あの〝事故〟の責任が誰にあるか、パーカー夫妻にはっきりわかる！

だから、パパがこう言うのを聞いても、あまり驚かなかった。「〈駄馬の頭〉亭？　ああ、悪くはないですがね、床がでこぼこだし、階段は狭いし、足の悪い人が泊まれるところじゃない。いや、うちに泊まってもらうのがいちばんだ。車の荷物はジョージに運ばせます」

パーカー夫妻はパパの気前のよさに圧倒された。ママも仰天して倒れそうになったけど、すぐ持ち直したわ。わたしはパパに大きくウィンクしてやった。そうしたら、むこうも大きなウィンクを返してよこした！

というわけで、うちには泊まり客がいて、わたしはこれから階下に降りて、いっしょに夕食。この緊張状態をカミナリオヤジがどう耐えているか、また知らせます。

体に気をつけて。悪い病原菌にやられないようにね。もし大柄でハンサムな黒人男性と恋に落ちたら、ツーショットの写真をメールして。そしたら、わたしはそれをパパの祈禱書に挟んでおく。日曜日の朝、教会で初めて見るようにね！

いっぱい愛をこめて

チャーリー

2

送信者：charley@whiffle.com
宛先：cassie@natterjack.com
件名：セックス、サンディタウン、心理学

きゃあ、キャス！ わたしって、超能力がある！ ＯＫ、黒じゃないけど、チーク材のようなブロンズ色だというのね。同じことよ。それって、全身？ ほんとに、隅から隅まで？ しかも医者でしょ。まるでママ愛読のミルズ＆ブーンのロマンス小説みたい！ とすると、きっとセクシーでゴージャスな女医のせいで問題が起きる。女医はたまたま患者を死なせて、その罪をおねえちゃんに着せるの。でも心配無用。最後にはすべてうまくいくから！

絶対、写真を送ってね。パパの祈禱書に挟んだりしません、誓います。そちらから、よしと言われないうちはね！ でも、ママには教えてもいい？ ママは孫が欲しくてたいへんなの。アダムとカイリは子供をつくるって様子がないし、たとえできたって、オーストラリアは遠すぎる。カミナリオヤジを飛行機に乗せて、一万二千マイル旅行させるなんて、想像がつく？ ロッドはほとんど海の上。船乗りのすることなら、よくわかってるわよ！ わたしがリアムとサムとドットといっしょに行ったキャンプ旅行から予定より早く帰ってきて、すべて終わり、妥協不可能な違いがあるから、と宣言したら、ママはがっくりしてた。それってつまり、元パートナーのリアムが元親友のドットと松の木を背にしてやってるところを目撃したっていうとき、心理学者が母親に言う言い方。だから、おねえちゃんが家庭に落ち着いて子供を産み始めないと、ママはきっとわたしをベッドに縛りつけて、ストローで人工授精を試みるわね！

そちらのニュースに比べると、パーカー夫妻をめぐる話はすごく退屈に思えるけど、興味があるとおっしゃるので、連載第二回です。

二人はまだ泊まっています！　ウィンストンの修理工場では、予想どおり、部品供給会社が期待を裏切ったとのこと！　それで、一晩のはずが三晩に延長。でもいいのよ。わたしはメアリ・パーカーがとても気に入った。ご主人の前では口数が少ないの、彼に同意するか、彼を弁護するとき以外はね！　でも一人になると、すごくおもしろい。

トム・パーカーはずいぶん違います。沈黙は死者のもの、生者はそれに逆らうのが義務だと考えている！

彼のお気に入りの話題（妨げられなければ、唯一の話題）はサンディタウンのこと。車の側面に広告してあったようにね！

サンディタウンをおぼえてる？　あれはヘイウッド家の最後の家族旅行だったと思う。わたしが九歳か十歳、おねえちゃんが十三のとき。海は冷たく灰色で、砂はじゃりじゃり、風が強くて、風除けの衝立てが吹き飛ばされた。しかもサンディタウンの町全体が閉店中って感じだった！　そのうえ悪いことに、帰りの車の中でジョージが気持ち悪くなり、それがわたしにもうつって、やがてみんなが車酔いでげーげー！　パパはずっと歌を歌ってた！　心理学を三年間勉強したおかげで、その理由はわかるわ。明らかにパパはあの旅行全体を嫌悪療法の実験と見なしていて、それが成功して喜んでいたのよ！

だから、最初の晩にトム・パーカーがサンディタウンについてべらべらしゃべり出したときには、わたし、とてもジョージと目を合わせられなかったわ。

今回も逐語的に伝えます。ほんとよ、彼はこういう話し方をするんだから！

「サンディタウン！」彼は言った。「美しいサンディタウン。ヨークシャー海岸という長いネックレスの中の最も輝かしい真珠！　いいですか、シャーロット（と、わたしに目を据えた。ヘイウッド家の中ではわたしが知的中心だと決めたのね。さもなきゃ、わたしのおっぱいが気に入っただけか！）、イギリスのホリデーの新時代が幕をあけようとしているんです。イギリスのホリデーの旧時代は安価な地中海観光パッケージの出現とともに終わりましたが、新時代と比べれば、あれはリハーサル程度にしか見えなくなるでしょう。この変化をもたらす実際的な理由は二つ――地球温暖化と地球規模のテロリズムです！　われわれは恐怖と不快のうちに旅する。個人的な持ち物はもちろん、個人の体まで、こわい顔にこわい指を持った赤の他人に調べられる。武装警官につつかれて、一列に並ばされる。機上では、人間の柔らかい肉体をおびやかさない程度の、やわな道具を持たされ、機内食を食べようとしてもろくに食べられない。目的地に到着しても安全とは感じられない。観光客はどこでもテロリストに狙われやすい。しかも、飛行機の排気レベルの急上昇が地球温暖化に拍車をかけ、自然災害、すなわち洪水、旱魃、ハリケーン、地震、津波、等々が劇的に増加しています」

このころには、パパはあきれ顔で彼を見つめ、ママは礼儀正しく関心を持ち、奥さんは愛情をこめた尊敬のまなざし、双子はくすくす笑いを懸命にこらえていた。

パーカーはなにかセールス用の口上を暗唱しているんだと、わたしにははっきりわかった。あまり何度もプレーしてきたせいで、このレコード、邪魔が入らない限りは自動的に最後までいっちゃうのよ。

だから、彼が息継ぎをしたとき、わたしは急いで言葉をはさんだ。「どうして治療師をさがしていたんですか、トム？」

「いいところに気がついたね、シャーロット」彼はわたしにほほえみかけて答えた。「その質問に対する答えは――健康！　説明しよう。われわれは病んだ世界に生きている。この世界はなにか根深い消耗性疾患を患っていて、テロリズムや温暖化はその症状にすぎない。世界全体を治癒するためには、まずいちばん小さい部分から始めなければならない。すなわち、個人だ！　イギリスの海岸ホリデーは、そもそもリ・クリエーション、つまり文字通り〝生まれ変わる〟ことを目指して始まった。オゾン豊富な清らかな空気は肺をきれいにする。波立つ塩水は肌をさわやかにし、血のめぐりを刺激する。静かな場所でのんびり過ごせば悩みも消える」

針がまた溝に戻ったのがわかったから、わたしはまた割り込んだ。「それじゃ、治療師なんてぜんぜん必要なさそうですけど！」

「まったくだ！」彼はうれしそうに大声で言った。（これって、いいテクニックよ。誰に何を言われても、必ずうれしがってみせる！）「治療師のことを理解するためには、もちろん、これまでの経緯を理解する必要があります。二年ほど前、中部ヨークシャー州議会が〈東部地域開発計画〉の審議を始めたとき、当然ながら、サンディタウン地区に関する案に、レイディ・デナムとわたしは強い興味を……」

「レイディ・デナムって、だれ？」わたしが訊くと、彼はびっくりして黙り込んだ。パパはわたしが知らないことを自分が知っているといつだって喜ぶ人だから、口を出した。「それはデナム・パークのデナム家かね？」

「あの家族をご存じですか？」トムは（うれしそうに）言った。

「評判はね」パパは唸った。「それも、いい評判じゃない。土地持ちのいやなやつらで、借地人に対してはもっと悪い。とっくの昔につぶれた家だと思っていたがな」

「ある意味ではそのとおりです」パーカーは言った。「でも、レイディ・デナムは――お気の毒に、今では二度目の未亡人ですが――結婚してその名前になっただけなんです。二度目の結婚でね。その前にはミセス・ホリスとおっしゃり、そのまた前にはミス・ダフネ・ブレレトンだった。ブレレトン・マナーのブレレトン家の一人娘です。サンディタウンの旧家で、裕福、非常に尊敬されている。金は金を呼び、土地は土地を呼ぶ、というのがわたしの経験です。もっとも、彼女がハワード・ホリスの目を惹いたとき、そこに愛情がなかったと言っているわけではありませんが」

「ホリス？」パパが口をはさんだ。「豚《ホッグ》ホリス？　自分の豚に食われた、あいつか？」

双子が急に活気づいたのが見て取れた。気味の悪い話とくれば元気になるのよ！

「そうです。悲劇的な事故がありましてね」トムは言った。「ミスター・ホリスをご存じでしたか？」

「二度ばかり、会った」パパは気のない様子で言った。

「あいつは海の中で豚を飼ってると、みんなが言っていた。肉があんまり塩辛くて水っぽいからさ！　金は儲けたが、まるで暗い男だった。笑顔を見せたのは、どこのスーパーマーケットでも売ってるあの〈ホリスのハム〉冷凍パックについた写真を撮ったときだけだな。あれだって、きっとおならでもしたときだったんだろうよ！」

わたしはママの目をとらえた。パパがこのまえスーパーマーケットの中に入ったのはいつだったろうという疑問が、一瞬二人の頭に浮かんだ！

トムは言った。「彼は確かに、あれほどの成功にもかかわらず、自分のルーツそのままに生きていた人でした。サー・ヘンリー・デナムのほうはもっと物腰の上品な人でしたから、未亡人はその対照的な人柄に惹かれたのかもしれませんね。しかし、運命は感傷的なものではない。ほんの短いあいだに、サー・ヘンリーも倒れ――」

「やっぱり豚に食われたの？」デイヴィッドは希望をこめて口をはさんだ。

パパは彼をにらみつけた。パパ自身は言いたいことを言っていいけど、子供たちは伝統的礼儀に従わなくちゃいけないの。

「乗馬の事故です」トムは言った。「ダフネ・ブレトンは、最初の結婚では持参金をさらにうわまわる富を手にしましたが、二度目の結婚では、旧家の名前に対する敬意以上のものは得なかった、と一般に知られています」

拍手のための間。ところが期待を裏切って、メアリ・Pははっと息を呑み――押し殺したくしゃみだったのかも――それに呼応して、パパはいかにも信じられないというように鼻を鳴らした。

パーカーは平然と続けた。「レイディ・デナムとわたしはこの地域の主たる土地所有者で、中部ヨークシャー州議会が提案を出すよりはるかに前から、リンディタウンを有名にしようと計画していたんです。彼女はまず、アヴァロン財団をサンディタウンに招聘することに成功しました。アヴァロンのことはお聞き及びですよね？」

今度はわたしもパパもそろってうなずいた。パパの言った台詞は、伝える必要もないくらいね！

「ああ、はい。アヴァロンならよく知っている。数年前、アメリカ人が海岸のほうにしゃれたクリニックを建設していると新聞で読んだとき、キャスに言ったんだ。おまえ、そこで働いたらいいじゃないか。アメリカ人なら看護師にたっぷり給料をはずんでくれるだろうし、仕事が終わればー時間でうちに帰ってこれる。しかしね、父親の言い分なんか、聞く耳もあらばこそ、こっちはまるで——」

「レンガ塀に頭を打ちつけるみたいだった！」双子がコーラスで言って、それからきゃっきゃと笑い転げた。

パパは二人をにらみつけ、トム・パーカーはぺちゃくちゃと続けた。

「州議会は、レクリエーションというものが変化した今——気候の変化もあれば、考え方の変化もありますからね——その機会をとらえるのにサンディタウンは最高の場所であるという結論に達しましたが、レイディ・デナムとわたしはその前にすでに内々に話し合い、緩やかな協力関係を結んで、一つ二つ、プロジェクトを進めていたんです。そこで、今度は州議会の開発担当者にアプローチした。地元の雇用と観光の増加が予想される、さらに宅地を開発して買いやすい住宅を用意する計画もあると話すと、担当者はすぐ納得し、サンディタウン開発コンソーシアム設立に加わることになりました。これは公共部門と民間部門が真に連携したもので、ロンドンの主要な投資機関から——わたしの弟シドニーの協力を得まして——支援を受けています」

彼は言葉を切った。自分の言葉の生い茂る森の中で、一瞬道に迷ってしまったのね。すると、奥さんが助け舟を出した。「アヴァロンよ、あなた、それに治療師」

「そうだった！」彼は話を再開した。「アヴァロン。医療と療養のこれほど有名なセンターがわれわれの目と鼻の先に建設されるというのは、ほとんど神からの暗示のように思えました。われわれの開発計画の中心は、ブレレトン・マナー、つまりレイディ・Dが幼少のころ過ごした家ですが、これを五つ星の豪華ホテル兼レクリエーショナル・ヘルス・センターに改造するというものです。ふつうの呼び物、ゴルフ、テニス、乗馬、水泳、エステ、サウナ、ジム等々の設備はすべて整っていて、町を訪れる人なら誰でも利用できる。たんにマナーのレベルの宿泊料を払える人だけではなくね。しかし、健康療法の分野には今、新しい市場があり——サンディタウンはすぐに支配的勢力となると予想していますが——その市場をしっかりつかんでおきたい。そこで、伝統的医療に飽き足らない方たちのために、われわれはさまざまな補足セラピーを提供します」

彼は間を置いた。息継ぎのためで、拍手のためじゃなくね。それからまた続けた。「代替医療は、この点は同意していただけるでしょうが、二十一世紀の大きな成長領域です。われわれのもとには、すでに常駐の療法師がいろいろいます。針師、リフレクソロジスト、同毒療法師《ホメオパス》、第三思考カウンセラー——しかし、霊的治療師は見つけるのがむずかしい。で、ミスター・ゴッドリー、つまりあのウィリングディーンに住む男性ですが、彼と話をして、いわば通いのコンサルタントになっていただくよう、説得しようと思っていたわけです」

これでパパにはもう充分だった。充分すぎた！

「霊的治療師だって！」パパは鼻を鳴らした。「くだらん。わたしなら、うちの獣医に診てもらうほうがまだましだ。もっとも、あいつ、大金を搾り取るがな」

「じゃ、この記事を読まれるといいですよ」パーカーはすすめた。この人、何を言われても平気みたい。「これによると、ミスター・ゴッドリーは動物に対しても驚くべき成果をあげているそうです」

ママから鋭い目でにらまれて、パパは下品な悪口を言いそうになったのを呑み込んだ。ところが、デイヴィッドが急に口を出した。「チャーリーもそんなのクソだって思ってるよ！」

「デイヴィッド！」ママは厳しく言った。「言葉に気をつけなさい！」

「でもほんとだよ」いまいましいチビは自己弁護した。「こんなのみんな、ゴミだと思ってるんだろ、チャーリー？　そのことで作文を書くんだって、教えてくれたじゃない」

パーカーは疑問の表情でこちらを見たから、わたしは言った。「本気にしないで。この子、脳より耳のほうが大きくて、聞き間違えたんです。わたしが書こうとしているのは、代替セラピーの心理をテーマにした論文。医学界ではほぼナンセンスと決めつけているけど、療法師たちは過去に成功した記録がたっぷりあると指摘する。その論争に加わるつもりはありません。ただ、こういうセラピーをいろいろ調べて、その方法や効果になにか共通の心理的要素があるかどうか、見てみたいと思っているんです」

どう、うまいでしょ？　売り込み口上をすらすら言えるのはパーカーだけじゃないのよ！

テーブルの向こう側で、カミナリオヤジの目が宙に上がり出すのが見え、わたしがしゃべり終えもしないうちに、こう来た。「ほらね、ミスター・パーカー。うちの利口な娘はもう三年間、かび臭い本の山に鼻をうずめて過ごし、ろくでもないことばかり学んで、そのあげく名前の後ろに文字（学位を表わす文字）がくっついただけ。そのうえまた、何年だか知らないが、同じことをやって、文字をいくつか加えたいと言う。アルファベットぜんぶがくっつくまでやったってかまいませんがね、それでどうなる？　わたしが知りたいのはそこですよ。まともに考えろと、いくら言ってやっても、聞く耳もあらばこそ、こっちはまるで――」

ここでパパは双子をにらみつけ、また台詞を横取りしたらただじゃおかないとわからせた。デイヴィッドのほうはそれでも言いそうだったけど、フレディーがテーブルの下で彼を蹴飛ばした。あの子、この秋の学校の旅行のとき、もっとお小遣いをせびるつもりなんだわ！　ジョージとわたしがスキー旅行に行ってからというもの、彼女、自分だってマイアミの五つ星ホテルで一カ月遊ぶ権利があると考えてるのよ！

トム・パーカーは優しくこう言ってくれた。「いや、それはすばらしい、シャーロット。人の心を理解するのは、体を回復させるための第一歩だ。こういう病んだ世界を健康にするのに、あなたのような若い人がもっと必要ですよ！」

ほらね、アフリカくんだりまで行かなくたって、聖人になれるのよ！

そのあと、メアリに助けられて、トムは足を引きずって部屋を出た。そのとき、彼はママに言った。「おいしいお食事でした、エイミー。サンディタウンの外で食べた中では最高だ」するとメアリも言い加えた。「ええ、お二人とも、ほんとにご親切に、ありがとうございます。いいご家族に恵まれていらっしゃるわね、エイミー」

パパはママが称賛されるのを聞くのが大好きでしょ。だから、お客さんが二階に上がったあとも、ほとんど文句をつけなかった。でも翌朝になって、車の修理に最低三日かかると聞いたときには、爆発寸前だったわ！

わたしはパーカー夫妻がパパの邪魔にならないよう、それなりに努力した。問題なし。前にも言ったように、わたしは二人をとても好きになったし、あちらもわたしを気に入ってくれたようだった。トムはわたしの論文の案に本気で興味を示し、今日、こう言った。「シャーロット（二人とも、わたしをシャーロットと呼んでくれるのはうれしいわ）、ご存じのとおり、わたしたちは帰りがけにミスター・ゴッドリーを訪ねるつもりなんだが、いっしょに来ませんか？　患者について彼に質問して、論文に生かせるでしょう」

わたしは言った。「でも、ウィリングディーンまで行ったら、お宅に近いでしょう。そこからわざわざここまで引き返すというのは――」

するとメアリが言った。「実は、あなたがサンディタウンまでいらして、キョート・ハウスにしばらく逗留されないかしらと考えていたのよ」

わたしは言った。「キョート？」聞き間違えたかと思った。

トムは言った。「ええ。勇み足だったかもしれませんね。京都議定書は、結局たいした効力なしになってしまった。もうちょっとあとなら、〈アル・ゴア・ハウス〉のほうが適切だと決めていたかもしれない」

メアリは同感ではないような表情だったけど、トムがさらにこう言うと、彼女も熱心にうなずいた。「ぜひ、いらしてください。うちのほかのセラピストたちにも会えるし、われわれの大きな実験について、あなたのご意見は参考になる。それになにより、あなたといっしょにもうしばらく過ごせたらうれしい！」

人から望まれるっていうのは、いつだっていいものよね。それでも、遠慮しますと言うところだったけど、そのときにはパパが部屋に入ってきていて、ふいに例のオズの魔法使い声を出したの。独断的に言い渡すっていうときの声よ。「いいや」と彼は宣言した。「こいつは家に帰ってきて二分とたっていない。シーツを取り替える必要もないうちに、ちゃらちゃら遊びに出るのはだめだ」

パパがわたしをそばに置いておきたがってるってことに感動すればいいんだろうけど、わたしはいつものように、二十二歳にもなってもまだパパがわたしを子供扱いしたがることに苛立っただけだった。

わたしは言った。「パパ自身の衛生状態を疑ってるわけじゃないけど、わたしは帰ってきてから少なくとも二回、シーツを取り替えました。で、さっきのお話ですけど、トムとメアリ、ご招待どうもありがとう。喜んで受けさせていただきます」

というわけ。理性ある人間のわたし、人間を動かす仕組みを三年がかりで学んだ証拠に学位をもらったわたしが、何を決めた？

好きになる理由もない場所を訪ね、ほとんど見ず知らずの人たちの中で暮らす――たんに自分がもう子供じゃないと証明するためにね！

まったく、おとなもいいとこよね？

中部ヨークシャーの暗黒の奥地でどんな冒険が待ち受けているか、続きをお楽しみに。

アフリカの暗黒の奥地からのすっごく熱い告白ニュースを期待してます！

いっぱい愛をこめて

チャーリー

3

待てよ。こいつ、どうすりゃ動くんだよ。

ハロー！　ハロー！　こちらダルジール！　わが所業を見よ、酋長ども、そして絶望するがよい！（シェリーの詩「オジマンディアス」のもじり）

さてと、犬にウサギを見せてやろう……ここをずっと押してりゃ、なんとかなる、と主教が言ったように

げっ、わたしはほんとにこういう声なのか？　みんながぎくっと飛び上がるのも無理はない！

うん、うまく動く。ならどうなんだ？　わたしの言うことをすべて聞いて、逐一繰り返す。そのどこが利口だっていうんだ？　うちのミルドレッド叔母さんだってまったく同じことができた――おまけにいい助言までくっつけてな！　ああ、これで名前が決まったぞ。ミルドレッド！

だが、よく聞けよ、ミルドレッド、毛糸編みのチョッキを着ろなんぞと言い出したら、すぐ窓から捨ててやるから覚悟しろ！

しかし、あのフェスターワンガー（"潰瘍を切る人"の意味になるが、ダルジールが医師を揶揄してつけたあだ名）の野郎の言ったとおりだ。これはなかなかいかす機械だ。

おいおい、アンディ、なんだその言いぐさは！　なかなかいかす機械だって！　気をつけろ。そのうちp―ポッド（"ピーポッド"は"豆の莢"のこと）を持ったガキどもみたいに、阿呆のにやにや笑いを浮かべて、詩にある水仙さながら（ワーズワースの詩「水仙」）、首をふらふらさせることになるぞ。

ほっておくと忘れてしまうかもしれない、ちょっとした考えを記録しておいてください、とフェスターは言った。それに、ふだんは自分に問いかける暇のない、大きな疑問も。

よし、ダルジール、ちょっとした考えなんかどうでもいい。いちばんでかい疑問から始めよう。

わたしはなぜここサンディタウンに来て、村のいかれぽんちみたいに独り言を言っているのか？

少しずつ積み重ねていくとしよう、エド・ウィールドが事件のファイルを築くようにな。

すべての始まりはミル・ストリートの大爆発だ。

あれは公休日、五月の末だった。

六月のことはあまり思い出せない。大部分を昏睡状態で過ごしたからだ。

昏睡状態のいいところは、そのあいだに折れた骨がくっつき始めることだ、と医者から言われた。まずいのは、筋肉の緊張《トーン》が失われることだ。

筋肉の緊張なんてものを持っていたとは知らなかった。

痛い目にあって思い知らされた。

初めて自力でベッドから出ようとしたら、倒れた。

一週間じっとしていて、また試みた。今度はすぐ倒れかかれるよう、太った看護師がそばにいるときにした。

三度目にはドアのほうへ三歩進み、ピート・パスコーの腕の中に倒れ込んだ。

「どこへ行こうというんですか？」彼は訊いた。

「うち」わたしは言った。「帰れるようになりしだいな」

「どうやって？」例のお上品な発音で彼は言った。

「必要なら、歩いて」わたしは言った。

彼は手を離し、一歩下がった。

わたしは倒れた。

そこに倒れたまま、誇り高く彼を見上げた。

初めて会ったとき、あいつは刑事だった。クソみたいにソフトで、耳の後ろが濡れていて（〝未熟〟の意味の成句）、窓拭きに使えるくらいだった。

今じゃ、あいつはわたしの下の主任警部で、わたしが倒れて床に転がっても平気なほどハードになった。

長い道のりを昇進してきて、まだまだ上へ進めるだろう。

「オーケー、お利口さん」わたしは言った。「言いたいことはわかった。じゃ、ベッドに戻してくれ」

やがて八月が近づいたが、帰宅を口に出すのはわたしだけだった。キャップは励ますようなことを言ってくれたが、具体的な日付になると話題を変えた。わたしは思った。冗談じゃない、こっちが退院したいと思ってるのに、無理やり入院させておくことはできないぞ！

そうピートに話したら、あいつめ、重装甲隊を送り込んできやがった。

奥方のエリーだ。

初めて会ったときから、わたしが倒れて床に転がっていたって平気なほどハードな女だとわかっていた。それどころか、昔なら喜んで一押ししてわたしを倒したところだ。

彼女は言った。「勝手に退院しようとしているんですってね、アンディ。じゃ、家に帰ったら、誰が面倒をみてくれるの？」

「自分の面倒は自分でみる。いつだってそうしてきた」わたしは言った。

彼女はため息をついた。女のため息には二種類ある。

〝我慢しています〟と〝うっふん、すごくいいわ〟だ。その違いがいつまでもわからない男は数多い。

彼女は言った。「アンディ、あなたはテロリストの爆弾で吹っ飛ばされ、あちこち負傷して、何週間も昏睡状態で……」

「ああ、それで昏睡から醒めたあともだいたいは、このいまいましいベッドに寝ているばかりだ」わたしは言った。

「どこに違いがある？」

「大げさに言わないで」彼女は言った。「あなたはきちんと計画された監督つき理学療法のコースを受けている。よくなってきていると病院では言ってるけど、自分で自分の面倒がみられるようになるにはまだまだ長い時間がかかるわ」

「なら、社会福祉課に助けてもらう。そのためにこっちはたっぷり税金を払わされてるんじゃないか？」

「それがいつまで続くと思うの？」彼女は訊いた。

「わたしがやつらにうんざりするまで？　ま、二週間くらいかな。そのころには元気になってる」

「そうじゃなくて、かれらがあなたに愛想を尽かすまで！　そうなったら、誰があなたの面倒をみる？」

わたしは言った。「友達がいる」

「お尻を舐めるおべっか使いならいるかもしれないけど」

彼女は言った。「お尻を拭いてくれる友達はずっと少ないでしょ」

　あの女の言うことには息を呑むね！　わたしはパスコーの背骨に鋼鉄を入れてやったと自負していたが、これまで何年も、わたしの知らないうちに、あいつは家庭教師についていたんだ！

「きみの場合はそうかもしれん」わたしは言った。「人によくしてやれば、人からよくしてもらえる、それがわたしのモットーだ。助けてやろうという人間が列を成すね」

「列を成すには二人必要よ」彼女は言った。「あなたのおっしゃるのは、キャップのことでしょ？」

　もちろん、キャップのことだ。キャップ・マーヴェル。わたしのガールフレンド……パートナー……女……どれもうまく当てはまらない。あるいは、ぜんぶが当てはまる。わたしに言わせれば、最高にすばらしい《マーヴェラス》女、それがキャップだ。

「ああ、キャップのことさ。彼女は裏切らない。必要なとき、そこにいてくれる」

　哀感をこめて言った。パンチにパンチを返す打撃戦ではどうにもならないのが見て取れたが、ハードな相手が意外に哀感に弱いってことはよくある。傷つきやすさというかな。こっちが助けを必要としていると感じさせる。昔、女の子を落とすのに、これは何度も役立った。

　だが、これでもどうにもならないと悟るのに、長くはかからなかった。

「よしてよ」エリーは言った。「あなたとキャップはカップルになって、もう何年もたつ。でも、一度もいっしょに暮らしたことはない。それぞれ自分の家をキープしてきた。どうしてかしら？」

　理由なら、エリーはとうに承知だった。わたしたちにはそれぞれの生活があり、興味の範囲があり、時間割がある。わたしの持ち物で彼女にいじられたくないものがあるし、彼女の持ち物でわたしが知りたくないものも確実にある。動物権擁護活動グループがどこかを襲撃したと聞くたび、わたしは彼女のアリバイをチェックする！　だが、いちばん大きいのは、小さいことのあれこれだ。泥だらけの長靴、食器の並べ方、ナイフやフォークの使い方、ピックルスを瓶からじかに食うこと、テレビでラグビーを観戦すること、やかましく音楽をかけること、やかましくかけるのがどういう音楽か、等々に対するおたがいの感じ方だ。

わたしは言った。「非常事態なら違う」

「すると、これは非常事態なの？　いいわ。それじゃ非常事対応センターはどっちに設置するの？　あなたの家？　キャップのフラット？　それに、あなたの肉体奉公人として、キャップはどれだけの年季契約を果たしたら、解放してもらえるの？」

「むずかしいことを言うのはよしてくれ」わたしは言った。

「どういう意味だ？」

「あなたは頭が悪くなんかないのよ、アンディ、だから、そういうふりをするのはやめて」彼女は言った。「爆発事件以来、キャップの生活はずっと保留状態。彼女には独立した忙しい生活があるって、あなたは知っている。それが、今まで同棲してこなかった理由の一つでしょう？　あの人は一人の男に全人生を捧げ、〝あなたが歩いた地面まで崇めます〟っていうような女じゃないのよ」

「あいつのことなら、きみよりわたしのほうがよっぽどよくわかっているね、エリー・パスコー！」わたしは腹を立てて言った。「わたしが世話を必要としているんなら、そのためにちょっと時間を割くくらい、彼女はいとわない」

「もちろんよ」エリーは満足げに言った。相手を思いどおりにかっとさせたときの表情だ。「でもね、アンディ、あなたは彼女にそうさせたい？」

答えはなかった。少なくとも、彼女に満足を与えるような答えを口に出したくはなかった。だから、彼女がファイリーにある〈シーダーズ〉のことを話し出したときにも、ろくになにも言わなかった。〈シーダーズ〉は警察福祉組合が提供する療養所で、年取ったとか、頭がいかれたとか、一般に役立たずになった警官が行く場所だ。アルカトラズとわれわれは呼んでいる。棺桶に入らない限り、出てこられない。

わたしはぶすっとして、これだけ言った。「じゃ、キャップがこのためにきみを送り込んだのか？」

彼女はベッド用便器をつかんで言った。「あなたがそこまで愚かしいことを言うのを聞いたのはこれが初めてよ、アンディ・ダルジール。もしキャップに向かって、わたしがこういう話をしたなんて少しでもにおわせたら、わたしはこれをあなたのお尻にぐいぐい突っ込んで、引っ張り出すのにレッカー車が必要になりますからね！　ここに寝たまま、わたしが言ったことをよく考えなさい」

「はい、先生」わたしはおとなしく言った。「しかし、ピート・パスコーは幸運なやつだ」

「そう思う？」彼女はちょっと恥ずかしそうな顔で言った。

「ああ」わたしは言った。「大風で瓦が飛んだとき、屋根の上へ送り出せるほどの堂々たる女房を持ってる男はそういない」

彼女は声を上げて笑った。エリー・パスコーのいいところの一つがこれだ。少女っぽいくすくす笑いなんかじゃない。彼女は威勢よく大声で笑うんだ。

「よく言うわよ、おじいちゃん」彼女は言った。「じゃ、失礼するわ。わたしにも自分の生活がありますから。ピーターからよろしくって。署では彼の指揮下、なにもかも滑らかに進んでいて、あなたがいたころどうしてやっていけたのかわからないくらいですって。じゃ、おだいじにね」

彼女は屈んでわたしにキスした。頭がよくて、勇敢で、美人。ピート・パスコーはほんとに幸運なやつだ。

それに、いいおっぱいをしている。

ともかく、彼女の言ったことを考え、二日ばかりしてキャップと話をしていたとき、〈シーダーズ〉に行こうかと思う、と切り出した。

彼女は言った。「でも、あなたはあそこが大嫌いじゃないの。一度誰かのお見舞いに行って、まるで禁酒旅館からワイルドなパーティーを除いたみたいだと言ってたでしょ」

これが言葉ってやつの困るところだ。あとになって祟《たた》る。

「今のわたしにはそれが必要なのかもしれないさ」わたしは嘘をついた。「平穏な生活に海の空気を二週間。心は決まった」

自覚がないのは馬鹿だった。男が心を決める《メイクアップ》のは、男がベッドを整える《メイクアップ》のと変わらない——そばに女がいれば、彼女はすぐさまシーツをはがし、最初からやり直す。

　次に来たとき、彼女はパンフレットを一束持ってきた。

　彼女は言った。「あなたの言ったことを考えていたのよ、アンディ。海の空気が体にいいだろうというのは、そのとおりだと思う。でも、〈シーダーズ〉はあなたの行くべきところじゃない。まわりじゅう警官だらけで、犯罪者だの事件だの、いつ仕事に戻るだのって話ばかりでしょ。ええ、あんなところじゃなく、こっちのほうがふさわしいわ。〈アヴァロン〉」

「あのヤンキーのやってるクリニックか?」わたしはパンフレットに目をやって言った。

「アヴァロン財団は確かにもともとはアメリカのものよ。でも非常に成功して、今では世界中にクリニックがある。オーストラリアでしょ、スイスでしょ……」

「スイスになんか行かんぞ」わたしは言った。「カッコウ時計に囲まれて、眠れやしない」

「スイスになんか行かせません。あなたが行くのはサンディタウンよ。あそこにはクリニックとそれに付随する介護ホームのほかに、古い屋敷を改造した療養所があるの。わたしの母校の校長先生だったキティ・バグノルドが、あそこの介護ホームで晩年を過ごしているのはご存じでしょ。ときどきお見舞いに行くのよ。だから、わたしの壊れ卵が二つとも同じ籠に収まっていると、とても都合がいい」

　もちろん、これが決め手になった。わたしはここに来ることで彼女に恩恵を施しているっていうふうに、あいつはうまく話をもっていったんだ。誰が金を払うんだと、わたしは訊いた。大部分はわたしの保険がカバーする、と彼女は言った。どっちみち、金が尽きたあと命がまだ残っていたら国が面倒をみてくれるが、命が尽きたあと金がまだ残っていたら、そいつは阿呆だって、いつも言ってたんじゃなかった?

　また言葉に祟られた!

　ともかく、わたしはいちおう体面をつくろって、そんなのだめだと怒ってみせたが、すぐに降参した。エリー・パスコーに教えると、彼女はすごく喜ぶだろうと思ったんだが、わたしが〈シーダーズ〉に行かないというんで、がっかりしたようだった。〈アヴァロン〉に行ったからといって、キャップが金に困るようなことにはさせない、と言ったが、それでも彼女はあまりうれしそうじゃなかった。

女って、そういうもんだよな？ ファックはできても、理解《ファゾム》はできない。

だが、キャップは喜んでくれたから、わたしもかなり自己満足して、二週間後、彼女の車でここサンディタウンに移ってきた。

しかし、満足感はすぐに消えた。キャップが駐車場に戻り、車を出して家に帰るとまもなく、〈アヴァロン〉は客の願いをなんでも聞き届けてくれる五つ星ホテルなんかじゃないと、はっきり悟らされた。

「回復とは、病気から完全な健康に至る、慎重にモニターされた進行過程です」婦長は説明した（名前はシェルドン、自称看護師長だが、女好きの牧師が聖ディックによる福音書を説教するとき聖書をのっけておけるほどのおっぱいの持ち主だ。〈キャリー・オン〉映画〔一九五〇～七〇年代に人気のあったイギリスの喜劇映画シリーズ〕の婦長役にうってつけ！）。

「ほう、そうかね」わたしはからかって言った。「で、見舞い時間は三週間にいっぺん、日曜日の三時から三時十五分までだろ！」

「おっほっほ」彼女は言った。「実は、初めは面会謝絶です。患者さんを観察し、必要を査定し、個人に合ったプログラムを組むのに、時間がいりますから。献立表、運動スケジュール、投薬計画、セラピー時間表、そんなようなものですけど」

「なんだと」わたしは言った。「スケジュールに時間表だって、まるで汽車になった気分だ」

彼女は微笑した――マッサージ・パーラーでだって、もうちょっと本気らしい微笑を見たことがある。そして言った。「まったくね。わたしどもの目的は、あなたになるべく早く、しゅっぽしゅっぽと駅を出ていっていただくことですもの」

彼女が自分のささやかなジョークに満足したのは見て取

れた。だが、わたしは言い返さなかった。眠りたいだけだった！

それが二日前だ。以来、ほとんどの時間は眠って過ごした。目を覚ますたび、そこに誰かいて、わたしをつねったり、つついたり、なにか体に押し込もうとしているんだ。アセスメント、だとさ。むしろハラスメントに思えるがな！

三日目、婦長が現われた。すっかりはにかんだ少女みたいな様子で、わたしのシーツを伸ばし、枕をふくらませて、こう言った。「今日は大事な日ですよ、ミスター・ダルジール。ドクター・フェルデンハマーご自身が診察に見えます」

これが、〈アヴァロン〉の医者のトップ、レスター・フェルデンハマーを見た最初だった。口をあけたとたん、ヤンキーだってことはわかった。英語のアクセントのせいじゃない、歯だ！　まるで昔ふうなトイレを覗き込んだみたいだった。白い陶器がきらめいている。きっと毎日二回、ハーピック・トイレ洗浄剤でうがいしているんだろうよ。

「ミスター・ダルジール」彼は言った。「〈アヴァロン〉にようこそ。ご高名はうかがっておりました。テロリズムと戦う偉大な戦争の最前線で負傷なさった方と握手できるのは光栄です」

からかっているのかと思ったが、顔を見ると真心から言っているんだとわかった。こういうやつは最悪だ。自分のたわごとを自分で信じている男は信頼するな。

こいつには気をつけないといかんな、とわたしは思った。彼はわたしの手がちゃんとくっついているのを確かめるみたいに握手すると、言った。「わたしはレスター・フェルデンハマー、〈アヴァロン〉の院長で、臨床心理学科長でもあります。あなたのためのプログラムはほぼ出来上がったところだと思いますが、すばやい回復を助けるいちばん大切なものは、患者さん自身の内側から出てこなければならない。勝手ながら、わたしが書いたちょっとした自助本を枕元のロッカーに入れておきました。ここで何をされているのかについて、よりよく理解する助けになると思います」

「ふつうはギデオン聖書が助けになってくれるがね」わたしは言った。

「本は治療を補足するものと考えています」彼は言った。「あなたの回復の進み具合をモニターするのを本当に楽しみにしています、ミスター・ダルジール。肉体的なことに関しては、もちろん、それぞれの分野の専門医師といつでもお話しください。その他の事柄については、わたしが引き受けます。なにか知りたいことがありましたら、遠慮なく訊いてください」

「そうかね？」わたしは言った。「じゃ、夕食の献立は？」

彼はこれをジョークだと決め、アコーディオンみたいに笑った。

「仲よくやっていけそうですね」彼は言った。「ところで、わたしのためにやっていただきたいことが一つあります」

彼はぴかぴか光る金属の小さなものを取り出した。

「そんなもの、呑み込まないからな」わたしは言った。

「それに、そいつを別のルートで体に入れようと思ってるんなら、考え直したほうがいい」

今度は、たぶん実際にジョークだったせいか、彼は笑わなかった。

「デジタル・レコーダーですよ」彼は言った。「最先端をいくもので、使い方はなにもむずかしくない。それでね、ミスター・ダルジール、いわば口頭の日記をつけていただきたいんです。ご自分の感情、経験、なんでも頭に浮かんだことを記録しておく」

「つまり、自分に向かって話をしろってことか？」わたしは言った。

「いえいえ」彼は言った。「いかれたやつらみたいに？」「自分に話をするんじゃない。あなたのことをまったく知らない人を相手にしているかのように、話をするというだけですよ」

「たとえば、あんたか？」わたしは言った。

彼がにっと笑うと、あの歯を叩いて〈猫ふんじゃった〉が演奏できそうだった。「わたしはあなたのことを少しは知っていますよ。それに、具体的にわたしに向かって話をしていると考えていただきたくはない。ご安心ください、ミスター・ダルジール、あなたの許可がない限り、どの部分であれ、録音を聞くつもりはまったくありません」

「あんたが聞かないんなら、どうしてそんなことをするんだ？」わたしは訊いた。

「わたしが聞くことでなく、あなたが話すことに意味があるからです」彼は言った。「すぐ忘れてしまいがちなおもしろい思いつきの数々を記録しておける。それに、〝大きな疑問〟を自分に問いかけることもできます。日記というか、自己尋問というか、そんなものだと考えてください。あなたのような技能をお持ちの方なら、どんなにずる賢く言い逃れや欺瞞の蜘蛛の巣を織り上げても、そこに隠された真理を見破ることができるでしょう。わたしのために、これをやっていただけますか？」

わたしは言った。「たぶんな。だが、さっさと飯にならないと、やっぱりこいつを呑み込んじまうかもしれないぜ」

彼は笑いながら出ていった。というわけで、わたしはここに寝転がって、いかれぽんちみたいに独り言を言っている。フェスターのおもちゃを掘り出したのは、あれからさらに二日くらいあとだった。ベッドに寝ている男はなにかで遊ばなきゃならん。ほかにすることけないんだ。このごろの新聞は、チップスの包み紙にすらならない。テレビはもっと悪いし、ここの飯はあんまり少なくて、ゆっくり糞を楽しむこともできん！

逃走さえ無理だ。第一に、着るものがない。キャップに電話したら、見舞いの許可が出しだい、服を持ってきてくれると言った。第二に、正直なところ、わたしの脚はだんだん調子を取り戻しているとはいえ、走って逃げるほどの状態には戻っていない。前に病院で渡された軟弱な肘支えつき松葉杖は捨てて、がっちりした散歩用ステッキをキャップに買ってきてもらった。短距離ならがんばれるが、二分もすると、すわりたくなる。

いつも自分に言い聞かせなきゃならない。外には世界が存在する。人間がいて、パブがある、本物の世界が。わたしがこんなところに閉じ込められ、機械に向かって話をしていると聞いて、小便を漏らすほど笑い転げる野郎どももそこには大勢いるだろうがな。

笑いたいだけ、笑わせておけ。

わたしは戻ってくる《アイル・ビー・バック》。

絶対にな。

4

送信者：charley@whiffle.com
宛先：cassie@natterjack.com
件名：わくわくする旅！

ハイ！

そちらからお返事なし。ひょっとして、チーク・ブロンズのドクターとのおつきあいで忙しすぎとか？　ヒント、ヒント。

サンディタウンに来ました。キョート・ハウスで荷物を部屋に収めたところ。家は崖の上に建っているので、健康な風をもろに受けます。すごくエコ・フレンドリーで、太陽熱パネルやら、風力発電機やら、いろいろついてるの。部屋はすてき。北海が見下ろせます。今は真っ青できらめいている。でも、帰る前に嵐が来るといいな。おかしいでしょ、前にたった一度この町に来たときには、暖かい太陽が射すようにと祈ったのに、今回は雷を求めている！

まず、ここまでの旅について。わたしたちは予定どおりウィリングディーンに立ち寄った。治療師ゴードン・ゴッドリーに会うためにね。

彼は気に入ったわ。まるでいかれてるけど、なんていうか、いい感じのいかれ方なの。

年は判定がむずかしい——四十五？　五十五？　なにしろ、もじゃもじゃの黒ひげに銀が混じっていて、秋の朝の黒イチゴの茂みって感じ。でも、灰色の目はとても若々しくて、とても優しい。鼻は人形の世界の大聖堂の飛び控え壁みたい。それにすてきな笑顔。あの地域の受取人のいない宝物たちが痛む関節に彼の手を置いてもらおうと列を成すっていうのは、想像がついたわ。

でも、彼がわたしを気に入ったとは思わない。トムも悪いのよ。わたしを紹介するとき、論文の案を教えたんだけど、おかげで聞いただけでは、わたしはまるで暴れまくる魔女狩り長官！　ミスター・ゴッドリーはわたしと目を合わそうとせず、質問には唸るように、はいとかいいえとか言うだけだったから、わたしはすぐにあきらめた。

もっとも、彼はトムの口上にはとても礼儀正しく耳を傾けていた。ただ、わたしが研ぎ澄ました分析力を駆使したところでは、彼は表に見せている以上に、サンディタウンの開発計画のことをすでにずっと詳しく知っているんじゃないかという印象を受けた。結局（相手を黙らせるためでしょうけど！）、彼はトムの招待を受け、サンディタウンを訪問して、自分の人助けのつとめをそこに持ち込もうと感じるか、見てみるということになった。トムは〈健康フェスティヴァル〉と呼んでいるイベントの実行委員会にミスター・ゴッドリーをぜひ加えたいと願っている。これは公休日を含む週末に計画されているの。わたしはそのころにはもうここを離れているから、関係なし。やれやれ！

最後に、メアリが頼んだので、ゴードンは癒しの力のあるその手を捻挫した足首に置いた。

出ていくとき、トムは怪我がずいぶんよくなったと言った。

「温かみを感じました」と彼は言い切った。「強力な太陽灯を当てられたような、はっきりした温かみです」

　車に戻り、ミスター・ゴッドリーに聞こえないところまで来ると、こういう怪我なら、はっきりと冷たさを感じたほうがよかったのにね、とわたしは言った。

　トムはシートの上で体をまわし（わたしは前にすわるようすすめられたんだけど、あの足首ではスペースが必要だから彼に譲ったの）、うれしそうににっこりして言った。

「ほらね、メアリ、シャーロットは役に立ってくれる。科学的客観性、それこそわれわれに必要なものだ。彼女が鋭い目で見張っていてくれれば、サンディタウンの名声がにせ医者に損なわれる心配はない！」

　治療師の手が捻挫した足首にどのくらい効いたのかはわからないけど、一つだけ、確信を持てることがある――トム・パーカーの楽観主義は不治！

　メアリは上手に、とても慎重に運転した。もし彼女がハンドルを握っていたら、車が戦車罠にかかることはなかったでしょう。でも、あの事故をわたしは悪く言えない。招待を受けたのは腹立ち紛れだったとしても、このころには訪問が本当に楽しみに思えた。論文に使える材料がどのくらい手に入るかはともかく、神のごとき《ゴッドリー》ゴードンからスタートしてみて、どうやら面接技術に磨きをかけ直す必要がありそうだと思った。でも、超然とした科学的観察者という役割に徹するのはおもしろそうだわ。

　カメラのように記録し、判断はしない。

　いや、ちょっぴりは判断するわね！　なんたって、スティーヴ・ヘイウッドの娘だもの。

　ただし、違いは――わたしは判断を人に話さない！

　おねえちゃんは別にしてね！


小休止。

　いちばん上の子、ミニー（＝小さいメアリ）が突然部屋に入ってきて、あと二十分で昼食になる、なにか足りないものはないかと言った。母親から送り出されたように見せていたけど、だいたいは自分の思いつきだったんじゃないかしらね。新入りをチェックしに来たのよ！　ノンストップでしゃべりまくり、そのあいだ、目はなにもかもを見て取った。ことにわたしのラップトップ。九歳だけど九十歳になろうとしている――あの年齢だったころの自分を思い出すわ。今まで、セキュリティなんてろくに考えていなかったけど、これからはパスワードを使うべきね！

二分ほどして、彼女を（力ずくで！）追い出したので、ようやくここまでの旅のいちばんわくわくする部分に入れます。傾聴、傾聴！

メアリのゆったりしたペースでも、そう長いドライブではなかったけど、そのあいだにパーカー家について、もう少し知る時間はありました。ヨークシャーの旧家、建築業で財を成した。トムは建築士の資格があり、スカーバラに事務所、でも現代テクノロジーのおかげで家で仕事ができるようになると、すぐその機会をとらえた。子供は四人――ミニー9、ポール8、ルーシー6、ルイス5。目に入れても痛くない。夫婦二人にとってね。でも、メアリにはトムが第一。どうも彼女は夫を一人で外に出すのが好きじゃないみたい。ほっておくと浮気するだろうというんじゃなくて、彼が熱心さのあまりどんな窮地に陥るかが心配なのよ！　たとえば戦車罠に車を乗り入れちゃうとかね！

彼は金融業者の弟シドニーと、病気がちの姉ダイアナのことを、とても愛情をこめて話した。メアリは多くはしゃべらなかったものの、金融街《シティ》のシッドについてはいくつか、ダイアナについてはバケツいっぱい（！）保留事項があるようだった。

メアリには表面に見える以上のものがあるわ。トムがキヨート・ハウスについてぺちゃくちゃ話し始め、ここの前にパーカー一家が住んでいた家と比べると、こちらのほうがあらゆる点で上等だと言って、彼女の賛成を求めると、彼女は忠実な妻らしく答えた。「ええ、おっしゃるとおりでしょうね、あなた。でも、昔の家にはきれいな庭があったし、雨風がよくさえぎられていたわ」

「うん、まさにそこだよ」彼は妻が自分の言ったことすべてに賛成したかのように話した。「雨風がさえぎられていたから、潮風の恩恵に浴することもなかったし、景色も見えなかった。畑と木のほかにはね！　ところが、キョートは北崖の上にあるから、晴れた日にはオランダまでの距離の半分は見える。それに、わたしが開発計画の案を練っているときは、製図板の前にすわる必要がない。庭に出て見下ろせば、いわば図面がすべて足元に広がっているんだからね！」

「キョートはご自分で設計なさったんですか？」わたしは訊いた。

「当然ね！　すごくいい気分だよ、肩越しに製図板を覗き込んでくる人間がいないっていうのはね。わかるかな？　コンソーシアムのおかげで、大規模な計画や建設に関わる機会が与えられるというのは、大きな魅力だった。これはまったく新しいものになる。絶対だよ。細切れとか偶然はない。一段階ずつ慎重に考え、細部まで計画され、全体がきちんとつながっている！　それに、二酸化炭素排出量《カーボン・フットプリント》は猫の足跡ほどでしかない！」

　進行方向の光の質が変わって、もうじき海が見えてきそうな予感がした。真っ青な空を背景に、大きな家のかなり不吉なシルエットが見えた。家というより大きい、お屋敷ね。小塔や角櫓がたくさんあって、これからお城に成長するぞという若い野心に燃えてるって感じ！

「デナム・パークだ」トムは言った。

「レイディ・デナムのお宅？」わたしは推測した。

「いや、そうじゃない。彼女はサンディタウン・ホールに住んでいる」彼は答えた。「最初のご主人のホリスが手に入れた屋敷だ。サンディタウン百戸《ハンドレッド》村の領主の地位といっしょにね。これは大昔からの伝統的な地位で、金で購入した。彼女の次の称号とは違ってね」

　なんだか、彼女はそっちの称号も金で購入したみたいに聞こえたし、メアリの顔がぴくりとしたのをわたしは見たと思う。われわれ心理学者は顔のぴくりによく気がつくものなのよ！

「デナム家の不動産と」トムは続けた。「それにもちろん准男爵の位階は、義理の甥のエドワードが継いだ」

　ここで会話は途切れた。ずっと車のサンルーフをあけていたんだけど――元気の出るサンディタウンの空気をたっぷり吸い込むためでしょうね——突然、それも一瞬にして、おそろしい悪臭が車に立ち込めた。

豚の糞！　それも、すごいスケール。うちの泥沼がバラの鉢に思えるくらいよ！

メアリはサンルーフを閉じるボタンを押して、平身低頭謝った。

「ホリスの豚農場」彼女は言った。「ただし、あれを農場と呼ぶのは、本物の農家の人に対する侮辱だけれどね！」

「まあまあ、メアリ」トムは穏やかに言った。「これは自然のにおいだし、自然のものは人間に害を与えない」

「あそこの豚の飼い方には、ぜんぜん自然なところなんかないわ」メアリは言った。

「放し飼いにかかるだけの金をわれわれが払おうとしないから、集約農業というつけを払わされるんだよ」トムは言った。「それに、あのにおいがサンディタウンまで漂ってくるような風向きにはめったにならないだろう」

「まったくね！」メアリは言った。「だからこそ、ダフネ・ブレレトンはほとんどずっと最初のご主人の家で過ごしてきたのよ、二度目のご主人と結婚したあとまでね！」

ええ、ミステリアスでしょ！　でも、あとですっかり説明します。わたしたちはさらに一マイルほど、丈の高い金網のフェンスに沿って進んだ。中には何列もコンクリートの建物が並んでいて、収容所なみの魅力を発散させていた。ようやく、正門に達した。巨大な両開きのゲートがあって、〈**ホリスのハム——ヨークシャーの味**〉と書いた看板がついていた。ただし、誰かがスプレー・ペイントで落書きをして、今ではそれが〈**死の味**〉となっていた。

バケツとブラシを持って梯子に登っている男がいた。わたしたちが通りかかると、彼は仕事の手を止め、こちらに手を振った。トムは窓を巻き下ろし、「おはよう、オリー！　またやられたか？」と声をかけたけど、メアリはスピードを落とさず、相手に返事の暇を与えなかったから、トムは窓を閉めた。でもまた豚の超悪臭が流れ込んできて、危うく死ぬところだったわ！

数分後、〈北崖経由サンディタウン〉と書いた標識に近づくと、メアリはウィンカーを出して、海の方向へ曲がろうとした。

トムは言った。「メアリ、南崖のほうをまわって、町を抜けてくれないか。そうすれば、シャーロットの反応を見せてもらえる。第一印象はすごく大事なものだからね」

従順に、メアリはウィンカーを消してまっすぐ車を走らせた。

第一印象ならもうあると、トムを訂正することはしなかった。かの有名な遠足のことは、外交的に口にしなかったのよ。今、トムからすでに聞いていたことが自分の目で確かめられた。サンディタウンは、もとは小さな漁村で、北崖と南崖という、二つの高い岬に挟まれた幅の広い湾に臨んでいます。

環状道路が北崖から村を抜け、南崖を経由して、また海岸道路につながっている。

わかった？　それとも、図が必要かしら！

南崖の曲がり角に近づくと、こちらの岬には建物群が広がっているのが見て取れた。建物の一つは古い荘園屋敷のようで、緑色の蔦がからまっている。長い建て増し部分は、元の部分によく合うように作られているけど、確実に新しいものだった。そこから二百ヤードほど先には、近代的な二階建ての建物。真っ白い石でできていて、光を反射するガラスの大きな窓に、真っ青な空をよぎる小さな白い雲が映っていた。その脇には、同じスタイルの長い一階建ての建物があった。

海岸道路を逸れた。でも、上り坂が本格的になる前に、トムに言われて、メアリは金色に塗られた門のほうへ車を寄せた。門は密に茂ったイバラの生垣のあいだにあって、ちょっと天国への入口みたいなの。ほら、おねえちゃんが日曜学校の賞品でもらった『天路歴程』の挿絵、おぼえてる？　わたしたち、あれのページを破っては、煙草を巻くのに使ったじゃない！

エレガントなデザインの大看板に、〈ようこそ、アヴァロン財団へ〉と書いてあった。小さな番小屋があって、そこから男が出てきた。車を認めると、顔をほころばせた。

「おはようございます、ミセス・パーカー、ミスター・パーカー」彼は声をかけた。

「おはよう、スタン」パーカーは答えた。「どうだい？ご家族は元気？」

「ええ、おかげさまで。みんなまずまずです。そちらは？」

「元気いっぱいだ」パーカーは言った。ちょっと誇張してるわね。でなきゃ、ミスター・ゴッドリーの癒しの手がほんとに効いたのか。

二人がしゃべっているあいだ、わたしは歓迎の看板の下の見取り図をよく見た。これによると、主要な二階建ての近代的な建物がアヴァロン・クリニック、長い一階建ての建物がアヴァロン介護ホーム、古いお屋敷がアヴァロン療養ホームだった。

門番の男がベルトにつけた電話が鳴った。彼は失礼と言ってむこうを向き、電話に答えた。

わたしはトムに言った。「このクリニックができたことを、地元の人たちはどう感じていますか？」

「最初は多少の不安感があった。狂人だ、伝染病だと、無責任な噂がたくさん流れてね」トムは答えた。「田舎の人たちは、外の人間のこととなると、最悪の可能性をすぐ信じ込む。でも一方、権威を信頼する傾向も生まれつき持っている。このあたりでは、権威といえばレイディ・D、それと――やや下がって――わたしだ。いったんわたしたちが行き先を示してやったら、みんなついてきた。疑念はもうずっと前に自慢に取って代わったよ」

「仕事ができて、収入が増えたおかげね」メアリはドライに言った。

門番は電話の相手に言っていた。「いいえ、確かです、この一時間、誰も通っていません。はい、注意しています。まあ、そんな格好で遠くまで行くとは思えませんがね！」

彼は電話を切ってこちらに向き直ると言った。「すみません、ミスター・パーカー。コンヴィーの一人がふらふら出ていってしまった。お年寄りの男性です。ちょっとぼけてるのかもしれません。コンピューターで顔写真を見ておいたほうがよさそうだ。じゃ、またいずれ、お目にかかります」

「うん、それじゃまたな、スタン」パーカーは言った。

メアリは車を出した。道路は村へ向かって上り坂になっていった。

「コンヴィー？」わたしは言った。服役囚《コンヴィクト》のことかと思って！

「え？　ああ、療養《コンヴァレスント》ホームに滞在している人たちのことを、職員はそう呼ぶんだ。クリニックの患者はクリニー、介護ホームの居住者《レジデント》はレジー。かれらが職員をなんと呼んでいるかは知らないけどね。メアリ、気をつけろ！」

　メアリ・パーカーは、前にも言ったとおり、とても慎重な運転ぶりで、しかも坂道を上がるのでギアを落としていたから、せいぜい時速二十マイル程度だったけど、急ブレーキを踏んだ。

　そんなスピードでも、急停止でわたしはつんのめり、このときばかりは、法律に従って後部座席ベルトを締めていてよかったと思った。

　よく言うように、あっというまの出来事だった。それでも、道路の左側、クリニックの生垣のほうへ急傾斜で上がっていく土手を男が転がり落ちてくるところを目にする時間はあった。

　男は道路に落ちて、わたしたちの車の下に消えた。

　すべてが止まった。車、時間、わたしたちの心臓。あの人を轢いてしまったんだと、三人とも確信した。でも、それならドンと衝撃があったはずよね？　とわたしは自分に言った。

　すると、衝撃があった。というか、車がぐらりと揺れた。一瞬、最悪の不安が遅れて確認されたのかと思った。でも、それはおかしい。車を止めたあとで人を轢くことなんかできない！

　この論理的結論に到達しつつあったとき、ボンネットの水平線のむこうに月が昇るように、鉢の大きい、ほとんど禿げた頭が上がってきた。それで、ぐらりと揺れたのは男が立ち上がろうとして車のフロントをつかんだせいだと悟った。

　彼はボンネットに寄りかかった。重たく。上半身が見えて、この体格の人を轢いたとしたら、衝撃はドンどころの騒ぎじゃなかったとわかった！

彼はまばたきもせずにわたしたちを見つめた。映画のアニメーターが想像力を駆使して描く鬼の顔だったわ。その口が唸るように歪み、彼はしゃべった。口元が歪んだのは唸ったんじゃなく、ほほえんだせいだとわかるのに、ちょっとかかった。言葉は脅しじゃなく、挨拶だった。

彼は言った。「やあ、どうも。いかがです？」

それから、車の脇へ移ってきた。ゆっくり歩いた。立ってるよりよつんばいになりたい熊みたいな感じ。歩きながら、まだショックで固まっているトムとメアリに愛想よく会釈した。それから後部ドアのハンドルをつかみ、引きあけて、首を突っ込んでわたしを見た。

「やあ、お嬢さん」彼は言った。「村へ行くところかね？」

わたしは黙ってうなずいた。声が出そうになかったから。

「そいつはいい」彼は言った。「乗っけてもらえますかね？」

そして、答えを待たずにわたしの横に入ってきた。

このときまで、彼は派手なストライプの夏物シャツにカジュアルなウールのジャケットを着ているものと思っていたんだけど、よく見たとたん、あ、やだ！

彼が着ていたのはパジャマにガウン。左足には革のスリッパをつっかけ、右足は裸足。体には木の葉がくっついたり、イバラの棘が刺さったり。顔にはいくつか軽いかすり傷があって、血が出ていた。

でも、さらによく見ると――なにしろ至近距離だから――生垣を無理やり抜け、土手を転がって道路に落ちたというだけでは説明のつかない、なにかもっと深刻な肉体的損傷を受けた人だと気がついた。

すごく大柄だけど、青白くて、その大きな顔の肌がたるんでいる様子を見れば、以前は中身がもっとあったんだとわかる。おねえちゃんなら看護師の目で半秒のあいだにすっかり診断がついたでしょうけど、わたしでさえ、この人は最近大病をしたんだと、推理できた。

逃亡した狂人かと思った！　それから、門番の電話を思い出した。この人は例のいなくなったコンヴィーに違いない。ちょっとほっとしたわ。ほんのちょっとだけだったけどね！

彼は言った。「いずれゆっくり知り合えるよ、お嬢さん」

つい、相手をじろじろ見つめていたのに気づいた。

わたしは言った。「あ、すみません、こんにちは、わたし、シャーロット・ヘイウッドです」

自動的に手を差し出した。行儀よくして損することはないって、パパに叩き込まれたわよね？　そういうパパ自身は、うちの畑に入り込んだバカヤロを追い出すんだと、ショットガン片手に飛び出すくせに！

逃亡コンヴィーはその手を取り、驚くほど優しく握った。

「はじめまして」彼は言った。「アンディ・ディールです」

「トム・パーカーです。それに、家内のメアリ」トムは言った。「大丈夫ですか？」

「上々です」彼は答えた。「運転がお上手だ、奥さん。女性ドライバーだと、ブレーキをさがしておたおたしているあいだに、轢いちまうようなやからが多いですがね」

不思議とこれは本物のほめ言葉に聞こえた。

メアリはこれで安心して、彼に微笑を見せると、また車を出した。

気がつくと、男はまだわたしの手を握ったままだった。

彼はわたしの顔をしげしげ見て言った。「ヘイウッドか。ウィリングデンのストンピー・ヘイウッドの子供かな（〝ストンプ〟は〝踏みつける〟の意味）？」

「スティーヴ・ヘイウッドは父ですけど」わたしは言った。「でも、父がストンピーと呼ばれたのは聞いたことがありません」

「そりゃ、あんたが緩いスクラムの下であいつの邪魔になったことがないからだろうな。ああ、似ていると思ったんだ」

パパに似ていると言われるのは、うれしいおせじじゃないわね！　わたし、似てないでしょ？　もし似てるなんて言ったら、おねえちゃんのお熱い恋愛の詳細をインターネットで世界中に公表しますからね！

わたしはさっと手を引き、彼をにらみつけた。すると彼はにんまりして、これで親子関係が確認されたとでも思ったみたいだった。

　前を見ると、道路を横切って横断幕が掛かり、〈サンディタウンへようこそ――健康ホリデーのふるさと〉と書いてあったから、村に入るところだとわかった。いや、村というよりは、小さな町ね。ふつう、子供のころの記憶にある場所に戻ると、すべてが縮んだように思えるものだけど（この現象は生理学的に説明がつくのよ、でも得意になってそんな話はしません！）、サンディタウンは違って、記憶にあるよりずっと大きく、しかも繁栄しているようだった。わたしたちの車はいろんな店の前を通った。繁盛している小さなスーパーマーケット、美術工芸品のギャラリー、陶芸工房、明るいカフェ、タイ料理のテイクアウト、それに〈モビーズ〉という名前のシーフード・レストラン！

　石畳の通りは清潔でごみ一つ落ちていない。建物はどれもペンキを塗ったばかりで、きちんと維持されている。遠くに目をやると、紺色の波間を泳ぐ人たちや、金色の砂浜に置いたデッキチェアにのんびりすわっている人たちの姿が見えた。あっちこっちに貼ってあるポスターはヨークシャーの輪郭を描いた地図で、海岸の部分に大きなX印がついて、〈サンディタウンはわたしたちの町――地図に載せよう！（〝地図に載る〟は〝有名になる〟という意味の成句）〉と書いてある。中央通りの上には長い横断幕が掛かり、〈健康フェスティヴァル――八月公休日〉とあった。

　ひょっとすると、カミナリオヤジはわたしたちをここに連れてきたんじゃなくて、みんなが家族旅行にうんざりするようにと、わざとどこかのみすぼらしいスラム街に行ったんじゃないの！

　トム・パーカーは町の活発な様子にいかにもうれしそうで、メアリがゆっくり車を走らせるあいだ、通りかかる呼び物の一つひとつを説明し、ところどころで窓から顔を出しては、歩く人たちに挨拶した。

「よし、わたしはここで降りる」ふいにミスター・ディールが言った。

　外を見ると、古い建物に新しく白漆喰を塗ったパブがあって、〈希望と錨――免許所有者A・ホリス〉と書いた看板が下がっていた。豚の家族の一員かしら？　メアリは車を寄せた。ディールは身を乗り出して言った。「奥さん、乗せてくれてありがとう。さっきはぎょっとさせて、申し訳ありませんでした。足が滑ってね。いまいましいことに、スリッパを片方なくしてしまった。まあいい。きっとそのうち、シンデレラみたいに魅惑の王子がわたしをさがしに来るだろうさ。トム、あんたは地元の名士らしいな。アヴァロンの連中とも仲よしなんじゃないですか？」

「ええ、そうですね」トムは言った。「ドクター・フェルデンハマーはよく存じ上げていて、しょっちゅうお目にかかりますよ」

まずい答え、とわたしは思った。お金の無心を嗅ぎつけられないようじゃ、学生として三年間生き延びていけませんからね！

「そりゃけっこう。実は、わたしはあそこに二晩ばかり泊まっているんだが、どうも財布を持たずに出てきてしまったらしい。で、もし五ポンドか、できれば十ポンド立て替えてもらえたら、あとでフェスターのやつに預けておきますから、次に会いにきたとき、受け取ってください。それでどうです？」

トム・パーカーよりずっと冷酷な男でなきゃ、とても拒みきれなかったわね。

お金が渡され（ちらと見ると、二十ポンドだった）、ミスター・ディールは車から出た。

彼はこちらを向いて言った。「乗せてくださって、ありがとう、奥さん。それに、金の立て替えもな、トム」

このとき、トム・パーカーは初めて彼の全身をよく見た。あいたドアのむこうに立っていたからね。パジャマを着て、片足は裸足で。トムは明らかにショックを受けていた。心の中で、きっとあの二十ポンドに別れを告げていたでしょうね。それでも、いつものようににっこりして、彼は言った。「こちらこそ、ごいっしょできてよかった。では、さようなら」

今度は、男はわたしに目を据えた。

「さよなら、お嬢さん」彼は言った。「おとうさんによろしく伝えてくれよ」

「さようなら、ミスター・ディール」わたしは言った。

彼は唇を湿らせて身を乗り出したから、一瞬、キスされるのかと思ってぞっとした！

「ディー・エル」彼はすごくはっきりと言った。「間違えないようにな。さもないと、死んでも天国には行けないぞ。ディー・エル（〝ダルジール〔Dalziel〕〟は、実際には〝ディーエル〟と発音する）。それじゃ」

彼は向きを変え、足を引きずるようにしてパブに入った。

「おやおや」トムは言った。「あんな格好じゃ、店を追い出されるんじゃないかな」

わたしは言った。「あなたなら、あの人を追い出すかしら、トム？」

彼は振り向いてわたしを見ると、にっこりした。

「そう言われれば、そんなことはしそうにないな！」彼は言った。「しかし、ミスター・ディー・エルの次の冒険はわれわれにはなんの関係もない！　メアリ、車を出してくれ。家に帰って、子供たちに会おう！」

というわけで、家に到着して子供たちに会いました。

ミニーがまた飛び込んできて、ランチだと教えてくれた。ドアをノックするっていうのは、パーカー家のカリキュラムではあとのほうに出てくるみたい！　行かなくちゃ。明るいサンディタウンで、今度はどんなわくわくすることが起きるか、続きをお楽しみに！
それに、例の写真をお忘れなく！
愛をこめて
チャーリー

5

　ほうら！　どう思う、ミルドレッド？

　やったぜ！

　フライングだ。我ながら驚いた。で、今ではすっかり悪い子だ。医者は舌打ちして薬を飲ませ、婦長の胸はハリケーンの中の白鯨《モビー・ディック》なみに上下し、キャップは電話でかんかんになって、わたしを間抜けないたずらっ子呼ばわりし、着るものといったら、おむつの替えしか持っていきませんからね、ときたもんだ！

　だが、やる価値はあった。と思う。

　しかし、体によかったとは言えないな。正直なところ、ここに来たときよりずっと気分が悪くなった！

　それに、狡猾に計画を練ったと自慢もできない。

　実際、計画なんかひとつもなかった。

　今日、天気がよかったから、昼飯を外で食ったらどうかと言われた。食事は地元で採れたものをうまく料理してあって、なかなかだが、大盛りとはいかない。これを流し込むのにエール一パイントはもらえないのかと訊くと、給仕をしていた娘は言った。「あと二日くらいはだめですよ、ミスター・ダルジール。まだ査定の途中でしょう。献立表が最終的に決まるまでは、アルコールはなし、それが決まりです」

　彼女はそう言って微笑した。本物の微笑で、作り物じゃなかった。わたしも微笑を返した。彼女が悪いわけじゃないし、感じのいい娘だ。出ていくとき、すてきなお尻をじっくり眺めさせてもらった。だが、ちょいと腹が立った。なにしろ、すわっているテラスを見渡すと、別のテーブルには六人くらい老いぼれがすわって、本物の服を着て、ワインまで飲んでいるじゃないか。まるで老人向けパッケージ・ツアーの最中みたいにな。

　かまうもんか、と思った。ディナーにふさわしい服装じゃないからって、この場所をぶらっと散策していけないわけじゃない。理学療法はもう始まって、小さいジムでトニーが治療してくれる。時計じかけのオレンジなみにゲイだが、仕事はプロだ。わたしの体はまだオリンピック出場資格には程遠いとしても、来たときよりはだいぶ柔軟になった。

誰も見ていないのを確かめてから立ち上がり、うんと注意してテラスから階段を降りた。いいほうの脚まで折ってはたいへんだ！

芝生まで降りると、そのへんをぶらぶら歩きまわるつもりだったんだが、まだ直進がいちばんだから、だんだんスピードがつくのにまかせて、ただまっすぐ、屋敷を背にして進んだ。気がつくと、植え込みを通り抜けていた。

ここで立ち止まり、後ろを確かめた。屋敷は見えなくなっていた。あいつら、心配するだろうな、と思った。子供じみた考えかもしれんが、あっちがわたしをガキ扱いするなら、こっちもガキらしく楽しんでやる！

それで、そのまま進むと、敷地の境界になる生垣まで来た。分厚くて、棘だらけ。外からの侵入者を防ぐのにいい。それに、中の囚人を閉じ込めておくにもな！

しばらく生垣に沿って歩いた。もうくたびれてきて、そろそろ帰ろうかと思ったとき、隙間が見つかった。

隙間というほどのものでもない。生垣の二つの部分が接しているが、まだ絡み合ってはいないというところだ。

道路に車が通る音がした。サンディタウンへ向かう道路だ。

自由への道。

ふいに、どうしても見てみたくなった。

何が悪い？　囚人じゃないんだ！　それに、わたしのガウンは昔風な厚地のツイードのやつで、ぺらぺらの木綿のキモノだかなんだかいうのとは違う。

それで、わたしは軽く走って、というより、緩い早足程度だが、それで生垣の切れ目に肩を突っ込んだ。

入院前のわたしなら、軽く歩いて抜けていただろう。だが、隙間は見た目より狭くて、一瞬、ここにひっかかったまま、助けを呼ぶことになるかと思った。

そんなのはいやだから、がんばってもう一押しすると、道路脇の草地に飛び出した。

ところが、予想していたような、ふつうの平らな草地じゃなかった。急傾斜の土手が二十フィートほど下のアスファルトまで続いているんだ。

もう止まることはできなかった。倒れて落ちるときの心得をなんとか思い出し、できるだけ体を丸め、転がろうとした。運悪く、ちょうどその瞬間に車が走ってきた。アスファルトにぶつかって折れなかった骨も衝突で全滅だ！と思うだけの時間はあった。

すぐに前車輪の下になり、痛みが来るのを覚悟した。だが、痛みは来なかった。少なくとも、女性用剃刀でひげを剃ったときほどの痛みすらなかったから、わたしはゆっくり立ち上がった。

ふいの激痛なし、骨折なし。スリッパ片方とステッキをなくしてしまったが、ちゃんと生きていて、三十秒前より悪い気分ではなかった。

よく見れば、すべての物事に神の目的が見える、と旧友のジョー・ケリガン神父から言われたことがある。

わたしはよく見た。

これはサンディタウンへ続く道で、町にはパブがあるはずだし、わたしは自動車に寄りかかっている。

ジョーの言ったとおりだ。突然、わたしには神の目的が見えた！

車に乗っていたのはいい人たちだった。すごく愛想がいい。わたしは後部座席の女の子の隣にすわった。十三歳か、三十歳か、このごろの女は判断がむずかしい。話をすると、父親がわたしの知り合いだとわかった。ずっと昔、中部ヨークシャー警察に入ったばかりのころ、いっしょにラグビーをやったんだ。あっちは農民で、泥田を鋤くようなプレーをした。スクラムの後ろに選手がいてもしょうがないと思っていた。あいつらはチュチュを着てタッチラインを右往左往しては、さわらないでよ、やらしいわね！とわめくばかりだという意見でな。わたしとストンピーには共通点がたっぷりあった。

かれらはパブでわたしを落としてくれた。〈希望と錨〉

亭。金を持っていなかった。まあ、店主を説得して、つけにしてもらうことはできたろうが、車にいたトムって男がすすんで二十ポンド立て替えてくれたから、店主に愛嬌で迫る必要はなかった。パブに入った。メインのバーは、サンドイッチやらチキン・ティッカやらを食っている観光客でいっぱいだったが、入口通路の反対側はこぢんまりした部屋で、テーブルが六脚、その一つに老人が二人すわってビールを飲んでいるだけだった。わたしは中に入り、二十ポンド札をカウンターに置くと、「おたくのベストを一パイント頼むよ、ご主人」と言った。

寝間着姿の客が来ることはそうないだろうが、店主は、これはほめてやっていいが、まったくためらわなかった。ただの一秒も。グラスに一パイントを汲んで、カウンターに置いた。

わたしはグラスを取り、口へ運んで、飲んだ。がつがつするつもりはなかったが、グラスを置いたときには、なぜかもう空になっていた。

「じゃ、もう一杯いりそうですね」主人はにっこりして言った。

いいやつだ、本当に気に入ってきた。

「ああ、それにスコッチを添えてな」わたしは言った。「あと、ポーク・スクラッチングを一袋もらうよ」

老人二人に会釈すると、むこうも会釈を返してきた。わたしは飲み物を持って、薄暗い隅のテーブルを取った。パブの店主がよくしてくれるときは、ほかの客に迷惑をかけないようにする習慣だ。

わたしはスクラッチングをかじり、スコッチを舐め、ビールを飲んで、あたりを見まわした。感じのいい部屋だ。オーク材の鏡板がたっぷり、テレビやBGMはなく、バーの上のほうに貼った明るいポスターは公休日に開催される健康フェスティヴァルとやらを宣伝していた。こんな薬なら、間違いなく効きそうだ！　とわたしは思った。あのミル・ストリートのいまいましい建物が爆発して以来、たぶん初めて、わたしは完璧に幸福だった。

長続きはしなかった。そういうものだ。ジョー神父によれば、それは神がわれわれを安心させないでおくのが好きだからだそうだ。

確かに、ここでは安心していられなかった。

幸福感をゆっくり味わう暇もないうちに、バー・ルームのドアがあいて、車椅子の男が入ってきた。

彼は中に入るとすぐ止まり、窓から射し込む一条の光線の下に来た。頭はつるつるに剃り上げてあるので光が反射して、後光のように見えた。彼は部屋を見渡し、その目はわたしに向けられた。

サンディタウンの空気に含まれるなにかのせいで、人は驚きを示さなくなるのかもしれない。かすり傷から血を流し、パジャマを着て、片足だけスリッパを履いた男が店に現われても、店主は顔色ひとつ変えなかった。

今、車椅子の男はそれより上を行った。彼の顔はわたしを見てぱっと明るくなった。まるで、わたしが借金の清算のためにここで会う約束をしていたみたいにな。

「ミルター・ダルジール！」彼は大声で言い、車椅子を転がしてこちらに近づいてきた。「世界に数ある酒場の中で、よりによってぼくの地元の店に入ってきてくださったとは！　またお目にかかれて、ほんとにうれしいです」

わたしはぎょっとした。自分の目を信じられなかった。いや、目を信じたくなかったのかもしれんな。

「なんだこりゃ」わたしは言った。「フラニー・ルートじゃないか。死んだものとばかり思っていたのに！」

6

ここでちょっと眠った。いまいましい薬め！

どこまで行ったんだっけ？

ああ、そう、フラニー・ルートだ。

あいつに初めて会ったのは、エリー・パスコーが勤めていた大学だった（シリーズ第二作『殺人のすすめ』参照）。ここから海岸沿いに北へ、そう遠くないところだ。そこで、学長の死体が記念像の下に埋められているのが見つかった。ルートは学生会の会長だった。すごくおもしろいやつでな、みんなが強い印象を受けた。わたしが受けたのはことのほか強かった。スコッチのボトルで頭に一撃をくらったんだ。そのうえ悔しいことに、そいつはわたしのボトルだった。

刑務所送りになった——わたしを襲ったからじゃなく、学長の死に関わっていたからだ。数年前に出所すると、彼はまた中部ヨークシャーに現われた。大学院で研究をしていた。すると、指導教官が殺害された。ほかにも数人殺された（シリーズ第十七作『死者との対話』参照）。

ルートの周辺では人がしじゅうばたばたと死んでいった。ピート・パスコーはルートが関わっていると確信した。ちょっと偏執的な思い込みだったが、結局なんの罪状も着せられずじまいだった。そのあと、ルートはあちこちから彼に手紙を書いてよこすようになった（シリーズ第十八作『死の笑話集』参照）。とんでもなくおかしな手紙だった。表面上はいかにも友好的で、彼がいかにピートを尊敬しているかと言っている。だが、気の毒に、ピートはこれでノイローゼになりかかった。

しかし最後には大きなひねりがあった。パスコーの娘のロージーが、ルートが昔刑務所で知っていた悪漢どもに人質に取られたんだ。ルートはなんとか彼女を救い出したが、そのとき自分は背中に散弾を受けた。もうおしまいかと思ったが、一命はとりとめ、南部のどこかの病院の脊椎傷害専門病棟に移された。パスコーは連絡を絶やさなかった。

ルートの保険と賠償金請求の事務をほとんど一人で引き受けてやった。彼に恩義があると感じたからだ。しかも、あいつを悪人だとさんざん思い込んでいたあとだ。

わたしだって感謝したよ。ロージーはすばらしい子だ。ママとパパのいちばんいいところを受け継いでいる。しかし、いくら感謝しているといっても、あの男を聖人に推挙するつもりはないね！

ピートはいつも経過を伝えてくれた。最初は四肢麻痺になりそうだったが、最終的に半身麻痺ですむとわかると、パスコーはまるで宝くじに当たったみたいに大喜びだった。それはちょっと気になったから、わたしは言ってやった。感謝するのはいいが、残る一生、あの野郎に責任を感じることはない。するとパスコーはぷりぷりして出ていき、その後六カ月、ルートの話を聞かなかった。すねるにしても、そいつはずいぶん長い時間だから、とうとうわたしからルートのことを持ち出した。

パスコーがなにも言わなかったのは、言うべきことがなにもなかったからだとわかった。連絡が途絶えたんだ。医者たちができる限りのことはやったとなると、ルートはふっと姿を消した。ヒースロウ空港からスイス行きの飛行機に乗ったというところまで、パスコーには追跡できた。ルートが前にもスイスに行ったことがあるのはわかっていた。例のおかしな手紙の何通かはスイスから来ていたからだ。今回は、手紙は来なかった。葉書一枚もな。ルートのことだから、腹の高さから人生を眺めるのに満足しないで、賠償金の一部を遣い、あっちで治療法をさがそうと出かけていったのだろう、そう推測するのがせいぜいだった。

居どころを突き止めるくらい、まあ簡単にできたろう。国境のなくなったこのごろのヨーロッパでも、車椅子の外国人なら目につくものだ。だが、エリーがパスコーに、もしルートが連絡してこないなら、それは彼の選択だ、と言ったようだった。

ところが今、あいつが目の前に現われた。実物大で、わたしの管区内に――ああ、わかってる、管区のごく端っこではあるがな。で、わたしはそれについてなにひとつ知らなかった。

これは気に食わなかった。そりゃ、最近しばらく昏睡状態だったとはいえ、何が起きているのか知らない理由にはならない。

あいつは車椅子を動かしてわたしの横に来ると言った。

「たいへんな目にあわれたことは新聞で読んでいましたが、回復のニュースが誇張されたものでないとわかって、すごくうれしいです。でも、片足が裸足なのは、新しいセラピーの一部なんですか？　それとも、とうとうフリーメーソンに加入されたんですか？」

いかにもルートだ。なにひとつ見逃さず、自分はコメディアンだと思いたがる。

わたしは言った。「きみも元気そうだな」

それは本当だった。前に会ったとき、といっても、もちろん撃たれた直後は別にしてだが、そのころより、むしろずっと若々しく見えた。店主がわれわれのテーブルに来て、なにやら紫色で泡の立ったものの入ったグラスを彼の前に置いた。不老不死の霊薬かな。そんなものを発見するやつがいるとすれば、それはルートだ。

彼は言った。「ありがとう、アラン。ええ、ミスター・ダルジール、おかげさまで、ぼくはすごく元気です。で、どういうわけで明るいサンディタウンにお見えですか？　いや、言わないでください、当ててみましょう。療養のためにアヴァロンに来られたんじゃありませんか？　ごく最近でしょう。かれらはまだ予備査定の最中だが、あなたは苛立って先制攻撃を決め、このすばらしいパブまで自力で達した」

利口な野郎だと言ったろう。

わたしは言った。「きみをもっと若いころつかまえていれば、探偵にしてやれたところだ、ルート。しかし、そのかわりあとでつかまえて、有罪にしてやれたんだから、文句はないがね」

「相変わらず、ずばっと来ますね」彼はにっこりして言った。「今度はぼくがここで何をしているのかと訊いてこられるでしょう」

「こっちから無駄口をたたくことはない」わたしは言った。「それはもちろん、ぼくと同じくらいの推理は楽にできるという意味ですよね」彼は言った。

ゲームの好きな人間にありがちだが、ルートはいつも相手も同じゲームをやっていると考える。わたしだってゲームはいやではないが、こっちがルールをこしらえる場合だけだ。

わたしは言った。「いや。きみの話は一言だって信じない、という意味だ！　だが、この店の主人がきみはオウムの小便を飲むと承知しているくらいだから、それなりに長いあいだここで暮らしてきたと推理はできる」

「これはクランベリー・ジュースですよ」彼は言った。「ビタミンたっぷり。試してみられるといい」

「まあ、モリス・ダンスと近親相姦を試したあとでな」わたしは言った。「きみがここにいる理由に関心はない。犯罪に関わる理由であれば別だがね。そうだとしても驚かないが」

「おやおや。まだ昔の不信が解けませんね」

「いや、たんに昔の現実だ」わたしは言った。

それから続けた。それまで面と向かって言ったことがなかったし、言う必要があったからだ。「いいかね、ルート、きみが幼いロージー・パスコーの命を救ってくれたことには、一生感謝する。それはおぼえていてくれ。だからといって、深刻な犯罪に目をつぶるつもりはないが、中部ヨークシャーで車椅子を黄色二本線の上に駐車したくなったら、どうぞかまわずやってくれたまえ」

彼の目に涙が浮かんだ。どうやってあんなトリックができるのか知らないが、難なくやってのけた。

「あなたからこんなに親切な言葉をかけていただいたのは初めてだと思います、ミスター・ダルジール。で、あの子はどうしています？　もう大きくなったでしょうね。それにミスター・パスコーと美人の奥さんはいかがです？」

「みんな元気だ。彼はきみと連絡が取れなくなって、ちょっと気にしていた。何があったんだ？」

彼は飲み物を一口飲んだ。わたしは目を逸らさずにはいられなかった。パブを禁煙にできるんなら、ああいう色のものを飲みたがる連中がいるところに少なくとも衝立てを立てるくらい、したらよさそうなもんだ。

それから彼は言った。「ミスター・パスコーが心をかけてくださるのには、深く感動しました。ぼくはあの人を非常に尊敬しています。友達と見なせたらうれしいんですけどね。まあ、そういう気持ちがあったせいでしょうか、体が回復するにつれ、彼がぼくに対して感じている感謝の念が、いつか彼の心の重荷になるんじゃないかと、心配になってきたんです。感謝の念が恨みに変わるのは簡単でしょう？　ミスター・パスコーは強い感情の持ち主だ。強すぎることさえある。むずかしい決断でしたが、二人のあいだの熱を冷ますのが最善に思えました。それで、当時の連合王国の医学界で可能な限りの治療は受けたと判断し、ほかの治療法を模索するため海外へ行こうと決めたとき、これが別れるのにいい機会だと思ったんです。ぼくのような人間がこうも利他的なことをするはずはないとお考えかもしれませんが、ミスター・ダルジール、これが真実なんです」

信じられると思った。

わたしは言った。「今度ばかりは正しいことをしたようだな」

バーのドアがあいて、買い物の袋をどっさり提げた若い女が入ってきた。背が高く、弓の弦《つる》みたいにやせっぽちだ。婦人雑誌じゃスリムとか、ほっそりとか、柳腰とか、そんなようなばかな表現を使うところだろうが、わたしに言わせりゃ、やせっぽちだ。女はちょっとつかみどころがあったほうがいい。もっとも、えり好みばかりしていられないから、弓の弦でもよく響くやつをたくさん知っているが、それでもだいたい、やせてがつがつした女には近づかないできた。とはいえ、この女はモデルっぽく頬がこけて、けっこう美人だった。ウェーヴのある茶色い髪、ぽってりした唇、意志の強そうな顎。その優しげな青い目はルートをとらえた。

彼女は言った。「フラニー、ハイ」

「クララ」ルートは言った。「ハイ！　こっちに来て。古い友達を紹介するよ、アンドルー・ダルジールだ。ミスター・ダルジール、こちらはクララ・ブレトンです」

彼女はこっちにやって来た。袋を提げていても、動きがきれいだった。公平に言って、それはやせているおかげだろうな。しかし、うちのキャップだってダンスをさせればたいしたもんだぞ。

彼女は言った。「はじめまして、ミスター・ダルジール」まるでわたしの名前の綴りを知っているみたいにな。それに、わたしがこういう格好なのを目にとめても、まばたきひとつしなかった。

わたしは言った。「はじめまして」

「いっしょに一杯やらない？」ルートはにやけた魅力を全開にして迫った。

彼女はすわって、こう言った。「伯母が来るまでね。テディがわたしたちに〈モビーズ〉でおひるをおごってくれるの。ここで待ち合わせてるのよ」

彼女は袋を下に置いて、ほっとした表情になった。

わたしは言った。「じゃ、ここらでは出前はないのか？」たんに会話をするためだった。

ルートが割り込んだ。「あるんですよ。でも、出前料金を多少取られるんです。個人サービスを受けられるなら、そんな金を払うことはないでしょう？」

二人は微笑を交わした。特別な関係なのか？ルートのことだ、なんだってありうる。紳士ならここで言い訳をして姿を消し、二人きりにさせてやるところだが、紳士はガウンを着てパブにすわっているものじゃない。ともかく、わたしはルートがどうプレーするのか見届けたかった。しかし、プレーの暇はなかった。

またドアがあいて、別の女が入ってきた。こっちはもうちょっとわたしの趣味に合った。目をクララとルートに据えた様子を見て、これが彼女の伯母だとすぐ見当はついた。年はくっていて、六十代、そろそろ七十というところだが、老けた感じではなく、バッファローなみの体格に、バッファローなみの目つき。若いクララにはクリスマスのオードブルにするほどの肉さえないとしても、こっちはメイン・コースに出したあと、残りをボクシング・デイに食えるほど、たっぷり肉がついていた。年寄りにしちゃ悪くないルックスだが、姪とはぜんぜん感じが違う。あっちは滑らかな青白い肌、こっちは雨風にさらされた樫の木だ。唯一似ているのは意志の強そうな顎で、こっちは年を経て鋭さが増し、砕氷船もかくや。こいつはまわりを思いのままに動かすことに慣れている女だった。

彼女は言った。「ああ、そこにいたのね、クララ。買い物はすませた？　よかった。テディはまだ現われない？　ま、かまわないわ、お勘定をすませるときに登場してくれさえすればね。まずちょっと一杯やろうかしら。アラン！」

店主はまた機先を制し、カウンターにはもうジン・トニックとオレンジ・ジュースがのっていた。どっちがどっちに行くか、考えるまでもない。

「こんにちは、レイディ・D」ルートは言った。「お元気ですか？」

「いつだって元気よ、フラニー。たいていの病気は、医療関係者が愚か者からお金を搾り取るために発明したものだと、わたしは強く信じています」

彼女は大声で笑い、車椅子のみじめな男がこれをまったく愉快だと思わないかもしれないとは、頭に浮かびもしないようだった。ルートは平気で、にやりとして言った。

「サンディタウンがどれほど健康にいいか、生きた証拠が欲しいとトム・パーカーが思ったら、あなたを見ればいいだけだ」

彼女は後れ毛をかき上げて言った。「ご親切にありがとう、フラニー。確かにわたしは生まれつき頑健な体に恵まれています。実際、自分のせいで医者の顔を見たことは生涯一度もないと思うわ。例外は夫の死を告げられた、二度の不幸な出来事のときだけ」

ルートは一瞬おごそかな表情を見せてから、何食わぬ顔で言った。「でも、レイディ・D、ドクター・フェルデンハマーの顔なら、ご自分のためにずいぶん見ていらっしゃるし、それは不幸な出来事ではないんじゃありませんか？」

彼女は茶目っ気たっぷりに笑い、まるで壊れた手回し風琴が〈春のささやき〉（シンディング作曲のピアノ曲）を演奏しているみたいな具合だった。それから、もし扇子を手にしていたら、そいつで相手の手の甲をぱしっと叩いただろうと思うような調子で、こう言った。「悪い子ね、その毒舌のせいで、いつか厄介なことに巻き込まれますよ」

「そうなったら、ぼくの性格証人として出頭していただきますよ」ルートは言った。「古い友人のアンドルー・ダルジールをご紹介させてください」

この脇芝居のあいだずっと、あのバッファローの目がわたしをじろじろ観察していたのはわかっていた。彼女はわたしの見た目が気に入らなかった。あるいは着ているものが気に入らなかっただけか。

わたしは言った。「どうも、奥さん」するとむこうは会釈を返してきたが、至近距離にいたらこっちの鼻の骨が折れただろうというような会釈だった。それから、彼女は向きを変え、バーのスツールにすわった。その尻ときたら、男が誇りに思って刺青のデザインにできる。店主が彼女の前に飲み物を置くと、彼女はカウンターに身を乗り出し、低い声で彼と話を始めた。

若い娘はルートの手を同情するようにさっと握ってから、バーの伯母の隣に移った。

わたしはエールを飲んだ。さっきほどうまく感じられなかった。ビールが悪いんじゃない、わたしのせいだ。一杯でやめておくんだった。スコッチもよせばよかった。こいつを飲めるほどの体じゃないんだ。それでむっつりしたせいか、こんなことを言ってしまった。「望みはないな、ルート。裕福な伯母さんは金のない姪を扶養する」

ルートが偉いのは、ゲームをやるとしても、ばかなゲームはやらないってところだ。たとえば、なんの話かわからないというふりをするとかな。

「金のない姪には自分の意志がある」彼は言って、芝居気たっぷりにウィンクした。

「ああ、それに裕福な伯母さんのほうにもな。分をわきまえないやつには遺産を相続させない」わたしは言った。

「どっちみち、あの女が見かけほど丈夫なら、長く待たされるだろうよ」

「ええ。レイディ・デナムはすごく健康です。もちろん、裕福でもある」彼は小声で言った。

「それに賢明？」わたしは言った。

「金を儲け、貯めることにかけては、非常に賢明です」彼は言った。

「驚かないな」わたしは言った。「それできみは彼女がどれだけ貯めているか、小数点以下まで把握しているんだろう」

　彼はにやりとして言った。「お忘れのようですが、ピーター・パスコーの助けと鋭才のおかげで、ぼくには今、まずまず楽に暮らせるだけの金があるんですよ、物書きとして稼ぎ出す分を別にしてもね。もしそういうぼくが美しいクララに関心を持つとすれば、それは彼女のさすらいの魂（イェイツの詩「あなたが年取ったとき」から）に対する関心でしかありません」

　元囚人がさすらいの魂なんてことを言い出したら、たわごとに決まっているが、金については嘘ではないとわかっていた。ピートは感謝の念と罪悪感にとらわれるあまり、ルートが刑事傷害事件被害者として最高の賠償金を取れるよう、全力を尽くした。そのうえ、彼が撃たれた現場のレジャー・センターには保険の中に個人傷害条項があったので、これがルートのケースに当てはまると、利口な弁護士が判事を説得した。最高だったのは、ルートは撃たれたあの日、アメリカ旅行から帰国したばかりで、ピートが書類を整理していたとき、旅行保険が深夜零時まで切れなかったことに気がついたことだ。保険会社は例によってのらりくらり逃げまわったものの、最後にはレジャー・センターを相手にした同じ弁護士が、こっちにも完全廃疾の保険金を払わせるのに成功した。最終的にルートは車椅子で動けるようになり、金額はぐんと下がったが、それでもかなりの大金だった。

　わたしは言った。「仕事に頼らず暮らせる金があるのと、人に頼らず生きていけるのとは、同じことじゃない」

　わたしは金のことを言っただけだったが、口にしたとたん、彼の脚のことをからかっているようにも受け取れると気づいた。わたしとバッファロー女にはずいぶん共通点がある。だが、すまなかったと謝って恥の上塗りをするのはいやだから、急いでこう続けた。「で、大金の入ってくる物書き業とは何なんだ？　まさか、アーチャー卿（ベストセラー作家ジェフリー・アーチャー）のゴーストライターをやってるんじゃなかろう？」

「ありがたいことに、そうじゃありません」彼は言った。「それに、大金なんて言いませんでしたよ。おもに学術的なものです。療養中に、なんとか博士論文を書き上げたんです。ええ、厳密にいえば、ぼくは今、ドクター・ルートですけど、気にしないでください、称号は使っていませんから。知らない人だと医者かと思って、腰痛を訴えてきたりする。今、ぼくはサム・ジョンソンの書き遺したトマス・ラヴル・ベドウズの評伝を完成させようとしているところです。ぼくの指導教官だったサムのことはおぼえていらっしゃいますか？　優れた作品を仕上げる前に残忍に殺されてしまった？」

「ああ、あの事件ならおぼえている」わたしは言った。「すると、きみはこのベドウズとかいうやつの伝記を書くんで、前渡し金をもらっているのか？」

「残念ながら、違います」彼は言った。「もっとも、カリフォルニアの出版社、サンタ・アポロニア大学出版局では、かなりの額の研究費を提供してくれましたけどね。それでも、新聞雑誌の記事とか、インタビューとか、講演会とか、金になるものも付随して出てくるんです。そのほか、第三思考のコンサルタントとして顧問料も多少もらっていますし」

　自分が堅気の暮らしをして、正直に金を稼ぐ能力があると、どうしてこう熱心に印象づけようとしたんだ？　こんなふわふわした仕事を正直と呼べるとしてだが？

「第三思考？」わたしは言った。「あの気の触れたカルトか？　サンダルを履いて豆を食ってる連中が熱心な？」

「物事の精髄をなんとよく把握していらっしゃることか、ミスター・ダルジール！　つけ加えることはなにもありませんよ。もっとも、この運動の設立者、修道士《フレール》ジャックは、詳細を明らかにする分厚い本を二冊書いていますけどね」

　いつもながら、皮肉な野郎め！

　彼はべらべらとしゃべりまくった。このジェイクスとかいうやつは、あるとき死にかけたんだが、自分はまだ覚悟ができていないと気づいたので、人々が死に直面する前に、死の概念に慣れておけるよう手助けをする運動を始めた。

「〝心のホスピス〟と彼は呼んでいます」ルートは言った。「ぼくが第三思考に最初に関心を寄せたのは、白状しますが、純粋に私利私欲からでした。でも、その後自分が死にそうな体験をして、運命を受け入れるのに苦労していたとき、しばしばフレール・ジャックの教えに心が向くようになったんです。それで、彼と再会しましたが、今度はその教えに対して本物の熱情を抱いていました。最終的に、ジャックはぼくを招き、有給の弟子にしてくれました」

彼はわたしを査定するように眺めると、身を乗り出し、低い声で言った。「そういえば、ミスター・ダルジール、最近ああいうトラウマを受けられて、あなたご自身、新しい哲学を求めていらっしゃるかも……」

こいつ、わたしを折伏しようとしていた！

わたしは言った。「このおしゃべりの請求書をあとで送ってくるつもりならな、第三の考えを持った（考え直した）ほうがいいぞ」

やつがあまり大声で笑ったから、バーの女性二人はこちらに目をくれ、婆さんのほうは叱るようににらみつけてきた。きっとわたしが下品なジョークを言ったとでも思ったんだろう。

しばらくして落ち着くと、ルートはオウムの小便を飲んで言った。「それじゃ、ホームへはどうやって戻られるつもりですか？」

「必要なら、自分の二本の脚で歩いてれ」わたしは答えた。「乗せていってやろうと考えているんなら、警告しておくがね、きみの膝には乗らんぞ！」

彼はにやりとして言った。「ぼくの車で喜んでお送りするところですが、どうもその必要はなさそうだ」

「どうしてだ？」

彼は腕時計に目をやった。高価そうな品だった。

「あと数分以内に、アヴァロンの職員が到着するでしょう。職員は飲み物を注文し、あたりを見まわすと、あなたの姿を認めて驚く。ひとこと話をして、飲み物を飲み終えると、ドアに向かうが、ふと思いついたように言う。〝お送りしましょうか、ミスター・ダルジール、それとも、足の手配はついていますか？〟」

「どうしてそんなふうに思うんだ？」

「なぜなら、あなたが到着してまもなく、アランがアヴァロンに電話したはずですから。万一、コンヴィーの一人がいなくなったと、むこうで気づいていない場合に備えてね。そしておそらく、あなたのせいでほかの感じやすい客がおびえて午後じゅう店に近づかなくなる心配はない、あと十分もすればあなたは出ていくはずだからと、アランはレイディ・デナムを安心させていたところでしょう」

「どうして彼女がそんなことを心配する？」わたしは訊いた。

「彼女は〈希望と錨〉亭のオーナーだからです」彼は言った。「実際、レイディ・デナムはサンディタウン内外の不動産をすごくたくさん所有しています。健康なだけでなく、裕福でもあると、さっき言ったでしょう。しかし、二人がランチに行く〈モビーズ〉は、彼女の友人ミスター・パーカーのものです。彼女はあそこの食べ物は楽しむが、誰かほかの人が金を払うのでなければ、絶対に行かない。今回、払うのはテディ・デナムです。そんな金はないのに」

「金に興味のない人間のわりに、ほかの人間の金の遣いぶりはばかによく見ているんだな」わたしは言った。

彼は言った。「それは、第三思考の信奉者として、人間の状態に深い興味を抱いているからにすぎませんよ。金銭の欲はすべての悪の根（新約聖書「テモテへの手紙 一」より）だと、パウロ《ポール》は教えているんじゃありませんか？」

「ポールだって？」わたしは言った。「あれはリンゴーの（ビートルズのリンゴーのこと）仲間だと思っていたがな。いや、すまん、もうちょっと昔だ。アダム・フェイスだろ？」

ルートを黙らせるのはそう簡単じゃないが、これは効いた。

女たちはドリンクを飲み終え、スツールからするりと下りた。若い子は雪片のごとく、年取ったほうは雪崩のごとく。

クララはおずおずと小さく手を振り、伯母はこう言った。「アラン、どうやら脳たりんの甥はまっすぐ〈モビーズ〉へ行ったとみえるわ。もしあの子がここに現われたら、わたしたちはあっちにいると伝えてちょうだい。それに、飲み物の代金を受け取るのを忘れないで。紳士は招いたゲストにお金を支払わせるものじゃありません。お金といえば、ここの地下倉《セラー》を近代化するというあなたのアイデアですけど、詳しい費用計算が必要だと思いますね。正確な見積もりがいります、概算でなく。時間があれば、あとで寄って、よく見てみましょう」

店主はうやうやしく頭を下げた。あるいは、こいつはうれしい知らせじゃないぞという表情が顔に出るのを心配していたのかな！

「承知しました、レイディ・デナム」彼は言った。

彼女は、今度はこちらに目をやって言った。「それじゃ、フラニー。今週はわたしとランチがあるのをお忘れなく」

「心に刻みつけてありますよ、レイディ・D」ルートは言った。

彼女は視線をわたしに移し、ひょいと首を引っ込めると、突撃を考えているみたいに軽く鼻を鳴らしたが、そのままドアへ向かった。

わたしはつぶやいた。「ランチというのは、〈モビーズ〉のロブスターか？」

「いいえ。サンディタウン・ホールで豚の腹肉でしょう」ルートはぞっと体を震わせて言った。

どういう意味だと訊こうとしたが、その前にドアがあいて、近づいていた女二人に向かってヤンキーの声がした。

「ダフネ、クララ、うれしいな。お元気ですか、お二人とも？」

トイレ歯のフェスターワンガーだ。

まあ少なくとも、あいつらはわたしを取り押さえるのに、洟垂れ用務員なんかじゃなく、魅惑の王子様ご本人を送ってよこした。もちろん、あいつが現われたのがそのためだと仮定してだが。ルートはそうだと考えているのが見て取れた。こっちを見て、ちょっとした表情をつくった。尋ねるような、冷やかすような顔。パスコーもときどきああいう表情をつくる。あいつとルートのあいだには、思っていたより共通点が多いのかもしれんな。

バーに入ってくると、フェスターワンガーは若い娘に向かってスポットライトなみの微笑を光らせ、それからバッファロー女の腕に巻かれた。まるでカンバーランド・レスラーが押さえ技を決めたみたいだった。ただし、レスラーなら相手の顔をくわえ込み、舌で扁桃腺をマッサージしてやるってことはないけどな。これを見ると、ルートがさっきからちょこちょこほのめかしていたことの意味がわかった。

フェスターはようやく離れ、浮上を急ぎすぎたダイバーみたいにふらっとした。だが、たいしたもんだ、すぐに回復して、レイディ・Dとおしゃべりを始めた。彼はヤンキーの魅力を発散させ、彼女は少女っぽくいちゃつき、まるで昔のディズニー漫画映画に出てくる踊る象だった。ほとんどフェスターが気の毒になった。彼女なら、あいつを嚙み砕いて診察室の寝椅子に吐き出してやれる、という気がした。とうとう彼女は彼に別れのキスをした。これは最初のがリハーサルに思えるくらいすごいものだった。それから出ていこうとしたが、足を止めた。ドアがあいて、別の男が入ってきたからだ。

だが、今度は様子が違った。大げさな挨拶や抱擁はない。実際、わたしが人の顔を読めるとすれば、この二人は相手がその場に倒れて死んだって意にも介さないというふうだった!

新入りは戸口に立ちはだかっていたから、彼女は出ように出られない。

「どいてください」彼女は横柄に言った。公爵夫人がセックスの相手にする気がない猟場番人に話しているって態度だった。

男は動かなかった。年は九十くらいに見えた。墓から掘り出した死体の顔だって、もうちょっと健康そうなのを見たことがある。目は深く落ちくぼみ、禿げ頭にしょぼしょぼくっついた髪は、しなびたプラムに生えたかびみたいだ。そのうえ、野生動物保護地区なみのひげを生やしている。この暑いのに、きたならしい厚地のジャケットを着て、下には昔風な襟なしの縞のシャツ、だぶだぶのズボンは、かつて百姓が紐で腰に縛っていたようなやつだが、これは自尊心のあるドブネズミならそばにも寄らないだろうって代物だった。

ふいに、わたしの服装もそう悪くないと思った。

男はまだ動かず、口も開かなかった。すると、店主が警告するように言った。「ヘン」

男は今度はにやりとした。ほとんど歯茎だけ、茂みのむこうに見える二、三本の歯は緑がかった黄色で、根元のほうは黒ずんでいる。こんなのを見たら、フェスターワンガーは失神するんじゃないかと思った。

それから、男は脇に寄り、滑稽なおじぎをして言った。

「失礼いたしました、奥方様。そこにおいでとは、気がつきませんで。申し訳ない。奥方様のお邪魔をするつもりは毛頭ございませんでした」

「けっこうよ」彼女は言った。それからさっさと男の前を通って出ていき、あとにちょっと恥ずかしげな顔をしたクララが従った。

二人が出ると、老人はドアを蹴って閉めた。店主は言った。「気をつけろよ、ヘン。店内設備に責任があるのはおれなんだから。いつものやつですか、ドクター・フェルデンハマー？」

一部始終をおもしろそうに見守っていたヤンキーはうなずいた。彼のいつものやつとはオンザロックだった。濃い琥珀色、タイタニックが沈没しそうなほど氷がたっぷり入っている。ジャック・ダニエルズか。少なくとも、紫色じゃない。フェスターワンガーは一口飲み、それから向きを変えて、カウンターに背をもたせた。われわれがいるのに初めて気がついたという演技をして顔をほころばせ、例の歯を見せた。

「あれ、フラニーじゃないか」彼は声をかけた。「それに、ミスター・ダルジール。歩きまわっていらっしゃるのを見て、うれしいですよ。お元気そうだ」

ルートは〃ほらね〃とばかり、テーブルの下でわたしの太腿をつついた。わたしも〃まあ様子を見てみよう〃と返事がわりにあいつを蹴ってやったってよかったが、脚に感覚がないんだから、無駄だと思ってやめた。

「ああ、悪くないですよ」わたしは嘘をついた。正直なところ、ひどく頭がぼんやりしていた。さっきの老人はビール一パイントを受け取ったが、見た限りで口を開くことも、金を出すこともなかった。ほかのときなら、いったいどういうことなのかと興味を持っただろうが、このときばかりはどうでもよかった。

「それはよかった。フラニー、きみも元気かい？　金曜日にはトムの会合に出るんだろうね？」

「もちろん。いろいろとおもしろくなりそうだね、レスター。こっちに来て、いっしょに飲まないか？」

フラニーとレスター。昔のミュージック・ホールの二人組芸人みたいだ。ルートはこの町にあの役立たずの脚をしっかり突っ込んでいるらしい。社交スケジュールもずいぶんいっぱいのようだ。

「ありがとう、でもゆっくりしていられない」ヤンキーは言った。「郵便局に速達小包を出しにきただけなんだ。故郷の姪の誕生日。危うく忘れるところだった。忘れたりしたら死刑だよ。で、義務を果たしたからすばやく一杯と思って来たんだけど、すぐクリニックに戻らないとね」

細かいことまで言いすぎだ、と気づかないほどわたしは不健康ではなかった。精神分析医ならそのへんをわかっているだろう。それに、田舎の郵便局はだいたい土曜日は昼で閉めるものだ。

またドアがあいた。なんだかフランスの笑劇みたいになってきた。今度の新入りはいい体格の若い男だった。いかつい顔で、五時の影《うっすら伸びたひげ》が一時半には現われるってタイプだ。人がよくしてくれるのは当然、女がセックスの相手になってくれるのは当然と考えているような感じだった。

彼は言った。「アラン、うちの伯母さんを見た？」

「いらっしゃって、出ていかれましたよ。〈モビーズ〉でお待ちです」

「おっと。ちょっと怒ってた？　すると、ロブスターのテルミドールだ、困ったな。まあ、どっちみちアンコウのパテを選ぶ人じゃないけどね」

彼はジョークだと示すために苦笑いのような顔をつくってみせたが、実際にはジョークでなんかなかった。

今、彼はバーにほかに誰がいるかと眺めた。カカシ男は無視し、わたしとルートにはうぬぼれたにやにや顔を向けて言った。「ああ、フラニー、看護師さんが散歩に連れ出してくれたのかな？」それから、ふいにフェスターに気づいたようにびっくりして見せ、大声で言った。「あれ、ドクター・フェルデンハマーですか？　すわった姿勢だから、わからなかった。お元気でしょうね。さてと、伯母さんを待たせるわけにはいかない」

彼はやかましく口笛を吹きながら出ていった。

見ると、フェスターワンガーの顔が紅潮し、年代物のポートワインの色に変わった。深刻に腹を立てたか、脳溢血を起こすところか、どっちかだ。

彼はドリンクの残りを、いかにも飲まずにいられないという様子で飲み干した。角氷が真っ白い歯にぶつかって、白熊も逃げ出しそうな音を立てた。それからスツールを下り、店主にさっと会釈すると、ドアを抜けて大股に出ていった。

わたしはルートに言った。「予想違いだったようだな」

彼は言った。「情勢が変わったんだと思います。でも大丈夫、彼はすぐ思い出しますよ。さっきテディ・デナムが口笛で吹いていたあのメロディー、何だったかなあ。喉元まで出かかってるんだけど」

つまり、曲名は見当もつかないが、ヤンキー・ドクターがああも冷静さを失ったきっかけは何だったのか、ぜひ知りたい、という意味だ。フラニーはなにも見逃さない。

「悪いが、ぜんぜん知らんね」わたしは言った。これは嘘だ。あのメロディーならすぐわかった。ラグビー試合の帰りのバスの後ろの席で男たちが大声で歌うくだらん歌だ。何度となく聞いたことがある。

ルートがラグビー・バスに乗った経験が豊富だとは思えないし、わたしが教えてやる理由はないと思った。

ルートは例によって意味ありげにこっちを見て、隠しているんでしょうとほのめかした。それからその顔は〝ほらね！〟の表情に変わった。またドアがあいて、フェスターが首を突っ込んできたんだ。

「ふと思いついたんですが、ミスター・ダルジール――ホームまで車でお送りしましょうか？　それとも、もう足の手配はついていますか？」

歩くほうがいい、と言ってやることもできたろう。あるいは、ルートが送ってくれるとか。だが、いいかげんにしろ。自尊心のせいで欲しいものを断わるのは阿呆だけだし、わたしはとにかく部屋に帰って倒れ、眠りたかった。

「いや」わたしは言った。「そうしていただけると、ありがたい」

わたしはビールのグラスを見た。半分入っていた。飲みたくない、と気づいた。

自尊心のせいで飲みたくないものを飲むのは阿呆だけだ。だが、ルートの視線を感じ、今回は自尊心のほうが勝った。

グラスを干し、テーブルに置くと、椅子からよいしょと立ち上がった。

「ありがとうよ」わたしは店主に言った。「うまいビールだった」

「ありがとうございます。またじきにお目にかかれるといいですが」彼は言った。

「心配無用、すぐ戻ってくる」

ルートはわたしの腕をとらえ、低い声で言った。「ミスター・ダルジール、一つだけ。ミスター・パスコーのことは、あなたにおまかせします」

彼に知らせるか、知らせないか、という意味だ。

わたしはうなずいて、店を出た。

ルートという男は一インチたりと信頼しない、というのじゃないが、信頼できるのはせいぜいあいつを投げ飛ばせる距離だけ、つまりあのときの気分だと、半ヤードというところだった。だが、ほめるべきはほめてやらんとな。彼のピートに対する振る舞いはまったく正しかった。

とはいえ、疑問がないわけじゃない。今、とうとうベッドに寝かされ、シーツの下で自分相手にしゃべっていると ころだが、もしフラニー・ルートが行き先を知らせずに海外へ出かけた理由の一つが、ピート・パスコーに責任感を感じさせないためだったなら、どうしてイギリスに戻ったとき、わざわざ中部ヨークシャーに落ち着くと決めたんだ？　そりゃ、ここは管区の端の端にすぎないが、それでもわれわれの管区だ！

バッファロー女の甥っ子が口笛で吹いていたあのメロディーが頭から離れない。歌詞はどうだっけな？　ええと……インディアンの乙女がどうとかいう……ああ、そうだ！

　昔インディアンの乙女がいた、
　すごくおびえていた、
　木陰で寝ているとカウボーイが来て
　彼女の煙突に棒を突き上げるんじゃないかと。

これがさらに続いて、もっと下品になっていく。フェスターが〈孤島のレコード〉（ラジオ番組で、ゲストが好きなレコード八枚を紹介する）に選ぶようなものじゃない。それに、どうしてこんな歌があれほど気に障ったんだ？

疑問、疑問、いまいましい疑問の数々が陽気な歌のメロディーに合わせて、頭の中を狂ったように跳びまわっている。だが、ダンスのリード役はいつも同じ疑問だ。

いったいルートの野郎はここサンディタウンで何をしている？

心配無用、ここを出る前に、どうにか答えを見つけてみせる！

だが、今は眠りたいだけだ。

じゃ、きみからおやすみを言ってくれ、ミルドレッド。

わたしからもおや

7

送信者：charley@whiffle.com
宛先：cassie@natterjack.com
件名：ミニー情報局！

ハイ、キャス！

写真をありがとう。彼、ほんとにゴージャス！　わたしも一つ欲しいな。彼に弟はいない？　すてきな笑顔ね。何がそんなにうれしくて、にこにこしてるのかなあ？！！

退屈なサンディタウンに戻ります！　昨日、昼食のあと、トムは失礼と言って自室にこもり、留守中にたまった仕事をかたづけ始めたので、ミンは――明らかにわたしを自分専用にすると決めたのね！――いっしょに水泳をしないかと誘った。親切に声をかけてくれたんだし、海だとばかり思って、ええ、行きたいと言ったんだけど、行き先はプールだった。トムが話していた五つ星ホテル、ブレトン・マナーのね。どうもパーカー家の人たちはみんな（当然だけど）あそこのヘルス＆レジャー・クラブの会員権を持っているらしい。ただし、子供はおとなの付き添いなしには入れてもらえないので、おてんば《ミンクス》ミンはわたしを保護者に選んだ！　メアリはわたしを救おうとしたけど、わたしは大丈夫と答えて、二人で出かけた。

ミニーが先に立って歩き、ゲートを抜け、ゴルフ・コースを横切った。コースは建設の最終段階に入っているように見えた。

「イースターまでにはできるはずだったの」ミンはオーナーづらで言った。

ここにはすごいお金がかかっている、とわたしは思い、ブレトン・マナーに到着すると、そのとおりだった。もとは豪壮なお屋敷だったでしょう。それがずいぶん改造、増築され、キョート・ハウスにあるような、エコ・フレンドリー（カーボン・アンフレンドリー）なものがみんなくっついているんだけど、趣味よく、目立たない。こういう丹念な仕事には大金がかかるわ。概念としては、一九二〇年代の週末のハウス・パーティーに招待されたという感じ――民宿に泊まって大金を払わされるんじゃなくてね！　人はあまりいなかった。まだ寝ているんでしょう。公式のオープニングは二週間先、公休日を含む週末。そのときトムは健康フェスティヴァルを開催する。わたしはもういないから、楽しめないけどね――ありがたいことに！

この情報もミン提供！

彼女は大公妃みたいに堂々と正面ドアを抜けた。すると、受付嬢が〝ハーイ、ミニー！〟と大げさに挨拶し、わたしにも微笑を投げてきた。

プールへ行く途中で会った人たちはみんなミニーを知っているようだった。しゃれたプール。オリンピックには程遠いけど、こういうのが好きなら、充分な大きさね。わたしは五往復くらいした。すごく退屈。ことに、ときどき泳ぐのをやめて、ミニーの平泳ぎとか、背泳ぎとか、飛び込みとか、見物してほめてやらなきゃならないんだもの。九歳のときには、たっぷりほめられる必要がある！　水泳のあと、わたしたちはカフェのすごくかけ心地のいい椅子にすわり、コークを飲みながらおしゃべりした。というか、わたしは聞き役！　かまわないわ、サンディタウンがどう動いているかに興味が湧いてきていたからね。ご承知のとおりよ、わたしは中身をすっかり外に出してしまうまで、絶対に満足しない！　それに、ここで起きていることでミンの鋭い目と耳にひっかからないものはない！　話がすむころには、わたしは彼女を私有の情報局と考えていた！

もとの屋敷は、わたしも知っていたとおり、裕福なブレレトン家、つまり名高いレイディ・デナムの実家のものだったけど、彼女がさらに裕福なホッグ・ホリスと結婚したとき、必要がなくなった。ホリスは地元の成功者で、豚農場を〈ホリスのハム――ヨークシャーの味〉に育て上げ、最後にはほぼ見るものすべてを統べる王だった――サンディタウン百戸村《ハンドレッド》の領主となり、サンディタウン・ホールに住んだ。

彼は死んだ――自分を太らせてくれた豚たちを太らせてね（ミニーは気の毒なホリスの恐ろしい死にざまを、たぶんほとんどは空想でしょうけど、こまごまと聞かせてくれたから、ほとんど蹴飛ばして先へ進ませなきゃならないくらいだった！）。遺された妻は結婚当初より金持ちになっていた。その後、彼女はサー・ヘンリー・デナムと再婚し、デナム・パークが公式の住所になったけど、おそらくは豚の悪臭がいやで、それでも豚からの利益を妨げることはなにもしたくない、というわけで、たいていはホールのほうに住んでいた。

次にサー・ハリーが死ぬと（彼女、かわいそうな夫たちに何をしたのかしらね！）、彼女はサンディタウン・ホールに完全に居を移してしまった。年老いた父親がとうとう亡くなり、彼女は子供のころの家、ブレレトン・マナーに戻ることもできたのに、そうしなかった。なぜなら、ミニーによれば、ホールのある場所のほうが格が上で、マナーは交通の便が悪い。しかも、すっかり荒れ果ててしまって、直すには大金がかかるからだった。

「パパはこのあたりの土地をほとんどぜんぶ持ってるの」ミニーは説明した。「新しい進入路のとことか、今ゴルフ場を建ててるとことか。パパとレイディ・デナムがいっしょに働いて、マナーをしゃれたホテルにするっていうのは、シッド叔父さんのアイデアだったんだと思う。シッド叔父さんはお金のことならなんでもわかってるの。だからレイディ・Dは叔父さんの話をちゃんと聞くんだって、ママは言ってる」

「いいわね」わたしは言った。「すると、叔父さんはコンソーシアムの金融アドバイザーみたいなものなのね？」

「だと思う」彼女は不確かそうに言った。それからにっこりして、続けた。「シッド叔父さんたらね、レイディ・デナムはアヒルのケツなみにしまり屋《タイト》だって。つまり、水も通さない《タイト》ってことと」わたしがどういう反応をするかと、言いながらじっと観察していた。

わたしは笑っただけ。ストンピー・ヘイウッドの娘だもの、それくらいの表現は聞き慣れてます！　これで彼女はさらに大胆になって言った。「あたしとシッド叔父さんはね、レイディ・Dじゃなくて、レイディ・Bって呼んでるの」

「ブレトンのB?」わたしは言った。

「ううん。デカ尻《ビッグ・バム》のB」彼女はきーきー声で言った。

わたしはだんだんシドニー・パーカーに興味をそそられてきた。幼い姪に向かって、彼女が知性ある人間であるようにしゃべる男。うちのいやらしいアーニー叔父さんみたいに、こっちを脳たりんの小人と見なすんじゃなくね。彼が実際にどういう仕事をしているのかについては、ミンは漠然としていた。メアリからだって、〝銀行関係〟というくらいしか出てこなかったのよ。それで思い出した。ミセス・ダクスベリーがドラ息子が銀行関係だと自慢したときのパパの反応。〝ほう、そうですか?〟というと、ボニーとクライドみたいな仕事を?〟

パーカー家の力関係を推理しているの。わかってるわよ、いつものように詮索してるってこと! トムのお姉さんのことを訊いた。ミンに言わせると、ダイアナ伯母さんはたいへんな変わり者。いつも自分は死のドアの前にいる(「重病で、瀕死で」の意味の成句)とか言う。それでミンは小さいころ、すごくおびえた。これは前に一家が住んでいた家の屋根裏部屋のドアのことで、死神がそこに住んでいるんだと思い込んでいたから! でも、シッド叔父さんが恐怖を取り除いてくれた。彼女を屋根裏部屋へ連れていき、自分の子供のころの思い出の品をいろいろ見せてくれ、さらにこう言った。「伯母さんのことは心配しなくていいよ、ミン。きみが百五十歳くらいでとうとう死んだら、お墓に花を供えてくれるのはダイ伯母さんに決まってる!」

慰めの言葉にしては、ちょっとぞっとするものだけど、子供はぞっとするものが大好きだし、ミニーの目に映るシッド叔父さんは、とにかく非の打ち所がないの!

メアリがそこまで肯定的かどうかは疑問。今夜、夕食のあと、トムはまだかたづける仕事があると言って姿を消したので、子供たちをみんな寝かしつけると(ミンの場合は力ずくでね!)わたしとメアリは大きなグラスにベイリーズを注いで、古い友達どうしみたいにおしゃべりを始めた。彼女は打ち明け話のできる相手を何年も熱望していたんじゃないかしら。家族の外、サンディタウンの外の人間をね。前にも言ったとおり、彼女はものすごく忠実な人だけど、この開発計画がいずれ失敗に終わるんじゃないかと、ひそかに心配しているような印象を強く受けた。

ミンから聞かされていたとおり、きっかけを作ったのはシッドだと彼女も言った。

シッドは昔から数字に強くて、ごく若いころからパーカー家の財務を扱い、しかも非常に成功してきた、とメアリは認めた。うまい投資、安定した収益。そこに目をつけて、レイディ・Dが入ってきた。彼の助言を求め（もちろん、友達だから無料）、すごく儲かったものだから、シッドはやがて彼女のお気に入りの投資アドバイザーになった！

ともかく、ブレレトンの屋敷、パーカー家の土地、それにトムの建築士としてのノウハウを組み合わせれば、いい金儲けができるというアイデアをシッドが出してきた。少なくとも、シッドはそういう具合にレイディ・Dに話を持っていったんだと思う。トムはきっと、もっと理想家らしい未来像を描いてみせたでしょうね。大きな意味で人のため、コミュニティのためになる、環境保護に貢献する、とか。彼は昔からそういうことが趣味だったのよ。

こうして、偉大なるサンディタウン開発コンソーシアムが発足した。それからというもの、シドニーはその金融コンサルタントをつとめ、さらにトムとレイディ・Dの意見が食い違うと、アンパイアもつとめてきたらしい。トムは補完医療や環境問題にこだわっているけど、それがホテルにとってお金になるとは、レイディ・Dはぜんぜん思っていない。上流階級の暇つぶし——フェイシャル、マニキュア、マッサージ——に加えて、ピラテスよりもっと新しい流行エクササイズをやったあとは、グルメ・レストランで食欲を満たし、うんざりするほど高価なお酒で喉を潤す。大金持ちの客を惹きつけるのはそれだと彼女は見ている。でも、トムは譲ろうとしない。代替セラピーもいろいろ提供すべきだと主張する。彼の家族はそういうものに対して昔から深い——ときには偏執的な（と、メアリはほのめかし、ミンははっきり言っている）——興味を抱いてきた。幸運にも、ドクター・フェルデンハマー（アヴァロンのボス）は、最初こそ疑っていたものの、今では納得して、補完医療に関してクリニックはトムと同じ方向でやっていくつもりだ。
「ずいぶんひらけているんですね」わたしは驚いて言った。「主流の医者はたいてい、補完医療なんてたわごとにすぎないと思っているもの。わたしだってそうよ、正直に言えばね。でも、トムのそばでは正直になりません！

「ええ。それに、ありがたいのは」メアリは言った。「おかげでダフネ・ブレレトンがあまりうるさいことを言わないでいてくれる。レスターに対して、ああいう感情を抱いているからね」

「え？」わたしは言った。「まさか……？」

「ええ、そのまさかよ。彼女はドクターに照準を合わせているの。ベッドに連れ込みたいのよ」メアリは暗い顔で言った。「恥ずかしいわね、いい年をして」

やっぱり、サンディタウンの空気にはなにか特別なものが含まれているのかも！　とわたしは思った。

メアリがトムとレイディ・Dの関係について複雑な思いでいるのは明らか。忠誠心があるから、彼女はいつでもトムに賛成するけど、心の一部では、コンソーシアムがつぶれずにやっていけるのはダフネの利益欲のおかげで、トムの理想主義のせいじゃないと見通しているんだわ。デカ尻が（おかしいわね、あだ名って、すぐ人にひっついちゃう！）トムの言いなりになるときは、たいてい彼がより多くお金を払い、彼女はより少なく払うことになる。だから、トムは論争に勝ったように見えるんだけど、お金は損している。メアリは彼が遣いすぎるんじゃないかと、いつも心配しているのよ。

もっとも、トム自身はこの世に心配の種なんか一つもないって感じだけどね！　彼はようやく姿を現わし、わたしをないがしろにしてすまなかったと平謝りに謝った。

「明日の朝には、たまっていた仕事がかたづくはずだから」彼は言った。「きみを町へ連れていこう。徒歩ツアー！　町を見て、人に会うにはそれがいちばんだ！」

「でも、あなた、その足首じゃ」メアリは逆らった。

「もう治ったも同然だ」彼は言い張った。「われわれの美しくも才能あるお客さん（わたしのことよ、念のため！）から救急治療を受けたのと、ミスター・ゴッドリーの癒しの手を置いてもらったのとでね」

わたしは席を立ち、二人はけんか、いえ、議論を続けた。トムはけんかなんかする人じゃないわ！

浴室を出てくるミニーに会った。芝居気たっぷりにあくびなんかして！　メアリとわたしの話を立ち聞きしてたんだとしても驚かない。お父さんが書斎から出てきたんで、急いで隠れなきゃならなかったんだわ。でも、あの子は好きにならずにはいられない。わたしにくっついて部屋まで入ってきそうだったけど、その顔の前でしっかりドアを閉めてやったわ。わたしだって、タフになれます！

それじゃ、おやすみ。

愛をこめて

チャーリー

8

送信者：charley@whiffle.com

宛先：cassie@natterjack.com

件名：デカ尻登場！

ハイ！

今朝はのらくらすることに決めた。トムとの遠足なら、きっとエネルギーを要求されるに違いないから！　歩くことに関して、彼は〝論争〟に勝ったけど、メアリは頑丈なステッキを持っていくようにと主張した。それはどっちかというと、ダメージの防止よりは原因になりそうだった。だって、坂道を下るあいだ、彼はおもしろい景色があると、さっとステッキを振り上げて示すんだもの。

前に車で上がってくる途中、トムはサンディタウン・ホールの入口の車寄せを示してくれていた。レイディ・Dの自宅よ。ブレトン・マナーに行ったとき、あたりの風景を眺めていると、海のほうへ向かって遠くにホールのものに違いない高い煙突がちらと見えた。広々した林の上に覗いていたから、レイディ・Dはホテルからもどこからも見られることはないわけね。坂道を下っていくと、ずいぶんたくさんの新しく建設された建物の前を通った。ほとんどは開発計画につながっているらしい。高級住宅もあれば、初めて不動産を購入する地元の人たちにも無理なく買える住宅もある、とトムは念を入れて言った。どのパートナーがどっちを推し進めたか、推理する必要もないわね！

　いろんな人に会った。車を運転してる人たちが止まっては、トムとおしゃべりするのよ！　わたしはそのたびに、まるで開発計画の最大のもうけ物みたいに紹介された！　ようやく坂のふもとに近づき、昔の村が始まるところまで来ると、彼はおかしな古い家の外で足を止めた。絵のような家。不規則な形の砂岩を重ねてできていて、朝の太陽に照らされて輝いている。小さい昔ふうなコテッジ・ガーデンがある。斜面に建っているので、二階のほうが一階より幅が広い。

　お伽話のお菓子の家を思い出したわ。だから、トムがこう言っても驚かなかった。「ここは魔女小屋《ウィッチ・コテッジ》と呼ばれている。なぜなら、言い伝えによると、サンディタウンの最後の魔女がここに住んでいたからだ。今はミス・リー、うちの針師が住んでいる。彼女に会うといいよ、シャーロット、研究のためにね」

　彼は真鍮のノッカーを持ち上げ、ドアを強く叩いた。ちょうどそのとき、村からの道をおんぼろのジープががたごと上がってきた。まるでカラハリ砂漠横断トレックをやってのけたみたいな車だった。泥で汚れ、かすり傷やへこみだらけ、しかも左側のフロント・バンパーには、最近木に激突したらしい跡がついている！

「ああ、レイディ・Dだ」トムは言った。「紹介しよう」

　前庭の小道を道路まで戻ると、ジープから女が二人出てきた。どっちがレイディ・Dかは即座にわかった。役柄にぴったり。ツイードを着て、がっちりした体格。けんかの相手を見定めるように頭を突き出している。もしわたしが闘牛士だったら、すぐ赤壁《バレラス》に向かって逃げ出したところだわ。たぶん若いころはそれなりに美人だったでしょう。ファーギー（ヨーク公の元妃セアラ・ファーガソン）みたいな感じでね。健康的な顔色、よく雨風にさらされている。ナチュラル・ルックね。もっとも、多少のアイ・シャドーと口紅はつけていたから、虚栄心がないわけじゃない（彼女はドクター・フェルデンハマーを追いかけていると、メアリが言っていたのを思い出した）。自分の思い通りに物事を運ぶのが好き。鋭い。でも、自分で思うほど鋭くはないのかも。

それに、彼女のお尻について、ミニーは正しかった！ と、これだけ一目で見て取った。感心した？

もう一人は若い女だった。わたしくらいの年ごろ、もうちょっと上かな？ すてきにほっそりした体格。くく。わたしは拒食症っぽかったときでさえ、あんなふうに見えなかった！ われわれヘイウッド家の人間は骨太。遺伝よね。ただし、この女――名前はクララ・ブレレトン――はレイディ・Dの親類だとわかった。とすると、どうして市場に出す日のヘリフォード牛みたいじゃないの？ 実のところ、彼女はゴージャス。もしファッショナブルにやせっぽちの女がお好みならね。たいていの男はそういう好みみたいでしょ。だから、心理学的客観性をふたたび全開にして、わたしは彼女を憎むことに決めた！

トムとレイディ・Dは愛想よく挨拶を交わした。見たところ、どちらも心から相手を気に入っているらしい。ただし、彼女は彼をトムと呼ぶけど、彼のほうは親しみを表わすといっても、彼女をレイディ・Dと呼ぶのがいいところ。メアリは非難がましく彼女のことをダフネ・ブレレトンと言うのにね！

ほめるべきはほめましょう。おばあちゃんはトムに思いやりを見せて、捻挫した足首のことを尋ねた。どうしてそんな怪我をしたか、彼はユーモラスな話に仕立て上げ、それを聞いて彼女はいななくように大声で笑った。

このおしゃべりが続いているあいだに、わたしはジープを近くでよく見た。おんぼろな車体に、誰かが落書きを加えていた。こすり落としてあるものの、完全には消えていなかったので、P O L R & M U D Rという文字は読み取れ、隙間を考慮に入れると、POLLUTER & MURDERER（汚染者&殺害者）と書いてあったのだと察しはついた。それで、豚農場の外の看板を思い出した。レイディ・Dを気に入っていないのは、メアリ一人じゃない！

キョート・ハウスに寄ろうと思っていたところだ、と彼女は言っていた。トムは言った。「じゃあ、これから帰って、いっしょにお茶にしましょう」「いいえ、そうはいかないわ。メアリはお戻りになったばかりで、さぞお忙しくていらっしゃるでしょう」「いや、ぼくがレイディ・Dをうちにお連れする機会を逃したと知ったら、メアリと子供たちは許してくれませんよ」「そうおっしゃってくださるのはうれしいけれど、ご迷惑をおかけするわけにはいきません」で、この途中のどこかで、トムとわたしはいつのまにかジープの後部座席に移動していた。

乗り込んだとき、さっきトムが魔女小屋のドアをノックしたのに答えて、誰かが出てきていたのに気づいた。がっちりした体格の、東洋人ふうな女性。カンフー映画のエキストラみたいに、謎めいた様子でわたしたちを見守っていた。車の反対側に行っていたトムには見えなかったけど、レイディ・Dは気がついて、声をかけた。「こんにちは、ミス・リー。あなたとご先祖様がお元気でありますよう」これはきっと中国の挨拶なんでしょうね。一瞬、女の仮面がはずれ、レイディ・Dを短剣（いや、彼女の職業を考えれば、針かな）を突き刺すような目でにらみつけた。それから、こわばった会釈をして、小屋の中へ戻った。

だんだん感じてきたんだけど、サンディタウンに住んでいる人は誰でも自分の位置をわきまえていなければいけない。つまり、レイディ・Dがトップで、残りはその下ってこと！

レイディ・Dは「お玄関先で失礼します」とまだ言いながら入ってきて、二十分後、お茶の最初の一杯が注がれたときには、「お茶をいただくほど長居はしません」と言っていた。うまいテクニックね。欲しいものをなんでも手に入れておきながら、感謝する必要はない。

とはいえ、この初対面のとき、どちらかといえば、不愉快というより愉快に思ったわ。気さくで（物事が思い通りに運んでいればだけど）、うちのパパと農場にずいぶん興味を示した。「ウィリングデンのヘイウッドは雄の子牛と干草の束の見分けがつけられる、子供たちは昔ながらの田舎のしつけで育て、一人に五十ペンス渡してあとは放っておく、と聞いていますよ」だって。

やがて、彼女とトムは計画やら開発やら訪問者やらの話を始めた。次の日曜日には大きなイベントがあるの。計画の進展を祝い、関係者に感謝するため、サンディタウン・ホールでパーティー。二人がこのパーティーのことを〝ホッグ・ロースト〟と呼ぶのを聞いたときには、えっと思った。レイディ・Dの最初のご主人のあだ名を思い出したから！　でも、これは豚を一匹丸ごとバーベキューにするってことみたい。わたしは退屈してきて、心理学者としての観察眼をクララに向け、彼女から話を引き出そうとした。

これは老犬ファングから骨を引き離そうとするようなものだった。ただし、彼女は唸りはしなかったけど。尼僧のようにひそやか。自制心があって、なにも外に表わさない。社交性がないのが問題なのかも。いい気味よ、こんなに美人なんだもの！　帰る時間が来ると、少なくとも彼女は洗い物をお手伝いしましょうかと言ったけど、レイディ・Dはもう立ち上がり、待つつもりはなかった。伯母さんの要求には逆らえません！

わたしはメアリを手伝って後かたづけをした。トムはコンピューターで仕事をするため、書斎へ向かいながら言った。「レイディ・Dはサンディタウンそのものみたいだ。一陣のさわやかなそよ風。古いアイデアに新しい生命を吹き込んでくれる」わたしは、トムの関心事の中で営利性の低いものに対する彼女の冷たい反応に気づいていたから、あの人なら一陣の二酸化炭素だと思った！　でも、トムは計画に熱中するあまり、真正面からの反対は斜めからの激励だと思い込んでしまう！

メアリはもっとずっとはっきりものを見ている。食器を洗いながら、わたしはクララのことを訊いてみた。彼女はずっと伯母さんと同居してきたのか？

「あら、とんでもない」メアリは言った。「ほんのここ半年くらいよ」

　話のぜんぶを知るのに長くはかからなかった。ちょっと十九世紀の小説みたい。実際、この場所全体がそんな感じだわ。表面上はのんびり、ゆったりしているけど、一皮剝けば、ありとあらゆるおもしろい陰謀が渦巻いている！

　ダフネ・ブレレトン、すなわちレイディ・Dは、裕福に生まれ、最初の結婚でさらに裕福になった。だから当然、興味の的。生きているあいだはもちろん、死んでからはもっとおもしろくなる！　サンディタウンの住民にとって最大の哲学的疑問は、人生の意味とか、イングランドがワールド・カップ（どこのワールド・カップだっていい！）で優勝することはあるか、とかいうんじゃなく、誰がレイディ・Dの遺産を相続するか?!

　メアリの語り方はいいのよ。あからさまな悪意はほとんど見せないんだけど、ある話題になると唇をきゅっと結ぶの。それで事実のほかに言いたいことがわかる！

　遺産が慈善団体に行く可能性はあまりないらしい。レイディ・Dの考えでは、世界中の貧しい人たちが貧しいのは自分のせいで、同情の余地はない。ただし、例外は年取った馬。若い盛りにああいう大きなお尻をのっけられて背骨が曲がるほど働いた馬は、老後は心地よく自由に生きるべきだと彼女は思っている！　彼女自身、昔は狩猟が大好きで、最高級の馬を六頭くらい持っていた。唯一の贅沢、とメアリは言う。サー・ハリーの事故のあと、みんな手離してしまい、ジンジャーという年取った雄馬一頭だけが残っている。田園を乗りまわし、高いところから百姓どもを見下ろすためにね！

　だから――オックスファム（世界の飢餓を救済する慈善団体）のみなさん、残念でした！　ダフは以前から、お金は家族の中にとどまるべきだとはっきり言っているの。でも、どっちの家族？　というのが疑問。

　ずっと前からの本命は、デナム家。具体的には、レイディ・Dの夫、サー・ハリーが死んだあと、爵位とデナム・パークを相続した甥。彼はそのほかにはなにも手に入れなかった。ほかにはなにもなかったから。それに、家だってありがた迷惑なの。限嗣相続（不動産が分散しないよう、一人がすべてを相続する）に設定されているから、切り売りするわけにいかないし、元のように立派な家に戻すには、修理に大金がかかる。

愛情はともかくとして、サー・ハリーは〝いい〟結婚をすることで、一族の屋敷と自分の財産を修復する計画だったんだけど――十九世紀の小説みたいだって言ったでしょ！――実際には花嫁の持参金がデナム家の口座に移りもしないうちに、彼は死んでしまった。

メアリによれば、レイディ・Dは打ち明け話として、こう言ったことがあるそうよ。「デナム家に嫁に行って手に入れたのは称号だけだけれど、手離したものはなにもない！」たいした女性よね。自分はなにも失っていないという気持ちに加えて、もちろん権力を振るう楽しさもあるから、それで新しい准男爵サー・エドワードとその姉エスターが取り入ってきたとき、調子を合わせてやることにしたのかもしれない。レイディ・Dは二人が自分をちやほやするよう仕向けるのが大好きなの。ときどき自分からもおいしいものを与えて、二人の気持ちをつかんでおく。たとえば、このまえのクリスマスにはスキー旅行に連れていってやったのよ。それで、二人は自分たちが相続人リストのトップだと思っていた。ところが、旅行から戻ってまもなく、レイディ・Dは従妹のクララを呼び寄せ、ホールに住まわせることにしたから、二人は大ショック！　埋め合わせのつもりか、彼女はサー・エドにホリスの豚帝国の仕事をなにか与えてやった。メアリがほのめかしたところでは、彼が喜んでやるような仕事じゃないんだけど、彼としては受けないわけにいかなかった。さもないと、もう取り入ることができなくなるから！

どうやら、最初の夫、ホッグ・ホリスも同じタイプだった。権力を振るい、親類たちは彼がばら撒くパン屑を拾って感謝するのが当然と思っていた。血縁でいちばん近いのは、腹違いの弟ハロルド（通称ヘン）・ホリス。二人はもとから仲が悪かったらしい。父親の死後、家族の農場ミルストーンを相続すると、いっしょに働くのはいやだからと、ホッグは豚を、ヘンは鶏を扱うことにした――で、こういう名前がついたわけ、わかった？！（〝ホッグ〟は〝雄豚〟、〝ヘン〟は〝雌鶏〟の意味）

最初はいい勝負だったけど、ずっと前のサルモネラ騒ぎでヘンは大打撃を受けた。どうしても現金が必要になり、成功していたホッグに助けを求めた。ホッグは融資してやったものの、なにしろ正真正銘のヨークシャー人だから、ミルストーン農場のヘンの持ち分を抵当に取った。その後、融資のかいもなく鶏ビジネスがとうとう倒産してしまうと、ホッグはヘンに仕事を与えた。豚ビジネスの品質管理。でも、これも家族の忠誠――ヨークシャー式のね！　ヘンの給料の一部は、ミルストーン農場にまだ住んでいていいという許可だった。このころには、農場はすべてホッグのものになっていたんだもの！

ホッグ本人は、当時もうサンディタウン・ホールにおさまっていて、そこからダフネ・ブレレトンに求愛した。二人は結婚し、ホッグは繁栄を続けた。ヘンとレイディ・Dは反りが合わなかったけど、どちらも人と反りが合わないのに慣れていたから、どうということはなかった。それからホッグが死に、財産のほとんどすべては未亡人に遺された。家族の絆を認める唯一のしるしとして、ホッグはミルストーンを信託にしていた。建物をはじめ、農場内のすべてのものはヘンの財産に戻る――もし彼が義姉より長生きすれば。

地元では、メアリの話だと、ヘンがレイディ・Dより長生きするというほうに賭けると、オッズは二十対一！　彼女はすごく健康だし、彼は酒飲みで、煙草もやるし、怒りっぽい。その怒りの大部分は兄の未亡人に向けられている。自分とその他数人のホリス一族の人間にまわってくるべきだった財産を彼女がエンジョイしているというのでね。

ヘンが先頭に立ち、不満を持つホリス家の人たちは遺言に異議を申し立てた。ぜんぶじゃないわ。何人かは――たとえばレイディ・Dのパブ〈希望と錨〉亭を経営するアラン・ホリスとか――自分の利害関係をよくわかっていた。ほかの人たちも、どうにもならなかった。レイディ・Dが雇った利口なロンドンの弁護士が、かれらの薄弱な異議申し立てをすぐに叩き潰してしまった。レイディ・Dは勝利して、さあこれから恩着せ顔で寛大に振る舞ってやろうというところだった。なんといっても、もし自分がむこうの立場だったら、まったく同じことをしていたはずだからね。ところが、ヘンが方針を改め、彼女が夫の死を引き起こしたという噂を流していると知ると、彼女は猛烈に怒った！

ダフとヘンは公衆の面前で大げんかをして、結局、ヘンは当てこすりを撤回することを拒んだ。今ではレイディ・Dがボスだってことを忘れていたのかもね。でも、すぐに思い出させられた。彼女はヘンを解雇した。そして、どうせでぶの色気ばばあの下で働く気はないと彼が言い返すと、ダフは思い切った行動を取り、彼にホリス農場立ち退きを申し渡した。彼女にはそうする法的権利があったからね。

仲よし家族もいいとこよね？　うちの家族がすごく和気あいあいに思える！

少なくとも、ヘンは自分が長生きさえすればミルストーンを取り返せる、ダフにはそれを止めることはできないとわかっているから、満足できる。でも、もう一つの家族、つまりデナム家の二人と従妹のクララは、遺産をもらうためにご機嫌を取らなきゃならない。メアリは准男爵とその姉に対してはほとんど同情していないけど、クララのことになると、唇をすぼめる。あの家での彼女の地位は、尊重される客ではなく、ただ働きのハウスキーパー兼雑用係だとほのめかしてね！

意地悪に考えていたので気が咎めるわ――クララのことよ。彼女は貧しい親類なんだとわかった。きっと屋根裏部屋で寒さに震え、床を磨き、暖炉の掃除をして、毎日食べさせてもらえるのは薄いお粥、日曜日だけ硬い豚肉！

「じゃ、レイディ・デナムはちょっとしまり屋なの？」とわたしは言った。シドニー叔父さんの表現が口から出そうになるのをあわてて止めた。

「まったくね」メアリは言った。

「でも、今度の日曜日に大がかりなホッグ・ローストを開催するんでしょう？」わたしは言った。

メアリはまた唇をすぼめて見せた（わたしも絶対練習しなきゃ！　患者が家畜への恋情について意見を求めてきたとき、役に立つかも！）。

「あれはコンソーシアムがお金を出しているのよ」彼女は言った。「ダフネ・ブレレトンは場所を提供するだけ。彼女がオーナーの〈希望と錨〉亭がドリンクを出し、ホリスの豚の代金もコンソーシアムに請求しているようだから、いつものように、最後は彼女にたっぷり利益が入る！」

おもしろいでしょ？

夕方はパーカー家の子供たちとスナップをして過ごした。カミナリオヤジと同じように本気を出して、毎回勝たずにいるのはむずかしかったから、家に電話した。家族の存在を忘れないようにね。ママと楽しくおしゃべりした。それからパパが出てきた。上機嫌。家の中がまた自分の思うままになったからよ。お客さんはなし、自分とママと、ジョージと双子。それにわたしはパパの望みどおり電話の向こう。電話線の向こう側とこっち側にいるのが、わたしたちにはいちばん！

逃亡コンヴィーの話をした。ミスター・ディール、またの名ディー・エルは、パパを知っていると言っていたからね。

「でかい野郎か？」パパは言った。「おふくろさんが優勝雄牛に種付けされたみたいな？」パパは表現が一流。でも的を射てると認めないわけにいかないわ。

「ああ、おぼえてるよ。アンディ・ダルジール（綴りを教えてくれた）。警官だ。悪漢どもに何をしてるのかは知らんが、昔はラグビー場で、われわれをさんざん蹴飛ばしてくれたもんだ」

「あちらもパパのことを懐かしそうに話していたわ」わたしは言った。「ストンピーと呼んでたけど」

「あいつ、そこまでおぼえてたのか？」パパは言った。感動したようだった。「悪いやつじゃないよ、ダルジールは。敵にまわりさえしなきゃな。簡単に倒せる相手じゃない。きっとパーカーの車をへこましたろう！　しばらく前に、いかれた連中に爆弾で吹っ飛ばされた警官があいつだ。たぶん読んだだろう。ディスコで踊って、バーで酔っ払う合い間に、新聞に目を通す暇があったんならな」

高等教育について、興味深いご意見をお持ちね！

「じゃ、きっとそれで療養ホームにいるのね」わたしは言った。

「世話するほうはたいへんだろうな」パパは言った。「また会ったら、よろしく伝えてくれ」

伝えると答えたけど、また会う機会はないんじゃないかな。あんなふうに逃亡して、きっと今ごろはしとね張りの部屋に閉じ込められているわ！

それじゃ、わたしは一人寂しくベッドに入ります。おねえちゃんがブロンズ色のセックス・マシンとからみ合っているところを想像しながら！　永久に男をあきらめたからといって、人の体験を想像して男を楽しめないわけじゃないわ。だから、わたしからも彼にキスしてあげてね！

たっぷり愛をこめて
チャーリー

9

おはよう、ミルドレッド！

まだベッドに寝かされたままだから、自分相手に話をするとしよう。少なくとも、それなら筋の通った話を聞ける！

いや、公平になろう。昔、おふくろが言っていたように、親切にしなくていい相手はいるが、誰に対しても公平を心がけなくちゃいけない。

大脱走の翌朝はきっと夜明けに目が覚め、すっかり元気になっているだろうと思ったが、とんでもない。目が覚めたのは昼に近く、小便が漏れそうだったが、ベッドから出たとたん、倒れそうになった。中央病院にいたころより、もっとひどい気分だった。

即座に婦長が現われた。盗聴しているのかもしれん！

「ミスター・ダルジール」彼女は言った。「起きたりしちゃいけません！」

「そうかね？」わたしは言った。「起きるか、さもなきゃマットレスに乗ってぷかぷか浮かんで出ていくことになるがね」

婦長は尿瓶を使えとすすめないだけの良識はあった。わたしの腕を肩にかけ、腰に手をまわすと、二人でよろよろとバスルームへ行った。

「さあよし」彼女は言った。「わたしはベッドを直したら、迎えに来ますから」

「ごゆっくり」わたしは言った。「こっちもゆっくりさせてもらう」

トイレの水を流すのは、顔を洗ったあとにした。さもないと、警報を聞きつけて、彼女が助けに飛び込んでくるかもしれないからな。トイレからドアまですばやく二歩、それでもう一休みしなければならなかった。

婦長はきれいに整えたベッドのそばに立ち、わたしのレコーダーを手にしていた。

「ベッドにこれがありましたわ、ミスター・ダルジール」彼女は言った。

「ああ。セックス補助具だ」わたしは言った。

「ほんとに？」彼女はレコーダーを耳に近づけて言った。「何が聞こえるんです？　初心者向けインストラクション？」

生意気な女め！　だが、笑わないわけにはいかなかった。彼女もにやりとした。今のところ、ベッドに対するわたしの興味といえば、もぐり込んで眠ることだけだとわかっているみたいにな。

わたしはよろめきながら前進し、レコーダーをもぎ取ると、マットレスの上に倒れ込んだ。彼女は舌打ちして、ふとんを掛けてくれた。

「明日は面会の予定が入っていますね」彼女は言った。「午前中に理学療法のセッションに行けるといいですけど。さもないと、面会をキャンセルすることになるかもしれませんよ」

だが、そう言いながら、にやにやしていた。

思ったより深みのある女だ。まだこれからわかってくることがありそうだ！　だが、あの鋭い目で見つけられてしまったから、こいつには気をつけなきゃならんな。眠る前に脚のあいだに挟んでおこう。誰かがそこから引き抜いてもわたしが気がつかないとしたら、本格的に疲れているってことだ！　だが、看護師室で笑いものにされないためには、永久的な置き場を見つけないとだめだ。ビニール袋に入れてトイレの水槽の中に突っ込んでおくというのは、古い方法だ。警官なら真っ先にあそこを見る。だが、今ここで心配する必要がないのは、警官だ！

では、枕に頭をつけ、しょっちゅう登場するおかしな夢に悩まされないことを期待しよう。そのかわり、キャップの出てくる楽しいシーンを空想する。早く明日になるといい。キャップと二時間ばかり過ごすのが、いちばんの理学療法だ！

10

わかったよ、ミルドレッド、言うことを聞いて、毛糸編みのチョッキを着ておくんだった！

よく眠れなかった。キャップが出てくる甘い幻想にひたるつもりが、またしてもいつものばかげた夢ばかり。ふわふわ浮かんだり、神と話をしたりな！

だが、理学療法はうまくいった。トニーはわたしの体をよく見ると非難がましく舌打ちしたが、治療が終わるころには体が柔軟になって、キャップが来たらたっぷり歓迎してやれそうだった！

しかし、まずは彼女からたっぷりお説教されるのが先だった！　脱走事件でわたしがもっとひどいことになっていたかもしれないと、おしゃべり男フェスターワンガーがよっぽどくどくど並べ立てたに違いない。

わたしはたいしたことじゃないというふりをして、いかにもマッチョに言った。「こっちに来いよ、どのくらいの病状か、見せてやろう！」で、彼女は来て、わたしは見せてやったが、そのときになって、昔よくおふくろに言われてたように、腹より目のほうが飢えていたとわかった。

とうとうあきらめると、彼女は言った。「ほら、ごらんなさい、アンディ。これからは、朝一番に氷水のお風呂と言われたって、おとなしく従うのね！　わたしは宦官が欲しくなったら、イスタンブールの三行広告でさがします」

きついことをずばっと言う女なんだ、キャップは。

彼女は約束どおり衣類を持ってきてくれた。これからはいい患者になって、婦長の言うとおりにしますと約束しなければ、また持ち帰られるところだった。

署からのニュースはあるかと訊くと、すべてうまくいっている、誰もあなたがいないのを残念がっていないとピートから言われた、と彼女は言っただけだった。ピートは見舞いに来ていいかと尋ねていた。わたしは絶対にだめだと言った。ちゃんと動けるようになるまではだめだ。中央病院で、彼はまったく役立たずのわたしを見ていた。次に見られるときは、全快に近づいていたい。さもないと、気の毒がられるだけだ。署の上空をもうハゲタカが旋回しているのは疑いない。もしピートが暗い顔で見舞いから帰ってきたら、やつらは着陸しようと羽ばたき出すだろう！

ばかね、友達は必要よ、とキャップは言った。必要なものなら自分でちゃんとわかっている、と言うと、彼女は目を宙に上げ、あなたに明らかに必要なのは、あと一週間ベッドに入っていること、と言った。それからまもなく、彼女は出ていった。介護ホームにいる母校の元校長を見舞うと言っていた。校長はそろそろあぶないらしい。

別れ際の台詞はこうだった。「あなたをあっちに入れたほうがよかったかもね、アンディ」

わたしは彼女を見送った。戻ってくると、なんとフラニー・ルートがわたしの部屋から出てくるところだった！

「いったい何してるんだ？」わたしは訊いた。

「もちろん、あなたをさがしていたんですよ、アンディ」彼は言った。「ここのコンヴィー――失礼、回復期患者《コンヴァレスント》――

ーの中に、第三思考に興味を持っている人が何人かいるんです。それで、話がすんだあと、ペットにあなたはどこにいるのかと訊いた」

「ペット？」わたしは言った。

「シェルドン看護師。今ごろはもうファースト・ネームで呼び合う仲だと思っていましたけどね、アンディ」

「いや、違う。それに、きみとわたしもそういう仲ではない」わたしはこわい顔で言った。「じゃ、出ていけ！」

わたしはルートとおしゃべりをしようという気分ではなかった。ことに、キャップとのあいだであなったあとだったからな。快楽には支払いがつきものだ、と言ったのは誰だか知らんが、そのとおりだ。わたしの快楽はエール二パイント、うち一パイントはうまいとも思えなかった。今、まだそのつけを払わされている。

それで思い出した。あのパーカーってやつに二十ポンド借りているんだった。まあ、あとにしよう。まだお茶の時間でしかないが、美貌を保つ睡眠が必要だ！

11

送信者：charley@whiffle.com
宛先：cassie@natterjack.com
件名：称号つき筋肉男と脚なし驚異男

ハイ！

昨日のメールにまだお返事なし。忙しい？　何をしてるからかな？　と考えてしまうわたしです。

まあ、こっちも忙しいんだけど、その内容をすっかり教えてあげる時間が取れないほどじゃありません。よく読んでね、あとでテストしますから！

サンディタウンの住民でわたしがまだ会っていない人がいるとすれば——重要人物という意味よ——洞穴に住んでいるに違いない！　今朝は遅い朝食。早朝の起床らっぱの轟音は無視するようにとトムとメアリに言われた。子供はどこでも同じね、学期中は寝坊なくせに、休みとなるとヒバリと共に起き出す。ミニーはきっと、命が惜しければわたしのドアに近づくなと警告されたんだわ。それが効いて、わたしが朝食に降りてきたのは十時半！

メアリと二人でコーヒーを楽しんでいると——トムは子供たちよりさらに早く出かけたらしい！——ドアベルが鳴った。メアリは出ていき、筋骨隆々の美男子を連れて戻ってきた。バイカー用のぴっちりした黒革のつなぎを着てるの。ああいうのが男の体をどう見せるか、わかるでしょ。もっとも、この男ならピンストライプを着ていてもかっこよく見える。

六フィート二インチ、すっごいハンサム。昔のハリウッド・スターふうのね。このごろの〝死んで三日目〟って感じのハンサムとは違う。スポーツ選手みたいな体格、肩幅が広くて、腰は細くて、すてきなお尻。ブロンズとはいかないけど。あ、これは顔のこと。お尻のほうはわからないわ——まだね！　でも、まんべんなく、自然な感じに軽く日焼けしている！　オーケー、彼は明らかに自信満々。でも、よく言うように、持ってるものは見せびらかすのが一番！

この人物はテディ・デナムだった。サー・エドワード・デナムよ。レイディ・Dの義理の甥で、相続を期待している人の一人！　トムが戻ったとレイディ・Dから聞いて、早速挨拶に来た。それに、今では有名になったあの足首の具合を確かめるためにね。

メアリがわたしを紹介してくれ、彼はレイディ・Dからわたしのことは聞いたと言った。ちょっとにやっとして、どういう話しぶりだったか、わたしが知ったら愉快がるだろうとほのめかした。彼の握手には暖かみがこもっていた。

わたしの視線は彼に釘づけだったから、連れがいるのにほとんど気づかなかった。それでよかったの。向こうもわたしのことなんか目にとめる価値はないと思っているのがかなり明らかだったから！

彼の姉、エスターだった。美しい服装。顔だって美しいのよ、その気になればね。最初に見たとき、なんだか見覚えがあるように思ったんだけど、紹介されて、向こうがわたしを初めて（あとにも先にもこのときだけ）見たとき、気が変わった。パパが牧師の奥さんについて言ったコメントを思い出したの。〝花の香りを嗅ごうと屈んだら、それが牛糞の上に生えているとわかったような表情〟。あんな顔でわたしを見た人がいたら、記憶しているはずだわ。

彼女はハロー・グッドバイで帰るつもりだったようだけど、彼のほうは、コーヒーをすすめられると喜んで受け、わたしの横にすわった。やがてわたしたちは大昔からの知り合いみたいに話がはずんだ。十分後、トムが現われた。彼とテディは親友のように挨拶を交わし、エスターは冷たい魚なみにつんとした会釈をしただけ。それをトムは愛情いっぱいの抱擁であるかのように受け取った！　それからテディはトムの足首のことを尋ね、奇跡の回復の話を逐一聞かされるはめになった。

「もちろん」トムは言った。「わたしたちの大事な友人シャーロットがあのとき即座に救急治療を施してくれたのが効きましたが（ここで、テディ准男爵から〝いやあ、きみって才能あるんだなあ〟のにやにや笑いがわたしに向けられた）、しかし、これほどすばやく回復したのはウィリングディーン（彼は〝ディーン〟というところを強めて、あの間違いのおかげでわたしがサンディタウンに来ることになってうれしいと言うように、わたしに向かって微笑した）のミスター・ゴードン・ゴッドリーのおかげだと思います。有名な霊的治療師ですよ。われわれのケア・コミュニティに加わってもらえればと期待しているんですがね」

しゃべりながら、彼は回復の度合いを示すために軽く踊ってみせた。エスターの顔は治療師と聞いたとたん、豚のお尻みたいなしかめ面になり、踊りを見たときにはぞっとしてゲロを吐くんじゃないかと思った。磨き上げた床にとっては幸運なことに、そのとき彼女の携帯が鳴った。ディスプレーを見ると、彼女の顔に配置換えが起きて、あまりすばやかったから、コンピューター映像かと思うほどだった。

「ダフネ伯母さま！」彼女はさえずるように言った。「ご機嫌いかが？」

彼女は立ち上がり、その場を離れた。わたしたちなら、人といっしょのときに携帯が鳴ったら、失礼とかつぶやいて移動するでしょう。ところが彼女はまるで、自分は一人で残り、わたしたちのほうが部屋を出ていくべきだとでも思っているみたいだった！

　でも、表情がこう変化したおかげで、わたしの第一印象が甦った。やっぱり前に見たことがある――あれが双子でなかったんならね！　おぼえてるでしょ、去年の十二月のスキー旅行。スイスのダヴォスの近くへ行った。浮気男リアムとのことはすっかり教えてあげたわよね。おねえちゃんがわたしに送ってくる検閲済みの話とは大違い！　パパはすごく心配して、なかなかうんと言わなかったから、わたしはクリスマスまでには帰ってくる、お金はたいしてかからない、バスで行って、ホステルに泊まって、大部屋の二段ベッドに寝る、と言って安心させた。大部屋と聞いて、それなら悪さはできないだろうとパパは考えた（残念でした！）。でも、ジョージが自分も行っていいかと訊いたので、パパはついに説得されて、お金を出してくれたのよ。ジョージが付き添い兼見張りになってくれると思ったのね。わたしはあの子は足手まといになるだけだと思った。でも、パパもわたしも間違っていた！　最後には、前にも話したとおり、彼はわたしに劣らず活発に遊びまくることになった！

　ともかく、アプレ・スキーはベンゲル・バーでビールとディスコ。まあ、ウィリングデン村民会館とカルカッタのブラック・ホールを足して二で割ったみたいなものね。貧しい若いのがみんなで行くところ。そこであのぶすっとした女のそっくりさんを見かけたのよ。でも、ぶすっとしているどころか、大声で笑いながら、威勢よくダーティー・ダンシングに興じていた。相手はやせた金髪の男で、髪を肩まで伸ばし、口ひげを生やしていた。名前はエミール。苗字は、ジョージに言わせればガイガー＝カウンターだけど、実際にはクンツリ＝ガイガーとかいうの。ジョージがどうして彼と知り合ったのか――たぶん、並んでおしっこしたときだと思う。男はそうやって絆を作るものでしょ、どの教科書にも書いてある！　翌日、二人は滑走路《ピスト》で会って、競走をやったら、ジョージが負けた。エミールみたいなやせっぽちがスキーで彼を負かしたというんで、ジョージは明らかに感心していた。それに（はっきりとは言わなかったけど、察するに）あんな大きなペニスを持っているというのでもね！　今度家に電話したとき、ジョージに訊いてみなくちゃ。彼女のほうには名前がなくて、イニシャルの〝エス〟だけ。それで、あの二人のダンスを見ていたわたしの友達の一人が〝エス＆エム〟というあだ名をつけた。どういうしゃれか、ジョージに説明してやらなきゃならなかったわ。あの子、こんな傑作な言葉遊びは〝Madam, I'm Adam〟（アダムがイヴに会ったときの言葉とされる回文）（おぼえてる？）以来初めてだと言って、わたしの仲間たちにたっぷりごほうびを与えた！

それでも、ダーティー・ダンシングのエスと無愛想なエスターが同一人物とは信じられなかった。もっとも、このまえのクリスマスにレイディ・Dがデナム姉弟をスキー旅行に連れていったとメアリが言っていたのは思い出した。

エスターは廊下に出たものの、上流階級の人たち独特の、召使（およびその同類、つまりわたしやパーカー家の人たち）はまったく耳が聞こえない（あるいはそうあるべきだ）という考えがあって、声を低くすることはなかった。だから、彼女の言っていることはよく聞こえた。「いいえ――迷惑なんてことぜんぜんありません――いいえ――社交で訪ねているだけなんです――状況を考えれば、病人訪問（かつて上流階級の人が近所の下層の病人を見舞った習慣）と言ってもいいですね――わずらわしい義務ですわ――それでも義務は義務ですから――よくご承知でしょう――ダフネ伯母さま。まあ五分か――それほどもかかりません」

このあいだに、トムはサー・テディに仕事はうまくいっているかと訊いた。すると准男爵は顔をしかめて言った。

「ま、ダフ伯母がランチに――またしても！――ポークを出さなければといいと思っている、とだけ言っておきましょう」

わたしは言った。「豚と実際に接触することは多いんですか？」

「まったくね」彼は悲しげに言った。「最初のキーキー声から、最後の冷凍パックまで。ぼくは品質管理を監督しているんだ」

　これって縁故採用、ヨークシャー式！　と思った。

するとメアリが言った。「悪臭管理にも監督がつくといいんですけどね」

テディはなさけないという顔で微笑して言った。「デナム・パークで暮らしてみてくださいよ、メアリ」

ドアの向こうからエスターが言った。「テディ、行かなきゃ。ダフネ伯母さまがなにか家族のことでわたしたちと話し合いたいんですって」

　反対は許さないって態度。ぶすっとして、明るさは消え、通常運転再開。

「何をあせってるんだよ、エス」テディは派手なローレックスに目をやって言った。「あっちに行く約束の時間まで九十分もある」

　ほら！　彼は姉をエスと呼んだ！　エスターを短くした呼び方。あれはほんとに短くする必要のある名前だものね！　やっぱり彼女だったんだ。もっとも、今ではまた無愛想に戻ったので、あのときの顔は薄れてしまったけど。でももし（ジョージが言っていたように）エミールは貧しい学生にすぎないんなら、二人がベンゲル・バーで会っていたことの説明はつく。あそこならレイディ・Dやその友達にぶつかる心配はないもの。あちらはきっと、クロスターズで飲んでいたんじゃない、デカ耳《ビッグ・イアーズ》（チャールズ皇太子のことだが、テレビの子供番組「ノディ」のキャラクターの名前でもある）とそのマヌケ《ノディ》な仲間たちといっしょにね。

「どうしてランチのときに話ができないんだ？」テディは続けた。

「クララの面前で？」エスターは言った。

　その名前にいやな味があるような言い方だった。

「クララだって家族じゃないか」ナッドは言った。これでヘイウッド家の点は稼いだわね。

「わたしたちの家族じゃないわ。それに、脚なし驚異男も来るのよ」

　見ると、トムとメアリは非難の目を見交わしたけど、どちらもなにも言わなかった。

「そうなの？　どうして？」テディは眉根を寄せて訊いた。

「彼はダフネを愉快がらせるみたい。それに大食いじゃないしね。ね、わたしは行くわ。あなたのほうは、いつでもこの場を離れる気力ができたら来てちょうだい」

彼女はパーカー夫妻に会釈し、わたしには目もくれなかった。それからくるりと向きを変えた。とても高くて鋭いヒールを軸にして。彼女は服の着方に通じている。遺伝ね。准男爵も革のつなぎを着て、すごくすてき。あれを脱ぐところが想像できたわ。ジェイムズ・ボンドみたいに脱いでいくと……ぴしっとしたタキシードが現われる！　（あらぬ想像をしたでしょう！）

残念ながら、テディは姉の言葉に逆らってみせたものの、実際にはこの場を離れる気力に問題はなかった。いちおう申し訳ないと謝ってから、氷の女王のあとについて出ていった。

彼がいなくなると、トムはわたしに言った。「おいで、チャーリー、ツアーを締めくくろう」

トムがなにか決めると、即、行動！　で、家を出たら、エスターが運転席に乗り込むところが見えた。当然、レンジ・ローヴァー。かなり古い。でも地主階級は新しいレンジ・ローヴァーなんて、たぶん新品のバーバー（防水布製のコート）みたいなものと見なしているんだわ――成金の証拠。対照的に、テッドのほうは新品のビューエル・ライトニングにまたがっていた。色はミッドナイト・ブラック、タンクに銀で〝セクシー・アニマル〟と書いてある。ナルシシズム？　それとも、恋人からのプレゼント……？

二人がドライブウェイを飛ばしていくのを見送って、わたしは言った。「あの人たち、ちょっとお金に困っているってメアリが言っていたけど、バイクに七千ポンド費やすんじゃ、不思議はないわね！」

「そんなにするものなの？」トムは言った。「いやあ、それじゃ彼はほんとに幸運だったんだ。テッドはあれを買ったんじゃないんだよ。慈善の福引で当てたんだ。陰徳あれば陽報ありってやつだね、シャーロット」

ラッキーなテッド。世界が自分のためにあると思ってて当然！

　坂道を下って歩きながら、わたしは（ごくさりげなく）言ってみた。トムはエコロジーに熱心だけど、デナム一族は（若いのも年取ったのも）サンディタウンじゅうの道路に巨大なカーボンの足跡をつけまくっている。そこには対立があるように見える。

「そこだよ！」トムは叫んだ。いかにも鋭い洞察を聞いて喜んだみたいにね。「わたしも物事をそういうふうに見ているんだ。医者よ、みずからおのれを癒せ（新約聖書、「ルカによる福音書」より）、そうしたら治療法を人に伝えよ！　断罪より教化。指図より説得。わたしたちはみんなたがいの欠点を埋める役割をになっている。わたしは集め役。いろんな能力の持ち主を広くさがし集めてくる。シャーロット、きみのような才能、つまり観察し、分析する才能が、われわれの小さなコミュニティにどれほど役に立つものか、気がつくのに長くはかからなかったよ」

　ここで初めてわかった。トムの目に映るわたしは（ゴードン・ゴッドリー同様）逃がしちゃいけない獲物だったのよ。あいつ、わたしをリクルートしようとしていたんだ！　でも、彼はあんまりいい人だから、ほめられたように感じるしかなかった！

　また魔女小屋に近づいたとき、昨日のちょっとした出来事を思い出して、針師のミス・リーとレイディ・デナムとの仲はどうなのかと訊いてみた。トムは明らかに万人愛を信奉しているから、ああ、悪くない、と言った。でも、透明な正直さも信奉しているので、こうつけ加えた。「一度、あいにくなことがあったようだ。ミス・リーの借家契約の条件に関してね。でも、双方満足のいく結論に達したに違いないよ」

　わたしは言った。「じゃ、レイディ・Dは魔女小屋の家主なの？」

「そうだよ」彼は言った。「そのほかにもたくさん所有している。ブレレトン家はこの町の有数の不動産所有者だったし、ホッグ・ホリス、つまりレイディ・Dの最初のご主人も、家土地に投資する機会はめったに逃がさなかった」

　もっと聞きたかったけど、不和の話となると、トムからは検閲済みの清潔なバージョンしか出てこないと気がついたので、あとでこの件を持ち出そうと、頭にメモした。相手は不潔バージョンの若き名手、ミニー！

魔女小屋では、トムがノックすると、しばらくしてミス・リーが出てきた。わたしは（簡単に）紹介された。彼女は中国ふうにこくっと頭を下げた。ミュージカルに出てくるピティ＝シングみたいにね。一種のキモノを着ていたけど、近くで見るとそう東洋的な顔ではなかった。肌は磁器というよりはプラスチック。アーモンドの花のような肌色は、メークのせいだと思うわ。ほとんど訛りのない英語で、とてもはっきりしたしゃべり方。たまにヨークシャーの母音が混じるので、この州に長いこと住んでいるらしい。

患者の治療中だけれど、すぐすみます、と彼女は言った。わたしたちは狭い通路に立っていた。二階へ上がる急な階段。右側にドアが二つ。突き当たりにもう一つ。それはあいていて、台所が見えた。ミス・リーは一番目のドアを細くあけて、するっと中に入った。きっとかわいそうな患者がハリネズミみたいに針を突き刺されたところをわたしたちに見せたくなかったんでしょう！　トムは先に立って二番目のドアから中に入った。勝手知った家なのね。

わたしはふと思った。トムは代替医療に凝っているけど、ぜんぶ試しているのかしら？

わたしたちは薄暗い居間にいた。十六世紀の小さな窓、壁は厚さ一ヤードもある。竹と紙の家とは大違いよね。いや、あれは日本だった？　壁には中国絵画のプリントが二枚、それに額に入れた免許証が掛かっていた。中国語で書いてある。いいえ、わたしは中国語の勉強はしていない。でも、同じ額の中にその英訳と思われるものが並んでいて、それによれば、ヤン・リーは北京鍼灸学院を立派な成績で修了し、資格を得た（鍼灸学って何？　わたしに訊かないでよ、うちの医学エキスパートはそっちだもの！）。

トムは埃っぽい肘掛椅子に落ち着き、埃っぽい新聞を読んでいた。わたしは歩きまわり、本棚を調べた。われわれ心理学者は本棚からいろんなことがわかるのよ！　おもにフィクション。若い女性向け小説、歴史ロマンス、それに学校からくすねてきたみたいな古典が二、三冊。ノンフィクションは王族の回想録とディーリア・スミスの料理本だけ。あと、ほとんど見逃すところだったけど、すごくぼろぼろのペイパーバックが一冊——『独習書：針』。北京学院の教科書だったりして？

それを見ていたら、ミス・リーが現われたので、わたしは急いで本を元の場所に押し込み、彼女に気づかれなかったことを祈った。トムはしばらく地元の話題をしゃべっていたけど、それからわたしの論文のことを話し始めた。まるでわたしが英国学士院会員で、世界保健機関が資金を提供する研究をやっているみたいにね！　ミス・リーは話を聞き、それから言った。「では、わたしの患者と話をして、わたしが本当に体を治す役に立っているのかどうか調べたいというわけですか？」私は言った。「いいえ。確実に体がよくなった人たちと話をしたいんです。そこに関わる精神作用を理解するために。医学的治療法としての針のあり方に判断を下すつもりはまったくありません」

彼女は小さく微笑して（一言も信じられないというようにね）言った。「わかりました。二、三人と話をして、どう思うか訊いてみましょう。それからご連絡します。では、仕事に戻りますので」

そのあと、トムはわたしをあちこち連れまわった。アロマ・セラピスト——中年のマドンナそっくりさん。リフレクソロジスト——葬儀屋の受付嬢みたい。青白い顔、黒いスカートとトップ。たぶん十代のころゴスだったのが、この年になってもグレードアップするお金がないんだわ。ハーバリスト——若年寄りって顔のおかしな小男。「ロード・オブ・ザ・リング」の小人役に似合いそう。みんな喜んで協力すると言ってくれた。もちろん、まず患者たちに訊いてからね。トムはすごく説得力がある。あるいは（こっちのほうが真実じゃないかな）彼が熱心に計画を進めているブレトン・マナーの代替セラピー・センターは名声と大金を得る第一歩と、かれらは考えている。だからトムが求めれば、なんでも与えられる！

（シニカル？　わたしが？　世界を動かすのは愛だと生涯信じてきたこのわたしが？　もちろん、その愛とは自己愛、あるいは金銭愛だけどね！）

同毒療法師《ホメオパス》にも会おうとしたんだけど、悪い風邪をひいて寝込んでいた。

「肺炎を治療している最中なのかもね」わたしは言った。

トムはしばらく考えてその意味を呑み込むと、すごくおもしろいジョークだと思い、そのあと会った人たちみんなに聞かせて、わたしの才能の数々にオスカー・ワイルド的ウィットまで加えた。

ただ彼は愉快そうに笑っていた。このまえ、〈希望と錨〉亭に入ったときも、まだ彼は愉快そうに笑っていた。このまえ、ミスター・ディールを落としたあのパブよ。パパの話を聞いたあとだから、あの人がまだそこにすわって飲んでいたとしても驚かなかったけど、広いバーのほうでスナックを食べている観光客のあいだにも、わたしたちが入った小ぶりな部屋の中にも、彼の姿は見えなかった。こっちの部屋には食べ物はなく、ビールを飲んでいる男が四、五人。あと、カウンターにもたれてバーテンと親しく話をしている男が一人いるだけだった。

トムはわたしをかれらに紹介した。バーテンは店主のアラン・ホリス、もう一人もホリスだった。こっちはヘン・ホリス、離反した弟よ。あからさまにトムを好きでない人物に会ったのはこれが初めてだった。トム・パーカーならデナム家の人たちと同罪、それも救いようがないと思ってるに違いない！　そのうえ、このみじめなおじいちゃんときたら、二十一歳の誕生日からこっち、浴槽のそばに寄ったこともないって感じ。兄弟が似ていたとしたら、レイディ・Dは第一の夫が豚に食われたとき、さぞかしほっとしたでしょう！　ごめん。人を外見で判断しちゃいけないわ。ことにわたしの仕事ではね。でもこの人、ひょろ長い体つきで、小さくて幅の狭い顔に意地悪そうな小さい目。ひげは、これに比べたらミスター・ゴッドリーのひげがエロール・ダグラスが鍬を振るったように見えるほど。尖った黄色い歯でポテトチップスをがつがつ食べてるもんだから、ひげ中その粉だらけなの。竹馬に乗ったイタチみたい、と思った。むこうもわたしの外見が気に食わなかった。まるでバビロンの大淫婦（だったら悪くないか！）を見るようにわたしをにらみつけ、それからグラスをバンとカウンターに叩きつけて、出ていった。

店主のアランは大違い。三十代半ば、見た目は悪くない、話しやすい相手。いやらしいヘンの親類だとは信じ難い。ぜんぜん似ていないんだもの。いかにも冷静で泰然としたタイプ。飛行機のクルーがみんな大腸菌感染で倒れたとき、パイロット席に着いてほしいと思うようなね。一方、ヘンのほうは世に知られた細菌のほとんどと仲よしみたいに見える！　でも、人は血縁を選べない、でしょ？　わたしたちにはよくわかってる！

着席の客たちも悪くなかった。トムはわたしをみんなに紹介してまわったけど、ちゃんとわたしの頭に入ったのはそのうちの一人だけ――車椅子の男。フラニー・ルートという名前で、代替セラピストの一人なんだと、トムは強調した。

それからトムは言った。「でも、ホールでレイディ・Dとランチの予定じゃないんですか？」

そのとき、ふいに気がついてぎょっとした。エスター・デナムが〝脚なし驚異男〟と呼んだのは、この人のことだったんだ。なんてひどい女！

「サンディタウンではプライバシーが保てませんね」フラニーは言った。「そのとおりですよ、トム。でも、あと十分くらいある。ぼくとしては、硬い豚肉のランチに向かうより、フレッシュな美女のそばにいるほうがずっといいですしね」

そう言いながら、わたしに向かってにっと笑った。大きな、魅力的な笑顔。それで、彼のセラピーがわたしの研究領域にうまくはまるかどうかチェックすること、と自分に言い聞かせ、わたしは彼の隣にすわった。わたしたちはおしゃべりを始め、トムはほかの一人の客となにやらコンソーシアムに関する話に入った。

このルートという人物、なかなかおもしろい。どこか人と違うの、車椅子だけでなくね。こっちを見る目つきとか、話し方とか。気がつくと、わたしは彼に自分のことやら計画やら、すっかりしゃべっていた。わたしのことだけじゃなく、おねえちゃんのこと、ジョージ、アダム、ロッド、双子、ママとパパ、それに農場のことまでね。オーケー、丸め込まれたのかもしれない。でも、ほんとに興味を持って聞いてくれているという気にさせられた。彼はいかにも力があるという雰囲気を発散させている。できないことはなにもない、みたいな。それにセクシー。もっとも、腰から下が麻痺しているんだから、できないことも確かにある？　ここのところは、そちらからプロの指導が必要です！

よっぽど欲求不満なんだと思っているでしょうね。筋肉マン准男爵のテディの話をさんざんしたあと、今度は美男身障者のフランだもの！　トムの言うとおりかも。サンディタウンの潮風には赤血球を沸かせるなにかがある。でも、わたしの興味は純粋に職業上のものよ。男はもうあきらめたんだもの、ね！

ようやくわたしは彼に自分の話をさせた。すごくおもしろい。もっとも、わたしの研究に関しては、フラニーはぜんぜん当てはまらないとすぐ悟った。彼がやってるのは第三思考。聞いたことがある？　わたしはおぼえてるんだけど、大学一年のとき、修道士《フレール》ジャックという人の講演を聞きにいったことがある。パパの表現を借りれば、バカヤロもいいとこ！　この人が始めた運動なのよ。現代の生活で、われわれは死に触れる折がなくなっている、心のホスピスを設立する必要がある、とかいうのが大筋で、そんなようなたわごとがあれこれ続いて、わたしたち利口な心理学専攻一年生はここぞとばかり酷評した。でも、ゴージャスな男だったわ。オーラがあって、しかもお尻がすてき。フラニーも同じよ。ただし、彼のオーラはフレール・ジャックのように純白じゃない。むしろ玉虫色で、神秘的に変化する。それに、お尻を確かめるチャンスはなかった！　ともかく、第三思考に肉体的な治療はないの。奇跡が起きて、寝たきりの人が起き上がって歩き出すとか、そんなのはなし。驚くことじゃないわね。車椅子の男が奇跡の癒しなんか約束したって、そう信じちゃもらえないもの。だから、わたしには役立たない。ただ、彼と話をするのはほんとに楽しかったし、彼を研究領域に入れておけば、またおしゃべりする言い訳ができる！　それで、最後にはわたしたちは携帯の番号とメール・アドレスを交換し、彼はデカ尻に会いに出ていった。

それではここまで。パブでサンドイッチを食べたあと、午後はサンディタウンの住民の残りと会うのに費やした。これで一人残らず会ったって気がする！　それからキョートに戻った。夜は静かに家の中。読書と、子供たちをスナップで負かす！　わたしがサンディタウンでのワイルドな生活の詳細を送っているのに、どうしてそちらからは意味深な（?）沈黙しか返ってこないのかな？　言い逃れはだめよ。わたしはダーティーな話が聞きたい。具体的にね！

愛をこめて

チャーリー

12

送信者：charley@whiffle.com
宛先：cassie@natterjack.com
件名：カモマイル・ティー！

ハイ！　まだお返事なし。カミナリオヤジの信念によれば、悪い知らせより速く行くべきところへ行き着くのはガチョウの糞だけだそうだから、心配は始めていません、まだね！

こちらでは興奮に興奮が重なって、もう耐えられなくなりそう！

というのは、反語法です、念のため。高校の国語の時間にミスター・ビッグことディケンソン先生が教えてくれたこと、すっかり忘れたわけじゃないでしょうね。もっとも、沸き立つホルモンの轟音のせいで、彼の声なんかろくに聞こえなかったかな！

まず第一に、トムの姉、ダイアナがやって来た！　おかしな人だという強いヒントをあれこれもらっていたけど、それでも本物にはびっくり。外見は悪くない。小柄でほっそり。おしゃべりで、エネルギー満々。と、わたしには思えたんだけど、本人（およびトム）に言わせれば、しょっちゅう死神のドアの前に横たわっているんですって。死神のところに来る牛乳配達には迷惑だわね！

今日は死は保留らしい。小型の竜巻みたいにキョートに飛び込んできた様子からすればね。

「今来たわ」彼女は宣言した。「すわらせてね（そのとおりにした）。ここの潮風で元気になる人もいるのはわかっていますけど、わたしの弱い体には強烈すぎます。かわいい子供たちはどこ？（椅子からぴょんと立ち上がって）すぐに会わせて。ああ、こちらはミス・ヘイウッドね。トムからの手紙で存じ上げています。本当だわ、トム、いい顔色。あなたの血の巡りにはなんの問題もありませんね。トム、足首の具合は？　見せて（ここで彼女はひざまずき、弟のズボンの裾をたくし上げ、ソックスを引き下げた）。なんでもないようだわ。腫れはほとんどない（当然よ、挫いたんでないほうの足を見ていたんだもの）。ウィリングディーンの治療師が貢献したんですって？　おもしろい人を手に入れたものね。もちろん、わたしにはもう間に合わないけれど。何年も無能な医学博士たちから誤診ばかりされてきて、もうよくなる希望はないわ。でも、ほかの人たちのために、わたしは一生懸命働きますけれどね」

ダイアナがぺちゃくちゃしゃべり続けるのを聞いていて、わたしにはトムがなぜ代替医療に夢中なのか、わかってきた。彼の愛する姉の目から見れば、代替医療こそが主流なのよ。彼女は代替医療の代替を信奉している！

ようやくトムが言葉をはさんで、荷物はどこかと訊いた。彼女がキョートに滞在すると思ってね。それでメアリは渋い顔になったのを、礼儀正しい微笑に変化させた。でも、救いが待っていた。

「そのつもりだったんだけれど」ダイは言った。「でもご存じのとおり、わたしはいつもサンディタウンを熱心にほめたたえているでしょう、トム。お気づきかもしれないけれど、わたしのお友達が十代の姪たちと過ごす休暇でどこへ行こうかと迷っていたとき、不健康なリゾートはやめてサンディタウンにするよう、わたしは説得に一役買ったのよ。それで、彼女が泊まっているシーヴュー・テラスに寄って、すべてわたしが約束したとおりに完璧かどうか、確かめようと思ったの」

「で、すべて完璧だった?」トムは訊いた。

「いいえ、残念ながらね」彼女は言った。「あいにく、姪の一人が海岸沿いの岩をよじのぼっていたとき、滑って脚を怪我したの。そう重傷ではないんだけれど、回復のために家に帰りたいと言い出し、当然、妹もついて帰ってしまった。それでわたしが訪ねると、サンディ——というのがお友達、ミセス・グリフィススですけど——彼女も帰ろうか、それとも一人で逗留を続けようか、迷っていたのよ。彼女が予定より早く帰っては、サンディタウンの海辺は危険だという噂が立ちかねないと思いました。実際には、あなたも知ってのとおり、トム、ここの岩は東海岸の中でもいちばん滑りにくいのに。そこで、わたしはすぐさま助け舟を出しました。一つはいっしょに泊まってあげること。もう一つはこの地域の上流の人たちに紹介してあげること。ミセス・グリフィスス、つまりサンディは、どちらも喜んで受け入れてくれました。本当よ、サンディタウンの評判、ひいてはあなた自身の評判もね、トム、守らなければいけないという責任感からしたことなんです。あなたとメアリをこんなふうにがっかりさせて申し訳ありません」

彼女は喝采を求め、トムは期待に応えた。メアリは、いつもながらあなたらしいご親切、とかなんとかつぶやき、わたしはなんというおせっかい焼き! としか考えられなかった。

トムは弟として姉の弱い体を心配し、シーヴュー・テラスまで車で送ると主張して、わたしも誘われた。救急治療の訓練を受けているから、潮風のショックで発作が起きたとき、役に立つと思ったんでしょ!

サンディ・グリフィススは――〝ヴィーガン（乳製品も食べない厳格な菜食主義者）戦士〟と紹介されたけど！――いかれてるらしい徴候は見えなかった。死神ドアのダイと仲よくなる前提条件じゃないかと思ったのにね。年は四十いくつか、きりっとした、いい顔。妙に不穏な目つきで凝視する。芽キャベツのフリカッセとナッツのカツで生きてるはずの人物にしては、健康そうだと思った。わたしたちをとても歓迎してくれ、お茶が出た。ダイアナにはカモマイル・ティー（もちろん！）、わたしたちにはふつうの紅茶。それに、おいしいクリーム・ケーキも。ダイはぞっとしてケーキを退け、一口食べたら死ぬと言った。おかげでわたしの取り分が増えた！　サンディ・Gもちょっぴり食べていたから、完全なヴィーガンてわけじゃない！　それに、ダイアナの親友ってふうにも見えなかった。それなら、どうしてダイが住み込みのガイドになるという提案を受け入れたのかしら？　それとなくつついてみようとしたんだけど、サンディ・Gにあの目でじっと見つめられたから、引き下がった。サンディという名前だから、ダイアナに負けず、サンディタウンを自分の町みたいに思っているのかもね！

トムには明らかに姉の長所しか見えない。ほんとにいい人なのよ。わたしもメアリなみに、彼の人のよさにつけこむ人間が出てくるんじゃないかと、心配するようになってきた。

わくわくする話はあと二つで終わり。刺激しすぎないようにね！

テラスを出て、町を抜けていくと、フラニー・ルートが車に乗り込もうとしている姿が見えた。すっと席に着き、手を伸ばして車椅子を折りたたむと後部に投げ入れ、いかにも楽々やってのけたのは、長年の練習の成果でしょう。彼を思って胸がずきんとした。ええ、おねえちゃんの言いそうなことならわかってる。障害者は同情されたり、助けを提供されたりするのを恩着せがましいと感じる。でも、どうしようもないわ。彼は若い男なのに、若い男のすることがあれもこれもできない、そう思うと胸が痛むの、しょうがないでしょ！

トムが車を寄せて、声をかけた。「やあ、フラニー！

どうだい？」

「上々ですよ」彼は言って、わたしににっこり笑った。

「そちらは、シャーロット？」

「元気です」わたしは言った。「すてきな車ね」

ばかなことを言ってしまった。だって、それは小さい箱形の多目的車《MPV》で、たぶんスライド式のドアが好都合だから選んだものでしょう。

「うん」彼は言った。「これにしようか、ポルシェにしようか、ずいぶん迷ったんだ」

でも、それからにんまり笑って、わたしの言葉が気に障ったわけじゃないと示してくれた。

トムは言った。「金曜日にアヴァロンで開く計画委員会の会合を忘れないでくれよ」

「エキサイティングなことが重なりますね」フランは言った。「金曜日は委員会、日曜日はレイディ・Dのホッグ・ロースト、それから一週間と休む暇もないうちにフェスティヴァル——静まれ、わが愚かな胸《ハート》よ！」

皮肉な言い方をしないトムは、心配そうに言った。「フラン、体調に問題があるのか？」

「いえいえ」フラニーはにっこりした。「もちろん出席します。シャーロット、きみは公休日の週末まで泊まって、健康フェスティヴァルに出るの？」

「いいえ。今週土曜日にはうちに帰ります」わたしは言った。

トムは愕然とした顔になった。これがわたしの予定だと、前からはっきりさせてあったのに。フラニーはわたしにウィンクして言った。「じゃ、金曜日にトムといっしょに来るといいよ。委員会に出るって意味じゃない、あれはとてつもなく退屈だからね。でも、あとでレスターがドリンクとスナックを出してくれる。フェスティヴァルの実行委員会なんだ。だから、ぼくらセラピストが全員集合する。きみの論文のために、いろいろ訊いてまわるのにいい機会だよ。ぼくは一番にインタビューされたい！」

トムはそれはいい考えだと思った。わたしも、フランがまた会いたがっているというのでいい気持ちになった（ええ、わかってるわよ、優しいことを言われると、すぐその気になる!」)。それに、アヴァロンの中を見たいとも思ったから、「そうね、そうするわ」と言って、フラニーには最高の微笑を見せた。

「それはいい」彼は言った。「じゃ、楽しみにしてるよ」

「わたしも」わたしは本当にそう思って言った。

いったいどうなってるの?! サンディタウンて、魔法の場所なのかしら、ブリガドゥーンとかオズみたいに。迷い込むと、からめとられてしまう。

ええ、そうだわ、絶対に魔法の場所。でも、黒魔術か白魔術か、そこはまだよくわからない!

わたしが現実世界を忘れちゃわないうちに、お便りください!

たっぷり愛をこめて
チャーリー

13

やあ、ミルドレッド!

こんなに長く眠ったのはひさしぶりだ、昏睡を勘定に入れなければな! 必要があったに違いない。今朝目を覚ますと、ここに来てから初めて、まともな気分だった。トニーの理学療法を受けた。トニーはよく回復してきたと喜んで、最後はマッサージをすすめた。わたしは断わった。膝の屈伸なら、倒れそうになったときの支えにトニーがそばにいてくれるのはいいが、うつぶせに寝て尻をさらしているところにあいつが飛びかかってくるなんて、ごめんだ。

すると、大柄な金髪女が現われた。にっこり笑って、名前はスティッギーだと言い、きっとお役に立てると思う、考え直しませんか、と言った。それで、考え直した。

すごくよかった。リラックスした。リラックスしすぎだ。

うつぶせに寝て、彼女が背中にまたがっていると、ふいに恥ずかしいことになりそうだと気がついて、彼女がわたしをひっくり返そうとしたとき、眠ってしまったふりをした。彼女はなにか別のことをしに出ていったから、わたしは急いでパジャマを着てガウンをはおった。あんなに急いで服を着たのは三十数年ぶりだった。ポックリントン部長刑事の女房とやっている最中に、サイズ15の大足が階段を上がってくる音が聞こえた、あのとき以来だ！　あとは食事に赤身肉がもうちょっと出てくれれば、じきにキャップに前言撤回させて

ちょっと待った。今行きます……ああ、あんたか。

やあ、どうも、ミスター・ダルジール！　いかがです？　いろいろいいことを聞いているので、この目で確かめようと思って……

そうかね？　じゃ、見てくれ。見たとおりのものが出てくる、とETおたくの連中は言うんじゃないか？

それはITだと思いますが。ええ、そうですね、でも、わたしの仕事には当てはまらないですよ。あなたのお仕事でも同じでしょうが。人の顔から心を読み取る方法はない（シェイクスピア『マクベス』より）と、わたしもあなたもわかっているでしょう？

いい警官になるには精神分析ができなきゃだめだと言うつもりなら、おかど違いだ。そういうやつが役に立つことがないとは言わないが、わたしには頭のいい部下がいて、しゃれたことはそいつらがやってくれる。わたしがつかまえたいのは首根っこで、魂じゃない。

魂？　おもしろい言葉を選びましたね、ミスター・ダルジール。

すまない。語彙が乏しくてね。ラテン語を知らないから、手持ちの言葉にあれこれ意味を含ませなきゃならない。

そのとおりだと思います。わたしはあなたと共に旅をしたいんです、そうさせていただけるならね。率直に申し上げて、ミスター・ダルジール、あのちょっとした事故のあと、肉体的にはずいぶん回復されたようです。お元気そうに見える……

競走用グレーハウンドの餌みたいな食事でなくしてくれたら、もっとずっと元気になるんだがね。

伝えておきましょう。しかし、さっきも申しましたように、経験の精神的トラウマからどのくらいの速さで回復しているかは、ご自身にしかわかりません。じきにわたしを信頼してくださって、そのへんを話そうとお考えになっていただけると期待していますが、それはまったくあなたしだいです。ところで、録音日記のほうはどうですか？

え？　ああ、あのレコーダーか。すまない、すっかり忘れていた。どこへ置いたんだったかな、思い出せない。

いいんですよ。きっと出てくるでしょう。では、このへんで失礼しますが、なにかお役に立てることがありますか？　食事に赤身肉を増やすよう言ってやる以外に？

一つある。このあたりに住んでいる男で、パーカーというやつがいるんだ。ときどきここに来ると言っていた。

トム・パーカー？　ああ、トムならよく知っています。このへんでは重要人物ですよ。サンディタウン開発の大きな計画を進めているんです、パートナーのレイディ・デナムといっしょにね。

パブにいた、あの女？　まさか、パーカーがあいつと同棲しているというんじゃないだろうな？　いや、奥さんには会った。少なくとも、あれは奥さんだと思っていたが……。

ああ、すみません、〝パートナー〟という言葉を昔の意味で使ったんです、今のように道徳的に寛大な社会で使われる意味でなくね。二人の結びつきの仲立ちとなったのは金《マモン》の神で、結婚《ハイメン》の神（〝処女膜〟の意味もある）ではありません。

下品な話はよせ。ともかく、わたしはあの男に二十ポンド借りている。あんたにその金を預けたら、彼に渡してもらえますかね？

喜んで。でも、それよりいいことがある。明日の昼にちょっとした集まりがあるんです。トム・パーカーはホテルの開業祝いを兼ねて、健康フェスティヴァルを開催することになっているんですが、アヴァロンも重大な役割を担うべきだと、彼に説得されましてね。明日の会合には、うちのスタッフの何人かと、彼の代替セラピストたちが集まって、みんながそれぞれの役割を理解するように話し合うということなんです。そのあとドリンクとスナックが出る。ほかにもこのイベントを手伝ってくれる人が何人か来ます。あなたもいらしてくださればうれしいし、そうすれば借りたお金を直接返せるでしょう？　自分の借金は自分で返す、というのがわたしの信条です。わたしの仕事も、ある意味ではそれと同じですね。というわけで、いかがです？

考えてみるよ。

それはいい。じゃ、お話しできて楽しかったですよ、ミスター・ダルジール。明日は一時ごろどうぞ。場所はペチューラが教えて差し上げますから。

こいつは便利な機械だ。さっきフェスターワンガーがドアをノックしたとき、ポケットに押し込んだんだが、つけっぱなしだったとは思わなかった。あいつとわたしの言ったことが一語残らずきれいに録音されている。

すごく感度のいい機械なんだ。わたしみたいに！

隠したとはいえ、あのイタチ野郎の目をごまかせたとは思わない。あいつ、ノックする前にドアの向こうで二分ばかり耳を澄ましていたんだろう。録音を再生してみたら、思ったとおりだ、食事に赤身肉。偶然の一致？　かもな。だが、これからはもっと注意する。いちばん簡単なのは、こいつを海に投げちまうことだが、公平に考えれば、あいつの言うように、自分に話をするってことから、なにか出てくるかもしれん。認めろよ、ダルジール、おまえの金玉はぴくぴくモードに戻ってきたとしても、頭の中はまだ本物じゃない、神と話をするおかしな夢を見続けてるうちはな！

このごろはやりの月経後精神外傷的罪悪感とかいうやつか。こういう場所にはうようよしてるだろうから、感染したって不思議はない。

ともかく、しゃべるのが助けになるなら、しゃべって悪いことはない。だが、あのヤンキー野郎に打ち明け話をするつもりは絶対にないぞ！

なんだ、またかよ。ノック、ノック。いったいどこの誰だ？　わかった、今行く。スコッチ・コーナーの交差点の真ん中に住んでたって、こんなに交通はないぞ。

ああ、どうも、婦長。

お邪魔してすみません、ミスター・ダルジール。ドクター・フェルデンハマーから、お食事に問題があると聞かされたものですから。

唯一の問題は、あれを見ることだ。こっちは育ち盛りの若者なんでね、栄養が必要だ。

その点は議論しませんわ。率直に申し上げていいですか、ミスター・ダルジール？

ああ、レザーでドレスアップしろというんでなけりゃな。

あなたは大柄な体格ですから、その骨格をまた満たしたいという欲求は理解できます。でも、この機会をとらえて、最近の不幸な経験のあいだに失った体重をすっかり取り戻すのが本当にいいことかどうか、自問してみてはいかがですか？

わたしの昔の体重がどうしてわかる？

カルテがありますもの。完全な記録《レジャンド》なしにアヴァロンにいらっしゃる方はいません。

すると、わたしは伝説的人物《レジャンド》になったのか？　じゃ、こうしよう。あんたはこれがわたしの伝説的体格だと思うところまで、わたしを太らせる。そこまで行ったら、どういう具合か見てみよう、どうだ？

いいでしょう。で、明日はドクター・フェルデンハマーのランチの集まりにあなたをお連れすることになっているようですが。

あんたがペチューラなら、そのとおりだ、婦長。

ええ、それがわたしの名前です。ところで、わたしの役職は婦長じゃありません。看護部長です。ふつう、ミス・シェルドンと呼ばれ《アドレス》ています。

だが、裸《アンドレス》になればペットなんだろ？　いや、気に障ったという顔はよしてくれ。笑顔がきれいなのにさ。ああ、そのほうがいい。じゃ、やり直しだ。いっしょに出かけるんなら、わたしはあんたをペットと呼ぶ。あんたはわたしをまともな体格に戻してくれるんなら、わたしをアドーニス《美青年》

と呼んでくれてかまわない。だが、人の噂が心配なら、アンディでいいよ。

じゃ、アンディね。クリニックまで歩いていく体力はありますか、アンディ？　それとも、車椅子を持ってきましょうか？

ふん、生意気な女は大好きだよ。じゃ、失礼、シャワーを浴びたい。入ってくる気はないんだろうな？　背中を洗おうとすると、筋肉が痛むんだがね。

それはお気の毒に、アンディ、でもわたしの給料ではそこまでやれませんわ。

ああ、やるだけの価値は保証できると思うよ。


おしゃべりは誰だ？　美人のスティッギーが尻にまたがったとき、ちょいとぴくぴくしただけなのに、もうドン・ジュアンて態度だ！　ほんの数日前には、あの女は強制収容所の看守にぴったりだと考えていたっていうのにな！　気分がよくなると、人を見る目も変わってくるのはおもしろい。昔、ピート・パスコーが言ったことを思い出す。わたしが誰かを取り調べのために署に連行してこようとしたときだ。まずは自宅で質問を始めましょう、と彼は言った。いったん自分が囚人になったと感じると、誰もが看守に見えてくるものですから。

あのお利口さんの言ったとおりだ、いつものようにな！　わたしはもう囚人だと感じなくなったし、あのペットはブスじゃないとわかる。ことに、笑わせてやって、顔がほころぶとな。

シャワーだ。なんだって、ミルドレッド？　冷水にしろ？

そういうことを言うなら、水槽に戻れ！

これまで！

14

送信者：charley@whiffle.com
宛先：cassie@natterjack.com
件名：筋肉マンと彼のハンドル！

ハイ！

お便りほんとにありがとう。心配になっていたのよ。でも、真相を知っていたら、もっと心配したでしょうけど！　こちらのニュースにはぜんぜん出なかった。アフリカの小病院に迫撃砲攻撃、死者なし、というのは記事にならないのよ。でも、むしろよかった、ママとパパのためにね。かなりのレンガ塀が頭突きを食らわずにすんだ！

ともかく、なんかすごく気が咎めるわ、こんな世界一安全で健康的な場所でのらくら暮らし、田舎ではしゃぎまわる様子をいちいち報告して、おねえちゃんを退屈させるなんてね！　でも、世界にまだのんびりしたサンディタウンみたいな場所があると思うと気持ちが落ち着くとおっしゃるから、それでは次のエキサイティングなエピソードに入ります！

というか、次のいくつかのエピソードね。それぞれが男をめぐるものです――男というとそちらに独占権があるような印象を与えないように！

まずはテディ。ハンドルつきの筋肉マン（文字通り！）。なにしろこの目で見たんだし、それをこれから話します！

今日はすごく暖かくて、わたしは海に行ってみようと思った。あの有名な家族旅行以来、少しは改善されたかどうか確かめるためにね！

トムは仕事があって、つきあえなかった。ありがたい。わたしは泳ぎたかったので、話をする（というより、聞く！）のは遠慮したかったから。彼は、今日はミスター・ゴッドリー（治療師）が来て、サンディタウンの様子を見ることになっていると言った。わたしがそのあいだに戻って、彼に会えればいい、研究の一助になるだろうから、とも言った。研究は、ようやく少し進んできたところ。初対面のときに神のごときゴードン《ゴッドリー》がわたしを嫌ったのをおぼえていたから、会ったって激励されるわけじゃないと思ったけど、もちろん、そうしたいと答えた。

もう一つ、トムはおずおずと言った。「アヴァロンでの会合の件だけどね、シャーロット、あれはおもに、いや完全に、代替医療セラピストに関するものだから、われわれ、つまりレスター・フェルデンハマーとわたしは、レイディ・デナムをお呼びする必要はないと判断したんだ。だから、もしレイディ・デナムに会うようなことがあったら、外交的に、その点には触れないでもらえるとありがたい！」

火遊びをしてるわね、トム、とわたしは思った。でも、サンディタウンの陰謀に加えてもらったのはまんざらでもない気分だったから、「ご心配なく！」と言ったら、あの少年ぽい大きな微笑が返ってきた。

子供たちはどこかよそで自分たちのことをしていたから、わたしは連れていきましょうかと申し出る必要はなく、ほっとした。このまえホテルのプールで一泳ぎして、水泳欲をそそられたのよ。パーカー家の子供たちのお守りをしながら浅瀬でぱちゃぱちゃやるんでなく、本格的に泳ぎたかった。

というわけで、わたしは水着の上にラップを巻き、肩にはタオルを掛けて出かけた。

村まで歩いてほんの十五分、帰りは上り坂だからもう少しかかるかも、と思った。でも、〝明日のことまで思い悩むな〟って、聖書で教えられたわよね？

ずいぶん何人もの人に会って、こんにちはといわれた。ウィリングデンではこうはいかない。トム・パーカーのゲストだと、すぐに社交界の花！

海辺は混んでいた。学校が夏休みだから、家族連れがたくさんいて、アイスクリームのヴァン、ハンバーガーの露店、貸しデッキ・チェア、人からお金を搾り取るためのものがみんなそろっていた。〈希望と錨〉亭も商売繁盛だろうなと思った。全体として見て、サンディタウンはすごく繁栄しているようだった。コンソーシアムにとってはいい知らせ——トムはこの景気で儲かればみんなが潤うから喜ぶし、レイディ・Dは自分の投資に対する利益がどんと返ってくるから喜ぶ。

メアリは、遠まわしな言い方だけど、レイディ・Dの世界観の中では市民としての義務はたいした位置を占めていないとはっきりさせていた。大事なのは利益。実家の財産に加えてホリスの財産もあるから、なにもしないでのんびりと豪華な生活を楽しめる。でも金持ちにとっては、どんな大金でも充分てことがないのよ。彼女はもっとお金が欲しい！

ごめん、退屈させちゃった！

でも、目を覚まして。もうじきよ、海辺と筋肉マン！

さっき言ったように、海辺は混んでいたから、ぶらぶら歩いて、湾のいちばん端まで行った。そこは北崖のふもとで、海に向かってごつごつした岩が突き出しているの。たぶん干潮のときならその向こうまで行けるんでしょうけど、今は満潮で（しだいに引いてきていたけど）、岩が障壁になっていた。そのうえ、岩に打ち込んだ鋼鉄の杭につけた看板に〈一般立入禁止——私有海岸〉と書いてあった。

これって、いかにもうちのカミナリオヤジが立てそうなやつじゃない！　だから当然、わたしは一瞬もためらわずに、岩をよじのぼった！

てっぺんから見下ろすと、もう一つの湾が見えた。サンディタウンの湾よりずっと小さいけど、人はごく少ない。実際、そこには四人しかいなかった。それがレイディ・デナム、テディとその姉、それにクララ・ブレレトンなのを見ても、さほど驚かなかった。

若者たちは水着を着ていた。クララは水玉模様のビキニ。それがおっぱいとお尻をきれいに見せていた。ほっそりしているけど、どう悪意を持って見たって、やせっぽちとは言えない。きれいな白い肌。どんな日焼け止めクリームを使っているのか知らないけど、あの真珠のような輝く白さを保っているんだから、たいした効果。きっと毎朝ロバの乳のお風呂に入っているんだわ。これで彼女を気の毒に思わなくなった。たとえレイディ・Dの小間使いをしなきゃならなくたってね！

エスターは黒いワンピースの水着。彼女もなかなかの体格だとわかった。でも、クララの魅力が（ロバの乳は別として）自然なものに見えるのに対して、エスターの魅力は金に飽かせたものらしい。

意地悪言っちゃった！

でもね、彼女のことはしげしげ見なきゃならなかった。だって、レイディ・Dの足元にすわって見上げ、いかにもうれしそうに興味を示して彼女の話に耳を傾けているんだもの、昨日会ったときの渋い顔とは大違い。だから、またベンゲル・バーのディスコで汗をかいて笑っていた女の子を思い出した。

レイディ・Dは、当然ながら、キャンヴァスの映画監督用の椅子に堂々とすわり、あとの三人は、当然ながら、砂浜に敷いた毛布にすわっていた。

テディは――そう、ここから話の〝肉〟の部分の始まり――クララの横に寝そべり、すれすれのところで体に触れてはいなかったけど、彼女を見上げる目つきといったら、遠くから見ただけでも、ベッドルームの熱い目だとわかった。クララはしゃがんで、二ヤードもあるきれいな脚を体に引き寄せ、抱えていた。まるで、ちょっとでも緊張を緩めたら、すぐ性器を攻撃されると恐れているみたいにね。もっとも、美徳を守っていたのは、自分の貞節を懸念したせいか、それともレイディ・Dがそばにいることを意識したせいかはわからなかったけど。

で、テディ准男爵は？　喜んでお知らせするわ。彼は中身が包み紙に負けてるプレゼントじゃない。長くほっそりした体は、クララの肌がゴージャスに白いのと同じくらい、美しい茶色。全身が筋肉。胸毛はゴリラまで行かない、いい感じ。要するに、おいしそうな男ってこと。

わたしは退却するつもりだったのに、テディの美貌を（客観的に！）満喫していたものだから、つい長居してしまい、ふいにレイディ・Dの鋭い目がわたしをとらえた。

「あそこに誰かいる」彼女は怒鳴った。「なんてずうずうしい！」

みんながこっちを見た。それからテディがさっと滑らかな動きで立ち上がった。豹みたいに。もっとも、豹は後ろ脚で立ったりしない、そうよね？　でもまあ、言いたいことはわかるでしょ！　彼は大声で言った。「チャーリーだ！　おおい、チャーリー、降りてこいよ！」

なにか言い訳して立ち去ってもよかったんだけど、エスターの顔がえくぼを見せて傾聴する表情からガチガチの氷モードに変化するのが見えて、それで心は決まった！

「こんにちは」わたしは岩を降りながら言った。「お邪魔するつもりはなかったんですけど、あっちの浜には人がぎっしりで」

ちょっと大げさな言い方だったけど、わたしは知らないうちにレイディ・Dを喜ばせる正しいボタンを押していた。彼女にとっては、海岸の人出は究極的に銀行口座の入金につながるからね。で、彼女は言った。「いいのよ、あなた、トムのお友達ならいつでも歓迎です」

クララはこちらを見上げてほほえみかけた。一方、エスターはぴくりと会釈らしきものを送ってよこすと、顔を解凍して、レイディ・Dのほうに向き直って言った。「さあ、伯母さま、話の糸を見失ってはいけないわ。開発計画のことで、とてもおもしろい話をしていらしたでしょう」

わたしはどうやってテディのそばにすわろうかと考えていた。わたしの台所のテーブルなみの脚とクララの芸術品とのコントラストにあまり視線が行かないような形でね。そうしたら、彼のほうがこう言って、問題を解決してくれた。「泳ぎに来たんだね、一目瞭然だ。じゃ、どうだい、行こうよ！」

彼はわたしの手をつかみ、水際に向かって歩き出した。

わたしは言った。「クララは？」すると、彼は言った。

「ああ、あいつならいいんだ。伯母さんのそばについててやらないとね。彼女が背中を掻いて（〝おせじを言う〟の意味にもなる）ほしいとか、ホールからなにか取ってきてほしいとか言い出すかもしれないからさ」

わたしは後ろを振り返って——見上げた。崖は八十フィートくらい、草も木もなく切り立っていて、手すりつきのジグザグの小道が通っている。そのあと四、五十フィートは傾斜が緩くなって、植物がたっぷり生えている。その先はおそらく平らで、ホールの地所につながっているんでしょう。ハンカチを忘れたから取りにいけと人を送り出すには、ずいぶんな道だわ！　でも、レイディ・Dはそんなことを心配する人じゃない。それに彼女自身、たいしたものよ。あの年齢であそこを昇り降りするなんて。肉屋の犬なみに元気なのね、カミナリオヤジの言い方を借りれば！」

わたしは言った。「私有の海岸を持ってるって、いいわね」

彼は言った。「厳密に言えば、ここは伯母の持ち物でなんかないんだ。満潮線と干潮線のあいだの部分は国王に属する。大潮のときは水がこの崖沿いに何フィートも上まで達するよ。でも、その点を議論しようというのは、大胆不敵な侵入者だけだろうな！」

異論はなかった。やがて水辺に着いた。彼は足を止め、海に目をやって、なにかつぶやいた。

「え、なに？」わたしは訊いた。

彼はさっきよりはっきり繰り返したけど、それでも意味がわからなかった。

それを見て取ると、彼はにっこりして（先輩気取りの顔だと思った）また繰り返した。

「タラッタ、タラッタ（Thalatta thalatta）」彼は劇的に言った（こういう綴りなのよ、ネットで確かめたんだから）。「海、海」

「まったくね」わたしは言った。「海、そのとおりよ」

「ギリシャ語だ」こっちが尋ねもしないのに、彼は言った。「ギリシャ軍がマラトンから引き上げてきたとき、ほっとした兵士たちがみんなでそう叫んだんだ。丘に登ってエーゲ海が見えたときにね。これで故郷に戻ったってことだからさ。その気持ちはわかる。ぼくのハートも懐かしい北海を一目見ると膨れ上がる」

古典の知識と詩的感受性を見せつけようとしたんでしょうけど、ちょっとやりすぎだと思った。それに、あとであの言葉をネットで調べたとき、歴史的背景も書いてあったんだけど、あいつ、史実すら間違えてたのよ！　戦場はマラトンでなく、クナクサとかいうところで、海はエーゲ海でなく、黒海！

わたしは言った。「オーケー、それじゃ、これが何であるかははっきりしたから、そろそろそこで泳ぐ？」

彼は「もちろんだ」と言って、それから（信じられないわよ）トランクスを押し下げ、脱いでしまった。で、ばかでかいローレックス（彼の腕時計のことよ！）を身につけただけの男がわたしの横に立っていた。三十ヤードと離れていないところに女三人がいるっていうのに。

わたしは言った。「よしなさいよ！」

彼は言った。「ショック受けることはないよ。ぼくはいつでも裸で泳ぐんだ」

わたしは言った。「わたしには男の兄弟が四人いるし、農場で育ったから、ショックなんか受けないけど、レイディ・Dとほかの女の人たちはどうなの？」

彼は笑って言った。「ああ、慣れっこだよ。伯母は目を逸らすふりをするけど、田舎の老女のご多分に漏れず、立派な一物がお好みだ。覗き見してるところを何度も見たことがある」

「強力な双眼鏡で？」わたしは鼻であしらって言った。「でも、笑いものでなんかないの！　ロバだってうらやましがるほどの一物！　それからわたしは水に入り、泳げる深さのところまで歩いていった。

彼は腕時計をはずし、トランクスの上に落とすと、わたしのあとからついてきて、ずっと並んで泳いだ。悪くないクロールよ。ときどきわたしにほほえみかけ、まるで「心配するなよ、全速力を出してきみを置き去りになんかしない、安心していい」とでも言ってるみたいだった。

わたしは、ご存じのとおり、スピードはいまいちだけど、いつまででも泳いでいられる。

四分の一マイルくらい沖合いにブイがあって、わたしはそれに目を据え、リズムに乗った。彼はしばらくわたしについてきたけど、やがて遅れを取った。わたしがブイまで行くと、三、四分してようやく追いついてきた。彼はにっこりしようとしたものの、くたくたなのは明らかだった。わたしは気が咎めてきた。いくらナンパの台詞がまずくたって、溺死に値するほどの罪じゃない！　それに、あの一物を体の下に引きずっているんじゃ、飛行機が下げ翼を下ろしたまま離陸しようとしてるみたいなものだったはずよ！

しばらくブイにつかまっていてから、わたしは言った。

「そろそろ帰る？」

彼はうなずき、わたしは泳ぎ出した。今度は平泳ぎで、ずっとゆっくり。それなら彼を見張っている余裕があるからね。

浅瀬に到達すると、彼はくたくたで、立ち上がろうとしたとき、ちょっとの波で倒れてしまった。

ここが正念場。嫌味な男になるか、それともこれを受け入れられるか？

彼は砂の上にがっくり倒れた。服を置いていった場所から三十フィートほどのところだった。

彼は喘いで言った。「お願いだ、チャーリー、ぼくのトランクスを取ってきてくれる？　恥ずかしくない格好で埋葬されたい。ただし、海の中じゃなくね！　頼むよ！」

というわけで、オーケーだった。間抜け男はべつにかまわない。自分を笑う余裕があるならね。

わたしは彼の時計とトランクスを取ってきてやった。彼はトランクスを穿き、それから二人並んで砂浜にすわって日向ぼっこ。彼の呼吸が整うまでね。

わたしは言った。「水泳だけでなく、スキーもする？」

彼は言った。「スキーのほうがましだ、と言わせてもらうよ。まあ、たいていは服を着て滑るけどね。どうして？」

わたしは言った。「クリスマス前にスイスに行ったのよ、ダヴォスのそば。大学の友達数人といっしょにね。そこでお姉さんを見かけたように思ったの。ディスコで。でも、人違いかもしれない。わたしたちみたいな貧しい学生がたむろする場所で、彼女が来るようなところじゃなかったから」

彼は顔をしかめて言った。「姉貴だったかもしれないよ。ダフ伯母さんがふいに頭に血が上って、ぼくとエスをこないだのクリスマスにスキー旅行に連れていってくれたんだ。ダヴォスのそばだった」

「気前がいいのね」わたしは言った。「どこに泊まった？　モラシニス？　フルエラ？」

「とんでもない」彼は笑った。「うちの伯母さんはそこまで気前よくはない！　シャレーだよ。でも、公平に言って、すごく住み心地のいいシャレーだった」

「じゃ、どうしてエスターは庶民といっしょに騒いだりする？」わたしは押した。

「どうしてそうしちゃ悪い？」彼は言った。上流階級が言い逃れをごまかすときの、さりげない口調でね。「スキーのインストラクターに惚れたとかさ。ホリデー・ロマンス、ややこしいことなし、害もない、でも伯母には知られたくない」

わたしは「伯母さんになんの関係があるの？」と訊きそうになったけど、その必要はなかった。人間行動の観察に長けてますからね！　笛吹きに金を出す者が曲を決める、そうでしょ？　レイディ・Dは自分のお金が（今であれ、あとであれ）文無しの外国人のポケットに納まるなんて絶対にいや。だから、姪が彼女に気に入られ、遺産相続者になるためには、つきあう青年を細心の注意で選ばなきゃならない。うちのカミナリオヤジだっておんなじよ。だから、おねえちゃんがこういう方向に進んでるとなると、たぶんわたしの相続分が多くなるわね！

それに、思い出したことがあった。ジョージの話だと、エミールは学生で、スキーのインストラクターじゃない。テディ、あなたは嘘をついている、さもなきゃ、エスがあなたに嘘をついたのね、と思った。

わたしは言った。「じゃ、エスターはわたしたち庶民と騒いで、レイディ・Dは知りもしなかった」

彼は言った。「運よく、伯母は自分の用事《アフェア》に気を取られていたからね」

彼が用事《アフェア》というところを強調したので、好奇心をそそられた。でも、わたしたちの興味深い会話は観察されていたらしく、特務曹長さながらの怒鳴り声に邪魔された。「テディ！　そこで何してるの？　ランチの時間よ！」

准男爵はびくっとして、渋い顔になったけど、それでも立ち上がった。

あの人、ほんとにあなたの首にかけた紐の端を握ってるのね、と思いながら、グループのほうに戻った。姉弟二人ともたいへんね、伯母さんに反対されないように、惚れる相手に気をつけなきゃならないなんて。レイディ・Dはわたしのことはどう思うかしら？

すぐにわかる！

女たちはみんなもう立ち上がっていた。クララはバッグやタオルやレイディ・Dの折りたたみ椅子をまとめ、エスターはまるで海を凍らせようとしているみたいな目つきで沖に目をやっていた。レイディ・Dは厳しい目でわたしを迎えて言った。「ミス・ヘイウッド、腕を貸していただけるかしら。長くすわっていると、体がこわばってしまって」

こわばった様子はほとんどなく、彼女はかなりのスピードでわたしをほかの人たちから引き離すように歩いていった。実はわたしと二人きりで話をしたかったんだと、すぐ明らかになった。

「一言、教えておきますよ」彼女は言った。「テディは立派な青年です」

「ええ、気がつきました」わたしは言った。

すると、鋭い目で一瞥されたけど、それから彼女は言った。「でも残念ながら、おせじが過ぎて人を騙すこともありましてね」

「あら、女の子が愛情を寄せては裏切られるってことですか！」わたしはいかにも驚きあきれたように言った。

「もちろんそんな意味じゃありません！　わたしの言うのは彼の暮らし向きです」彼女ははっきり言った。「いい結婚相手に見えるでしょう、大きな屋敷だの、高価な腕時計だのあって。でも、デナム・パークは限嗣不動産になっていますから、売れませんし、どっちみち、売って入るお金より修理費のほうがかさみます。それに時計は……」

「ええ、ローレックスですね」わたしは目を輝かせて言った。財産を狙う危険な女だとおばあちゃんに判断させたって害はないと思って。こうしておけば、わたしが魔手を伸ばして准男爵を思いのままにしようと決めるころには、彼女は安心して注意を払わない！　それなら五千ポンドの価値はある！

「ええ、そうです」彼女は誇らかに言った。「わたしのもの！　サー・ハリー、つまりわたしの亡くなった主人で、テディの伯父が持っていたものなんです。記念の品として、わたしがテディに上げました。遺言状にはなにも書かれていなかったんですよ、でもサー・ハリーならそれを喜んだろうと思いましてね。家族を大切にする人でしたから。それに、テディはデナム家伝来の家財をたくさん手離さなければならない状況でしたので、ハリーのこと、豊かだった時代のことを思い出すよすがになるものが、少なくとも一点手元に残ったのはいいことですわ」

つまり、テディはこれを絶対に売り払ったりしない、会うたびに彼女は時間を尋ねるから！　わたしはそう解釈した。

でも、悪いニュースがあるのよね。テディが水に入る前にロ－レックスをはずしたのを、わたしは不思議に思った。ローレックスといえば、十年前に難破した船の残骸から引き上げられてもまだ動いてるっていうでしょう。それで、彼のトランクスを取りにいったとき、時計をよく見たのよ。絶対に香港製だった。平底船《サンパン》の売人から二十ポンドで買うような代物。伸縮する〝ゴールド〟のブレスレットは、その気になれば指二本で曲げられる！　たぶん金欠のテッドはもらった時計を売り払い、伯母さんを騙しておくために偽物に投資したんだわ。これでビューエルのバイクを買えた説明がつく。あの〝福引で当てた〟っていう話はかなり怪しげだったもの！

うまくやったじゃん！　と思いながら、彼女にはこう言った。「ええ、わかります。テディのように魅力的で、しかも才能のある男性なら、同じくらい立派な家名があって、収入は彼以上という人を見つけるのは、むずかしくないでしょう」

うまい言い方でしょ？

彼女はうなずき、微笑して言った。「おたがいに理解しあえてうれしいわ。さあ、ランチが待っていますから、この道をなんとかよじのぼらないとね」

彼女はわたしの腕を放した。すると、今まで二人の親密な会話を不審そうに見ていたエスが守護天使モードになって飛び出してきた。きっと、レイディ・Dの足が石ころにぶつかったりしないようにでしょ。

　レイディ・Dは彼女のほうは見ないで、わたしを値踏みするようにじろじろ見ていた。よく気のつく百姓だからごほうびを上げようというのかしら。ランチに誘うとか。ありがたくはないけど、誘われたら受けてもいい。エスターの鼻を明かしてやるためにね！

　すると、彼女はよく計算された、ものすごく恩着せがましい口調で言った。「ミス・ヘイウッド、トム・パーカーに頼んで、今度の日曜日のわたしのホッグ・ローストに連れてきてもらいなさいね」

　彼女のホッグ・ローストだって！　メアリの話では、コンソーシアムがお金を出しているのに！

　わたしは膝を曲げてうやうやしくおじぎしたくなるのを抑えて言った。「恐れ入ります。でも、たぶん土曜日には家に帰りますので」

　女王様からの招待を断わる人間がいるというのに驚くんじゃないかと思っていたんだけど、実際には彼女はこう言った。「ええ、もちろんね。ご家族のみなさんは首を長くして待っていらっしゃるでしょう。家族の絆は本当に大事です。もし気が変わったら、どうぞいらして。今は好きなだけここにいてくださってかまわないのよ。またいつでも遠慮なく来てちょうだい、公共の海岸がいっぱいだったらね」

　ほら！　生意気なわたしに身の程を知らせた！

　わたしは彼女の顔に向かって砂を蹴ってやりたくなった。でも、実際にはおごそかに「ありがとうございます。ご親切に。でも、もう帰る時間ですから」と言って、歩き去った！

　十二ヤードくらい行ったとき、テディが後ろから追いかけてきた。

「ばあさんの言うことは気にしないでくれよ」彼は言った。「しょうがないんだ、われわれはまだ暗黒時代に暮らしてると思ってるんだから！」

　独立心があるじゃないのと感心したいところだけど、彼は聞かれるのがこわくて、まだひそひそ声でしゃべっていた！

わたしは言った。「帰ったほうがいいわよ。さもないと、お仕置きにお昼抜きでベッドに送られるかも」

彼はにっこり笑って（歯を見せて笑うと、とてもいい感じ）言った。「昼飯なんかどうだっていい、いっしょにベッドに行く相手さえよければね。なあ、また近々会いたいな」

わたしはこの機に乗じて言った。「それはデナム・パークへのご招待？　それとも、自宅に誰かを招くのにも許可がいるの？」

彼は渋い顔になり、それから言った。「そんなの、いるわけないだろ。もっとも、配管はひどいと警告しておくけどね！　いや、きみを乗せてやりたいと思ったんだ、〝アニマル〟にさ。エスのレザーを借りればいい。最高の経験にするには、レザーの下になにも着ないのがこつだよ！」

この男の脚本て、誰が書いてるの？！！

でも、いいスリラーと同じで、中身はくだらなくても、読むのをやめられない！

わたしは「考えておくわ」と言って、岩をよじのぼり、町の海岸に戻った。さっきよりさらに混んでいた。ふいに、キョート・ハウスの平穏と人の優しさがとても魅力的に感じられた。

それで、坂道をてくてく上がっていった。

でも、エキサイティングな冒険はまだ終わっていなかった！

ただし、次のエキサイティングなエピソードは待ってね。コケモモの煎じ薬とイラクサ油のマッサージで二十歳若返ったと言う女性をインタビューしに行かなきゃならないの。ほらね、わたしだって働いてるんだから！

愛をこめて
チャーリー

15

送信者：charley@whiffle.com
宛先：cassie@natterjack.com
件名：車輪つきセクシー男！

またまたハイ！

ああおもしろかった！　コケモモとイラクサで二十歳若返ったんなら、あの人、前には百歳に近かったに違いないわ。〝藁をもすがる〟カテゴリーに分類。つまり、自分がいずれは死ぬってこと以外、なんでも信じようとする人。

さて、生者の世界に戻りました。どこまで行ったんだった……？　ああ、そうだ、坂道のふもと。

北崖を上がる道は、下ってきたときよりずっと険しく感じられた。それに、テディに見せつけようとあれだけ泳いだのが、思ったより力を使い果たすことになった。魔女小屋にたどり着いたころには一休みしたくなったから、わたしは庭を囲む低い塀にすわった。外にはサイドカー付きのすごく古いオートバイがとまっていた。かわいそうに、サドルでこすれた痛みを和らげるために、お尻に針を刺してもらおうって人が来てるんだわ、とわたしは推理した。

背後でドアがあく音がしたので振り返ると、ヤン・リーが男を送り出すところだった。バイカー用レザーを着て、ヘルメットをかぶっていたけど、黒イチゴの茂みさながらのひげで正体はすぐわかった。ゴードン・ゴッドリー、ウィリングディーンの治療師。彼が今日こちらに来て、サンディタウンの状況を見ることになっているとトムが言っていたのを思い出した。ゴッドリーが自分で認める以上にサンディタウンのことを知っているようだとわたしが感じたことも思い出した。

見ると、二人はハグとキスを交わした。片頬に軽くチュッとやるんじゃなく、唇を合わせるキスなのよ。あら、ちょっと！　と思った。そんなに浮世離れした人じゃなかったんだ。恋人どうし、ベッドのおしゃべり？　あの〈独習書〉シリーズに、霊的治療の本も入っているのかなあ！

わたしが塀にすわっているのを見つけると、彼ははっとして足を止めた。まるで狂犬病のドーベルマンでも見つけたみたい。後ろではミス・リーがわたしに例の東洋風な会釈をすると中に戻り、ドアを閉めた。それで、その場には彼とわたしが残された。にらみ合ってじっと立ち、マカロニ・ウェスタンのガンファイターみたいに、相手が動くのを待っている。バイカー用レザーは、准男爵ほど似合ってはいなかったものの、彼を若返らせる効果はあって、わたしは年齢の見当をいくつか下げ、五十五よりは四十五に近いと思った。

彼は根負けして、とうとうわたしのほうに向かって歩き出したけど、まるで絞首台へ向かう男って感じだった！

おかしいわね。人に反感を持たれるって、気持ちのいいものじゃない。たとえこっちがぜんぜん気にかけていない人であってもね！　すっと行ってしまったってよかったんだけど、ここで（前に会ったとき、ミスター・Gがその点を把握していなかった場合に備えて）わたしはこの村の風景に永久にひっついた目障りなしみじゃないとはっきりさせておくのが、トムへの恩返しだと感じた。サンディタウンの人たちがゴッドリー・ゴードンの癒しの手に触れる機会を失ったら、その責任はわたしにあると罪悪感にさいなまれるのはいやだもの！

それで、わたしは明るく言った。「こんにちは、ミスター・ゴッドリー。シャーロット・ヘイウッドです、おぼえていらっしゃる？（わたしを見るあの目つきからすれば、その点にたいして疑いはなかったけどね！）ミスター・パーカーに会いにいかれるんですか？　わたしはあと二日ばかり、あそこのお宅に泊まっています。ここはほんとにきれいなところですよね？（宣伝、宣伝！）でも、毎日この坂道を上がらないですめばうれしいですけど」

そう言いながら、あら、やだ！　まるで乗せてくれって頼んでいるみたいに聞こえる！　と思った。

案の定、もじゃもじゃひげの下に覗く彼の顔が二度くらい色を変えた。おねえちゃんが高い板から飛び込もうと気持ちを引き締めているときみたいにね！　それから、彼は乗せてあげましょうか、とかなんとかつぶやいた。

反射的に「けっこうです！」と言いそうになった。でも、考え直した。よしなさい。さっき、レイディ・Dに親切を押しつけられたのが気に障って、せっかくの人のいない浜辺から出てきてしまったばかりじゃないの。腹立ち紛れに自分の損になることをするなんて、ばかよ。繰り返すのは、もっとばか。

それで、一瞬後、わたしはサイドカーに乗り、坂道をがたんごとんと揺られていった！

ゴッドリーのバイクのサイドカーに乗る経験と、テディ・デナムが約束した〝アニマル〟の後部座席に乗せてもらう経験とを比較対照しないわけにはいかなかった。こっちはなんか、古いブリキの浴槽に入って、トラクターに引かれていくみたいな感じ！　でもおかげで、おしゃべりする必要はなかった。

キョートに着くなり、わたしはぱっと飛び出し、お礼を言って家に駆け込むと、トムの書斎の前を通りぎわ、「ミスター・ゴッドリーがいらしたわ！」と叫んだ。

自分の部屋に行くと、ミニーが出てくるところにぶつかった。わたしをさがしていたんだと言ったけど、騙されるもんですか。あの年ごろに、わたしはいつだっておねえちゃんの服や化粧品を盗もうと機会をうかがっていた！　わたしは濡れた水着を脱ぎたいと言って部屋に入った。彼女は外で待つだろうと思ったのに、くっついて入ってきて、ベッドにすわってわたしがタオルで体を拭くのをじっと見ていた。まるで体操の床運動の審判みたいにね。だから、わたしは言った。「オーケー、じゃ、何点？」すると、彼女は即座に理解して答えた。「演技七点、解釈八点」

生意気な小娘め。でも、好きにならずにはいられないわ。

わたしはこの機会をとらえて、彼女からミス・リーとレイディ・Dに関する情報を搾り出した。もっとも、たいして搾る必要はなかったけどね！

どうやら、ミス・リーは魔女小屋をレイディ・Dの土地管理人を通じて長期契約で借りていたらしい。彼女は針で管理人の関節炎を治してやったの。ところが、その後偉大なコンソーシアムができて、レイディ・Dはふいに気がついた。お菓子の家みたいな外見、魔法に関わる歴史のある、このおかしな魔女小屋は、観光客が来るようになれば、いい客寄せになる。それで、彼女はこれを取り戻したがった。ところが、ミス・リーは借家契約を結んでいたから――カミナリオヤジが好きな、あの政治的に正しくないジョークに出てくる中国人の乗客みたいに――「あんたとっととでてく、わたし一等の切符ある！」と彼女はレイディ・Dに言った。

権力対権利の戦いが始まり、トム・パーカーが調停を試みた。やがてふいにミス・リーは降参し――理由は誰にもわからない。たっぷりお金をもらったんじゃないかというのが、ミンの推測――秋にここを引き払い、トムが見つけてくれた新しい場所に移ることに同意した。

ミンが話を終え、わたしは下着を着けたころ、彼女はエンジンの音を耳にして、あいた窓から外を見ると、「あっ、シッド叔父さんだ！」と叫んで、駆け出していった。

わたしは窓辺に近づき、見下ろした。

ゴージャスな深い赤のマセラッティ・クーペが車寄せに入ってくるところだった。

ミニーは車に負けない速さで走ったに違いないわ。玄関ドアから飛び出したのと同時に車は停止。ドライバーが優美にすっとシートから離れるなり、彼女はその腕に身を投げ出した。彼はミニーを高々と持ち上げて、ぐるんと回した。そうして回ったときに、彼の視線がわたしをとらえたようだった。こっちはブラジャー姿であいた窓辺に立っていたから、後ろへ引っ込んで、服を着終えた。慎み深いでしょ？　でも、ほんの一瞬見ただけでも、シドニーは――筋肉マンのテッド准男爵とは違って――こっちの肉体をひらめかせてその気にさせられる人物じゃないと思った。

そもそも、わたしが彼をその気にさせたい理由は？　車？　うん、まあね。金融の天才で稼ぎまくっていると聞かされたから？　とんでもない！　いいえ、それより、彼が出てきたとき、車と同じくらいぴっかぴかに見えたんだけど、そのくせ、九歳のおてんば娘――というのは、わたしの記憶では、ときにひどく不衛生な生き物！――に飛びつかれ、抱きしめられても、ぜんぜんいやがらなかったこと。

ほらね、賢い妹はまたしても鋭い心理評価をしてみせました。

それに——認めます——彼は確かにヒュー・グラントふう美男だった。

彼が家族みんなと挨拶を交わすだけの時間を置いてから、わたしは出ていった。

思ったとおりだった。すごい美男で、しかもすごく人当たりがいいんだけど、おせじたらたら《オリアジナス》（綴りは自信がないけど、今月のわたしのお気に入りの単語！）というんじゃない。トムより少し背が高い。同じ生き生きと表情豊かな顔。パーカー家のソフトな茶色の瞳。必ず正しいことをするっていう男だわ。道徳的に、という意味じゃないけど、たとえばもし女の子のパンティがダンス・フロアに落ちてしまったら、彼はステップを乱しもせずにそれを拾ってポケットに入れる、そんな感じ！　淡いクリーム色のシャツの上にリネンのスーツを着て、ミニーの攻撃で汚れた様子はまったくない。しかも、あれは絶対にマークス&スペンサーの吊るしでなんかない。足には柔らかい革のサンダル、ソックスなし。想像のつく限りで最高にセクシーな足指！

ええ、おねえちゃんのエロチック・ファンタジーに足指はあんまり出てこないでしょうけど、まあ信じて。シッドの足指は最高よ！

わたしはいつものように大げさな形容でトムに紹介され、シドニーは平然とそれを受け入れた。テッドとは違って、彼はわたしを感心させようと特に努力はしなかったから、わたしはそれに感心した！

トムはもちろんキョートに泊まるよう彼にすすめ、メアリも支持。ミニーはひざまずいてでも彼を説得しようとした。

でも、シドニーは頑として断わった。

「ホテルに予約を入れてあるんだ」彼は言った。「ハネムーン・スイート！　いや、メアリ、結婚したわけじゃないよ、残念ながらね。ただ、健全な新婚カップルがあれだけの金を払って何を手に入れるのか、見ておこうと思ったまでさ」

リサーチに助手が必要かしら、シッド？　という考えが頭をよぎった。

それから、二人の目が合った。彼はこちらの考えを読み取ったかに見えて、わたしは顔が赤くなるのを感じた。

みんなでテラスにすわった。トムはいつものように潮風を称え、澄んだ空気のおかげで晴れた日にはオランダまで見えると自慢した。

シッドは言った。「わからないんだけどさ、トム、どうして遠くにオランダが見えるっていうのが、そんなに望ましいことなわけ？」

そう言いながら、彼はわたしに共犯者のような微笑を送ってきた。トムを弁護してあげなきゃと思わないではなかったけど、二人のあいだの愛情の絆は明らかで、これはたとえばわたしとジョージ——あるいはわたしとおねえちゃん！——がやるような、からかい合いにすぎないんだと気がついた。

ともかく、彼は楽々とわたしを会話に引き込み、わたしも家族の一員だと感じさせてくれた。それで（もう見当はついたでしょうけど）、喉ごし滑らかなやつはボトル入りのも金融街《シティ》のも好きなほうではないこのわたしが、あっというまにミニーといっしょにシッド・パーカー・ファン・クラブのメンバーになっていた！

妹の心理的抑圧は深刻なんじゃないかと思っているでしょう。サンディタウンに来てわずか六日のあいだに、三人の男——筋肉マンのテッド、車輪つきフラン、滑らかシッド——に胸を躍らせている！

ご心配なく。これはサッカー選手のオールタイムベストを選ぶようなもの。悪漢リアムのせいで、男には永久にうんざり！　わたしは純粋にキャリア・ガールで、男と遊びまわるのは娯楽オンリー！

というわけで、みんなですわっておしゃべりに興じていると、妙な音が聞こえた。鹿がいななくみたいな。見ると、戸口にゴッドリー・ゴードン（毛むくじゃらの治療師）が立って、気を惹くために咳払いしていた！

シドニーが来た騒ぎで、トムは彼のことをすっかり忘れ、書斎に置き去りにしていたんだった！　トムはもちろん平身低頭で謝り、彼をテラスに引っ張ってきてすわらせると、シドニーに紹介した。まるでガンダルフ（『指輪物語』などに登場する魔法使い）とキリストを足して二で割った人物だとでも言ってるみたいだった。滑らかシッドはもちろん完璧にチャーミングだったけど、〝サンディタウンの未来を築く兄貴の計画の中で、ぼくが金融街《シティ》の仲間のために用意する案内書にこれだけは入れられないぞ〟と感じているようだった！

ミスター・ゴッドリーはまもなく立ち上がり、これで失礼しますと言って、昼食をすすめられたのはきっぱり断わった。トムは彼をぜひとも健康フェスティヴァルに加えようとしているから、アヴァロンでの会合に出席するよう、あらためてすすめた。

「ドクター・フェルデンハマーは本当に偏見なくなんでも受け入れようという人なんですよ」彼は言った。「わたしたちのように、あまり踏み慣らされていない道を行こうとする人間にとっては、すばらしい機会です」

シドニーの目がどんよりしてくるのが見えた。われわれヘイウッド家の人間にはおなじみの表情。パパが人前でなにかとんでもないことを言って、それでもこっちは家族だから、しらっとした顔でいなきゃならないってとき、わたしたちみんな、ああいう目をする。

ミスター・Gは不確かな様子で、なにかもごもご言い、トムはがっかりしてうなだれたけど、礼儀上、それ以上押すことはしなかった。トムの失望は気の毒で見たくなかった。それで、シッドもゲストを迎えるためにホテルに戻らなければならないから、ランチまで残れないと言ったので、みんなそろって外に出たとき、わたしはバイクに乗ろうとしたミスター・Gに近づいて言った。「さっき、乗せていただいたのに、きちんとお礼を申し上げていませんでした。ほんとに助かりました。あのときは坂道を上がる元気がなかったから！」

彼はもちろん恥ずかしげな顔になったけど、喜んでくれたと思う。それで、わたしはさらに言った。「クリニックでの会合にいらっしゃいませんか？　あそこをちょっと見るのも悪くないでしょう？　ふつうなら、入るだけでも一財産かかる場所ですもの。あそこの人たちが、患者から一銭も取らずに癒してやろうという人物をどう受け取るか、それを見るのは愉快じゃないかしら！」

彼はわたしをまっすぐ見て、少し困惑した様子だった。〝愉快〟というのが外国語であるかのように。それから言った。「あなたもいらっしゃるんですか？」

わたしが隅っこにすわって、懐疑的なことを言ったり、論文用にメモを取ったりするんじゃないかと、心配しているのは明らかだった。

「あとで飲み物が出るときには加わると思いますけど、ミーティングに出ないことは確かです」わたしは言って、彼を安心させるように、バイク用手袋をはめた手を軽く叩いた。

わお！　家畜のつつき棒で電流を通したみたいな反応！

彼はサドルから飛び上がり、あまりすばやく手を引っ込めたので、手袋があとに残りそうになったくらいだった。それから言った。「まあ、考えてみます」

そして、出ていった。青い煙をなびかせて。どうしたって、あれはキリストよりガンダルフね！

ほかには誰も注目しなかった。みんな、シドニーにさよならを言うのに忙しかったから。わたしはかれらに加わり、ミニーを車のドアから引きはがすのを手伝った。

彼がわたしにくれた最後の言葉は、もっとありきたりだけど、希望も持てた。

「帰られる前に、またお目にかかりたいですね、ミス・ヘイウッド」

わたしは言った。「わたしもお会いしたいわ。どうぞ、チャーリーと呼んでください」

「そうしましょう」彼は笑いながら言った。「じゃ！」

ミニーはわたしの横に立って、マセラッティがブーッと出ていくのを見送った。

「彼、すてきでしょ？」彼女は目を輝かせて言った。「叔父さんでなかったら、結婚するんだけどな！」

それから、彼女はわたしの手を取って言った。「彼、あなたを気に入ったわよ、チャーリー。あなたが彼と結婚して、ロンドンに落ち着いたらいいのよ。そしたら、あたしは夏休み中ずっと泊まりにいく。それに、クリスマスもね！」

わたしは言った。「それだけ？　じゃ、イースター休みはずいぶん退屈」

彼女はわたしのてのひらに爪を立て（痛いほどじゃなく）、それから言った。「でも、彼のこと、好きでしょ？」

「車は気に入ったわ」

今度は痛いほど爪を立てられたから、わたしは彼女をつかみ、二人で取っ組み合いになり、最後は芝生に転がった。トムはうれしそうににこにこしてわたしたちを見ていたし、メアリも微笑していた。

でも、メアリはしきりと車寄せの先、ホテルに向かう道路のほうへ目をやっていた。わたしはこのところ身につけてきたすばらしい読心力（サイドカーに乗っていたあいだに、ミスター・ゴッドリーから移されたものかも！）を発揮して、シドニーがサンディタウンにやって来たのはなにか複雑な金融上の危機のせいではないかとメアリは心配している、と推測した。

あとで彼女とおしゃべりしていたとき、わたしはシドニーの話題を（さりげなく！）持ち出した。家族に対して忠実だから、決して批判はしないし、彼女は心からシドニーを好きなんだけど、すぐに本音は出てきた。わたしが推測したとおり、彼女はトムが金融面で弟に頼りきっていることが気になるし、シドニーのあの滑らかな表面の下には、彼女に理解できないものがもっと隠れているんじゃないかと感じている。

サンディタウンそのものと似てるわね。どうしてかわからないけど、この町の滑らかな表面の下には、目に見えないなにかが潜んでいるっていう印象があるの！

オーケー、わたしが昔、牧師が奥さんを殺したと決めつけたことを思い出させるつもりでしょう。で、牧師は奥さんの死体をレズ・ターピンのお棺に入れて埋めた。なぜなら、レズは死んだとき七ストーン（約四十四キロ）しかなかったのに、棺担ぎの男たちは足をふらつかせて教会に入ってきたから。そうしたら、牧師の奥さんが帰ってきた。ベヴァリーに病気の姉を見舞いに行っていただけだった。棺担ぎの謎も解けた。予定の一人が急病で倒れたので、代わりにバーからイギー・アーンショーを引っ張り出してきたものの、彼はすでにビールを七パイント飲んでいた！

うまくいかないもんよね！　でも、郵便局のミセス・インレイクが石油タンカーの男と浮気してるって、誰よりも先に気づいたのはわたしよ！

では、これからどうするの、警部？　と訊きたいでしょ。

さあね。何がどうなっているのか調べ出すために、滑らかシッドを誘惑しなきゃならなくなるかも……

われわれ心理学者が道を究めるためにすることといったら。

体に気をつけてね。本気よ。それで、来月契約が切れたら、お願いだから、うちに帰ってらっしゃい！　おねえちゃんの気持ちはよくわかる。だって、わたしたちは（血と内臓と尿瓶の分野は別として）そっくりだもの。わたしはサンディタウンに吸い込まれ、ここを離れられるかどうか怪しいものだと思い始めている。爆弾、地雷、病気まみれのアフリカの一地方とおねえちゃんのつながりと同じよ。

違うのは――サンディタウンには人を殺そうなんて人はいない！

たくさん愛をこめて

チャーリー

追伸　ゆうべ、うちに電話したら、ジョージが出たので、スキー旅行のときのエス＆エムをおぼえてるかと訊いた。彼はこのジョークを思い出してひとしきり大笑いしたあと（あいつ、ほんとにもうちょっと世の中に出るべきね！）、エミールならよくおぼえていると言った。それどころか（びっくり仰天の偶然で！）ほんの二日前に、ここヨークシャーで彼を見かけたんですって！　ジョージはサッカーの試合を見るために、車でニューカッスルへ行くところだった。スコッチ・コーナーのそばのガソリン・スタンドに寄ったら、支払いの列ですぐ前に並んでいるのはエミールだった。同じブロンドの長髪に口ひげで、見違えようはない。ジョージは肩を叩いた。思いがけない再会にエミールはびっくりして、それからちょっとおしゃべりした。エムは休暇で旅行中だと言った。ジョージは自分の名前と住所を紙切れに書いて、ウィリングデンに遊びにこないかと誘った。それからエムの番が来て、そのあとジョージが支払いをすませたときには、驚いたことに、エムはもう車に乗り込んで、出ていくところだった。車の中に誰かもう一人いたようだけど、よく見えなかった。ジョージはちょっと傷ついた。あの子のことならわかってるでしょ。誰もが自分と同じくらい友好的だと思っているからね。でも、わたしはこう思うの。エスとエムがまだ恋人どうしだとして、彼は彼女に会いにきたけど、彼女はデカ尻のご機嫌とりがあるから、二人はひそかに会っているとしたら？　ジョージに見られてもたいした危険はないけど、エムは気をつけておきたい。

というのが、わたしの推論。ほらほら、またお伽話をこしらえて、と言ってる声が聞こえます！　でも信頼して、わたしは心理学者ですからね！　じゃ、また。C

16

送信者：charley@whiffle.com
宛先：cassie@natterjack.com
件名：ヴィヴァ・ラスヴェガス！

ハイ！

また、新ニュースです。こう事件の多い生活をしてると、息つく暇もないわ。

准男爵の招待を一晩考えてみた。そのあいだに偶然、恥ずかしくなるほど卑猥な夢を見た（詳細請求は無地の茶封筒にてご応募ください！）けど、それは決断とはなんの関係もありません。わたしは早起きしてみんなを驚かせ、それからトムに、車を借りてもいいかと訊いた。

「探検してみようと思って」わたしは言った。

「それはいい」彼は熱を込めて言った。「でも、アヴァロンのランチの集まりまでには戻ってくるね？」

すっかり忘れていた！

わたしは言った。「ごめんなさい。もちろん、会合に出るために車がいるわね」

すると、彼は言った。「かまわないよ。ぼくは上の道を自転車で行く。健康にいいだろう。ランチのあとは、きみが車で送ってくれればいい。それ以上、健康にいいことをしなくてすむようにね！」

ほんとに優しい人。

デナム・パークのことは口にしなかった。メアリが賛成してくれないだろうと思ったから。それに、わたし自身、気が変わるかもしれないしね。

ミニーは（もちろん！）わたしの探検ガイドになると申し出たけど、固辞したわ。自分でも動機が純粋かどうか確信はないとはいえ、ミンがそばでメモを取ってるんじゃ、できることもできなくなる！

ミニーは自分の立場を主張して弁論を始めそうだったけど、メアリがまもなく黙らせてくれた。それでわたしは彼女に、シッド叔父さんが帰る前に（！）またマナー・ホテルのプールに連れていってあげると約束した。私利私欲もいいとこ！

デナム・パークへ向かう途中でふと気がついた――わたしがもしかしたら来るかもしれないというんでテディが一日中ぶらぶら待っていると期待するなんて、ずいぶんいい気な考え。彼が家にいないとしても、たいして気にならなかったけど、残念でしたとあの冷凍顔の姉から言われるのはまっぴら！　それで、ホリスのハム工場まで来たとき、中に入って、駐車場に例の古びたレンジ・ローヴァーか、あるいは〝セクシー・アニマル〟がとまっているかどうか、確かめることにした。

そう先までは行けなかった。入口に遮断機があって、横に小さな小屋。門番小屋でしょうけど、中に人はいなかった。わたしは車を降り、遮断機の下をくぐって、いちばん近い建物の正面に一列に駐車してある車のほうへ歩いていった。ほんの数ヤード進んだとき、声をかけられた。「おい！　そこのあんた！　止まれ！　動くんじゃない！」

　振り返ると、ハリエニシダのやぶの後ろから、いかつい男が現われ、どすどすとこっちに駆けてくるところだった。手はズボンの前をいじっている。やだ、サンディタウンのレイプ魔にぶつかっちゃった、逃げろ、と思った！

　それから気がついた。彼はファスナーを下げようとしているんじゃない、上げようとしているんだ！　おしっこしていたんだわ。それでも、かなりこわもてだったけど、われわれ心理学者は、脅威を和らげる特別な策略をいろいろ持っているのよ。

　わたしは彼をじっと見据えて言った（うんとレイディ・ブラックネル〔ワイルドの戯曲『まじめが大切』に登場する尊大な貴婦人〕ふうにね）。「どういう種類の犬ですか？」

「え？」彼は言った。

「あなたが怒鳴りつけている犬です。どういう種類なんですか？」わたしは言った。

　ま、大学で学んだ特別な策略なんかじゃない、犯罪者みたいに怒鳴りつけられてむかっときたっていうだけ！

　彼はからかわれているのに気がついて、喜びはしなかったけど、少なくともレイプ魔というよりはごつい警備員になって言った。「ああ、犬どもならよくご承知だろ、このまえここに来たときのことをおぼえてるだろうからな」

　この男を前にどこで見かけたのか思い出した。わたしがサンディタウンに来た最初の日に、梯子に登って看板の落書きを消していた、トムが窓から声をかけて挨拶した、あの人。

　わたしは言った。「オリー、だったわね？　教えてください、オリー、テディ・デナムは工場に来ているかしら？」

　これで彼ははっとした。フロイトいわく、名前を呼ぶのは、相手の金玉をつかむのに近い。彼はわたしから目を離し、遮断機の向こうにとまった車を見ると、ふいに警備員からミスター・にこにこ顔に変身。まるで北のいい魔女が杖を振るったみたいだった。

　彼は言った。「あんた、ミス・ヘイウッドだね？　トム・パーカーのところに泊まっている。ミス・リーから聞いたよ。おれはオリー・ホリスだ。お茶でも飲まないかね？」

これはもちろん、彼がトムの車を認めたせいよ。サンディタウンでは、トムの友達ならオーケーってこと。

二分後、わたしはオリーの小屋にすわって、お茶を飲んでいた。

彼はしきりに謝った。工場は動物権擁護の活動家たちに悩まされているらしい。だから、許可なく敷地に入った人間は容赦なくやっつけられる。オリーの話では、大規模な襲撃を受けたのは二年前で、損害は大きかった。豚たちが解放され、多くは行方不明。で、このあたりの住民の半分は、クリスマスまでずっと豚肉ばかり食っていた、と彼はつけ加えて、にっと笑った。

「じゃ、あなたは警備部長なの？」わたしは訊いた。

「そう願いたいね！」彼は言った。「あれだけ給料がもらえりゃ、ありがたい！　いや、おれはただの門番だ」

「ごめんなさい」わたしは言った。「でも、ホリスっておなら名前だから、家族の一員かと思って」

「ああ、そうさ」彼は言った。「本物のホリスだよ。ホリスなら何人もいるが、金持ちになったのはホッグだけだ。おれの従兄だがね。でも、あいつはその金をまわりにばら撒くって人間じゃなかった！　しかし、死んだ者の悪口を言っちゃいかん。おまえには仕事をやるといつも言っていて、そのとおりにしてくれた。おれは昔は豚を扱っていたんだが、すると喘息がひどくなってね、ホッグはこっちの仕事をくれた。でも警備員じゃなくて、門番ていうだけだ。過激派に狙われるようになってから、ちゃんとした警備員がついた。夜になると、大きなシェパードを二頭連れてやって来るよ」

それで犬の話が食い違ったわけね。過激派はわたしがサンディタウンに来た日の前夜、また現われて、中央ゲートに梯子を掛け、看板にスプレー・ペイントで落書きしてから、塀の内側へ侵入した。

「そのあと初めて犬に気がついたのさ」オリーはうれしそうに言った。「すっかり防犯ビデオに写ってる。あいつらが走る姿を見せたかったな！　一人は逃げ切ったが、もう一人の女は塀を乗り越える前に犬に脚を嚙まれた」

「女？」わたしは言った。

「ああ、目出し帽をかぶっていたが、女だというのはわかった。走る姿を見ればな。腰の幅が違う。それで、あんたを見たときも怪しいと思ったんだ」

わたしの腰に対する名誉毀損は大目に見て、その過激派はつかまったのかどうか訊いた。車が待ち受けていた、と彼は言った。ビデオの端にちらと見えた。それで、嚙まれなかったほうが嚙まれたほうを助けて車に乗り込み、大急ぎで出ていった。

「ジャグ・ウィットビー、つまりここらの地元の警官、ウィットビー巡査部長だが」彼は言った。「あいつが担当だから、たいした進展はないだろうな」

利己心から、ミス・リーとはどういうつながりがあるのかと訊いた。

思ったとおり、喘息だった。オリーは発作が起きるたびにふつうの緩和剤をあれこれ使うのがせいぜいだとあきらめていたんだけど、トムにすすめられてミス・リーに相談すると、彼女の針が悩みを取り除いてくれた！　きっと彼はミス・リーのスター患者よね。だから当然、彼女はわたしが患者に会って、治療にどう反応したかを聞きたがっているると彼に話していた。

わたしはテディをさがしていると言った。今日は来ていないというので、わたしは（ちょっと鎌をかけて）「驚かないわ。テッドは豚の仕事に専念しているという印象じゃなかったもの」と言ったら、彼は笑った。でも、テッドは頻繁に出てくると彼は言った。おもな関心は（無理もないけど）悪臭を抑えることだとはいえ！

オリーはもう慣れてしまって、ほとんどにおいに気づかないと言った。それでも、自分の若いころのように、豚は放牧されているほうがいい、あんなふうに中に囲われて、日の光を一度も見ないのはかわいそうだ、とも言った。

「ホッグ・ホリスは喜んで伝統的な放牧をやったろうよ、政府とヨーロッパ連合と大手スーパーマーケットから無理やり百万長者にされてなかったらな！」

ホッグは本当に自分の豚に食われたのかと、わたしは訊いた。

「ああ、そうだよ」彼は明るく言った。「あれにはみんながにんまりしたよ、ことに朝飯のベーコンを食べてるときにな。ちょっと詩的じゃないか、〈イルクリーの野原で帽子をかぶらず〉の歌みたいにさ」

「で、どういうことだったの？」わたしは訊いた。

「詳しいことは知らない。きっと遅くまで働いていたんだろうな。建物の一つになにかを調べにいって、発作だかなんだかを起こし、飼い葉桶の中に倒れた。あの中のものはなんでも豚の餌だし、やつらは相当おかしなものでも食うのに慣れている。それで、翌日発見されたときには、もうかなりかじられたあとだった」

わたしはお茶を飲み終え、これからデナム・パークに行くと言った。

彼は言った。「ここも昔はデナムの土地だったんだぜ。農民だろうが、郷士だろうが、違いはないな。土地を買うかわりに売り始めたら、もうおしまいだ。だが、あんたに教える必要はないよな、ヘイウッドの家族じゃあ！」


政府は監視用電子機器に費やすお金を何百万ポンドも節約できる――ヨークシャーの田舎者を数百人、世界中に点在させればいいだけよ！

わたしはくんくんとにおいを嗅いで言った。「デナム家の人たちはよっぽどお金に困っていたのね。ホッグ・ホリスにこの土地を売って、自分の家のすぐそばに豚農場が建つのを許すなんて」

「いいや」彼はにやにやして言った。「ちっと違うね。こういう話さ。ずっと昔、ダフ・ブレレトンがまだダフ・ブレレトンだったころ、サー・ハリー・デナムとはよく知った間柄だった。彼は狩猟団長で、彼女は乗馬が大好きだったからな。で、彼女はこの土地を買いたいと申し出た。住宅建設許可を取るつもりだと言ってな。サー・ハリー自身、それ以前に許可を取ろうとしたことがあった。なにしろ、デナム家はいつも金に困っているからさ。でも、許可は下りなかった。それで、彼は浅はかな女の思いつきくらいに考え、彼女が金を出せるんなら、もらっておこうというわけで、農業用地所として最高の値段で彼女に売った。せいぜい多少の放牧に使うくらいがいいところだったのにさ。で、うまくやったと彼は思った。ところがそれからしばらくして、ダフはホッグと結婚し、ホッグは女房の土地に豚農場を広げる計画だとわかった！」

「でも、それには建設許可がいるんじゃない？」わたしは訊いた。

「問題なし。農業用の建物だもの。それに、豚が増えれば仕事も増えるし、敷地が広ければそのぶん地方税も多くなる」オリーは言った。「そのうえ、ホッグは建設許可審議会の議長と仲よくしていた。だから、サー・ハリーが反対しても、誰もろくに気にかけなかった。聞いたところじゃ、サー・ハリーは次にミセス・ホリスが狩猟に出てきたら、乗馬用鞭でひっぱたいてやると脅したそうだ」

「ところが、その後彼は彼女と結婚した」わたしは言った。

「それは彼女を鞭の届く範囲に置いておきたかったから？」

「いいや、そいつはまたぜんぜん別の話だ」彼はにんまりして、わたしが詳しく聞かせろとうながすのを待っていた。でも、時間がたってしまったし、朝のうちにこれ以上レイディ・Dの話を聞きたくはなかった。聞けば聞くほど、嫌いになる！

それで、もう行かなきゃならないけど、いずれミス・リーの〝治療〟を受けた経験について、話を聞かせてもらいたいと言ったら、彼は言った。「ホッグ・ローストには来るんだろう？」

わたしは言った。「たぶん行かないわ、いちおうご招待はされたようなものだけど。あなたは行くの？」

「おれはローストの責任者なんだ」彼は誇らしげに言った。

「まあ」わたしはさも感心したように言った。重要な仕事だと彼が考えているのは明らかだったから。「で、何をするの？　豚を串に刺して、ハンドルを回す？」

「それほど単純じゃない」彼は言った。「ホッグが始めたんだ、金を儲けて、ホールを買って、百戸《ハンドレッド》村の領主になってからな。毎年恒例のこの町の大きなイベントだった。たぶん、ホッグは愉快がって〝ホッグ・ロースト〟と呼んだんだと思う。最初は串に刺してやってみたが、豚丸ごと一頭だと、あれは重労働だ。ことに、おれは喘息があったから。それで、ホッグは弟のヘンにちゃんとした機械を組み立てさせた。ヘンは昔から手先が器用でね、まあ、数字と鶏のほうはそれほどじゃないが。ともかく、おれはホッグが死ぬまで、ホッグ・ローストではいつもヘンを手伝っていた。死んだあとは恒例のローストもなくなったから、今度またやると聞いたときはすごく驚いた。それに、機械をチェックしてローストを担当してくれと頼まれたから、すごくうれしかったよ」

「でも、ヘンがエキスパートなんじゃなかったの？」

「ああ、彼女はヘンになんか絶対頼まない」彼は笑った。「あいつがホッグの遺言書に異議を申し立てて以来、二人は礼儀正しい言葉をふたことと交わしたことがないんだ。ともかく、おれはホールの半端仕事を長年やってきたから、いわば、都合よくその場にいたってわけさ」

わたしは会場で会うのを楽しみにしていると言って別れ、デナム・パークに出かけた。

初めて見たときもそうだったけど、この屋敷の場所の見事さには感心した。丘の上にぽつんと建っていて、敷地は東側はずっと海まで続き、西側は豚農場に続いている！

近づくと、遠くから見たときよりさらに大きかったけど、昔の映画スターをクローズアップで見るようなもので、欠点も目についた。単なる手入れですむ段階を超している。徹底的な改装工事が必要だわ。かわいそうなテディ。売り払うことはできないし、さっさとなんとかしないと、もう住むことさえできなくなるでしょう！

屋敷の正面に近づいたとき、彼のことはすっかり忘れてしまった。

古いレンジ・ローヴァーがとまっていて、その横には真っ赤なマセラッティ・クーペ！

シドニー・パーカーがここに来ている！

ちぇっ！ と思った。シッドに再会するのはいやじゃない。でも、わたしが筋肉マン准男爵に会いにきたところを見たら、彼は間違った印象を持つんじゃない？ つまり、わたしとテッドのあいだになにかあるっていう印象。

言い換えれば、そう、わたしはどちらにも会いたいけど、同時に会いたくはない！

よく訓練された心理学者が困るのはここ。いつもほかの人たちの考えを相手にチェスをしている！

このまま帰ったほうがいいかと思った。そうしたら、今度は背後から低い轟音が聞こえて、振り向くと、テディのバイク、〝アニマル〟が車寄せをこちらに向かってくるのが見えた。思い違いだったんだ。シッドが訪ねてきた相手はエスだった。それでまた、ちぇっ！ と思った。

むずかしい女でしょ、わたしって？！

ところが、アニマルがわたしの横で止まり、黒革の人物が銀色のヘルメットをはずすと、テッドではなく、エスターだった！

ふと考えずにはいられなかった。これがテッドが貸してくれるはずのレザーなのかしら？ 氷の女王はその下になにか着ている？！

彼女は言った。「ミス・ヘイウッド。驚きだわ。お約束はありますの？」

まるで、キリストの再来の約束みたいな言い方だった。

わたしは言った。「テディが寄ってくれるとおっしゃったから。でも、お客様があるようね」

「ええ、そのようね」彼女はマセラッティに目をやって言った。次はきっと、育ちのいい人間なら気をきかせて立ち去るものだとほのめかして、さっさといなくなる、賭けてもいいと思った。ところが、意外や意外、彼女はふいに微笑した。五百ワットの友好的な微笑じゃないし、エミールとダーティー・ダンシングに興じていたときの輝く笑顔には似ても似つかないものだったけど、それでも確実に微笑だった。

優美にするりとバイクから降りると、彼女は言った。

「でも、せっかくいらしたんですもの、どうぞお入りになって。二人とも、あなたにお目にかかったら大喜びだわ」

急に貴族の義務《ノブレス・オブリージュ》意識が湧き上がった？

ま、いいか、と思った。滑らかシッドと筋肉マン准男爵を並べて見るのもおもしろい。比較対照できるもの。それで、ヘイウッドの娘たちのテストにかける——おぼえてる？ 財産、車、社交技能が十点満点、セックス・アピールが二十点満点！

　正直言って、とどまるか立ち去るかの選択はなかった。エスはわたしに触れはしなかったものの、気がつくと玄関を抜け、すばらしい貴族の館となりうる建物の中に導き入れられていた。広い階段をダグラス・フェアバンクスかエロール・フリンがちゃんちゃんばらばらやりながら降りてくる（あるいは上がっていく）ところが想像できた。ママのお気に入りの昔の映画みたいにね。でも、隅に鎧はなく、壁のくぼみに大理石の胸像はなく、壁に凝ったタペストリーはなく、実際、なんにもなかった。ただ、かつて絵画が掛かっていた跡を示す白っぽい四角が残っているだけ。これはみんな、例の偽ローレックスの一件から推理したことに当てはまった。すなわち、テディは生活のために、一族の家財を売り払っている。

　エスはドアを二つ、ぱっぱっとあけたので、略奪するヴァイキングに丸裸にされたような部屋が見えた。三つ目のドアでさがしものを見つけた。

　この部屋にも、たいしてなにもない。ごく古い椅子がいくつかと、ソファが一つあるだけ。そのソファにテディとシドニーがすわり、顔を近づけて、熱心に話し込んでいた。

　二人はこちらに目を向けた。テッドはぱっと立ち上がり、わたしを認めて顔を赤くした。招待の言葉をわたしに投げたことなんか、すっかり忘れていたんだわ！

　対照的に、シッドはすてきな微笑を見せた。まるで、今日一日でわたしに会ったのが最高の出来事だとでもいうようにね。

「シャーロット」彼は言った。「また会えてうれしいよ、それもこんなにすぐにね」

「ああ、もう知り合いなんだ」テディは言った。ちょっと（希望的には！）妬いているような言い方だった。

「もちろんさ。トムを表敬訪問したときに会った。やあ、エスター。退屈な男どうしの討議に、二筋の女性の光が射したとは、ありがたいな」

　ええ、そりゃ、美辞麗句よ。でも、彼はそんなことをさらっと言ってのけてもいやらしくないの。

　わたしは阿呆みたいににやにや笑いを返し、社交技能は十点をあげた！　（ここは彼の自宅ですらないのに！）でも同時に、こうも思った――討議ですって？　あなたたち二人、何をたくらんでるの？

エスも同じことを考えているような顔をしていた。でも、こう言っただけ。「和気あいあいね。じゃ、みんなですわって、コーヒーにしましょうか。ミス・ヘイウッドもきっと飲みたいと思っていらっしゃるわ」

最後の一言の言い方から、わたしを笑いものにしているんだと思った！

テッドは言った。「ああ、うん、そうだな」

ママがパパに農村婦人会で多角経営について話をしてと頼んだときだって、もうちょっと熱の入った返事だったわ！

冗談じゃない！　望まれていないところにとどまるつもりはない。どっちみち、エスはきっとわたしがコーヒーをいれると思っているんだろうし！

わたしは言った。「ありがとう、でも遠慮します。ご挨拶に寄っただけなの。もう帰らないと。トムをアヴァロンのミーティングに送っていくと約束してあるから」

嘘というほどじゃない、真実の調節よ。わたしはその違いについて論文を書いたことがある！　それに、会合のことはデカ尻の前では口にしないでくれとトムに頼まれたのを思い出し、デナム姉弟もそのことを知らないだろうと推測した。

確かに、二人の前でも口をつぐんでいるべきだったでしょう。なにしろ、レイディ・Dがかゆいと言えば、掻いてやる人たちだもの。でも、わたしのことを忘れたテディをぐさっと一突きしてやる誘惑に勝てなかったのよ。

思うつぼだった。

テッドは言った。「ミーティングって？」

わたしはいかにも驚いたように言った。「ごめんなさい、あなたたちも出席なさるんだとばっかり思ってた。健康フェスティヴァルの実行計画の話し合いよ。ドクター・フェルデンハマーは新しいアイデアをすすんで受け入れようという開けた態度で、すばらしいわね？」

エスは言った。「それがあなたにどう関わりがあるの？」

わたしは言った。「べつになにも。ただ、会合後のランチ・パーティーに出るだけ」

ええ、わかってる。ドリンクとスナックなんて、ランチ・パーティーとは呼べない。でも、デナム姉弟にはものすごく腹が立っていたのよ！

わたしは玄関ホールに戻った。

エスがついて出てきた。よきホステスらしく、わたしをドアまで送るつもりかと思ったのに、彼女はただ玄関ホールから階段を上がっていった。

「じゃ、わたしは自分で出ていきますから」わたしは言った。

彼女は足を止めもせず、まして返事なんかしなかった。わたしをメイドだとでも思ってるみたいに！　あんちくしょう！

わたしはちゃらちゃらした声で言った。「ああ、エスター、テディから聞いてる？　わたしたち、このまえのクリスマスにダヴォスで会っていたみたいなのよ。ベンゲル・バーでね。あなたは地元のハンサムな男の子とダンスしていた。エミールって名前だったと思うけど。ご記憶？」

これで彼女は足を止めた！

やったぜ、と思った。

彼女が何を言うつもりだったのかはわからない。口を開く前に、わたしの背後でドアの脇の棚にのった電話が鳴り出したから。

「出てくださる？」エスターは言った。

すると、わたしはついそうしてしまった——従順なメイドみたいに！

でも、幸いなるかな、従順な者。かれらは仕返しができる！

わたしは言った。「はい、デナム・パークです」

紛れもないレイディ・Dの声が言った。「だれ？」

「チャーリー・ヘイウッドです、レイディ・デナム」わたしは言い、目を上げて氷の女王の反応を見た。たいした反応はなかったけど、あの冷たい表面の下に、かすかに光るものがあったと思う。

レイディ・Dが「そんなところで何をしているの？」という台詞をなんとか呑み込んだのが聞いていてわかった。そのかわりに（横柄に）こう言った。「甥を呼んでください」

氷の女王が聞いていなかったら、「彼は今、服を着ているところです」とでも言ってやったかもしれない。でも、実際にはこう言った。「今、お忙しいようです、シドニー・パーカーと仕事の話し合いで」

すると、はっと息を呑む音。それからその息が吐き出された、というより、爆発して、彼女は（すごくレイディ・ブラックネル調に！）「仕事の話し合い！」と言った。

わたしはテッドが気の毒になってきた。悪評高い女をもてなしていたばかりか、ダフの金融アドバイザーと秘密の話し合いをしているところまで見つかってしまった。

エスは階段をまた降りてきた。でも、彼女がわたしに近づく前に、テッドが居間から出てきた。気の毒に感じたといっても、受話器はちゃんと差し出して、「伯母さんよ」と言ってやった。

彼はまるで受話器が熱いみたいにひるんだ。わたしはさっさと出ていき、エスターがどこまで来たか、見もしなかった。

車まで行くと、声がかかった。「チャーリー」

振り向くと、心臓がちょっと飛び上がった。シッドがさよならを言うために出てきたんだった。

彼はテラスに立ち、わたしを見下ろして微笑していたから、わたしは罪悪感に駆られた。テッドを厄介な目にあわせてやるのはともかくとして、シッドがデカ尻の不興を買えばいいと、わたしが思う理由はない。

「ゆっくりできなくて、残念だな」彼は言った。「ぼくらの仕事はそう長くかからない。実際、あの電話がダフネからなら、この話し合いは急いで終わりになるはずだ。だから、もしあと数分待っていられるなら、ぜひそうしてくれよ、おしゃべりしたいから」

何がどうなっているにせよ、シッドの滑らかな表面に波は立たない！

そそられたのは確か。でも、弱みを見せちゃだめ、でしょ？　だから誘惑に抵抗して言った。「ほんとに行かなきゃならないの。でも、いずれまたキョートにいらっしゃるでしょう？　そうでないと、ミニーの胸が張り裂けるわ」

彼は長いシルキーなまつげをぱたぱたさせた——移植させてもらえないかしら？！

「美しき乙女の健康がかかっているんなら、なんとしても行かなければならないな。たとえ地獄に道をはばまれても」

言ったでしょ、こういうわざとらしい台詞をすんなり口にするには、よほどかっこよくないとね！

わたしたちは微笑を交わした。彼のはソフィスティケートされた皮肉っぽい微笑、わたしのはどっちかというと阿呆のにやにや笑い。で、選ぶなら彼だわ、絶対！　と思った。

すると、テッド准男爵がテラスに出てきて、シッドと並んで立った。ふいに、わたしは確信を失った。比較はむずかしいけど、できるだけのことはした！　テッドはマッチョな筋肉マン、シッドは優美な滑らか男。どっちのタイプが好きかによるわね。海辺に出したら、テッドのほうがちょっといい点を取るでしょう。セックス・アピールはテッド20に対して、シッド19プラス。一方、ここではそれが逆になるように思えた。それに、マセラッティがある。あれは絶対に古ぼけたレンジ・ローヴァーの倍の価値はある。

〝アニマル〟だってあれには勝てないわ。

テッドはわたしが予期したほどショックで呆然とした様子ではなかった。むしろ、自己満足しているような感じだった。どうやって切り抜けたんだろう？

それから、答えがわかった——牽制戦術！　シッドとの仕事の話し合いとは何なのかと彼女が質問を始めないうちに、若いボーイフレンドのフェルデンハマーがアヴァロンで彼女を招待しないパーティーを開くことになっていると教えた！

まずい、やっぱり口をつぐんでいるんだった。

テッドは言った。「時間がなくて残念だ、チャーリー。バイクに乗るのはまたにしような」

わたしは思った。氷の女王がまたがったサドルにのっかって、股が凍傷にかかる危険をわたしが冒すと思ってるんなら、考え直すことね！

そう思いながら、きつい目でにらんでやったけど、無駄だった。彼はシッドのほうを向き、肩に腕をまわして引き寄せた。

でも、家に入る前にシッドは振り向き、わたしにウィンクした。それがなんとももののうげで、セクシーで、約束に満ちていたから、あれをウィンクと呼ぶのは、彼のマセラッティをポンコツ車と呼ぶようなものだった！

わたしはごくゆっくり車を走らせながら、いろいろ考えてみて、まもなく謎が解けたと思った！　ここではなにかが起きている、それもレイディ・Dには内証で。お金に関することに違いない。テディはひどくお金に困っているし、お金はシッドの職業。テッドの財産の中で唯一手元に残っているのは、わたしの知る限りでは、デナム・パークだけ。売り払うことはできないけど、それ以外ならなんでも好きなようにできる、とメアリが教えてくれたんじゃなかった？　それなら、テッドとシッドは何を話し合っていたのか？　ここをブレトン・マナーの競争相手になるようなホテルに変える？　かもしれない。でも、投資家をつかまえるには、そのほかにもなにかなくちゃ。健康と運動と田園レクリエーションとはなんの関係もないこと。

カジノかしら。可能性はある。ただ、ここは交通が不便だし、お金の甘い香りだってホリスの豚の悪臭を覆い隠すことはできない。老人ホームはどう？　老人は嗅覚を失うものかしら、おねえちゃん？　でも、テッドとエスが明るい介護者になるとは思えない！

何であるにせよ、明らかにレイディ・D（とトム）は知らされていない。

シッドがレイディ・Dに一杯食わせるというのは想像できるけど、彼がちょっと儲けるために兄に内証でなにかするとは思えなかった。

どういうゲームなのかはわからないけど、わたしはそれをレイディ・Dにばらしてしまった、予謀の悪意をもってね。でも、トムにはなにも言わないでおこうと決めた。彼のためを思って。それに、町一番の美男二人にこれ以上困ったやつだと思われたくなかったから！

それで、わたしは自分の悪行を償うために、すぐキョートに戻り、トムが自転車に乗らなくてすむようにしてあげようと決めた！

その必要はなかった。フラニー・ルートがちょうど現われ、トムをアヴァロンまで乗せていこうと申し出ていた。だから、わたしは元の計画どおり、車でランチに来るようにと言われた。トムはいつもよりさらに元気はつらつで、この会合がうまくいくと自信たっぷりだった。それに、ゴッドリー・ゴードンに電話したら、必ず出席すると言ったというので、とても喜んでいた！

トムの説得力が功を奏したというようなことを言ってあげたら、フラニーがにやにやしてこちらを見ていた。わたしが非力ながら協力したとわかっているみたいに。そんなはずはないのに。彼をテストにかけてみた。財産――まあせいぜい4。車――ミニ救急車は1。社交技能――これはむずかしい。女の子の行く道を滑らかにしてくれるのに問題はないわね。どんな状況でもうまく立ち回る。話はいつも明るく刺激的。でも、ときどきその道に砂利を撒いておもしろがるような感じもする！　だから、ここは10点中8点。

セックス・アピールは、もっと情報がないと採点不可能。シッドの車に10点満点つけておいて、実はマセラッティにはエンジンがついてなかったとわかるようなもの！

ひどい言い方？　あら、牧師の息子が糖尿病持ちだとわかって5点減点したのが誰だったか、ちゃんとおぼえてますからね！　彼がペニスを引き出す前に注射針を引き抜くと思うと気持ちがしぼむ、という言い方だったわ！

トムとフランは出かけ、わたしは一時間余り暇があったから、こうして現況報告をすることにしたの。

さあ、行かなくちゃ。有名なクリニックの中を見るのは楽しみ。どこかの時点でデカ尻がパーティーに飛び込んでくるんじゃないかって気がする。もしそうなったら、秘密を漏らした大口のおしゃべり人間は誰か、わからずにすむといい！

そんなことくらい、シャーロック・ホームズでなくたって推理できる、と言うんでしょ。妹の大口ときたら、ジュリア・ロバーツがディキシーを口笛で吹いているみたいに見えるほどだからね。

気をつけなさいよ、おねえちゃん！　ブロンズのハンサム・ドクターを連れてうちに帰ってきたときには、どれだけ味方がいたって足りないくらいよ。

愛をこめて

チャーリー

17

さてと、ミルドレッド、最初の公式な外出から戻って、トイレにしゃがんでいるところだ。踊り明かしたいと歌うような気分ではぜんぜんない！

出ているのが発泡ワインだけなのを見たときには、けちんぼめ！　とまず思った。ヤンキーどもはいつも蒸留酒をたっぷり出すものと思っていたのに。わたしの最初の上司、ウォリー・タランタイアはよく言ってたもんだ。発泡酒は女の子のパンツを下ろすのに役立つだけだ。

確かにわたしのズボンを下ろすのに役立った！

ズボンといえば、キャップに礼を言うこと。彼女が持ってきてくれてから初めて穿いてみたら、よく体に合うんで驚いた。それから調べたら、これは新品で、昔のより三サイズ下だった。昔のやつなら、凪のときの主帆なみに脚のまわりにだらんと落ちていたはずだ。賢い女だ！　ダルジール、おまえは女の選び方を心得ている！

で、石に刻んだ忍耐の像みたいにここにすわっている時間を利用して、フェスターワンガーのちょっとした〝パーティー〟の記憶が薄れないうちに、録音しておこう。事件を捜査しているとき、メモを取る必要がないことをいつも誇りにしていた。わたしが思い出せないことなら、思い出す価値なんかない！　たいした自慢だ。では、テストしてみよう。

あのクリニックはモダンで金がかかっている。われらが中央病院が文化遺産センターに見えるくらいだ。きっと庶民的な病原菌やウイルスは、あそこで何が待ち構えているか、ちらと見ただけで尻尾を巻いて町へ逃げ帰るだろうな。駐車場を一目見ればわかる。大排気量の車がずらっと並んでいて、これだけで大気中に小さな穴をあけられるくらいだ。治療費がこれに見合ったものなら、患者は完全なプライバシーを確保するためにこれだけ金を払ったと考えているだろう。


ペットに導かれてラウンジに入ると、数人がグラスを手にして立っていた。知った顔は二人だけ。一人はパブの主人だ。彼はストンピー・ヘイウッドの娘と話をしていた。わたしがアヴァロンから逃走したとき、車で隣にすわった子だ。わたしは近づいて声をかけた。「やあ、どうだね、お嬢さん？　親父さんは元気か？」

彼女は一瞬戸惑ってから言った。「あら、ミスター・ディール ね？　服を着てらっしゃるから、わからなかったわ。〈希望と錨〉亭のアラン・ホリスには、もうお会いになっていますよね」

「ああ」わたしは笑って言った。元気のいい娘は好きだ。「また会えてよかった、ミスター・ホリス」

店主は言った。「こちらこそ、ミスター・ダルジール。あれからまだいらしていませんね」

「医者の命令でね」わたしは言った。「だが、今日はお許しが出たから、もうしばらくしたら必ず伺いますよ」

ペットが発泡ワインのグラスを持ってきてくれ、わたしはいっきに飲み干した。

「もう一杯頼むよ」わたしは言った。「いや、ボトルを持ってきたらどうかな、そうすりゃ、わたしとバーのあいだを往復して汗をかかなくてもすむだろう」

彼女はにらみつけたが、また出ていった。

わたしはホリスに言った。「じゃ、パブは奥さんにまかせてきたのかね？」

彼は言った。「わたしは結婚していませんよ、ミスター・ダルジール。でも、いいスタッフがいますから。おかげで日曜日のホッグ・ローストもこなせます」

前から気づいていたが、田舎の連中の話しぶりときたら、地元のことはなんでもみんな重要で、どんなよそ者でも知っているはずだと思い込んでいる！

わたしは言った。「なんだね、それは？」

「ご存じないんですか？」彼はびっくりして言った。

「サンディタウン・ホールで開かれる、レイディ・デナムの大きなパーティーですよ。みんなが来ます、重要人物という意味ですがね。この町を有名にする手伝いをしてくれた人たち全員に対する、コンソーシアムからのお礼のしるしってことです。わたしはドリンクの担当なので、パブはその日はひとまかせです」

なるほど、バッファロー女が鼻を鳴らすと、みんなが飛び上がるってわけか！

ペットがボトルを持って戻ってきた。わたしはそれを受け取って、みんなのグラスを満たした。自分のにはいちばんたっぷり入れた。今までの遅れを取り戻しているんだからな。

わたしは言った。「レイディ・デナムはずいぶん重要人物のようだね。じゃ、この会合にも来るのか？」

ペットとホリスは顔を見合わせ、それからホリスが言った。「いえ、いらっしゃらないと思います」

わたしはちょっと鎌をかけて言った。「ほう？　近づけないでおける女のようには見えなかったがな。ドクター・フェルデンハマーと仲よしなんだし」

ペットは軽く鼻を鳴らし、ホリスは床に目を落とし、若いヘイウッドすらにやりとした。しかし、それ以上つついてみる暇のないうちに、ドアがあいて、ミーティングに出ていた連中がどっと入ってきた。車椅子のフラニー・ルートがいた。彼はわたしに手を振り、わたしはにらみつけてやった。それからパーカーを見つけたので、わたしは失礼と言って離れ、彼に借金を返すことにした。

彼がしゃべっている相手はひげ面の男で、だぶだぶのズボンに、ハイカーが着るようなフリース・ジャケットという格好だ。道路から迷い込んできた浮浪者か、さもなきゃエキセントリックな百万長者の患者だろう、とわたしは判断した。

「どうも、ミスター・パーカー」わたしは言った。「こないだご親切に貸してくださった二十ポンドです。ほんとにありがとうございました」

彼はわたしのことがすぐにわかった。まあ、フェスターワンガーから警告されていたのかもしれないがな。

「お役に立ててなによりでした、ミスター・ダルジール」彼はにこにこして言った。「またお目にかかれて、とてもうれしいです」

本気のように聞こえた。それも、金を受け取ったせいだけでなくな。

「ゴードン・ゴッドリーにご紹介させてください」彼は言った。「ゴードン、こちらはミスター・ダルジール、ここアヴァロンで療養していらっしゃる。ミスター・ゴッドリーは治療師です。サンディタウンで働いてくださるよう、わたしが説得しました」

二つともはずれだった。浮浪者でもなければ、患者でもない。ルートが話していた変わり者の一人だった！

わたしは手を差し出した。ゴッドリーはその手を取りたくないような様子で、ようやく取っても、触れるか触れないかのうちに放した。わたしがなにか伝染病で療養中なんじゃないかと、おびえたのかもしれんな。

「治療師ですって？」わたしは言った。「どういうやつです？　月光の教会墓地で呪文をかけていぼを取る？　それとも、ハンセン病患者の鼻を元どおりにくっつける？」

親しみを見せただけだったが、彼が大きな灰色の目で、まるで今日は散歩に行かないと告げられたスパニエルみたいにこっちを見たときには、言うんじゃなかったと後悔した。状況をちょっと修復しようとしたとき、背後から声がした。「いぼでお悩みなら、ミスター・ゴッドリーがきっと助けてくださるわ、ミスター・ダルジール。体のどの部分をやられているんですか?」

ヘイウッドの娘だった。親父さんが昔ラインアウトで、さあおまえの金玉をがたがたいわせてやるぞというときにこっちを見たのと同じ目つきでにらんでいた。ゴッドリーはさっきよりもっと困惑しきった表情になり、なにかぶつぶつ言って立ち去った。

ヘイウッドは怒った顔でわたしを見て言った。「ほら、あんなことになっちゃった。あなた、昔からいじめっ子だったの、それともヘンドンの警察学校で講習を受けたの?」

笑うしかなかった。こういう若いのは、なんでも知っていて、なんにもわかっていない。だが、彼女の態度は気に入った。

パーカーは彼女がぷりぷりしているのに気づかないようだった。

まだほほえみながら、彼は言った。「ゴードンがこのミーティングに出席すると決めてくれて、ほんとによかったよ、シャーロット。彼は実に価値ある人材だ。ほかのセラピーはみんな物理的な相互作用がもとになっているけど、彼は純粋に霊的な次元を提供してくれる。シャーロット、ミスター・ダルジールをほかの人たちに紹介して差し上げたらどうかな? わたしはドクター・アェルデンハマーとちょっと話があるから」

「ミーティングはうまくいったらしいな」わたしは彼が離れると言った。「彼はうれしそうだ」

「トムはいつでもハッピーなんです」彼女は言った。「物事はなんでも最善の状況で最善の方向に展開すると信じている。あなたの世界観とはほぼ正反対じゃありませんか、ミスター・ダルジール? さてと、次は誰にひどいことをおっしゃりたいですか?」

わたしは飲み物のお代わり、というよりボトルのお代わりを取ってきた。最初のやつはいつのまにか空っぽになっていたからだ。それから、チャーリーはわたしをあちこち連れまわって人に紹介した——人の体に針を突き刺す小太りな中国女、緑のペンキをスプレーしたら園芸センターで庭に置く妖精人形として売れそうな薬草専門家、それにハロウィーン・パーティーに招待されたが日付を間違えたみたいな女。何を言ったのか、聞き取れなかった。握手したとき、あの黒い爪はなにか毒性のあるものを塗ってあるんじゃないかと心配で気もそぞろだったからだ。フェスターのやつ、どうしてこんな奇妙なやつらを集めたんだろうと、不思議に思い始めた。こいつらがわたしの管区でキャンプを始めたとわかったら、わたしはみんなを礼儀正しくランカシャーとの州境まで連れていき、あっちへ押し出してやったところだ。向こうのやつらはわれわれよりいかれぽんちに慣れている。

チャーリーが最後にパーカーの姉だという女を紹介してくれたときは、やれありがたい、正気な人間のあいだに戻ってきたと思った。ところがどっこい！　十秒のうちに、こいつはまるっきり頭がおかしいと気づいた。だが、連れの女はまともなようだった。チャーリーが紹介すると、妙な目でじっと見てきたが、あれは大柄なセクシーな男を見るいつもの目つきなのかもしれん。なんちゃって！

だが一つ、予想が当たった。突然、ドアがぱっとあいて、バッファロー女が突進してきたんだ。

「レスター」彼女は大声で言った。「遅れてごめんなさい」

パーカーとフェスターワンガーはドリンクのテーブルのそばでひそひそと話をしている最中だった。見ると、二人は一瞬目を見交わし、あれはおたがいに〝彼女を呼んだなんて、教えてくれなかったじゃないか！〟と心中で言っていた、賭けてもいいね。

だが、パーカーは人のよすぎる楽観主義者、フェスターワンガーはにやけたヤンキーだから、二人とも満面に笑みを浮かべ、彼女を迎えに進み出るのに、なんの問題もなかった。

「レイディ・D！　これでみんなそろった！」パーカーは宣言した。

「ようこそ、ダフネ」フェスターワンガーは甘い声で言い、キスを投げようとしたが、彼女は最後の瞬間にぐっと前に出て、相手の唇をしっかりとらえた。あれじゃたぶん、彼の歯茎に傷がついたろうな。

ボディはちょっと錆びついているかもしれないが、内燃機関は古びてもまだ燃えている！

彼女は酒を飲むのもぐずぐずしていなかった。あっというまに二杯かたづけ、わたしのほうがメソジストになったような気がした。スナックの食べっぷりも、懺悔火曜日からこっち、なにも食ってないみたいな勢いだった。

「あのけちんぼばあさん、持ち帰り用の袋を持参してるでしょうよ」ヘイウッドの娘はつぶやいた。

わたしは言った。「人に隠れてひどいことを言うのはオーケーなのかね？」

「事実を述べたまでです」彼女はつんとして言った。「どうやら、あなたもメニューに載ってるみたい」

どういう意味かわからなかったが、振り返ると、レイディ・Dがそこにいて、グラスを振りながら、わたしにカボチャ提灯笑顔を投げていた。

いかれた患者から大事な旧友に変身とは、わたしはいったい何をやったんだ？

サンディタウンの〝みんな仲よし〟の時間だったのかな。ふいに若い男が現われた。前にパブで《インディアンの乙女》を口笛で吹いていた、あいつだと思い出した。男はヘイウッドにぶちゅっとキスしたが、これはさっきのやつとは逆で、彼は絶対に口を狙っていたのに、彼女はうまく首を動かしたから、キスは頬骨に逸らされた。

「チャーリー、やあ」彼は言った。「また会えてうれしいよ」

昔ふうな俳優が誠実を演じているような口調だった。美青年で、自分でそれを意識している。それはかまわない。持ってるものはひけらかせ、というのがいつだってわたしのモットーだ。

だが、ヘイウッドにはあまり効果はなかった。彼女は非難がましく言った。「じゃ、伯母さんにこの会合のことを教えたのね？」

「もちろんさ」彼は言った。「ただし、彼女が行くと言い張るように祈りつつね。そうすれば、ぼくとしてはきみにまた会うチャンスだから」

娘はちょっと目を宙に上げたが、うれしがっているのはわかった。この若大将は、成功した若大将ならすぐに呑み込むことをちゃんと学んでいたんだな。すなわち、たいていの場合、女に向かっておせじを言いすぎる心配は無用。男の意図を見抜くと、女は自分のほうが利口だと感じるし、女はみんなそう感じたがるものだ。だが、そのおせじに惑わされずにいられるのは、ほんとに利口なやつだけだ！

彼女は言った。「ミスター・ダルジール、こちらはテディ・デナムです。サー・エドワードね、もし称号がお好きなら」

「大好きだ」わたしは言った。「アンディ・ダルジール刑事部警視です」

それで男の微笑が一瞬凍ったが、われわれは握手を交わした。

大物婦人の後ろには若い女が二人従っていた。一人は知らない顔、もう一人はパブで会ったあのひょろっとした娃のクララだった。羊の群れを狙う狼さながら、ルートが彼女に向かってきたのを見ても驚きはしなかった。彼はクララの前で止まり、手を伸ばして椅子をつかむと、ほとんど強制的に彼女をすわらせたから、二人は同じ高さで顔を見合うことになった。あいつは自分の車椅子がもう一人の娘の通り道をふさいでいることに気がつかなかったか、あるいは気にしなかった。娘はまるで昼飯にラディッシュのサラダを食ったが、やめておくんだったと後悔しているような顔だった。彼女はルートをよけて通ることもできたのに、そうしなかった。車椅子の後ろをつかむと、ひねって道をあけ、そのまま部屋の端の窓のほうへふらふらと行ってしまったから、ルートは壁を向いた格好で残された。クララはあのぶすっとした女にちょっと腹を立てたようだったが、ルートはにやにや笑いながら車椅子を元の位置に戻した。人から同情を搾る方法なら、あいつは免許皆伝だ！

わたしの横では、テディ・デナムがまだちゃらちゃら演技中だった。今度は自分が読書家だと若いヘイウッドに見せつけていた。

部屋を見まわして、彼は言った。「これって、まさにオースティンが見事に描きそうな集まりだと思わないか、チャーリー？　それとも、きみはジョージ・エリオットの暗い視線のほうがお好みかな？」

「どうかしら」彼女は言った。

「いかがです、ミスター・ダルジール？　エメ・ヴ・ジョージ・エリオット？」

〝でぶのおまわりを黙らせよう〟の時間だ。

わたしは言った。「え？」

「ジョージ・エリオットはお好きですか？」彼はひどくゆっくり翻訳した。

「ああ」わたしは言った。「うちのばあさんのお気に入りだったな。《銀色の月の下》のレコードをしょっちゅうかけていた。じゃ、失礼」

わたしはヘイウッドににやりと笑ってみせてから、立ち去った。彼女もにやにや笑いを返し、大きくウィンクまでしてみせた。おもしろい女だ。ばかじゃない、若いだけだ。それに、見た目も悪くない。もうちょっと肉がつけばな。ちょっとキャップを思わせる。

わたしの経験では、一人になりたいというやつは、自殺を考えているか、銀器を盗もうと考えているか、どっちかだ。だから、どっちなのか見極めようと、わたしはぶすっとした女に近づいた。彼女は窓のむこうの療養ホームにじっと目をやっていた。このアングルからだと、増築したことがわからない。遠くに海を望み、屋根には高い煙突、落ち着いた赤レンガの壁には緑の蔦がからまっている。イギリスの文化遺産雑誌の立派な表紙になりそうだった。

「私邸だったころは、すばらしい家だったでしょうな」わたしは言った。

「ええ、そうでした」彼女は小声で言った。「本当にすばらしい家でした。うちの家族のものだったんです。寡婦用《ダワー》住居《ハウス》（息子が家を継いだあと、未亡人が住む家）みたいなもので、祖母が住んでいました。祖母のところに泊まるのは大好きだった……」

ガラスに映る彼女の顔が見えたが、夢見るような表情だった。きれいな娘だ。それから、彼女はガラスに映るわたしの顔を見て、ふいにラディッシュの時間に逆戻りだった。

彼女はこちらを向いた。

わたしは「アンディ・ダルジールです」と言って、手を差し出した。

彼女の握手は投げキスなみだった。例の治療師の握手が腕相撲に感じられるくらいだ。

「エスター・デナムです」彼女は言った。

「ああ。じゃ、レイディ・デナムのご親類ですか？」

彼女はまるでレタスの葉を口に入れたらナメクジがくっついていたみたいに、しかめ面になった。

「義理の親類です」彼女は言った。麻酔なしの手術みたいに聞こえた。

そのときレイディ・Dの大声が響いた。「エスター、そこにいたのね。こちらにいらっしゃい。あなたもよ、エドワード」

まるで、飴はあげませんと言われた子供が、代わりにアイスクリームをもらえると気づいたような変化だった。わたしから離れると、彼女の顔は誰かが防犯ライトを作動させたみたいに、ぱっと明るくなった。

「今行きます！」彼女は明るい声で答えた。

それから、迷子の子羊が母羊のもとに帰るように、彼女はバッファロー女のほうに向かった。

サー・テディも同じくらいさっさとヘイウッドの娘を棄てたのが見えたから、わたしは彼女のところに戻った。

「あの二人がああして飛び上がるんだから、婆さんは死体がどこに埋まっているか、よく知っている（〝知られたくない秘密をつかんでいる〟という意味の成句）に違いない」わたしは言った。

「それより、お金がどこの銀行に預けてあるか、じゃないかしら」彼女は答えた。

「ほう？　そんなことじゃないかと思っていたんだ。あいつら、姉と弟だろう？　伯母さんが死んだら、一族の財産を相続することになっているのか？」

「彼女は結婚で伯母さんになっただけだから、姉弟が相続のために努力しなきゃならないと考えているのは、まあ理解できます」彼女は言った。

「あっちの味方みたいだな」わたしは言った。「それとも、筋肉マンのテディの味方というだけか?」

「いいえ。客観的に分析しているだけです。わたしは心理学者ですから」

笑わずにはいられなかった。まだなにも見ていない、なにも経験していない、そのくせ心理学者とはな!

「何がおかしいんですか?」彼女はまたぷりぷりして言った。

正直なことを言ってはまずいから、こう言った。「考えてただけさ、ストンピーのやつは自分が心理学者なんてものを生み出したとわかったら、さぞウハウハだろうとね」

彼女は昔ふうな目つきでわたしを見てから、にっこりした。

「父をよくご存じのようですね、ミスター・ダルジール」

彼女は言った。

「まあな。どうしてテディは伯母さんに擦り寄らなきゃならないほど、金がないんだ?」わたしは訊いた。「ここの旧館、おそらくは土地もそうだろうが、昔は自分の家のものだったと、あの姉は言っていた。アヴァロンに売ったとき、たいへんな金になったろうに」

「そうなんですが、残念ながら、金はデナム家には入らなかった」聞き慣れた声が言った。

見下ろすと、ルートがこちらを見上げ微笑していた。やせっぽちの娘も伯母さんの軌道にまた吸い寄せられて、いなくなっていた。あるいは、デナム姉弟がちゃらちゃらと伯母さんの世話を焼いているのを見て、自分もやるべきことをやらなければと決めたのかもしれんな。

「ほう?　じゃ、誰が儲けたんだ?」わたしはルートに言った。

彼は微笑して声を低くしたから、わたしはよく聞くために頭を下げなければならなかった。娘もそうした。どうやら、なに一つ聞き逃したくないようだ。

「ぼくの理解するところでは」彼は小声で言った。「こういう話のようです。ホッグ・ホリスが、彼にふさわしい死に方とはいえ、不運にも亡くなった結果、その未亡人とサー・ハリー・デナムは友好関係を回復した。二人は何年も険悪な仲だったんです。午後のお茶を飲むたび、居間の窓から豚の悪臭が漂い入ってくるのは、彼女の責任だとサー・ハリーは考えていた」

「長い話になるのか?」わたしは訊いた。「それなら、わたしはどこか静かなところに行って、『戦争と平和』を読んでいるよ。クライマックスに近づいたら、戻ってくる」

「申し訳ありません」彼は言った。「田舎の話し方が身についてしまって。じゃ、すぐアクション場面に入りましょう。破産が迫っていたサー・ハリーは、金銭上と嗅覚上の問題を一発で解決する、巧みな計画を企てたんです。彼は彼女に結婚を申し込んだ。サー・ハリーは器量がよく、性的能力もあると言われていた——これは彼女には重要な考慮事項でした。それにもちろん、金で買える最高のもの、称号があった。これが決め手になったんだと思います。彼女はプロポーズを受け入れた」

「感動して涙が出そうね」若いヘイウッドは言った。

わたしは彼女をにらんだ。若いのが冷笑的になるのは好きじゃない。若者にロマンチックな妄想がなかったら、わたしみたいな老いぼれは、やつらから何を蹴り出してやれる?

ルートはだらだらと続けた。アクション場面に入るどころか、言葉の垂れ流しだ! ウィールディならすべてはっきりさせ、タイプして、三十分も前にわたしのデスクに載せていただろう!

「結婚式が近づくと、二人の幸福に足りないものは、彼が彼女を抱えて越す、悪臭のしない敷居だけだ、と彼は言った。これからデナム・パークも彼女の屋敷になるのだから、そろそろ豚農場を移転させてはどうか。彼女は同意するかに見えた。ただし、まず適当な土地を見つけなければならないと言って、しぶった。かつてホリスの農場だったミルストーン農場に属する土地に空いた部分があったが、彼女はそれを使いたがらなかった……」

「もし自分が義理の弟より先に死んだら、農場とその土地にあるものはすべてヘンのものになるから」若いヘイウッドが口をはさんだ。

ルートは感心したように微笑した。

「心理学とは人の話を聞く職業だというのは本当だな」彼は言った。「そう、レイディ・Dは自分が死んだ場合にヘンが必要以上に利益を受けるというのがいやだった。彼女は憎むとなったらどこまでも憎む人なんだと思う。結局、彼女はサー・ハリーにこう申し出た。デナム家のものである、南崖の上のこの土地は、デナム・パークからうんと離れているし、町よりずっと高いところにあるから、騒がしくもなくて、住むには理想的だ。旧館は改造すれば、ビジネスのためのすばらしい経営事務センターになる」

「これがアクション場面なら、わたしはスピーディー・ゴンザレス（アニメのネズミ）だ」わたしは言った。

「噂は聞いてますよ」ルートは言った。「ご辛抱ください、終わりに近づいていますから。サー・ハリーは大喜びした。彼女が、これはきちんとした商業上の取引にしたい、ホリス・ハム株式会社が正式にこの土地を購入する、と主張すると、彼はさらに喜んだ。取引は成立した。結婚も、土地売買もね。結婚はヨークシャーのグラビア雑誌すべてのトップを飾った。二人はハネムーンにのんびりとカリブ海クルーズに出かけた。地元の言い伝えによれば、ホリス・ハムが南崖の土地を買って払った金を遣ったとされている。これにはサー・ハリーはにんまりしたはずだ。妻の金が新婚旅行の費用をまかなった。このパターンがこの先何年も続けばいい。ところが、数カ月後に帰ってきてみると、ここにはブルドーザーが入り、アメリカ人ならではのすばやさで、もうアヴァロン・クリニックが建てられようとしていた」

「すると、彼女は新婚旅行に出かける前に、もうその契約をすべてまとめていたってわけか？」わたしは言った。

「明らかにね」ルートは敬服して言った。「もちろん、最初のショックのあと、この取引で大きな利益が上がったんだと考えて、彼は自分を慰めたことでしょう。でも、この点も失望に終わったようです。ヴィクトリア朝時代には、結婚すれば妻の財産は夫のものという法律があったが、それはとっくの昔に廃止されていた。土地はホリス・ハム、つまり妻の会社に所有権が移ったから、彼が手をつけられる彼女の金といえば、彼女がよろしいとして遣わせてくれる分だけだった。彼は威張ったり脅したりしたが、そんなことをすればお仕置きに冷たくされるとすぐわかった。もう自分の家の主《あるじ》ではなくなったが、まだ狩猟団長ではあった。ところが、政府が犬を使う狩猟を禁止にした。禁止条例に対して、彼は〝わたしの死体を乗り越えよ（「わたしの生きているうちは絶対に許さない」という意味の成句）！〟と吠えたといいます。狩猟シーズンの初日に、彼は馬に乗り、犬を連れて出かけた。犬たちが狐を巣から狩り出すと、彼は狂ったようなギャロップでそのあとを追いかけ、塀をすれすれに飛び越えたとき失敗して溝に落ち、首の骨を折った。少なくとも、言ったことを守る男だったってわけです」

「それで彼女はお葬式をすませると、便箋のレターヘッドには称号がつき、財布にはアヴァロンのお金が入っていた」ヘイウッドは言った。

「すると、ここの土地と旧館はかつてデナム家の持ち物だったと」わたしは言った。「あの気の毒なエスターがふくれっつらだったのも無理はないな」

これを聞いて、ヘイウッドは驚いた顔でわたしを見ると言った。「あら、あの人はいつもああいう顔です、レイディ・Dに擦り寄っているときは別にしてね」

わたしは言った。「ストンピーみたいに頭がよくて理解のある男を父親に持ってよかったな。おかげであんたは誰にも擦り寄る必要がない」

ルートは笑って言った。「ブラヴォー、アンディ。あなたの同情は称賛に値しますよ」

「限界はあるがね」わたしは言った。「じゃ、レイディ・デナムは金を握っていて、サー・テディと姉は、彼女がくたばったらその一部が転がり込んでくるようにと、毛布にひっついた糞みたいに彼女にひっついているってわけか？」

「要約すればそういうことだと思います」ルートは言った。

「長く待たされそうだな」わたしは言った。「あの婆さんなら、あと三十年か、それ以上元気だろう。それに、彼女のほうの血縁だっているんじゃないか、あのやせっぽちの娘、クララとか？」

「あら、さすがに探偵ですね、ミスター・ダルジール」さっきの嫌味から立ち直ったヘイウッドは言った。「そのとおりよ。ずいぶんたくさんいるみたい。それに、大部分は遠い親類だとしても、最初のご主人の縁者がたくさんいる」

「探偵はわたし一人じゃないようだな」わたしは言った。「ここに来て二分とたたないのに、あんたはもう地元の話をすっかりメモして分析しているじゃないか！　すると、金持ちの老女一人に、希望を持つ親類が大勢。まあ、彼女が夜は窓に錠を下ろし、暗いところへ出ていかないことを祈るね」

ヘイウッドは言った。「そういうお仕事をしていらっしゃるから、人間性を見る目が曇ってしまったんだわ」

わたしは言った。「そう思うかね？　あんたはポリアンナ心理学コースを受講したのか？」

彼女はちょっとけんか腰になって言った。「陳腐な言い方なのはわかってますけど、よく見れば誰しもいいところを持っていると、わたしは思います」

「同感だ」わたしは言った。「だからわたしは警官になった――いいところをさがすために、石ころをひっくり返して一生を送れるようにな」

そう言いながらルートを見下ろしたが、彼はまるでほめ言葉を聞いたかのようににっこり笑顔を返してから言った。

「チャーリー、すまないけど、フルーツ・ジュースを取ってきてもらえるかな。もしあればザクロ、なければふつうのオレンジ・ジュースでいい。それに、アンディのグラスも空っぽだ……」

「ええ」彼女は言った。「素焼きの水差しに入れてきましょうか？」

「水差しがどうしたって？」彼女が歩き去ると、わたしは言った。

「ああ、女性の言葉の甘い謎」ルートは言った。「意味を見つけようとしても無駄ですよ。アンディ、二人きりになったから、お訊きしたいことがあります」

「訊いてくれ」わたしは言った。「だが、おぼえとけよ――わたしが車椅子の男を殴らないからといって、われわれがファースト・ネームで呼び合う友達になるってもんじゃない」

「すみません」彼は言った。「じゃ、正式の称号をつけたほうがいいですか？　レイディ・Dはあなたが中部ヨークシャー警察犯罪捜査部の部長だとぼくから聞いて、すごく感心していましたよ」

これでバッファロー女の態度の変化は説明がついた。彼女は明らかに権力を楽しむ。権力のにおいがするやつに会うと、興奮するんだろう。

「ミスター・ダルジールと呼んでくれればけっこうだ」わたしは言った。

「恐れ入ります、旦那様」彼はにたにたして言った。わたしはこいつを脇へ押しやったあの渋い顔の娘がだんだん好きになってきた。

「で、何を訊きたいんだ？」わたしは厳しい声で言った。

彼はひどくまじめな顔になって言った。「実は、再審理を要求しているんです、判決を覆せればと思って。それで、あなたに控訴を支持していただけないかと思いました」

めったなことでは仰天させられないわたしだが、ルートは見事やってのけた。

「なんだって？」わたしは言った。

「ぼくが書いたベドウズの伝記がアメリカで出版されるので、そのために入国できるかどうかの問題なんです。二年くらい前には、サンタ・アポロニア大学の学部長がコネを使って特別免除で入国できるようにはからってくれましたが、9・11以後、運転免許証にペナルティー・ポイントが三点ついているだけでもなかなか入れてもらえなくなった。でも、インタビューやサイン会のために、どうしてもアメリカに行く必要があるんです。入国を禁止するのは、生計を立てるというぼくの基本的人権の蹂躙です！」

ちょうどそのとき、ヘイウッドがドリンクを盆にのせて戻ってきた。いいタイミングだった。さもなきゃ、わたしは遠慮会釈なくルートを車椅子ごとつかみ上げ、窓から投げ出していたかもしれん！　そうしないかわり、わたしは発泡酒をいっきに飲み干し、もう一つのグラスはたぶん彼女のものだったろうが、それも飲み干した。ルートのジュースにまでは手を出さなかったがな。そこまで酔っ払っていたわけじゃない。ヘイウッドはなにも言わずにドリンクのテーブルにまた戻った。

ようやく口がきけるようになった。

「わたしが出した証拠が一役買った有罪判決を覆すための控訴を、わたしに支持させようというのか？　あの判決で気に障った点はただ一つ、刑期があの倍は長くてよかったた！」

「そこです」彼は言った。「あなたから支持があれば、法廷ですごく効果がある」

笑うべきか、泣くべきか、わからなかった。

わたしは言った。「もう一杯飲みたい」

そこであの娘を追ってドリンクのテーブルに行こうとしたが、脚がいうことをきかなかった。

ルートは手を上げ、わたしの片腕をつかんだ。

「ほんとに、そこまでやりすぎちゃいけませんよ」彼はまじめに言った。

「どういう意味だ？」わたしはぴしりと訊いた。

彼はわたしを引き下ろし、わたしの顔に向かって低い声で話した。

「ぼくらのように危うく死にかけた体験をした人間は、大きく一歩で元に戻るわけにはいきません。長い長い旅路ですよ」

「ありがとう、ドクター・ルート」わたしは言った。「わたしはこのいまいましい療養ホームなんかで何しているのかと思っていたが、おかげではっきりした。いまいましい療養中だった！」

「肉体的なことだけじゃありません」彼は言った。「自分に戻るまでは長い道のりです。だいたいは、自分を演じるのがその方法です。昔の自分をおぼえているから、全力を傾注してその役柄に戻ろうとする。たとえそのためには朝食前にビール十五パイント飲まなければならないとしてもね。でも、それはたんなる役柄ですよ、アンディ。今、その役を習い直しているところなんですから、この際ちょっと足を止めて、こうして役を習っている人間とはいったい誰なのか、見直してみるといい」

頭がぐるぐるしてきた。フェスターーリンカーのくだらん発泡酒のせいか、ルートのくだらんおしゃべりのせいかはわからない。どうだってよかった。腕を引き離すと、危うく倒れそうになったが、誰かが反対の腕を取って支えてくれた。するとペット・シェルドンの声がした。「そろそろ帰る時間じゃないかしら、アンディ」

　わたしがふつう飲む店では、わたしに向かって閉店の時間ですなどと言うやつはいない。わたしはなんとか目の焦点を合わせた。遠くでバッファロー女が手を振っていた。わたしを給仕長だとでも思っているみたいに。わたしは微笑して手を振り、ペットに言った。「そのとおりだ。ベッドに連れていってくれ」

　新鮮な海の空気がトビウオのように顔を打ち、わたしはペットにぐったり寄りかかって旧館へ向かった。昔の毛織物工場の機織場みたいにやかましいがちゃがちゃいう音が聞こえ、見ると、サイドカー付きの古ぼけたオートバイが通り過ぎた。ライダーはバイザーを下げたヘルメットをかぶっていたが、ひげでミスター・ゴッドリーだとわかった。おかしいな、たぶん新鮮な空気のせいだろうが、彼の姿を見ただけで、なんだかぐんと気分がよくなった。

「ああ、治療師だ」わたしは言い、やっと少し背筋を伸ばした。「フェスターワンガーのやつがあいつを雇ったら、あんたたちは失業だな」

「心配はしませんね」彼女は言った。「病人をよくするのは看護で、薬草を飲ませたり、串刺しにすることじゃありません」

「いや、聖書に書いてあることを軽々しくばかにしちゃいかん」わたしは言った。

「癒しの手を置くとか？」彼女は言った。「わたしたちはあれから少しは進歩したと思いますけど。あの人がキリストみたいに見えるからって、死者を甦らせてくれるわけじゃないわ。じゃ、あなたをベッドに戻しましょう、いいですね？」

「そこだよ」わたしは言った。「旧約聖書セラピー。ダビデ王とシュネム生まれのアビシャグみたいにさ（旧約聖書「列王記上」より。老ダビデ王を暖めるため、美しい処女アビシャグが添い寝した）。わたしもそうしてもらえないか？」

彼女は聖書の知識があった。これで笑ったからな。

「うちのおばあちゃんはいつも、悪魔だって聖書を引用できると言っていましたわ」彼女は言った。「さあ、お黙りなさい。さもないと、この車寄せにあなたを落として行ってしまいますよ。そしたら、レイディ・デナムのあの錆びたバケツなみの車に轢かれます。あの女、ほんとに危険なんだから」

ずいぶん激しい怒りを込めた言い方だったから、こいつは危険な運転だけの話じゃないぞ、と思った！

彼女が何をして、あんたをそんなに怒らせたんだ？　ビッグ・バン謎を解くのに、あと六歩ばかりかかった。

以前なら、三十分も前にわかっていたはずだ。

フェスターワンガーだ！　ペットもあいつに惚れている！　さぞかし腹に据えかねているんだろう、彼がレイディ・Dにおべんちゃらを言い、彼女が彼を私物扱いするところを見ればな。

わたしは本音が聞けるようにと、ちょっとろれつの回らない口調で言った。「じゃ、そろそろまた再婚すりゃいいんだ。二度やってみたんだから、好きなんだろう」

「あの年の女なら、もう少し分別があるべきです」ペットは口をすぼめ、すまし込んで言った。「そんなにわたしにもたれかかる必要があるんですか？　ワインを二、三杯飲んだだけで、もうブラマンジュみたいにゆらゆらして。刑事さんというのは、みんな底なしに飲めるんだと思ってましたけど」

わたしはちょっと背筋を伸ばしたものの、容易ではなかった。藪医者どもがわたしの体に送り込むくだらん薬のせいだろう。あれはワイン二杯の倍も効き目がある。昔なら十五パイントでようやく近づいた場所に、あっというまに到達してしまう。

ペットはわたしを部屋に連れ帰り、ベッドに寝かせて、わたしが添い寝してくれないか、ちょっとプラトニックな会話を楽しもうと言ったら、笑っていなくなった。彼女が消えるとすぐ、わたしは起き上がり、水槽に沈めた宝物をチェックした。モルト・ウィスキーが半分入ったボトルと、ミルドレッドだ。どっちも人にいじられていないのを確かめ、それからカレドニアン・クリームを一口飲んだ。

　昔からドクター・スコッチは万病の薬と思っていたが、今回は疑問を感じている。だからこうしてトイレにすわり、ミルドレッドに話をしているんだ。黙想にはいい場所だ。居心地のいいトイレがあれば、高級なコンピューターなんか必要ない。この事件はすぐ解決してみせる。

　何ばかなことを言ってるんだ？　事件だって？　ぼけてきたのか？　仕事を離れているせいで禁断症状が出てきたのかもな。だから、なんでも事件の前触れのように見えてくる……被害者が決まる……容疑者が位置に着く……動機は充分定まった……名探偵登場……あとは作家がうなずいてゴーサインを出すばかり……

　まったく、何考えてるんだ、阿呆め。あのルートの野郎が頭の中に忍び込むのを許しちまったんだ！　自分の役柄を新たに習うとか、くだらんことを言って。この場所も悪い。アヴァロン。サンディタウン。さっさとトイレを出て、ベッドに入るにかぎる。

　しかし、なにか悪いものが近づいているという、確実な感覚がある……なにか非常にリアルな……

　ああ、なんてこった！　さあ、来たぞ……！

18

ああ、ミルドレッド、わたしは何をしたんだ？

爽快な気分で目を覚まし、すっかり清められたという感じがした。トイレに出たものを考えれば、当然だ。疑うやつがいたら、音響効果を聞かせてやれる、ミルドレッドのおかげでな！

入れるより出すほうがいい、と言うとおりで、今朝は確かに気分がよくなっていた。ガウンをはおって降り、テラスで朝飯を食った。ペットが寄ってちょっとおしゃべりし、わたしのことをノエル・カワードみたいに見えると言ったから、いっしょに笑った。それから部屋に戻り、ミルドレッドと昨日のパーティーでわたしが言ったこと、したことを復習していたら、ドアをノックされた。ペットだったが、もう笑顔ではなかった。すごく堅苦しく「お客様です、ミスター・ダルジール」と言ったが、どうしたんだと尋ねる暇もないうちに、彼女は追い立てられ、バッファロー女がこう言っていた。「ありがとう、シェルドン看護師。これ以上、お仕事の邪魔はしませんから」それから彼女は部屋に入ってきて、ペットの目の前でドアを閉めた！

わたしは思った。気をつけろよ。この女はおまえの純白の肉体を狙っているらしい。しかもおまえは寝間着にガウンという格好だ！　ミルドレッドのスイッチが入っているのを確かめた。万が一、法廷に出るときのことを考えてな！

だが、心配無用だった。彼女が求めていたのは、わたしの肉体ではなく、頭脳だった！　ま、それならもっと心配すべきかな。わたしはそれから録音を六ぺんも聞いたが、深刻に受け止めるべきなのかどうかわからない。だって、金持ちのばあさんが、誰かが自分を殺そうとしていると考えるってのは、よくある話じゃないか？

ともかく、わたしは彼女を安心させてやったと思う。いなくなって、確かにせいせいした。彼女が出ていったあと、前ほど明るい気分ではなくなったから、わたしは服を脱ぎ、シャワーに入った。軽く茹でること十分、すばやく凍らせること三十秒で、ふつうはぴんぴんになる！　軽く茹でるのが功を奏してきて、わたしはいい気持ちで歌を歌った。《インディアンの乙女》の歌詞を何番までおぼえているか、やってみたんだ。そのとき、背後でシャワーのドアがあいて、ウエストに腕が回され、背中に柔らかいカボチャが二つ押しつけられるのを感じた。

わたしは思った。「やっぱり最初に考えたとおりだったぞ、ダルジール！　彼女は本当におまえの純白の肉体目当てだったんだ。敵兵乗船撃退準備！」

くるりと向きを変え、カボチャに手を当てて、押しやろうとした。押しがいのある大きさだった！

それから湯気が少し引くと、わたしが手を当てているカボチャはレイディ・Dのものじゃなく、ペット・シェルドンのものだとわかった！

わたしは言った。「どういうつもりだね？」

彼女は言った。「背中を洗うのがむずかしいとおっしゃっていたでしょう？」

わたしは言った。「それなら、逆を向いたほうがいいな」

すると、彼女は言った。「あら、いいえ、こっちからでも届くと思うわ」

やがてなぜかわたしの手は押すんでなく揉むほうになっていて、彼女はそう遠くまで手を伸ばす必要はなかった。こっちのほうがなんとしても彼女と合体したくて近づいたからだ。

ま、証人の証言なら何度も聞かされているが、そのとおりで、あっというまの出来事だったから、そのあとはあまりおぼえていない。いつのまにか、わたしはベッドに横たわり、ペットが体じゅうにしなだれかかって、すごくよかったわと言っていた。わたしのほうはこれからいい気分にはならないともうわかっていたが、彼女がほめちぎってくれたから、良心の痛みがやや薄らいだ。だが、彼女はわたしの下半身はもちろん自尊心も撫でさすりながら、同時にダフ・デナムが何を要求したのかに関する質問をたっぷり挟み込んでいる、と気づいた。そのときですら、わたしはまるでのんびりしていたから、笑って、ばかな婆さんだ、誰かが自分を殺そうとしているなんて思っているんだ、と言ってしまった。だがそれから、どうもこの質疑応答のほうが彼女の主たる目的らしいと悟った。

質問の持ってきかたから判断して、彼女の心にかかっているのはフェスターだった。どう感じるべきかわからなかった。女がわたしとセックスし、それを利用して自分が本当に惚れている男のために、もう一人の女について情報を搾り出そうとしているんだからな！　最後には頭が痛くなってきたが、こっちは男だから、頭痛くらいしたって、ペットの指が忙しく働くと、ちゃんと息を吹き返してきた。

心を決めなければならないとわかっていた。もしキャップに対して申し開きしなければならなくなったとして（よしてくれ！）、シャワーの中で起きたことなら、不意の攻撃、長期間の禁欲を理由に、まあなんとか正当化できなくはない。だが今度は、充分承知のうえだ。だから、お代わりに惹かれないことはなかったが、わたしは自分とペットを驚かせてベッドから転がり出ると、こう言った。「ありがとう、ペット。だが、一日中ごろごろして楽しんでいるわけにはいかん。やることがいろいろあってね」

彼女はなにも言わず、服を着ると部屋から出ていった。だが、やっぱりあまりいい考えじゃなかったと思っているのは見ればわかった。こっちも同感だ！

一杯飲みたくなったし、静かな場所で飲みたかったから、服を着て、門番小屋まで歩いていき、スタンにタクシーを呼んでもらった。〈希望と錨〉亭にやってくれと頼んだが、着いてみると、店は閉まっていた。わたしの顔を見るとタクシー運転手は笑って言った。「お客さん、どこからおいでです？　フランス人には見えないな。だが、このあたりじゃ朝十時前にあくパブはそうないですよ」

わたしは言った。「あけさせてみせる！」

正面ドアをばんばん叩いて騒ぐのはいやだったから、裏手にまわると、搬入用揚げ蓋が開いていて、地下の酒倉に誰かいる物音が聞こえた。

わたしは怒鳴った。「おおい。そこにいるのはアランか？」

　まもなく彼の顔が下から現われ、今度もいい店主らしいところを見せてくれた。初めてのときと同じく、彼はなんの驚きも表わさずに、大声で言った。「降りてきてください、ミスター・ダルジール。傾斜道がいやなら、裏口があいていますから」

　昔なら、すぐ傾斜道を転がって降りていったろうが、昔は昔、今は今、わたしは厨房を抜け、階段を降りたが、ひどく狭くて磨り減っていたから、傾斜道のほうがまだましだった。ところが地下倉に着くと、わざわざ降りてくるんじゃなかったと後悔した！

　地下倉は昔のハマーのホラー映画から抜け出してきたみたいだった。陰気で、クモの巣だらけで、ゴキブリが這いまわり、かびくさく、照明といえば裸電球一個。アルミの樽とプラスチックの管を使いましょうという宣伝には、これほどいいものは見たことがない。

　わたしは言った。「なんてこった、今どき、こんなものを建てるやつはいないな！」

　彼は言った。「ええ、ここにはチャールズ王の御世からパブがあったんです。それ以来、たいして変わっていないと思いますよ。少し近代化が必要だと、レイディ・Dを説得しようとしているんですがね」

　わたしはビヤ樽が並んでいる棚を見た。十七世紀にはオーク材だったかもしれないが、今ではすっかり腐っているように見えた。しかも、その全体はでこぼこの剥き出しの壁に立てかけられ、物干し柱みたいな細い棒二本で押さえてあった。

　わたしは言った。「説得どころの話じゃない！　保健所を呼べばすぐに彼女を叱りつけてくれる。この樽ぜんぶが今にも転げ落ちてきそうに、わたしには見えるがね」

「たぶんそのとおりですよ」彼は言った。「でもレイディ・Dは役人でも誰でも、ああしろこうしろと命じてくる人間は好きじゃない。大丈夫ですよ、いずれわたしがなんとかします。じゃ、上がりましょう、パイントをお出ししますから」

　パイントなんてわたしは口に出していなかったが、前にも言ったように、こいつはパブ店主の中の真珠だ。

わたしはエールを飲み、彼もつきあって半パイント飲んだ。ダフから聞いたことを本気で心配してはいなかったから、話のついでにわたしは言った。「レイディ・Dは神経質なタイプかね？」

「ご冗談を」彼は言った。「あの人の体には神経なんてものはありませんよ。昔、狩猟をやっていたころは、たいがいの男がひるむような高い垣根や塀を飛び越すんで有名だった」

「だが、もうやめたんだね？」

「ええ、まあ、ご主人の頭が背骨を見下ろしている姿を見たのが、警告に思えたんじゃないですか。でも、神経のせいじゃない――彼女は生きることが大好きだから、早くおさらばしたくないっていうだけですよ」

「じゃ、彼女の下で働くってのは、どんなもんだい？」

わたしは訊いた。

「楽ですよ、彼女の思いどおりに事を運んでさえいればね」彼は言った。「ここにしばらくいらっしゃれば、いずれおわかりになるでしょう。あっち側へ行かなければですが」

死ぬという意味だと思ったので、わたしは言った。「わたしはそこまで重病人に見えるかね？」

彼はにやりとして言った。「いいえ、すみません！　そういう意味ではなくて、サンディタウンの人間の大部分は、なんだかんだでレイディ・デナムかトム・パーカーか、どちらかの下で働いているってことです」

わたしは言った。「しかし、二人は同じ側なんじゃないのか？」

彼は言った。「おわかりになるでしょうが、トムが町のために働いているのに対して、ダフネは自分のためにしか働いていません。なるべく巻き込まれないでいるのがいちばんですよ。早くよくなって、ここを出ていかれるといい！　じゃ、わたしは階下のクモたちのところに戻らないと。もう一杯飲みたかったら、ご自分で汲んでください」

パブ店主の中の真珠だと言ったっけ？　いやむしろ貴公子だな！

ともかく、ミルドレッド、ここまでが今日の話で、こういうわけでわたしは朝の十時にパブにすわり、あんたを相手にしゃべっている。一パイントが腹におさまり、セックスが良心にひっかかり、殺人未遂の話が頭にある。

残る一日には何が起きる？

なんにも起きない！ よくなって出ていけ、とアラン・ホリスは言った。それはどうやらいいアドバイスのように思えてきた。巻き込まれるな、ダルジール。今朝のことはすっかり忘れろ、ダフもペットも。ペットは口を割らない。フェスターのためなら脚を開くのもいとわないとしても、それを彼に教えることはない！ ダフのほうは、たぶんよくある頭のいかれた老女だろう。近づかないのがいちばんだ。明日、バーベキューをやるから来るようにと、彼女は最後に言った。みんなが来るそうだ。ま、わたしは除いてな！ 教訓は得た。おとなしくして、青野菜を食べ、理学療法を受け、ズボンの前はしっかり締め、夜はよく戸締りしておけば、あと一週間で元気になって家に帰れる。

ほらな、ミルドレッド。わたしを恥じることはない。心を入れ替えた！

じゃ、遠慮なくもう一パイントごちそうになるとしよう。

19

送信者：charley@whiffle.com
宛先：cassie@natterjack.com
件名：流血の殺人！

キャス――ああやだ、まるで間違い、サンディタウンでは誰も人を殺したりしないと言ったなんて！　ね、帰ってこないで。そっちにいたほうが、たぶん安全。やだ、ばかみたい！　一人の死なんて、そちらで目にする大勢の死とは比べものにならないわ。それに、わたしはなんでそう興奮している？　ぞっとしておびえているだけじゃなく。それはもちろんあるけど、興奮しているのよ。そんなふうに感じることってある？　それとも、わたしがおかしいの？

ごめん、べちゃくちゃと。いったいなんの話かと思っているでしょうね。こういうこと。何が起きたか、順を追って話します。順序が必要だわ。心理学の第一ルールだと、担任の先生に言われた。混沌の中心の動かない点になること。だから、深呼吸して、静かな中心点となります。

まず初めに、わたしはまだサンディタウンにいます。なぜ？　それはわたしが阿呆だから！

アヴァロンのパーティーのあと、なぜかわからないけど、考えるようになった。ここではなにかが起きようとしている、何かわからないけど！　で、昨日の朝目を覚ますと、今帰ったら、モルドールの門からオークがぞろぞろ出てくるところで映画館をあとにするようなものだっていう気がしたの。まあ、それはちょっと大げさだけどね！　でも、レイディ・Dのホッグ・ローストはクライマックスになるはずで、見逃しちゃいけないとふいに思ったのよ。

今度ばかりは、勘がはずれていればよかったのにと思います！

それで、わたしはパーカー夫妻にもう一口泊まってもかまわないかと訊いた。まるでわたしが宝くじの一等を贈呈したみたいな騒ぎ！　ミニーはわたしに飛びついてキスした。すごくいい気分だったわ。それで、家に電話した。カミナリオヤジは（当然！）ぷりぷりしたけど、ママは喜んだ。きっと、わたしが〝いい青年〟と出会ったとでも思っているのよ。運がよければ、自分のお気に入りのハリソン・フォードとトム・ハンクスを足して二で割ったみたいな男じゃないかってね！

　で、昨日は今までに取ったメモをまとめて清書。でもだいたいはのんびりしていただけ。

　そして今日は――ホッグ・ロースト！

　ああいやだ、この言い方。すぐにわかるわ！

　みんなが来ていた。パーカー家全員（当然）。ダイはサンディ・Gを連れてきたから、少なくとも死神ドアのおばあちゃんは友達をサンディタウンの社交界に紹介するっていう約束を果たしていた！　トムの集めた変わり者たちはみんな来ていた、ゴッドリー・ゴードンも含めてね。アヴァロンの人たち、フェルデンハマーに看護師長のミス・シェルドン。そのほか、わたしの知らない人が一かたまりいて、その中央にはやせこけた首に黄金の鎖（市長のしるし）を掛けた男。たぶん、地元市議会の人たちがただで飲み食いする機会をエンジョイしているんでしょう――パパに言わせれば、やつらがまともにできるのはそれだけ。筋肉マン准男爵と氷の女王もいた、もちろんね。彼は誰かのベッドの間違った側から出てしまったみたいな様子だった。わたしのベッドじゃありません！　姉と口論していて、わたしと目を合わせたけど、こっちが友好的に手を振ろうとしたのに、すぐ目を逸らしてしまった。あの野郎！　と思った。そうしたら、驚いたことに、氷の女王が愛想よくにっこり笑った。まるで手を振られた相手が自分だと思ったみたいに。あるいは、わたしの肩越しに誰か重要人物を見ていただけか！

　レイディ・Dは歓迎のスピーチをした。とても礼儀正しく、友人やコンソーシアムの支持者みんながサンディタウンを有名にしようと努力してきたことに感謝し、やがて努力が実を結んで誰もがその利益にあずかる日を楽しみにしている、と言った。そう言いながら、これは自分の個人的なパーティーだという印象をしっかり与えてるの。ローストの機械にちょっと故障があって、ポークはあと一時間ほどしないと焼き上がらないと詫びた。でも、ほかに食べ物はいろいろあるし、お酒もたっぷり用意してありますから、どうぞお楽しみください！

言われるまでもなく、客は飲み食いにかかった！　無料のパーティーとしては、上等なものだった。お金を惜しんでいない。お酒は最高級で、安物のワインなんかない。食べ物はずらっと並び、瀬戸物の皿に本物のナイフとフォーク、プラスチックのものはなし。それがホールの正面の芝生に出したテーブルにのっていた。ホッグ・ローストというんだから、ポークだけでほかにはなにもないんだと思っていたのに、ぜんぜんそんなことはなく、誰の口にも合うよう、あらゆるものが用意されていた。

子供はミニーとポールを含めて五、六人いて、私有の海岸で泳ごうと水着を持ってきていた。おとなの付き添いなしではだめです、とレイディ・Dは主張した。

おとな二人が付き添いを申し出た。一人はミス・リー、長い針の使い手！　それにテディ。よい子らしく点を稼ごうってわけ！　彼は子供たちが水着に着替えられるよう、家の中へ連れていった。

わたしは有名なロースト機を見にいった。ホールからはだいぶ離れたところにある。安全のためでしょうね。家に近い側はうっそうとしたシャクナゲの茂みで隠されていて、海の側は松やブナの雑木林が強い東風を防いでいる。

オリー・ホリスがいた。懲らしめられたっていう様子、つまり、怒った象の下敷きにされたみたいに見えた。レイディ・Dに叱られると、きっとそういう気分がするんだわ！　でも、わたしが優しく声をかけると、彼は喜んで機械を見せてくれた。

ローストの仕掛けそのものは、大串ではなく、楕円形の金属の籠で、その中に豚を入れると、ゆっくり回りながら、焼けた炭を詰めた長い溝の上を通っていくというもの。重りをつけた歯車の伝動装置で動かす。ちょっと柱時計みたいな感じね。オリーが重りを頂点まで持っていくのに十分くらいかかるけど、そのあとは四十五分間、装置がひとりでに籠を回してくれる。籠全体は大きな金属の車輪にのっていて、車輪は線路の上を動く。スタート地点はトタン屋根の木造の小屋で、ふだんは雨に当たらないよう、機械はそこにしまってある。地面は小屋から下り坂になっているので、籠を位置に着けるのは簡単。それに、中には巻き上げ機があるので、籠を引き戻すことができる。オリーはわたしに中を見せたくないようだった。きっと女を隠してるんだわ！　と思った。それに、炭火をおこした溝のそばは暑くて、ずっと立っていることはできなかった。むしむしした、雷雨になりそうな天気。よく日が照って、空は青いんだけど、東のほうには大きな黒雲がたくさん出てきていたから、わたしが望んでいたとおりの大嵐が海から来るのかも、と思った。それで、わたしは芝生に戻った。

ちょうど、海辺グループが出かけるところだった。テッドはすごくギリシャの神ふう、波打つ茶色の筋肉にカールした黒い体毛（ギリシャの神々には体毛があったっけ？）、トランクスは想像力を刺激する程度に肝心の部分を隠している！　裸で泳ごうなんて思わないだけの良識があればいいと思った。成熟した若い女（わたし！）の前で素っ裸になるのはともかく、子供たちの前ではご法度よ。このごろでは、言い訳無用で懲役十年は食らうわね。

今では、客は分散していた。林を散歩する人たち、芝生の庭椅子にすわったお年寄り、市議会議員たちはドリンクのテーブルから遠くへは行かない。わたしはサンディ・Gとおしゃべりした。姪御さんの具合はいかがですかと尋ねたら、例の妙な目つきでじっと見られたけど、それから彼女は「ああ、元気です」と、別に心配しているふうもなく言った。ティーンエイジャー二人とダイアナを交換して、うれしかったのかも！　人の好みはわからないもんだ、とカミナリオヤジが言うとおりね。

エスターにぶつかったら、驚いたことに、また愛想のいい微笑！　わたしをチャーリーと呼んで、シャンペンのお代わりを持ってきてあげると言い張った。

おやおや！　と思った。氷の女王が解けてきたら、洪水注意、堤防を固めろ！

でも、認めないわけにはいかなかった。彼女が愛想よくなると、本当はどういう人なのか、急に思い出す！　もちろん、肌をたくさん出したトップにオーガンジーのスカートで、はっとするほど美しかった。クララのような白い肌ではなく、黄金色の長い手足、日焼けがどこかで途切れているようにはぜんぜん見えない！

それから、フラニーが車椅子でこちらに向かってくると、彼女はまたいつもの無愛想に戻り、くるっと向きを変えて茂みのほうへ行ってしまった。

「ごめん」フラニーは言った。「きみたちの親しい語らいの邪魔をするつもりはなかったんだ。話が合ったみたいだね」

「心配しないで」わたしは言った。「どっちみち、たぶん間違いだったのよ。誰かから聞いたんじゃないの、わたしが昔寝た男が寝た女はハリー王子と寝ていたって」

これで彼は高らかに笑い出し、ほとんど椅子から落ちそうになった。

ゴッドリー・ゴードンの姿を目の端で何度もとらえた。こっちをじっと見ているの。でも、わたしがそっちを見ると、彼はそっぽを向いてしまう！　とうとう、近づいていって、スリップが見えてるかしらとでも訊いてやろうと決めた。〝スリップ〟と聞いて彼が顔を赤らめるところを見るためにね！　でも、もちろんそうなると彼はわたしを見ていないで、ちょっと離れたところに立ち（正面の芝生とホッグ・ローストの場所のあいだの茂みの端）、どうやらレイディ・Dと激しい口論の最中のようだったから、わたしはそんなものに関わるまいと思った。

まもなく、天気が崩れてくることが明らかになった。風が立ち、青い空を覆って雲が広がり、蒸し暑さがさらに増してきた。下の子二人を連れていたメアリは、海辺に行ったミニーとポールのことが心配になってきた。わたしはテディが付き添っていったから大丈夫よ、と言ったけど、彼女を安心させるために、様子を見てくると申し出た。

崖を降りる小道のてっぺんで、またエスターに会った。彼女はちょっと服装が乱れ、汗をかいていて、ぜんぜん氷の女王って感じじゃなかった。今回は、わたしのせいではないと思った。

「チャーリー」彼女は言った。「テディを見かけた？」

「下の浜辺にいるんじゃないの？」わたしは言った。

「いいえ、たった今、見てきたのよ」

「やだ！　子供たちは付き添いなしで泳いでるの？」

「え？　ううん、誰かいっしょにいるわ」彼女は言ったけど、たとえ子供たちがシャチにさらわれようと気にもしないって感じだった！

彼女は芝生のほうへ歩いていった。あっちではみんなが屋敷に向かっていた。ただし、フラニーは除いて。彼はシャンペンのグラスを手に、車椅子にすわって、笑顔で大退却を眺めていた。驚いたことに、エスは足を止め、彼に話しかけた。

わたしは思った——あの女がわざわざ脚なし驚異男に話しかけるなんて、よっぽど必死でテディを見つけようとしてるのね！

わたしは崖の小道を降り始めた。最初は楽だった。緩い傾斜で、ヘザーやシャクナゲの茂みのあいだをくねくねと道が続いている。傾斜が急になると、やがて長い岩棚に出て、そこには安全のために手すりがついていた。横木の一部は針金で垂直の金属の杭に結びつけてあり、手書きの貼り紙に〈手すりにもたれないこと〉と書いてあった。メアリがこのことを知らなくてよかった！　と思った。

このまえこの浜辺に来たときのことを思い出した。剝き出しの岩壁になるのはここから。険しい小道がジグザグに崖を下っていき、脇にはずっと手すりがついている。

わたしは岩棚で足を止め、浜を見下ろした。薄暗くなってきていたけど、人影は見えた。子供たちとおとなが二人。おとなはみんなを呼び集めているようだった。さらに降りようとしたとき、音が聞こえた。背後からだと思った。振り返って岩棚の先を見ると、細い脇道らしいものが見えた。小道から分かれてうねうねと、植物の生えた部分より上まで続いている。また音がした。風が強くなっていて、ごくかすかにしか聞こえないけど、さといので有名なわたしの耳には、人間の音に聞こえた。だから、ひょっとしてミニーが探検に出かけようとでも決めたんじゃないかと、念のために見てみることにした。

細道はうっそうとしたシャクナゲの茂みに続いていた。枝をかき分けてみると、その向こうに洞穴のようなものが見えた。実際には岩が屋根のようにぐっと張り出しているだけなんだけど、木が生い茂っているので、中は暗く陰になっている。

そのとき、海の上で巨大な稲妻が光って水平線を裂き、その一瞬の光で、中に人が二人いるのが見えた。

一人はすぐ誰だかわかった。背中しか見えなかったけどね。あの筋肉質の太腿と盛り上がった脛は、紛れもなくテディのものだった。音は彼から出ていた。リズミカルな呻き声。彼はもう一人の人物の上にのしかかり、二人ともうつぶせだった。女のほうは、白い長い脚しか見えなかった。大きく開いている。でも、それだけで充分だった。レイディ・Dはテディとクララを顎でこき使えると思っているかもしれないけど、血の中の火が燃えれば、彼女の操り糸なんかすぐ切られてしまう！　見ていると、彼の丸いピンクのお尻は（裸泳ぎをそうはやっていないらしく、脚と胴体の赤銅色がここまでは届いていなかった！）ハロウィーンのリンゴみたいにゆらゆら上下していたけど、やがてオーバードライブに入り、すると呻き声は人間の声には聞こえなくなった！

いやだ！　と思った。最初は木にもたれて彼女とやっていたリアム、今度はこれ。男を好きになるたび、現行犯でつかまえることになるのがわたしの運命なんだわ。

子供たちが安全なのはわかっていたけど、テッドが付き添いを買って出たのはこのための口実にすぎなかったんだから、わたしはちょっと腹が立った。論理的でないのは自覚しているわよ、でも裏切られたように感じたの。だから、大きな咳をしてわたしがここにいると知らせようとした！

ところが、すごい雷鳴に呑まれてしまった。どっちみち、テディがああいう音を立てているんじゃ、あの尻を蹴りつけてでもやらない限り、彼がなにかに気がつくってことはなさそうだった！

わたしはもと来た道を戻った。嵐は本格的になってきた。稲光は枝状のもの、幕状のものが海の上に次々と光り、強い風とともに大粒の雨が顔に吹きつけた。

子供たちがこちらに向かって小道を駆け上がってきたのに出会い、わたしはほんとにほっとした。ミニーとポールもいた。ポールはちょっとおびえ、ミニーはすっかり興奮していた。その後ろから、ミス・リーと、見知らぬ男性がやって来た。

「これで全員?」わたしはミス・リーに訊いた。

「ええ、確かめました」彼女は言った。

屋敷まで戻ったときには、わたしたちはずぶ濡れだった。ほかの人たちはみんな、もう建物の中に引っ込んで雨宿りしていた。東向きの大きなサンルームに大勢が集まって、嵐を見ていた。そのほかはいくつかある客間の深い肘掛椅子に腰を落ち着けていた。部屋の一つには、アラン・ホリスがドリンクのテーブルを新たにしつらえていて、市議会議員たちはその周囲にうれしそうに集まっていた!

わたしはメアリに会ってから、子供たちを連れて、体を拭くためのタオルをさがしにいった。二人はすごい冒険をしたと思っていて、ミニーは興奮にほとんど酔いしれているくらいだった。二階のバスルームで、わたしは彼女の体をできるだけ拭いてやった。弟のほうにかかったときには、彼女はもうドアから駆け出ていってしまった。ポールを乾かし、自分も体を拭いた。濡れた服はどうしようもなかったけど、まだ暑いので、風邪を引く心配はなさそうだった。

わたしたちはミニーをさがした。下よりは上に行っただろうと当たりをつけると、三階の出窓の内側の広い窓敷居の上に膝をついて、じっと外に目を釘付けにしているのが見つかった。悪くは言えないわ、荘厳な、恐ろしい光景だったもの。

今ではほとんど夜のように真っ暗だった。ときどき閃光が走る。北海の荒波の上に、幕状の光が揺れる。枝状の稲光はもっと近い。その光でざわざわと激しく上下する雑木林が見えた。海の波と調子を合わせてダンスをしているかのようだった。最初の土砂降りのあと、雨はほとんどやんだようだった。電光が高い松の木を打ち、木はてっぺんから下まで真っ二つに割れた。それからまた暗闇。次の閃光で見ると、さっきまで木の生えていたところに、木の葉と灰が狂ったようにくるくる踊っているばかりだった。

崖の洞穴の二人はどうなったろう？　と思った。

まだあそこで雨宿りしているのかしら、しっかり抱き合って？　クララが爆発するように思える中、周囲で空気が爆発するように思える中、しっかり抱き合って？　クララがほとんどうらやましくなった。こういうときにこういう危険を冒すなんて、二人の欲望は自然力のようにすさまじいものに違いない。この嵐は自分たちのやったことを神が承認したしるしのように思えたでしょう！

宗教的になってる？　かもね。こういう天気だと、なにかが存在するはずだといつも感じてしまうの。でも、そのあとで起きたことを考えると、そのなにかとはあまり関わりたくない！

どのくらい窓辺にいたかはわからない。とうとう、メアリがまた心配を始めるといけないと思って、わたしは二人を連れて降りた。しだいに嵐は弱まってきた。ようやく余裕が出て、まわりを見た。すぐにクララが目についた。じゃあ、二人は無事戻っていたんだ。信じられないことに、彼女はほとんど濡れた様子がなかった。もちろんだわ、嵐が始まったとき、あの洞穴は茂みが雨を防いでくれたし、彼女は服を脱いでいて、たぶん体の下に敷いていたんでしょう。

テディはシッドと話をしていた。クララからはずっと離れて。安全な距離を置いているのね、ゴルゴンの目をしたダフネが怪しみ始めるかもしれないから。でも、ダフネの姿はなかった。ひょっとすると、自室でドクター・フェルデンハマーを個人的にもてなしているのかも、と思った。彼の姿もなかった！

しばらくすると、みんなが誰かに先鞭をつけてもらいたがっていることが感じられた。外では太陽がちらちらと顔を出した。濡れそぼった草や茂みから蒸気が上がってきた。嵐は遠くでごろごろいうばかり、負けた軍勢のように大陸へ退却していた。われわれは家の中に落ち着くべきか？　外に出て、何事もなかったかのように振る舞うという、昔ながらのイギリスのゲームに興じる？　お礼を言って帰る？

でも、それにはこの場を取り仕切る人が必要。お礼を言う相手がね。それなのに、まだレイディ・Dの姿はなかった。

当然ながら、テディが先導した。

「みなさん」彼はちょっと躁状態で叫んだ。「飲み物はまだありますし（実際にはたいしてなかった。市議会議員たちがこの機を逃さず飲みまくったから）、食べ物もまだあります。生粋のイギリス人にとって、このくらいの雨がなんだ！」

彼は先に立って外に出た。

食べ物があるというのは、水も漏らさぬ事実（冗談）ではなかった。みんながあわてて中に入ったとき、料理を運び入れようと気のついた人はいなかった。びしょ濡れのカナッペなんて、誰も見向きもしないわ——カミナリオヤジがいつもわたしたちに思い出させる、中国の飢えた子供たちですらね！

芝生の端が茂みに続くあたりから、かすかな悲鳴が聞こえて、わたしたちの注意が逸れた。草の上に横たわった人がいて、腕を振っていた。何人かが前に出た。最初はゆっくり。それから、それが誰だかわかって、急ぎ足になった。

フラニー・ルートだった。かわいそうに、引っくり返った車椅子の脇に倒れていたのよ！ ひどいありさまだった。ずぶ濡れで、泥だらけになって。彼は喘ぐように言った。車椅子が水びたしの芝生にひっかかった（車輪が沈んだ溝は見ればわかった）、なんとか動かそうとしたら引っくり返ってしまった、嵐のあいだじゅう、車椅子を立て直そうとしていた。

最初に駆けつけた人の中にシェルドン看護師がいた。よかった、わたしはまた救急治療の知識が要求されるかと思ったんだもの！ わたしが手を貸して車椅子を立て直すと、看護師は彼をまるでジャガイモ袋みたいに担ぎ上げてすわらせた。もちろん、あなたがた看護師はこういうトレーニングを受けている。だからおねえちゃんは筋肉隆々なのよね！

椅子に戻ると、フラニーは通常運転を再開した。下半身麻痺だからといって、男はマッチョでなくなるわけじゃない！ 彼は言った。「ありがとう、みなさん。もう大丈夫です。実際、嵐の真っただ中にいるという体験は貴重だ、ずぶ濡れになるだけの価値はあります。第三思考セラピーの一部として、こういう体験を人に勧めようかな。まるで、全能の神の目を見据えるような感じだった！」

ミス・シェルドン（男が口にするこの種のたわごとを見抜くのに、わたしよりもっと慣れている）は言った。「わたしたちがさっさとその体を拭いてあげないと、あなたは神をもっとずっと間近に見ることになりかねませんよ」

フランは断固としてクールで、わたしにウィンクしてから言った。「ぼくがこの世にしっかり錨を下ろしておくのに、あなたから体を拭いてもらうくらいいい方法はありませんよね、ミス・シェルドン？」

彼女は感心もせずに鼻を鳴らし、車椅子をやすやすと押して芝生を屋敷のほうに向かった。

残るわたしたちもついていこうとすると、テディが言った。「そうだ、みなさん、ぼくはかりかりの皮のたっぷりついた熱々のポークを一切れやっつけ《マーダー》たいな（これこそ駄じゃれ！）。じゃ、ダフネ伯母さんの豚がどんな具合か、見てみるとしましょう」

「雨で炭火が消えてしまったんじゃないか？」トムは言った。

「わたしが行って見てきます」クララが言った。

彼女はその場を離れ、ロースト機を表の庭から隠している木立を抜けていった。

しばらくのあいだ、静寂があった。完全な静寂。風はすでに弱まり、雷はすっかりやんでいた。誰もしゃべらず、鳥の声もしなかった。

それから――こんな恐ろしい音は聞いたことがなかった――悲鳴、ほとんど人間の声とも思えない、高い、純粋な、揺らめきもしない悲鳴。ようやく人の耳がとらえられる高さの一つの音が、いつまでもいつまでも続いた。

最初に動いたのはテディだった。彼は走り出した。みんながどやどやとそのあとに続いた。心に恐怖を植えつけたものに向かって。それが何だかわからないのは、わかるより悪いから。少なくとも、そう思った。

悲鳴の原因が何なのか、頭に入るまでに時間がかかった。

わたしはほぼ一番乗りだった。クララがぞっと立ちすくんでいるのが見えた。横にテディがいて、彼女をしっかり抱きしめている。二人ともロースト用の金属籠を見つめていた。それはまだ炭火の溝の上でゆっくり回っていた。あれだけの土砂降りにもかかわらず、木々が雨をよけてくれたせいか、炭はまだそこここで赤く光っていた。籠はゆっくり回転し、肉の焦げたにおいがした。

誰かここにいて、ポークに肉汁をかけていなきゃいけなかったのに、とわたしは思った。

それから、目が即座に見て取ったはずのものを、頭がようやく受け入れた。

すると、今度聞こえてきた甲高い悲鳴はクララではなく、わたしの悲鳴だった。

体に腕がまわされた。ゴードン・ゴッドリーの腕だった。そのときには誰だか気がつかなかった。ただ、もたれかかれる相手がいてうれしかっただけ。彼はびっしょり濡れていたけどね。

目を閉じてみた。だめだった。目をつぶってもすべてが見えた。

炭火の溝の数ヤード向こうに、蒸気を透かして見ると、蠟の垂れた蠟燭立てみたいに、濡れた草の上から豚の脚が四本、突き出していた。

バーベキュー用の豚だった。

そうしたら（まだ悲鳴を上げ続けていたと思うけど）、これでトム・パーカーはサンディタウンを本当に有名にする見出しを手に入れた、とふと思った。

〝ホリスのハム——本物の**殺人**の味！〟

だって、ゆっくり回転する籠に入れられ、ローストされていたのは、ダフネ・デナムの死体だったんだもの。

第二巻

まとまりようのない不調和な主義節操ばかり述べ立てた幼稚な表現や、役に立つ推論をなにひとつ引き出せない、くだらないありきたりの出来事を連ねた小説を、わたしは絶対にすすめませんね。

1

「それで、これがわれわれのフラニー・ルートであることは確かなのか？」パスコーは招待客名簿の中で赤い下線を引かれた名前を見つめて言った。

エドガー・ウィールド部長刑事はうなずき、主任警部を読解不能な表情で見た。月の裏側のような顔をしているから、読解不能な表情はいつものことだったが、それでもパスコーはそこに非難を読解した。

「ごめん、きみを疑ってるわけじゃないよ、ウィールディ」彼は自己弁護して言った。「しかし、フラニー・ルートだって！　死んだんじゃないかと思っていたのに」

「レイディ・デナムは死んだ」ウィールドは言った。「ドクターの話だと、手で絞め殺したものらしい。死んだのは、彼が死体を見た時点で一時間から三時間前。炭火の上で炙り焼きにされてしまったから、死亡時刻を特定するのはむずかしい」

顔に似合った口調だった。執事ジーヴズなみの中立な調子。年下の主人に対する不服従の態度はかけらほども見せていない。それでも、パスコーはまた非難されているのを感じた。

それに、非難されて当然だともわかっていた。

主任警部が犯行現場に部下の部長刑事より九十分遅れて到着すると——タイヤがパンクし、スペアはもっと空気が抜けていたせいだ——すでに捜査室が開設され、目撃者は聴取されつつあり、白いナイロンの衣をまとった神秘的、驚異的なＣＳＩの面々はせっせとその司祭のごとき任務を果たしていたのだから、主任警部はひざまずいて感謝を捧げるべきなのだ。

もちろん、その部長刑事がエドガー・ウィールドなら、中部ヨークシャー警察犯罪捜査部の上司たちはこのくらい当然と期待する。バーティー・ウスターにジーヴズがついているのとそっくりで、かれらにはウィールドがついている。静かに効率よく奇跡を行ない、シリコン・チップなみのスピードで情報を処理する頭を持ち、自分の優越を見せて上司に恥をかかせることは絶対にないよう気をつける。

「それだけじゃない」ウィールドとジーヴズの相似を指摘されると、アンディ・ダルジールは言ったものだ。「朝一番に見るのがあの顔なら、二日酔いに効くジーヴズの妙薬なんか必要ない」

パスコーは深呼吸して、気持ちを引き締めた。称号を持つ婦人が自宅のバーベキューで炙り焼きにされた、その事件に注意を集中しなければ。

「じゃ、経緯を話してくれ、ウィールディ」彼は言った。

ウィールドの話は二分ですんだ。アンディ・ダルジールなら三分、パスコー自身なら三分半、犯罪捜査部の部下の警官たちならたいていは五分、制服警官なら六、七分、まともに陳述できる一般市民なら少なくとも十分、署のお茶汲みのおばさん、モリーなら一時間半かかるところだ。

ウィールドは締めくくった。「これまでのところ、被害者が最後に目撃されたと報告が入っているのは三時半ごろで、彼女はゲストの一人、ミスター・ゴッドリーなる人物と活発な会話をしているところを観察された」

「活発というのは、〝言うだけ言ったら、絞め殺してやるぞ〟とか？」

ウィールドは肩をすくめた。彼はできる限り事実という硬い地面を前進したいので、まだ憶測というぬかるみに足を突っ込む危険は冒したくなかった。

「彼はなにかの治療師だ」彼は言った。

「死は万病を癒す薬じゃなかったか？」パスコーは言った。「話をするのが楽しみだ。それじゃ、黄金時代の名作にならって、きみはミスター・ゴッドリーとその他のゲストを書斎に集め、みんな名探偵の到着を待っているんだろうな？」

「名探偵が来ることになってるとは、知らなかったな」ウィールドは言った。「いや、ごめん。第一に、書斎なんてものがない。第二に、地元の巡査部長ジャグ・ウィットビーが駆けつけてきたときにはもう、大勢が家に帰ってしまっていた。わたしが着いたときには、残った人たちも大半がいなくなっていた」

「そのウィットビーって男は、かれらを帰すまいとしたのか？」パスコーは言った。

「いや、公平に見て」巡査たちをいつもかばおうとするウィールドは言った。「男一人で客たちをとどめておくのはむずかしかった。こんなところでぶらぶらしていたくないって気持ちはわかるよ、あんなものがあるんじゃ」

二人は捜査室の窓辺に立っていた。厩舎の上の使われていないフラットを利用したものだ。そこには居間と寝室が一つ、ごく小さな台所とトイレがあった。下の厩舎がきれいなのとは対照的に、フラットはいちおう埃とごみを掃き出してあるものの、かなり荒廃して見えた。

パスコーと部長刑事は寝室にいた。ひびの入った、雨風に汚れたガラスを透かして外の芝生に目をやると、茂みのむこうに、恐ろしいバーベキューを覆って立てられた防護テントの灰色の布が風を受けて揺れているのが見えた。


「それじゃ、ウィットビー巡査部長は今、何をしているんだ？」パスコーは訊いた。恐怖の現場を自分の目で見る瞬間を先延ばしにしていた。「お茶を飲みに、家に帰った？」

「いや、いなくなった人間の一人を連れ戻してくるよう、わたしが送り出した」ウィールドは言った。「オリー・ホリスって男だ。ホッグ・ローストの責任者だった。すべて考慮すれば、われわれが話をすべきなのは、まずそいつだろうと思って」

パスコーは名簿をさっと見た。

「ホリス？　ここにはアラン・ホリスはいるけど、オリーはいない」

「彼はゲストじゃなかったから」ウィールドは説明した。「レイディ・デナムの下で働いている。ホリスの豚農場の門番だ。ああ、〈ホリスのハム、ヨークシャーの味〉のホリスだよ。ハワード・ホリスはレイディ・デナムの最初のご亭主で、彼女はそのビジネスを引き継いだ」

「これで売り上げがぐんと伸びるな」パスコーは言った。

「待てよ。ハワード・ホリスはホッグと呼ばれていたんじゃなかったか？　それに、彼はなんだか妙な死に方をしたとか？」

「豚たちの真ん中で心臓麻痺を起こして、誰かが発見したときにはもうかなりかじられてしまっていた。捜査したおぼえがあるよ。変わった事件だったが、不審な点はなかった」

「なんてこった。これからはデンマーク産ハムにしておこう。で、このオリーだが……同じ一族なのか？」

「うん。アランもだ。被害者所有のパブの店主。どうやらホリスの一族は、ホッグが財産すべてを未亡人に遺して死んだときに遺言に逆らった連中と、おとなしくして仕事を失わずにすんだ連中とに分かれるみたいだ。ホッグは昔、自分のところの従業員と地元の人たちのために、毎年ホッグ・ローストをやっていた。なかなか凝った機械なんだ。まあ、きみもいずれその目で見るだろうがね」

　パスコーは軽くばかにされたのを無視した。残忍な犯行の現場を彼がいやがるというのはよく知られていた。アンディ・ダルジールのような哲学的超脱の域に達していないのだ。チェーン・ソーで三人が切り殺された現場を見て、ダルジールはグラスゴーのエンパイア座でもっとひどい死（漫談が観客に受けないこと）を見たことがある、と言ったほどだった。

「すると、レイディ・デナムは毎年恒例のホッグ・ローストの伝統を守っていた」彼は言った。

「いや。実は何年もやっていなかった、ホッグが死んで以来ね。これは今回きりのイベントだった。オリー・ホリスは昔、ローストの手伝いをしていたから、呼び出されて、機械を動かすことになった」

「じゃ、豚が取り出されて、かわりに死体が籠に入れられたとき、彼はどこにいたんだ？」

「ウィットビーが連行してくるまでは確実にはわからない」ウィールドは言った。「まあ、どこかで雨宿りしていたんだろうな。すごい嵐で、誰に聞いても、このあたりが最悪だったようだ。あの雷じゃ、金属のそばにいるのはあぶないし、バーベキューの機械のある小屋はトタン屋根だ」

「名簿に載っていないのに、どうやってホリスのことを知った？」

「レイディ・デナムと同居の親類がいるんだ。クララ・ブレレトン。コンパニオン兼お手伝いさんみたいな感じだな。彼女が名簿をくれたとき、オリーの名前を口にした。予備的供述書はあるよ。それに、パーティーのことをすっかり書いてほしいと頼んだ、開会前のことも含めてね。彼女はパーティーのオーガナイザーだったから、役に立つかもしれない。そのうえ、死体を最初に見た人間の一人でもある」

「タフな女性のようだな、あんなものを発見したというのに、まだちゃんと機能していて、招待客名簿を提出し、供述書まで書けるとはね」パスコーは言った。「よく調べたほうがいい人物かな？」

「ああ、そうだな」ウィールドは言った。「そのほか、親類があと二人、今この屋敷にいる。サー・エドワード・デナムと姉のエスター。被害者の義理の甥と姪だ」

「かれらもここに住んでいるのか？」

「いや」ウィールドは忍耐強く言った。「名簿を見れば、住所が出ているよ。デナム・パーク、ここから海岸沿いに数マイルのところだ。捜査室をここに開設していいと言ったのはサー・エドワードだ」

「われわれを屋敷に入れたくないってことだな」パスコーは不満げに周囲を見て言った。「このごみためよりずっと居心地がいいだろうに。下にいる馬のほうがよっぽどいい暮らしをしてるよ！　じゃ、どうしてレイディ・デナムはそのデナム・パークっていうところに住んでいなかったんだ？」

「エドワードは男子だから、伯父のサー・ヘンリー、つまり被害者の第二の夫だが、彼が死んだときに爵位と家屋敷を相続した。サンディタウン・ホール、つまりここは、レイディ・デナムが最初の夫ホッグ・ホリスから相続した」ウィールドは説明した。

「じゃ、ホリス一族に伝わる家なのか？」

「いや、そうでもない。ホッグ・ホリスは金を儲けてここを買ったんだ。それといっしょに、地元の称号、サンディタウン百戸村《ハンドレッド》の領主というのも買った。でも、レイディ・デナムの称号は二度目の結婚で手にしたものだから、まあ本物だ」

「本物？　きみがそういう言い方をするとは驚きだな、ウィールディ。このごろじゃ、称号というのはすべて、なにかしらの形で金で買うものだというのが常識じゃないか（最近、多額の政治献金と引き換えに爵位を得たとされるスキャンダルがあった）。それで、サー・エドワードが寛大にもわれわれに使わせてくれているこのぼろ家だけど、ここには誰も住んでいないんだろうな？」

「今はね」ウィールドは言った。「たぶん昔、馬を何頭も飼っていたころは、馬丁頭かなんかが使っていたんだろうが」

「奉公人はいるのか？」

「住み込みはいない。ミス・ブレレトンを勘定に入れるなら別だけど。彼女が家の切り盛りをしているみたいだ」

「親類だから、きっと寝て食わせてもらうかわりにただ働きだろうな」パスコーは推測した。「じゃ、サンディタウン・ホールは被害者がホリスから相続したものだし、それを切り盛りしているのがこの従妹コンパニオンだとすると、なんで甥っ子がきみを顎で使う権利があると考えているんだ？」

〝それに、なんできみはそれを許したんだ？〟という質問は言葉にしなくても二人のあいだに浮かんでいた。

しかし少なくとも、今ではパスコーはまた仕事に完全に注意を集中しているようだった。

「どこがいちばんいいかとミス・ブレレトンに訊いたんだけど」ウィールドは言った。「彼女が返事をする前に、サー・エドワードが割り込んだ。所有者としての権利を確立したがっているみたいな感じだったな」

「つまり、彼はこの屋敷が自分のものになると考えている」パスコーは言った。「犯人なら、そういう情報は隠そうとする、そうだな？」

「そいつがきみみたいにものすごく利口なやつでなければね」部長刑事は言った。

「恐れ入ります」パスコーは言ったが、ほめられたのかどうか、定かではなかった。「しかし、いくら利口でも、いやな瞬間をこれ以上先延ばしにする方法は思いつかないな。さっさと現場に出ていって、食欲を失うとしよう。ドクターは?」

「来て、帰った。死亡を確認して、さっき言ったように、死因はおそらく絞殺、死亡時刻は四時から六時のあいだと推察した。ほかに用があれば電話してくれとさ。客を夕食に呼んでいるんだそうだ」

「メニューはポークでないことを祈るよ」パスコーは言った。「それで、きみはばらばらになった客たちを見つけて聴取を始めたわけだね? よし。ところで、われわれのチームには誰が入っているんだ?」

「ラッキーだった。ボウラー、ノヴェロ、シーモアの手が空いていた。まずパーカー家から始めるようにと言っておいた。サンディタウンの旧家なんだが、被害者とビジネスの上でも親しいつながりがあったようだ。一家そろってこの事件を復習して、集団記憶ができてしまわないうちに、早めに聴取しておいたほうがいいだろうと思ってね」

パスコーは何年も練習してようやく身につけた、片方の眉毛を上げる表情を作ってみせた。

「つまり、陰謀ってこと?」

「いや。たんなる人間の習性さ」ウィールドは言った。「アヴァロン・クリニックからゲストが二人。院長と看護師長だ。かれらはきみが自分でタックルしたいんじゃないかと思った」

「あそこには警視がいるから?」パスコーは解釈した。

「警視はまだ見舞いの訪問を受けたがっていないと、キャップ・マーヴェルは言っている」

「そうかもしれないが、目と鼻の先で殺人事件だ。すぐに状況を知らせてあげないと、こっちが訪問を受けるほうになる」

パスコーはぞっとした。

「そのとおりだ。現場を見て、CSIと話をしたら、すぐ行くよ」

昔からやや衒学趣味のパスコーは、〝現場検証チーム〟をアメリカ的にCSIと呼ぶことにたいていの人より長く抵抗したのだが、とうとう彼さえもテレビの力の前には頭を下げるしかなかったのだ。

「あと一つ」ウィールドは言った。「サミー・ラドルスディンが来ている。わたしが来たすぐあとに現われた」

「また警察の無線を傍受していたんだな。悪いやつだ」パスコーは言った。「彼をどうした？」

ラドルスディンは中部ヨークシャーでは一流の犯罪記者だった。彼とパスコーは長年、いい関係を保ってきた。それは幸いだった。ほかのジャーナリストなら、自分が上級警官より一時間早く現場に到着したことをひけらかすだろう。

「この敷地からは出てもらった。今ごろはきっと、町を歩きまわって背景となる情報を集めているだろう。また来ると言っていた」

「役に立つかもしれないな」パスコーは言った。

「かもな」ウィールドは言ったが、納得していない様子だった。「ルートのことだけど、ピート。わたしが供述を取ろうか？」

意味は明らかだった。二人のあいだにはこれまでに個人的な歴史があるから、ルートがきちんと処理されないうちは、パスコーは近づかないほうがいい。

「そうしてもらえるとありがたい」

「いずれきみが話をしに来ると言っておこうか？」

「もちろんさ。あいつには返しても返しきれない借りがある」パスコーは言った。「それでも、あんなふうにふっと姿を消したことは叱ってやるけどな。そう、太っちょアンディに一つだけ訊きたいのはこれだ。フラニーがここにいると、いったいどうして教えてくれなかったんだ？」

「知らなかったとか？」ウィールドは言った。

「まさか！　二羽の雀が一アサリオンで売られているんじゃないか（新約聖書、「マタイによる福音書」より。「だがその一羽さえ、あなたがたの父のお許しがなければ地に落ちることはない」と続き、神の全知全能を示す）？　それなら、病気がぶり返したんでない限り、あの爺さんは洗濯物に糞を落としたのがどっちの雀かだって、ちゃんとわかっている！　いや、アンディは知っていたね。それで、わたしが知る必要はないと決めたんだ。ちゃんと申し開きしてもらわないとな」

彼は階段をばたばたと降りていった。芝生を横切っていくその姿をウィールドは窓から見守った。

彼はひとりごちた。「全能の神の前に出たとき、申し開きしなきゃならないのはこっちだとばかり思っていたがな」

2

パスコーがサンディタウンに到着する二十分ほど前に、シャーリー・ノヴェロ刑事はキョート・ハウスの正面にフィアット・ウノをとめていた。

ウィールドは刑事三人組にパーカー家から始めろと命じていたが、誰が誰を担当するかの決定はかれらにまかせた。家族の面々の住所は三つあった。年長のシーモアが先に選ぶのが筋だが、彼は古風な礼儀を守って言った。「レディ・ファーストだ。それは性差別《セクシスト》だときみが思うんなら別だが」

「あなたから言われるなら、そうは思わないわ、デン」ノヴェロはにっこりして言った。「既婚男性は三十を過ぎるとセックスのことなんて忘れちゃってるんじゃない？」

そう言いながら、彼女は名簿をじっと見て、可能性を秤にかけていた。

つまらないお定まりの聞き込みを文句を言わずにきちんとこなせば、信頼できる警官と認めてもらえる。それはけっこうだが、つまらない情報の中から宝石のごとき証拠を取り出してみせれば、頭のいい警官と高い評価をもらえる。そのほうがずっといい。証人聴取で選択肢がある場合、野心的な刑事はお手柄となる宝石がどこに隠れていそうか、見極めようとするものだ。

三つのうち、定住所は一つだけだった。経験からすれば、選ぶべきはこれだ。殺人事件の捜査では、身近なところから調べを始める。親類が一番だ。だが、賢いウィールドは被害者の従妹、姪、甥を自分のものにしていた。

パーカー家のあと二人は一時的な訪問者だった。訪問の理由は調べる価値があるかもしれないが、おそらくは海の空気を求めてここに来たというだけだろう。

彼女は言った。「わたし、キョート・ハウスをやるわ」

そう言いながら、彼女はひそかにハット・ボウラーの反応を観察していた。犯罪捜査部の昇進競争で、彼はいちばん直接的なライバルであり、彼女は彼の能力に健全な尊敬の念を抱いていた。見ると、かすかな微笑が浮かび、すぐに抑えられた。一秒ばかり、心配になった。それから思った。もしあいつが最初に選んでいたら、わたしだって心配させようとして、かすかな微笑を浮かべてやる！　それで安心し、彼女は自分の判断に自信を持って、キョートまでのわずかな距離に車を走らせた。

車から出ると、東のほうへ目をやった。壮観だった。何マイルも続く水と何エイカーも広がる空が好きなら。ノヴェロはただ退屈なだけだと思った。自然というのは、そこにレスリングをやりたがる筋肉質の若い男がいるのでない限り、たいしておもしろいと思えたことがない。一方、家のほうはまあまあだった。モダンなデザインで、窓が大きく、オープンな感じが、蔦のからまる古風なサンディタウン・ホールよりもずっと彼女の好みだった。

玄関に近づくとドアがあいて、八歳か九歳の少女が現われ、「あなた、だれ？」と訊いた。

「警察官よ」ノヴェロは答えた。「あなたは？」

子供を脅すつもりだったのなら、それは成功しなかった。「取調べに来たの？　あたし、目撃者よ。みんな見ちゃった！」

彼女は前に進み出て、ドアを後ろ手に閉めそうになった。邪魔を防ぐつもりだったのだろうが、そのとき中から声がした。「ミニー、どなたなの？」

ノヴェロはにやりとして言った。「残念でした」それからドアをすっかり押しあけて返事をした。「中部ヨークシャー警察犯罪捜査部のノヴェロ刑事です」

ややあって、男が出てきた。三十歳いくつか、細身でやつれ、赤毛が乱れている。

「ミスター・トム・パーカーですか？」ノヴェロは訊いた。

「はい。ホールでの出来事に関してですか？　もちろんですね。すみません。とんでもないことになって、すっかり調子が狂ってしまって。どうぞお入りください」

ノヴェロは彼に続いて家に入りながら、ちらと後ろを振り返った。子供は駐車してあるウノに近寄り、じろじろ見ていた。ああいう表情なら、高層駐車場の防犯ビデオで見たことがあるとノヴェロは思った。車はロックしただろうか？　もちろんした。仕事でも娯楽でも、彼女が駐車するような場所では警戒が当たり前だから、意識もせずにロックしてしまう。だから、あの子は失望する。もっとも、それなりの用具を持っているなら別だが。このごろでは、持っていたって驚くには当たらない。

家に入ると、広々した居間に通され、そこでは女が立ち上がって挨拶した。

「メアリ、刑事さんだ。ええと……すみません……お名前は？」

「ノヴェロです」

「はい。ノヴェロ刑事。これは家内です」

メアリ・パーカーは夫と同じように細身で、ふわふわした金髪、心配そうにやや顔をゆがめているが、夫ほどやつれた感じはなかった。

「お茶はいかがですか？」

ノヴェロはコーヒーのほうがよかったが、テーブルにティーポットがのっていたので、時間をとらせるよりはと、「いただきます」と言った。この二人はいっしょに話をさせるのがいいだろうと、すばやく決めた。できるだけ離しておいたほうがいい夫婦もいるが、パーカー夫妻はたがいに助け合うだろうと彼女は判断した。

そのとおりだった。まもなく、彼女にはパーティーのあいだの人の動きがかなり総括的にわかった。ことに、ほかのゲストたちがいつどこで何をしていたか、二人の話をメモした。関係者の人数が多いから、ホールでのさまざまな出来事をウィールドが再構成するのは込み入った仕事になる。その九十九パーセントは捜査に無関係だろうが、ノヴェロは自分の貢献分は詳細まで完璧なものにしたかった。

「すると、最後にレイディ・デナムを見たのは……？」

トム・パーカーは漠然としていた。

「話をする相手が多くて、話すべきこともたくさんあったので、申し訳ありませんが、どうもはっきりとは……」

それは信じられた。妻のほうはもっとずっと明確だった。

「四時ちょっと前です。ほとんどの人は食べ物、飲み物のある芝生に集まっていましたが、わたしは彼女が歩き去るのを見ました。ホッグ・ローストのほうへ行こうとしているんだと思いました」

「なぜですか？」

「ローストが遅れていたんです。彼女は不愉快に思ったでしょう。予定どおりに事が進まないといやがる人です——でした——から」

被害者の大ファンじゃないってことね、とノヴェロは推察した。

「彼女がそこに向かっていたのは確かですか？」

「だいたいそっちの方向というだけです。芝生からバーベキューの場所は見えないんです。屋敷からだいぶ離れていて、茂みが目隠しになっていますし。それに、特に彼女を見守っていたわけじゃありませんから」

「そうですか？　じゃ、何を特に見守っていたんですか、ミセス・パーカー？」

「天気です」メアリ・パーカーは即座に答えた。「嵐が来そうなのは見ればわかりました」

「なるほど。それで、レイディ・デナムのパーティーが台無しになると心配だった？」

「いいえ。うちの年上の子供二人が海辺に下りていたので、子供たちのことを考えていたんです」

「で、レイディ・デナムを見たのは、それが確かに最後でしたか？」

「はい。それから三十分くらいして、嵐になりました。シャーロットが出ていって、子供たちを確実に海辺から連れ戻してくると言ってくれたので、わたしは下の子供二人といっしょに家の中に入りました」

「シャーロットというのは、ここに住んでいるミス・ヘイウッドですね？　ご親類ですか？」

「あら、違います。お友達で、数日泊まっているだけです」

ノヴェロは言った。「彼女にも話がしたいですね。いらっしゃいますか？」

「二階の部屋で休んでいます」メアリは言った。「彼女、かわいそうなダフネの死体を実際に見たんです。それでとても動揺して。話をするだけの気力があるかどうか、訊いてきましょうか？」

「わたしが訊きます。そうすれば、何を教えてもらいたいか、きちんと説明できますから」

ノヴェロはそう言いながら立ち上がった。こう考えたのだった。休んでいる女がメアリ・パーカーに向かって、〝ごめんなさい、そんな気力はありません、出ていけと言ってやって！〟と言うのは非常に簡単だ。そうなると、反対はできない。〝テストでなければ選択肢は与えるな〟というのは、目撃者を扱う中で彼女が早いうちに学んだことだった。

彼女は寝室のドアをそっと叩いた。これでだめなら警官らしくばんばん叩くつもりだったが、ドアはほとんど即座にあき、若い女が出てきて、さっき玄関で会った子供と同じ無愛想な表情でにらんだうえ、台詞まで同じだった。

「あなた、だれ？」

「ノヴェロ刑事です」彼女は言い、身分証をさっと見せた。

「お騒がせしてすみません。あんなショックのあとで横になりたい気持ちはわかりますが、出来事のあとなるべくすぐに目撃者と話をするのは大事なので」

「ええ、はい。横になっていたわけじゃありません」シャーロットはぶっきらぼうに言った。ふとためらってから続けた。「どうぞ、入ってください」

階下に行けば、心配したホストがおそらくそばにつきまとうと判断したんだ、とノヴェロは推察した。なにか話すことがあるのだが、パーカー夫妻には聞かれたくないのかもしれない。

部屋に入ると、ツイン・ベッドはどちらも乱れていなかったから、彼女は本当のことを言ったようだ。化粧台には開いたラップトップがのっていた。彼女はそれを閉じ、唯一の椅子にノヴェロをすわらせると、自分は近いほうのベッドにぐったり腰を下ろした。

「では、ミス・ヘイウッド」ノヴェロは言った。「シャーロット、ですよね？」

「ええ。そちらはシャーリーですね？」

「そうです」ノヴェロは言い、身分証をちらと見ただけでファースト・ネームを頭に入れたとは、鋭い人だと思った。「まずは、今のところ、ミス・ヘイウッドと呼んでおこう。大事なことから順番に。ここにはしばらく滞在しているだけですね？ ご自宅の住所を教えてもらえますか？ ここを出たあとで連絡する必要ができたときのために」

チャーリーは住所を教えた。

ノヴェロは言った。「そんなに遠くないんですね」

「今日はすごく遠くに思えます」チャーリーは言った。

「それはわかります」

女二人は見合った。ノヴェロの目に映ったのは、顎の張った、なかなか魅力的な若い女だった。豊かな栗色の髪。控えめな化粧で、顎の線をソフトに見せ、知的な茶色の目を際立たせている。肩がよく発達しているところを見ると、ウエートトレーニングか、あるいは遠泳でもするのだろう。すっきりときれいな体だが、注意が必要だ。若いときの活動が減り、中年になって気ままに飲み食いするようになると、ぐんと太るかもしれない。

チャーリーの目に映ったのは、がっちりした体格の女だった。短い、ぼさぼさの黒髪、大きな口、油断のない灰色の目、化粧はまったくしていない。身につけているのは、だぶだぶのオフ・ホワイトのトップ、ベージュの戦闘ズボン、黒のスニーカーだった。

レズ？　と彼女は思った。やっぱり階下に行くべきだったのかも！

「パーカー夫妻ですが……お友達ですか？」ノヴェロは言った。

「まあ、そうですね。どうしてですか？」

「ええ、あなたの年齢層ではないから……」

「そう？　警察は組織全体が年齢差別主義なの？　そのほかなんでも差別するだけじゃ足りなくて？」

ノヴェロはにっこりした。すると、一瞬彼女の顔がすっかり変化した。

「学生ね」彼女は言った。「まだ大学に行っているか、卒業したばかり、違う？」

「どうしてそう思うの？」

「ボタンを押してトウィックスが出てきたら、チョコレートの自動販売機だってこと」ノヴェロは言って、また微笑した。

今度はチャーリーも微笑を返した。

「オーケー、わたしの負け」

「何を勉強しているの？」

「心理学」

「あらあら。じゃ、あなたには気をつけないとね」

「わたしも同感よ」

雰囲気がしだいに和らいできた。二人ともそれに気づき、相手が気づいたことにも気づいていた。

「あの、例のバーベキューの事件に引きずり戻して申し訳ないんですけど、供述書が必要なんです。あなたは現場に真っ先に駆けつけた人の一人だったんでしょう。話はそこからではなくて、ホールに到着したときまで遡ってください。思い出せることなら、なんでも。人、出来事――どんな些細なことでもかまわない――時間」

チャーリーはベッドから立ち上がり、窓辺に行った。嵐は去り、夕方の空は洗いたてのように見えた。まだ風は強く、波頭が白かったが、それでも波は侵入軍のように轟きながら近づいてくるのではなく、岸に向かって踊っていた。

彼女は言った。「パーティーは二時に始まった、と思います。おかしな時間ね、昼食でも、夕食でもない。でも、八月末というと、五時を過ぎたら冷えてくるでしょう。みんながバーベキューの火のまわりに立って温まろうとするような、ああいうイギリスふうパーティーは誰も本当は好きじゃない……」

彼女の声はすぼまって消えた。ロースト用の金属籠に入った女の死体のイメージが頭に戻ってきたせいだろうとノヴェロは思ったが、チャーリーが向きを変え、こちらを見ると、その顔に表われていたのは痛みではなく、苛立ちだった。

「ばかみたい」彼女は言った。「努力はしてるんですけど、ほとんどなんにも思い出せない。おかしな話。あのあと、わたしはここに戻ってきました――メアリはできるだけ早く子供たちをあそこから引き離したがったから。その気持ちはわかる――それで、子供たちを落ち着かせると、わたしはまっすぐこの部屋に来て、ラップトップに向かい、姉にメールを出したんです。誰かに話をしないではいられなかった。まあ、面と向かってのおしゃべりとは違うけど、わかるでしょう、誰か親しい人に、すっかりぶちまけてしまいたかった。姉のキャスとわたしは、子供のころから、おたがいになんでも打ち明けてきたし、今でもそうです。姉はアフリカで看護師をしているのにね。で、わたしはキャスに洗いざらいすっかりぶちまけた。それですっきりして、もう頭の中にはなんにも残っていない！　これって、クレイジーに聞こえます？」

「心理学者はあなたよ」ノヴェロは言った。「でも、問題ないわ。メールにぜんぶ書いたのなら、わたしたちとしてはそのメールを読めばいいだけ」

鋭い茶色の目でノヴェロを見据え、チャーリーは言った。

「わたしたち？」その口調は、早めに渡ってきたツバメが後悔しそうなほど冷え冷えしていた。

「ごめんなさい」ノヴェロは言い、降参のしるしに両手を上げた。「あなたの私信を覗き見するつもりはないの。要するに、あなたがそれをもう一度読めばいいってこと、そうでしょう? 何を見たか、記憶をはっきりさせる」

「ええ、まあね」

ノヴェロは立ち上がり、チャーリーを化粧台の前にすわらせた。チャーリーはラップトップを開き、スクリーン上に〈送信済みアイテム〉のリストを出した。ノヴェロは目立たないように覗き、最近のメールは大部分がcassie@natterjackというアドレス宛てになっていると目にとめた。チャーリーはその中の最新のものをクリックして、しばらく見ていたが、それから立ち上がった。

「ばかなことをしているわ」彼女は言った。「あの気の毒な女性が亡くなったというのに、わたしは自分のプライバシーを守るなんてことを心配している。ほら、どうぞ、あなたが読んで。どっちみち、そのほうがいいわ。そうすれば、埋めたい穴だって見つかるでしょう」

「いいの?」ノヴェロは言ったが、訊きながらもう椅子に尻をすべらせていた。

彼女はすばやく読んで、言った。「わお」

「なに?」

「洞穴でやってた二人。この人たちは……?」

「テディ・デナム、つまりサー・エドワード、レイディ・Dの甥ね。それと、クララ・ブレレトン、彼女の従妹で、ホールに住んでいる。そんなところを掘り返す必要はないでしょう?」

彼女はぎょっとした様子だった。

「事件と無関係ならね」ノヴェロは相手を安心させたが、内心ではこう考えていた。〝近い親類《クロース・リレイション》二人が親密な関係《クロース・リレイション》にある? 遺言書が出てきたらどうなるか、見ものね!〟

彼女の注意を惹いたものはほかにもあった。

「この車椅子の男だけど。フラニー・ルート。地元の人?」

「いいえ、絶対に違う。ただ、しばらく前からここに住んでいるみたいだけど。アヴァロンで治療を受けたのかもしれない。アヴァロンていうのは、町のすぐ外にあるクリニックよ」

フラニー・ルート。ノヴェロはフラニー・ルートをおぼえていた――彼女の頭の中では、パスコーのフラニー・ルートだ。同じ男だろうか？　それに、彼がサンディタウンにいると、主任警部は知っているのか？　ニュースを届ければ、点を稼げるかも！　だがもちろん、この名前はウィールドが手にしている招待客名簿に入っているだろうし、あの鋭い目が見逃したはずはない。どっちみち、パスコーはルートの存在を悪いニュースと見なすかもしれないし、悪いニュースを届けてごほうびはもらえない。

彼女はさらにたくさん質問をし、メモを取った。その過程で、ヘイウッドがどうしてサンディタウンに来ることになったかの経緯も知った。そして、心理学専攻を選んだ頭の持ち主だけあって、人間行動を鋭く、ややおせっかいなほど観察する人物であるとも気がついた。観察者というだけでなく、記録者でもあるのでは？

ノヴェロは言った。「チャーリー……メールを読む仲になったんだから、チャーリーと呼んでもいい？」

「わたしはあなたをシャールと呼べるの？」

「裂けた唇で発音できるならね」

二人は笑い、それからノヴェロは続けた。「ふと目についたんだけど、おねえさんにずいぶんたくさんメールを送っているでしょう。ここ数日にこの場所について感じたことを知らせてきたんじゃない？」

「ええ」

「前のメッセージも読ませてもらえないかしら？　わたしの印象では、あなたは物事をそうは見逃さないし、なにか助けになることが書いてあるかもしれない。わたしたちがどれだけみんなに質問してまわったって、現場にいたインサイダーの観点にはとうてい近づけないもの」

チャーリーは激しく首を振った。

「私的なことが書いてあるから。わたしのプライバシーだけじゃなく、姉のプライバシーにも関わること」

「それはわかるわ」ノヴェロは言った。「じゃ、メッセージをプリントアウトして、編集を加えたらどうかしら。消したいところは黒のマーカーペンで消せばいい。私生活を侵害するつもりはないのよ。でも、見たところ、あなたは物事を見て取るのがうまいし、それを表現する才能がすごくある」

「おせっかいのおしゃべり、ってことね」チャーリーは言った。

「そのとおり」ノヴェロは言った。「わたしもそう。ただ、わたしはラテン語を習わなかったから、心理学者にならないで警官になったの」

もう一歩だというのは見ればわかったから、これ以上押すのは賢明ではなかった。

チャーリーはためらいがちに言った。「それで、読むのはあなただけ？」

ノヴェロは相手を安心させるように微笑して言った。

「信頼して。もちろん、なにか有益だと思えることが見つかったら、上司に伝えなければならないわ。だって、そうでなきゃ意味がないでしょ？　たぶんそんなことにはならないでしょうけど、こういう深刻な事件だと、何が起きても対応できるようにしておかないとね」

カソリック教会が女の司祭を許すようになったら、わたしは真っ先にイエズス会に入れてもらえるわね（イエズス会士は詭弁家とされる）、と彼女は思った。

「オーケー」チャーリーはふいに決断して言った。「トムの書斎にプリンターがある……使わせてもらえると思うわ……」

「よかった！　じゃ、あなたがプリントしているあいだに、わたしはメモをまとめるわ。上司の部長刑事が厳しいのよ、すべてぴしっと出来上がっていないと叱られる」

これはエドガー・ウィールドの実像ではないから、名誉毀損になる。だが、彼女はウィールドがジムでバーベルをプレスしている姿を見たことがあり、見ただけで涙が出そうな重さだった。あの広い肩なら、このくらいの重荷は担えるだろう。

3

ハット・ボウラーの微笑は、ノヴェロが推測したように、わざと誤解させようとずる賢く試みたものではなかった。

刑事三人の中で、サンディタウン・ホールに着いたのは彼がいちばん早かった。ウィールドはもう何時間も前からいるような様子で、すでに捜査室を開設していた。彼はいつものように簡潔明瞭に、着いたばかりのボウラーに状況を教えると、屋敷へ送り出し、被害者の従妹でコンパニオンだったミス・ブレレトンが招待客名簿をプリントアウトしているから、それを受け取ってくるようにと命じた。

「彼女はあまり押すな」部長刑事は言った。「最初に現場に着いた人物だ。ミスター・パスコーが到着したら、彼女と話をする。わたしはパーティーのことを開会前の様子も含めてすっかり書き出すよう頼んでおいた。それがどの程度進んでいるか確かめて、わたしはことに客が到着した順番と正確な時間に興味があると伝えてくれ」

「手がかりが見つかったんですか、部長刑事?」ボウラーは熱心に言った。

「ばか。わたしはついさっきここに来たばかりだ。あの娘を忙しくさせておきたいだけだよ。いったん暇になったら、がっくりきて、あとはもう役に立たなくなる」

気のせいだろうか、と若い刑事は歩き去りながら思った。ウィールドと主任警部はどっちも、警視がいなくなってから、なんだか態度が厳しくなったんじゃないか?

ほっとしたことに、ミス・ブレレトンはまだまだがっくりきてはいなかった。目の下の暗いかげり、白い顔の上にかかったほつれ髪などは、悲しみのしるしだろうと彼は受け取ったが、それも美貌をさらに引き立てているだけだった。ウィールドの警告を意識し、優しくすると防護壁が崩れてしまうのではないかと心配になったので、彼はかなりぶっきらぼうに部長刑事のメッセージを伝え、名簿を受け取った。さっと目を走らせると、最初にパーカーという名前がいくつも並んでいたから、言った。「あ、アルファベット順じゃないんですね？」

「ええ。ミスター・ウィールドは、わたしが最初に名簿を作ったときの順番で見たいとおっしゃったので。わたしが、あの、レイディ……」

彼女は声を詰まらせたので、ボウラーは急いで言った。

「すると、優先順てことですね？　このパーカーって人たちはずいぶん重要人物なんだ」

陽動作戦は効いた。彼女が見逃したことはあまりないのが明らかで、ウィールドのもとに帰ったときには、パーカー家の内部の関係、かれらと被害者との関係をハットはかなりよく把握していた。当然、彼は要旨をウィールドに伝えたが、部長刑事がシーモアにさらに簡潔な要旨を伝えて、目撃者の聞き込みを手配しろと命じたとき、自分が知っていることをつけ加える理由はないと思った。ノヴェロがなぜ地元在住のパーカー一家を選んだかはわかったが、ハットは訪問者の担当にされても不愉快な気持ちはまったくなかった。それに、ぐずぐず考えたわけでもない。クララ・ブレレトンの話では、ホテルに泊まっているシドニーはレイディ・デナムの金融アドバイザーのような存在らしい。シーヴュー・テラスにいるパーカーの姉には、クララは一度しか会ったことはなく、変わり者だという印象を持っているのは、言わず語らずのうちにわかった。

それなら、頭の切れる若い刑事に迷いはない。変わり者であることは殺人の動機として充分な場合もあるが、世界を動かすのは金だ。

ブレレトン・マナー・ホテルに車を走らせるあいだ、ハットはこれからの仕事に完全に焦点を合わせていた。

駐車場に曲がり込むと、その焦点がぼやけ、拡散した。心臓が止まりそうなほど美しいものが目に入ったせいだった。

カラスの群れの中の極楽鳥のごとく、真っ赤なマセラッティ・クーペがとまっていたのだ。六万ポンドはする。排気量なんか、かまうものか。

自分のスズキ・スイフトを並べて駐車するのが冒瀆行為のように感じられた。

かつて、そう昔のことではないが、ボウラーは熱愛するMGを運転していた。このマセラッティとほとんど同じ色だった。だが、事故に遭い、修理のあとはどうしても同じ車のように感じられなかった。あるいは、彼自身が昔と同じではなくなってしまったのかもしれない。するとウィールドから、こういう仕事をしているんだから、あまり目立たない車を運転したほうがいいんじゃないかと忠告された。古いトライアンフ・サンダーバードを轟音を上げて乗り回している人物からそんなことを言われるのは妙だと思ったが、逆らうほどばかではなかった。スイフトは妥協の結果だった。運転しやすい小型車で、パフォーマンスはまずまず、そして人目を惹かない。

だが、今……

彼は車を降り、赤い美女のまわりをゆっくり歩いて、その優雅な線、秘めたパワーをじっくり記憶にとどめ、真正面まで来て足を止めた。

あまり夢中になっていたので、声をかけられてぎくっとした。「いい車だと気に入ったのかな、それとも、道路税支払い証を調べていたのかな？」

振り向いて、声の主を見た。三十代、スウェット・シャツにスラックスという服装は、デザイナーの名前を見せる必要もないほど高価なもの。高級車で人を感心させたい成金ではなく、マセラッティを運転するべく生まれついた男といった、楽々とした自信を持っていた。

道路税のことを言われて、一瞬、警官だとわかられてしまったのかとハットは思ったが、男の顔に浮かんだ微笑は、人が警官に向ける微笑のようには見えなかった。

「すごいですね」彼は言った。「運転すると、どんな感じですか？」

「子猫ちゃんだ。電子緩衝装置、パドル・シフト、望めるだけのパワーがある。ぼくは時速一五〇マイルまで上げたことがあるけど、それでも余裕たっぷりだった。中を見たいですか？」

その気にはなったが、仕事があった。それに、この男はすでに交通違反を一つ認めているではないか。もう一つ違反するよう誘惑するつもりはなかった。

ハットは言った。「見せていただきたいですが、今は時間がないので。どうも」

彼はホテルのほうに向かった。男は並んでついてくると、言った。「ここにお泊まりですか？　あとで時間ができて、ぼくがいたら、手を振ってくださいよ。ああ、シドニー・パーカーと申します」

彼は手を差し出した。

ハットは、あ、くそ、と思った。

この非難は自分だけに向けられたものだ。ばかな思い込みだった。彼は田舎の会計士をさがしていたのだ、次のジェイムズ・ボンドではなく。

彼は手を取らず、かわりにポケットから身分証を出した。彼は言った。「ミスター・パーカー、あなたに会いにきました。ボウラー刑事、中部ヨークシャー警察犯罪捜査部です。すみません。さっきはあなただと気がつかなくて」

微笑は百分の一秒のあいだも揺るがず、手も下がらなかったから、ハットはその手を取って握手した。

「謝る必要はないですよ」パーカーは言った。「ぼくもあなたが警官だとわからなかった。それは、そういうお仕事では役に立ちそうだ」

それから、厳粛な表情になって言った。「ホールで起きた、あの恐ろしい出来事に関してでしょうね？」

「そうです。いくつか質問させていただきたいだけです」

「もちろんだ。じゃ、入りましょう。差し支えなければ、ぼくの部屋にどうぞ。それなら邪魔が入らない」

二分後、二人はパーカーの部屋にすわっていた。ハットのフラットの倍もある、広い豪華なスイートだった。

「で、どういうお仕事をなさっているんですか、ミスター・パーカー？」ハットは周囲を眺めて言った。

「あんな車を運転して、こんな部屋に泊まるには、何をしなきゃならないんだ、という意味ですね？」パーカーはまた笑顔になって言った。

「記録のためだけです」ハットは堅苦しい態度を崩さなかった。

「ロンドンのハーパゴンズに勤めています。名刺を差し上げます。こっちが仕事用、こっちが私的なものです。記録のために」

「ハーパゴンズ」ハットは名刺を見て言った。名前と住所のほかには、なんの情報もない。「業務内容は書いてありませんね」

「すみません。ぼくらの仕事を知らない人に名刺を渡すってことを念頭に置いていないから。金融業です。非公開銀行と考えていただくのがいちばん簡単でしょう」

「なるほど。サンディタウンには仕事でおいでですか、それとも社交ですか？」

「ちょっとずつ両方、かな。ここはぼくにとっては故郷です——パーカー家はサンディタウンに古くから続く家柄なんです——それで当然、兄のトムとその家族をキョート・ハウスに訪ねる機会があれば、喜んで戻ってくる。でも、仕事の要素もあります。ぼくはトムの金融コンサルタントをつとめていますのでね。レイディ・デナムのコンサルタントも引き受けていましたし、二人が共同で設立したサンディタウン開発コンソーシアムも扱っています。まあ、あなたのような頭の切れる若い刑事さんなら、そのくらいもうご存じでしょうが」

この台詞にとても感じのいい微笑がついたので、つい自分も笑顔を返しそうになったが、ハットは懸命にこらえた。

「このコンサルタントの仕事は、私的なものなんですか、それとも、ハーパゴンズの役員としてやっておられるんですか？」彼はこわばった態度で訊いた。

「私的というよりは、個人的な取り決めですね。ハーパゴンズが乗り出すほどの内容ではない——規模が小さいのでね——ですが、もちろんぼくは活動のすべてを会社に知らせていますし、会社としては、ぼくが職業上の情報源やコネを利用することに異論はありません」

これは質問に対する答えになっているのかどうか、ハットにはよくわからなかった。

「では、あなたがバーベキューに招待されたのはそのためだったんですか？」

「それが理由の一部でしょうね。でも、たとえ仕事上のつながりがなかったとしても、ぼくはトムの弟で、うちの家族はこの地域と長い縁があるから、たぶんそれだけでも招待はもらえたんじゃないかな――ぼくがこのあたりにいればね。徹底した調査には頭が下がりますが、ミスター・ボウラー、これがあのいやな事件の捜査にどう関連してくるのか、よくわかりませんね」

ハットは深いソファにゆったりすわった優美な人物を見た。手にした長いグラスにはなにやら泡の立つ液体が入っている。ハット自身は肘掛椅子の端に尻をのせていたが、これも腰を落ち着けて背をもたせれば、非常に心地よい椅子だろうと思えた。彼は飲み物のすすめも断わっていた。これがダルジールなら、今ごろはもう少なくとも二杯飲み干し、きっとソファに長々と寝そべっているところだろう。パスコーとウィールドならどう対応するか、そこまで確信はなかった。

どうでもいい。下っ端刑事は足元に気をつけていないと、ずぶりと沈んで跡形もなく消えてしまうものだと、彼は痛い目にあって学んでいた。エキセントリックな行動なら、それを支える地位を手にしてからで遅くない。

彼は言った。「背景をはっきりさせているだけです。では、思い出せる限りでなるべく詳しく、ハーベキューでの出来事を順を追って話していただけますか」

二十分ですんだ。シドニー・パーカーが彼の視点から描いたパーティーの話は明瞭で簡潔だった。ハットにわかる範囲で、捜査に役立ちそうなことはなにも含まれていなかった。彼がレイディ・デナムの姿を最後に見たのは早いうちで、二時半だったという。

「そのあとは、彼女にぶつかることがなかったんです」彼は言った。「ときたま、後ろのほうで大声が聞こえましたけど――あの人はすごく積極的な話し方をする……したから――でも、胸に手を当てて誓えるほどじゃない。彼女の動きをもっとよく知りたいなら、アヴァロンのドクター・フェルデンハマーに話をするといいですよ」

「どうして特にドクター・フェルデンハマーなんですか?」ハットは訊いた。

また微笑が浮かんだが、今度はつかのまで、一人笑いのようだ。それにかすかに悪意もこもっている?

「彼女はどうも彼に愛着をおぼえていたようなんです」パ

ーカーは相手をじっと観察しながら言った。

「愛着？　というと、つまり……」ハットは言葉に詰まり、パーカーは笑った。

「ちょっぴり年齢差別をしているようですね、ボウラー刑事。レイディ・Dは、あなたの目から見ればおばあちゃん《オールディー》だったかもしれないが、カビの生えた年寄り《モールディー》なんかには程遠い人だった。食欲旺盛なご婦人でね。でも、これは人から聞いた話で、経験から言っているわけじゃありませんよ。もっと近い人物に話をして、ご自分で判断してください」

それじゃ、家族と金に今度はセックスが加わるのか！とハットは思った。あるいは、パーカーはこちらの注意を逸らすためにセックスを投げ入れたのかもしれない。

彼は言った。「金融コンサルタントでいらしたのなら、彼女の資産はどの程度か、おわかりですか？　その、ごく大ざっぱに言ってですが。金持ち？　大金持ち？」

「それはどういう立場から見るかによりますね」パーカーは言った。「金融街《シティ》のレベルでは、かなり裕福という程度。サンディタウンでは、腐るほど金のある大金持ち」


「その財産を、自分が死んだら誰が受け取るか、彼女は明らかにしていましたか？」ハットは訊いた。

「いいえ。たとえ明らかにしていたとしても、額面どおりには受け取れませんでしたね。彼女は金を遣うことを楽しむ人ではなかったから、金に関してはそのほかの楽しみに集中せざるをえなかった」

「というと？」

「おもに二つの楽しみですね。一つ目は、価値ある団体に寄付すること。でもこれはダフネにとって、優先的なものではなかった。噂では、彼女が戦没者記念日曜日に身につけるケシの花は、父親が一九二〇年に買ったものだと言われていた（記念日前に在郷軍人会が募金に紙製のケシの花を売る）」

「で、二つ目は？」

「自分に近い人たちに遺産相続を期待させて、思いどおりに動かすこと。もちろん、そのためには真意をぼやかしておかなきゃならない。だって、相続しないことが確実なら、誰も彼女の思いどおりに動こうとはしないでしょう？」

「すると、誰が利益を得るか、まったくご存じない」

「まあ、だいたい知られていることはあります。彼女の最初の夫ハワード、別名ホッグ・ホリスの遺言で、彼女が死んだらホリス家の農場、ミルストーンは、彼女の義弟ハロルド、別名ヘン・ホリスのものになる」

「ハロルド・ホリス？」ハットは名簿を見ながら言った。「どうしてヘンという名前になったんです？」

「兄は豚を扱い、弟は鶏が専門だった。だからホッグとヘン」

「名簿にアラン・ホリスは載っていますが、ハロルドはない」

「アランは町で〈希望と錨〉亭をやっている。同じ一族ですが、彼はダフネと仲よくやっていくだけの知恵を備えていた。ヘンは違う。彼とレイディ・Dは訪問しあうような仲ではぜんぜんなかった」

「では、二人は仲が悪かった。彼は彼女の死で確実に利益を得る……」

声に出して言うつもりはなかったし、こう熱を込めて言うつもりはさらになかったのだが、つい口に出してしまい、それを聞いたパーカーはにんまり笑った。

「血気にはやる若者、だね」彼は言った。「結論がそれほど単純だったらいいんですがね、そう思いませんか、ミスター・ボウラー？　あなたのためには、そうだといい」

ハットは眉根を寄せ、状況を回復しようとして、厳しい声音で言った。「最後に一つうかがいます、ミスター・パーカー。あなたはなぜあの時間にホールを出ていかれたんですか？」

「出ていこうと、もう決めていたんです、あの……発見前に。レイディ・デナムにお礼を言うつもりで、彼女がどこにいるか誰か知らないかと訊いた、ちょうどそのとき騒ぎが始まって、質問に答えは出ずじまいだった。もちろん、驚愕したのはみんなといっしょですが、ぼくにできる実際的なことはなにもないとすぐにわかった。ほかの客たちも帰り始めた。それに加わって悪い理由はなかった。正直なところ、サンディタウン・ホールからなるべく遠く離れたいという気分だったんです」

「それほど遠くはない」ハットは言った。「一マイル半くらいだ」

「文字どおりに受け取らないでくださいよ」パーカーは顔をしかめて言った。「あそこの雰囲気から離れたかったという意味です。それに、そう遠くへ行くわけにはいかなかった。あなたのような人がいずれ聞き込みに来るとわかっていましたから」

「責任感ある行動ですね」ハットは言った。

ややからかったように聞こえてしまった。

パーカーは言った。「ええ、まったくね。教えてください、ミスター・ボウラー、さっき駐車場で会ったとき、本当にぼくが誰だかわからなかったんですか?」

「ええ。どうしてわかりようがありますか?」

「じゃ、マセラッティに対するあなたの興味は本物だった?」

「ええ。そのとおりです」

「それなら、さっき申し上げたように、中を見るなり、ボンネットの下を見るなり、してくださっていいですよ。そうだ、お帰りになる前に、乗ってみませんか……? ああ、念のために言っておきますが、時速一五〇を出したというのは、ブランズ・ハッチのサーキットでです。コネのある友人がいるもんでね」

そうだろうよ、とハットは思った。友人も、コネもたくさん。

「残念ですが」彼は言った。「仕事があるので、無理です」

「もちろんだ。ばかなことを言いました。すわる暇もない忙しさでしょう。でも、一両日中に多少のお暇ができたら、どうぞためらわず声をかけてください」

「ええ、声をかけるのにためらいはしません」ハットは言った。

それから、ちょっときつい言い方になってしまったと思い、にっこりして言った。「でも、時間があれば、やってみたいですね」

「歓迎ですよ」パーカーは言い、立ち上がった。「ミスター・ボウラー、お目にかかれてよかった」

彼はまた手を差し出した。

今度は、ハットは迷わずその手を取った。

ホテルを出る前に、受付デスクに立ち寄った。若い女は殺人事件の話をすっかり聞いているらしく、彼が身分証を見せると、その目が興奮にきらめいた。

ハットはデスクに身を乗り出して言った。「きみ、地元の人?」

「ええ。どうして?」

「だって、このごろホテルの従業員にはチェコ人とかポーランド人とか多いだろう。そういう人なら、たぶん役に立ってもらえない。きみはほんとに地元なんだね? ちょっとエキゾチックに見えるけど。頬骨が高くて、スタイルがよくて……」

女は笑って言った。「気づいてくださってありがとう。でも、うちの家族はこのあたりに何百年も住んできたのよ、とまあ、おばあちゃんは言ってる」

「じゃ、まさに望んでいた相手だ。ヘン・ホリスって名前の男だけど、どこに住んでいるのかな?」

4

デニス・シーモアはシーヴュー・テラスの前をゆっくり運転していった(〝テラス〟は数軒の家が長屋状に連続して立ち並んだ道路)。いいな、と思った。幅の狭いエドワード朝時代の家が並んでいる。それぞれに大きな張り出し窓。眺めがよく、海が見える。道路を渡り(安全な袋小路だ)、低い塀のむこうに出れば、すぐ海岸だ——バーナデットと双子にぴったりだ。夏場はいくらくらいで借りられるだろう? 聴取の途中でそんなことを持ち出すのはプロらしくないとしても、あとで調べるのなら問題ない。

彼は年下の同僚二人の脇芝居を静かにおもしろがって眺めたのだった。かつて、彼自身も野心という闘鶏場でとさかを振り立て、くちばしでつつき、がんばった時代もあった。だが、もういい。自分の手に入るものはこれだけだと、とうの昔に思い定めてしまった。だが、手に入ったものの中にかわいい双子の娘と美人の妻が含まれているのだから、まったく不幸ではない。妻のアイルランド人らしい激しい気性は、彼ののんびり穏やかな気性にしっくり合っていた。金銭的にも問題はない。バーナデットは市内で最大のデパートの中にあるレストランのマネージャーをつとめ、一家には必要を満たす以上の金が入ってくるのだった。

だから、この事件の解決につながる微妙な手がかりを見つける仕事には、ノヴェロとボウラーを走らせればいい。シーモアはこの海辺の家で変わり者の姉から話を聞くという役割に充分満足していた。

ドアをあけたのはきちんとした服装の小柄な女だった。彼女は身分証をじっくり調べ、自分はダイアナ・パーカーだと名乗ってから、言った。「どうぞ、お入りください。恐ろしいことですわね、まったく恐ろしい。おかげで誰もが取り乱してしまいましたわ。舵を取る人物がいないと大混乱になるだろうとわかりましたし、あたくしとしてはホールに残ってお手伝いしたいところでしたが、生まれつき体が虚弱なものですから、ショックや思いもよらぬ出来事などありますと、すぐバランスが狂って、深刻に長期間具合が悪くなりますの。薬を用意してあるこの家に帰ってくる必要がありました。それもあぶないところでしたけれど、さいわい、友人のミセス・グリフィスが付き添って支えてくれました。ああ、そこにいますわ。サンディ、こちらはシーモア刑事よ、サンディタウン・ホールの恐ろしい出来事の目撃者だというので、あたくしに話を聞きにいらしたの」

この長台詞は、ファイヴ・ライヴ（スポーツ中継中心のラジオ局）のアナウンサーにしてもいいほどの早口で述べられ、そのあいだに二人は玄関から心地よさそうな居間まで来た。部屋には体格のいい女がいた。きりっとした顔、カールした短い黒髪。開いたサッシ窓のそばに立って、煙草を吸っていた。最後に一服吸い込むと、吸殻を窓の外へ投げ捨て、シーモアのほうを向いて、さっと会釈した。

ダイアナ・パーカーは窓辺に行き、勢いよく窓を下ろして閉めた。

「隙間風は死を招くわ」彼女は非難がましく言った。

〝レイディ・デナムの場合は違いましたがね〟と言い返したくなるのをこらえて、シーモアは言った。「すわらせていただいていいですか？　どうも。さて、わたしが特に興味があるのは、お二人のどちらでもけっこうですが、パーティーの最中に被害者レイディ・デナムと話をした、あるいは姿を見かけたか、という点です」

すると、ダイアナは即座にしゃべり出した。

細かく質問を挟む余地はないと、シーモアにはすぐにわかった。鉛筆を握って、ぱっぱと飛び去る話の中からなんとか重要性のありそうなことを書き留めるのがせいぜいだ。

メモ帳の中で彼が下線を引いたのは、午後の半ばにレイディ・デナムが客の一人と口論しているのを見た、とダイアナが言ったところだった。

「相手はゴッドリーという男性です――治療師ですわ――その少し前に、弟が紹介してくれましたの――あたくしの慢性的な症状を、ミスター・ゴッドリーが緩和してくれるかもしれないとトムは申しまして――あたくしは、信じないとはっきり言ってやりました――正直なところ、経験からいって、このみじめな体を少しでも楽にするには、自分の知識に頼るしか方法はありません――でも、話が逸れてしまいましたわね――このゴッドリーなる人物とレイディ・デナムは言葉を交わしました――礼儀正しい言葉でなかったのは、彼女の顔を見ればわかりました。二人が別れたあと、彼女はあたくしのすぐそばを通りかかりましたの――ひどく紅潮していました――あたくしは前々から、あの人は激しやすい気性だと思っていましたし、そういう人が年を取ると、高血圧の危険がことに高まります。あの顔を見て心配になりましたから、あたくしは声をかけて助けを申し出ましたの――あたくしがどうこうするというんじゃありません――そこまで思い上がってはおりませんわ――でもまあ、病気の経験がこう長いと、緊急の場合にはひとさまのお役に立てるかもしれませんけれどね――いえ、あたくしは、シェルドン看護師を呼んできてあげましょうかと申しましたの、看護師はパーティーに来ていましたから。残念ながら、レイディ・デナムはこちらの親切をまったく誤解して、こう言いました。〝あたくしは健康そのものです、ミス・パーカー――それに、あのでぶ女を呼ぶくらいなら、葬儀屋を呼ぶほうがまだましですわ！〟」

言葉の洪水がようやく引くと、シーモアは質問をして新たな洪水を引き起こすよりはと、こう言った。「わかりました、ミス・パーカー。では、ミセス・グリフィスス、なにかつけ加えたいと思われることはありますか？」

女はしばらく考えるように彼を見ていたが、それから言った。「申し訳ありませんが、べつになにも。わたくしはよそからの訪問者というだけです。ミス・パーカー……ダイアナが……ご親切にパーティーに連れていってくれました。会場に着いてすぐ、レイディ・デナムにお会いしましたけれど、そのあとは、姿を見たとは言えません」

「では、彼女とミスター・ゴッドリーが会ったところも見ませんでしたか？」

「はい」

「なにか目にして、おかしいと思ったことは？」

「よそ者ですから、おかしいとか、おかしくないとか、判断できませんでしょう？」

シーモアは鋭い質問者ではないが、これ以上なにも出てこないというところに来れば、ちゃんとわかった。それに、もう一人の女がまた言葉の雪崩を起こしそうになってうずうずしているのも見て取った。

彼はぱたんとメモ帳を閉じ、立ち上がって言った。「それでは、お二人とも、ご協力ありがとうございました。もしまたなにか思いついたことがありましたら、どうぞすぐご連絡ください」

ダイアナは彼について玄関まで来た。

「あと一つだけ、シーモア刑事」彼女は言った。

彼は立ち止まって待った。彼が一人で事件を解決し、昇進の戦場で勝利して部長刑事の地位に上がることを可能にする、決定的な手がかりが出てくるのか？

彼女は言った。「あたくしの経験では、赤毛の人はことに紫外線の悪影響を受けやすいものです。あなたがこの強い太陽にすでにさらされすぎている徴候は、いやでも目につきました。こういった問題にはアロエ・ヴェラのジェルが効果的ですわ。でも、そういうふうに荒れたお肌ですと、もっと簡単で安上がりな療法がよいかもしれませんね。たとえば冷たい紅茶で洗うとか、お酢――というのは、透明なタイプですよ――お酢の湿布を当てるのも効き目がありますわ」

「はあ、どうもありがとうございます、ミス・パーカー」彼は言った。「心にとめておきます」

車に乗ってから家のほうを見ると、サッシ窓がまたあいていて、サンディ・グリフィススがそこに立ち、新たな煙草を手にして彼を見守っていた。

彼は微笑し、車を出した。

5

パスコーはダフネ・デナムのなきがらを見下ろした。

遺体はロースト用の籠から出されたあと、地面に横たえてあった。実際、きちんと服を着ていて、焦げたのはごくわずかだったが、それでもパスコーは恐ろしいものを少しでも目にすると、大きな影響を受けるたちだった。ばかげた冗談にまぎらせてみたり、ヴェーダ語の経文を唱えてみたり、あらゆることを試みたが、見たものは彼の心に深く残り、あとになって、孤独のわざわいであるあの内なる目（ワーズワースの詩「水仙」の一節のもじり）に、ほぼ必ずまた映し出されるのだった。

だから、義務を果たし、遺体の搬送を許可して、もっと実務的な仕事に注意を戻せると、ほっとした。

鑑識係は以前からの知り合いだった。フロド・リーチという元気な青年で、仕事が大好き。口の悪い連中から、あいつは年じゅう〈ＣＳＩ　中部ヨークシャー〉のオーディションに出ている、と言われていた。

「すごい見事な死体を手に入れましたね、ピーター」彼はほとんどうらやましそうに言った。「これをやったやつは、鋼鉄の神経だ」

「どうして？」

「どれだけ時間がかかるか、考えてくださいよ。まず、被害者を殺す。どこでやったのか、まだなにも手がかりは出てきていないから、かなりの距離をここまで運んできたのかもしれない。ここに来たら、まず籠を炭火の溝からウィンチで巻き戻し、豚を取り出し、かわりに死体を入れ、それをまた元のように戻さなきゃならない」

「男一人でできるかな？」

「力が強ければね。でも、たぶん女一人では無理でしょう」

「だが、犯人が二人かそれ以上いれば、そう長い時間はかからないよな？」

「ええ。人手が多ければ、仕事は楽になる。でも、人の足が多ければ、地面はどろどろになる。この湿った地面を大勢が踏み荒らしたから、その点に関して結論を引き出すのは不可能です」

「指紋は？」

「あまり期待できません。どっちみち、犯人はおそらく断熱手袋をはめていたでしょう。小屋の中から二組見つかった。こういう仕事なら、標準的な装具だと思いますよ。あの籠はすごく熱くなるはずだ」

「しかし、もし犯人が手袋をはめていなかったら、手に火傷を負った？」パスコーは希望を込めて言った。

「ええ。でも、火ぶくれのある人を見つけしだい手錠を掛けちゃだめですよ」リーチは明るく言った。「あのおばあちゃんを籠から出そうと手伝ったばっかりに、火傷をした人はたくさんいるでしょう。死体はかれらのＤＮＡだらけになっていますしね。でも一つ、気がつかれたんじゃないかな。彼女のブラウスの胸に大きな赤いしみがついていた。赤、といっても、今では茶色です。熱に当たりましたからね。最初は血かと思ったんですが、そうじゃなかった。ワイン、だと思います」

「じゃ、飲み物をこぼしたんだ」

「かもしれない。でも、女性が赤ワインをこぼしたら、まず最寄りのトイレに駆け込んで、しみを少しでも拭い取ろうとしますよ」

「すると、彼女は攻撃される直前にワインをこぼした。あるいは、攻撃されたためにこぼしたのかもしれない」

「そうだとすると、ワイン・グラスはどこにある？　このあたりにはありません。もちろん、どこかよそで攻撃されたのかもしれない。それなら、グラスを見つければ、攻撃の現場が見つかったことになる。でも、これはたんなる推測ですよ。死体をラボに運んだら、またいろいろお知らせします」

リーチの熱心さで困るのは、大晩餐会が来るかと期待していると、実はスナックに終わってしまうことだった。

「それじゃ、たんなる推測でないものは、何があるんだ？」

「ええ、巻き上げ機の入っている小屋があります」

彼はパスコーを小屋のほうへ連れていった。売り物の物件のここぞというところを見せたくてはりきっている不動産屋さながらの態度だった。開いたドアからパスコーが中を見ると、白いものを着た人が二人で現場をこと細かに調べていた。

「犯人は、ウィンチを使うためにここに入らなければならなかったはずです」リーチは言った。「はかの人はここに来る理由があまりない。ホッグ・ローストの係の男以外はね。その男を見つけ出してきてくれますか、除外のために標本を採りますから」

「それはこっちが早かったな。連れてくるように、人を送り出してあるよ」パスコーは言った。鑑識の歌姫たちに、ソプラノで歌い上げる独占権があると思わせておく理由はない。

「よかった！　それじゃ、これまでに見つけたものをお見せします」

彼はドアのそばに置いた針金製のトレーを指さした。中には証拠袋が三つか四つ入っていた。

「シャンペンのコルク。スモーク・サーモンのカナッペ半分。チョコレート・エクレアのかけら。銀のホイル、おそらくはシャンペン・ボトルについていたもの。それに、煙草の吸殻二本。指紋があるかもしれない。DNAは確実に出てきます」

つまり、オリー・ホリスもちゃんとパーティーの食べ物、飲み物にありついていたってことだ、とパスコーは考えた。大発見とは言いがたい。だが、リーチの熱に水をかけるのは、よほどの阿呆か気むずかしい老人だけだった。

さらにしばらく話をしたあと、パスコーは捜査室に戻ることにした。

茂みの外に出たとき、煙草の煙が鼻についた。

彼は足を止めて言った。「オーケー、サミー。こそこそしなくていいぞ」

ひょろっとした体に、亀のごとく年齢不詳の顔の人物が、木々のあいだを抜けて出てきた。口にくわえた煙草をぐっと吸ったので、先が赤く光った。

「やあ、ピート」彼は言った。

「こんなところにいちゃいけないと、わかってるだろう、サミー」パスコーは言った。「いったいどうやって入り込んだんだ？」

訊くまでもなかった。ウィールドがすでに指摘したとおり、ホールの敷地は広く、道路側の塀は大幅な修理が必要な状態、田園側の境界線は、よくて分厚い垣根、悪ければぼろぼろのフェンスだった。車寄せに入る前のゲートは蝶番からはずれてぶらぶらしていた。厩舎を別にして、明らかにレイディ・デナムは屋敷の維持に金を遣うのは無駄と考えていたのだ。

ラドルスディンは肩をすくめて言った。「全国紙の連中が来たら、たいへんだぞ。ここに入るのは国会に当選するより簡単だ。どちらも、どんな馬鹿でも入れる」

「じゃ、全国紙はどうしてまだ来ていないんだ？」

「きみがここまで来て、何がどうなっているかその目で確かめるまでは、緘口令を敷いてあるからじゃないかな」

それはほぼ真実に近かったが、緘口令を敷くと決めたのはダン・トリンブル本部長だった。妻が二つの委員会でレイディ・デナムと並んで役員なのだ。トリンブルはパスコーに電話してきて、なるべく早くこの件に蓋をしろと促した。パスコーは早く結果が出るよう、できるだけのことはすると請け合ったが、実はその時点でまだ現場から二十マイルも離れた場所におり、修理工場のトラックが新しいタイヤを届けにくるのを待っているところだとは、とてもばらせなかった。

「で、きみもこのニュースをまだ広めずにいるんじゃないか、サミー。親切だな」彼は言った。

「もう記事はできてる」ラドルスディンは言った。「ただ、きみの言葉を聞いておきたいと思ってね、ピート。きみにとっては大事件になりそうだ」

「どうして？」

「だって、まず第一に、きみはあのでぶ男のケツの下から覗き見してるわけじゃない。のびのびと実力を発揮して輝くチャンスだよ」

パスコーとラドルスディンは、知り合った当初からたがいに有益な関係を結んでいた。どちらも相手のプロ意識を尊敬し、それがしだいに慎重な友人関係に成熟していった。しかしダルジールの信条は、マスコミの人間が理解するのは恐怖だけだ、というものだった。全国ににらみをきかせるのはむずかしいとしても、地元レベルでは、警視の大きなつま先を踏んづけた者は、いずれそのつま先がすごい力で自分の尻に当たるのを感じることになるのだった。

「うれしいことを言ってくれるね、サミー。じゃ、その輝きにもうちょっと光を加えるようなことはあるのかな？」

「見出しは決めたよ。〝名探偵パスコー、記録的な速さで困難な殺人事件の謎を解く〟」

「ぱっとしないな。きみのいつもの見出しよりさらに真実から遠いってことは措くとしてもだ」

「おい、でぶ野郎の職を狙っているからって、あいつみたいな台詞まわしになることはないぞ」ラドルスディンは文句をつけた。「ともかく、このあたりの話じゃ、容疑者は二人しかいない。本命は相続人になりそうなサー・エドワード・デナムだが、被害者の最初のご亭主の弟、ヘン・ホリスも考慮に入れたほうがいいという人間は多い。ことに、彼女の死に方が噂話のとおりだとすればね。そうなのか、ピート？」

「どういう噂話かによるね」

「自分のバーベキューの上で生きながら炙られた」

「そんなことじゃないかと思ったよ。いや、事実じゃない。発見されたのは確かにそこだが、彼女はその前に死んでいた」

「死因は？」

「おそらく、絞殺。だが、まだ確認はされていない」パスコーは言った。情報を得るには、こちらからも渡さなければならない。どっちみち、このいやな事件をさらにグロテスクに見せるような噂は、早く止めたほうがいい。「彼女を炙り殺すというのが、どうしてそのヘン・ホリスって男にふさわしいんだ？」

「被害者をすごく憎んでいたらしい。酔っ払うと、しょっちゅう彼女が死ぬところを想像して、ああだこうだ話をする。それに、ホッグ・ローストの機械を兄のために作ってやったみたいだ。あと、決め手はこれだな。兄の遺言によって、彼女が死ぬと、一族の農場はヘンの手に戻る」

「一族の農場？　サンディタウン・ホールのことか？」

パスコーはびっくりして言った。

「違うよ！　これが農場なんかに見えるか？　ミルストーンて場所だ。レイディ・デナムはほっぽらかしで廃屋にしちまったらしいが、まあ歌の文句にあるように、我が家にまさるところはない」

二人は今、厩舎に近づいていた。ウィールドは見守っていたに違いない。建物から出てきて、かれらを迎えた。

「サミー、うろつくのはよせと言ったろう」彼は言った。

「ちゃんと聞いたよ。だから町を歩きまわって、おたくのボスのためにおいしい情報を集めてたんじゃないか」記者は言い返した。

「それは感謝してるよ」パスコーは言った。「さてと、じゃ、そろそろ歩きまわるのを再開したらどうかな……」

「ああ、例の見出しを磨き直すよ。いいかい、ピート、マスコミが後ろについてりゃ、どこまでだって昇れるぞ！」

「おいしい情報だって?」記者が出ていくのを見送りながら、ウィールドは言った。

パスコーはラドルスディンから聞いた話と、CSIから教えられたことを伝えた。お返しに、部長刑事はかなり分厚いプラスチック・ファイルを手渡した。

「これまでに出てきたことのすべてだ」彼は言った。

「よし、わかった」パスコーは言った。「このオリー・ホリスって男だが、CSIはできるだけ早く会って、指紋を採りたがっている。わたしもぜひ話をしたい。なにか知らせは入っているか?」

「ジャグ・ウィットビーがついさっき電話してきた。ホリスはここから海岸沿いに二マイルばかりのロウブリッジという小さな村に一人で住んでいる。家にはいないし、近所の人も今朝から姿を見ていない。ウィットビーは村のパブも試したが、いなかった。それで、サンディタウンに戻りがてら、この付近のほかのパブを調べている。この事件でホリスは愕然としただろうから、一杯やりに出ていくのも無理はない。人と会ってしゃべりたいというのもあったかもな」

「あるいはね」パスコーは言った。「ウィットビーがパブめぐりをするあいだ、ホリスの自宅に誰か置いておこう」

「手配した。ファイルにメモが入っているよ」

「そのほかには?」

「若いのに言って、招待客名簿の人物すべてをコンピューター照合させた。ぜんぶファイルに入ってる」

「要約を教えてくれ、ウィールディ」

「ふつうのやつが出てきただけだ。だいたいは交通違反。それにもちろん、ルートがいるけど、あいつのことならもうわかっている。そのほかで前科がある唯一の人物は被害者だ」

「レイディ・デナム?」パスコーは言った。「ロシア・マフィアにコネでもあったのか!」

「いや、モスクワが陰で〈田園同盟〉を操っているなら別だがね。三十年前に、狩猟反対のデモなどやった人物を攻撃して、謹慎を誓約させられた」

「それだけか? よくやった、ウィールディ」パスコーは言った。長いつきあいのせいで、ウィールドに対してはは無作法になれる。リーチに対しては、そこまでできなかった。「じゃ、わたしはホールに行って、このコンパニオンの女性に会ってくるとしよう。彼女から供述は取ったんだね？」

「ファイルに入ってる」ウィールドはファウストを相手にしたメフィストフェレスのごとき容赦ない必然性をもって言った。

「姪と甥は？　ああ、言わなくていい、ファイルに入ってるんだな？　二人はまだ家にいる？」

「いるだろうな。目を離した隙に銀のスプーンを盗もうとするやつがいるんじゃないかと、おびえているさ」ウィールドは言った。「あとでアヴァロンに行って、院長と看護師長にも会うつもりだろうね、ピート？」

「忘れちゃいないよ。それに、訊かれる前に言っておくけど、アンディにも会って挨拶してくる。サミー・ラドルスディンは警視が付近にいると知らないようだ、ありがたいことにな。ルートもそうらしい。あいつが知ったらどう思うか、考えたくないね」

あいつがどう思う？　それがどうだっていうんだ？　とウィールドは思った。

彼は言った。「ルートのことだが、これからわたしが行って話を聞いて、かたづけるよ。ああ、それから、本部長から電話があった」

「わたしのことをチェックしてたのか？」パスコーは不愉快そうに言った。

「いや。進行報告を聞きたがっただけだ。レイディ・デナムはあちこちの上層部にコネがあったみたいだな。きみは忙しくて電話に出られないが、すべて手配はついている、きみからあとで電話する、と言っておいた」

「名探偵が記録的な速さで事件を解決したと知らせるためにか。それならいいがね」パスコーは言った。「じゃあ、あとでな、ウィールディ」

部長刑事は心配そうに彼を見送った。この事件でパスコーはぴりぴりしている、と彼は思った。無理はない、ルートが墓から甦り、本部長が懸念を強め、巨漢が背後にうろついているんだから！

彼はオートバイに乗り、新品のナビにルートの住所を入力した。オートバイ用に特別に設計されたナビで、パートナーのエドウィンからのプレゼントだった。近所を走って試してみると、上流階級の女の声で方向を指示されるのがちょっと気に障ったが、かなり有効なもののようだった。迷いやすいので有名なヨークシャーの田舎道を通ってフラニー・ルートに接近するというのは、この機械にとって最初の難関になる。

パスコーにとっても、同じだな、と彼は思った。

6

サンディタウン・ホールの正面玄関の前では、制服の巡査が番をしていた。敷地は侵入を防ぐことができないとしても、建物には無断で人が入り込まないよう、ウィールドが手を打ってあった。

若い巡査はパスコーの知らない顔だったが、むこうは彼を認めて、ぱっと敬礼した。彼は愛想よく微笑を返し、数段の階段を玄関ポーチまで上がった。

ドアは半開きになっていたが、それでもベルを鳴らした。必要にならないうちは、人の生活に土足で踏み込むことはない。

二十代前半だろう、背が高くてほっそりし、色白で美しい若い女が現われた。パスコーは言った。「こんにちは。ミス・デナムですか？」

「いいえ」女はやや苛立って言った。「クララ・ブレレトンです。そちらは？」

パスコーは自己紹介した。驚きは隠したつもりだった。ハット・ボウラーの世代なら、歴史や文学などで頭の中をごたごたにしない、現代イギリスの教育を受けてきただろうが、パスコーはクララという名前とコンパニオンという言葉を聞いて、針仕事が趣味のひからびた独身女のイメージをつい頭に浮かべてしまったのだった。ウィールドがちゃんと教えてくれればよかったのに、と思った。きっといまいましいファイルに入っているんだ！

彼はクララ・ブレレトンについて中に入った。やや格は落ちるが、貴族の城館ふうな玄関ホールを抜け、羽目板張りの廊下を進んで、小さい部屋に通された。そこには古いソファ、ファイル・キャビネット、コンピューター・ステーションがあった。彼女はオペレーター用の回転椅子に、彼はソファにすわったから、彼女を見上げることになった。

顔は青白いが、一種真珠のような輝きがあり、ショックの結果というだけでなく、生まれながらの肌色でもあるようだ、と彼は判断した。どちらにせよ、彼女に似合っている。実際、乱れ髪、縁の赤くなった目も加えると、彼女は悲嘆が似合う、運のいい人の一人なのだ、と彼は結論を出した。

あるいは、運の悪い人。どう見るかによる。

「差し支えなければ、いくつか質問させてください」彼は言った。

「なにかしていれば、考えずにすみます」彼女は言った。「思い出せることを端から書いていたところです、ダフネ伯母の……パーティーに関して」

〝ホッグ・ロースト〟という言葉が口に出せないんだろう、とパスコーは思った。死んだ女の名前が出ると、彼女の目に涙があふれ、さっきよりさらに明るく輝いた。

「すると、レイディ・デナムはあなたの伯母さんでしたか？」彼は言った。ウィールドは従姉だと言っていたのに。思い違いか？

「いえ」クララは言った。「たしか、わたしの祖父が彼女の従兄だったので、そうすると……まあ、伯母と呼ぶほうがずっと簡単に思えて」

そう言いながら、彼女は薄く微笑した。雲の切れ間から射し込む日の光、四月の空。

パスコーはその雲をもっと追いやりたいと願わずにはいられなかった。

おっと！　と思った。師の教えを忘れるな——犯行現場に最初に現われたやつは主要容疑者だ、それよりましなやつが出てくるまではな。

彼は言った。「書いていただいたものは、もちろんあとで拝見しますが、こういう仕事はむずかしいものです。人と話すと、書き忘れていた細かい部分を思い出す場合もあります。大きなイベントでしたから、朝起きたときからほぼずっとお忙しかったでしょうね？」

「ええ。やることがたくさんあって。わたし個人がなんでもするわけではありませんが、ケータリングとか、いろんな人たちが時間どおりに来て、すべきことをしているのを確かめるのが、わたしの役目でした」

「すると、あなたが監督で、レイディ・デナムはすべてあなたにゆだねていたんですか？」

「まあ、そうですね。ふつうは、自分から手を出してやる人なんですが、今朝はちょっと気が散っていたように見えました。シドニー・パーカーと打ち合わせをして、それがうまくいかなかったみたいで。シドニーは、伯母が興奮すると、誰よりもなだめるのがうまい……うまかったんですけど、今日は効き目がなかったようでした」

「そのシドニー・パーカーというのは……」パスコーはウィールドがくれたメモを見た。「トム・パーカーの弟ですね？」

「ええ。金融街《シティ》で働いていて、コンソーシアムの金融コンサルタントをつとめています。それに、ダフネ伯母のコンサルタントも——私的にですけど」

「では、金融に関する打ち合わせだったんでしょうね？」

「だろうと思います」

「それは何時でしたか？」

「十二時半ごろです」

「で、パーティーは二時開始でしたね？」

「はい。ケータリングの人たちが到着したところでした。テーブルをセットアップしていました。アラン・ホリスー―というのは、〈希望と錨〉亭の主人ですが――彼も着いて、飲み物の準備を始めていました。テディ・デナムがその場にいて、指示を出して……」

「それはあなたのお仕事だと思いましたが？」

彼女は肩をすくめて言った。「テディは手伝うのが好きなんです。彼は家族の一員です、ご存じでした？　彼と姉のエスター。彼は伯父さんのサー・ヘンリーが亡くなったとき、爵位を継いで、デナム・パークの屋敷と敷地を相続しました。まあ、たいして残っているものはありませんでしたけど。ダフネ伯母はもちろん自分の称号は手放しませんでした。とても誇りに思っていましたから……あら、ごめんなさい、とりとめもなくおしゃべりして」

「いや、お願いしたとおりのことをなさっていますよ」パスコーは言った。「ですから、どうぞとりとめのないおしゃべりを続けてください。シドニー・パーカーと話をしたせいで、レイディ・デナムは不機嫌になったようだ、とおっしゃっていましたね。それは観察ですか、それとも、彼女はあなたになにか言いましたか？」

「いいえ。ただ、テーブルを立てているとき、シッドが芝生に出てきてテディに話しかけたんです。するとまもなく、家のあいた窓からダフネ伯母が〝テディ、ここに来てちょうだい〟と大声で言いました。それでテディが〝テーブルが正しい位置に立てられるよう、見張っているんですよ、伯母さん〟と答えたら、彼女は言いました。〝わたしのパーティーを仕切るのが自分の役目だなんて思うことはありませんよ。いらっしゃい！　今すぐ！〟」

「わお！　彼女はいつもペットの犬に命令するような口調で彼に話していたんですか？」

すると、また四月の輝きが現われた。今回はにわか雨より太陽のほうが多かった。

「ダフネ伯母は、誰が相手でもときにそういうしゃべり方をすることがありましたし、一部の人たちに対しては、つねにそうでした」彼女は言った。「でも、今日はことのほかテディにぷりぷりしていたみたいで。そうだわ、始まりはおとといのことです。最初は、伯母はアヴァロンのミーティングに招待されなかったので苛立っているんだと……」

「おっと、待った！　わたしはよそ者なんです、お忘れなく」

「すみません。アヴァロン・クリニックで集まりがあったんです。今度の土曜日に始まる健康フェスティヴァルの最終準備に関するものでした。これはトム・パーカーが熱を入れている企画です。彼は代替医療セラピーに凝っていて。実際、サンディタウンの再開発計画の中で、彼のビジョンの中心にあるのは健康と癒しです。ダフネ伯母のほうは、もう少し商業的に考えています……いました」

「でも、この開発計画なんとかで、二人はパートナーですよね？」

「コンソーシアム。ええ、そうです」

「方針が一致しないのに、どうやって協力していたんです？　二人はけんかをしましたか？」

彼女は激しく首を振った。

「あら、とんでもない。そんなんじゃありません。まさか……だって、トム・パーカーほど心の優しい男性はめったにいない……彼が暴力を振るえると考えるなんて、ばかげています！」

パスコーはやや戸惑った穏やかな表情をつくって言った。

「そんなことをほのめかした人はいませんよ、ミス・ブレレトン。わたしもそんな意味で言ったわけじゃない。ただ、レイディ・デナムと近しい友人たちとのあいだがどうだったか、理解したかったまでです」

「ええ、コンソーシアムに関しては、ギゾアンドテークだったと思います。たいていの関係がそうでしたけど。たとえば、今日のパーティーも。最初は、ホテルで小規模なレセプションをするつもりでした。開発計画を進めるのに関わったおもな人たちへの謝恩会です――地元の投資家、市議会の建設許可委員とか、そういった人たちです。でも、たぶんダフネ伯母が健康フェスティヴァルの案にあまり乗り気ではなかったからでしょうね、トム・パーカーは一生懸命になって、彼女がこの催しの中心人物になるようつとめました。それで、結局ホールでパーティーを開くことになり、最初のご主人が以前恒例にしていたホッグ・ローストまで復活させて……」

彼女はわずかにぞくっと体を震わせただけで、この言葉を口から出した。パスコーは励ますようにうなずいた。

「……伯母は概して、情け深いお金持ちの貴婦人を演じていました、重要人物みんなに対してね。重要とは思えない人物も何人かいましたけれど！」

「ずいぶん気前のいいことでしたね」パスコーは言った。

「とんでもない。そこがうれしいところだったんです。彼女はパーティーの主催者として感謝されるけれど、費用はすべてコンソーシアムが持ちましたから」

「なるほど。しかしそれでも、彼女はクリニックでのその集まりというのに呼ばれなかったから、腹を立てた？」

「ただの委員会でしたら、気にしなかったろうと思います。でも、ドクター・フェルデンハマーは会のあとでドリンクとスナックを出したんです。それにはフェスティヴァルの準備とは直接関係のない人たちもいろいろ呼ばれていました」

「すると、それに気がついてから彼女はどうしましたか？」

「もちろん、その場に顔を出しました。それで、テディとエスターとわたしもいっしょに行かされました。彼女はお供がいるのが好きでしたから」

「でも、彼女は甥御さんに対して、なにかほかのことで苛立っていた、とあなたは思うんですね？」

「はい。彼をデナム・パークから呼びつけて、いっしょにクリニックに行かせるというのは、鞭を鳴らして思いどおりに曲芸をさせるいつもの行動の一部でした」

「で、あなたは頭の上で鞭が鳴ったとは感じなかったんですか？」パスコーは微笑を浮かべて言った。

彼女からもほのかな微笑が返ってきた。「あら、いいえ。コンパニオンは来るなと命じられない限り、お供するのが仕事です。でも、彼女は昨日、ばかに苛立っているようでした。朝、ふっと出かけて、どこに行ったのかわかりません。帰ってくると、なんだか上の空の様子だった。それから、シドニーをつかまえようとしたんですけど、いなくて、また機嫌が悪くなりました」

「なるほど。今日は、彼女はまだテディに対して鞭を鳴らしていたと思いますか？」彼は言った。

「ええ。伯母がテディを呼びつけたとき、はっきり言って、わたしは彼がいなくなってほっとしました。あの人、うるさくいろいろ指示を出すんですけど、本当は組織力なんてないんです。アラン・ホリスは大違い。彼は静かに能率よく仕事をかたづける。それで、ほぼすんだころ、テディが戻ってきました。そのときは、また主人面をしようとはしませんでしたけど」

「ほう？　彼はそのとき、どんな様子だったんです？」

「今にも爆発しそうに見えました。推測するなら——あ、ごめんなさい。わたしの推測なんか聞きたくないですよね？　この目で見たことだけ、とウィールド部長刑事に言われました」

「部長刑事は事実を超えてはいけない」パスコーは厳粛に言った。「主任警部は一日に最大限三つまで、推測を聞くことが許されている」

これでまた日の光が射した。

「見たところ、彼とダフネ伯母はなにかに関して大げんかをしたようで……」

ふいに彼女は言葉を止め、非難するように彼を見つめた。

「あの、いやだわ。わたし、なにも……その、二人はしょっちゅう口論していたんです。みんなそうです。それがダフネ伯母のやり方でした。そうすれば人がだらけないと思っていたんでしょう。しばらく彼女のお気に入りにされて、いい気持ちになっていると、すぐまた嫌われる番がまわってくる。なんの意味もないんです！」

「意味があるとは、誰も言っていませんよ」パスコーは言った。「では、見たことだけを話してください。テッドは戻ってきて、何をしましたか？」

「シッド・パーカーと立ち話をしました。というか、テディが一人でしゃべっているようだった……それから、ダフネ伯母が出てきて、すべて予定どおりにいっているか確かめました。問題はなかった」

「彼女はどんな様子でしたか？」

「まだちょっと怒っているように思えました。テディとシッドをにらみつけたので、二人はどこか目の届かないところに移動しました。それから彼女はすべて準備が整ったのを確かめて、うまくいっていてうれしい、とまで言いました。それからアラン・ホリスに、バーに関連した書類をいっしょに見てほしいと言って、二人はそろって家の中に入りました。わたしは外の準備を終えたので、部屋に上がって手を洗い、パーティー用の服装に着替えました。そして、階下に戻ると数分して、お客様がいらっしゃいました」

「そこをうかがいたいですね。誰が一番乗りでしたか？」

「ミス・シェルドン、クリニックの看護師長です。二時二分過ぎぐらいで、早すぎたかしらと、ちょっと心配なさっていました。それからまもなく、針師のミス・リー、続いてアヴァロン院長のドクター・フェルデンハマー、そのあとは次々に大勢いらっしゃいました。ウィールド部長刑事に言われたように、正確な順番を思い出そうとしているんですけど、そう簡単じゃありません。とうとう、新しく来たお客様にはご案内なしで庭に出ていただくことになりました。わたしたちはみんながちゃんと飲み物を持っているかとか、確かめるのに忙しくて」

「〝わたしたち〟というのは、あなたとそのほかには誰です？　デナム姉弟？」パスコーは訊いた。

「ああ、いいえ。テディとエスターは人とおしゃべりを始めていましたし、ダフネ伯母はもちろん、お客様一人ひとりにご挨拶しなければなりませんでしたから。そのころには、彼女はずっと機嫌よくなっていました。とてもリラックスして、愛想よく、いいホステス役をつとめていました」

「では、働いていたのはあなただけ？」

また微笑が浮かんだ。今回はちょっと悲しげだろうか？

「まあそうですね。でも、お客様たちはいったん飲み物、食べ物のありかがわかると、あとはすぐセルフサービスで満足していらっしゃいましたから、わたしは全般に目を配っていたというだけです」

「わかりました。バーベキュー・エリアにも目を配っていましたか？」

これで彼女の顔から光が消えたが、いずれは話題にしなければならないことだった。

「いいえ。わたしは肉があまり好きではありませんの、ミスター・パスコー、ことに元の形をああ如実に見せつけられると。あそこはオリー・ホリスの担当でした」

「彼のことを教えてください」

「デナム・パークにあるホリス・ハムの繁殖場の門番です。会社を創設したダフネ伯母の最初のご主人の遠い親類だと思います。ダフネ伯母は彼によく、ちょっとした庭仕事をしてもらっています……いました。それに、彼はミスター・ホリスの生前、ホッグ・ローストを手伝っていたんだと思います。当時は毎年恒例の催しでした」

「で、伯母さんはその伝統を続けなかったんですね？どうしてでしょう？」

「まあ、二度目の夫というのは前任者のことを思い出したくないものでしょうし、毎年のホッグ・ローストはなんといってもミスター・ホリスのイベントでしたから」

パスコーは彼女が注意深く表現を選ぶことを心にとめた。この人は抜け目ない、と思った。それに、おべっか使いのコンパニオンなどには程遠い。彼女が見逃すことはあまり多くないだろう。今はあの恐ろしい出来事があってからまもないので、〝伯母さん〟の内実を隅から隅まで率直に評価することは期待できない。だがあとになれば、非常に役に立つ人物となるかもしれない。

「では、レイディ・デナムを最後に見たのはいつでしたか？」彼は訊いた。

「ウィールド部長刑事にも申し上げましたが、確実におぼえているのは三時半前後が最後です。彼女はミスター・ゴッドリーと、かなり熱のこもった会話をしていました……」

「口論、とおっしゃったと、部長刑事から聞きましたが」

「そうでしたか？ ええ、まあ、そうだったかもしれませんが、わたしとしては確実でないことは……」

ここでも、誰かを指さすように思われるのがこわいのか？

「ミスター・ゴッドリーは治療師だそうですね」パスコーは言った。「さっきのお話からすると、レイディ・デナムはミスター・トム・パーカーほど、代替医療セラピストに惹かれていない？」

「ええ」クララは言った。「率直にいって、ダフネ伯母はああいう方たちをホッグ・ローストに呼びたくはなかったと思います。でも、コンソーシアムからお金が出ている以上、彼女には選択の余地はなかった。どっちみち、伯母はトムのことは彼女なりにとても愛していましたから、彼を不愉快にさせるようなことはできる限り避けていたでしょう」

「で、そのあと、あなたは彼女の姿を見なかった？」

「と思います。でも、なにしろ忙しかったんです、アラン・ホリスといっしょに飲み物を出すので。食べ物のほうは、セルフサービスでお客様まかせにしておいて大丈夫ですけれど、バーはきちんとコントロールしていないとたいへんなことになります。アランはパブのスタッフを連れてこられなかった——ホリデー・シーズンでお店は忙しくて——それで、できるだけの手が必要でした。それから嵐になって、わたしたちはバーの品物が雨に流されないうちに家の中へ運び込もうと、必死でした」

「わかりました、たいへん役に立ちました。ありがとうございます」パスコーは言った。彼は招待客名簿をもう一度見てから続けた。「これを見ると、トム・パーカー一家の中に、シャーロット・ヘイウッドという人が同じ住所で入っていますが、この人も親類ですか？」

「いいえ。訪ねてきているお友達です」彼女は言った。「わたしのような、貧しい扶養家族じゃありません」

やや自嘲気味の言い方だった。

パスコーは微笑して言った。「ご自分ではそう見ていらっしゃらないでしょう？」

「ほかの人たちの目には、そう映っているだろうと思いますけど」

「でも、それももう長くは続かないでしょう」彼は言い、相手を気をつけて見守った。

「は？」

「伯母さんの悲劇的な死によって、あなたはもう扶養家族ではなくなった、たとえそれが人の目に映ったものだけだとしてもね。貧しいかどうか、あなたの境遇はなにも知りません。レイディ・デナムの死がその境遇をどう変えるかもね」

「まあ、いやだ」彼女は信じられないというように言った。「わたしがそんなことを気にかけているとお思いですの？」

「こういう状況ですから、自然なことでしょう……」

「あなたのようなお仕事なら、きっと自然なことでしょうね」彼女は言った。

怒ってわめき出しそうな声音だったが、二回ほど深呼吸すると、落ち着いた声に戻った。

「ダフネ伯母には欠点がたくさんありましたし、それを指摘したがる人は大勢出てくるでしょう。でも、わたしには親切でした。わたしが親切な人を必要としていたとき、ここで暮らすようにと呼び寄せてくれました。彼女の遺言については、わたしの相続分がたくさんあるのか、少しなのか、ぜんぜんないのか、どうであれ、わたしが伯母の死を悼み、生前を思い出すことには、なんの変わりもありません」

「すみません」パスコーは感心して言った。ただし、力強い感情に感心したのか、力強いパフォーマンスに感心したのか、確信はなかった。「失礼なことを言うつもりはなかったんです」

「いいんです、気にしていませんから」彼女は言った。「あの、わたしだってあなたと同じように、こんなひどいことをした怪物がつかまるようにと願っています。当然、あなたはダフネ伯母の死によって利益を得る人に話をなさりたいでしょう。わたしをそのリストに入れるのは、あなたにとって時間の無駄になります。それだけ申し上げておきます」

「ご立派」パスコーは小声でつぶやいた。「では、ご自分の名前をリストからはずしたうえで、そのリストに載せるべき人物の名前をいくつか出していただけませんか？」

彼女はパスコーを見た。貧しい扶養家族というよりは、屋敷の女主人という表情だった。「嫌疑を受けるとどういう気持ちがするものかわかっているこのわたしが、ほかの気の毒な人たちに指を向けるとは思われないでしょう？」

「そうですか？　では、やはりわたしほど、このひどいことをした怪物がつかまることを強く願っていらっしゃらないようだ」パスコーは言った。

　彼女がこの一言を消化するまで待ってから、続けた。

「ともかく、ご協力ありがとうございました。さてと、もしサー・エドワードとそのお姉さんがまだこちらにいらっしゃるなら、話をさせていただきたいと思います」

　彼女はしばしパスコーの視線をしっかり受け止め、それから立ち上がると、先に立って廊下を進み、大きなオーク材のドアの前まで彼を連れていった。ドアを押しあけると、なにも言わずに歩き去った。

　むくれているのか、ただ考えているのか？　とパスコーは思った。ミス・ブレレトンには目に見える以上のものが隠れている？　見える部分が目に快いのは確かだった。

　そんな考えは頭の奥へ押しやり、彼はあいたドアから中に入った。

7

入った部屋は、さっき出てきた狭いコンピューター室とは格が違った。広々して、天井はクリスタルのシャンデリアを吊るせるくらい高いが、浮き上げ彫りの中央装飾から下がっているのは、木製の十字に電球を四個つけた、ブリティッシュ・ホーム・ストアーズ（庶民的な百貨店）で買えるような電灯だった。中央装飾と、そろいの蛇腹はどちらも浮き出し模様に金箔を張って際立たせてあるが、それがほとんど剝げ落ちていた。巨大な大理石製の暖炉の上方には油絵が掛かっている。狩猟用の真紅の上着を着た男の肖像画で、背後の田園風景を横切って猟犬の一群が走っている。家具は古びて、かなりみすぼらしく見えた。

部屋には人が二人いた。一人は長椅子に横になり、左手に細長いグラスを持った若い女。つぎを当てただぶだぶのジーンズに、スロッピー・ジョー・セーター（ゆったり大きめのデザインのプルオーバー）とパスコーが考えるものを着ていたが、それでも驚くほどエレガントに見えた。女は彼に冷たい目を向けて言った。「あなた、いったいだれ？」

「パスコー主任警部、中部ヨークシャー警察犯罪捜査部です」彼はわざと声を大きく響かせて言った。

第二の人物はマホガニー製の丈の高い戸棚つき書き物机の前に立ち、ドアに背を向けていたが、向きを変え、けんか腰で二歩進み出た。健康そうな筋肉質の若い男で、スポーツマンらしい身軽な動きだった。がっちりした顎にうっすら伸びたひげより、青白くほっそりした顔が好まれる現代では、やや時代遅れな美男子だった。くるくるとカールした髪はいい具合に乱れている。デザイナー・ブランドのカジュアル・パンツ。ポロシャツは、実際にポロ競技をやる男が着るもののように見える。いや、男の物腰に一種傲慢なところがあるので、そんな印象を与えるというだけだろうか。高価そうな腕時計が左手首にぶらぶらしている。ブレスレットの留め金が壊れたのか。あるいは、上流階級は富に対する無関心を表わすために、アクセサリーをそういうふうに身につけるものなのかもしれない。

男はパスコーを上から下までじろじろ見て、言った。

「責任者なのか?」

ぶっきらぼうに近い口調で、発音は確実に貴族的だった。

パスコーは言った。「サー・エドワード・デナムでいらっしゃいますね。それに、ミス・エスター? 悲しい状況でお目にかかることになりました。ご愁傷様です」

弔意をこめた厳粛な顔で、彼は手を差し出した。

ヒットラーとの握手の場面を撮影されるのがいやで、指揮棒をいじって無駄な努力をしているフルトヴェングラーのように、デナムは時計のブレスレットを留めつけようと試みたが、パスコーはじっと手を差し出したままだったので、とうとう彼は横柄に握手をして、「どうも」とつぶやいた。

それから、社会的に高い地位を回復する手段のつもりだろうが、彼は吠えるように言った。「ここに来るまで、ずいぶん時間がかかったじゃないか」

一瞬、パスコーは戸惑い顔になったが、それから理解できる過ちを見つけたかのようにかすかに微笑して、説明した。「ここに来るのが優先的なことではありませんでしたのでね。捜査の機械的手順を始動させるのは、うちの部長刑事が手際よくやってくれます。わたしは警察の中央コンピューターにすぐログインしました。このごろでは、現《ローカス》場《・イン・クオ》に向かう前に、上級捜査官は主要な関係者たちの背景情報を調べておくのがふつうなんですよ」

このフィクションが何をほのめかしているか、相手が呑み込むにまかせて、彼はデナムの前を一歩通り過ぎ、書き物机をじっと見つめた。引出しはすべて引き出され、デスクの上には紙が散乱して、床に落ちているものもある。

「なにか、なくしものですか?」彼は礼儀正しく訊いた。

「違う!」デナムは言った。腕時計はまたぶらぶらになっていた。締めるのはあきらめ、彼は時計をポケットに突っ込んだ。すると、ファッションでやっていたわけではない。

「伯母の住所録をさがしていただけだ。悲報を、ラジオで耳にする前に知らせてあげなきゃならない人たちが数人いるから」

「よく気を配っていらっしゃる」パスコーは言った。「見つかりましたか？」

「いや、その……」

「大丈夫ですよ。きっとミス・ブレレトンが助けてくれるでしょう。それでは、いくつか質問にお答えいただけますか……？」

デナムは深呼吸すると、緊張を緩めて言った。「わかった。そちらの仕事だものな。すわってください、パスコー。飲み物はいかがです？」

高飛車な態度を見せても効果はないと判断するだけの頭はある、とパスコーは思った。だが、姉のほうはまだ、彼に犬でもけしかけたいような様子に見えた。そう思うと、マントルピースの上の肖像画にまた目がいった。男の顔にどことなく見覚えがあった。男は人を見下した冷笑的な表情で、目はわずかにやぶにらみだった。

「いや、けっこうです」彼は言った。「あれは亡くなったミスター・ホリスですか？」

「とんでもない、違います」デナムは言った。「伯父のサー・ヘンリーですよ。ホリスはこっちです」

彼は書き物机と同じ壁際にある小さな金箔張りのテーブルに行き、銀の写真立てを取り上げた。中には灰色の髪をした男の写真が入っていた。雨風にさらされた顔には濃い無精ひげが生え、目を細くしたヨークシャーの農民らしい表情で、その顔は〝おれを負かす野郎はいない！〟と言葉より明確に語っていた。

気の毒にな、ホッグ。勝ちっぱなしってわけにはいかない、とパスコーはやや同情して考えた。もし人間の意識が死後少しでも残っているとしたら、ホッグはどう感じているだろう？　自宅の居間のいちばんいい場所を後継者に占められているとは！

彼はサー・ハリーの肖像画に戻り、それからエドワードに目をやった。やぶにらみではないが、人を見下した表情は同じだった。

「もちろんだ。そう言われれば似ているのがわかります」彼は言った。「いい肖像画ですね。とても……大きい」

「デナム・パークから持ち出すべきじゃなかったのよ」女は言った。「ドーブ《へぼ絵》なんですもの」

「いや、それほどひどくはないでしょう」パスコーは言った。

女は彼を見た。彼が軽蔑に値すると女が考えていたのなら、軽蔑の表情と呼べただろう。だが、弟は笑って言った。

「ブラッドリー・ドーブですよ、ハダスフィールド派の画家で、非常に尊敬されている。十年前に亡くなってから、値段が急上昇しましたよ。ま、これからはあるべき場所に戻せる」

「じゃ、これはレイディ・デナムの財産の一部ではなく、貸し出されてここにあるわけなんですか?」パスコーは無邪気に言った。

エスター・デナムはそんな退屈な質問に答える必要はないというように、あくびをしたが、弟はよどみなく言った。

「貸し出し、という言い方は正しいでしょうね。伯母は夫の死後この家に戻ってきたとき、当然、ハリー伯父の記念になるものを欲しがりました。肖像画を選んだので、ぼくらは反対しなかった。でも、あれはパークにあるべきものだと、いつも理解されていた。まあ、問題はない。貸し出しであれ、財産であれ、どっちみち、ぼくのものになるんだから」

おやおや、とパスコーは思った。手の内をすっかり明らかにする時間か？ これほどオープンな人間なのだから、なにも隠しているはずはない、とこちらに思わせるのが狙いだ。

利口な頭で考え出した、利口な手？

あるいは狡猾な姉が、弟にはおれを騙せるほどの頭がないと判断して、こういう手に出るよう助言した？

「それは、もうしばらくしないとわからないと思いますよ」パスコーは言った。「約束は破られるものですし、遺言状は書き換えられる。それに、現状を濁らせないためと、あなたご自身の保護のために、サンディタウン・ホール内にあるすべての書類、物件は、法律上の手続きがきちんとすむまで、レイディ・デナムの私物と見なしておいたほうがいいでしょう」

彼は書き物机のほうに視線を泳がせた。

デナムはまた貴族的怒りを見せそうな様子だったが、今度は姉のほうが懐柔的な道を選んだ。

「あちこちつつきまわるなって、言ったでしょ、テディ」彼女は言った。「それは警察の仕事よ。そのために税金を払ってるんじゃないの。さあ、うちに帰りましょ」

下手《しもて》に退場、残された田舎巡査はあわてて感謝の言葉をまくし立てる、とパスコーは思った。

「その前に、ひとことうかがわせてください」長椅子から脚を振り下ろした女に向かって彼は言った。

「またひとこと？　言葉にはもううんざりよ、警部」彼女は言った。「供述書は書いて、おたくの警官に渡したわ、ご存じでしょう。なんて名前だったかしら、おもしろい顔の人」

その形容詞を彼女はわざと引き伸ばして発音したので、ただの悪態以上に侮辱的に聞こえた。

「はい、存じています」パスコーは言った。「たいへん助かりました。出来事からまもなくの印象はつねに価値があります。しかし、時間がたつと、最初に努力したとき思い出せなかったものが出てくることもありますので」

エスター・デナムは立ち上がり、首を振った。

「ごめんなさい、そんなものはぜんぜんありません」彼女は言った。

スロッピー・ジョー・セーターはひどく大きくて、袖が彼女の手からゆうに六インチも下までぶらぶらしていた。だが、編み目が粗いので、彼女が下にブラジャーをつけていないと、パスコーは心地悪く意識した。

彼は女とドアのあいだに立っていて、動こうとしなかったので、彼女は面と向かって大あくびをすると言った。

「ねえ、まだ行かせてもらえないんなら、もう一杯飲んでもいいかしら、それとも、これも現状を濁らせる行為かしら？」

「ボトルを取っていかないのであれば、かまいませんよ」パスコーは言った。陽動作戦としてわざと嫌味な態度を見せているのでないとはっきりしたら、この女を喜んで嫌ってやるぞ、とパスコーは決めた。

彼女はうっすら微笑して、部屋を横切り、サイドボードに近づいた。そこにはウオッカのボトルとアイス・ペールがあった。長い袖の先から左手がセクシーにするっと出てきて、グラスに角氷を二個落とし、ウオッカを注いだ。

弟は姉を不安げに見守っていた。彼はなにも飲んでいない。頭をはっきりさせておきたいのか？

「あなたはいかがですか？」パスコーは言った。「供述書を出してからあと、なにか思いついたことがありますか？」

「いいえ、べつに」エドワードは言った。「気の毒なダフネ伯母が最後に目撃された機会が、当然いちばん大事でしょう。それで、最後にちょっとおしゃべりしたとき、なにか重要そうなことがなかったかと、脳味噌を搾っているんですがね」

「頭を空っぽにするといいですよ」パスコーがすすめると、姉は皮肉に鼻を鳴らした。「それで、なにか出てくるかどうか、試してみる」

デナムはしばらく目をつぶっていたが、それから首を振った。

「だめだ。ウィールド部長刑事にも言ったように、ぼくが伯母に会ったのはかなり早いうちだった。子供たちの何人かが私有の海岸で泳ぎたいというので、ぼくは監視役を買って出ました。しばらくいっしょに浜にいたんですが、おとなの数が必要以上に多いくらいだったから、ぼくはパーティーに戻ることにしました。うまいシャンペンを飲める機会は逃したくないんでね。それに、伯母はめずらしく奮発して、いいものをそろえていた」

「すると、戻られたとき、レイディ・デナムの姿は見かけなかった？」

「ええ。残念ですが」

「そちらはいかがです、ミス・デナム？」

「ええ、ちらちらと姿は見ました。かわいそうなレスター・フェルデンハマーを隅に追いつめたところを見たわ。きっと、下半身を診察しないかって誘っていたのね」

「エス、やめろよ！」デナムは言った。「死んで数時間しか経っていないっていうのに」

「すみません」パスコーは言った。「わからない部分がある。そのドクター・フェルデンハマーというのは、アヴァロンの院長ですね？」

「そうです。よしてよ、テディ、警察があれをほじくり出さないなんて思わないでしょ？　そちらのご専門よね、警部、ほじくり出すのは？」

「正確には、主任警部です、ミス・デナム。わたしのほじくり出す仕事に多少なりと手を貸していただければありがたいですね」

彼女は笑い、初めて彼を〝無視していい召使〟以上の存在と認めたような目つきで見た。

「たいした秘密じゃありません」彼女は言った。「〈希望と錨〉亭で誰とでもいいからおしゃべりを始めれば、すぐに教えられるわ。伯母はフェルデンハマーに目をつけていたってね」

「つまり、レイディ・デナムとドクター・フェルデンハマーは恋愛関係にあったということですか？」

エスター・デナムはまた笑った。


「わたしなら、そういう表現はしないけど。ダフネは男が好きだった。好き、というのは、あらゆる意味でね。でも、自分の社会的地位も好きだったから、チャタレー夫人みたいなのはなし。いい体をした百姓と十草小屋で寝ているところを人に見つかるなんて、とんでもない。彼女が求めたのは、社会的にも性的にも役に立ってくれる伴侶よ。最初の夫ホリスは、富と地元での影響力をもたらしてくれた。二番目の夫のハリー伯父は、社会的地位をもたらしてくれたし、彼女は計算機みたいな頭の持ち主だったから、デナムの地所から伯父一人ではとても実現できなかった利益を上げた。彼の死後、伯母はかゆいところを掻いてくれる後継者を物色していたんです」

「それで、なぜドクター・フェルデンハマーに白羽の矢が立ったんですか？」パスコーは訊いた。

彼女はその表現に眉毛を上げたが、それから言った。

「あの人なら、かなり立派なトロフィーになるでしょう。愛玩少年《トイ・ボーイ》と人に呼ばれるほど若くはないから、伯母がみっともなく見えることはないけれど、勃起しないほどの年寄りではない。金持ちではないとしても、彼女の財産を消耗させない程度の稼ぎはある。それに、医者としての功績がそれなりにあるから、彼女はその照り返しを楽しめる。あともちろん、いくら病気知らずだと自慢していたって、あの年なら家につねに医者がいるのはいいことだし、経済的だとも思えたでしょう」

よっぽど彼女を嫌っていたんだな、とパスコーは思った。だが、嫌悪がどこまであんたを駆り立てるだろう？

「で、ドクター・フェルデンハマーは求愛された……どんなふうにです？」

「飢えた人食い人種に追いかけられる宣教師のごとくね」エスターは答えた。「お祈りではどうにもならないと見て取ると、逃走を試みて、職場交換でスイスのダヴォスの近くにあるアヴァロンで六カ月過ごしたわ。でも彼女はすぐに追いかけた」

「文句は言うなよ、エス。おかげでぼくらはスキー・ホリデーを手に入れたじゃないか」弟はにやりとして言った。

さっきは逆らったが、気が変わって、姉の軽妙であけっぴろげな話を喜んで支持するつもりらしい。

悲しみの表われ方は人さまざまだ、とパスコーは偏見のない見方を心がけて思った。少なくとも、この二人は悲しくもないのに悲しいふりを見せようとはしていない！

「どうしてドクターは、申し訳ないがその気はないと断らなかったんでしょう？」彼は言った。

「ダフ伯母は相手の足場を危うくするのがうまかった」テッド・デナムは言った。

姉がすばやく口をはさんだ。「それに、レスターは初心者でなんかないわ。ここ六カ月、ずいぶんうまく頭を下げたり振ったりしてパンチをよけてきた。でも、ダフ伯母が相手だと、いくら優美にボクシングをやっても、最後にはコーナーに追いつめられてしまうのよ。わたしは彼をかなり気の毒に思った。唯一残った手段は、でぶのナイチンゲールと駆け落ちすることだけ、みたいに見えてきていたもの」

「は？　また置いてけぼりだ」

「ペチューラ・シェルドン、アヴァロンの看護師長。体重では伯母といい勝負、年齢では二十は若かった。でも、賭け屋なら不釣合いな組み合わせ、と呼んだでしょうね」

「つまり、そのシェルドン看護師はドクター・フェルデンハマーと親しい、ということですか？」

「彼女の希望としては、確かにそうね。看護師はいつも医者を手に入れようと追いかけているものじゃない？　彼が彼女にどういう感情を持っているのかは、ぜんぜんわからない。たぶん、ダフ伯母と比べれば、彼女だってかなり魅力的に見えるでしょ。でも、ダフが死んだから、その魅力も薄れてくるかもね。彼女、結局はお手伝いさんでしかないもの。お手伝いさんといえば、主任警部、ダフネ伯母の持ち物をつつきまわるなという禁止命令は、クララ・ブレレトンにも適用されるの？」

「なんですって？」パスコーは言った。突然、話題が変わってついていけなかった。

彼女は目を宙に上げた。プロレタリアの鈍さから守り給えと、上流階級の神に祈りを捧げているような様子だった。

「弟がいつまでもここにいると、家の中をつつきまわりたいという誘惑に駆られるんじゃないかと、あなたは恐れていらっしゃるようだわ」彼女はゆっくり、ごくはっきりと言った。「ミス・ブレレトンはこの家に住んでいます。今夜、家の中に一人になったら、どれだけつつきまわろうと、止める人はいないでしょう？」

デナムはびっくりして言った。「まったくだ！　気がつかなかった」

一瞬、姉と同じように、意地の悪い疑念を持っているのかとパスコーは思ったが、それから彼は言った。「かわいそうに、クララはここで一人で寝たくはないだろう。あんなことのあったあとじゃ。いっしょにパークに来るように言おう」

彼は大股に部屋から出ていった。

二人のうち一人は人間らしい感情が少しはあってよかった、とパスコーは思った。

彼は鈍重に言った。「どうやら泊まり宿ができたようですね、ミス・デナム」

彼女はグラスを干し、彼に微笑した。ばかにした微笑だ。

四月の雲間から射し込む太陽というより、沼地の霧のむこうに見える鬼火だった。だが、彼女がとても美人であることは否定できなかった。

「そうは思わないわ」彼女は言った。「彼女はうちに来ないというほうにわたしは賭ける。あなたが来るほうに賭けたら、こっちの勝ちよ」

「勤務中のギャンブルは禁じられていますから」パスコーは言った。

よかった。賭けていたら、負けだった。

「一人で大丈夫だってさ」デナムは部屋に戻ってきて言った。

叱られておとなしくなった子供のように聞こえた。姉はわざとらしく優しい声音で言った。「こっちに泊まって手を握っていてあげようって申し出なかったとは、驚きね、テディ」

彼はそれを無視して言った。「もう用事はおすみですか、主任警部？」

「あと一つだけ」パスコーは言った。「さっきのお話の私有の海岸ですが、どうやってそこまで行くんです？」

「崖を下りる小道があります」

「下には、無断で上がろうとする人間をとどめるものがなにかありますか？」

「え？　ああ、なるほど。いや、〈私有地〉と書いた看板があるだけで、あとはもちろん、土地の人間なら、伯母にぶつかる可能性があるとおびえたでしょうが、侵入者を防ぐようなものはなにもありません。まさか……」

「ご安心ください。すべての可能性を調べます。あと一つだけ。あなたと伯母さまは、今日パーティーが始まる前に、会話をしたそうですね」

「会話ならしょっちゅうしていた」彼はいらいらといった。

「仲よくしていたんだ」

「おっしゃるとおりでしょう。しかし、どんなに滑らかな関係にも、ざらついた瞬間はあるものです。この会話はやや熱したものだったようですが」

「誰がそんなことを言った？」彼はきつい口調で訊いた。

二人が話している時間を利用して、姉はグラスにお代わりを注いだが、弟の言葉に、こんな愚問は聞いたことがないとばかりに鼻を鳴らした。

パスコーは言った。「では、そんな会話はまったくなかった、とおっしゃるんですね」

デナムは一瞬、彼をにらみつけた。

状況を思い出そうとしている、否定できること、できないことを考えているんだ、とパスコーは思った。

デナムは言った。「いや、ありました。確かに、ぼくが飲み物やビュッフェのためのテーブルを用意する仕事に用もないのにかかずらっていると、伯母にちょっとどやされた。ぼくはクララがてんてこまいしているから、手伝っているだけだと説明したんですが、クララなら自分の間違いから学べばいいんだと伯母は言った。それでおしまい」

知られている事実にきちんとつながった、巧妙な説明だ。こいつ、やっぱり利口な野郎なのかもしれない。

「ありがとうございます。お二人とも、ご協力いただき、感謝します」パスコーは言った。「またお話しする必要が出てくるかもしれませんので、今後数日中にデナム・パークを離れる予定がおありでしたら、ご通知いただければ助かります」

「心配ご無用。ここで事がかたづかないうちは、遠くへ行ったりしませんよ」エドワードは言った。

「できるだけ早くまとめます」パスコーは言ったが、相手が捜査のことを言っていたとは一瞬たりと思わなかった。

彼はドアの脇に立ち、二人が部屋を出るのを待っていると態度で示した。エスターは酒を飲み干し、グラスを置いた。注ぐときも、飲むときも、左手しか使わなかった、とパスコーは目にとめた。これは上級捜査官にふさわしい観察だ、と感じた。おかげで、網状の毛糸の下からアザラシの赤ん坊のように突き出している丸々した小麦色の乳房のほうは、上級捜査官にふさわしからぬ観察をあまりしないですんだ。

二人が部屋を出ると、彼は書き物机のところに行き、そこに出ている書類をぱらぱらとあらためたが、これぞというものはなにも見つからなかった。ウィールドに命じて、誰かに詳しいリストを作らせること、とメモした。少なくとも、そうすればサー・エドワードがさがしていなかった ものが何だかわかるかもしれない。小さい日記帳が見つかり、興味を惹いたが、開いてみると中身はアポイントメントだけのようだった。あとでよく調べようと、それをポケットに入れた。

彼は居間を出て、クララ・ブレレトンの部屋に戻った。

「デナム・パークに泊まらないかというサー・エドワードの申し出を断わられたそうですね」彼は言った。

「ええ」

「あなたがお決めになることですが、今夜はここに一人でおられないほうがいいんじゃないでしょうか」

「いいというのは、誰にとって？」

「あなたにとって」

「でも、敷地内のパトロールに警官を置いてくださるでしょう？」

「まあね。それでも……」

彼女は抜け目ない目つきでしばらく彼を見つめてから言った。「テディがあちこちつつきまわっていたのね？　それに、エスターはわたしも勝手につつきまわるだろうと思っている」

准男爵がどの程度頭がいいのか、パスコーはまだ決めかねていたし、姉も、上流の学校に行ったことと、人より偉いという根深い思い込みのせいで身につけた表面的な利口さ以上のものを持っているのかどうか、よくわからない。だが、クララ・ブレレトンに関しては、疑いはまったくなかった。

「かもしれません」彼は言った。「もしサー・エドワードがつつきまわっていたとしたら、何を見つけようとしていたんでしょう？　たとえば、レイディ・デナムは私的な書類をどこにしまっていましたか？」

「よくわかりません。たぶん、東の応接室にある書き物机じゃないかしら」

「わたしがデナム姉弟に会った部屋ですね？　で、書き物机はふだん鍵を下ろしてありましたか？」

「いいえ。伯母が本当に内密のものをあそこに置いていたとは思えません。そういうものなら、弁護士のミスター・

ビアードに預けていたはずです」

「地元の人ですか？」

「あら、違います。ロンドンです。ダフネ伯母は内密の事柄に関して地元の弁護士を雇うべきではないと考えていました。わたしにそう助言しましたわ。彼女は助言を与えるのが好きで。地元の会社はごく有能かもしれないけれど、地元の人間を雇っているでしょう。賢い女なら、自分と弁護士とのあいだの書簡を、たとえば自分の帽子屋の娘なんかに読まれることがないように気をつけるものだ。そう言っていました」

「それはきっと肝に銘じていたことでしょう」パスコーはにっこりして言った。「彼女はミスター・ビアードに会いに行っていましたか、それとも、彼がこちらに来たんでしょうか？」

「わたしにわかる限りで、彼はかなり頻繁にこちらにいらしていました」

「では、法的な事務がたくさんあったんですか？」

「伯母は遺言を書き換えるのを楽しんでいました、それは確かです」彼女はいやな顔をして言った。

「ほう。で、ミスター・ビアードが最後にここに来たのは……いつでした？」

「先々週です」

「で、それは遺言書き換えのためでしたか？」

「彼に訊いていただかないと」クララ・ブレレトンはドライに言った。「わたしは遠縁の従妹だったかもしれませんが、いくつかの点に関しては、帽子屋の娘同然でしたから」

「ミスター・ビアードの住所はおわかりですか？」

「グレイズ・イン・ロード、だと思います。詳しくは伯母の住所録に入っているはずです。取ってきましょうか？」

パスコーは首を振った。

「いいえ、けっこうです。ミス・ブレレトン、正直に申し上げて、簡単に荷物をまとめて、あと二、三日ホールから出ていただければと思います」

「どうやら、選択肢というより指示のようですね。それで、どこへ行けばいいんです？」

「サー・エドワードの招待について、気を変えることはできますよ」

彼女は首を振って言った。「いいえ、だめです」

「具体的な理由があるんですか？」

彼女が答えないうちに、コンピューターの脇の電話が鳴った。

「出てもかまいませんか？」彼女は言った。

「もちろんです」

彼女は受話器を取り、言った。「はい……ええ、わたしです」

しばらく聞いてから、答えた。「ええ、実は警察から、しばらくここを出るように言われているんです……ご親切に……本当にどうもご親切に。ありがとうございます」

彼女は受話器を置いて、言った。「トム・パーカーと話をつけてあったんじゃないでしょうね？」

「いいえ。部下の一人が今ごろはもう彼に話を聞いたはずですが、わたしはまだお会いしていません。どうしてです？」

「あまりにもいいタイミングでしたから。電話はトムからだったんですけど、わたしがここに一人きりだと、奥さんと二人で今気がついたとおっしゃって、キョート・ハウスに泊まりにくるよう、招待してくださいました」

「それは親切なことだ。しかも、まったくの偶然ですよ」パスコーは言った。「異論はありますか？」

「親切な方たちなんです」クララは言った。「いえ、異論はありません。じゃ、荷物をまとめます。監視なさるおつもりですか？」

パスコーは優しく言った。「ミス・ブレトン、意地悪をされているとは、どうぞ思わないでください。あなたはひどいショックを受けられた。確かに、ほかにもあれこれ理由はあるにせよ、今夜あなたがお友達といっしょに過ごされるというのは、誰にとってもいちばんだと思うんです。交通の手段はありますか？」

「自分の車はありません。ときどき伯母のジープを借りていましたけど、今日そんなことをしたら、わたしを窃盗で逮捕しろとエスターがあなたに言ってきますわ」

クララはこれを軽妙な感じで言ったが、彼女が焦点を絞っているのはエスターだとパスコーは記憶にとめた。

「わかりました。誰かに送らせましょう。じゃ、どうぞ荷物をまとめてください」

彼女はうなずいた。その身振りは彼の言ったことがわかったというしるしではなく、むしろなにか内なる決断を示すもののように彼には思えた。それから、部屋を出ていった。

パスコーは携帯電話を出し、ウィールドにかけた。

「車を一台、すぐホールによこしてくれ。ミス・ブレレトンをトム・パーカーの家、キョート・ハウスまで送ってもらいたい。それから、彼女がいなくなったら、誰かにこの家をざっと調べさせてくれ」

「具体的にさがすものは?」

「特にないが、サー・テッドはなにかをさがしていて、見つからなかったようだ。遺言状かもしれない。レイディ・デナムの寝室から始めるのがいいだろう」

「女性が秘密を隠す可能性のいちばん高い場所だから?」

「きみがそういうことを知っているとは、驚きだな、ウィールディ」彼は言って、電話を切った。

クララ・ブレレトンは小型の旅行かばんを提げて部屋に戻ってきた。

「早かったですね」彼はほめた。

「長い滞在用の荷物じゃありませんから」彼女は言った。

彼は微笑した。エリーが説明してくれたことを思い出したからだった――短い旅行の荷物をまとめるのはずっとむずかしい。長い旅行なら、なんでもかんでもかばん《ケース》に突っ込めばいいんだから。

この事件《ケース》の中身はどうまとめたらいいのかな、と彼は思った。

「じゃ、出かけましょう」彼は言った。

8

シャーリー・ノヴェロはかなり自己満足してキョート・ハウスを離れた。

まあ、事件の解決につながる決定的情報にぶつかったわけではないが、そんなことが起きるのは探偵小説の中だけだ。彼女が手に入れたのは、目撃者三人の供述、そのどれにも有益な詳細が詰まっているし、ボーナスとして、おもな登場人物をめぐる最近の出来事や活動を観察した、チャーリー・ヘイウッドのEメールもある。こちらがどのくらい有益かは、まだわからない。たぶん姉妹のあいだのゴシップが大部分だろう。

彼女は車のドアをあけた。

助手席からミニー・パーカーが言った。「こんにちは」

「いったいどうやって入り込んだの？」ノヴェロは厳しい口調で訊いた。

「ロックしてなかったから」少女は言った。

「ロックならちゃんとしてありました」ノヴェロは言った。

ここまで確信を持って言われると、少女は反論せずに言った。「オーケー。でも、窓がちょっとあいてた」

「そう？　それは押し込みだから、あなたを逮捕できるわ。ともかく、ここで何してるの？」

「聴取されるのを待ってるの」ミニーは言った。

「え？」

「そのために来たんでしょ？　目撃者の聴取？　あたしだってホッグ・ローストに行ったもの。目撃者よ」

それは否定できないわね、とノヴェロは思った。クララ・ブレレトンの招待客名簿には子供たちの名前は出ていなかったのだ。ウィールドも気がつかなかった。それが手落ちだったとは言えないだろう。だが、あのスーパー部長刑事でさえクリプトナイトにやられる瞬間があるのだと思うと、ノヴェロはうれしくてどきどきした。

ただし、問題があった。正式には、子供を聴取する場合は保護者が同席し、できれば児童専門の警官が質問することが望ましい。それをやると、結果はおそらくゼロ。だが、それはウィールドの問題だ。あるいは、パスコーが出てきたら、彼の問題になる。

　しかし、ためしにちょっとやってみるぶんには、害はない……

「わかったわ。じゃ、さっさと話して。何を見たの？」

　ミニーはぎゅっと目をつぶった。思い出そうとして。あるいは、でっち上げようとして。

　ノヴェロは言った。「ねえ、斧を持った狂人が駆けまわってたなんて話でなくていいのよ。役に立つのは、ごくありきたりなこと、嘘でさえなければね。あなたは泳ぎにいったんでしょ？」

「そう」

「あなたのほかにはだれ？」

「ポール、というのはあたしの弟、それとヒーリーの双子――リンとラリー、あとトニー・ジェップ」

　ノヴェロはメモした。

「年は？」

「双子は九歳、トニーは十一歳」

「じゃ、あなたより年上ね」

「ええ、でも泳ぎはあたしがいちばんうまいの」ミニーは言い返した。

「すごいのね。おとなは？」

「トニーのおとうさんのミスター・ジェップ。それとミス・リー。ミスター・ジェップは土産物屋を経営してる。ミス・リーは針師。中国人かなんかだと思う。ああ、それに双子のおとうさんのミスター・ヒーリー、建具屋よ」

　少女が有益な情報をすらすらと口に出すのでノヴェロは感心した。針師《アキュパンクチャリスト》という言葉が滑らかに出てきたのにも驚いたが、なんといっても彼女はトム・パーカーの娘だ。彼女は聞き込み分担リストを調べた。ジェップはシーモア、ヒーリーは彼女、ミス・リーはボウフーの担当になっていた。

　すると、同僚二人はどちらもどこかの時点で、あの場に子供がいたことに気がつく。その点を見逃していたと言われて、ウィールドはどう反応するだろうか？　答えを見つけるのは二人のどちらかにまかせよう！

「泳いだの、おとなも？」

「ううん。おとなはすわって、おしゃべりしてただけ。それから嵐になって、海から上がりなさいと言われた。いやんなっちゃった。ほかの子たちはこわがったけど、あたしは雷が鳴って稲妻が光ってるときに泳ぐのはすごいクールだと思ったのよ。あなたは泳げる？　泳げそうに見えるけど」

「そう？　つまり、鱒みたいにほっそりして銀色に光ってるってこと？　それともオットセイみたいに太ってぶよぶよってこと？」

「ええと、強そうに見えるわ」少女は慎重に言った。

「それは信じたほうがいいわよ。で、あなたたちは水から上がらなきゃならなかった。そのあとは？」

「崖の小道を駆け上がった。チャーリーが迎えに下りてきて、あたしとポールをつかまえた。あたしたちは走って家に入って、ママに会った。それからチャーリーがあたしたちを二階に連れていって体を拭いてくれて、それから、みんなで三階の窓のところにすわって、嵐を見たの」

「親切なのね。チャーリーは好き？」

「うん、最高。あたしの叔父さんのシドニーと結婚するのよ」

「そうなの？　知らなかった。彼女、叔父さんをずっと前から知ってるの？」

ミニーは考えてから言った。「ずっと前からじゃないわ。それにね、これは秘密だから、まだ誰にも言わないでおいてね」

チャーリーはこの家に来てわずか一週間だし、彼女自身の話によれば、パーカー一家と知り合ったのはそのほんの三日前だ、とノヴェロは記憶していたから、言った。「ひょっとして、チャーリーとシッド叔父さんさえ知らない秘密なんじゃないの？」

「かもね」少女は言った。

「じゃ、絶対誰にも言わないわ。オーケー、じゃ、あなたたちは嵐を見物した。それから？」

「それから、嵐がやんで、あたしたちは階下に降りた。ママもほかのお客さんたちもまた外に出たの。そうしたら、みんなが騒ぎ出した、デカ尻を見つけて……」

「え？」

「レイディ・デナムのこと。あの人が豚といっしょにローストされてたって、ほんと？」

「まあね」ノヴェロは言った。子供は恐ろしい実話で悪夢にうなされるより、怪談をおもしろがるほうがいいと思ったのだ。「あなたは彼女を見た？」

「ううん。見たかったんだけど、ママがすぐにあたしたちを引っ張っていっちゃったから」少女は残念そうに言った。

ノヴェロは少女をつついて言った。「その前に会場で見かけたかって意味よ、ばかね」

「着いてすぐのときだけ」

「どんな様子だった？」

「すごく感じよかった」

「それはめずらしいことなの？」

「うん、あの人、うちに来るといつもあたしやほかのみんなに会ってうれしいとかって大げさに騒ぐんだけど、五秒くらいたつと、あたしたちのことなんて、すっかり忘れてるの」

「でも、パーティーのときは……？」

「あたしたちに会って、というか、お客さんみんなに会って、すごくうれしそうだった」

「どんなふうにうれしそうだったの？」

「ほら、おとなはちょっとお酒を飲んだり、セックスしたりすると、うれしそうになるでしょ、ああいう感じ」

わたしにショックを与えるつもり？　感心させる？　それとも、ほんとにここまで落ち着き払っている？　ノヴェロは迷った。なんにせよ、正式な手続きを踏んでやっている未成年者聴取ではないのだから、深入りはできない。

「それじゃ、浜から戻ったあとは、誰を見かけた？」

「たくさん。みんなが雨宿りに駆け込んできたから」

「もう少し具体的に言える？　つまりその、特に誰と誰というのをおぼえている？」

「具体的の意味ならわかってます」ミニーはぷりぷりして

いっしょにはね」

言った。「テディ・デナムを見たわ。彼もトランクスを穿いてたけど、泳いでたわけじゃない。まあ、あたしたちと

そのとおりよ、とノヴェロは思った。彼が何をしていたかなら知っている。

「そのほかには？」

「男の人がたくさん。市議会の人たちだと思うわ。鎖をつけた市長がいっしょにいたから。その人たちはバーからボトルやグラスをひっつかんで、中へ持っていこうとしていたんだけど、そうしたらパブのミスター・ホリスが来て、自分がやると言った。食べ物のほうは誰も動かそうとしなかった。あたしは立ち止まってなにか取ろうとしたのよ。まだなんにも食べていなかったし、水泳をするといつもおなかがすくんだもの。でもチャーリーから、だめ、みんなで中に入りましょう、と言われたの」

「じゃ、そのときはチャーリーがあなたたちの面倒をみていたのね？　ほかのおとなたちはどうなったの？」

「ミスター・ジェッブはトニーといっしょにいたし、ミスター・ヒーリーは双子の面倒をみていた。ミス・リーの姿は見なかったわ。みんなで崖の小道のてっぺんまで来たところ、なんていうか、消えちゃったのよ。とにかく、嵐のあとで庭に出たら、食べ物はみんなだめになってた。クララが悪いのよ。いつもホールではクララがそういうことの責任者なの。あれだけの食べ物が無駄になったのを見たら、デカ尻は、つまりレイディ・デナムは、きっとあの人をびしびし叱りつけたでしょうね」

その言い回しと抑揚からすると、彼女は人から聞きかじったとおりに真似しているようだった。

ノヴェロは車の時計に目をやった。そろそろやめよう。彼女は言った。「じゃ、あの発見……」

婉曲な表現をさがして、言いよどんだが、ミニーはいらいらして言った。「死体発見でしょ」

「そう。そのあと、おとうさんとおかあさんはあなたたちをすぐ家に連れて帰ったの？」

「うん。あたしは残って、そのあとどうなるか見たかったんだけど、おとなって、ああでしょ」

おとなでないほうに入れてもらえて、ややうれしくなったノヴェロは言った。「ええ。わたしもおとな二人の下で働いているけど、面倒なときがあるわ」

彼女は少女のむこうまで手を伸ばし、助手席側のドアをあけた。

「それじゃ」彼女は言った。「わかったわ。どうもありがとう」

「これでおしまい？」ミニーはがっかりしたように言った。「ほかの人たちのことは聞きたくないの？」

「ほかの誰のこと？」

「嵐のあいだにあたしが窓から見た人たち」

やだ、とノヴェロは思った。最初に車から蹴り出して、ウィールドに電話し、彼女とそのほかの子供たちのことを知らせ、きちんとした聴取を手配してくれるよう、彼にまかせるんだった。

だが一方、ここまで来てしまったのだから、もし本当に役に立つ情報をわたしが掘り出せば、叱られるのも形式だけのことですむかも。

たぶん。

「教えて」彼女は言った。

少女は顔をしかめた。再現しようとして。あるいは、でっち上げようとして。ノヴェロは自分の子供のころの告解を思い出した。ケリガン神父をがっかりさせたくないばかりに、重大な罪を見つけようと、事実をだいぶぼやかしたものだ。思春期になると、ぼやかすことは続いたが、その動機はまったく逆になっていた。

「あたしは窓から嵐を見ていたの。そうしたら、芝生の奥のほうにミス・デナムが見えた……」

「待って」ノヴェロは言った。「みんなの話だと、あたりは夜のように真っ暗くなって、土砂降りだったし、大風で木の葉やなにかが舞い散っていた。あなたはずいぶん目がいいのね」

「そうなの」ミニーはいい気になって言った。「それに、稲妻が光ると、すごく明るくなったから」

「じゃ、稲妻が光ったときに、あなたは……何を見たの？」

「ミス・デナムを見たのよ。どうして信じてくれないの？」子供はぷりぷりして言い張った。

ノヴェロはごく静かに答えた。「わたしが何を信じるかはどうでもいいのよ、ミニー。大事なのは、あなたが本当に信じていること。今、なんの話をしているか、よく思い出して。実際に恐ろしいことがあったのよ。ゲームとかじゃない。それじゃ、何を見たか、もう一度教えて」

この説教は効果があった。

少女はさっきよりためらいがちに言った。「誰かを見たのはほんとだし、ミス・デナムだと思うの。まあ、そうだったかもしれない。それに、いっしょに誰かいた……男の人……」

「だれ？」

「わかんない！」彼女は大声で言った。「なんとなく見覚えはあったけど、誰だってちゃんと言えない。二人は芝生とホッグ・ローストの場所のあいだの茂みから出てきて……」

ノヴェロは屋敷と芝生とホッグ・ローストの位置関係を思い出そうとした。

「それなら三百ヤードくらいあるわ。はすに見て。つまり、斜めに見てってこと。ずいぶん目がいいのね」

「そうよ」少女はいい気になって言った。

「それで、あなたはこれを稲妻が一度光ったときに見たの？」

「ええ。次に光ったときには、もういなくなってた」

ここでやめておこう、とノヴェロは思った。試す程度のつもりが、ずいぶん先まで行ってしまった。叱られても、なにか重要な発見につながるものが出てきたのならいいが、彼女が手に入れたのは、どうにも使い道のないことばかりだった。

彼女は言った。「その二人を見た人はほかにもいる？たとえばあなたの弟さんとか、ミス・ヘイウッドとか？」

「いないと思う」

「見たってことを、どちらかに教えた？」

「ううん。だって、そのときは大事なことだって知らなかったでしょ」

「ミニー、今だって知らないままよ」ノヴェロは言った。

「じゃ、ありがとう。これでおしまい」

「署名とかしないの？　それに、テープに録音するんじゃなかったの？」少女は訊いた。

「あとでね」ノヴェロは言った。「今の話をまたしてもらうかもしれないわ、おかあさんかおとうさんが付き添っているところでね。そうしたら、録音とか署名とか、たぶんすることになるでしょ。これはリハーサルだと思って、いいわね？」

「オーケー」ミニーは言ったが、動かなかった。「じゃ、今度はどこへ行くの？」

「それがどうだっていうの？」

「いっしょに行ってあげる。このあたりの近道ならみんな知ってるから」

「よしてよ！　こんな小さな町で、なんでもすぐそばにあるのに、近道の必要がどこにあるの？」ノヴェロは言った。彼女は都市動物で、人口五万人以下の集落はすべて村だと見なしている。「だいたい、もう寝る時間じゃない？」

「今度の誕生日で十歳よ！」ミニーは怒って宣言した。「で、何が欲しいの？　女王様からの祝電？　さ、行って、行って。さもないと、逮捕するわよ」

少女の目が逮捕の可能性に興奮して輝くのが見えたから、ノヴェロは彼女を押し出した。少女はあいたドアから転がり出て、芝生の端に大の字になった。

「じゃ、またね」ノヴェロは大声で言い、ドアを引いて閉めると、車をスタートさせ、砂利を蹴散らして、いっきに車寄せをすごいスピードで出ていった。

ミラーを見ると、少女が立ち上がり、なにか怒って怒鳴りながら、車を追いかけて走ってくるのが見えた。

ぐんぐん引き離していたから、声を聞くのはむずかしく、読唇は不可能だった。

だが、言っていることはだいたいわかったと思った。

「あんただってデカ尻よ！」

9

「到着しました」上流女の声が自信たっぷりに言った。

「嘘つきめ」エドガー・ウィールドは言った。

ここまで、ミノタウロスの狩人さえ迷いそうな迷路のごとき無等級の細道に一本の糸を走らせて彼を導いてきた上流女の手際には感心させられたが、最後の最後になって、彼女は失敗した。彼がオートバイを止めた道路脇の建物には〈ライク農場〉の表札がついていたが、彼の目的地は〈ライク農場納屋〉だった。

人間に接触するときだ。

彼はサンダーバードを降り、オーク材のドアについたライオンの頭のノッカーを鳴らした。

身分証を開いて用意していた。ふだんは見たままの自分を受け入れてもらうのだが、辺鄙な場所では、革のつなぎにこわい顔が加わって、相手を即座に安心させるものが必要になることもあるのだ。

ドアがあくと、そこには赤ら顔の大男が戸口全体をふさぐように立っていた。訪ねてきたのが悪魔だとわかったって気にもかけないといった様子だった。

「ウィールド部長刑事です」ウィールドは念のために言った。

「ほう？　殺人事件のことだろうな。フラン青年に会いたいっていうんじゃないかね」

ウィールドは驚かなかった。ヨークシャーの田舎に何マイルも続くなにもない空間をニュースが走るスピードといったら、ビル・ゲイツだってうらやましがるほどだ。

「そうです。ミスター・ルートです」彼は言った。「ライク農場納屋というのをさがしているんですが」

「ま、さがし方が足りなかったね。サンディタウンへ向かう道路を四分の一マイル戻ると、左側、枯れた樫の木のすぐ手前に小道の入口がある。でっかい看板がついてるから、見りゃすぐわかる」

ウィールドは非難されたとは感じなかった。彼自身、ヨークシャーの辺鄙な村に数年住んできたから、こういう一見けんか腰の態度は、都市部での親しい家庭内の会話に相当するものだと今では承知していた。

「ありがとうございます、ミスター……ええと？」

「セッジウィック。ウォリー・セッジウィックだ。じゃ、まだつかまえてないんだな？」

「誰を？」

「ダフ・ブレレトンをやったやつさ、もちろん」

「ええ、まだね。ミスター・ルートにはよく会いますか？」

「彼が家賃を払いに来ればな。うちの女房はもっとしょっちゅう会ってるよ、家の掃除をしてやってるから」

「じゃ、おたくの納屋なんですか？」

「ああ。数年前に改造した。いまいましい政府のおかげで、正直に農業をやってるだけじゃ生計が立たなくなってきたからな。多角経営、とやつらは言った。家を貸す、喫茶店を開く。冗談じゃねえよ、とおれは言った。赤の他人を家に入れて、おれのトイレを詰まらせるなんてことをするもんか。だけど、納屋をホリデー・コテッジに改造する補助金はもらえた」

「でも、ミスター・ルートはそこに定住している？」

「一年のリースだ、更新可能。あいつの状態を見たときは、無理だと思ったんだが、納屋は平屋だし、彼が自腹を切ってあちこち変えた。書き物をするために静かな場所が欲しいと言っていた。それに女房が、夏のあいだ毎週違う人たちが来て、天気が悪くなるとずっと空き家のままっていうより、よほど楽だと言ったんだ。あの青年がちょっと気の毒になったってのもあるだろうな。あいつは女に話をするってえと、まったく口がうまいしな！　それで家賃を決め、女房が掃除と、たまに料理もしてやって、その分は余計に払ってもらうってことで同意して、みんな満足だ」

「ああ、そいつはけっこうだな」ウィールドは言った。

「料理もするって？　お客をよんだり、よくするのか？」

「そうは思わんな。メイジーはミスター・ルートが食うためのキャセロールとか、そういうのを作って、冷凍庫に入れといてやるんだ。もちろん、あそこは奥まっているから、毎晩ワイルドなパーティーをやってたってわからんが、あの道に入っていくのをおれが見かけたのは、トム・パーカーと、バイクに乗ったデナムの若いのだけだ」

「というと、サー・エドワードか？」

「ああ。狂人みたいにぶっとばす。ああいうバイクは禁止にすべきだ、おれはそう思うね」

あんたは別だ、とは言わなかったな、とウィールドは思いながら、礼を言い、サンダーバードに戻った。

二分後、夕方の空を背景に、巨大な枯れ木の骸骨のような輪郭が見えて、彼はスピードを落とした。小道の入口があった。看板もセッジウィックの言ったとおりそこにあったが、詳細まで正確だったわけではない、とウィールドは思った。花崗岩のかたまりを覆っているイラクサを足で払いのけると、そこには剝げかけた白ペンキで〈ライク農場納屋〉と書いてあった。

ひどく古びてぼろぼろの砂岩の門柱に、やはり古めかしいゲートがくっついていた。蝶番は錆びているものの、ゲートは滑らかに動いた。それでも車椅子の男にとっては、ずいぶん厄介だろう。

彼は慎重に小道に乗り入れた。轍が掘られ、穴があき、トラクターか四輪駆動ならともかく、ふつうの車がここを毎日行き来していたら、サスペンションがだめになる。雨が降れば泥沼だろう。百ヤードほど行ったとき、彼のエンジンの轟音よりさらにやかましく、別のエンジンがスタートする音が聞こえたと思うと、オートバイがこちらに向かって突進してきた。彼のスピードの倍は出している。黒いレザーを着たライダーがハンドルの上に低く身を屈めていた。一瞬、衝突は避けられないと思った。ウィールドは自分のバイクを止め、棄てて逃げる態勢になった。すると、むこうのライダーは脇へ身を乗り出し、すれすれによけて通った。その起こす風が感じられるほどだった。

「馬鹿野郎！」ウィールドは怒鳴った。

あっというまの出来事で、ナンバーを見届けることはできなかったが、あのバイクはビューエル・ライトニング、ロング・ベース型だろうと見当をつけた。

彼はまたバイクを出した。やがて玉石舗装した前庭に着いた。改造した納屋の前に青いカングーが駐車してあった。家は長くて低い建物で、壁はクリーム色の小石打ち込み仕上げだ。納屋らしいところはあまり残っていないが、正面玄関のドアはばかに幅が広いので、車椅子使用者には非常に便利そうだった。

　そのドアはあいていて、ウィールドがバイクを降りると、車椅子の人物が敷居のむこうに現われた。

「ウィールド部長刑事！　お目にかかれてうれしいです。誰が来るだろうと考えていたんですよ。ああ、今もサンダーバードに乗っていらっしゃるんだ。小道をこちらに向かっていらしたとき、あのごろごろ唸る音はきっとあなたのバイクだろうと思ったんですよ」

　完璧に決まった挨拶だったが、ルートはやや息をはずませ、顔は少し紅潮していた。

「あのライトニングの音よりほかに聞こえた音があるのかな。あれはエドワード・デナムだったのか？　なぎ倒されるかと思った」

「おやおや」ルートは言った。「申し訳ありません。ええ、あれはテディです。よくわかりましたね。ここにいらして二分でしかないのに！　なんでも徹底的に調べるという評判に間違いはないですね。テッドには騒乱取締法を読み聞かせて（〝厳しく戒める〟という意味の成句）やりますよ。いや、それより道路安全法を読み聞かせてやるほうが当たっていますね。怪我がなくてよかった。お目にかかれてほんとにうれしいですよ、ウィールド部長刑事。いかがです？　とてもお元気そうだ、ちっとも変わっていない」

「元気にしているよ、ミスター・ルート」ウィールドは言いながら、どうしてテッド・デナムは今夜ライク農場納屋に来ることになったんだろう、と思った。

「どうぞお入りください」ルートは言って、車椅子をくるりと回し、先に家の中に入った。そこは簡素な居間で、花崗岩の板石を敷いた床に、低いテーブルと、木枠のソファ三点セットが置いてあった。壁は白漆喰塗り、天井はなく、屋根を支える太い梁が剝き出しで鋭角のV字をなしているので、ちょっと教会のような雰囲気がある。二十一世紀らしいものといえば、一方の壁に小型のフラット・スクリーン・テレビが据えられ、車椅子に合わせた高さのコンピューター・ステーションがあった。

　訪問者がこのすべてを頭に入れたのを見て取ると、ルートは言った。「もとはもう少し家庭的な感じになるように、床に敷物が敷いてあったんですけど、メイジーに頼んでどけてもらったんです。そうすれば、ぼくはもっと滑らかに動けるし、彼女は敷物が傷まなくてすむ」

「というと、ミセス・セッジウィックだね？」

「すみません、そう言うべきだった。でも、ウィールド部長刑事が相手では、そんな必要はないでしょう？　親愛なるピーターがあれだけ高く買っている人だから、いつだって人の一歩先を行っているに決まってますよね。ところで、ピーターはいかがです？　美人の奥様は？　それにもちろん、かわいいお嬢さんは？」

　ウィールドはほめられてうれしくなったが、同時にそんな気持ちは頭のコンピューターの〈ごみ箱〉行きにした。彼はルートを知っているとはいえ、パスコーやダルジールほど彼に深く個人的に関わったことはない。しかし、二人から話を聞き、記録を調べたから、この男が誤導の名人であることは承知していた。政界の情報を操作する政府ＰＲ担当者だって、彼に比べればテレビの子供番組の司会者程度にしか見えない。

「元気だよ、三人とも」彼は言った。

「よかった！　さてと、なにか飲み物を差し上げましょうか、ミスター・ウィールド？」ルートは言った。「もちろん、アルコールはだめですね。勤務中だ。でも、そういうお仕事だと知らないうちに仕事が時間をむさぼってしまって、本人はなにもむさぼる暇がない。それなら、お茶とケーキはいかがです？　メイジーはめったにないほどうまいマデイラ・ケーキを焼いてくれるんですよ」

「いや、けっこう」ウィールドは言った。「二、三質問したら、すぐきみの髪の毛から離れる（“人を悩ますのをやめる”という意味の成句）」

「それなら問題ありませんよ」ルートはにやりとして、剃った頭に手を走らせた。「すみません。緊張のあまり軽薄になっている。これは本当にひどい事件で、たんにぞっとする悲劇というだけでなく、その先に枝分かれして広がる問題がたくさんあります。でも、あなたがたのセンサーがすでにそういう枝を突き止めていると、疑っていませんよ」

「地元の知識のある人に正しい方向を示してもらえればありがたいね」ウィールドは招くように言った。聴取されている人物が質疑応答の方向をコントロールしようとする場合、思いどおりにさせて、どの方向へ進むか見るというのが、かえってこちらの役に立つことがよくあると、彼は知っていた。

「レイディ・デナムはサンディタウンでは非常に重要な人物です……あ、すみません……人物でした。社交界だけでなく、経済界でもね。時代は変化しているんですよ、ミスター・ウィールド、しかも変化のスピードはぐんぐん増している。じっと立っていては衰えるばかり。開発がすべてだ。そしてここサンディタウンでは、開発のおもな推進力は二人のカリスマの手に安全に握られてきた。レイディ・Dとトム・パーカーです。トムにはもうお会いになりましたか？」

「いや、でも聴取はしている」ウィールドは言った。「二人は仲よくやっていたのか？」

ルートは眉をひそめて言った。「トムと仲よくしないでいるのは不可能ですよ。でも、彼とレイディ・Dが非常に異なる性格であるのは確かです。どちらか一人にまかせていたら、サンディタウンという船はおそらくすぐに沈没してしまったところでしょう――レイディ・Dが船長なら、すばやい利益と個人的儲けという砂洲に、トム・パーカーが舵取りなら、漠然とした理想主義と個人的思い込みという浅瀬に乗り上げてね。言い換えれば、二人がチームを組むと、それは部分の総和以上のものになっていた。しかし残念ながら、ダフネ亡き今となっては……」

彼は首を振り、悲劇的な表情をつくった。うまいものだ、とウィールドは認めざるをえなかった。こういう派手な台詞は、たいていの人の口から出れば、たんに大仰な弁舌にしか聞こえないだろうが、ルートは本当に力をこめ、生き生きとしゃべっていた。

ウィールドは言った。「つまり、それがレイディ・デナム殺害の動機となりうるってことか？　彼女がこのコンソーシアムでやっていたことをぶち壊してやりたいと？」

「トムが？　いや、それはありえない。でも、ほかの人たちなら違う見方をするかもしれないから、可能性はありますね。ふつうの動機を並べたリストに加えたらいいんじゃないですか」

「ふつうの動機というのは？」

「金——誰が相続するか？　セックス——誰が棄てられたか、あるいは言い寄って撥ねつけられたか？　精神障害——頭がおかしいのは誰か？」ルートは即座に答えた。

「このことをいろいろ考えていたんだな」

「殺人事件の捜査という分野なら、考える暇は何年もありましたからね、ウィールド部長刑事。ことに、早い段階で間違った仮説を立てると、正直で良心的な捜査官でさえ誤った方向へ進んでしまう、という点に注目してきました」

彼はウィールドの目をまっすぐ見据えてこう言ってのけた。

こいつが中古車のセールスマンなら、おれはそろそろ財布に手を伸ばしているな、と部長刑事は思った。ほとんど楽しんでいた。ある分野のエキスパートにとって、別の分野のエキスパートの最高のパフォーマンスを見るくらい楽しいことはない。

だが、もういい。ルートがおれをどういう方向に連れていきたいかはわかったから、そろそろ手綱を引き締めるとしよう。

「わかった」彼は言った。「ありがとう。それじゃ、サンディタウン・ホールでのパーティーのことだが。きみは何時に到着した、ミスター・ルート？」

彼はメモ帳を取り出して開き、ボールペンをかちっと押して、書く態勢になった。だが、青年はそう簡単に主導権を譲り渡すつもりはなかった。

「その必要はありませんよ、ミスター・ウィールド」彼は微笑して言った。「供述書を求められるだろうとわかっていましたから、ここに帰ってくるとすぐ、記憶がまだ新鮮なうちに……」

彼は床からプラスチックのフォルダーを拾い上げ、ウィールドに手渡した。

「……これを書きました」

ウィールドはフォルダーを開いた。

〝供述書、フランシス・ゼイヴィア・ルート、ヨークシャー州サンディタウン付近ライク農場納屋在住〟

「じゃ、さっき言ったようにお茶をいれましょう。そのあいだにどうぞそれに目を通してください。そうしたら、あとで補足的な質問をなさればいいし、ぼくはあなたのいらっしゃるところで署名します。どうですか？」

「用意周到だな、ミスター・ルート」ウィールドは言った。「きみを逮捕しに来ていたら、きっと手錠をはめて待っていただろう」

ルートは爆笑した。

「あなたとぼくはすごく気が合うと、これでわかりますね、部長刑事」彼は言った。

ルートがドアに接近すると、ドアは自動的にあいて、むこうに台所が見えた。ワークトップ、流し、電気オーヴン、すべてが車椅子用の高さになっている。自費でこういう変更を加え、引越すときにはまた自費で元に戻すのだろう。彼が高額の賠償金をもらった――少なくともその一部はパスコーの努力によるもの――という噂は本当なのに違いない。これだけの設備をそろえ、自動ドアまでつけるとなると、安くはすまない。低い位置にあるオーヴンを目にすると、車椅子にすわった彼の姿を見るよりさらに、この青年の人生の変化が痛切に感じられた。ウィールドは供述書に注意を集中させた。

言語は明瞭、描写は正確、表現は簡潔だった。レイディ・デナムを見かけた折は、一つ残らずマーカーペンでハイライトが入れてある。どれも重要には思えなかった。一つだけウィールドの興味を惹いた部分は最後に出てきた。嵐が始まったとき、ルートはサンルームに避難し、その静かな隅にすわって、東の空に輝く稲妻を見ていた。

嵐がおさまってくると、新鮮な空気が欲しくなり、私はサンルームを出て、外の舗装部分に行った。芝生のはずれの茂みの中で、誰かが動くのが見えた。ちらと見えただけで、しかもあたりは薄暗く、距離は二十五か三十メートルほどあったが、その人物はひげ面だったと確信がある。パーティーで見かけた中で、ひげを生やしているのは治療師ゴードン・ゴッドリーだけだが、この人物がゴッドリーであったとは断言できない。どちらかといえば、むしろハロルド（通称ヘン）・ホリスに似ていた。彼はレイディ・デナムの最初の夫の弟である。かつて、ヘンは兄の遺言に異議を申し立てたため、レイディ・Dとは不仲になっている。だから、彼がホッグ・ローストに招待された可能性はまずないと、私は知っていた。

誰であれ、雨が降っているとき外にいるとは不思議だと思い、私は調べるつもりで車椅子を芝生に出した。あいにく、芝生の低いほうは土砂降りのあとで水を含み、車輪が沈んで動けなくなってしまった。さらに悪いことに、一時はぽつぽつ程度に弱まっていた雨がふいにまた強まり、最後の一雨になった。私はなんとか車椅子を動かそうと懸命に努力したが、かえって椅子全体がひっくり返り、私は芝生に大の字に倒れてしまった。そのまま、屋敷から助けが来るのを待つしかなかった。やがてアヴァロン・クリニックの看護師長ペチューラ・シェルドンが私を救い、車椅子に乗せて乾いた陸地へ戻してくれた。

そのあとまもなく、気の毒なレイディ・デナムの遺体が発見された。しばらくのあいだは混乱あるのみだった。私は車椅子にすわり、びしょ濡れで、この知らせに非常に動揺し、人の役に立つことはなにもできないとわかった。それで、招待客全員の住所氏名は警察の手に入ると確信していたから、私は多くの人たちの例にならい、自宅に戻った。そして服を着替えると、この供述書を準備した。

署名

同席者

ルートはまだ台所で食器をかちゃかちゃいわせていた。ややや必要以上にやかましい？

おれにあちこちつつきまわる時間を与えてやってるつもりか、とウィールドは思った。それなら喜んでそうしてやる！

彼は立ち上がり、コンピューター・ステーションのところに行った。最高級の機械だった。扱い方に通じたオペレーターなら、この機械でほぼどこでも行きたいところへ行けるだろう。車椅子の男なら誘惑される……いや違う、とウィールドは訂正した。扱い方に通じたオペレーターなら、誰だって誘惑される。おれがよく知っている！

「ご質問は？」ルートが台所から出てきて言った。車椅子の肘掛に渡したトレーに、マグ、ティーポット、ミルク注ぎ、砂糖壺、ケーキをのせてあった。

「ああ。きみは芝生に出ていたとき、このひげの男をまた見たか？」

「いいえ、見なかった」ルートは言った。「茂みの中でなにか動く物音が聞こえたような気はしました。誰かが茂みを抜けようとしているみたいな。でも、実際にはあのあとなにも見ませんでした」

「残念だな」ウィールドは椅子に戻って言った。「それに、きみは現場に残って、この情報をもっとずっと早くわれわれに伝えればよかったのに、そうしてくれなかったのは残念だよ、ミスター・ルート。家に帰って服を着替え、体を乾かす時間があったのは、きみ一人じゃない」

「あなたがホールにいつ到着したか、まったく知りませんが、ミスター・ウィールド、ぼくが見た人物だって、どっちみちそれだけやる時間は充分あったでしょう」

「かもしれない。だが、ウィットビー巡査部長はずっと早く着いたんだから、彼に話してくれればよかったんだ」

「ああ、はい。ウィットビー巡査部長ね」

もしルートがその口調にこめたものを言葉にしていれば、ウィールドは巡査に対する仲間意識からウィットビーを弁護せずにはいられなかったかもしれない。だが、相手は黙っていたので、ウィールドも黙ったまま、ルートから差し出されたマグを受け取った。

主導権を握るもなにもないもんだ、と彼は思いながら、マデイラ・ケーキにかぶりついた。少なくとも、これに関してルートの評価は完全に正確だった。うまい。

「じゃ、署名していいですか？」青年は言った。

「ああ、してくれ。今のところはこれでいい」

ルートは供述書を取り上げ、派手な身振りで署名すると、ウィールドに返し、彼が連署するのを見守った。

それから言った。「じゃ、ピーター・パスコーのことを教えてくださいよ。彼はぼくがここにいると知っているんですか？　いつお目にかかれるでしょう？」

「ああ、知っている。彼が来ていると、サー・エドワードが教えたのか？」

「ええ、そうだったと思います。でも、見当はつきましたけどね。ミスター・ダルジールがお気の毒にも戦闘力を失ってアヴァロンにおいでででは、こんな重大事件をまかせられる人物はほかにいないでしょう？」

「じゃ、ミスター・ダルジールに会ったのか？」

「ええ。運命のいたずらでね。まあ、サンディタウンのような規模の場所では、運命の女神がそう努力することもないですが。最初は、いつもの調子ではないようだった。落ちぶれたりとはいえ、荘厳（ミルトン『失楽園』の一節）でしたけどね。二度目にお目にかかったときは、ずっと昔の様子に近づいていて、うれしかったな。実際、回復ぶりがめざましかったので、ぼくは控訴に協力してもらえないかとお願いしたくらいですよ」

「控訴？」

「ぼくの判決の再審理です。赦免につながればと思っています」

ウィールドはお茶を飲み、それからノーフォーク州のごとく平らな声で言った。「きみは有罪判決を覆すための控訴に警視の協力を頼んだのか？」

「そうです」

ウィールドはさらにお茶を飲んだ。

「それで、なんと言われた……？」

「よく考えてみると約束してくださいました。あの人は道理と同情に心を閉ざしていないと、昔から思っていたんですよ。外観とは対照的に、その魂は大きい（ワーズワースの詩「不滅性の暗示」の一節）」

　ウィールドはお茶を飲み干した。

　これになにか入っていたに違いない、と思った。幻覚を起こすキノコとか。

　彼は供述書をたたんでメモ帳に挟むと、立ち上がって言った。「では、そろそろ失礼する。お茶をありがとう。それにケーキも。ところで、何が理由できみはサンディタウンに来たんだ？」

　これはなにげない質問だったが、ルートはにっと大きな笑顔になり、言った。「もちろんだ。あとでピーターに報告しなければなりませんよね。答えは、親しみと偶然です、ミスター・ウィールド。ぼくが全快するのをとうとうあきらめてイギリスに帰ろうと決めたとき、ヨークシャーのほかにどこへ行けたでしょう？　ぼくの人生に重大な役割を果たしてきた土地です」

「つまり、刑務所に入れられ、銃で撃たれ、身障者にされた土地ってことか？」ウィールドは言いながら、思った。飾り気のない物言いがよけりゃ、これでどうだ！

「そのとおりです。まあ、そういったことは考えすぎないようにつとめていますけどね。運命はぼくが地の神《ノーム》のごとく生きるべく定めたとしても、ぼくは日時計《ノーモン》のごとく、日の当たる時間だけを記録していこうとしているんです」

　彼は拍手を期待するかのように間を置いた。もっとも、称賛の対象が精神的決意か、言語的曲芸かは明らかではなかった。ウィールドの顔はサッカー選手の伝記なみに読解不能なままだった。ルートは微笑して続けた。「これでヨークシャーの説明はついた。でも、なぜサンディタウンなのか？　と思われるでしょう。回復を目指してヨーロッパじゅうを無駄に放浪してまわったあいだ――なんと、ルルドまで訪問したんですよ、よしてくれよ《ゴッド・ヘルプ・ミー》だ！――ま、神様は助けてくれませんでしたがね――緩和ケアでいちばんだったのは、初めのころに行ったダヴォスのアヴァロン・クリニックでした。去年、とうとう敗北を認めると、ぼくはまたそこへ行きました。治療のためではなくて――もう治療でどうなるという段階を超えていましたからね――ただ、哀れまれずに理解される場所が必要だったからです。人から受け入れられるのは、事態を受け入れることへの第一歩です、そう思われませんか、ミスター・ウィールド?」

ウィールドは「かもな」と言いながら、ひそかに時計を見た。

「やや長い話を短くまとめると」ルートは続けた。「院長のヘール・プロフェッソール・ドクトール・アルヴィン・クリングとは、初めて会ったとき仲よくなっていたんですが、ちょうど六カ月の職場交換で留守にしていて会えず、がっかりでした。でも、交換相手としてダヴォスに来ていたレスター・フェルデンハマーは、もっとぼくと波長の合う人だとやがてわかった。彼と話をし、それにもちろん、あらためてまた第三思考運動に関わることになった結果、人生はあるがままに充分味わうべきものだ、空しい夢を追って無駄にしてはいけない、とはっきり悟りました。そのうえ、レスターの職場がここヨークシャーのアヴァロンだとわかると、しるしのように思えた。それで、今年一月にここに引越してきたんです。今までで最高の移動でしたよ」

そりゃそうだろう、今まで移動するたびに起きたことを考えればな、とウィールドは思った。

「それで、ドクター・フェルデンハマーはどう思った?」

彼は訊いた。

「大喜びでした。ぼくは患者から、いわば同僚に変わったんです。もちろん、無給ですけどね。レスターは偏見なくいろんな考えを取り入れる頭の持ち主です。主流の医療に携わる人はたいてい、トム・パーカーが熱心に推進している代替医療セラピーなんか、よくて奇妙、悪ければまったく危険だと見なしている。でも、レスターはトムの健康フェスティヴァルを完全に支持して、自分のエネルギーとアヴァロンの財源を注ぎ込んでいるんですよ」

ウィールドは、今度はあからさまに時計を見ると言った。

「とてもおもしろい。じゃ、失礼するよ。ありがとうございました」

「どういたしまして。ピーターにはどうぞよろしくお伝えくださいぼくとしてはぜひお目にかかりたいですが、決めるのは彼だ。積極的に会おうという気になれないなら、それでちっともかまわない。これは彼にとって、非常に重要な事件でしょうね」

「ほう？　なぜだね？」

「ミスター・ダルジールが戦闘力を失った状態で……それ以上言う必要がありますか？　ピーターが立派な成果を上げればいいと、ぼくは願っていますよ」

「そう伝えるよ。じゃ」

バイクを走らせながら、ウィールドはフラニー・ルートとのやりとりを採点してみた。せいぜい同点引き分けだ。だが、心の底では、車椅子の男のほうがやや優勢だったと感じた。ダルジールがかつて言ったことを思い出して、多少の慰めとした。〝自分があの野郎よりうまくやったと思ったら、そのときこそ厄介な事態にはまってると思え〟

小道の終わりに近づいたとき、携帯電話が鳴った。バイクを止め、電話を耳に当ててると言った。「ウィールドです……なに？　ちょっと待て……受信状態が悪い」


彼はバイクを出して、生い茂る木々の下を抜け、道路まで行った。

「このほうがいいか？　よし、ハット、なんだって？」

彼は話を聞き、それから言った。「ミスター・パスコーには連絡したか？　すぐしろ！　わたしはこれから戻る」

フラニー・ルートのことは頭からきっぱり追い出し、彼は轟音を上げてサンダーバードをサンディタウンに向けて走らせた。

10

アヴァロン・クリニックに近づきながら、ピーター・パスコーはジレンマに陥っていた。

まず誰に接触するか――二人の目撃者、フェルデンハマー医師とシェルドン看護師か――それともアンディ・ダルジールか？

正式な手順としては、主要捜査官はまっすぐ目撃者に会いにいかなければならない。

だが、ダルジールは病気休暇中とはいえ、今も彼の上司であり、事件が起きた地域にしばらく前からいるのだから、役に立つ背景情報を提供してもらえるかも……

いや、それは削除！

ジレンマの二本角のうち、片方はずっと大きく鋭くて、ずっと深く突き刺さると自覚があるのを覆い隠すための言い訳にすぎない。その自覚が高まってきたのは、このところますます自立の味をおぼえつつあるからだ、それはもう自分で認めていた。

中部ヨークシャー警察犯罪捜査部に勤務してきた何年ものあいだに、自分自身とダルジールに対してだけ責任があるという状況に慣れてしまっていた。巨漢の不在は、ほかの上級警官には埋めようのない巨大な隙間を作った。初めのころ、彼はいつもそれを意識していた。だが、先週あたりから、その感覚がしだいに弱まってきた。誰かがその隙間を埋めているからではなく、彼自身がそのスペースまで伸び広がってきたからだった。

最終的には、おとうさん熊が家に帰ってきて、ゴールディロックスをベッドから追い出すだろう。それは物事の仕組みの中で不可避の部分だ。だが、そうなるのはまだ先だ。現在のところは、ダルジールは病気療養中の同僚であり、医者に管理され役人に規制されて、現役を退いている。いくら大事件が目と鼻の先で起きたという偶然があっても、彼が昔のスペースに戻ることはできない。

それなら、ジレンマは解決した。まず職務上の義務を果たし、次に病人を見舞う。

行く手にアヴァロンの黄金の門が見えてきた。彼はホーンを鳴らした。小さな番小屋から男が一人出てきて、門をあけ、手を振って前進しろと示した。

彼は門番の横まで来ると、窓を巻き下ろした。

「パスコー主任警部、ドクター・フェルデンハマーに面会に来ました」

パスコーの背後で車の後部ドアがあく音がした。ふいの重さに車のサスペンションがため息をついた。何が見えるかわかっていて、ミラーを見た。それでもショックだった。だが、驚くことなどないのだ。神が重要な決断を人間ごときにまかせるはずがないではないか、自分でこうも簡単に決断できるのなら？

「遅かったな」聞き慣れた声が言った。「オーケー、スタン、こいつがさっき話していた野郎だ」

「わかりました、ミスター・ダルジール。それじゃ、またた」

門番は前進の合図に手を振った。

パスコーは従った。

「ここで道なりに左へ」巨漢は命じた。「そうだ、旧館のほうへ進め」

「そこにドクター・フェルデンハマーがいるんでしょうね」パスコーは対等な関係に戻ろうとして言った。

「ばかいえ。フェスターワンガーのやつならあとでいい。どっちみち、ペットが彼のところに行っている。きっとセックスの最中だろうよ。トラウマとなる体験のあとでは、ままある反応だ、と本に書いてある」

本来なら、ここで車を止め、主導権を回復すべきだった。だが、パスコーはついこう訊いていた。「誰の本です？それに、ペットって誰ですか？」

「ペット・シェルドン、看護師長だ。本はフェスターが書いた本だよ。『精神的外傷後ストレス——患者のためのガイド』。いい題だろう？　映画版を見たんしゃないかな。あいつはわたしに一冊くれた。きっと読みゃしないと思ったんだろうが、ざっとぜんぶ見たよ、エッチな部分をさがしながらな。ここに駐車してくれ」

　パスコーは車を止めたが、エンジンはかけたままにしておいた。心を決めた。これまでだ。

「警視……」彼は言いかけたが、手遅れだった。後部ドアがあき、車はほとんど安堵のため息をついた。巨漢は出て、建物のほうに向かっていた。パスコーがついてくるかと、振り向いて確かめもしなかった。

「くそ」パスコーは言い、車から出た。

　二人はテラス・エリアを抜けた。そこに並んだ錬鉄製の小さい丸テーブルでは、何人かがコーヒーやワインを飲んでいた。夕方の空気は穏やかだった。嵐はあたりをさわやかにしただけで、夏の終わりを告げるものではなかった。すわった人々はイタリアのヴィラの客で、忠実なボディガードを従えて夕方の散歩から戻ってきた党首《イル・ドゥーチェ》ムッソリーニを眺めているとしてもおかしくなかった。

　二人の行進は寝室で終わった。豪華ホテルなみの水準の部屋だった。警察の療養ホーム〈シーダーズ〉より少なくとも星二つは上だ。キャップが入院費を払っているのだろうか？　ダルジールがそれをゆるすとは思えない。保険があるのかもしれない。あるいは、彼が遠ざかっていてくれるのはありがたいと、犯罪者連中が協力して寄付金を集めたのか。

「あの、警視……」パスコーはまた試みたが、巨漢から「物事には順番がある。まあ、すわれ」と言われた。

　警視は引出しをあけ、スコッチのボトルとグラス二個を取り出した。

　パスコーは唯一の肘掛椅子に腰を下ろし、ダルジールが一つのグラスに一インチ、もう一つには三インチ分、酒を注ぐのを見守った。

　驚いたことに、パスコーは中身の多いほうを渡された。

「乾杯《スラーンチャ》！」巨漢は言い、ベッドにごろりと横になった。

「ゾンビの国へようこそ。会えてよかったよ、ピート、見舞いの果物なしでもな」

「ご存じのとおり、勤務中で……」

「それでも来る途中で花を摘むくらいの時間は作るもんだよ。あるいはブドウを摘むとかな。ともかく、きみの判断は？」

「まだ結論を出すには早いので、虚心坦懐です」パスコーは言った。

「え？　ばか、事件のことじゃない、わたしのことだ！　きみはさっきから、長さで請求するのと重さで請求するのとどっちが得かと考えているアバディーンの葬儀屋みたいに、わたしにじろじろと目を走らせているじゃないか」

「花はまだ配達するなと言ってやりますよ」パスコーは言った。「まじめな話、お元気そうに見えます。昔の様子にずっと近づいてきた。それに、昔のあなたならご存じのとおり、捜査に関連する情報をお持ちでないのなら、わたしがこんなふうに社交をしているはずはない」

「関連？　社交？　やれやれ、久しぶりに会えたのはうれしいが、そういう言葉が懐かしいとは思えんな。よし、じゃ、仕事の話だ。質問は？」

「まずは基本から。被害者とはお知り合いでしたか？」

「バッファロー女か。ダフ・デナム。ああ、二度ばかり会った。最初は〈希望と錨〉亭で。この近所のパブだ。うまいエールを出す。主人はビールのよしあしも、客あしらいも心得ている。ホリスって名前だ……」

「あちこちに出てくる名前ですね」パスコーは名簿を見ながら言った。「それはアラン……？」

「そうだ。いいやつだよ。みんな有名なホッグ・ホリスの親類だ、ほらあの〈ヨークシャーの味〉のホリスさ。ともかく、わたしとダフが最初に出会ったのはその店だった。第一印象はよくなかった。彼女はわたしがまるでダートムア刑務所から脱走した囚人だとでも思ってるみたいな目つきで見た。まあ、悪くは言えない。わたしはスリッパを片方なくしていたからな。だが、おとといフェスターのパーティーで会ったときは、事情が違っていた……」

「フェスターのパーティー？」パスコーは言葉をはさんだ。この超現実的流れに意味を見出そうと努力していた。

「レスター・フェルデンハマーのパーティーだ。ここじゃあお楽しみが次々と続いてな。死なないやつは治る、ってのがアヴァロンのモットーだ。なんの話だっけ？　バッファロー女だ。わたしに色目を使ってきた。ま、少年ぽい魅力にまいったのか、とわたしは当然考えた――人の話じゃ、男好きな女のようだった――ちょっと年はくってるが、古いダブル・ベースだっていい曲をかなでる……」

「ポイントをはずさないでいただけますか？」パスコーはぴしりと言った。「ポイントがあるとしてですが！」

「おやおや、お小言だ！　次はなんだ？　ゴムの警棒か？　パーティーでは、彼女と話はしなかった。実をいうと、あまりしゃきっとした気分じゃなかったんだ。だが、昨日の朝、彼女はわたしの部屋に飛び込んできた、さかりのついた雌牛みたいにな」

「彼女が何を求めたのかだけ教えてください」パスコーはうんざりした様子で言った。

「何というほどのこともなかった。よくある、ばかな女の繰り言さ」ダルジールはさりげなく言った。「わたしの警官としての専門知識に頼ってきた。誰かが自分を殺そうとしていると、妙な考えに取りつかれてな」

予想してしかるべきだった、とパスコーは思った。爺さんはおれを小突きまわすのを楽しんでいるが、これが重要なことだと思っていないなら、無駄話でおれの邪魔をするはずはない。

「その詳細はお持ちなんですね？」彼は言った。

「ああ」ダルジールは言った。「詳細ならある」

彼はマットレスの下に右手を突っ込み、MP3プレーヤーのように見えるものを取り出した。

盗聴されている場合に備えて、音楽を流すつもりなんだ、とパスコーは推測した。

「ミルドレッドを紹介しよう、記憶棒だ」ダルジールはほとんど誇らかに言った。「最新式の録音機だよ。牧師のおちんちんより感じやすい。フェスターからのプレゼントだ。口述日記をつけるのは有益な効果がありうると考えているんです、治療の上でね」

うまい物まねだった――フェルデンハマーがW・C・フィールズのようにしゃべるとすればだが！

次は何だ？　とパスコーは思った。ダルジールが最新のテクノロジーを自慢するというのは、ディランのエレキ・ギターの最初のコードのようだった。

「で、効果はあったんですか?」彼は訊いた。

驚いたことに、ダルジールは罰当たりな言葉とともに否定して鼻を鳴らしはせず、しばしためらってから言った。

「わからない。あったかもしれんな。ともかく、記憶力が元に戻るまでの隙間を埋めるのには役立つ。それより大事なのは、ポケットに入れたままでもちゃんと録音を続けてくれるってところだ」

「つまり、レイディ・デナムの話を実際に録音したということですか?」パスコーはびっくりして言った。「でも、どうして……?」

「彼女が飛び込んできたとき、手元にあった。万が一、わたしの純白の体が目当てだった場合に備えて、スイッチを入れたんだ。わたしにだって守るべき評判てものがあるからな。だが、このときばかりは、当てがはずれた。聞いてくれ」

彼がボタンを押すと、女の声がした。しっかりした、低い、権威をもった声が、話を始めた。

11

ご迷惑をおかけして申し訳ありません、警視。

迷惑でなんかない、まあ、まだね。だが、ガウン姿のときに限ってあんたにつかまるんじゃ、噂になるな。すわってください。ああ、もうすわってたか。で、どんなご用ですかね?

誰かがあたくしを殺そうとしていますの。

驚かないな。いや、悪く取らないでくださいよ。つまり、聖人でもなけりゃ、誰にも死ねと思われずにその年までは生きられないってことです。わたしなんか、死んだら、たとえこやしの中に埋められたって、その墓の上で裸足で踊り出すって人間をすぐ十人以上挙げられる。そういう連中こそ、わたしをこやしの中に埋めたがっているんだ。しかし、本気で心配しておられるんなら、警察に連絡したらいいでしょう。

　あなたが警察です。

　いや、それはある意味正しいが、ある意味間違っている。わたしは休職中、病気療養中の警官だ。だって、もしわたしが病気療養中の配管工だったら、あんたはアヴァロンに電話して、水道管が詰まったのを直してくれとわたしに頼んだりしないでしょう？　地元の警察署に連絡することだ。このあたりじゃ、誰が担当ですか？　ああそうだ、思い出した、ウィットビー巡査部長、ジャグのやつだ。あいつはすばやく事件を解決するってほうじゃないが、まともな男ですよ。ちゃんと助けてくれるでしょう。

　あの人は間抜けです。あたくしはあの人の父親も知っておりましたけど、彼も間抜けでした。ウィットビーの一族で、間抜けでない人物は記憶にありませんね。もしこれを公式にしたければ、警視、あたくしはおたくの警察本部長、ダン・トリンブルに電話しますわ。奥様をよく存じ上げておりますから。でも、結果的にはウィットビー巡査部長を呼ぶのと同じことになります。

　いや、待ってくれ。本部長は確かに身長たかだか三フィートでコーンウォール出身かもしれんが、だからって間抜けというわけじゃ……

　そういう意味で申し上げたのではありません。ただ、公式に苦情を述べると、それは……公式になってしまう！　警察官が家に来て、供述を取って、人目につきますから、いったい何事かとみんなが思い始める。サンディタウンのことならよくわかっております。どんな個人的なことだって、自分より前に他人が知っている。さもなければ、翌日には知られている。あたくしを殺そうとしている人物を警戒させたくありませんの。それで、あなたのように、熱のこもった《グローイング》称賛を受けている方ならと……

　きっと、ここのタオルがごわごわだからほてっている《グローイング》んだろうよ。誰がわたしのことを話したんだ、ダフ？

　お教えするわけにはいきませんの。でも、あなたは全国でも最高の探偵の一人だと言われました。正確な表現は、こうだったと思います。もしシャーロック・ホームズの兄に兄がいれば、それはアンディ・ダルジールだ。ね、どう思われます？

フラニー・ルートの言うことすべてを真実だと思わんほうがいいぞ。

ミスター・ルートだなんて、言いませんでした。

ああ。教皇は日曜日に教会に行くとは言わないよ。じゃ、こうしよう。あんたは心にかかっていることをわたしに話す。それで、もしわたしがその話は忙しい警官をわずらわせるだけの価値があると思ったら、警官に伝える。心配するな。わたしが育てている部下がいてな。わたしの休み中、店番をしてくれている。彼はなんでも目立たずにやる男で、殺人で終身刑になってぶちこまれたやつらが、まだ自分が逮捕されたと気づいていないってくらい目立たない仕事ぶりだ。ま、わたしにできるのはそのくらいだね。さもなきゃ、ジャグ・ウィットビーだ。

選択の余地はあまりいただけませんのね。

考えすぎるな。選択の余地ってやつは、買いかぶられているもんだ。で、どういう話なんだ？

まず始めに、あなたが相手にしているのはヒステリーの愚かな老女ではないとご承知おきください。長年のあいだに、あたくしは脅されることには慣れてしまいました。狩猟反対のデモや、動物権擁護の過激派がうちの敷地を襲い、あたくしを個人的に脅すなど、ほとんど物心ついて以来続いている出来事です。なんとも思いません。用心はします、無鉄砲な人間ではありませんから。でも、そんなことで睡眠や食欲を殺《そ》がれはしません。それに、最初の夫ホリスが亡くなったときには……

豚に食われた男か？

そうです。ときどき思いますわ、もし彼が溺れそうになった女王様を救おうとして死んだとしたら、人はその状況をもっと簡単に忘れてしまっただろうとね。彼が亡くなったときには、いやらしい言いがかりの電話やいやがらせの手紙を受け取りましたし、脅しもありました。それからまた、二度目の夫のデナムが亡くなると……

さてね、そいつは女王様を救おうとしてのことだったかな？

狩猟中の事故です。このときにもまた、電話や手紙が来ました。前と同じではありませんでしたが……

ま、そりゃそうだろう。爵位がからんでいると、罵詈罵倒も高級になるからな。

まじめに受け止めていらっしゃいますの、警視？

もちろんだ。だが、警視と呼ぶのはやめてくれ。アンディでいい。で、あんたはダフでいいな？　じゃ、ちょっとスピードアップしてもらえるかな？　このところ具合がいまひとつで、集中するのがむずかしいんだ。

すみません。心がけます。最終的に、サー・ハリーの死後あふれるほど来たいやがらせも、ぽつぽつ程度に減りました。ぽつぽつ程度のものはつねにあります。落書きとか、動物の死骸の一部分が郵便で送られてくるとか。たまには電話も。こういうものは、あたくしは無視します。でも最近、それが別の形を取るようになりました。表面上はさほど攻撃的ではないんですが、むしろいやな気持ちになりますの。

ほう。どういうものなんだ？

さまざまな動物慈善団体から手紙をもらうようになりました。主流の団体からです、過激派だけではなく。それには、あたくしが遺言でその団体に遺産の一部を寄付する気持ちがあると聞いてうれしい、と書いてあって、それを実行する最善の方法を示した遺贈手続きのための書類一そろいが添えられているんです。

そういうやつなら、誰でも受け取るよ。

かもしれません。でも、あたくしはかなり動揺したと白状しなければなりませんわ。そして先週、一通の手紙が届きました。言葉の調子は穏やかですが、今までに受け取った何にもまして、脅威を感じました。差出人は、最近のダイレクトメールですすめられた線に沿って、あたくしが遺言を書き換えたことを期待する、と書いていました。

だが、具体的な脅迫は？

ご自分でご判断ください。ここに持ってきてあります。検査《イグザミネーション》のために必要になるかと思いまして。

試験《イグザミネーション》を受けさせられるとは知らなかったな。いや、こう朝早くから細かいものを読む気はしない。大筋を教えてくれ。

こう書いてあります。〃わたくしたちはみな、神に借金を負っていますし、長生きすればそれだけ清算のときが近づいてきます。あなたの年齢の女性なら、諸事を整えておく必要がありましょう〃それから、ここにはこうあります。〃あなたがこの世から出ていくドアは、すでに掛け金をはずされているでしょう〃これは脅迫でしょうか、どうでしょう？

詩的だな。とすると、ちょっと脅威に感じられなくもない。神経質な人間なら気にするのはわかる。だが、あんたがこれでそう心配するとは思えないんだがね。

そのとおりですわ。あたくしはこんなものを無視して、ごくふつうにしておりました。ところが数日前、車のブレーキが故障しました。北崖から下り坂を走ってきて、うちの車寄せに入るためにブレーキを踏んだのに、きかなかった。なんとかギア・チェンジして速度を落とし、シャクナゲの茂みに滑り込んで止めました。

シャクナゲってやつは、神様が上流階級の交通規制のために創造したものだよ。それだけかね？

いいえ、まだあります。最近二度ほど、ホールの敷地内に無断侵入した人間を見かけました。無断侵入に対して、このごろでは法律はほとんど役立たずだとわかっていますが……

ああ、古きよき昔なら、人捕り罠を二つばかり仕掛け、ショットガンを一発ぶっぱなせば、すべてかたづいた。

まったくね。それでも、あたくしはこの人物をつかまえて話をしたいところでしたが、声をかけたらすぐ逃げてしまいました。

ほらな。害はない。百姓が近道したとかじゃないのか。

あるいはね。でも昨日の朝、あたくしは庭から海岸まで、崖の小道を下りていきました。初めは楽な下り坂ですが、長い岩棚まで来ると、そこからさき五、六十フィートほど、崖が切り立っているんです。ここからは小道沿いに下までずっと手すりがついています。あたくしがちょうど岩棚まで来たとき、物音がしたので後ろを見上げますと、大きな石がこちらに向かって転がり落ちてくるところでした。それを避けようと手すりに背をもたせましたら、手すりは支柱からはずれ、あたくしは下の岩場を見ながら必死につかまることになりました。幸運にも、隣の支柱は大丈夫でしたので、そう困難はなく、小道に戻ることができました。体が頑丈でさいわいでしたわ。もっと弱い女性なら、ほぼ間違いなく墜落していたでしょう。

ああ、弱い女性なら大勢いる、ありがたいことにな。で、あんたはどうしたんだ？

手すりをよく見ました。支柱は金属ですが、横棒は木でできています。木は多少腐っていましたが、あたくしの見たところ、誰かがそっと横棒を支柱からはずし、それから元に戻して、まったく安全なように見せかけたものですわ。

探偵なんかいらんな、ダフ、あんた一人でそこまでわかるんだから。ちょっと急いでもらえるかね？　急の用事を思い出しそうだ。で、次は？

甥のテディに電話しました。

あの自信たっぷりの美男子か？　どうしてあいつに電話した？

そりゃ、あたくしはほぼ一人暮らしの女ですから、緊急のときには近しい男の親類に頼るのが当然……

よせよ！　彼は相続レースの本命だろう？　それで、誰かがおたくの手すりをいじくり、あんたが墜落すればいいと石を投げてきた、と判断したとき、あんたはさて、跡取りのテッドはどこにいる、と思ったんだな？

ミスター・ダルジール、そんな法外な……

いや、そんなことはない。あんただって承知だろう。それに、アンディだよ。で、あいつは家にいたのか？

ええ、いました。あたくしが仕事を与えていいお給料を払っているのに、なんで家にいたのか、よくわかりませんけれど。

責任感てものがないよな、このごろの若いのは。それで、あんたは心配事を教えたのかね？

いいえ。いろいろとほかに用事があって。テッドからアヴァロンでの会合のことを教えられ、いえ、思い出させられたので、エスターを連れていきなさい、あちらで会いましょうと言いました。エスターというのは、テッドの姉です。

ああ、会ったよ。壊れた手すりはどうした？　誰かに直させたのか？

オリー・ホリスがホールにいたので、見ておくように頼みました。

オリー・ホリス？　誰だね？　泊まりにきた親戚？

いいえ。まあ、最初の主人のかなり大きな一族の一員ではありますけれどね。彼は明日、ホッグ・ロースト用の機械を用意することになっています。

で、職業は？　大工？　修理工？

いいえ。豚農場の門番です。

なんだって、エキスパートの選び方に通じているな！　で、彼はなんと言った？

彼の意見など求めませんでした。噂話が広まっては困ります。彼は横棒を丈夫な麻紐で縛り、注意書きをつけました。そんなものはほとんど必要ないんです。あそこは私有の海岸で、よそ者が入ってくれば、危険な目にあっても当人の責任ですから。でも、明日はあたくしのホッグ・ローストの日で、敷地に大勢のゲストが出入りしますので、転ばぬ先の杖、と思いましたの。

いい考えだよ、ダフ。あんたもその金言に従ったほうがいいな。

どういう意味か、よくわかりませんわ、警視……ミスター・ダルー――アンディ。

意味はこういうことだ。これはたぶん空騒ぎだろうが、万が一、誰かがあんたを殺そうとしているとすれば、わたしの長年の経験からいって、いちばんありそうな動機は金だ。だから、心配はないと思うが、念のために、動機を取り除くことだな。遺言を書き換え、興味を持っているやつら全員に知らせる！　そうすれば、あんたがそれをもう一度書き換えて元に戻すまで、生かしておいたほうがいいと呑み込むだろう！　それだけだ。相談料は無料。じゃ、わたしはシャワーを浴びて着替えるとしよう。あわてて出ていくことはないぞ、こっちはもう恥ずかしがるような年じゃない。

どうも、お世話さまでした、ミスター・ダルジール！

12

巨漢は録音機のスイッチを切った。

「というわけだ」彼は言った。「彼女が会いにきたとき、たとえこっちがほんとに真相に通じていたって、そう違うことを言ったかどうかはわからんが、知らせを聞いて、まったく気が咎めたよ」

「あの人をかなり好きだったようなおっしゃり方ですね」パスコーは言った。

「ああ、そうかもな。大柄な威張った女で、邪魔をするやつがいればビヤ樽さながらにのしかかってつぶしてやるのに慣れていた。だが、昔は美人だったはずだし、今でもそれなりにきれいだった。あんなふうに死ぬのは誰にとってもいやなことだが、ダフ・デナムのような女があれでは、本当に気の毒なことだった」

パスコーは言った。「彼女には前科があるんですよ。狩猟反対を叫んだ人物を乗馬鞭で叩いた。罰金を科され、謹慎を誓約させられた」

「だから自分のホッグ・ローストで炙り焼きにされて当然だというのか？」

「そんなことは言っていません。おわかりのくせに。ただ、動機を持つ人間はわれわれが考えるよりたくさんいそうだ、と言いたかったまでです。さっきの話に出た手紙を彼女は置いていったんですか？」

「ああ、ここにある。鑑識の役には立たんな――ガウンのポケットに突っ込んでしまったから」

「それでも、試してみる価値はあります」パスコーは言い、くしゃくしゃの紙の隅を持って、証拠袋に入れた。透明ビニールの中に入った紙を平らに伸ばした。インクジェット・プリンターだろう、と推察した。上質な紙、Ａ５判だ。日付も前置きもなく、メッセージだけだった。

今ではいくつかのおもな動物慈善団体に遺産を贈る選

択肢を考慮されたことと存じます。それはあなたが生前に動物界に与えた多くの暴行に対し、死後わずかなりと罪滅ぼしをする方法です。時間は短い、ぐずぐずしてはいけません。わたくしたちはみな、神に借金を負っていますし、長生きすればそれだけ清算のときが近づいてきます。あなたの年齢の女性なら、諸事を整えておく必要がありましょう。この手紙を受け取ったときには、あなたがこの世から出ていくドアは、すでに掛け金をはずされているでしょう。

「おもしろい」パスコーは言った。

「それがせいいっぱいか？」ダルジールは軽蔑したように言った。「じゃ、次はなんだね、首領？　最新の情報を教えてくれ。ここまでは一方通行だったからな」

目撃者と捜査官とのあいだでは、それがふつうの流れだと指摘したい衝動に駆られたが、その点は押さないことにした。状況の概略を述べながら、上役の承認を求めているような口調にしないだけでも一苦労だった。

巨漢は言った。「そのオリー・ホリスってやつは、どう言ってる？　ローストの担当だったんだろう？　ダフが気の毒にも籠に突っ込まれたとき、そいつは何をしていたんだ？」

「彼はまだつかまっていません」パスコーは言った。「客の大部分と同じく、われわれが現場に着いたときにはもう、いなくなっていたんです」

「彼は客ではなかった。それに、どうしてジャグ・ウィットビーが引き止めておかなかったんだ？」

「ウィットビーが到着したときにはすでにいなかったんでしょう。彼は今、ホリスをさがしているところです。どうしてジャグなんて呼ばれているんです？　耳が大きいんですか（〝ジャグ・イアー〟は水差し〔ジャグ〕の取っ手を思わせる大きく張り出した耳のこと）？」

「ウィットビー（ドラキュラが英国に上陸したヨークシャーの港町）・ドラキュラ、頸静脈《ジャギュラー》だよ、なにも知らんのか？　もうちょっと現実をよく認識する必要があるな、ピート。二時間もたっているのに、主要な目撃者たちがまだそこらをぶらぶらしている。つかまえてこい、それが第一ルールだ。そうしたら、からからに搾り上げるまでは放すんじゃない！」

「あなたからのインプットはいつも助かります、警視」パスコーは挑発されないと心を決めてつぶやいた。「それに、あれこれの脅迫の件を教えてくださって、ありがとうございました」

「役に立ててうれしいよ。手がかりになりそうかな？」

「まあ、この手紙からすれば、脅迫の言葉はそう生々しいものではない。あと、殺人未遂とされる落石事件ですが、本当にその意図があったものとしても、実際に起きた殺人とは性質がずいぶん違います」

「どっちにしてもダフは死んだはずだ、それが大きな共通点じゃないか」

「ええ、でも落石のほうは事故に見せかけるつもりだった。ホッグ・ローストのほうはぜんぜん違います。芝居がかっている、グラン・ギニョール、病的だ！　それに、不必要に危険を冒している。死体を隠してさっさと逃げ、アリバイを作ればいいものを、犯人はわざわざホッグ・ローストの籠から豚を出して、代わりに死体を入れた。非常に時間がかかる作業です。嵐はそろそろやんでいた。ふらっと現われた誰かに目撃される可能性が高まっていた。犯人はそれでもその危険を冒そうと決めた。どうしてでしょう？ここにはたんなる金銭欲よりもっと深い、暗いものがあるように思えます。これは声明のように感じられます」

「やれやれ、きみはほんとに言葉が派手だな、ピート。安い読み物本を買わなくていいから、ずいぶん節約になるだろう」巨漢は言った。

「だからこんなに金持ちなんですよ。あの、アンディ、わたしはフェルデンハマーに会わなければならないので、もしほかになにもなければ……」

「考えてみるよ。わたしはどこへも行かない」

どうしてこれが脅迫のように聞こえるんだ？

「たいへん助かりました」パスコーは言った。「ところで、レイディ・デナムとの会話の録音を貸していただけるとありがたいんですが」

ダルジールは口をすぼめて言った。「テープじゃないんだぞ。ハード・ディスクだ」

「ええ、そうでしょうね。おっしゃったように、最新鋭の機械ですから」パスコーは言ったが、以前とは打って変わった技術至上主義的《テクノクラティック》ダルジールをまだうまく把握できずにいた。それからふと気がついた。このディスクに、おれに聞かせたくないものも入っているんだ。

彼は言った。「じゃ、ウィールディをよこして、コピーさせましょうか？」

ダルジールはしばらく考えてみてから言った。「悪くはないだろう」

「よかった。では、ドクターに会ってきます。おだいじに」

戸口で立ち止まり、彼は言った。「警視、フラニー・ルートがここにいると、どうして教えてくださらなかったんですか？　わたしがずっとあいつをさがしていたと、ご存じだったでしょう」

個人的なことは後回しと決心していたにもかかわらず、質問が出てきてしまった。

ダルジールはすぐに答えず、黙ってグラスを唇に持っていった。驚いたことに、飲まないでにおいを嗅いだだけだった。それから、差し出された王冠を押しやるシーザーのように明らかに不本意な様子で、グラスを枕元のテーブルに置いた。

「このごろ、腹より目のほうが欲が深いんだ」彼は悲しげに言った。「これを問題と考えず、機会と考えるべきだ、とルートに言われたよ。ま、あの野郎はたいていの状況をそういうふうに見ているがね」

「残る人生を車椅子で過ごすってことじか？」パスコーは鋭く言った。

「ああ、それもだ。同情票を獲得する。どうやら、クララ・ブレトンにツバをつけているようだったな。ちょっとやせっぽちだが、金持ちででぶの伯母さんがいるから、埋め合わせになるんだろう」

「何をほのめかしているんですか、アンティ？」パスコーはきつい口調で訊いた。

「わたしが？　なんにもほのめかしてなんかいない！　ま、あいつがずる賢い悪人だってことだけだな。だが、そのくらいきみはもう知っている」

パスコーは挑発されないと決め、言った。「さっきの質問にまだ答えていませんよ。どうして彼がここにいると、教えてくださらなかったんです？」

「あいつが言ったんだ、音信不通になったのは、きみがこれ以上彼に対して責任を感じないですむようにだとね」ダルジールは言った。「それで、わたしはその言葉を信じた。いいいな？」

パスコーが返事をする前に、携帯電話が鳴った。

彼は取り出し、ディスプレーに目をやると、「ここでは信号が弱い」と言いながら、別れのしるしに電話を振って、部屋の外に出てドアをしっかり閉めた。

廊下を歩きながら、彼は携帯を耳につけ、言った。「もしもし、ハット」

話を聞き終わるころには、車の横まで来ていた。

彼は言った。「すぐ行く」

一瞬ためらって、振り返り、建物を見た。計画を変更したこと、その理由を巨漢に知らせずに出ていくのは裏切り行為のように思えた。

だが歴史が教えるように、独立運動にあっては、忠誠がつねに最初に犠牲になる。

彼はエンジンをかけ、中央ゲートに向かった。

13

シドニー・パーカーを聴取したあと、ハット・ボウラーは北崖道路を通って、リストの次に載った目撃者に会いにいくつもりだった。リーという女性で、坂道の下のほうにある〈魔女小屋《ウィッチ・コテッジ》〉という思わせぶりな名前の家に住んでいる。

だが、パーカーの話と、その後ホテルの受付嬢と十五分間楽しくいちゃついた結果引き出された情報を合わせると、気が変わった。田舎の人たちはまったくゴシップ好きだ。ホッグ・ローストの機械を設計したヘン・ホリスが被害者を憎んでいたことは有名だったと、すぐにチームのみんなも知ってしまうだろう。だから、先頭を切りたいなら――ぐずつまり、シャーリー・ノヴェロに先んじたいなら――ぐずぐずしていてはだめだ。

受付嬢によれば、ヘンは町の二マイルほど南、海岸道路をはずれたところにあるコテッジに住んでいた。出かけてみると、彼女の方向指示はちっとも役に立たなかった。一本目を左、と言ったとき、その手前にあるアスファルト舗装の小道は含めないと、誰でも知っていて当然と彼女は思っていたが、その道はすぐ、どろどろの無舗装道路に変わり、どこにも通じていなかった。それに、一軒目のコテッジに住んでいるのは人嫌いの小作農民で、腹を空かせた獰猛な犬を何匹も飼っていることくらい、みんなが知っているのだから、わざわざ教える必要はないではないか？

ようやく、天路歴程の終わりの巡礼のような気分で目的地に到着すると、三十分前からいやな予感がしていたとおり、ヘン・ホリスは家にいないとわかっただけだった。

それなら、これも経験のうちだと思い定めて、もと来た道を戻り、無駄にした時間をウィールドが気づかずにいてくれますようにと祈りつつ、さっさと魔女小屋に戻るべきだった。だが、南崖道路を通ってサンディタウンに入ることもできると気づいたので、聴取ルートを変更し、〈希望と錨〉亭にアラン・ホリスを訪ねようと決めた。パブに入る機会は絶対に逃すな、とアンディ・ダルジールが言ったのを耳にしたことがあった。それに、ここからヘン・ホリス発見の糸口が出てくるかもしれない。

パブはすぐ見つかった。中央通りにあって、ペンキが新しい。カラフルな看板には、肌をたっぷり露出した曲線美の金髪女性（おそらく〝希望〟）が男根を連想させる錨の上にすわっている。店は見たところいかにも誘うようで、バー・ルームのドアをあけると、その印象がなお強くなった。ヨークシャーのパブというと、よそ者が入ってくると、まるでブラマンジュの中のヒキガエル、即座に会話が途絶えるような店もあるが、〈希望と錨〉亭の雰囲気は着心地のいい古いコートのように客を包んだ。

部屋には家族連れが大勢いて、フィッシュ・アンド・チップスやステイク・アンド・キドニー・パイといったごちそうを楽しんでいる。暖かい日だが、地中海サラダなどはどこにも見当たらなかった。料理のにおいがハットの味蕾を包み、一瞬、食事にしようかという誘惑に駆られた。

だが、職業意識が勝ち、〝希望〟のモデルになったといってもいい若い女のバーテンから、何を差し上げましょうと訊かれると、アラン・ホリスをさがしていると彼は答えた。

「隣の小部屋にいます」彼女は言ったが、ややがっかりしたように聞こえた。「飲み物はほんとにいりませんか？」

かつてガールフレンドとの関係が悲劇に終わって以来、ハットは女の子のことなどろくに考えてこなかったが、ホテルの受付嬢とのおしゃべりは、結果はともかくとして楽しかったし、今は気がつくと、バーの女に向かってにっこりして、「あとでもらうかもしれない」と言っていた。

表の部屋とは違って、小部屋のほうにはそれほど歓迎の雰囲気はなかった。客は二人だけ。一人は隅の席で《中部ヨーク・ニュース》を顔の前に掲げ、もう一人はカウンターにもたれ、バーテンの男に話しかけていた。

ハットが近づくと、立っているほうの客は邪魔されて不愉快だとでもいうように、彼をねめつけた。年は七十前くらい、やせて、ひげを生やし、ほのかに農場のにおいを漂わせている。気難しい顔の尖った輪郭は、ぼさぼさしたひげのおかげで隠れるというより、むしろ目立っていた。

対照的に、バーテンはハットに愛想のいい、ほっとしたようにさえ見える微笑を見せて、「ご注文は？」と言った。

「ミスター・ホリスですね？」ハットは言った。

カウンターを挟んだ男二人は目を見交わし、それからバーテンは言った。「アラン・ホリスです、ええ」

ハットは身分証を見せて言った。「ちょっと話をさせてもらえますか？」

もう一人の男はグラスを上げ、残ったビールを飲み干すと、ドアへ向かい、出ていきしなに煙草に火をつけたから、たっぷり二秒は違法行為をしていた（公共の建物内での喫煙は法律で禁じられている）。礼儀としてあそこまで待ったのか？　とハットは思った。それとも、ニコチン飢餓で外へ出るまで待てなかったのか？

「レイディ・デナムの件ですね？」ホリスは言った。

「そうです」ハットは言った。「われわれとしては、パーティーに出ていた人全員と話をしたいので」

「当然です。でも、わたしはたいしてお役に立てないと思いますが」

「小さなことでも、全体の画像を構成する助けになりますから。では、あなたがホールに到着したのは何時でしたか？」

「早く行かなきゃならなかった——十二時半ごろだったと思いますね。その、ドリンクはこのパブを通して提供したので、わたしはバー・テーブルを用意する必要が……」

「でも、あなたは提供者というだけでなく、ゲストでもあったでしょう？」ハットは口をはさんだ。

「ええ。あのホッグ・ローストはたんなる社交の集まりではなかったんです。サンディタウンの開発計画に関わる要素をすべて一堂に集めようというわけで。つまり、商業、観光、役所、等々をね」

「それで、あなたは招待されただけでなく、幸運にもドリンク提供の特権も与えられた？」

ホリスは微笑した。

「運の問題じゃありませんよ」彼は言った。

「というと？」

「ご存じないんですか？　レイディ・デナムはうちの家主です……でした。彼女は〈希望と錨〉亭を所有している……いた。わたしは彼女に雇われた支配人というだけです。ドリンクのこととなると、彼女は必ずこのパブに利益が入るよう心がけていた」

「でも、パーティーのホステスなら、どっちみち自分が金を払ったでしょう、違いますか？」

「違いますね。コンソーシアムが金を出した。コンソーシアムというのは、開発計画に関わる私的投資家グループです。おもにレイディ・デナムとトム・パーカー、それにあと二、三人」

「では、大手の共同出資者として、やっぱり彼女が金を出していたことになる」

「ええ、でも負担は費用の一部で、しかも間接的な出費だ。一方、パブの利益はすべて彼女のものになる。だから発泡酒はすべてちゃんとしたシャンペンで、ふだん彼女が客に出すカーヴァでなんかなかった。金遣いに気をつける女性でしたからね」

非難の口調ではなかった。ヨークシャーでは〝金遣いに気をつける〟というのは欠点とは見なされない。

「では、パーティーのことをあなたが見たまま話してください。当然ですが、レイディ・デナムとの接触にことのほか興味があります」

実際には、興味をそそられる接触はなかった。彼女と話したのは一度だけで、それもわりに早いうちだった、予備のドリンクはたっぷり用意してあると言って彼女を安心させた、とホリスは言った。殺人事件に関係がありそうな不審な行動については、なにもおぼえがない。

「最初の二時間くらいは、ノンストップで飲み物を出していましたからね。あの市議会の連中ときたら、まるでゴビ砂漠に向かうラクダなみに飲みまくっていた。レイディ・デナムの従妹の女性が手伝ってくれなかったら、とてもさばききれませんでしたよ」

「ミス・ブレレトンですね」ハットは言った。

「ええ。若いクララです。それで、嵐になったときは、水浸しになる前にドリンクのテーブルのものを中へ運び込もうと、二人でばたばた動きまわった」

「でも、食べ物は出しっぱなしにして？」ハットは言った。屋敷の正面に出した長いテーブルにびしょ濡れの食べ物がみじめに並んでいたのを思い出していた。

「それはわたしが心配することじゃない」ホリスは言った。

「どっちみち、濡れてだめになった食べ物は、客が食べてなくなったのと同じことだが、手つかずのドリンクは店に戻せる」

死体が発見されたあと、人々が帰り始めたのを見ると、彼はあけていないボトルを集め、ヴァンに積んで、パブに戻った。

「どうせ、早めに帰るつもりだったんです。店が忙しい時期ですからね」

それでも、小部屋にこもってあのみすぼらしい友達とさしむかいでおしゃべりをするくらいの暇はあるんだな、とハットは思った。

「あなたの名前は」彼は言った。「ホリスですが、レイディ・デナムはミスター・ホリスという人と結婚していたんじゃありませんか？」

「そうですよ。最初のご亭主だ。わたしは遠縁の従弟です。大きな一族でしてね」

「それに親密でもある」ハットは言った。「だって、彼女はあなたを支配人として雇ったわけだから」

「仕事をくれたのは、最初のご亭主のホッグですよ。でも、レイディ・Dはわたしが続けるのをいやがらなかった。家族の絆を大事にしていましたからね、おたがいの得になる限りは」

「あなたはその一例ですよね？　でも、義理の弟のミスター・ヘン・ホリスは違ったようだ。二人のあいだには、なにか緊張があったんじゃないですか？」

ホリスは彼を妙な目で見ると言った。「あったかもしれないし、なかったかもしれない。残念だね、あいつがあんなに急いで出ていかなけりゃ、直接訊いてみられたのに」

ハットはこれを消化してから言った。「さっき入ってきたとき、あなたがしゃべっていた相手がヘンだったんだ」

「ああ、そうだ。知らなかったんですか？　ま、知るはずもないでしょうね」

くそ！　とハットは思った。目の前にいたのに。ノヴェロがこれを聞いたらたいへんだ！

「じゃ、何をしゃべっていたんですか？」彼は訊いた。

「その、殺人事件の話がきっと出たでしょう。ミスター・ヘン・ホリスはそれに関して何を言いましたか？」

「たいしてなにも」

「彼は喜んでいませんでしたか？」

ホリスはショックを受けた顔になった。

「おい、よしてくれよ！　そりゃ、二人は意見が一致しなかったし、ヘンが深い悲しみに沈むとは思わないが、このあたりの人間は礼儀を心得ている。嫌いな人間が殺されたからって、いい気味だなんて言ってまわりはしない」

「すみません」ハットは言った。「そんな意味では……」

どういう意味で言ったのか、説明する必要はなくなった。背後でドアがあき、ホリスの顔は憤慨と叱責の表情から大きな微笑に変わった。彼は言った。「必要なときにどこにも警官が見つからないと思うと、今度は二人一度に現われる。いつものやつか、ジャグ？」

ハットが振り向くと、制服の巡査部長が部屋に入ってくるところだった。ずんぐりした体格、年は四十代後半、赤い顔をして、いかにもくたびれた様子に見えた。

「ああ、それだけの仕事はしたよな。もう二時間も、ケツの青い蚤みたいに駆けずりまわってるんだ、あんたの間抜けな従兄をさがしてな。ロウブリッジまで行ったのに、今日は朝から家にいないという。そこで〈ひとりぼっちの鴨〉亭に行ってるんじゃないかと、そっちへ向かった。すると、嵐でベイル・ボトムの小川があふれてたもんで、車がはまり込んで、ジミー・キルンにトラクターで引っ張り出してもらうはめになった。で、ようやく〈鴨〉亭に着いてみると、誰もあいつを見ていない。それで、ボトムを通ってまたあんな目にあいたくはないから、高原道路にまわった。それならついでだからと〈黒い子羊〉亭も試してみたが、そこにもいなかった。というわけで、スタート地点に逆戻りだ。あんたはあいつを見かけたかね、アラン?」

ホリスは笑って言った。「ああ、一時間か、もうちょっと前にここに来ましたよ。よく考えてりゃ、それだけ動きまわらずにすんだのにな!」

「失礼」ハットは言った。「それって、誰のことです?」

巡査部長は彼をいやな目で見ると言った。「これは警察の仕事です。口をはさまないでいただけるとありがたいですな」

ハットは「ええ、警察の仕事であるのは承知していますよ、巡査部長」と言って、身分証を取り出した。

男はそれをじっくり調べてから言った。「あんた、エド・ウィールドの下で働いているんだな?」

「そうです。ボウラーといいます。ハット・ボウラー」

「ああ、わかった。わたしはウィットビーだ。エドの下にいるんなら、いいだろう。じゃ、ここで何をしているんだ?」

ハットは説明し、相手からはまた別のホリスがいるのだと教えられた。ホッグ・ロースト担当のオリーだ。この情報交換のあいだに、店主はビールを二パイント汲んだ。ウィットビーはひといきで大部分を飲んだ。ハットもこの立派な例にならっていけない理由はないと思った。

表の部屋からのドアがあいて、曲線美の若い女が入ってきた。

「バドワイザーが切れそうよ、アラン」彼女は言った。

「あら、どうも、ウィットビー巡査部長」

「やあ、ジェニー」ウィットビーは言った。

「下からもう少し運んでこよう」ホリスは言った。「ほら、とりあえずこれだけ持ってってくれ」

彼は冷蔵庫からボトルを六本取り出した。

「で、アラン」ウィットビーは言った。「オリーはここを出るとき、どこへ行くとか言ってたか? もしまたロウブリッジまで行かされるんなら、あいつ、殺してやる」

ホリスは思い出そうとするように眉根を寄せた。ジェニーが足を止めた。ボトルを腕に抱え、胸に押しつけている。あれじゃ冷えたビールがぬるくなるのにな、とハットはあこがれをこめて思った。受付嬢とおしゃべりしたおかげで、彼の血は温度が二度くらい上がったようだった。

ジェニーは言った。「オリーをさがしてるの？　あの人、体調が悪かったわよね、アラン？　ホールで起きたことを考えれば無理もないわ。興奮するようなことがあると、必ず発作が起きる。ほとんど息ができなくて、救急車を呼ばなきゃだめかとあたしは思ったんだけど、いつもの吸入器を使ったらちょっとよくなった。それで、あとはミス・リーに治療してもらうしかないって言ってたわ」

アラン・ホリスは言った。「そうなんだ、ジャグ。そう言おうと思ってたところだ。オリーを見つけたいなら、魔女小屋へ行くんだな」

魔女小屋。ミス・リー。ハットがリストの下の方へ押しやった人物だった。今から行っても、そう違いはないだろう。な？

「気がつくべきだった」ウィットビーはビールを飲み干して言った。「あの女が死んだのを見て、脳味噌が働かなくなっちまった。すぐ行ってみるよ、まだいるといいが」

「待ってくれ、巡査部長」ハットは言った。「わたしもいっしょに行く」

「いいですよ」ウィットビーは熱をこめずに言った。

二人が出ていき、ドアが閉まると、隅の席の客が新聞を下げ、飲み物をかたづけると、グラスをカウンターへ持っていった。

「同じのをもう一杯？」ホリスは言った。

「いや、やめておくよ。うまいビールだが、運転しているもんでね」サミー・ラドルスディンは言った。「またいつか、来るよ」

彼はドアから出ていった。

彼が駐車場に行くと、先に来ていたハットはウィットビー巡査部長に向かって言っていた。「このミス・リーだけど、正確に、何をしている人ですか？」

「針師だ。トム・パーカーが集めたおかしなやつらの一人だよ。人の体に針を突き刺すのがどうして効くのか、おれにはわからないが」ウィットビーは言った。「論より証拠だ。魔女小屋で一回治療を受けたあとのオリーはまるで別人だよ、それは疑いない」

数分後、コテッジの全貌が目に入ると、その名前が呼び起こした期待は失望に終わった。確かにかなり古めかしい家だが、〝魔女っぽい〟ところはあまりなかった。実際、非常にきれいに手入れされ、昔ふうな魅力があった。もちろん、外見に騙されるということはある。ひょっとすると、小さな庭にはめずらしい薬草が生えていて、そのほんの一枝で人は夢うつつになったり、激しい恋に落ちたり、扁桃膿瘍が治ったりするのかもしれない。もしそうだとしても、そんな薬草はタチアオイやマツバギクに隠れて見えなかった。

せめてドアには頭蓋骨の形のノッカーがついていてほしかったが、そこにあるのは現代的な呼び鈴のボタンだった。ウィットビーはそれを無視して、少し開いていたドアを押しあけた。

二人は狭いホールに入り、巡査部長は叫んだ。「ごめんください！　ミス・リー！」

左手の半開きのドアのむこうで物音がした。

ハットのほうが近かったので、彼はそのドアを大きくあけて、「ミス・リー？」と明るく言った。口がそう発音するよう、すでにプログラムされていたからだが、そう言いながらも頭のほうは、ミス・リーに白髪混じりの黒いひげが生えている確率を計算していた。もっとも、今の時代、ことに称号のある老婦人が自分のホッグ・ロースト用籠の中で炙り焼きにされた殺人事件を捜査しているときだから、どんな可能性も除外するのは愚かだろう。

あとになって悟ったが、こういう無関係なあれこれの考えは、見えている光景のグロテスクな衝撃を和らげようと、彼の潜在意識が意識の上に覆いかぶせた煙幕だった。

ひげの男はドアのほうへ半身を向けていた。顔は罪ある者がぎくりとした表情そのものだった。彼は表面に詰め物をした寝台の横に立っていた。寝台にけ男がうつぶせに横たわっている。上半身は裸で、組んだ腕に頭をのせ、その裸の背中からは六本ほどの針が飛び出している。長さ四、五インチ、羽のない羽ペンのようで、先だけわずかに色がついている。

一本を除いて。

この一本だけは、背中の中心、背骨のいちばん上に近い部分にあり、せいぜい二インチくらいしか出ていない。ひげの男の右手はまだそれをしっかり握っているのだった。

ハットは肩で押されるのを感じた。ウィットビーが入ってきたのだ。

「よし、おまえを逮捕する」彼は大声で言った。

男は抵抗しなかった。ウィットビーは男の両手を後ろにまわし、かちりと手錠をかけた。それから囚人をハットのほうへ押しやり、「見張ってろ！」と言うと、寝台上の人物に注意を向けた。

ひげの男はハットの目をまっすぐ見た。なにか言おうとしているようだったが、言葉は出てこなかった。

ウィットビーはぐったりした人物の頭を持ち上げた。指を首に走らせ、脈をみた。それから、その頭を組んだ腕の上にそっと戻した。

「死んでる」信じられないというように言った。

「ホリスか？」ハットはぞっとして訊いた。

「ああ。オリーだ。死んでる！」

二度繰り返して、ようやく状況の真実が呑み込めたかのような言い方だった。

彼はくるりと向きを変え、囚人の顔のすぐ前に自分の顔を突き出すと、静かに、だが激しく言った。「この野郎！今このいまいましい軟弱な国に正義ってもんが残っていたら、縛り首になるところだぞ！」

それから、ハットに向かっていかにも残念そうに言った。その声は、若い刑事の耳には非難のように聞こえた。「五分！　あと五分早く着いてりゃな！」

第三巻

ええ、ええ、いいですか、あなただっていずれ肉屋の肉の値段を考えるようになるに決まっているんですからね。

1

送信者：charley@whiffle.com
宛先：cassie@natterjack.com
件名：またまた大騒ぎ！

たいへん！！
ミスター・ゴッドリーが逮捕されたの！　信じられない。警察はどうかしてるわ。それも、殺人一件どころか、二件！　今朝の《中部ヨーク・ニュース》にすっかり出ていた。レイディ・Dの死と、昨日の夕方起きた別の殺人。オリー・ホリス（豚農場の門番で、ホッグ・ローストの担当者）がミス・リーの治療用寝台の上で殺されたの。記事には、ミスター・ゴッドリーが現行犯で逮捕されたとあった。オリーの背中にミス・リーの針の一本を突き刺しているところだったって！

なにかの間違いよ。そりゃ、彼は頭がおかしいけど、それは自分に人を癒す力があると信じているっていうだけで、人を殺す力があるなんて思ってない！　でも、《ニュース》の記事は彼が犯人だと強調していて、担当の警察官のことにも触れていた。パスコーとかいう人。こういう頭脳の持ち主が警察にいる限り、われわれは枕を高くして寝ることができる、だって。きっと大嘘よ、わたしの職業上の評判を賭けたっていい——そんなものを打ち立てたらね！

でも、いつものとおり、わたしは一人で先走っている。この前のメール以後の主要な出来事を報告します。

まず第一に、女の警官が現われて、トムとメアリとわたしから供述を取った。警察はホッグ・ローストに来ていた人全員を聴取しているの、当たり前だけど。

まあ、まともな人だと思ったわ。ちょっと地味。すっぴんで、さえない色の服。レズかも、男役のほうね。でも、わかんない。名前はノヴェロ。聞き覚えがあるわ。昔の白黒のミュージカル映画で、ママといっしょにテレビで見せられたやつがあったじゃない、おぼえてる？（アイヴァー・ノヴェロは一九三〇〜四〇年代に活躍したイギリス人の俳優・作曲家）

ともかく、わたしは彼女をけっこう気に入った。供述するとき、おねえちゃんに送ったばかりのメールを使って記憶を確かめたんだけど、それなら読ませてもらえないかと言われた。ふと気がつくと、わたしはおねえちゃんに送ったサンディタウン印象記をすべてプリントアウトしていた！

彼女が帰ると、あんなことをしてよかったんだろうかと思い始めた。ほかの人には見せないと、いちおう約束してくれたけど、テレビの警察ドラマだと、警官の楽しみといえば、ラガー・ビールを飲んでチップスをつまみながら、没収してきたばかりのポルノ・ビデオを見てよだれを垂らすことじゃない！　でも、彼女はまともな人のようだったし、女どうしが信頼しあえなかったら、誰を信頼できる？

ここで軽蔑の笑い！

とにかく、そんな心配はまもなく頭の奥へ追いやられた。メアリが現われて、新しい進展を告げたから。心の優しいトムは、クララ（貧しい親戚――あるいは、今はもうそんなに貧しくなくなったかも――わかんないわよね？！）がホールに一人きりだと心配を始めた。それで電話して、キョートに泊まらないかと招待し、彼女は受けた。寝室は問題なし。わたしが泊まっていても、あとまだ二つくらい空き部屋がある。でも、メアリは考えた――こういう状況だから、クララを見知らぬ家の見知らぬ部屋に一人で置くのはまずいだろう。それなら、同世代の人（つまり、わたし）と同じ部屋に寝るのがいいのではないか。無理にとは言わないが。わたしとしては、あまりうれしくはなかったけど、誰もが知っているように、プレッシャーはありませんと言われるのがいちばんのプレッシャー。だからもちろん、イエスと答えたわ。わたしはそれでけっこう、クララ自身がいいのなら、とね。

彼女が現われたとき、同意しておいてよかったと思った。

ひどい様子だった！　警察が到着したあと、ホールではすることがたくさんあって、それでがんばっていたんでしょう。でも今、ようやく緊張を緩めて、現実に起きたことを呑み込むと、ショックに襲われて、ずんずん落ち込んでいったのね。

メアリは彼女とわたしが同室するという案を話し、彼女はイエスと言った。でも、たとえ温室で寝ろと言われたって、同意していたんじゃないかっていう印象だった。わたしは彼女を寝室に連れていった。空いたベッドの上に散らかしてあったがらくたはかたづけておいたから、彼女はそこにすわった。階段を上がるあいだ、彼女は口をきかなかったし、わたしも何を言っていいかわからなかった――偉大な心理学者のこのわたしが！　それで、一人でゆっくり荷物を解いてね、と言って、部屋を出た。

階下ではトムとメアリが熱心に話し合っていた。ちびのミス・ミニーは隅っこにすわって、本を読むふりをしながら、すべてを耳に入れていた。あとの子供たちはみんなもう寝ていたけど、権利（自分だけの部屋を持つこととか）にうるさいミンは、下の子より三十分長く起きていると言い張ってるの。今夜は、どさくさまぎれにそれをずいぶん引き伸ばして、じっと目立たないようにしていたんだけど、とうとうメアリが気づいて、「ミニー、もうベッドに入ってるはずの時間でしょう」と言った。

ミンは陽動作戦に出て――うまいのよね、これが――ふいに大声で言った。「警察は、あたしとポールとほかの子たちも聴取すべきだったのよ。あたしたちだってあそこにいたんだもの。目撃者よ！」

厳密に言えば、そのとおりだわ、と思った。トムとメアリは目を見交わし、それからトムが言った。「うん、でも、きみがなにかを目撃したとは思わないなあ」

「あら、目撃したわ」ミンは言った。舞台中央を楽しんでいた。「嵐のあいだにふらふらしてる人たちを見たのよ。少なくとも、見たと思う」

「そうなの？」メアリは言った。「でも、それがすごく大事なことだとは思わないけど」

「あの女の警官はそう思いました！」ミンは言い返した。

これが両親の注意を惹いた。

トムは言った。「あの人はきみに話をしたの？　質問をした？」

静かな、こわくなるような声で、トムがこんな声を出すのはそれまで聞いたことがなかったから、わたしはノヴェロが気の毒になってきた。

「うん、まあね」ミンは言った。「あとでちゃんとやり直す必要があるって言われた。テープにとるの。記録のために」

彼女の声も変わっていた。ちょっとおとなしくなって、パパがほんとに不機嫌になったとわかったような様子だった。

メアリはいかにも物分かりよく言った。「ミニーがあの女の人と話をしたかったのなら、止めようはなかったでしょう、あなた」

「かもしれない。でも、あの人はすぐきみかぼくかどちらかを呼ぶべきだったんだ」トムはまだ怒っていた。それから、にっこり笑っていつもの調子に戻り、ミンに言った。

「いいんだよ、ダーリン。じゃ、キスしてくれ。もう寝る時間だろう」

通常運転再開で、ミンがすごくほっとしたのは明らかだった。まずパパをぎゅっと抱きしめ、次にママ、それからわたしを抱いて、「いっしょに来て、寝かせてくれる、チャーリー？」と言った。

わたしがメアリを見ると、彼女は微笑してうなずいた。

おてんばミニーの計略は、もちろん、わたしから情報を搾り出そうというものだった。でも、わたしが搾られていいような気分じゃないと見て取ると、彼女は作戦を変えて言った。「あたしもいっしょの部屋で寝られるといいんだけどな、チャーリー。あたし、今夜は一人じゃこわいんだもの」――氷河だって解けそうな哀れっぽい声！

わたしは言った。「それは困ったわね、ミニー。じゃ、こうしましょう。あなたがポールたちといっしょの部屋で寝てもいいか、わたしからママに訊いてあげる」

これで彼女は黙ったから、わたしは部屋を出た。でもその前に、明日ホテルに連れていって水泳すると約束させられた！　シッド叔父さんは（男だから）搾れば情報が出てくると思ってるんだわ！　まったく、このごろの子供の生意気なことったら！

一階へ降りる前に、わたしはクララがどうしているか、様子を見た。

彼女はベッドにうつぶせになっていた。白い長い脚を大きく開いてね。すると、恥ずかしいけど白状するわ、最初は准男爵のお尻がその脚のあいだでハロウィーンのリンゴみたいに上下している光景しか頭に浮かばなかった。

それから、彼女が泣いていると気がついた。いや、すすり泣きね。ずっと深いところからこみ上げてくる嗚咽。アイスランドの間欠泉みたい。

わたしは彼女の横にすわって、その体に腕をまわした。彼女とレイディ・Dに『小公女』のセーラとミンチン先生の役を振ったのはちょっと単純すぎたかもしれないと思った。これは本物の悲しみだった。そうでないなら、彼女は手押し車いっぱいのオスカーをもらっていい！

わたしは「ほらほら、泣かないで」とかなんとか、われわれプロにしか知られていない微妙な慰めの言葉を口にしたものの、役には立たず、すぐにぐすぐすもらい泣きを始めた。おもしろい模倣的反応。わたしたちだって、しょっちゅうやってたじゃない？　ママもね。ママに連れられて「マディソン郡の橋」を見にいったときなんか、映画館から出てくださいと言われた！

ようやく二人とも涙が涸れ、濡れた顔を拭くと、二人のあいだの障壁が低くなっていて（少なくとも、そのときはね）、彼女はレイディ・Dには本当に恩があるのだと教えてくれた。とても落ち込んでいたときに救ってくれたんですって。ちょうどボーイフレンドに棄てられ（これを聞いて、いやらしいリアムのことが何日ぶりかでまた頭に浮かんだ！）、しかもおかあさんの新しいパートナーと反りが合わなかった（おとうさんは彼女が生まれる前に消えていた）。そこに、レイディ・Dが現われた。どうやら、クララのおじいさんがレイディ・Dのお気に入りの従兄だったらしい。それで、自分の家に来ていっしょに暮らさないかと言われると、それはいわゆる、とても断われない申し出だった。もっとも、クララとしては断わりたかったわけじゃないけど。

彼女は言った。「もしあのときサンディタウンに来ていなかったら、今ごろは――まあ、今ごろどうなっていたかわからないけど、いいほうには行っていなかったわね。ダフ伯母様が亡くなったのはほんとに悲しい――なにもかもお世話になったんだもの」

そのお返しに、あなたは好色な准男爵とセックス――伯母さんが跡取りとして大事にしていた人とね！　とわたしは思った。いつもの意地悪な性格が、このときばかりは頭をもたげてきたのよ。

でも、なにが悪い――彼女の立場だったら、わたしだってたぶん同じことをしたわ！

このころにはすっかり仲よくなって、わたしたちは事件を推理しあった。彼女は過激な動物権擁護グループが犯人だと考え、わたしは期待を裏切られた人物（ヘン・ホリスがリストの一番）がとうとう切れたのだと考えた。どちらの推論も、あのグロテスクな状況が基盤になっている。クララはホッグ・ローストの籠に死体を入れたのは思想的な声明だと考え、わたしはあれは進行した痴呆を示すものと考えた。

彼女は聴取に来た警察官のことを教えてくれた。部長刑事と警部。あのパスコーって人でしょうね。二人ともかなり頭が切れると彼女は言った。わたしは女性警官のことを教え、こっちもやり手だと感心したと言った。

心のバランスを取り戻すには、訓練を受けたプロに話をするのがいちばん。やがて、彼女は階下に降りて栄養のあるスープを口にする程度に元気になった。でも、そのあとすぐ失礼しますと言って、寝室に戻ったのには驚かなかった。

わたしが部屋に上がると、彼女はふとんを掛けてぐっすり眠っていたから、今度はあの白い長い脚に悩まされることはなかった。眠れそうにないと思ったのに、すぐ眠りに落ちた。今朝は早く目が覚めた――それでもクララほどじゃない。彼女がバスルームから出てくるところに会った。わたしたちは避け合って、前のように、ただの知り合いらしく礼儀正しく振る舞った。きっと、ゆうべわたしに打ち明け話をしたのを後悔しているんだわ。よくある反応よ。

でも、そんなことはすぐ頭から消えた。階下に降りていくと、メアリとトムがぎょっとして《ニュース》の記事を見つめていたから。朝ごはんが遅れるのは見ればわかったから、わたしは駆け上がってラップトップに戻り、このメールを書き始めた。

〈サンディタウン、健康ホリデーのふるさと!〉――笑っちゃうわね! おねえちゃんが毎日目にしている死、病気、暴徒からの攻撃なんか、今では退屈に感じられるでしょう!

今日はこれから何が起きるか、ぜんぜんわからない。朝食を食べにいきます。力をつけておかないとね。でも、続きをお楽しみに!

愛をこめて
チャーリー

2

ゆうべ、パスコーが帰ったあと、ほとんど目をあけていられなかった。でも、キャップには電話しなきゃならなかった。自己利益。彼女はふだん、ニュースをろくに聞かない――大部分は嘘で、ぜんぶが悪い知らせだと言ってな! だが、サンディタウンの一言を耳にしたらすぐ、電話してくるはずだし、わたしは眠っているときに起こされたくなかったんだ。

思ったとおりだった。彼女はなにも知らなかった。わたしが教えてやると、彼女はふと黙り込んでから、レイディ・デナムという人のことは聞いているけど、どんな人物であろうと、そんな死に方はひどすぎる、と言った。レイディ・デナムのことをどこで聞いたのかとは尋ねなかった。きっと〈アニマ〉の襲撃リストに載っているんだろうと推測したからだ！　あなたは捜査に首を突っ込まないでしょうね、と彼女は言った。まさか、わたしは治療のためにここにいるだけだ、どっちみちピート・パスコーが責任者で、肩越しに覗き込まないでくれと、かなりはっきりほのめかされた、とわたしは言った。それで彼女は安心したようだった。あいつとエリーとは昔からおたがいにちょっと相手を怪しいやつだと思っているが、ピートはわたしにいい影響を与えるとキャップは考えているらしい！

話を終えると、わたしはベッドに倒れ込んで、赤ん坊なみにぐっすり眠った。今朝は早く目を覚まし、実にひさしぶりにいい気分だった。ピートにまた会ったせいだろうと思った。彼と事件の話をしたおかげで、昔の調子を取り戻したんだ。そのあと、朝飯を食っているところにペットが来て、また別の殺人があったと言った。

わたしは言った。「このところ、あんたの姿を見るたびに、殺人があったと教えられるな」

シャワーでの出来事以来、ペットとわたしはいわばフォーマルに親しい関係になっている。あのことはどちらからも口には出さないが、男と女のああいうことは、決して消えずに残っているものだ。少なくとも、わたしの年の人間にとってはな。このごろの若いのは、うまいテークアウトにありついたくらいに軽く受け止めるのかもしれんがね！ともかく、セックスを忘れるには、殺人がいちばんだ。

《中部ヨーク・ニュース》に大きく出ているとペットが言ったので、それなら一部持ってきてくれと頼んだ。

記者の名前を見る必要はなかった。ピートのことをまるでキリストかエルキュール・パロットかとばかりに書いているから、あのひょろ長いインクのしみ野郎、ラドルスディンに決まっている。彼とピートは昔から親しくしすぎてきた。わたしに言わせりゃ、ジャーナリストの背中を掻いてやれば、こっちの爪に垢がつくだけだ。あの野郎、今回は報道に間違いがなければいいが。さもないと、ピートが恥をかく。

しかし、ピートに同情することなんかないんだ。帰り際にかかってきた電話がこれだったに違いない。あいつめ、戻ってきてわたしに教える手間すら惜しんだ！

ペットが、パスコーはゆうべ自分にもフェスターにも聴取に来なかったと言ったから、これが確実になった。生意気な野郎め、身分不相応な態度だ。こっちは邪魔をするまいと、せいぜい遠慮してやったってのに。

まあ、遠慮はこれまでだ。もしラドルスディンが正しくて、犯人がつかまったんなら、あいつらは一晩厳しく問い詰めただろうし、それでそいつが吐いたんなら、そろそろ祝賀パーティーが始まるころだ！

それに、もしラドルスディンが間違っていたんなら、ピートは手に入る限りの助けを必要としているだろう。

すぐさまサンディタウン・ホールへ行かなきゃならない、とペットに言うと、彼女は車で送ってあげると即座に言った。こんなに協力的なのはわたしの男らしい魅力のせいだと思いたいところだが、実はまた尋問の時間だとすぐわかった。車の中のほうがシャワーの中より簡単だ。事件の捜査は本当にこれで終わりなのかと、彼女は一生懸命はっきりさせようとした。まあ、一晩中まんじりともせず、ひょっとするとダフを殺すか、セックスの相手になるか、選択を迫られたフェスターが、殺すほうを選んだんじゃないかと心配していたのかもな！　あの野郎によっぽど惚れているんだな。本物の愛情だよ、あいつのためにわたしと寝るのもいとわないとはな！　いや、こっちがロマンチックになっているだけで、彼女自身、なにか秘密があるのかもしれない。

わたしをホールで落とすと、帰りも車が必要なら必ず電話してくれとペットは念を押したから、さくらんぼをもう一かじりする（〝まだこだわっている〟という意味の成句）つもりなのは確かだった。こっちも彼女のさくらんぼをまたかじらせてもらいたいところだが、いい子になると誓ってしまったからだめだ。

正面玄関の前に制服が一人立って、そっと煙草を吸っていた。わたしが車から出てくるのを見ると、その煙草をほとんど呑み込みそうになった。ミック・スプログズという名前の男だと思い出した。いい青年だ、出身地がメクスバラ（南ヨークシャーの町）でもな。主任警部はどこだと訊くと、捜査室で概況説明のミーティング中だと言った。その捜査室がホールそのものの中ではないと聞いて驚いた。いかにもピートらしい。わたしなら、かけ心地のいいソファのある、広い客間を使うところだ。

そっちへ向かう前に、わたしはスプログズの胸を叩いて言ってやった。「おい、いいか、わたしが捜査室に現われても誰も驚かなかったら、戻ってくる。そうしたらきみのパーソナル・ラジオの配置換えをしてやるぞ。すると、おならをするたびファイヴ・ライヴが聴けるようになる、わかったな？」

彼はなにも言わなかったが、こっちのメッセージは了解したと思う。

捜査室のドアを押しあけたとき、昔の映画でジョン・ウェインがバーに入ってきたみたいに、みんなが凍りつき、それから必死に逃げ隠れしようとするんじゃないかと思った。ところが、一瞬のショックのあとは、みんながにこにこ顔になり、わたしに会えてうれしいと言って握手してきたから、わたしはまるでスクルージみたいな気分になってきた。まあ、ピートの微笑はちょっとこわばっていたし、ウィールディの顔は、にこにこしているのか、硬い糞をひり出そうとしているのか、判断はむずかしいが、若いボウラーは目に涙を浮かべていたと誓って言えるし、アイヴァー・ノヴェロはなんとわたしを抱きしめてきた！

これが祝賀朝食会でなんかないのは一目見ればわかったが、さらにピートが言った。「お目にかかれてうれしいです、警視。今朝の《ニュース》はお読みになっていますよね？　わたしの神格化報道はやや誇張があると聞いても驚かれないでしょう。では、どうぞおかけください。お話があれば、われわれみんな、喜んで聞かせていただきます」

たいしたやつだ、それは否定できない。もし政界に入っていたら、今ごろは首相だったろうな。

部屋は実にぴしっとしていた。この二人のやることなら当然だ。掲示板があった。すべてがきれいに並んで、それぞれの関連は色違いのリボンでつながれ、示されている。兵隊に必要なのはこれだ。なにもかもコンピューターでまとめるのはけっこうだが、スクリーンというのは鏡におぼろに映ったものを見るようなものだ。掲示板を前にすると初めて、顔と顔とを合わせて見ることになる（新約聖書、「コリント人への手紙」の一節のもじり）。

ピートの概況説明も言うことなしだった。もちろん、ウィールディはすごく助けになる。ことに、ピートが三音節以上の単語を使い始めるとな。ここにはみんなが集まっていた。地元の知識を提供してもらうため、ジャグ・ウィットビーまで来ていた。いい考えだ。賢い警官は、チームの面々が木を見るだけでなく、森も見るよう気をつけるものだ。区画に分けてそこばかり見ていると、関連を見失う。ピートにはそれがわかっているんだ。

ま、当然だよな？　賢い警官に教え込まれてきたんだから！

誰もろくに眠っていなかったろうが、ウィールディはコーヒーメーカーを運び込んでいたから、コーヒーはたっぷりあった。濃く、黒く、甘い、警官好みのコーヒーだ。現代風な五十七種類のバラエティー、そのどれも小便なんていうのとは違う。

ピートはまず、オリー・ホリスから始めた。当然だ。ここにいる全員、容疑者が勾留中だと知っているが、誰もシャンペンのコルクをぽんぽん抜いていないことは見ればわかる。その理由を教えてもらいたい。いや、ここにいるのはピートだから、その理由をみんなが推理しなけりゃならない。

彼は言った。「ホリスの背中に刺し込まれた針は、脊椎骨Ｃ３とＣ４のあいだの脊髄を傷つけ、その結果、両腕両脚が麻痺した。さらに、このショックが激しい喘息の発作を引き起こしたものだろう。寝そべった姿勢のまま、麻痺のため動くことができず、彼は深刻な呼吸困難を経験して、最終的に窒息したと見られる」

ピートはわざとこういうしゃべり方をしているのだと、気づくのにしばらくかかった。わたしはどんな鈍いおまわりだって理解できる、飾り気のない言葉で話すのが好きだ。ピートはこいつらが一生懸命注意を集中し、質問し、結論を引き出すように仕向けたいんだ。ボウラーやノヴェロのような頭のいいやつらは、自分が輝くチャンスだとわかっている。

ボウラーがまずここで口をはさんだ。あとでウィールディから教えられたんだが、ばかな青年はオリー・ホリスが殺される前に魔女小屋へ行かなかったといって、自分を責めていた。だからわたしを見てあんなに喜んだのかもな——友好的な顔に見えたんだろうよ！

彼は言った。「つまり、針を刺されてから死ぬまでに、かなりの時間があったということですか？」

「長ければ三十分くらいあったかもしれない」ピートは言った。「とすると……」

つまり、襲われたのが早ければ早いほど、ハットの罪悪感は薄れるってことだ！　だが、頭のいい青年はそんな言い方はしなかった。

彼は言った。「では、ゴッドリーがそれだけの時間、手に針を持ったままあそこにぶらぶらしていたとは考えにくいですよね？」

「そのとおりだ」パスコーは言った。「すると、あそこでホリスを見つけ、針を抜こうとしていた、という彼の言い分は正しいのかもしれない」

みんなが予測していたこととはいえ、それでも失望の呻き声が上がった。

「じゃ、彼は釈放ですか？」ボウラーは訊いた。

「まだだ」ピートは言った。「ホリスの件では正直に話しているかもしれないが、彼がレイディ・デナムと激しくやりあっていたという目撃者証言がいくつか出ているから、それに関して満足のいく説明をもらわないうちは、釈放はしない」

理解はできるが、危険だ。一地方紙にしてやられ、むっとしているほかのマスコミ連中が、ラドルスディンの報道は間違いだったと気がついたら、この男がまだ勾留されているのは警察の悪意だと解釈するだろう。

さて、ピートは次へ進んだ、というか、ダフの殺人の件に戻った。

ウィールディは検死報告を手にしていて、いつものように正確に詳細を述べた。

死因は絞殺。額の挫傷は、凶器で打たれたのではなく、硬いものの上に倒れたためである可能性が強い。どちらにせよ、男はここぞとばかり、すぐに素手でその仕事をかたづけようと決めた。あるいは、ダフは抵抗できる状態でなかったことを考えれば、犯人は女であったかもしれない。いいニュースは、彼女は炙り焼きにされる前に死んでいたということだ。熱のために死亡時刻を正確に特定するのはむずかしいが、おそらくは発見の三十分から一時間前であろう。

それに彼女の膣内からは精液が検出された。

「彼女はレイプされてたってことですか?」ノヴェロが口をはさんだ。ウィールディはもってまわった言い方をしないことに誇りを持っていると、まだ悟っていないんだ。

ピートが割って入った。「性器周辺に暴行の形跡はなかったし、性交があったのは死の数時間前と見積もられているから、合意の上の行為と思われる」

ウィールドは続けた。

衣服は焼け焦げていたが、ブラウスの正面の大きな赤いしみは赤ワインと特定された。飛び散ったパターンから考えて、たんにこぼしたというより、ひっかけられた可能性が強い。現場にグラスはなかったが、シャンペン・コルク一個、銀のホイル、煙草の吸殻いくつか、それに食べ物の残りが小屋の中から回収された。食べ物からはDNAが検出されるかもしれない。ホイルからは部分指紋が見つかった。

「すると、パーティーに来ていた人全員の指紋が必要になる」ピートは言った。

「もう手にある」ウィールドは言った。

「手になきゃ、どこにある?」ピートは言った。

あの二人はいいコンビだ。これは笑いを取った。

「質問、コメントは?」ピートはうながした。

ボウラーがすばやく発言した。

「何者かが小屋の中でちょっとしたパーティーをやって、それからきれいにかたづけ、グラスやボトルを取り去った。どうしてでしょうか」

「で、きみはどうしてだと思うんだ、ハット?」ピートは訊いた。

「あそこにはオリー・ホリスのほかにも誰かいたが、その人物は自分に注意を向けられたくなかったのかもしれない」彼は言った。

「いいポイントだ」ピートは言った。もちろん彼はすでに気がついていたが、さっきも言ったように、みんなに考えさせるのが好きなんだ。

今度はノヴェロが入ってきた。ライバルにスポットライトを奪われたと感じれば、すぐ脳細胞が活発化する。

彼女は言った。「もしオリー・ホリスに喘息の持病があったんなら、煙草を吸う人だったとは思えませんよね」

これもピートはすでに自分で推理していただろうとわたしは思った。だが、彼はアイヴァーににっこりして言った。「それは非常にいいポイントだ。調べよう。このごろじゃ、喫煙者は少なくなった。きみたち、聴取をするときに質問してくれ。さてと、それじゃ二つの事件の動機を考えてみよう。二つのあいだにつながりはあるかもしれないし、ないかもしれない。あるという確固たる証拠が出ないうちは、勝手に思い込まないでほしい。では、動機だ」

ピートの話では、おもな線は二本、いちばん明らかなのは、いつものやつ、つまり金だ。誰が利益を受けるか？ダフの弁護士ビアードは、遺言書について電話で話そうとはしないが、すでに北部へ向かっている。つまり、深刻な金がからんでるってことだ。ロンドンの弁護士ってやつは、ハムステッドより北へ行くってえと、一マイルごとに一パーセントよけいに金を請求するからな。

彼がこっちに来るまでは、ダフの死で利益を受けると確実にわかっている人物はただ一人、ヘン・ホリスだ（この名前が出ると、ノヴェロはボウラーに向かってにやりとしてみせ、彼は渋い顔になるのが見えた。魔女小屋に行くのが間に合わなかっただけでなく、彼はゆうべヘンにぶつかっていながら、気がつかなかったらしい。糞が飛んでくるとなると、ぽつぽつってことは絶対にない、一斉射撃だ！）。オリーをもっと早くつかまえなかったというなら、ジャグ・ウィットビーのほうによっぽど責任がありそうだが、彼はヘンをつかまえてくるように命じられた。そう期待するなよ、とわたしは思った。

もう一本の線は動物権擁護活動家だ。ホリス・ハムは攻撃されたことがあるし、ダフ自身、個人的に脅された経験があり、彼女の命が狙われたとされるさまざまな事件を調査中だ（こう言いながら、彼はわたしの目をとらえた。〝この部分にあなたが関わっていることは黙っていてください〟と合図しているように思えたから、黙っていた）。彼女の死体をホッグ・ローストの籠に入れたことは、これとの関連の可能性を暗示している。

　ピートはまた言葉を切り、質問とコメントをうながした。若いやつらは点数を稼ごうとして、またすぐ口を出した。ボウラーは多少の失地回復を試みて、トム・パーカーの弟、シドニーを持ち出してきた。服装や車からして、明らかに羽振りがいい《ハイ・オン・ザ・ホッグ》。ピートは顔をしかめた——悪趣味なジョークは嫌いなんだ。だが、あれは偶然口に出たものだと思う。わたしなんか、しょっちゅうやっている。ボウラーは続けた。シドニーは被害者の金融アドバイザーだったから、彼が彼女の金をどう取り扱っているか、調べる価値はあるのではないか？　ここでノヴェロが割り込み、シッド・パーカーとテッド・デナムはレイディ・デナムに隠れてなにかの取引をたくらんでいたのかもしれない、と言った。彼女はたまたま知っているのだが、男二人はデナム・パークで秘密の会合を持ち、それはデナムの屋敷をカジノか介護ホームにでもしようという計画であったかもしれない。そんな情報がいったいどこから出てきたんだと訊きはせず、ピートはよしというふうにうなずいたから、彼もある程度知っているに違いない。

「このパーカーという人たちをよく見てみよう」彼は言った。「被害者とたっぷりいろんな関係がある。サンディタウン・コンソーシアムの中で、二人の主要メンバー、トム・パーカーとダフネ・デナムのあいだに緊張があったというほのめかしもある」

　シーモアはいかれたダイアナとその友達を聴取したようだった。そこにすわってラップトップをいじくり、若い刑事二人がお山の大将の地位を争っているのはどこ吹く風だった。ピートがかなり皮肉っぽく、〝わりに簡潔な〟供述書が出ているが、それにつけ加えることはあるかと訊いた。デニスは皮肉にひるみもせず、愛想よくにっこり笑って言った。「べつに。ミス・パーカーはいかれてますけど、害のないいかれ方です」

「なるほど、いつも役に立つ分析をありがとう、デニス」ピートは言い、ノヴェロとボウラーが目を見交わすのが見えた。今度は仲よくな。二人のあいだのちょっとしたオリンピックに、年上のデニスは脅威となっていない、とどっちも思ったんだ。

するとシーモアは言った。「あの、一つだけ、主任警部。その動物権うんぬんのことなんですが……」

「なにかな？」ピートは言った。

「さっき事件のファイルを見ていったら、レイディ・デナムに前科があるというのが目について……」

これはそこにいるほとんどの人間にとって、初耳だったようだ。

ウィールドは言った。「狩猟反対を叫んだ人物を乗馬鞭で打ち据え、謹慎を誓約させられた。これは三十年前のことだから、今の事件には関連なさそうだ。だが、きみは違うと思うのか、デニス？」

ピートが言ったのなら皮肉に聞こえただろうが、ウィールディだと真意はわからない。

「調べてみようと思ったんです」シーモアは言った。「そのデモをやったのは、アレグザンドラ・ラムという十六歳の娘だった。彼女は猟犬が臭跡を追えないように鼻に薬をスプレーしているところをレイディ・デナムに見つかり、打たれた。あのころなら、起訴棄却でレイディ・デナムは罰を受けずにすんだところでしょう。だが、娘は左目に真っ黒なあざをつくって法廷に出頭した」

「デニス、生きる意志を失ってきたぞ」パスコーは言った。「その話に要点があるなら、さっさとそこへ行ってくれないか？」

シーモアは言った。「ええ、主任警部、わたしがシーヴュー・テラスで聴取したミセス・グリフィススなんですが、ファースト・ネームがサンディなんです」

彼は言葉を切ってにっこりした。両頰にキス、勲章までもらえると期待しているような顔だった。

「要点を頼む」ピートはうんざりして言った。

「うちの姪にアレグザンドラってのがいるんですが、いつもサンディと呼ばれています」シーモアは言った。

「それで、きみの姪がどう関係してくるんだ？　殺人で有罪になった？　都市部テロリストだとか？」ピートは言った。

ノヴェロとボウラーは二匹のチンパンジーなみににやついていた。

「いいえ、姪はほんの八歳です」シーモアは言った。「ただ、このミセス・グリフィススは片目がおかしいんです。おかしいっていうのは、笑えるって意味じゃなくて、そっちの目が反対の目と同時に動かない」

わたしは思った。そうだ、それであの奇妙な目つきの説明がつく。わたしは自尊心で目がくらみ、あれはわたしと会ったせいだと思い込んでいたが、そんなややこしいところのないデニスは、あれが目のせいだとすぐに見て取った！　それだけじゃない。彼はつながりもつかんだ。今、彼は言っていた。「このラムって娘のことを調べてみたんですが、事件から数年後、打たれたほうの目がだめになった。これが記録に残っていたのは、彼女は賠償を請求して、そのために弁護士が事件の裁判記録と警察の証拠を求めたからです。裁判ではどうにもならなかった。時間が経過しすぎていたし、あれが原因だと誓って言える医者を見つけることができなかった」

ここまで来ると、刑事二人はにやにや笑いを止めた。ピートの声は皮肉な色が薄れていた。彼は言った。「すると、このサンディ・グリフィススとアレグザンドラ・ラムとは同一人物かもしれない、ということか？」

「いいえ、主任警部。かもしれないじゃないです。たった今、ラップトップで確認しました。間違いなく同一人物です」シーモアは言った。「一九八七年に結婚、八年後に夫と死別。もうちょっとあります。彼女にも前科がある。動物権擁護運動だ。若いときだけのことじゃなかったんですね。謹慎誓約が二回、罰金が三回、社会奉仕四週間、ハラスメントで執行猶予六カ月。〈アニマ〉っていうグループのメンバーだ。だから、彼女が休暇でサンディタウンを訪れているのが偶然でないなら……」

ピートはたいしたものだった。わたしのほうへちらとも目をくれなかった。〈アニマ〉とはキャップが設立した活動グループだと、彼もわたしと同様よく知っていたのにな！

「よくやった、デニス！　ほかのみんなも心に留めておけよ。事実をすべて頭に入れておかなければ、こういう有益な関連は見つけられない。彼女を連行して、申し開きをさせよう。デニス、きみのお手柄だから、きみが行ってくれ」

「わたしも行きましょうか、主任警部？」アイヴァー・ノヴェロは言った。「女が加わるといいかもしれません」

大事な場面を逃したくないんだな、と思った。

「いや」ピートは言った。「きみには別の仕事を頼みたい。よし、みんな。ミーティングはこれまで。自分のやっていることに少しでも疑問があれば、ウィールド部長刑事に問い合わせること。それに、さっきも言ったように、デニスを模範としてくれ。わたしは結果が欲しい！　シャーリー、ちょっと話がある」

彼は書類をまとめ、わたしのほうにくっと首を振ると、背後のドアから出ていった。ノヴェロが続いた。わたしもそうした。そこはフラットの寝室だった。今はベッドはなく、テーブル一つと椅子が二つ、それにテープレコーダーがあるだけだった。これに比べたら、署の取調室がリッツ・ホテルのスイートに見えるくらいだ。

ピートはわたしの存在を認めたが、なにも言わなかった。アイヴァーに向かって、彼は言った。「きみはキョート・ハウスに行って、ミス・ヘイウッドを連れてきてもらいたい。話がしたい」

アイヴァーは言った。「はい、主任警部。あの、Eメールのことは……」

「口に出す必要はないよ、シャーリー」彼は言った。「じゃ、すぐ出かけてくれ」

彼女は出ていった。

「Eメールだって？」わたしは言った。

「ミス・ヘイウッドという人がいます。会われていると思いますが、現在、パーカー家の泊まり客です。彼女はここに滞在しているあいだの出来事をかなり詳しくメールに書いて、姉に送っていました。どうやら心理学の学生らしい。ノヴェロはサンディタウンの状況をよそ者の視点で見ている彼女の話はおもしろそうだと考え、そのメールを見せてくれるように彼女を説得した。確かに非常におもしろいものです、さまざまな理由からね」

彼はテーブルの上にあるプリントアウトの山をぽんぽんと叩いた。

「当ててみよう」わたしは言った。「アイヴァーは〝女の子どうしじゃない〟とか言って、自分しか見ないという約束でこれを手に入れた。ヘイウッドの娘にまた会うのを喜んでいないのも無理はない」

「シャーリーはカソリックだから、罪悪感の取り扱い方は心得ている」ピートは無関心そうに言った。「それに、うれしいことに、彼女は非常に頭の切れる、非常に野心的な刑事でもあります。ともかく、アンディ、ここにいらしてくださって、うれしいですよ。今朝はずいぶん昔の様子に戻っていらっしゃるようだ。よくお休みになれましたか？」

「ああ、よく眠った。具合はいい。コーヒーには砂糖だ」わたしは言った。「ゆうべ帰る前に、これ以上悪いニュースを押しつけて、わたしの病弱な頭をわずらわせるまいとしたのは、見上げた心配りだったな」

彼は肩をすくめて言った。「アンディ、あなたからのインプットはなんでもありがたく頂戴しますし、今日のように、概況説明のミーティングに来てくださるのは大歓迎ですが、新しい進展があるごとに寄り道してお知らせするというわけにはいきません」

わたしとしては、二歩戻ってわたしの部屋に来るのが寄り道だとは思わなかったが、気の毒に、たっぷりストレスを経験しているときだから、こっちからさらに問題を押しつけるのはよそうと思った。だが、ただではすまさんぞ。

わたしは言った。「豪傑ダンから連絡はあったのか？」

彼は顔をしかめて言った。「ええ、本部長とは今朝早く、簡単に話をしました」

「それじゃ、サミー・ラドルスディンはどうなんだ？

毎日の概況説明にもう来たのか？」

やりすぎたかと思ったが、彼はそう簡単に崖っぷちから突き落とせる男ではない。

彼は言った。「サミーとはきっとあとで話をすると思います。それまでは、アンディ、さっきも言いましたが、そちらからのインプットがいただければ、ありがたいです」いかにも誠実な口調だった。あれで迫られたら、別荘のタイムシェアだって買っちまいそうだ。

わたしは言った。「さっきはルートのことを出さなかったな」

「関連性があるとは思えませんでしたから」

「そうかね？　ウールワースで万引きが増えたってだけでも、きみはルートを疑ってかからずにいられなかった時期もあったがね」わたしは言った。「今度は殺人現場にあいつがいるってのに、きみは彼のことを話したがらない！」

「ご存じのとおり、ウィールディがすでに彼と話をしました」彼は言った。「わたしもあとで話をします。ご心配なく、アンディ。もし彼がなんらかの形で関わっていると感じたら、ちゃんと義務は果たしますから」

わたしは二度ばかり手を叩いた。ああいう台詞をピート・パスコーのように言えるやつは、警察の中に二人といない！

「じゃ、それはよしと」わたしは言った。「で、チャーリー・ヘイウッドのEメールを見せてくれるのか？」

彼は疑う表情になって言った。「ちょっとまずいんじゃないでしょうかね、アンディ、個人的関係を考えると」

「え？」わたしは言った。

「あなたは彼女の父親をご存じなんでしょう。それに、文面にあなたのことも出てきますし」

「福音書の中にキリストのことが出てくるが、だから彼はちょっと目を通して、自分のことがどう書かれているか見ちゃいけないってことか？」

「説得力のある対比ですね」彼は言った。「でも、ノヴェロがミス・ヘイウッドに対して、内密にしておくと請け合ったことは忘れてはいけない。シャーリーは同じ条件のもとに、これをわたしに渡した。言い換えれば、どこの馬の骨にでも見せていいものではないということです。ミス・ヘイウッドはおもしろい女の子のようですね」

馬の骨の部分は無視することにしたが、政治的に正しい表現てやつでピートをつまずかせる機会はそうないから、わたしは言ってやった。「女の子と呼ぶのはよしたほうがいいな。彼女は頭のいい若い女性だ」

「ありがとう、アンディ、忘れないようにしますよ。しかし、このごろの若いのの例に漏れず、わが国の金のかかる教育制度の中であれだけ過ごしてきても、彼女はまだ英語が正しく綴れない」

「ピート」わたしは言った。「きみは病気の老人にとって、実に元気のでる薬だな。きみと話していると、自分が若く感じられる！」

彼は言った。「お役に立てて幸いです。でも、これはたんなる老いの繰り言じゃないんですよ。レイディ・デナムが受け取った手紙を思い出してください。わたしに渡してくださったものです。あの中で、〝受け取る（receive）〟という単語のeとiが逆に綴られていた。このメールの中にも、同じ間違いが見受けられるんです」

「ほう、そうかね？」わたしは感心せずに言った。「だが、きみの説では、このごろの若いのの大部分は綴りを知らない。彼女を終身刑で刑務所送りにするには、もうちょっと証拠が必要だと思うがね」

「ここにはほかにもいろいろおもしろいことがあります」

彼はちょっと冷ややかに言った。「でも、今それについてうんぬんする意味はない、あの女の子と話をしないうちはね。いや、若い女性だ」

ウィールドが入ってきた。

彼は言った。「シャーリーから今聞いたんだが、ミス・ヘイウッドを連れてくることになっているそうだね」

おいおい、とわたしは思った。ピートは壊れ顔に相談しないで決断している。なんとまあ、時代は変わってきたもんだ。

「そうだ。なにか問題があるか？」

「いや、どっちを先にするのかと思ったまでだ。ミス・ヘイウッドか、ミセス・グリフィススか」

「ヘイウッドだ」ピートは言った。「グリフィススは煮詰まらせておけばいい。アンディ、ほかには？　ご覧のとおり、われわれは手一杯でして」

わたしは言った。「なにもない。ただし、ヘイウッドの娘はお手柔らかにな。さっきも言ったが、頭のいい女だ」

「頭のいい人には優しく。おぼえておきますよ」パスコーは言った。「そのほかにはありますか、警視？」

わたしを挑発して、出ていくように仕向けようとしている！　家畜の突き棒でそれを試して失敗した人間だっているんだぞ！

わたしは言った。「ああ、それから、治療師のゴッドリーは彼女にべた惚れだが、彼女は頭がよすぎて気がついていない。だから、もしあの男がなにか隠していると思うんなら、彼女をうまく利用して、彼の口を開かせることができるかもしれない」

彼はよく考えて言った。「ありがとう、アンディ。それは心に留めておきます」今度は本気のように聞こえた。

それで、貸しができたのをいいチャンスとばかり、わたしは言った。「ピート、きみがこの捜査で手一杯なのは見ればわかる。それで考えていたんだが、ホームのフェスターとペットは、きっときみがまだ聴取に来ないんで、ちょっと見放された気分だろう。で、わたしはここにいて、かれらのことをよく知っているから、話をして、予備供述書を取ったらどうかと思うんだ。ノヴェロやボウラーがやっているようにな。それを見て、さらにフォローが必要かどうか、自分で決めればいいだろう」

最後にハットとアイヴァーの名前を出したのは、わたしを部下の刑事なみに利用するという考えが受けるんじゃないかと思ったからだ。だが、ほめるべきはほめよう。彼は一秒も躊躇しなかった。

彼は言った。「それはすごく助かります、アンディ。ありがとう。でも、規則どおりに願いますよ、いいですね？」

「つまり、ゴムの警棒は使えないってことか？　くそ」わたしは言った。「ちっちゃな友達はどうかな？」

わたしはミルドレッドを取り出した。

「ああ、そうですね」彼は言った。「役立つかもしれない。そちらのご判断にまかせます」

ウィールドはむっとしたような唸り声を出した。いったいなんの話だ？　という意味だ。

ピートは言った。「ゆうべの騒ぎにまぎれて、話すのを忘れていたよ、ウィールディ。アンディはハイテクになったんだ。レイディ・Dとの会話を録音してある。近いうちに警視と協力して、それを原稿に起こしてくれると助かる。でも、今すぐじゃない。きみも警視ももっと大事な仕事があるからな」

ウィールディもわたしもヒントはわかった。彼は出ていき、わたしは言った。「よし。じゃ、これで。それに、ありがとう」

「なんでです？」

「キャップと〈アニマ〉のことを出さないでくれたから」

わたしは言った。

「必要ありませんでしたから」彼は言った。「わたしとフラニー・ルートみたいなものですよ。あなたが個人的関係のために義務をおろそかにするはずはないとわかっています」

よく言うぜ！　とわたしは思った。こいつ、わたしに出過ぎたまねはさせないと、断固としている。

ところが、それから彼は小学生みたいににやりとして、緑色のプラスチック・ファイルを取り出した。

「どうぞ」彼は言った。「ご意見を伺うのを楽しみにしています」

「なんだって？」

「ミス・ヘイウッドのEメールです。ほんとにわたしが見せようとしないなんて、思われなかったでしょう？　警視用にコピーを取っておきましたから」

「だが、わたしがここに来るとは知らなかったろう」わたしは逆らった。

「もちろん知らなかったですよ、アンディ」彼は言った。まだにやにやしていた。「春にツバメが来るのを知らないようにね」

まったく、利口な野郎だ！　とわたしは思いながら出ていった。これから年を取ったら、どんなベテランになる？

早いとこ、仕事に戻ったほうがいいな。さもないと、警視の職を奪われちまう！

3

送信者：charley@whiffle.com
宛先：cassie@natterjack.com
件名：ますます悪くなる！

ハイ！

すごく欲求不満。いろんなことが起きてるの、実におもしろいこと。まるで、ミス・マープル映画の中にいるみたい。でも、自分が実際にそのシーンにいないと、スクリーンがぼやけちゃうのよ！

朝食はあり合わせって感じだった。

トムはあわててかき込むと、情報収集のためにすぐ出ていった。それに、もっと大事なのは、昨日の恐ろしい出来事がサンディタウンの勝利の前進においてはほんの小さなつまずきにすぎないと、彼の軍隊を安心させること！　メアリは礼儀正しい会話を心がけ、子供たちの耳を汚さないようにした。そんな必要はなかったのよ。年下の子たちは、何が起きているにせよ、おとなのことだと決めて——つまり、自分たちの計画の邪魔にならないんなら、無視すればいい——朝ごはんをどっさり食べるなり、外へ駆け出ていった。

もちろん、ミニーはそうはいかない。メアリは（彼女にしては）きつく二度ばかり叱って、ようやくミニーがクラを問い詰めるのをやめさせた。

そうしたら、車寄せに車が来る音が聞こえて、ミンは窓から外を見ると、わめいた。「ノヴェロよ。あたしを聴取に来たんだ！」

メアリはミニーにおとなしくすわっていなさいと命じて、ドアに行った。わたしたちはみんな息を殺して、彼女がどう応対するか、待ち構えた。もしトムが家にいたら、口論になっていたでしょう。でもメアリは声を低く保ち、しばらくすると、懲らしめられておとなしくなったって顔のノヴェロを横に連れて、部屋に現われた。

ミンは期待に頬を染めて飛び上がった。でも、刑事が見ていたのはわたしだった。

「おはようございます、ミス・ヽイウッド」彼女はすごくフォーマルに言った。わたしはこれを警告とすべきだった。「主任警部のミスター・パスコーがあなたとお話ししたいと言っています」

「ここで？」わたしはばかなことを言った。彼女の超小型車のトランクに入ってここまで来たわけもないのに。

「いいえ、サンディタウン・ホールでです。ご都合が悪くなければ、なるべくすぐに」

わたしは肩をすくめて言った。「べつに、かまいませんけど」

ミンは、オスカー受賞を期待して立ち上かったら、別人の名前が聞こえてきた女優みたいにそこに立っていたんだけど、騒ぎ出した。「でも、いっしょに泳ぎに行くって約束したじゃない！」

「あとでね」わたしは言った。「そう長くはかからないから。そうですよね？」

ノヴェロを見ると、彼女は肩をすくめた。

わたしたちは外に出た。背後で、戸口からメアリが言った。「さっき申し上げたことはお忘れにならないでくださいね、ノヴェロ刑事。もし今後、うちの子供たちのどれか一人にでも話をなさりたいなら、まずわたくしか、子供の父親にご連絡いただければ助かります」

特別な声ではなかった。いつもの穏やかな会話口調。でも、ノヴェロがまるで鞭打たれたかのように、ひるむのが見えた。彼女は向きを変えて答えようとしたけど、メアリはもうドアを閉めていた。

坂道を下るあいだ、わたしは言った。「どうなってるの、シャーリー？　警察はミスター・ゴッドリーを逮捕したって、ほんとなの？」

「ごめんなさい。事件のことは話せません」彼女は言った。まだフォーマル。メアリに叱られたせいだろうと思った。それで、ホールに着くまでの短いあいだ、二人とも黙っていた。

警察はホールを占拠しているんだと思ったのに、実際には厩舎の上のフラットを使っているだけだった。ジンジャーの様子を見た。誰かが忘れずに馬に餌と水をやったようだった。じゃ、町から来た間抜けばかりじゃないんだ！

フラットはまともな広さだけど、ぼろぼろだった。最初に入った部屋は、もとは居間だったらしい。現在はコンピューターと電話があって、壁には掲示板が掛かっていた。

ここで男二人に会った。一人はがっちりした体格で、わたしの未来の患者たちがこれを夢に見ないですむならと、わたしにいいお金を払ってくれる、そういう顔をしていた！これと比べたら誰だってよく見えるけど、もう一人のほうは実際けっこうハンサムだった。細身、三十代半ば。淡い茶色の髪が魅力的にぼさぼさ、あるいは慎重に計算した髪型なのかも。細い、知的な顔。明るい青い目がわたしを上から下までじろじろ見た。でも、こっちを裸にするって目つきじゃないので、むしろ不安になった――それとも、がっかりした？　彼は感じのいい微笑を浮かべて言った。

「ミス・ヘイウッドですね？　パスコー主任警部です。

こちらはウィールド部長刑事。お越しいただいてありがとうございます」

じゃ、これが名探偵なんだ、と思った。実際に見ると、信じられる。ただしもちろん、気の毒なミスター・ゴッドリーに関しては絶対に間違っていると、わたしはまだ確信していたけどね。

彼はわたしを別の部屋に連れていった。寝室だった部屋でしょうね。壁紙が剝げかけ、しけたにおいがする。小さいキッチン・テーブルをようやく一つ置けるほどの広さ。硬い椅子がいくつかと、壁に引っ込んだ棚に録音用の機械がごたごた置いてあった。

醜い部長刑事は付き添ってきたけど、ノヴェロはいなかった。

わたしたちはすわった。わたしはパスコーの向かい側、部長刑事は横。

しばらくのあいだ、誰もしゃべらなかった。昔ながらの心理学者のトリックよ。沈黙に押されてわたしがしゃべり出すよう仕向ける。だから（子供みたいに）わたしは彼より先に口を開くまいと決めた。

とうとう、彼は持ってきたフォルダーを開き、テーブルの上に細かい文字で印刷した紙の束を出した。さかさまに見ても、何であるかはわかった。前にノヴェロに渡したわたしのメールのプリントアウトよ。ふいにいやな気持ちになり、さっきの決意を忘れた。

わたしは言った。「それ、どこから手に入れたんですか？」

彼は言った。「もちろん、ノヴェロ刑事からですよ。ほかにはありえないでしょう？」

わたしは思った――あのレズビアン雌牛！（ごめん。でも、心理学者だって緊張すると政治的に正しくない考え方に陥るのよ！）今朝の冷たい素振りも不思議はない。罪悪感！

わたしは言った。「ちょっと待ってください。はっきりさせておきますけど、ノヴェロ刑事にこれを見せたのは、彼女が有益と考える部分を抜粋して上司に伝えるだけで、わたしに知らせずにぜんぶを手渡すことはしないと、きちんと理解があったからです」

「そのとおりです」彼は言った。「つまり、彼女はこのすべてが有益だと判断した、と想定できる。それに、あなたにお知らせするというのは、まさに今やっていることじゃありませんか？」

これも微笑とともに言われた。でも、今では彼の狙いがわかってきた。ノヴェロがわたしの愚かな信頼を裏切ったことを、わたしに受け入れさせようと魅力を振りまいているわけじゃない。おそらくわたしに関するノヴェロの報告を聞いて、〝みんな仲よし、心配無用〟の線に、わたしはもう騙されないと（正しく）判断した。それで、正面から攻撃し、挑発して反応を引き出し、問題をかたづけたら、仕事にかかる。

悪くない心理だ、と思った。そりゃ、わたしはノヴェロのクソばばあをそう簡単に赦しはしないけど、彼はそのくらいわかっているし、気にすることはないでしょう？　実際、彼女が責めをすっかり負ってくれれば、彼は安心して〝いい警官〟役を演じ、わたしの興味深い洞察から得られる利益をすべて受け取れる！

わたしはかすかに微笑してみせた。彼が喜んだのが見て取れた。

でも、どんな〝クイッド〟にも〝クオ〟がつく（〝クイッド・プロ・クオ〟はラテン語の成句で、〝なにかに対するなにか〟、〝代償物〟のこと）。カミナリオヤジがよく言ったようにね。人がおまえの〝クイッド〟（金銭の〝一ポンド〟の意味もある）に手を出す前に、むこうの〝クオ〟を必ず見ておかなくちゃいけない。

パパには駄じゃれがわからない。昔、わたしたちの話を耳にしていたら、きっとショック受けてたわね。おねえちゃんが最初のデートから帰ってくるたび、彼の〝クオ〟はどのくらいの大きさだった、それで彼はおねえちゃんの〝クイッド〟に手を出したの、と訊いては、二人でくすくす笑い転げたじゃない！

わたしは言った。「話を始める前に伺いますけど、警察がミスター・ゴッドリーを逮捕したというのは本当ですか？」

「彼は捜査に協力しています、ええ」彼は言った。

「じゃ、あなたは頭が狂っているわ」わたしは言った。ずばっと行くのがよければ、そうしますからね！

「どうしてですか？」

「だって、彼が人を殺すなんて、教皇が人を殺すくらい、ありそうにないことですから！」わたしは言った。

「どの教皇のことです？」彼は言った。「ヨハネ・パウロ二世？　それとも、アレクサンドル六世（ボルジア家出身で謀略家）？」

なんのことかわからなかったけど、メッセージは受け取った——わたしがここで相手にしているのは、本当に利口な野郎。これはカミナリオヤジの攻撃リストの中では、バカヤロのほんの一段上のカテゴリーよ！

話はまだ終わりではなかった。彼は続けた。「それはともかく、ミス・ヘイウッド、あなたがことのほか奇妙な人物だと思う男が——〝まるでいかれてる〟と描写していらしたと記憶にありますが——どうして殺人を犯すはずはないと思われるんですか？」

わたしは言った。「おっしゃるとおりです、ミスター・パスコー。彼のことは奇妙だと思いましたし、今もそう思っています。あなたはわたしの私的なメールを読んだうえ、その内容を完全に記憶していると見せつけようとしているように思えますけど、それなら、わたしが第一印象をかなり修正したことも気がつかれたでしょう。奇妙だというのはおもに、こういう堕落した罪深い世界にあって、彼が善良で無垢な人物だからなんです」

さあどうだ！　利口な野郎は彼一人じゃないと、わからせてやる！

もちろん、わたしの台詞からきれいな包み紙を取ってしまえば、言っているのは要するに、どうしてかわからないけど、ミスター・ゴッドリーは人を殺すことなんかできないと、わたしには勘でわかる、ってこと！

彼は〝ここだ！〟って感じの目つきでこっちを見てから言った。「善良と無垢も動機になりえますよ。でも、心理学や形而上学に足をとられるのはやめて、事実を見てみましょう。ゴッドリーはホリスの死体の脇にいるところを二人の警官に発見された。彼の手は凶器に当てられていた。

警官は発見後すぐ、家の中を捜索した。ほかには誰もいなかった」

「つまり――アガサ・クリスティーをご存じなら」わたしは口をはさんだ。「彼は絶対にやっていないってこと!」

ばかなことを言ってしまった。でも彼はいかにもうれしそうにうなずいて言った。「クリスティーを読むんですか?　わたしは彼女の初版本を蒐集しているんですよ。一、二冊、めずらしいのを持っています」

「いいえ、本は読みませんけど、映画はたくさん見ました」わたしは言った。

「ええ、ジェイン・オースティンと同様、クリスティーの作品は意外にいい映画になりますね」彼は言った。「でも、ご記憶でしょうが、たまには――『ホロー荘の殺人』のように――一見、現行犯でつかまったように見えるからと容疑者の枠からはずした人物が、やはり犯人だったとわかる場合もあります」

「じゃ、ミスター・ゴッドリーは疑いを逸らすために、わざとつかまった、とおっしゃるんですか!」わたしはからかった。

「ある意味ではね、ええ」彼は言った。「ゴッドリーの話はこうです。魔女小屋を訪れた。ミス・リーは留守だった。勝手に家の中に入った。居間にすわり、彼女の帰りを待った。物音が聞こえたように思い、立ち上がって、廊下の反対側の診察室に行った。オリー・ホリスが治療用寝台に寝ていた。なにかおかしいと気づき、凶器となった針を抜こうとしていたところに警官二人が入ってきた」

「まともな話だわ」わたしは言った。「でもきっと、もっといい話を用意していらっしゃるんでしょう」

「確かに、代わりになる話はね」彼は言った。「ミスター・ゴッドリーは小屋に入る。寝台に横たわったホリスを見つける。針で殺す。すると、警官たちが外に車を寄せる音が聞こえる。家には裏口はない。もちろん、居間にいるところを見つけられ、診察室の死体のことはまったく知らなかったと主張することはできる。だが、鑑識でなんでもわかってしまうと知っているし、死体の上と周辺に自分の存在を示すものを残していないと確かめるだけの時間はなかった。だから彼は思い切って針をつかみ、ホリスの背中から針を引き抜こうとしていたところを発見されたことにした」

「これって、ミスター・ゴッドリーの話ですよね、モリアーティ教授じゃなくて？」わたしは言った。「いったいどうして彼がオリーを殺したいなんて想像なさるんですか？」

「ミスター・ホリスがホッグ・ローストのとき、なにかを目撃したとか？」彼は言った。

わたしはぎょっとした。

「つまり、ゴードンはレイディ・デナムの殺人に関わりがあるという意味？」わたしは大声で言った。「そんな、まるっきり狂ってるわ！　なんだってそんなばかげたことを考え出したの？」

「まあ、第一には、あなたのせいです」彼は言って、メールのプリントアウトをぱらぱら動かした。「あなたはまず、ゴッドリーと被害者が口論しているのを見たと言う。これはほかにも数人の目撃者によって確認されています。それから、死体の発見後、あなたはゴッドリーに慰められたことを描写している。そのとき、彼はびしょ濡れだった」

「雨が降っていたもの！」わたしはわめいた。「雨が降ればは濡れるものよ。気がつかなかった？」

「まったくです。だから、ふつうは雨宿りできるところに向かうものでしょう」彼は言った。「土砂降りのあいだ、外にいるべきよほどの理由でもない限りはね」

「誰だって、外にいて雨に降られることはあります」わたしは逆らった。「彼はなんて言ってるんですか？」

「考え事をしていて、雨が降っているのに気づかなかった、気がついたら服がびっしょりになっていた」

「で、そのどこがまずいんですか？」わたしは訊いた。

「なにかに夢中になって天気に気がつかないという経験がまったくないほど、想像力に欠けているんですか？」

「ああ、経験ならありますよ」彼は言った。「このまえそんなことがあったのは、殺人犯を待ち伏せしているときだった」

わたしはふいに悟った。ここまで長いあいだ、彼はずっと状況を完全にコントロールしてきた。一方、こっちは自己弁護に終始して、大声でわめいたり、たっぷり皮肉を言ったり。

わたしは深呼吸して言った。「すると、それがオリー殺害の動機。でも、レイディ・D殺害の動機は？　ミスター・ゴッドリーは彼女と二度しか会っていなかったのに！」

「それは、あなたがいるところで二度、という意味ですか？」彼は言った。

「ええ、まあ」わたしは言った。「でも、トム・パーカーに説得されるまで、彼はサンディタウンに来たことはなかったと、わたしは知っています」

「知っている？　どうやって知ったんですか？」

「だって、彼は来たことがなかった」わたしは弱々しく言った。

「なるほど。でも、あなたはおかしいと考えたんじゃありませんか？　ご自分で鋭く観察されたように、彼とミス・リーとの関係はとても……」

彼はまたプリントアウトをぱらぱら動かした。

「〝ラブラブだった〟」彼は読んだ。「〝代替医療セラピーを交換でやってるのかも？〟すると、二人は親密な個人的関係にある。おたがいに三十分で行ける場所に住んでいる。それでいて、相手の人生の大事な詳細を知らない？　ありそうにないことでしょう？」

彼の言うとおりだった。

わたしは言った。「わかりました。でも、それなら調べるべき相手はミス・リーのほうじゃないでしょうか。わたしの私信をそんなに細部まで読んでいらっしゃるなら、お気づきでしょう、彼女はレイディ・Dの大ファンとはいえない！」

彼は微笑し、醜男のほうを向くと言った。「ノヴェロは正しかったよ、部長刑事。ミス・ヘイウッドは実に優秀な探偵になれる」

これは欠陥女ノヴェロを修理する巧妙な試みだとわたしにはわかった。またあの〝女の子どうしじゃない〟の演技でわたしをひっかけさせようと期待しているのかも。ま、忘れることね！　わたしが七歳のとき、かわいがってたバービー人形を池に放り込んだスージー・ボッグをおぼえてる？　今でも村であの女を見るたび、耳の中でぼちゃっという音が聞こえるのよ。

わたしは言った。「じゃ、ミス・リーはどう言ってるんですか？」

「彼女の話では、ミスター・ホリスはひどい喘息の発作を起こしてやって来た。いつもの治療を施すと、最悪の症状は緩和された。その後、重い関節炎で苦しむ老婦人を治療する定期的な往診予定が入っていたので、出かけた」

「それはチェックしました？」わたしは言った。

彼はよろしいというように微笑してうなずいてから、続けた。「彼女はミスター・ホリスを治療室の寝台に残して出ていった。心配はなかった。ミスター・ホリスの病状では、長くて九十分まで針を刺したままにしておくと効果があると、それまでの経験でわかっていたし、彼女は一時間以内に戻るつもりだった。一方、ミスター・ゴッドリーはオートバイが故障して、自力では直せないとわかったので、それを近所の修理工場に置いてきた。工場は閉まっていたから、翌朝修理してくれとメモをつけておいた。それで、その晩泊まる場所が必要になった彼は歩いて魔女小屋へ行った。ミス・リーが留守だとわかると、彼は家に入った……」

彼は言葉を切った。わたしはきっかけを受けて言った。

「彼は自分の鍵を持っていた？」

「いや。でも、正面ドアの上に張り出した石棚にスペア・キーが置いてあると知っていた。つまり、かなり親しい間柄だということじゃないか？　それから、台所にすわってミス・リーのウィスキーを飲んでいたが、しばらくして物音が聞こえたように思った。廊下に出たが、なにも見えなかったから、ウィスキーに戻った。またしばらくして――二十分くらいだったかもしれない――彼はトイレに行きたくなった。廊下に出ると、治療室のドアが、さっきは閉まっていたのに、半開きになっているのに気づいた。中を見ると、ミスター・ホリスが寝台に寝ていて、なにか深刻な異常事態だとわかった。針の一本が深く刺さりすぎていた。それで、彼はそれを抜こうとし、そのとき警官たちが入ってきた」

「かれらはどうやって入ったんですか？」わたしは訊いた。

「またしてもいい質問だ！　かれらが来たとき、正面ドアはあいていた」彼は言った。

「ミスター・ゴッドリーはドアをあけておいたと言っていますか？」わたしは訊いた。

「いや。入ってきたあと閉めたと、断固として言い切っている」彼は言った。

わたしは言った。「警官たちがミスター・ゴッドリーをここに連れてきたとき、彼はトイレに行く必要がありましたか？」

彼はびっくり顔になって、メモを調べてから言った。

「ええ、確かに必要があった。緊急にね。あなたの考えはわかります。これは彼の話の裏づけになる。ただし、われわれ男はストレスにあうと、しばしば排泄の必要に駆られます。人を殺すというのは、いちばん大きなストレスじゃないでしょうか。ことに治療師にとってはね。しかし、これはいいポイントですよ、ミス・ヘイウッド。どうぞ続けてください」

彼はわたしを招いていた。ほとんど挑発していた。もっと推理しろとね。それはけっこういい気分だったわ。でも、わたしはこの場を離れて、いろんなことを一人でじっくり考えてみたかった。

わたしは立ち上がって言った。「ミスター・ゴッドリーは今どこにいらっしゃるんですか？　お目にかかることはできますか？」

驚いたことに、パスコーは言った。「いいですよ。警察の車で彼をウィリングディーンへ送っていくところですから、途中であなたをキョート・ハウスで落としてあげます」

わたしはびっくりして言った。「じゃ、釈放するんですか？」

「それなりの理由がなければ、人を拘留したりしませんよ、ミス・ヘイウッド」彼は言った。

それはもちろん、本当の答えになってはいなかった。

パスコーはわたしと握手すると言った。「ご協力ありがとうございます。またお話しする必要が出てくるかもしれません、そちらがかまわなければね。それに、Eメールのことはご心配なく。知る必要のある人間のみ、が合言葉です！　シャーリー！」

彼はドアをあけた。広いほうの部屋にノヴェロがいた。まだわたしと目を合わせようとしない。

パスコーは言った。「キョートでミス・ヘイウッドを落としてあげてくれ、いいな？」

ノヴェロが先に立って階段を降り、芝生を横切って、待っている警察車のところまで行った。二人とも黙っていた。後部座席にミスター・ゴッドリーがすわっているのが見えた。ノヴェロは後ろのドアをあけ、わたしは中に入った。

ミスター・ゴッドリーに会うたび、わたしは彼の年齢を下げ修正しなきゃならないみたい。すでに四十よりは三十に近いと思っていたけど、今日、彼があの優しい灰色の目をこちらに向けると、白髪混じりのひげさえなければ、おびえたティーンエイジャーといってもいいくらいだった。実際、ごく近くで見ると、そのひげは白髪混じりというより金糸混じりで、焦茶色のあいだに見えるのは、白ではなく明るい金色の毛だった。遺伝のいたずらかも、とわたしは思った。あるいは、ハイライトを入れてるとか！　彼はジーンズにTシャツという格好で、前者は少し大きすぎ、後者は少し小さすぎた。つまり、警察は彼の着ていた衣類を検査しているということ。だから、彼はまだまだ嫌疑の森を抜けていない。

彼はいつものように縮こまった。わたしが「お元気ですか？」と訊くと、彼は「ええ」と搾り出すように言って、顔をそむけ、窓から外を見た。

ノヴェロが助手席に入ってきた。あたりを見てから、ミスター・ゴッドリーに言った。「運転手はどこ？」

「コーヒーを取ってくるとか言っていました」ミスター・ゴッドリーは言った。

「いやだ！」ノヴェロは言った。「どういう仕事してると思ってんのかしら？　ヨークシャー高原観光バスの運転手？」

そして彼女は車から出ると、ガレージのほうへ歩いていった。

わたしは言った。「今こそ、チャンスよ。逃げられるわ」

彼はわたしのほうに振り返って言った。「どうして逃げる必要なんかあるんです？」

わたしは言った。「べつに本気で言ったわけじゃないんです。ね、ミスター・ゴッドリー、今のうちに言っておくわ。あなたがレイディ・デナム殺害に関わっているなんて、まるでばかげた嫌疑だとわたしは思います」

彼は一瞬、無表情にわたしを見た。それからにっこりした。するとさらに五歳若返った！

「ありがとう」彼は言った。「ありがとう」

わたしは気がついてぎょっとした。口元は微笑しながら、その目には涙が浮かんでいた。

「すみません」彼は涙を拭いて言った。「ただその、優しい言葉を——あなたから聞いて」

わたしはろくに聞いていなかった。彼の手を見つめるのに夢中で。彼が手を顔に持っていくまで気がつかなかったんだけど、その手には手錠が掛かっていた！

わたしはふいに言った。「釈放されたんだと思っていたのに。パスコーはあなたをおうちまで送っていくと言ってたわ」

「ええ、そうです」彼は言った。「わたしの立ち会いで家を捜索するためにね」

「ひどい男！」わたしはわめいた。

「仕事をしているだけですよ」彼はあきらめたように言った。

「わたし、正式に苦情を出すわ！」わたしはがなりたてた。

彼はなんだか査定するようにわたしを見ていた。前に会ったときはいつでも、一秒とわたしの目をとらえられなかったんだから、ちょっと不安な気持ちにさせられた。

彼は言った。「ミス・ヘイウッド、お願いしていいですか？　もしドリスに会ったら、わたしは大丈夫だと伝えていただけますか？　それに、警察が何を言おうと、わたしはなにも漏らしていないと?」

わたしは言った。「ドリス?」

彼は言った。「すみません、ミス・リーです」

わたしは言った。「でも、彼女はヤンという名前だと思ってましたけど」

彼は言った。「それは仕事上の名前です。洗礼名はドリスなんです」

「洗礼?」わたしは言った。なぜかこんなふうに考えていた。ミス・リーはキリスト教に改宗した。ゴッドリー・ゴードンが礼拝する、みんなで手を叩いて讃美歌を歌うような教会で結婚するため。それにしても、ドリスなんてださい名前を誰がつけようと思ったんだ?!

それから、わたしは気持ちを引き締めて言った。「すみません、ミスター・ゴッドリー。あなたの私的な人間関係に立ち入ることはしません。ええ、もちろん、伝言はお伝えします」

彼は苦悩に満ちた顔をしていた。われわれ心理学者はそういうのを見て取るのがうまいのよ。顔面の痙攣、震える唇が微妙な医学的徴候。それから彼はふいに言った。「彼女はわたしの姉です!」

これには愕然! 仰天! 目を回した!——今は二十一世紀だと思い出させることがなにか起きるたび、パパが表現する状態すべて!

「でも、あなたは中国人じゃないでしょう?」わたしはばかなことを言った。

少なくとも、これで彼はまた微笑した。

「気がつきましたか」彼は言った。ジョークらしきものを彼から聞いたのはこれが初めて。

それから、ぜんぶ明らかになった。

ミス・リーは実はドリス・ゴッドリーといって、ゴードンの異母姉なの! 彼の父親は、リーズでテイクアウト中華料理の店をやっていた台湾人夫婦の娘と結婚した。それでドリスが生まれた。彼女が九歳のとき、母親が死んだ。癌。ゴードンの父親は一年後に再婚。それからまもなくゴードンが生まれた。彼が五歳のとき、母親はセールスマンと駆け落ちし、ゴードンはほぼ異母姉ドリスに育てられた。

彼女は十六歳になると、祖父母のテイクアウトの店で働き始めた。その後、祖父母は店を売り払い、台湾に戻った。それから彼女はテスコ・スーパーマーケットのレジで働き、同じころ針治療に興味を持ち始めた。祖父母がヤン・リーという治療師を使っていたから。それで、彼女のパートタイム・アシスタント兼弟子として手伝うようになった。数年後、ヤン・リーが死ぬと、ドリスはその治療院を引き継ごうと考えたんだけど、古くからの中国人クライアントたちは、テスコのドリス・ゴッドリーに治療されるのを喜ばなかった。このころにはゴードンは十九歳になっていて、自分に治癒の力（とされるもの！）があることを発見していた。ただし、これは彼が働いていた市役所の経理部で役に立つ才能ではなかったけどね。

それから数年たって父親が死ぬと、意外にも大きな額の生命保険金が下り、家族の家も遺された。場所はリーズ市内の、しだいに中流化しつつある地域だった。それで、多少のお金が手に入った二人は、それぞれ自分の使命と思える仕事に乗り出すことにした。ドリスは高級な市場を目指し、まずはハロゲートに引越して、師の名前ヤン・リーを名乗った。本物らしさを出すために、ヤン・リーの針師としての認定証までリサイクルした。

やがて、彼女はサンディタウンに来た。関節炎の治療で驚くべき効果があって喜んだ患者が、レイディ・デナムの土地管理人だったから！　レイディ・Dがカリブ海巡りをしながらサー・ハリーの能力を試していたあいだに、アヴァロンとの取引をまとめるよう命じられた、あの人よ！　ドリスが新しい場所をさがしていると聞いて、彼は言った。「まったく違う土地に移ったらどうです？　サンディタウンは上り調子だ」たぶんちょっと誇張したでしょう、自分が近くで治療を受けられるのは便利だから！　おまけに、彼は気前よく魔女小屋の十年リースを提供した。

最初、彼女はこの場所がちょっとあまりにも昔話っぽいんじゃないかと思ったけど、利口な土地管理人は彼女をトム・パーカーに会わせた。トムはすでに代替医療の熱狂的なファンだったからね。それで彼女はここに落ち着いた。そして、偉大なるコンソーシアムが設立され、トムは代替医療セラピーを推進する計画だから、彼女は本当に成功したと喜んだ。

ところが、困ったことが起きた。開発計画で新しいマーケティングの機会ができるというので、レイディ・Dは自分が所有する数多くの土地や建物を見直し始めた。すると、魔女小屋は絵のようなコテッジで、歴史的いわれもあるから、金になる可能性があると彼女は思いついた。ガイドつき見学ツアー、土地の食べ物を出すレストラン、ギフト・ショップ！　唯一の障害はミス・リーのリースだった。水も漏らさぬ契約で、更新もできる。ドリスは頑として動こうとしなかった。ここがいい場所だと彼女にはよくわかっていたから。でも、攻め込む角度を見つけるとなると、ダフはのろのろしていない！　彼女はドリスの真実をどうにかして発見し、彼女に告げた。リースの条件にこだわるなら、真相を暴露する。レイディ・Dは道徳上、自分が正しいという立場を取って、あなたのようなぺてん師に、資格もないのに医療活動を続けさせていては、サンディタウンの名前が永久に傷つきます、と高飛車に言い募った！

ドリスとしては、合意して引越すしかなかった。ゴードンにそう話すと、彼は激怒した——それで、ホッグ・ローストのときにレイディ・Dと口論になったのよ。

でも、この話を彼は警察に知られたくなかった。もしおおやけになったら、姉の評判を落とすことになるからね。

わたしは、そんなふうに考えるのはクレイジーだと言った。殺人の嫌疑をかけられているっていうのに！　はっきり話してしまいなさい。でも、彼は頑固だった。ドリスにはとても返しきれないほど恩がある。どっちみち、この国では無実の人間が犯していない罪で有罪にされることはない、と言った。

わたしは「それを信じるなら、なんだって信じられる」と言いかけた。

すると突然、ノヴェロとウィールドが現われた。

部長刑事は言った。「予定変更だ。もう少し話がある、ミスター・ゴッドリー」

そして、ゴードンを助けて車から出した。

同時にノヴェロは助手席側のドアをあけた。シートからなにか拾い上げ、ポケットに滑り込ませるのが見えた。

わたしは乗り出して彼女の手首をとらえた。

携帯電話で、オンになっていた。

ノヴェロは手を振りほどこうとか、そんなことはしなかった。ただ、顔が真っ赤になったから、わたしの思ったとおりだとわかった。

わたしはゴードン・ゴッドリーと二人きりで車に入れられ、それで彼は話し出した。醜男ウィールドとずる賢い悪漢パスコーは、彼の言葉を一つ残らず盗聴していた！

もっと悪いことがある。ゴードンは車から出る途中で足を止め、このちょっとした光景を目にした。ただし、あの大きな灰色の目がわたしに向けられ、まるで主人から訳もわからず蹴りつけられたラブラドルの老犬みたいに見ていたから、わたしがつるんでやったことだという結論に飛びついたんだとわかった！

わたしは叫んだ。「違います！　知らなかったのよ！ほんとに！」

でも、そのときにはもうウィールドが彼を引っ立てて行ってしまった。

ノヴェロは運転席に入り、「それじゃ、うちまでお送りします」と言った。

わたしはドアをあけ、外に出た。

「ファック・ユー」わたしは言った。「あんたたちみんな、地獄に堕ちればいい。わたしは歩いて帰ります」

オーケー、あんまりエレガントな応酬の台詞じゃないわ。帰り道でいくつかもっとましなのを考えついたけど、どれもわたしの怒りを鎮める力はなかった。キョートに戻ると、ミニーが待ち構えていて、逐一報告を聞きたくてうずうずしていた。でも、かわいそうだけど、あの子を押しやって、すぐ部屋に入ると、このメールを書き始めた。ああいやだ、キャシー、今二人で顔を合わせておしゃべりできたらいいのに。こういうことが起きると、ふいにみんなが違って見えてくる。すべてのことに、少なくとも二重の意味がある。誰も信頼できない。荷物をまとめて家に帰りたいけど、それでも結局は心のお荷物まで抱えて帰ることになるとわかっている。昔、おねえちゃんによく言われたわね。ありきたりの出来事にやたらと人騒がせな解釈をくっつけてばかりいると、そのうちほんとにたいへんな目にあうぞってね。でも、今回は勝手に空想しているわけじゃない。
いやなことが起きた。まだ起きている。このサンディタウンでね。わたしはそれをきれいにかたづける手伝いをしないうちは、ここを離れませんからね！
いっぱい愛をこめて
チャーリー

4

気をつけなきゃいかんな！

帰ってきてミルドレッドとしゃべったあと、ちょっと疲れたから、軽く昼寝しようと思った。目を覚ましたら、少なくとも一時間はたっていて、それでももっと寝ていたいくらいだった！　ベッドに寝てるのがほんとにいい気持ちだった——家にいて、パブの開店時刻まで起き上がる理由がない非番の日みたいなもんだ。

だが、いいことじゃないのはわかっていた。いや、まるで悪い。ホームが自宅《ホーム》のように感じられてきたら、施設の人間になってきたってことだ！　パスコーに向かって、わたしは第一に警官、第二に患者だなんぞと自慢したのはただの大ぼらだったようだ。犯罪捜査部らしい、いい考えは一つも浮かんでこない。こういう状態から、きっぱり脱出しなけりゃだめだった。だから、ベッドから転がり出て、頭に冷水をかけると、すわって、ヘイウッドの娘のEメールを読んだ。

これはすごく役に立った。自分が恥ずかしくなった。だって、名探偵のはずのわたしがろくにベッドから出ることもできずにいるときに、この若い娘は鋭い頭で考え、よくきく目でなんでも見て取り、あちこちに鼻を突っ込み、関連を見つけまくって、二と二を足して五にすることを恐れない。まったく、彼女は結論に飛びつく競争ならイングランド代表選手になれる！

わたしについて書いた部分はおかしくて、声を上げて笑った。

ピートが言ったように、彼女はダフにあの手紙を書いた人物だろうか？　たぶん違うな。ストンピー・ヘイウッドの農場で育った娘なら、動物界について、ごく常識的な態度を身につけているはずだ。残虐なことはしないが、感傷的ではない。もっとも、大学に行ったやつらなら、なんでもありうるけどな。ともかく、このEメールはいい情報だ。アイヴァーがこれをばら撒いたというんで、彼女はすごく恨んでいるだろう！　彼女とは正直に話をしようというだけの良識的判断がピートにあればいいが。この娘をこちら側につけておけば、役に立つかもしれない。

だが、一日中ここにすわっているわけにはいかん。仕事があるってときに。わたしはフェスターとペットの供述を取ってやろうとピートに言った。どっちから始めよう？ペットなら近くにいるが、長く待たせておけばおくほど、彼女はおしゃべりになると思う。じゃ、ぶらぶらとクリニックへ行って、あの歯からにやにや笑いを拭き消してやれるかどうか、やってみようじゃないか！　このEメールは持っていこう。ペットが違法物質をさがしに部屋に来て、これを見つけたら困る。どのみち、ファイルを手にした男は仕事をしているらしく見えるものだ。

それに、フェスターが降参して完全に白状することになった場合に備えて、わが友ミルドレッドをファイルに隠し、スイッチを入れておこう！

5

アンディ！　ノックが聞こえませんでしたよ。

ノック？　ああ、そうか。短期記憶がまだ怪しいんだ。すまない。

まあいい。お目にかかってうれしいですよ。いかがです？　お元気そうに見える。どうぞ入って、すわってください。回復状況をあらためてみましょう。

いや、レスター、わたしが来たのはそのためじゃない。今回は医者と患者ではない。公務だ。仕事に戻ったもんでね。椅子にもう一つクッションを置いて、ちょっと高くしてもいいかね？　うん、このほうがいい。容疑者はまっすぐ目を見てやるのが昔から好みなんだ。

容疑者？

容疑者なんて言ったか？　目撃者、と言ったつもりだった。あんたが容疑者のはずはないよな？　気の毒なダフに対して、ああいう感情を持っていたんじゃ。

で、それはどういう感情ですか、アンディ？

〝警視〟にしてもらいたいね、記録のために。あんたは彼女を愛していたろう？

愛していた？　とんでもない！　ロマンチックな意味では、ぜんぜんそんなことはなかったですよ。われわれは友達だった、と思いたいですね。それに、わたしは彼女のエネルギーや推進力を尊敬していた。しかし、愛情となると……！

じゃ、ひそかに情熱的関係を結んでいたことはない、というのかな？

ありませんよ！　誰がそんなことを言ったのか、想像もつかないな。

そうだな、考えてみよう。ええと……みんなだ！

じゃ、みんなが間違っています。そういうこともままありますよ。

ほう、そうかね？　大西洋のおたく側の選挙みたいに？

おっと、政治的になるのはよそう。だが、みんなが誤解した理由はわかるだろう。だって、わたしはあんたがた二人がいっしょにいるところを二度見ただけだが、二度とも、彼女はあんたの扁桃腺に舌マッサージをくれてやっていた。それに、去年あんたが職場交換でスイスへ行ったとき、彼女はあんたのそばにいようとして、すぐホリデーを予約したんじゃないか？　わたしから見れば、それは間違いなく愛情に見えるがね。

　わたしから見れば違います。レイディ・デナムがどう感じておられたかはなんとも申せませんが、わたしのほうから報いること《レシプロケーション》はなかった、それは確かです。

　レシプロ——なにか知らんが、それはセックスという意味の心理学者の言葉かね？

　わたしの語彙を誤解したというふりはやめてください、警視。わたしはあなたの履歴を読んでいるんですよ。どれほど頭のいい方か、よくわかっています。

　じゃ、いざというときは身元保証人になってくれるかね？　よし、冗談は抜きだ。はっきりさせておきたいんだが、彼女はあんたに惚れていたが、あんたは彼女に惚れていなかった、そうだな？

　ええ、それで大筋はとらえていると思います。

　じゃ、あんなふうにキスされても、あんたは礼儀のために我慢していたのか、それとも？

　彼女の気分を害するのは、もちろん避けたかった。

　どうして？　あの女はストーカーだった。どうして気分を害したくない？

　ストーカーというのは、ちょっと言いすぎだと思いますが。

　ヨーロッパの半分を旅してまで、あんたを追いかけた。それはストーキングじゃないのか？

　彼女はホリデーに行ったんですよ！　うちのスイスのクリニックは、ウィンター・スポーツの場としてとても人気のある土地にあります。

　いや、ひねくれたことを言うな。まあいい。あんたの言うとおりだとしよう。彼女はストーカーではなかったし、あんたは彼女から逃げてはいなかった。

逃げていた？　誰がそんなことを言いました？

　誰も言わなかったよ。あんたは逃げていなかったとわたしは言ったんだ。あんたみたいな職業の男は、もうちょっと気をつけて聞いたほうがいいぞ。患者がふかふかのタオル《フラッフィ・タウルズ》が好きだと言い、あんたは患者がフクロウ《ファッキング・アウルズ》と性交するのが好きだと言ったと思うんでは、医療審議会で問題にされる。いいか、レスター、率直にいこう。ダフは気の毒にも死んだ。わたしは殺人犯を見つけたい。あんたもそうだな？　じゃ、よけいなことは言わずに要点に入ろう。証人も、録音もなしだ。あんたとわたし、一対一だ。

　おっしゃるとおりです。殺人は個人の虚栄心などよりずっと重大だ。申し訳ない。ええ、ダフネは私に惚れていました。わたしは確かにそれを焚きつけた。彼女はアヴァロンを支持して、気前よく金を出してくれていたからです。それに、わたしはたんに多少いちゃつきあう程度の関係にすぎないと思っていながら、結局、それが行き過ぎるのを許してしまった。病的妄想や狂気を患う人たちを毎日扱っているから、愛に溺れた老婦人一人くらい、簡単になんとでもできると、自信を持っていたんです。愛に溺れたという意味は……

　説明はいらんよ、レスター。わたしには動詞活用に強い部下がいるんだ。だが、あんたの思い違いだった、そうだな？

　ええ。間違っていた。気がついてぞっとしましたよ、彼女の性的渇望は、休止状態どころか……猛烈だった。それに、逃げたというのも本当です。もちろん、あからさまにではありませんでしたがね。仕事上の理由はちゃんとあった。ダヴォス・アヴァロンのドクター・ツリングと職場交換するのは前々から予定されていたんです。でも、心の奥底では、逃げているとわかっていました。

　で、彼女はあとを追った。

　彼女は姪と甥を連れて、ダヴォスにスキーに来た、ええ。

　それについて、あんたはどう思った？

　彼女がクリニックに現われたときにはぎょっとしました——ほんのご挨拶まで、と彼女は言った。でも、ややほっとしたのも確かです。彼女にはまだ自制心があり、世間体を気にしたからこそ、ホリデーを装って訪問したわけですからね。〝女神ヴィーナス自身が獲物に取りついた（ラシーヌの戯曲『フェードル』の一節）〟というほどではなかった。

彼女は公衆の面前であんたとセックスするつもりはなかった、という意味か？

ええ。彼女はサンディタウン・ホールのレイディ・デナムという地位を非常に意識していました。このあたりの社交ピラミッドの頂点です。彼女には、年齢を加えても弱まらなかった欲望があった、それは確実に言えます。その欲望はなんらかの形で満たしていたんでしょうが、人目につかないよう、非常に気をつけていた。いや、彼女がわたしに惹かれたのは、セックスだけでなく社会的理由もあってのことです。わたしとセックスしたいというだけでなく、結婚したがっていた。

ああ、それはわたしも経験がある。セックスはそう悪くないが、結婚はごめんこうむる！

わたしの見方はちょっと違いましたがね。

ああ、わかるよ。じゃ、教えてくれ、レスター、友達どうしとしてな。彼女はどこかで欲望を満たしていたはずだ、と言ったが、あんたはどうだ？　あんたは、その、彼女とやったことはあったのか？

よしてください！　そういう言葉遣いをされるのは不愉快だ……

つまり、やったってことだ！　えらいぞ！　恥ずかしがることはない。欲しがるやつには与えてやるもんだ、少なくとも一度はな。で、どうだったんだ？

詳しいことは申しません。酒がからんでいた。わたしのパフォーマンスは彼女の期待に沿わなかったと思いますが、それでも彼女はあきらめなかった。われわれのあいだに、正式な婚約とまではいかなくても、理解が存在するかのように彼女は振る舞っていた。

ま、いったんあんたをつかまえて、毎日ちゃんとしたヨークシャーの朝食で一日を始めるようにしてやれば、すぐに精力がつくと思ったんだろうよ。実際、進行報告を欲しがったんじゃないかね。昨日はどの程度だった？

意味がわかりませんが。

昨日、あんたがダフを二度目にやったときさ。彼女は満足したか？

なんですって、いったいどういう……いや、待てよ、わかった。検死の結果、性的活動のあとが見られた、そうでしょう？　ひどいな、まさか、彼女はレイプされたというんじゃないでしょうね？

いや、やりたい相手とやったものらしい。それで、あんたのことを考えたんだ。

じゃ、考え直すことですね。わたしではない、それは断言します。

そうかね？　ま、DNA検査で立証できないことはない。わかった。じゃ、ホッグ・ローストに入ろう、ドクター・フェルデンハマー。

レスターはどうなったんです？

いや、あれは目撃者から最大の情報を引き出すために友達を装っていただけだ。あんたの話を聞いて、状況が変わった。おめでとう、サンシャイン、あんたは目撃者から容疑者に格上げされた！　容疑者を相手にするときは、まず礼儀正しくフォーマルに、というのがわたしのやり方だ。あとで苦情を申し立てられないようにな。

そうですか？　じゃ、わたしの権利を読み上げるべきなんじゃありませんか？

権利だって、なんのことかな？　いいか、われわれどっちもよくわかっている。もしあんたが深刻に心配になってきたら、星条旗を振りまわして、アメリカ大使に会わせろと要求を始めるだろう。それなら、ホッグ・ローストに関しておぼえていることをすべて、さっさと話してくれ。

それなら先回りしましたよ、警視。警察はいずれ供述書を欲しがるとわかっていましたから、記憶が薄れないうちにと、昨日帰ってきてまもなく、これを書きました。

ほう。見たところ、きちんとタイプされ、長い単語はない。田舎警官にうってつけだな。ちょっと訊いておきたいんだが、これを書いたのは、ペットがあんたに会いにきた前かね、あとかね？

は？

ミズ・シェルドン、おたくの看護師長だよ。彼女はホールから戻ると、療養ホームからここに来た。あんたは彼女とおしゃべりする前にこれを書いたのか、あとだったか、と思ったのさ。

いいですか、ミスター・ダルジール、いったい何をほのめかしていらっしゃるのか……

ほのめかす？　あんたがたは二人ともパーティーに出て、そこではホステスがバーベキューで軽く炙り焼きにされた――いくら仕事で死体に慣れているからって、その話をしないはずはないだろう！

ええ、もちろん、その話はしました。わたしは彼女が現われる前に供述書を書き始め、帰ったあとで書き上げたと思いますが、話し合った結果、内容を変えたということはありません。

じゃ、けっこう。あんたは彼女をホッグ・ロースト会場へ車で連れていってやらなかったのか？　彼女があんたを乗せていくこともなかった？

ええ、ご存じのとおりですよ。どうしてですか？

奇妙に思えたってだけだ。二人とも招待され、同じ場所から出かけた。それなら、どっちが運転して、どっちがへべれけになるか、コイン投げでもして決めるのがふつうじゃないか。

われわれどちらも、あなたのエレガントな表現を借りれば、へべれけになるいい機会だとは考えなかったんでしょう。

ほう？　思い違いかもしれんがね、ペットはエール一樽だって飲める女のように見えるし、あんたとダフについての話を聞いたところじゃ、あんたも酔っ払うのがいやではないようだ。たぶん、あんたはペットといっしょに到着するところを見られて、ダフを怒らせたくなかったんじゃないか。ダフみたいな独占欲の強い人間は、気をつけないとな。だが、そのくらいあんたはよくご承知だ、心理学の認定証がいろいろある。

おもしろい推測ですが、実際には便宜の問題というだけですよ。われわれのような仕事には完全な休みはない。呼び出しが来て、早く帰らなければならなくなる可能性はどちらにもありましたから。

いいだろう。パーティーでは彼女に会って話をしたかね？

ええ、しました。共通の話題が多いですからね、仕事やなにかで。パーティーではあちこち回り歩いて人と話をするものですから、わたしもそうしましたが、水平線上に嵐が見えてくると、みんなが家の中に入った。わたしとシェルドン看護師は、うれしいことにサンルームでいっしょに雨宿りをすることになりました。二人でずっとそこにいたんですよ、嵐が過ぎて、外に出るまでね。すると死体が発見された。

けっこう。じゃ、その点ははっきりした。いつもこう簡単だといいんだがね。じゃ、ダフはどうだ？　回り歩いたあいだに、彼女には会ったかね？

少しはね。話はしましたが、ほんの通りすがりという程度です。彼女は上品にホステス役をつとめ、ゲストの必要が満たされるようにと気を配っていました。

彼女自身の必要、あるいはあんたの必要を満たそうとはしなかったのか、レスター？　あんたを自室に招くとか？　もうちょっと大胆なら、外でのセックスもいい。気温が高くて、蚊に食われさえしなけりゃな。

よしてください、もう言ったでしょう。われわれはホッグ・ローストのあいだ、家の中だろうと、外だろうと、セックスはしなかった。わたしをなんだと思っているんです？

よくわからない。男だな、確かに。どういう種類の男か、それが問題だ。あんたをもっとよく知っている人物に訊いてみるのがいいだろう。たとえば、シェルドン看護師とか。

いったいどういう意味ですか？

共通の話題が多い、と言ったのはあんただ。それはそうだ。看護師長が院長を裏まで知り尽くしていないほうが驚くね。それに、あんたは雇い主として彼女を裏まで知り尽くしているだろう。ああ、あんたたち二人、おたがいの中も外もよくよく知り抜いているだろうな。

おい、ダルジール、そういう当てこすり《イニュエンドー》はもううんざりしてきた……

イニュエンドー？　そいつは盤上ゲームの名前かね？

いや、思い出したぞ、あちこちの家を回って、なにかほのめかすって意味だ。まっすぐにものを言わないと思っているなら、謝るよ。ま、それはすぐ直せる。じゃ、レスター、教えてくれ。あんたとペットはそういう仲なのか？

　そういう仲？

やっている、セックスしている、愛を交わしている、性交している、体液を交換している――お好みの表現を選んだら、さっさと答えてくれ。そういう仲なのか？

　もうたくさんだ！　あなたは警察官かもしれない、ダルジール、それに、患者でもあるかもしれない。だが、どちらにせよ、こんな猥褻なたわごとを言われる筋合いは……

　おい、待て！　公平に行こう。ダフと寝たかと訊くと、あんたはちょっとどぎまぎしたが、きちんと答えた。今度、ペットと寝たかと同じように訊くと、あんたはあわてふためいた。どうしてだ？　まあ、母親といっていいほどの年の女と寝たかと訊かれて不愉快になるのはわかるが、ペットみたいないい女が相手なら、何が悪い！　医者と看護師の関係だからまずいのか、レスター？　アメリカ人がそうスノッブだとは思わなかった。よしてくれよ！

　いいかげんにしてください！　最後に二つだけ、言っておきたいことがある、アンディ。そうしたら仕事に戻らせてもらいます。第一に、ペット・シェルドンが立派な女性であることは、人に教えられるまでもない。ことにそんな下品に挑発的な調子で言われる必要はまったくない。第二に、このいわゆる聴取のあいだにわたしが医師として観察したところでは、あなたの肉体的回復は非常に順調だが、精神面ではまだ気をつけるべき部分がたくさんある。ご心配なく。われわれアヴァロンは患者を見棄てることはありません。最後にはちゃんと目的地に到着しますよ。

　そうかね？　そいつはうれしい。あんたとわたしにはずいぶん共通点があるな、レスター。ま、今日のところはこのくらいでいいだろう。これ以上、仕事のお邪魔はしませんよ。時間を割いてくれて、ありがとう。あ、あと一つだけ。近い将来、国外に出る計画があったら、知らせてくださいよ。じゃ、また。どうも！

ほらほら！　さっさと出ろ！　まだかよ……ああ、もしもし、ペット。レスターだ。なあ、時間があまりない。ダルジールが来て、わたしを事情聴取していったところだ……ああ、聴取。いやむしろ、尋問という言葉のほうが当たっているな。今度はきみに会いにそっちへ向かっているだろうから、警告しておこうと思ったんだ。あいつが〝看護婦といちゃつく患者〟的アプローチを試みても、騙されるな。彼はすっかり警察官モードに戻っている。きみとわたしのことをすっかり知っているようにしゃべるが、当てずっぽうだ。なにも認めるんじゃない。おぼえておけよ、嵐が始まったとき、われわれは死体発見までいっしょにいた。ほかのことはともかく、その点だけは絶対に譲るな……うん、わかっている……ああ、大丈夫だ……あいつがきみに会ったあとでまた話そう……いや、通常の回診前ミーティングまで待ったほうがいい……気をつけないとな。あいつはでぶの道化師みたいに見えるかもしれないが、実に危険な人物だ、それは確かだよ……ああ、こっちもだ。それじゃ、また。

レスター！　またお邪魔してすまない。ここにファイルを置いていっちまったみたいで。そのうち、ねじで留めておかないと頭まで置き忘れそうだ。年のせいだな。あんたがた医者がそいつを治す方法を見つけてないのが残念だ。明らかなやつは別としてな。ああ、あった。じゃ、もう騒がせませんから。どうも！

6

さてと、ミルドレッド、おもしろいものを聞いたな？　するると、二人は何をたくらんでいるんだ？　一つ、はっきりしている。かれらは嵐が始まったあと、ずっといっしょにはいなかった。だが、誰が誰のアリバイ工作をしている？　あるいは、二人ともからんでいるのか？

こうやって声に出して考える癖がつくと、抜けなくなりそうだ。こういう場所では、爺さん連中が日向ぼっこしながら独り言を言っていたって、誰も気にかけないが、わたしが仕事に戻ってからこんなことをしようとしたら、休職にされて庭いじりだ、マツバギク《ミゼンブリアンシマム》と言う暇もないうちにな。

利口な野郎だよ、フェスターは。ちょっと揺さぶってやったが、最終的にはびくともしなかった。ペットをかばったところはなかなかだ――遊びだけの関係じゃないのかもな。それに、わたしの精神面に問題があると言った、あれはうまいカウンターパンチだった。車の修理工がはっと息を呑む音みたいなもんで、精神科の医者から聞きたい言葉じゃない！

彼が正しいのかもしれん。わたしはちょっとぼけてきたんじゃないか。だって、この事件にくちばしを突っ込んで、何をやってるつもりなんだ？　わたしにできることで、ピートにできないことは一つもない。彼はわたしを巻き込むまいとしたのに、わたしはほいほい現われて枝から枝へぶら下がり、胸を叩いてヨーデルをやっている！

だが、わたしは自分の寝床を作った（“自分から不幸を招いた”という意味の成句）。やれやれ、そこに横たわりたいね！――一人で。われらを試みにあわせず悪より救い出し給え。少なくとも、ペットとああいうことがあったから、キャップとやろうとしてできなかったあの問題は永久的なものじゃないとわかってほっとした。しかし、心配の種ではある。ふいに、今まで人をからかって言ったバイアグラのジョークが自分に戻ってくる！　マークス＆スペンサーズの婦人肌着売り場を通り抜けるだけで勃起するような年のあいだは、そんなことは絶対に自分には起きないと思う。だが、税金の取り立てと同じで、最後にはつかまっちまう。最後の最後にな！　女は幸運だ。どんなに年取ったって、かゆいと思ったら、そいつを搔いてくれる硬い棒の持ち主を見つければいいだけだ。ダフの婆さんみたいにな。しかし、搔いてやっていたのは、どうやらフェスターではなかったらしい。

で、彼女は死んじまった。大事なのはそれだけだ、ダルジール。仕事に注意を戻せ。彼女は人を人とも思わん婆さんだったかもしれないが、あんな死に方をするいわれはない。それじゃ、フェスターとペットをよくよく見てみよう。どちらか一人でも、ダフに死んでもらおうと決めるほど強い動機といったら、何があった？

ここではペットのほうがだいぶ上だ。嫉妬心に加えて、恋人のためだと思えば、殺人に走ることはままある。ことに意志の強い、情熱的な女の場合はな。肉体的に問題はない——どこを押せばどうなるかぐらい、彼女はすっかり知っているし、ぐったりした人間を運ぶ訓練はたっぷり積んでいるだろう。

フェスターは違う。ダフが遺言で彼に財産を遺していたんならともかく、彼がそうやすやすと殺人を考え始めるような理由はないと思う。最後には、ダフを棄てればいいんだし、必要ならアメリカに戻ったっていい。それをペットにほのめかしたのかもな。それで、いくらベッドの相手をしてやっても長期的関係には至らないと、彼女は心配になってきた。そのとおりだとしても驚かないね。ペットみたいなおいしそうな女と寝たいというのと、結婚しようというのには、うんと開きがある。実際、わたしの読みが正しければ、フェスターはむしろ、自分の役職や地位を利用して、トロフィー・ワイフを手に入れるタイプだと思うね。若いジューシーな美人さ。そういうのが彼の腕にもたれておおやけの場所に出てきて、おっぱいをひらめかせれば、ほかの男どもが生ツバを呑む！

ペットが〝レイディ・Dを棄てたいなら、そうなさい。でも、わたしを棄てることはできませんからね！〟と考えるところは簡単に想像がつく。そして、賢い女なら、滑りやすい愛なんてものより、もっとしっかりした結び目になるものを見つけようとするだろう。

　罪を分かち合うとか。

　それで、ペットは殺人を実行し、フェスターをその隠蔽工作に巻き込む。事件の真っ最中ならそのくらい簡単だ。それに、いったんフェスターがそこに足を踏み出してしまったら、後戻りはできないと彼女にはわかっている。ペットはダフを引きずって動かしたために、ちょっと服が汚れた。それで、ルートが車椅子から落ちたのを見ると、すぐ飛んでいって、泥んこの彼を抱き上げる。おかげで、服が濡れて泥まみれのいい理由ができた。

　だが、オリー・ホリスはどうだ？

　彼はなにか目撃したのかもしれない。それで心配になったが、警察へ届けようというほどじゃなかった。彼はペットかフェスターに電話して、話がある、自分はこれからマダム・リーのところへ行く、と言う。二人のうちの一人がリーの家に行き、もう一人はこっちに残って、またおたがいのアリバイ工作をする。

　ピートが二人の供述を取りにここに来たとき、わたしが彼をハイジャックしないでおきゃ、どっちがどっちをやっていたか、わかったのにな！

　くそ。あいつがその点を指摘してこないとは思えない。

　しかし、ちょっと行き過ぎた。

　どうもゴッドリー・ゴードンは容疑からはずれたようだ。あいつがやったとは、わたしにはぜんぜん思えなかった。顔を見て人の心のありようを知るすべはない（シェイクスピア『マクベス』の一節）、とかいうのは知ってるが、あいつは殺人者には見えない！　ゴキブリを踏みつけるんだってつらいだろうよ！

　それじゃ、賢いピートは今、誰を本命と見ているのか？

　フェスターとペットではないだろう。そうでなきゃ、わたしを二人の聴取に送り出したはずはない。

　ヘイウッドの娘を深刻に疑っているようだが、それは思い違いだな。人生の形成期に教育界のきざな野郎どもと長く過ごしすぎたせいで、彼は綴りの間違いが死罪に値すると思っている！　いや、ストンピーの娘はオーケーだってほうに、わたしは賭けるね。彼女のEメールを読んでみて、唯一心配なのは、今サンディタウンにいて、あれほどおせっかいで頭がいいのは安全じゃない！

メモしておけ、ダルジール。彼女と友達らしく一言話して注意すること。

ピートの容疑者リストに戻ろう。今現在、ヘン・ホリスとテッド・デナムが互角だろう。それから、パーカー家の連中がいる。あるいは、今度ばかりは明らかなやつが犯人で、シーモアが見つけたあの動物権擁護活動家の女か。まあ、ありそうにないとは思うが、わたしはキャップのせいで、偏見を持っているかもしれない。

ピートのリストの上のほうに出てこない名前が一つある。

フラニー・ルート。

あいつが自分の健康のためにここに来ているとは信じ難い。

ただし、もちろんあの気の毒な男がここに来ているのはそれが理由だ！

進展を慎重に観察する必要がある。わたしは酒を飲む時間をたっぷり割いてパスコーを育ててきたんだから、あいつがルートみたいなぬらぬらした悪漢に恩義があると感じるばかりに失敗するようなことは許さない。

ともかく、独り言はここまでだ。

尋問は性交とたいして変わらない。

相手がこっちと同じだけ欲しがるまで、たっぷり待たせておく！

シェルドン看護師は、今ごろは沸騰点に達しているだろう。さあ、行くぞ、そっちの準備ができていようといまいとな！

7

ペット！　やあどうも。入ってもいいかね？

もう入ってきているように、わたしには見えますけど。

まったくだ。あんたの動物磁気のせいだな。われわれ男どもを鉄のやすり屑みたいにちゃらちゃら踊らせる。

わかりました、アンディ。それとも警視とお呼びすべきかしら？　冗談は抜きにして。あなたがこっちに向かっていると、レスターに警告されましたから。その理由もね。

警告？　いや、それはあんまりいい言葉じゃないな。わたしとあいつとは仲よしの友達なのにさ。意味を取り違えたんだろう。そりゃ、彼は言ったかもしれないよ、わたしが寄るだろうから、協力してやってくれないか、とね。ボスが部下にそういうことを知らせるのは当たり前だ、あんたが警察に協力するため、勤務中の時間を数分割いてもかまわないと教えてやるわけだから。

お上手ね、アンディ、でも、わたしは嘘をつきたければ自分で考えます。嘘といえば、きっともうご存じでしょうけど、レスターはわたしに電話してきて、あなたについた嘘をバックアップしてくれ、必要ならさらに嘘を重ねてくれと頼んだわ。あなたの顔に驚きの表情は見えないようね、アンディ？

顔だけじゃないよ。ずっと下のほうまでだ。あんたはわたしの帆から風を抜き（「出し抜く」という意味の成句）、そのうえ方向舵を曲げちまった！　すると、あんたはかわいそうなフェスターを警察に渡すことに決めたのか？　いい考えだ、ペット、どこからどう見てもな。よき市民としての義務を果たし、自分はぬかるみにはまらない。じゃ、あの嘘つき野郎は何をたくらんでいたんだ？

なんにも。ただ、わたしが困ったことにならないよう、注意してくれただけです。それは親切だわ。あの人がわたしのために身を挺して枝《リム》の先まで行ってくれると思うと、温かい満足感を感じないわけには……

あんたが彼のためにしたことを超えるものじゃないよ、ペット。それに、あれはとてもすてきな手足《リム》だった。失礼、あまり紳士的な台詞じゃなかったな。あんたの気分を害するつもりは……

アンディ、わたしは長年看護の仕事に携わってきて、患者がわたしを怒らせようというのなら、不潔な中傷から、中身の入った便器を投げつけられるのまで、あらゆる攻撃を経験してきました。二度くらい、本当に怒ったことはありましたけど、すぐに学んだわ。この人たちがうつぶせになって、お尻に体温計を突っ込まれている姿を思い出しさえすればいい、そうすれば釣り合いのとれた見方ができる、ってね。だから、挑発しようとするのはやめて、たまには人の話をよく聞きなさい。

聞いてる、聞いてるよ。

いいでしょう。わたしはレスターを愛しています。

ほう？　だからシャワーでわたしを襲ったのか？

ね、あのことはごめんなさい。どういう魔が差したのかわからないわ。わたし、ちょっと滅入っていたんです、レスターとのあいだがあんまりうまくいっていなくて。あの前の晩に会う予定だったのに、彼のほうから断わってきた――レイディ・デナムが彼のパーティーに押しかけてきたせいで、彼は動揺していたようだった。その翌日、彼女がホームに姿を見せたので、あの人、一晩中ここにいたのかしら？　と思った。それで、あなたの部屋に様子を見にいったら、シャワーにいらっしゃるとわかって……すみません……

いや、気にするな。あのせいであんたが男にうんざりしたとかいうんでなければそれでいい。で、さっきの話だ、あんたはフェスターを愛していると……

ええ、そうです。将来どうなるかはわかりませんけど、たとえどうにもならないとしても、彼のことは大事に思っていますから、わたしをかばって評判を落とすようなことになっては困ります。わたし自身を美徳の権化みたいに見せようとしているわけでもありません。ゆうべ、ホールから帰ってきたときには、レスターがわたしをかばうという申し出を喜んで受けました。さっきも言いましたけど、彼がわたしのためにそこまでやってくれると思うと、ほんとにいい気持ちだった。でも今朝、ことに気の毒なオリー・ホリスのことを聞いたあと、考えました。これは誰かがあのいやな婆さんを消したというだけの単純な事件じゃない。たとえあの女は殺されたって不思議はないとしてもね。警察に真実を話すのは大事です。そうしなければ捜査が進まない、もしまた誰かが殺されたら、わたしは責任を感じたくない。なに？　もうちょっとうれしそうな顔をなさったらどう？　そこにすわって、まるでわたしが痔の手術をしますと告げたみたいに呻いていなくたっていいでしょう。

いや、もちろんあんたがほんとのことを言おうと決めたのはうれしいがね、あれだけがたがた言ったんなら、盛り上がって殺人の告白までいくかと半分期待していたんだよ！

じゃ、がっかりさせるわね。でも、あなたが知るべきことは二つあります。一つは、嵐が始まる少し前に、レイディ・デナムとわたしのあいだでもちょっと嵐が起きたということ。なんの話だったかは、簡単に想像がつくでしょう。わたしはホールの敷地をぶらぶらして、厩舎沿いに戻ってきました。あそこに猟馬はいません、サー・ハリーが首の骨を折ってから、彼女は狩猟をやめましたのでね。でも、まだ老いぼれ馬のジンジャーだけは飼っていました。脚のあいだになにかを感じるのが好きだったのよ。もし彼女が年取って車椅子の生活になっていたら、きっとふつうの倍の高さの特注品を作らせていたわね、それでもまだ百姓どもを見下ろせるように。

彼女をあまり好きじゃなかったようだな？

あなた、ほんとに名探偵ね、アンディ！　ともかく、わたしは馬に挨拶しようと思った。馬は好きなの、ことにその背中に阿呆が乗っかっていないときはね。でも、厩舎に近づいたらドアが半開きになっていて、中から声が聞こえた。ダフ・デナムだった。でも、すぐにはそれとわからなかった。とても静かな、悲しげな声――人間らしい声だったのよ、彼女のいつものしゃべり方とは違って。あの人、出たくもない集会に出ています、みたいなしゃべり方をするのがふつうだったでしょ。

ああ。それで、彼女は誰に話しかけていたんだ？

ジンジャーよ、もちろん！　みんな言っている……言っていた、彼女がほんとに愛してるのは馬だけだって。人間はまるでごみ扱いするくせに、馬にはなんでも最高のものを与えた。もしかすると、彼女は不幸な気分のとき、いつも厩舎に来ていたのかも……

おいおい！　おセンチになるのはやめてくれよ。

どうして？　誰にだっていいところはあるのよ、アンディ。そりゃ、一流の外科医が切り開かなきゃそんなものは見つけられないっていう人もいますけどね。

おぼえておくよ。で、その悲しげで人間的ってのは、どういう話だったんだ？

よく聞いたわけじゃないの、ただ抑揚が耳についただけで。でも、人を信頼するとか、豚がきーきー鳴くとか、そんな言葉が聞こえた、と思う。

じゃ、やっぱり動物権擁護の連中は正しい、豚を食うのはやめて菜食に切り替えようと考えていたとか？

それにしては、タイミングがおかしいんじゃない？　さっきも言ったように、わたしは彼女のことがちょっとかわいそうになって、自分でびっくりしたの。あのパーティーでは、お屋敷の奥様ぶってふんぞりかえっていたのに、最後には馬に話をするなんて！　わたしはそっと立ち去るつもりだったんだけど、ドアの脇に古い飼い葉用のバケツがあって、向きを変えたときにそれを蹴飛ばしてしまった。馬がいなないた——餌の時間だと思ったんでしょう——それでレイディ・Dは「そこにいるのはだれ？」と大声で言った。わたしはそれでも逃げたいところだったけど、彼女はすぐに戸口に出てきたから間に合わなかった。わたしを上から下までじろじろ見て、「ああ、なんだ、あなただったの、シェルドン看護師」と言った。彼女はいつもわたしをシェルドン看護師と呼んだのよ、わたしをけなして黙らせようとするみたいに。

で、あんたは黙ったのか？

いいえ。わたしはまだ彼女を哀れに思っていた。ワインを一口飲んで——赤ワインのグラスを手にしていたの——

シャンペンは頭が痛くなるのよ――それから「こんにちは、レイディ・デナム。おたくのお庭を眺めていましたの。ほんとにきれいですわね」と言った。これが彼女を挑発したようだった。

なぜだね？　ごくあたりさわりのない言葉のように思えるが。

それがいけなかったんじゃないかしら。ふだんなら、わたしは彼女の目を見据えて、言われただけのことを言い返してやるのよ、あからさまに無作法になるのは避けてね。でもこのときは、そうね、礼儀正しくしすぎた、ちょっと親しみさえ感じさせた、わたしが彼女を哀れに思っているみたいにね。それがわかって、頭にきたんだと思う。

で、彼女はどうした？

怒り狂った。あとで考えてみたんだけど、彼女が厩舎に来ることになったきっかけが何であったにせよ、彼女はそれですごく腹を立て、同時に自分がすごく哀れになっていたんだと思う。ジンジャーに話しかけていたときには、不幸な気分があらわになっていたけど、今度は怒りがふつふつと湧いてきた――いいえ、ふつふつどころじゃない、大爆発！　耳を疑ったわ！　あなたはわたしの敷地を勝手にうろつく権利はない、アヴァロンから給料をもらって雇われている看護職員の代表というだけで、パーティーに来るのも大目に見てやっている、自分の身分をわきまえているなら、表の芝生に戻りなさい、ドクター・フェルデンハマーのような大事なお客様に失礼がないよう、ちゃんと気をつけるのね、そんなふうに酔っ払ってふらふら歩きまわり、立入禁止の場所に首を突っ込んだりしないで。

すごいな！　で、あんたはそれを黙って受け止めたのか？

いいえ。しばらくすると、わたしも腹が立ってきた。しょうがないでしょ？　わたしもまあ、言うべきでないことを言ったわ。

たとえば？

あなたは自分が特別だと思っているけど、実はみんなの笑いものよ。色情狂の老婆が二十も年下の男を追いかけまわして。彼はあなたのことなんか、よくて見苦しい、悪ければ吐き気を催すと思っているのよ。

切り込まれれば切り返すんだな、ペット！

言うべきでないことも言ってしまったと、後悔している
わ、アンディ。最後には、あなたが実はどういう怪物か、そろそろ世間に知らせるべきときだ、そうなったらそのくだらない称号だって、あなたを守ってくれませんからね、と言っていた。このころには、彼女はわたしに向かってわめくのをやめていた。ただそこに立って、わたしをまるで犬の糞みたいに見ていた。それから彼女はこんなようなことを言った。「わたしはこういう人間です、シェルドン看護師。わたしはする必要のあることをして、その結果を引き受ける。さあ、行きなさい。あなたはみじめな女だわ」ふいに、わたしはもう言うことが思い浮かばなくなった。そのとき、ワインを彼女にひっかけたの。

なぜ？ だって、それまであんたが彼女に言ったことに比べれば、たいした台詞じゃないだろう。色情狂の老婆！ 彼女は〝みじめな女〟なんていうより、もうちょっと強いことを言ったに違いない。ほんとに腹の立つこと。あるいは脅すようなこと。考えてみると、彼女がどういう怪物か、世間に知らせるうんぬんだが――どういう意味だ？ フェスターに惚れるくらいじゃ、怪物にはならない、まあ、わたしの水準からすればな。

けんかですもの、わかるでしょう、アンディ。言葉がつい出てきてしまったのよ。

かもしれない。まあいい。で、次は？ あんたと彼女はつかみ合いになり、髪の毛を引っ張り合った？

いいえ。彼女はただ立っていた。ワインなんかどうでもいい、わたしなんかどうでもいい、みたいに。わたしは歩き去った。ええ、そりゃ、自分でも次に何を言うか、するか、心配になったから歩き去ったのかもしれない。でも、なにもしなかったし、言わなかったのよ。わたしは会場でレスターを見つけ、何があったか話した。

慰めに抱いてもらいたかったから？

これから大きなことが起きるだろうと、彼に警告したかったから。彼女を取るか、わたしを取るか、選択を迫られるでしょう。

いい手じゃないな、男に選択を迫るってのは。彼はなんと言った？

彼女と話をして、なんとかする、と言いました。わたしはまだむかついていた。それならさっさとやってちょうだい、わたしはあの婆さんからごみ扱いされるのはもうたくさんだ、と言いました。そのころ嵐になって、みんなが急いで家に入ってきた。わたしはサンルームに向かいました。そこは暗くて、わたしは植物の陰になった隅に隠れました。

一人で？

ええ。誰とも話をしたくなかった。ほかにもサンルームに来た人はいましたが、誰もわたしの姿は見なかったと思います。わたしはただそこにすわって、ぷりぷりしていた。嵐が過ぎると、外に出ました。

すると、レスターがあんたといっしょにいたとアリバイを提供したのは、嘘だったんだな？

ええ。わたしはいやだったんですけど、ゆうべ帰ってきたとき、彼が言ったんです。もしダフ・デナムがわたしと大げんかしたことを誰かに話していたら、疑われるかもしれない。それより、嵐のあいだじゅう、二人でいっしょにサンルームにいたと言うほうが簡単だ。そうすれば警察だって袋小路に入り込んで時間を無駄にしないですむ。

ずいぶん公民としての義務感があるんだな。で、嵐のあとは？　レイディ・Dの死体が見つかったとき、あんたはその場にいたのか？

いいえ、いませんでした。誰かがあなたのお友達、フラニー・ルートを見つけて……

いや、あいつはわたしの友達じゃない。

失礼。彼はあなたをとても高く買っていますよ。ともかく、彼の車椅子が芝生の先のほうで立ち往生したんです。土砂降りのあとで、地面にすごく水が染み込んでいて、あの人はなんとか動かそうとしたあげく、車椅子をひっくり返してしまった。椅子を立て直してすわろうと、どのくらい試みたか知りませんが、彼はひどいことになっていた。びしょびしょの泥まみれで倒れていたんです。誰かが彼の面倒をみなきゃならなかったし、それなら当然わたしでした。なんとか彼をまた椅子にすわらせ、そこにいた人と力を合わせて、椅子を固い地面に戻しました。それから、わたしは彼をホールまで押していった。背後で大騒ぎが起きたのが聞こえました――レイディ・デナムの死体が見つかったときでしょうね――でも、わたしはかわいそうなフラニーを屋敷の中にいれ、ちゃんと具合を確かめることでせいいっぱいでした。

ああ、もっともだ。患者が第一、だよな？　で、かわいそうなミスター・ルートはどんな様子だった？

運よく、これといって怪我などはありませんでしたから、できるだけ汚れを落として乾かしてあげるだけでした。それをしているあいだに、みんながだんだん中に戻ってきて、当然ですが、殺人のことを話していました。

それはショックだったろう。

もちろん、ひどいショックだったわ！　彼女は怪物だったけど、だからって殺されたうえ、豚みたいにローストされるなんて、そんな因果はない！　わたしはとても受け入れることができなくて、フラニーの世話だけに注意を集中しました。彼はすごく動揺して、その場を離れたがらなかったけど、すぐ家に帰って乾いた服に着替えなければ、どうなるかわかりませんよと、わたしは言った。ああいう体の人は、肺炎にかかりやすいんです。わたしは彼を車まで押していき、手伝って乗せてあげました。いっしょに行きましょうかと言ったんですが、彼はもう大丈夫だと言って断わり、運転して出ていきました。わたしは家の中へ戻ろうとしましたが、ふいに、もう耐えられなくなった。それに、ミスター・ルートの汚れを落とすので、こっちもすっかり泥んこになっていた。だから、自分の車に乗って、ここに帰ってきました。体をきれいにして、それからあなたと話をした、おぼえていらっしゃるでしょう？

あんたと話をするのはいつも楽しいよ、ペット。だが、なぜそうしたんだ？

わかりません。まあ、あなたは警察官だから、何がどうなっているのかご存じのはずだろうと思ったんです。あなたと話をしたあと、わたしはクリニックへ行きました。レスターの車があったから、彼が戻っていることはわかった。それで中に入り、いろいろ話をしました。

で、ちょっとした話をでっち上げた、かわいそうな働きすぎの警官たちが、袋小路に入り込んで時間を無駄にしないですむようにな。ご親切なこった。だがもちろん、あんたはそんな話をしなかった。あんたが心を変えて、本当に何があったかわたしに話していると、レスターは知っているのか？

ええ。あなたがわたしに会いに来ると彼が電話で警告してきたあと、窓から外を見ると、あなたが芝生に出した椅子にすわっていらっしゃるのが見えました。しばらくそうして見守っていると、この人に嘘はつきたくない、と思えてきたんです。それでレスターに電話して、正直に話すことに決めたと言いました。

彼は反対したか？

それほどでも。わたしが決めることだ、彼としてはたとえ法廷で嘘をつくことになっても、わたしたち二人の話を守り抜く、と言いました。わたしは、それはすごくありがたいけど、そんなことにはならなければいい、と言いました。彼はそれなら正直に行くのがたぶんいちばんだろう、あなたには謝ってくれ、あなたがもしまた彼に会いたいなら、今度は完全に率直に話をする、と言っていました。

気前がいいな！　で、愛とキスを電話で交換し、あとでもうちょっと本格的なやつをやろうと約束した。いや、むっとした顔はよせ。ダフの婆さんがいなくなったんだから、あんたはぐずぐずしていたくない。鉄は熱いうちに打て。で、二人とも呼吸を落ち着けたら、警視がまた会いたがっているわよとレスターに言ってくれればいい。しかし、今のところ、わたしはほかにすることがある。いいな？　じゃ、失礼するよ。元気でな、ペット。患者を殺したりするなよ。町じゅうに青い制服の男たちがうようよしてるってときだからな！　じゃ、また！

8

さて、どう思う、ミルドレッド？　女の視点から意見を言ってもらいたいね。

ふいに正直になった女ほど心配なものはない。わたしの経験では、たいていそういうときの女はなにか隠している！

フェスターのやつも同じだ。わたしがファイルとミルドレッドを取りに戻ったあと、ペットに電話したのを盗み聞きされたんじゃないかと思ったんだろうな。正直に話すってのも、ペットが言い出したことじゃなく、フェスターの考えかもしれん。ダフが殺された時間帯に二人がばらばらに動き回っていたというより、もっと知られて困ることが彼にはあるのか。あのインディアンの乙女の歌に関わりがあると、賭けてもいいね。パブでテッド准男爵が口笛で吹いたら、フェスターがすごく取り乱した、あれだ。シャワーでペットに飛びつかれたとき、わたしはあれを歌っていた。まあ、彼女がなんであんなことをしたのか、ずいぶん納得のいく説明をしてくれたのは立派なもんだった！　だいたい、他人の書いた台詞をしゃべるハリウッド・スターにオスカーをやるってのがわからないよな。わたしの知ってる女たちの半分は、カメラを向けられていないときに汗ひとつかかずにあのくらいの演技はやってみせる！　いや、まずダフがわたしに会いに来て、それからわたしが《インディアンの乙女》を歌っていた、それであんなことになったんだ。

わたしの推理はこうだ。ダフはフェスターの弱みをなにか握っていた。だから彼は、おれをかまうのはやめろ、ほかの男をさがしてくれと彼女に言うわけにいかなかった。彼女は彼が欲しかったが、金で買うことはできなかった。第一に、彼はすでにかなり楽な生活をしているようだし、第二に、彼女が誰の手も触れさせなかった非公開の部分といえば、財布だけだ！　いや、レイディ・Dが操り糸の先に彼をぶらぶらさせておけたのは、なにかすごく個人的なことを握っていたからだね。

こんなことを少しでも教えたら、ピートはわたしがぼけたと思うだろう。ともかく、わたしがペットと寝たってことだけは、あいつに知られたくない。彼とエリーとのあいだに秘密はないだろう。そりゃ、エリーがそれを知って、すぐキャップにご注進に及ぶとは思わんが、彼女からどんな非難の目でにらまれるか！　だから、この件には蓋をしてすわり込んでおく。何の上にすわっているのかわかるまで、と女優が主教に言ったようにな。

ピートとしては、ダフの服にどうやってワインがついたかがわかって喜ぶだろう。ああ、目を輝かせてこう考えるね。〝ワインのかけ合いですまなかったとしたら？取っ組み合いになり、ペットはかわいそうな婆さんの首を絞めた。殺すつもりはなかったが、どこまで行ってしまったかに気がつくと、彼女は急いで戻り、フェスターをつかまえた。二人はホッグ・ローストの籠にダフを突っ込むのがいちばんだと考えた！〟

ありそうなことではないと、わたしは思う。それに、そうだとしたら、二人が話をでっち上げたり、やっぱりやめたりってのが、外見以上に複雑だってことになる！　いや、うまい嘘は大部分が本当だ。ペットの話もそうだろう、まあ、嵐が始まるところまではな。

じゃ、彼女が耳にした、豚がきーきー鳴くとかいうやつはなんだ？　動物権擁護の過激派がダフに近づいて、深刻に脅したのか。だが、人の抵抗をようやく破ったあげく、殺すってことはないよな？

じゃ、これからどこへ行く？　ピートに報告か？

いや、彼には心配の種がたっぷりある。それに、わたしはみじめに暇を持て余していると思われたくない。公園のベンチにすわって、テニスをする若い娘たちをぼんやり眺めている哀れな老人みたいにな。

しかし、たまには若いのと話をするのも悪くない。あのストンピー・ヘイウッドの娘だが、おもしろい物の見方をする。それに、表現もうまい。もう少し若いうちにつかまえていれば、いい警官に育ててやれたろうにな。ほら、女の視点が必要だとさっき言ったよな、ミルドレッド？ それに、彼女と話をするのは、パーカー家の内実をもっとよく見るチャンスになる。かわいそうなダフが死んで得する人間がいるとすれば、それはトム・パーカーのようだ。これで、自分のばかげたアイデアをすべて実行に移す自由ができたんだものな！

じゃ、次はキョート・ハウスだ。しかし、どうやってあそこまで行くか？ 問題ない、ペットが車で送ってくれるだろう。彼女とフェスターは、わたしがここからいなくなってくれればうれしいだけだからな。

それに、タイミングがよけりゃ、昼飯にもありつけるかもしれん！

9

送信者：charley@whiffle.com
宛先：cassie@natterjack.com
件名：大間抜けは誰？！

ハイ！

またやっちゃった！ 驚くことはないわね。事の始まりは――ほぼ――わたしがレモネード用の古い水差しを落として、ミル・メドウにたった一個残っていた石に、まるでそれを目がけたみたいに当てちゃったとき。あれを警告とすべきだったわ。チャーリー、こういうことにかかりあっちゃいけない、そういう意味だったのよ。でも、わたしはかかりあって、にっちもさっちもいかなくなってる！

ごめん、べらべらと。心配しないで、逮捕されたとかじゃないから。ま、逮捕されるべきかもしれないけど。

話の初めに戻ります。このまえのメールを出したあと、わたしはだいぶ気分がよくなったし、コーヒーが飲みたくもなったので、一階に下りたら、メアリがコーヒー・ポットとチョコレート・ケーキをお盆にのせているところだった。わたしの具合がよくないかもしれないから、二階へ運ぼうと思っていたんですって！　典型的。危機の真っ最中でも、他人のことを思いやる。かれらにとっては、これは危機だってことを忘れちゃいけない。わたしにはグランド・オペラにすぎないとしてもね。わたしはいつでも気の向いたときに劇場を出て、家に帰り、元の生活に戻れる。このすべてを愉快な逸話のアンソロジーにして、仲間たちに話してやれる。

でも、トムとメアリはまた舞台に上がり、次の出来事に対応しなきゃならないのよ。

子供たちは庭のどこかでわいわい騒ぎながら遊んでいた。階段を降りてきたとき、ミニーをちょっと見かけたけど、彼女はすごくわたしに腹を立てていて、こっちがにっこりしたのに、きつい目でにらみ返し、消えてしまった。メアリにすすめられて、わたしはトレーを外のテラスに運び、彼女も加わった。コーヒーを飲んでケーキを食べた――おいしい！　数分間、それまでに起きたことをすべてさらりと忘れられた。太陽は輝き、海はリヴィエラの観光ポスターみたいにきらめく青。昨日の嵐を思い出させるものはなにもなく、視界は澄みきっていたから、オランダまで見えそうだった――もし（シッドの言葉を思い出した）そんな気があればね。

それから、トムが車寄せに入ってきた。

彼に会うのはもちろんうれしかったけど、これで静かな幕間のひとときはおしまい。彼はテラスをこちらに向かって歩いてくるあいだにも、もう今朝の一挙一動を話し始めていた。

どうやら、開発計画に影響される人たちみんなに、レイディ・Dの死でなにも変わらないと理解させるのにほとんどの時間を費やしたらしい。慰めと光を配ってまわる、それがトムよ。彼のメッセージはこう――レイディ・Dはわれわれが計画どおりに癒しのフェスティヴァルを実行することを望んだはずだ。悲劇を乗り越え、約束の地へ向かって全力で進もう。サンディタウンはその地の並ぶものなき首都となる。それが亡くなったダフネの最善の供養になる！

明るい楽観主義も、現実の代わりにはならないし、わたしはせっかくいい気分でいたところをこう早々と邪魔されて苛立ったからでしょうね、異議を唱えてしまったのよ。「でも、すべては遺言状にかかっているんじゃない？　もしレイディ・Dの相続人が――一人か複数かわからないけど――彼女の投資を今後支持したくないとしたら、どうなの？」

彼は言った。「支持しないとしたら、愚かだよ。将来は有望なんだからね。それに、コンソーシアムの契約書に、共同出資者の一人が死んだ場合、生存者は保護されるという保証条項が入っている」

即座に（わたしの頭がどう働いているかわかるでしょ！）わたしは思った。あの日のさといパスコーなら、これを動機と見なす。ことに、トムとダノが計画のさまざまな詳細に関してよくけんかしていたと、彼が嗅ぎつけたらね。

もちろん、なにも口には出さなかったけど、メアリは次に何が起きるかと心配しているのは見て取れた。前にも言ったように、彼女は――たとえダフを必ずしもよく思っていなかったにせよ――こう感じているんだと思うの。少なくとも、あのおばあちゃんはトムの突飛な思いつきに対する釣り合い重りになっていた！　でも、彼だって遺言書のことを考えないほど、うぶに楽観的な人じゃないと、すぐにわかった。彼は自分の事務弁護士に連絡し、その人がレイディ・Dのロンドンの弁護士事務所にコンタクトした。するとミスター・ビアードがもうヨークシャーへ向かっていると告げられた。遺言書の詳細は教えられなかった。「でも、大部分はエドワードが相続すると、わたしは疑っていないよ。サー・ハリーが亡くなって以来、二人はとても親しくしていたもの」トムは言った。

「で、かわいそうなクララは？」メアリは言った。「あれだけ辛抱したんですもの、埋め合わせになにかもらっていいはずでしょう？」

これがきっかけで、わたしはかわいそうなクララはどこにいるんだろうと思った。

彼女はわたしが帰ってくる直前に出かけた、と教えられた。

「新鮮な空気を吸って、一人で歩きまわりたかったんだと思うわ」メアリは言った。「あとでホールから自分のものを少し取ってこようと思う、と言っていた。かわいそうに、あの人、マツユキソウみたいに真っ白な顔をして。もっとも、生まれつきああいう微妙な肌色をしてる人もいますけれどね」

メアリ・パーカーほど意地悪な心のない人はそうはいないけど、それでもわたしの日焼けした赤い頬に視線が向けられるのを感じたわ！

トムはウィットビー巡査部長に会ったと言った。巡査部長はヘン・ホリスをさがしていると言った。捜査に協力してもらうためにね。でも、彼は自宅にいないし、ゆうべ〈希望と錨〉亭を出たあと、誰も彼の姿を見ていないらしい。

みんな同じことを考えたと思うわ――このまえジャグ・ウィットビーがホリスをさがしに出たとき、見つけたのは死体だった！

トムはダイアナの様子も見にいっていた。彼女は今朝キョート・ハウスを訪ねて、みんなを励まし、薬を与えることができなくて申し訳ないと言った。友達のミセス・グリフィスが荷物をまとめて帰ろうとするので、ダイは引き止めようと努力した。きっと、サンディタウンが連合王国の新たな殺人首都だという噂が広まらないようにでしょうね。すると警察が現われて、さらに聴取したいからと、サンディを連れていった！　これでダイは当然具合を悪くした。まだ全快はしていないの、かわいそうに！

メアリはこれを聞いて、目を宙に上げた。ダイのいつもの心気症にげんなりしたのか、彼女が来ないでくれてありがたいと思ったのか、なんとも言えない！

この時点でミニーがステルス爆撃機となってこっそり飛

んできて、立ち聞きできる距離内に現われたのをわたしは目にとめた。おとうさんがもたらした新しいニュースを一つも聞き逃したくないのよ。彼女を見ていて、わたしは罪悪感で胸がきゅんとなった。おとなは自分のお荷物を子供に押しつけちゃいけない――ママがカミナリオヤジにそう説教していたのをおぼえてるわ！

橋を架けるとき。

わたしは言った。「あら、ミン、何時に出かける？」

彼女はわたしをにらみつけて言った。「出かけるって、どこへ？」

「プールで泳ぐことになってたじゃない」わたしは言った。「今日の午後って言ってあったけど、よかったら、今すぐでもいいわよ。もちろん、忙しかったら……」

わたしに肘鉄を食らわそうか、でもホテルに行けば、ひょっとしてシドニー叔父さんに会えるかもしれないしと、迷っているのは一目瞭然だった。でも、競争にならないわね。うんざりしたように唇をひん曲げると（あの唇なら氷の女王エスターに売りつけられる）、彼女は言った。「ふん、まあいいわ、荷物を取ってくる」

「チャーリーがコーヒーを飲み終えるまで待ってあげなさいね」メアリは命じた。「それに、ありがとうとおっしゃい」

ミニーはぶすっとしてわたしを見ると、「ありがと」とほとんど聞こえないくらいにつぶやいた。

「よく聞こえなかったわ」メアリは厳しく言った。

トムとメアリは二人とも不機嫌な娘に目を据えていたから、わたしはこのときとばかり、口の両端に指を突っ込み、横にぐいっと引っ張って、目をぐるっと回し、お得意の〝マッド・メイヴィス〟の顔を作ってみせた。昔、カミナリオヤジの背後でわたしがこれをやると、おねえちゃんは必ず笑いが止まらなくなったじゃない！

わたしの判断は正しかった。ミンは目を見張り、それからげらげら笑い転げて、わたしに駆け寄ると、ハグして、「ほんとにほんとにありがとう！」と言うと、家に入っていった。

「ほらね」メアリは言った。「ほんの一言二言、よく考えた言葉を言ってやるだけですばらしい効果が上がる。そうでしょう、あなた？」

「まったくだね」トムは言った。「そうだ、わたしもいっしょにホテルまで行こう。シドニーと話がしたい。この事件が投資プログラムにどういう影響を与えるか、あいつの意見を聞きたいから」

おとうさんがくっついてくるのを、ミンが喜んでいないのはわかった。わたしが警察から聴取を受けた、その内容を微に入り細を穿って聞き出すつもりだったんでしょう。でも、道が狭くて三人が横に並べないところに来るたび、トムがみそっかすになるよう仕向けていたからたいしたものよ。

最初は、編集を加えたバージョンを聞かせたんだけど、最後には——彼女は抜かした部分を見つけるのがうまいし、警察というのがどれほど狡猾な悪漢になりうるか、学ぶのに早すぎるってことはないと思ったから！——ほとんどすべて話してしまった。

ノヴェロがわたしのメールを誰かれかまわず見せてしまったと話したら、ミンは憤慨して悲鳴を上げたので、わたしはトムにわけを説明しなきゃならなかった。彼はそこまであからさまには憤慨せず、言った。「あのときなんでプリンターを使いたかったのか、教えてくれていればね、チャーリー、たぶんよしたほうがいいと言っていたよ」

ホテルが見えてきて、ミニーはまるでシドニーが受付で待ち構えているのを期待しているみたいに駆けていった。するとトムはさっきの話題に戻って言った。「例のEメールのことだけど、チャーリー、これからはおねえさんに話す内容をよく考えたほうがいいかもしれないよ」

ときにはばかげた楽観主義を見せるトム・パーカーだけど、その裏ではかなり鋭い！

「つまり、かれらがわたしのコンピューターをハックするってこと？」わたしはぞっとして言った！

彼は直接には答えず、こう言った。「どういうセキュリティを使っているか、教えて」

それで、教えた。青いスクリーンになっては、ファイアウォールのせいだというメッセージが出てくるので、解除してしまった、と言ったら、彼は呻いた。

「ちゃんと直します」とわたしは言った。

実はわたしはテクノに弱くて、この問題を口にしたら、憎らしいリアムが解除してくれたんだってことは言わなかった。彼が別のファイアウォールをダウンロードしてくれることになってたんだけど、それはあいつがわたしのかつての親友と、例の木に寄りかかってセックスしてるのを見つけたときに、すっかりなしになった！

「それまでは、きみは簡単に狙われるよ」トムは言った。

「誰からもね！」

悪漢どもはほんとにそこまでやるかしら？　と思った。もちろん、やるわ！　これを読んでたらいいと、ほとんど思う。**馬鹿野郎！　馬鹿野郎！　馬鹿野郎！**　ほら、これでちょっと気分がすっとした！

受付に行くと、ミニーはデスクの女の子とおしゃべりしていた。女の子は言っていた――シッドは部屋にいない、誰か訪ねてきたら、レクリエーション・センターにいると伝えてくれと言い置いていった。

プール・エリアに行くと、ホテルが金持ちのクライアントに提供する豪華なサンベッドの一つにタオルが広げてあるのが見えたけど、シッドの姿はなかった。

すると、ミンが「あそこにいる！」とわめいた。うれしそうにじゃなく、ぞっとして！

水面に白い裸の体が浮かんでいた。顔を下にして、動かず、両手両足を大の字に広げて。

止める間もなく、ミンは駆け出し、まっすぐ飛び込んだ。トムが続くかと思ったんだけど、ミンの衝撃波が死体に届くと、それはゆっくり回転して――シッド・パーカーが頭から水を振り払って言った。「やあ、ミニーじゃないか！　なにか忘れてない？　服を脱ぐとかさ？」

ミンを腕に抱いて、彼はプールサイドまで水の中を歩いた。ミンは安堵のあまり喉を詰まらせていた、というか、水をたっぷり飲んじゃったせいかもしれない。このときになって、シッドは実はヌードでなんかないと気がついた。肌色に近いクリーム色のトランクスを穿いていたの。想像の余地をあまり残さないくらい、ぴっちりしたやつ。

どっちみち、それを見てあれこれ想像したわけじゃない。ふいにシッドはもうわたしの好色な空想の的ではなくなっていた。実際、かつてそんな空想をしていたと思い出すだけでも、恥ずかしくて身が縮む！　わたしって、とんでもない阿呆だったのよ、キャス！　すべてを見て、なにひとつ理解しないで、そのくせいつも自分が正しいと百パーセント自信を持っている。

今、自分が正しいと百五十パーセント自信を持って言えるのは、わたしが崖の洞穴でちらと見た白い脚、テッドのゆらゆら上下するお尻の下で大の字に広がっていたあの脚は、クララ・ブレレトンのものじゃなく、シドニー・パーカーのものだったってこと！

デナム・パークで彼がわたしから離れて歩いていった姿を思い出した——テッド・デナムの肩に腕をまわして。いやだ！　二人がこそこそいっしょにいる唯一の理由は、なにか巧妙な金融上の陰謀をたくらんでいるせいだとわたしは思い込んで、あの二人のうちどっちがゴージャスか決めようとした！　間抜け！　間抜け！　間抜け！

それに、エスターはわたしを家に迎え入れると、ドアを次々ぱっぱとあけていった。きっとわたしが二人のキス・シーンでも目撃すればいいと思っていたんだわ！　彼女なりの親切心だったんでしょ。あの女！

まあ、二人がやってるところを目撃したのは確かよね？　ただ、いつものように、わたしの頭がわたしの目に見せるまいとしたものがあって、まともな計算ができなかったのよ。

プールには長くいなかった。トムはどうしてもシッドと話があると主張して、二人は彼の部屋へ行ってしまった。ミニーは不機嫌になったけど、シッドは彼女をなだめる方法に通じていて、あと少なくとも二、三日はサンディタウンを離れないから、マセラッティでドライブに連れていってやると約束した。わたしのほうを一種悲しげな目で見た——わたしが悟ったことを悟ったみたいな感じで！　これは推測だけど、シッドはがちがちのゲイ、テッドは両刀でもいいくらいのゲイだと思う。だからって、彼に対するわたしの感じ方が変わるわけじゃないけどね。わたしのボーイフレンドが美人のおねえちゃんを見て、いい女だと思うのはかまわないけど、ジョージに色目を遣い出したら、赦さないわ！

　わたしもミンも、あんまり水泳を楽しむって気分じゃなかったから、数回往復すると、家に帰ることにした。どっちみち、ホテルより家にいるほうが、最新ニュースをつかまえるチャンスが多いし、なにかおもしろいことが起きたら、濡れた水着でのらくらしていたくないもの！


　ここで間。ミニーが音速で飛び込んできた――つまり、ノックの音が聞こえなかったってこと！　警察が来た、またわたしに会いたがっている、と喘ぎ喘ぎ言った。

「誰？　ノヴェロ？」とわたしが言うと、彼女は言った。

「違う。大きな太った男の人。やらしい緑色に塗ったら、シュレックのお兄さんになれる」

　じゃ、ミスター・ディールに違いない――名前の綴りはともかく。なんの用かしら？　ミニーは知らなかった。

それで、わたしは彼女を追い出し、すぐ降りていくと言った。でも、彼が嗅ぎまわっていて、警察のほかの人たちももちろんだから、このメールを誰でも見られるように置いておく危険は冒せない。送信、削除！　そちらも同じにしてね。悪漢ども、いい気味だ！

　愛をこめて
　　チャーリー

第四巻

わたくしの今の状態ですと、海の空気はきっと死を招くことになるという気がいたしますわ。

1

「ピーター！　サルウェーレ・ユベオ！　ヴィルコメン！　ビアンヴニュ！　何語でもかまわない、お目にかかれてうれしいですよ！」

フラニー・ルートはコテッジの敷居のところで車椅子にすわっていたから、パスコーが車から脚を振り出したその一瞬、二人は顔と顔、目と目をまっすぐ見合わせることになった。

こういう挨拶の言葉は、たいていの人の口から出ればばくどくどしい、いや、わざとらしいとすら思えるところだ。だが、青年の顔に表われた喜びの輝きは偽物ではなかった。

だろう？

パスコーは言った。「会えてよかった、フラン」

それは本気だったが、条件つきだった。

ルートが音信不通になったので心配していたのは本当だし、彼が生きていて、比較的元気だとわかってほっとしたのも同じくらい本当だった。だが、あのほっそりした人物が車椅子にすわっているのを見ると、どうしてそんなことになったのかを思い出し、胸がずきんとした。それに、二人がこうして会っている状況もある。

彼はウィールドからこの男の事情聴取の一部始終を聞き、供述書を読んで、この事件に関して、ルートはたんに周辺の目撃者にすぎないようだとわかり、ややほっとしたのだった。

だが今、こうしてまた彼を実際に目にすると、なぜか頭の中に偉大なビル・シャンクリー（一九一三～八一。イギリスのサッカー選手、監督）の有名な言葉が浮かんだ。試合を不法妨害《インターフィア》していない選手はオフサイドと判定されるべきかどうか、意見を聞かれたシャンクリーは、こう答えたのだった。

〝試合に手出し《インターフィア》していない選手なら、手出しするのが当然だろ!〟

　犯罪の周辺で――パスコーがフラニーに出会うのは、いつも犯罪の周辺のように思える――彼が手出ししていないと信じるのは、なぜかむずかしい。

　パスコーは車から出て、二人は握手した。両手を出し合う、強い心のこもった握手で、どちらもその手をなかなか離すことができなかった。

　とうとうルートは言った。「外にすわって、新鮮な空気をエンジョイしようかと思ったんです、いいですか?」

　コテッジの壁際に田舎風なテーブルとベンチが据えてあった。テーブルの上にはコーヒー・ポットとマグ二個、それに皿にのせたケーキがあった。

　おれが来るのを予期していたんだ、とパスコーは思った。おもしろい。

「メイジーのマデイラ、だろうね」彼は言った。

「さすがだな。ウィールド部長刑事のおかげですよね、もちろん?　ぼくの判断が正しいなら、ぼくのこの簡素な生活のどんな詳細も、記録・報告されなかったはずはない」

「それがウィールディだ」パスコーは相槌を打った。「彼が見逃す《ミス》ことなら、損失《ミス》にはならない」

「ああ、今でもパラドックスがお好きなんだ」ルートは言った。

「観念上はね。だが現実上では問題になりうる。たとえば、こういうパラドックスはどうかな。きみは予想以上に回復し、その進行具合をわたしがどれほど心配しているかわかっていたにもかかわらず、地上から掻き消えてしまった、それはなぜか。さらに、きみはわたしの住むところから車でいくらもかからない場所に落ち着いたにもかかわらず、一度も連絡してこなかった、それはなぜか」

　ルートはコーヒーを注ぎ、ケーキを切った。

　それから言った。「たぶん、いつの日か、自力であなたのオフィスに歩いて入り、〝こんにちは!　ほら!　すっかりよくなりました!〟と言いたかったから。そして、あなたの肩から罪悪感という荷を下ろしてあげたかったから」

「罪悪感？　わたしは罪悪感を感じていると思うのか？」

「すみません。言い方がまずかった。責任感、かな？　まあそんなものでしょう。何であれ、ぼくを見るたびにあなたが抱く感情。ぼくはそれを取り除きたかった。そして、そういうシナリオを頭に入れてしまったものだから、それ以下のことはできなかった。すみません。ばかなことだった。利己的とさえいえる」

「ずいぶん非利己的なことに思えるけどな」パスコーは言った。「ミスター・ダルジールさえ感心していた」

「ああ、アンディ！　あの人にまたお目にかかれて、なんともうれしかったですよ。あの日、パブに入ったときには、目を疑った。彼の顔を見たうれしさのあまり、ガウンを着てスリッパを履いているってことすら、最初は気がつかなかったくらいなんですから。ああ、それもスリッパ片方だけだった！」

パスコーはつぶやいた。「きみにそれほどの思いをさせたと知ったら、警視はいい気分になるだろうよ」

「あの人は偉大なる奇人ですよね。でも、うれしさの一部、大きな一部分は、偶然が働いて、ぼく自身が何カ月も前にやるべきだったことをやってくれたとわかったことでした。彼に会うというのは、一段階離れてあなたに会うということだった。なんのかんの言っても、じきにその一段階の距離だってなくなるだろうとわかっていたんです」

パスコーは自分の分のケーキに大きくかぶりついた。こんなふうに強い感情を吐露されて、どう反応すべきかわからなかったからだ。ホモセクシュアルな要素が含まれていたろうか？　ルートの人間性には曖昧な領域が数多くあるから、そうだとしても驚きはしないが……

「ピーター、念のために言っておきますけど、ぼくはあなたに惚れてるわけじゃありませんよ」ルートは言った。「べたべたした意味ではね。だから心配しないでください。固い握手からびちょびちょのキスに飛躍したりしませんから」

パスコーはマデイラ・ケーキの大きなかたまりをコーヒーとともに飲み下した。ルートと話をするのは頭の中をスキャンされるようなものだと、思い出すべきだった。

「そんなことは想像もしなかった……いや、考えたことは……その、悪いけど、正直言って、きみがあんなふうに手紙をよこし始めたときには、からかわれていると思ったんだ！」

ルートはにやりとした。

「そうだったかもしれない、ちょっとはね。でも、友達って、そういうもんじゃないですか？　あの、ぼくらの関係の邪魔になっているのはあなたの仕事だと思うんです。たとえばの話、大学のキャンパスとか、画廊とか、劇場とか、どこでもいいけど、そういうところで出会ったとしましょう。あなたはぼくをちょっぴりエキセントリックだけど、だからこそ愉快なやつだと思う。ぼくはあなたをちょっぴり堅苦しいけど、だからこそ好奇心をそそる人だと思う。そのあとまた二度くらい会ったら、きっと友達になっていくでしょう。友人関係って、そんなふうに生まれるものじゃないですか？」

「しかし……？」

「しかし、ぼくらが出会ったのは、あなたがぼくを容疑者として見なければならない状況の中でだった。そして、英国の法律の気まぐれでぼくが刑務所送りになると、その最初の関係は凍結され、どうやら溶解の希望はまったくなさそうだった。ぼくのほうは、人を恨んだり咎めたりする感情を忘れ、先へ進む必要があると、すぐに悟りました。でも、ふたたびあなたに会うと、あなたのほうは疑念や不信感を忘れて先へ進むことがずっとむずかしいと、見ればわかりました」

「それできみは、おい、この男を変えてやろうじゃないか、と考えたんだ！」パスコーは雰囲気を少し軽くしようとして言った。「それは情熱的義務感に駆られて、それともたんに知的運動としておもしろそうだったからかな？」

「どちらもちょっとずつありますね」ルートは言った。「それから、これは本当にぼくにとって重要なことだとわかってきました。びちょびちょのキス領域には近づきもしませんが、ぼくはあなたのことがとても好きだと思っていた。自分が本当に好きな相手から、最低の人間だと見なされるのは、いやなものですよ」

「つまり、きみがロージーのためにあれだけしてくれたのは、わたしがきみを好きになるようにだった、ということ?」パスコーは言った。

「いいえ」ルートは言った。「あれは友達としてやったことです。いやいや、あれにあまりこだわるのはやめましょう。あのとき、ぼくを憎んでいる狂人がショットガンを持って出てくるなんてところまでは知りもしなかったんですから!」

「だが、それがわかってもなお、きみはロージーを優先させた」パスコーは言った。「あの子は今もきみのことを話すよ」

「そうなんですか? 忘れてくれるといいがな。それも、あなたの前に姿を現わしたくなかった理由の一つです。あなたがその大きな目に罪悪感をためてぼくを見るというだけでもたくさんだ。小さい子供にそんな荷物をしょわせることはない」

　二人は数分間黙ってすわり、冷めていくコーヒーを飲んだ。

　パスコーは思った。神様、フラニー・ルートがこの事件に関わりがあるとわかることになりませんように。その選択に直面させないでください!

　だが、それは選択などではないとわかっていた。

　彼はマグを置いて言った。「きみの放浪記を聞かせてくれよ。それに、どうしてサンディタウンに落ち着くことになったか。概略はウィールディから聞いたけど、本人の口から直接聞くほうが好きだからね」

「ぼくもですよ」ルートは言った。

　彼は話し出した。逸話を重ね、ひょうきんな口調だった。なんだか大陸巡遊《グランド・ツアー》旅行から帰ったばかりの昔の若紳士から土産話を聞かされているみたいだな、とパスコーは思った。旅行の理由に触れると、それは鉱泉水を飲むためにあちこちの湯治場を訪れたというのとたいして変わらないくらい、軽く聞こえた。

　パスコーはとうとう口をはさんだ。

「すると最後には、希望を与えてくれるものはなにもなかった?」

そう身も蓋もない言い方をするつもりはなかったのだが、口をついて出てきてしまった。

ルートはショックを受けたというパロディで、目を見開いた。

「アンディと過ごす時間が多すぎるんじゃありませんか、ピーター？　気をつけたほうがいいな。そのご質問に答えると、希望は決して消えません、ときに変化はしますけどね。もちろん、ぼくには哲学という慰めもある」

「第三思考というやつか？　きみがその教えを宣べたとアンディが言っていたよ」

「ほんとですか？　じゃ、あれほど固い地面でも、種は割れ目を見つけたのかな。ええ、ぼくはたいしてまじめな気持ちもなしにあれに近づいたんですが、想像以上に強力なものだとその後わかりました。あなたとの友情みたいですね。おっと、失礼、あなたにまたこそばゆい思いをさせたくはない。希望の話に戻ると、ピーター、実は誰にも教えたくないことがあるんですが、あなたは別なんだ、知る権利がある。希望というより、希望の希望ですね。自分でも考えるのがこわい、まして人に話すなんてとんでもない」

彼は言葉を頭の中でまとめるかのように、しばらく黙っていてから、また話し出した。

「患者のケアと患者に対する心遣いという点では、ダヴォスのアヴァロン・クリニックはぼくが訪ねた中でも最高に気持ちのいい施設でした。肉体面だけでなく、心理面でもね。あそこではくつろげた。でももちろん、クリニックを自宅のように感じたくはなかったから、最終的には退院して、さらに可能性を模索しました。一人の男の名前があちこちに登場した——ドクター・ヘルマン・マイトラーという人です。ぼくは彼を見つけた。ドレスデンのそばにある小さな研究所にいました。公式な専門分野はスポーツ傷害です、信じられますか？　ご記憶でしょうが、かつてのドイツ民主共和国は、運動能力増強治療に対する考え方ではかなりいかがわしい評判があった。メダルといえば、かれらはつねにすべてを金《きん》に変える賢者の石をさがしていた。そして、その途中で犠牲者が出るなんてことを心配して研究の妨害にすることはなかった」

「その男、ほんとにマイトラーって名前なのか、メンゲレじゃなくて？」パスコーはぞっとして言った。

「陰ではそう呼ばれてたかもしれませんね」ルートは笑った。「確かに、人間というのは世話をすべき個人なんかじゃなく、解決すべき問題だと見なしていた人だった。ベルリンの壁が崩れ、行為の責任を追及する西側の水準が侵入してくると、それまで際限なくあった実験材料の供給が途絶えてしまった。ぼくが治療のためなら思い切ったこともする覚悟だし、そのために喜んで金を出すとわかると、われわれはすっかり意気投合した」

「だが、彼が奇跡を起こすことはなかった」パスコーは言った。

「ええ」ルートは言った。「でも、連合王国内なら医師免許を剝奪されるようなことをして治療してくれたのは、ほとんど奇跡でしたけどね。ぼくはかまわなかったし、それが正解だった。だって、とうとう感覚が戻ってきたんですよ、ピーター。ぼくはそれまでずっと、たとえなにも感じなくても、電気的に筋肉を鍛えるルーティンは欠かさなかった。万一奇跡が起きて、せっかく立ち上がったのに、筋肉がすっかり萎縮していて倒れてしまうのはいやだと思っていたからです。するとある日、チクンとしたうずきを感じた。チクン、なんておかしな言葉ですよね。ぼくはおかしいやら、うれしいやらで笑いましたよ。撃たれて以来、なにも感じなかったところがチクンとしたんですから」

「それはすばらしいじゃないか！」パスコーはびっくりして叫んだ。「で、それからどうなったんだ？」

「なにも起きませんでした。マイトラーに話すと、二つに一つだとはっきり言われた。死ぬか回復するか、ではありません。それだったらためらわずにやっていたでしょう。そうじゃない。回復するか、さもなければ考える植物として余生を送るか、どちらかだった。そう言われると、躊躇した。その危険を冒す覚悟はあるだろうか？」

「で、覚悟はなかった？」

「よく考える時間が必要でした。ぼくはその場を離れ、次の半年、心を決めては変えるを繰り返した。最後にはダヴォスのアヴァロンに戻りました。前に滞在したときの経験から、ここでなら問題の解決を見つけられるかもしれないと思ったからです。来てみると、かつての師、ドクター・アルヴィン・クリングは、サンディタウン・アヴァロンのレスター・フェルデンハマーと六カ月の職場交換をしていた。さいわいなことに、レスターとぼくは波長が合い、やがてアルヴィンとの関係よりさらに親しい関係を結ぶことになりました」

「で、彼の助言を求めた？」

「いいえ」ルートは言った。「彼に出会ってまもなく、ドクター・マイトラーが死んだと新聞で読みました。彼はドイツの医療当局からずっと捜査されていたんです。どうやら、とうとう警察が介入したようだった。ある晩、マイトラーの研究所が火事になった。灰の中に彼の遺体が見つかった。事故か、自殺か、判断は不可能だった。彼の研究記録はすべて燃えてなくなった。その中に、ぼくの記録も入っていたでしょう」

フラニー・ルートにはいつも死がついてまわる、という考えがパスコーの頭をよぎったが、彼の体がさらに回復する可能性があるとほのめかされたことのほうが、ずっと大きかった。

「それはひどいショックだったろう、フラニー！」彼は大声で言った。

「ぼくはもうショックなんてものを受けなくなっていますよ、ピーター」ルートは言った。

「でもそのチクンというやつ、まだあるのか？」パスコーは訊いた。

「ああ、チクンね！　それは本当の再生のしるしなのか、それともありもしない希望のしるしなのか？　ピーター、こんな話はすべきでなかったのかもしれません。第三思考は希望を扱う方法をぼくに教えてくれた。でも、今ぼくはかなわぬ希望の怪物を放って、あなたを悩ませることになったみたいだ」

「そのチクンを感じていながらなにもしないなんて、信じられないよ！」

「また体じゅうをつつきまわされ、レントゲンを撮られ、分析される？　ぼくとしては、長い時間かけて熟考する必要がある。それだけやったあげく、なにも変化していないと告げられたら？　希望よさらばだ。あるいは、なにか変化していると確認されたら？　マイトラーがはっきり言ったような選択を、またなんらかの形で迫られる？」

「少なくとも、そのドクター・フェルデンハマーと話をしたらいいだろう。それとも、これは彼の分野じゃないのか？」

「いや、彼はもともと神経学を専攻してから、精神医学に入ったんです。相談するにはうってつけの人物だ。実際、ぼくが将来を決めかねているあいだ、サンディタウンに逗留しているのは、レスターがいるのが最大の理由の一つといっていい」

「理由の一つ？」

ルートは微笑して言った。「ええ、ほかにもたくさん理由はあります。レスターはトム・パーカーと彼の開発計画のことを教えてくれた。ぼくの第三思考の考え方は、トムが熱心に受け入れるだろうとレスターは自信を持っていたし、クリニックの中で聞きたい人がいれば、ぼくがその話をしていいと、喜んで許可してくれました。そのうえ、長いこと外国をまわって、ぼくはホームシックになっていた。イングランド、ことにヨークシャーに帰りたかった。人生の重要な出来事がたくさん起きた場所ですからね。それで、彼が六カ月の交換を終えてサンディタウンに帰るとき、ぼくもいっしょに来たんです」

すべてが完璧に論理的に聞こえた。だが、この青年が保証した情報がそう見えなかったことがあるだろうか？

友達を裏切る考えのようだが、レイディ・デナムとオリー・ホリスの残虐な殺人事件が解決するまでは、すべて徹底的に捜査しなければならないとパスコーは承知していた。

彼は言った。「フラニー、今日は社交で来ただけじゃない、それはわかっているね？」

「もちろんです。そうでなかったら心配になりますよ。恐ろしい事件だ。お役に立てることなら、なんでもします」

「わかった。きみが初めてレイディ・デナムに会ったのは、今年始めにサンディタウンに来たときだね？」

ひっかけ質問という意味では、これはそう狡猾なものではなかった。レイディ・デナムがスイスを訪れたことはヘイウッドのEメールに触れられていたが、その旅行中にルートが彼女に会ったはずだという理由はないし、たとえ会っていたとしても、それを隠す理由はない。だが、青年の唇にかすかな微笑が浮かんだところを見ると、彼はこれがひっかけ質問だと理解したようだった。

「いいえ、初めて会ったのはダヴォス・アヴァロンで、去年の暮でした」彼は言った。「彼女は甥と姪を連れてスキー・ホリデーに来ていて、レスター・フェルデンハマーに挨拶にきた」

「挨拶？」

ルートは声を上げて笑った。

「ピーター、さすがだ！ ここに来て二十四時間とたたないのに、ダフネがレスターをものにしようとたくらんでいたことを、もうちゃんと嗅ぎつけている。ええ、彼女がホリデーにあの場所を選んだのは——おそらく、そもそもホリデーに出かけようと決めたおもな理由は——選んだ男を見張っていたかったからでしょう。逆に、レスターが職場交換をやった理由の一つは、しばらくダフの手の届かないところにいたかったためだろうと、ぼくは推測しますね」

「それは事実として知っているのか？」

「いいえ。レスターは私生活に関して、打ち明け話をしたことはありません」ルートは言った。「〝推測〟という言葉を使ったのは、考慮の上です。レイディ・Dの訪問を〝挨拶〟と描写したのもね。彼女の究極の目的は彼をつかまえておくことだったとしても、ぼくが二度ばかり会ったときは、いつも姪のエスターを伴っていましたから、三人《トロ》組《イカ》セックスでも考えていたんでない限り、あのとき挨拶以上の深い動機があったとほのめかすのは間違っているでしょう」

「フラニー」パスコーはため息をついた。「これは学会じゃないんだ。もっと単純明快に……まあ、たとえばミスター・ダルジールを相手にするように話してくれればいいんだよ」

ルートはまた笑って言った。「わかりました。ダフは強い欲望を持った女性だった。どの欲望も年齢によって薄められることはなかった。彼女は富、地位、セックスを愛した。必ずしもその順番ではありませんけどね。ホリスは彼女に富を与え、多少の地位も与えた。彼はサンディタウン・ホールと、百戸村《ハンドレッド》の領主の地位を買った。デナムは彼女に爵位を与え、彼女はかわいそうな夫を操って、できるだけの利益を搾り取った。フェルデンハマーは裕福な男だ。医者としての稼ぎに加え、相続した金がある――彼はミルウォーキーのフェルデンハマー乳業の一族なんですよ――チーズ製造業者は幸いなり、くさいほど金持ちになるであろう――名前は聞いたことがあるでしょう？」

パスコーは首を振った。

「まあいい。要するに、ダフは地元の奥方様として、ここの暮らしが気に入っていた。彼女は地位が好きだ。その点、レスターには国際的評判があるから、彼女は学会でエキゾチックな土地へ出かける将来を夢見ることができた。イギリスの爵位で足りなければ、有名人の夫の威光を振りかざせば、土着民はみんなへいこらする」

「なんだかちょっと……計算高い人物のように聞こえるが」パスコーは言った。

「誰よりもね。でも、セックスを忘れちゃいけない。彼女は、そう、セックスが趣味だった。性欲が強くて、男を追いかけまわした。金と地位だけでは足りない、ちゃんと仕事《セックス》をこなせる男でなきゃだめなんだ」

「それは、性的に乱れていたということか？」

「ダルジール式に話していたんだと思ったのに！　つまり、尻軽だったか？　さあねえ。でも、絶対に人目につかないように気をつけていた。さっき言ったように、彼女は自分の地位をものすごく大事にしていましたから」

これはエスター・デナムから聞いたことにぴったり当てはまる。彼女とルートのあいだに共通点はあまりないが、二人とも鋭い観察眼の持ち主だった。

エスターのことを考えると、その弟のことが頭に浮かんだので、彼は言った。「すると、若い男をおもちゃにするわけじゃないんだな？　甥は彼女の私有の海岸でお宝をひらめかすのが好きとか……」

「おやおや、ピーター、どうやってそんなところまで調べ出すんです？　ええ、それは本当です。ダフネも見るのはいやじゃなかったでしょう。でも、手を出すとなると、まず、人に知られたらみっともないし、そんなことをすれば、彼に対して振るえる権力を失うことになる。これこそが彼女の三つの情熱――富、地位、セックス――を統合する要素です。三つとも、彼女に権力を与える。でも最後には、奴隷は反逆し、虫けらは刃向かい、抱き犬は絹のドレスに糞をする。もうまっぴらだと思っている人物をさがしなさい、そいつが犯人だ！」

ルートが行くのはそこまでで、パスコーが可能な人物を挙げてくれと言ってもだめだった。だが、地元の人間たちの簡単なスケッチは喜んでやってみせた。そのコメントに悪意はなく、しばしば愛情さえほのめかされていることにパスコーは気づいた。ルートは自分自身と自分の人生をゆったり受け入れ、ほとんど幸福であるように聞こえた。恋をしているのか、とパスコーは思った。ありきたりのことを無視してはいけないと学んでいたからだ。フラニーはクララ・ブレレトンに目をつけているようだとダルジールに言われたのを思い出し、彼がクララのことを話したときには、なにか特別な関心を示すものはないかと注意して耳を傾けたが、なにも見つけられなかった。実際、彼がいちばんあけっぴろげに尊敬を見せた相手は、ほんの二度くらいしか会っていないはずのチャーリー・ヘイウッドだった。

「頭のいい女の子だ。目も頭脳も鋭い。あと数年したら、ぼくは彼女の患者としてカウチに寝そべって精神分析されたってかまわない」というのが彼の結論だった。

パスコーは笑って言った。「彼女もきみをかなり高く買っているよ。サンディタウンでいちばん魅力ある男性のリストの中で、テッド・デナムとシドニー・パーカーに並んで、うんと上のほうだ」

「おやおや」ルートは考えるように言った。「かわいそうなお嬢さん、夢を恋したほうがましだったのに（シェイクスピア『十二夜』の一節）」

これは青年が今までに言った言葉の中で、パスコーの耳にはなによりも悲しげに聞こえた。

彼は時計に目をやり、明るく言った。「残念だが、もう行かないと」

「またいらっしゃるでしょう？」ルートは訊いた。

「もちろんだ。ようやくきみを見つけたんだ、しっかり目をつけておくからな。ああ、一つ訊きたかったんだ、フラニー。有罪判決を覆す控訴を考えているというのは、本当なのか？　それとも、警視をからかっただけか？」

「本気だとしたら、驚きますか、ピーター？」彼は訊いた。

パスコーは首を振った。

「きみに驚かされることはもうなくなったよ、フラニー」

「それはおせじと受け取っておきましょうか？　まあ、朝起きたときの気分しだい、ですね。いい考えだと思えるときもあれば、無意味に思えるときもある。眠りから覚めるようなもんでしょうかね。ご心配なく。何をするにせよ、あなたを巻き込まないよう努力します。それに、何であれぼくがあなたに教えるのは、真実、全真実、嘘のない真実です」

それから、彼は〝鳥も枝から落ちる〟ほどの魅力たっぷりの微笑を見せて、つけ加えた。「でも、必ずしもその順番ではありませんけどね。さようなら、ピーター」

二人は握手した。

パスコーが車に戻ると、ルートは声をかけた。「一つ、思ったことがあるんです。もちろん、あなたと利口なウィールド部長刑事とで、もう解決していらっしゃるかもしれないけど、ホッグ・ローストが予定より遅れたのはなぜだったんでしょう？　調べる価値はあるかもしれませんよ。じゃ、お元気で、ピーター」

パスコーは轍の掘られた小道を運転していった。外の道路まで達すると、いったん車から降り、ぐらぐらのゲートを閉めた。そのとき、彼の目は周囲をさっと見渡した。その気になって見ればすぐわかった。古い砂岩の門柱の割れ目の中から、センサーが光った。ヒイラギの茂みの上のほうでは、その葉と同じつやつやした深緑色に塗られたごく小さな防犯カメラがこちらを見下ろしていた。

彼はそれに向かってにっこりし、手を振った。

フラニーはこの小道に誰が入ってくるか、つかんでいたいんだ。なにが悪い？　車椅子の男は、自分が弱い立場だと感じるだろう。ことに敵のある男なら。

それに、一つ確実なことがあった。

車椅子だからといって、フラニー・ルートが敵を作らなくなるわけじゃない！

彼は車に戻り、ダッシュボードの時計を見た。ウィールドに向かって、「だめだ。どうしてもフラニーに会って、そいつをかたづけなきゃならない」と言ったのは一時間半前だった。

〝そいつ〟とは何なのか、よくわからない。安堵、責任、罪悪感、感謝、不信、疑念、そういうものがすべて含まれている。そこに今では希望まで加わった。

車を出したとき、携帯電話が鳴った。法律を守る市民らしく、彼は車を道路際に寄せ、エンジンを切ってから、電話を取った。

ウィールドだった。

「ピート」彼は言った。「すぐ帰ってきてくれ。また事件が起きた」

法律を守る市民らしさを忘れ、彼はイグニションのキーを回し、エンジンをかけると、タイヤをきしませて狭い道路を猛スピードで走りながら、携帯に向かって言っていた。

「説明してくれ、ウィールディ」

2

ウィールド部長刑事には、苦労の多い朝だった。

ピーター・パスコーはウィールドが予想したような形で捜査を進めていなかった。ふだんなら、二人は優秀なチームを成す。それぞれの持つ独特の才能や技能がぴたりと補い合って組み合わさり、しかもどちらもアンディ・ダルジールの落とすオリュンポス山のごとき影の下で働いているという意識が、二人をさらに強く結び合わせる因子となるのだった。

ダルジールが死にかけた事件に反応して、パスコーはウィールドがついていきたくない道へ踏み込んでしまったが、巨漢の回復につれ、通常運転が再開されたかに見えた。あの爆発事件の真相を追究していたときのパスコーの偏執的な態度はほぼ消え去り、中部ヨークシャー警察犯罪捜査部にとっては比較的ありきたりの仕事がしばらく続いたので、みんながよく油を差した軌道に戻る余裕があった。巨漢が残した隙間さえ、あまり大きな裂け目ではなくなってきた。

そんなとき、サンディタウンに呼ばれたのだった。

パスコーの来るのが遅かったため、ウィールドが現場のあれこれを手配し、ふつうなら、その手際のよさに称賛と感謝の言葉を浴びせられるところだった。確かに、称賛と感謝の表現はあった。だが、言わずに我慢していることもあったように思えた。〝遅く来たんだから文句は言えないが、もし早く来ていたら、こんなふうにはやらなかったな〟

目撃者たちが散ってしまったのはウィールドの到着前のことだったのに、パスコーはそれをある程度彼の責任と見なしているようだった。同時に、現場に残った人たち――ことにエドワード・デナム――に対して、ウィールドがもっと断固とした態度を取るべきだったとも、主任警部はにおわせた。そもそも捜査室が厩舎の上のフラットに置かれたことを不快に思っているのは明らかだった。

アンディ・ダルジールの存在に対する彼の態度も、ウィールドの心配領域だった。巨漢の扱いはいつだって容易ではないが、正式な規則どおりにやるしかない、というのがウィールドの見解だった。

　現時点で、ダルジールは不活動状態にある。警視たる地位にふさわしい敬意を払い、たまには状況をオフレコのおしゃべりで教えてやるくらいはかまわないが、公式の職務には一歩だって近づけてはいけない。昨晩パスコーがアヴァロンを訪れたとき、ダルジールがどうやって主任警部をハイジャックしたのか、ウィールドにはわからなかった。確かに、役に立つ情報がいくらか出てきたが、その情報が引き出されたところで、パスコーは一線を画し、〝これからは、この線を踏み越えないでください〟と言うべきだったのだ。ダルジールが概況説明会に現われたときには、どこかよそでお待ちくださいと言うべきだった。彼がフェルデンハマー医師とシェルドン看護師を聴取しようと申し出たときには、ありがたいがお断わりするときっぱり言うべきだった。少なくとも、聴取であのしゃれた小型録音機を使ってはいけないと、強く警告を与えておくべきだった。反機械化主義者《ラダイト》の最後の一人であるダルジールが、いったいどうやってあんなものを手に入れたんだ？　とウィールドは不審に思った。しかも、相手の許可を得るどころか、相手は録音機の存在すら知らないのでは。そんな録音が法的にどういう意味合いを持つか、考えるとぞっとした。もしかすると、合同テロ防止組織で一時働いたせいで、パスコーの目には違法と合法の境界線があちこちでぼやけてしまったのか。ゴッドリーとヘイウッドが乗った車にノヴェロが携帯電話を置いてくるというパスコーの計略にウィールドが支持をしぶったとき、主任警部は知らないなら教えてやろうとでもいう顔でにやりとして言った。「うまくいけば、けっこうじゃないか、ウィールディ。うまくいかなかったら、誰が気にする？」

　結局、うまくいった。だがその代償として、チャーリー・ヘイウッドを本格的に怒らせた。彼女はすでに、姉に送ったEメールを悪用されたと考え、深刻に腹を立てていたのだ。しかも、それまで穏やかで控え目だったゴードン・

ゴッドリーさえ挑発され、弁護士を要求したが、パスコーは飴と鞭を使って彼を元通りおとなしくさせた。彼がミス・リーとの関係を隠していたことは公務執行妨害になりうるという脅迫が鞭、今後協力すれば、姉の背景は公表されずにすむという約束が飴だった。

あとになって、ウィールドはあんな約束はまずかったのではないかと、疑念を表明した。もし公訴局が、ミス・リーは資格を詐称して金銭を受け取った罪になると決めたらどうするのか。すると、パスコーは笑って言った。「よせよ、ウィールディ！　人に針を刺して病気を治療するのは、いつだって詐欺か、そうでないか、どちらかだ。人に針を刺して殺すのは謀殺で、われわれが考える必要があるのは、それだけだよ」

シーヴュー・テラスの女の扱い方も、ウィールドの心配の種だった。ゴッドリーがかたづいたころには、ミセス・グリフィススは一時間近く待たされていた。シーモアが家に行くと、彼女は荷物をまとめて出ていこうとしていたのだった。そこで彼は利口に立ち回り、荷物を持っていらっしゃい、そのほうが安全だ、と言った。実は、そうすれば、警察にとってはハンドバッグと同じ位置づけになり、ずっと簡単に中身を捜索できる。家に置いてあれば、ちゃんとした捜索令状が必要になるのだ。

もちろん、私物を捜索するには、本人の位置づけに重大な変化が要求される。現在、彼女は可能な目撃者として任意出頭していた。こんなに長く待たせておくのは危険な戦略だった。もし彼女がどうしても出ていくと主張すれば、逮捕しない限り、ここに留めておくことはできない。だが、それでもパスコーは急ぐ様子はなかった。彼はファイルを開いていた。なんのファイルか、ウィールドにはわかった。オリー・ホリス殺害の直後、部長刑事にはフラニー・ルート聴取の報告書を書く暇がなかった。それで昨夜、ようやく数時間の睡眠を取る前に書き上げ、ルート自身の供述書といっしょに、今朝一番にパスコーに渡したのだった。

今、主任警部が夢中になって報告書を読んでいるのを見ると、危うく失われそうに思えた平衡状態を取り戻すいい機会だとウィールドは悟った。

彼は言った。「そうだ、ピーター、きみは自分でルートに会いたいだろう。なら、今すぐ出かけて、すませてしまったらどうだ？　グリフィススはわたしがやるよ。容疑者か、そうでないかを決める。容疑があれば、彼女はきみが戻ってきたとき、まだここにいるし、なければ、きみが聴取しなくてもどうってことない」

パスコーは明るい青い目を上げて部長刑事を見た。一瞬、あのまばたきもしない目は、こちらの考えのねじれた隅々まで精査しているのではないかとウィールドは思った。かつて、彼にそんな気持ちを抱かせることができたのは、ダルジールだけだった。

それから、パスコーはにやりとして言った。「彼女がガラスの義眼を取り外したら、ぼくが気を失うんじゃないかと思うのか、ウィールディ？　きみの言うとおりかもしれないな。実は、ついフラニーのことばかり考えてしまって、自分でもいらいらしてきたところなんだ」

「正直言って、あいつがこの事件に関連しているとは思えないがな」ウィールドは言った。

「同感だ。それでも自分で確かめないと。どっちみち、彼に会いたいしね。わかった。じゃ、彼女は任せるよ」

意外に簡単だった。パスコーが今までややエキセントリックな行動を取ってきたのは、ルートがふたたび出現して気が散ったことが根底にあったのかもしれない。時が経てばわかるだろう。

彼はパスコーが車で出ていくのを見送り、それから言った。「よし、デニス、じゃ、ミセス・グリフィススとおしゃべりしようじゃないか」

聴取者としてのウィールドの強みはその顔だった。レンガ塀のごとく読解不能。ただし、ダルジールの言葉を借りれば、レンガ塀のほうがよっぽど美しい。罵詈雑言、非難、劇的暴露、狡猾な法的議論、完全な告白、熱を込めた否定、なんであれ、あの変化のない顔面に当たって跳ね返るばかり。沈黙は武器にならない。彼は沈黙には沈黙で応え、とうとうそれは吠え声のコーラスとなる。彼は決して言葉で脅さない。好みの戦術は、相手に自分のことを話すよう仕向け、それから話に出なかった部分に注意を集中させる、というものだった。

　サンディ・グリフィススの向かいに腰を下ろしたとたん、この戦術は効かないと彼にはわかった。

　彼女は《動物権》という雑誌を読んでいた。着ているTシャツの胸には〈ヘイ、ヘイ、BMA（英国医師会）、今日は何匹ネズミを拷問した？〉（ベトナム反戦デモでジョンソン大統領「LBJ」を批判した文句のもじり）と書かれていた。そして、目の前のテーブルの上には鍵束がのっていて、そこにはスーツケースの鍵も含まれているだろうと、彼は疑わなかった。

　シーモアが録音機をスタートさせ、冒頭の決まり文句を述べた。

　ウィールドは言った。「ネズミ？」

「かわいい子猫のほうが効果的だと思われます？　わたしたちの議論は倫理に関わるもので、感傷的なものではありませんから、部長刑事。ネズミにだって権利はあります」

「その権利を擁護するため、あなたは法律を破った――何度でしたかね？――五度だったと思いますが」

「もっとずっと多いですけど、起訴まで至ったのは五回です。六回ね、初めてのデモも入れれば。ここサンディタウンで、わたしがまだ若い娘だったころ。ただもちろん、あのとき起訴されたのはわたしじゃなくて、レイディ・デナムでしたけど」

　思ったとおりだった。この女は彼に切り札を一枚も残してくれない。

　彼は言った。「その話を聞かせてください」

「わたしは猟犬たちの鼻に、においがわからなくなる薬をスプレーしていました。彼女は乗馬鞭でわたしを力いっぱい打ち据え、おかげで右の頬骨から目にかけて、ざっくり切れてしまいました。彼女の言い分は、わたしが彼女の馬にスプレーを向けたので、それを手から払い落とそうとした、ところが鞭を振るったときに馬がおびえて後ろ脚で立ち上がり、誤って鞭がわたしの顔に当たってしまった、というものでした」

「しかし、それは本当ではなかった？」

「どうして馬にスプレーしようなんて思います？　馬がにおいを追って狐を狩り出すわけじゃないのに！　ええ、誤りどころか、彼女は充分意識してわたしの顔を狙ったんです」

「で、有罪になった？」

「証人台に立ったわたしは、顔を二十七針縫って、しかもそれがペンキ工場の爆発みたいな色合いになっていましたから、同情を惹く効果があったんです。さっき話していた、感傷の問題ですわね」

「判決は充分厳しいものだと感じましたか？」

「わたしに対する攻撃に関して？」彼女は肩をすくめた。「二週間ばかり不潔な独房に入れられるというほうがふさわしかったでしょうが、少なくとも、有罪判決でした。罪もない動物たちに苦痛を与えるという、もっと深刻な罪では、彼女は無期懲役になるべきだった」

「しかし、その罪を咎められることはなかった」

「あなたがた警察からはね」

「つまり、彼女が訴えられ、裁かれ、有罪になったかもしれない、ほかの法廷がある、という意味ですか？」

「あなたが宗教をお持ちかどうかによりますわ、部長刑事」

「この世の話をしていたんです、あの世じゃなく。すると、あなたが受けた攻撃に関しては、正義がなされたとほぼ感じておられる？」

「まあね」

「あとで片目の視力を失っても？」

「因果関係はない、と医者たちに言われました」

「ネズミを虐待して得られる知識に頼っている医者たち、ですよね？」彼は相手のＴシャツに目をやって言った。

「そうです」

「でも、同意なさらなかったんでしょう。でなければ、そもそもレイディ・デナムを訴えようとは思われなかったはずだ」

彼女は微笑して言った。「いいえ、あれはわたしが考えたことじゃなかったんです。わたしたちのグループの一員である弁護士が――あらゆる種類の人間がいますのよ、部長刑事。同情的な警察官だっていたことがあります――この弁護士が、パブリシティのチャンスだと考えたんです。わたしたちにはプラスになり、狩猟をやる人たちにはマイナスになる。でも、攻撃と視力喪失をすすんで結びつけようという医療の専門家を見つけられなかったので、あきらめるしかありませんでした」

「それで、あなたのお気持ちは？」

「ほっとしました。わたしは法廷に出たくなかったんです」

「ほう？　ほかの五回は気になさらなかったようですが？」

「それは、わたしが自分の信条に従って抗議行動をした結果、被告となったからです。陪審の感情に訴える被害者ではなかった」

「では、今サンディタウンで何をしておられるのですか、ミセス・グリフィスス？」

「ホリデーです」彼女は言った。「若い姪たちといっしょに」

「若いというと、いくつです？」

「十代の終わり。十八、九です」

「じゃ、そう若くはない」

「あなたやわたしと比べたら、部長刑事、ほんの子供ですわ」

「ご兄弟の子供ですか？　それとも姉妹の？」

初めて当たりが出た。

「姉《シスター》のです」彼女はためらってから言った。

「どういう種類のシスターでしょう？　宗教上の？　フェミニストの？」

「おっしゃる意味がわかりませんが」

「ファイルによると、あなたは一人っ子だった、ミセス・グリフィスス」

彼女は微笑してうなずいた。

「そうです。今でもね。義姉の子供、と言うべきでした。すみません」

調べればわかるだろう。いや、わからないかもしれないが、かまわない。

ウィールドは言った。「姪御さんの一人が脚を怪我して、家に帰らなければならなかったそうですね。犬に噛まれたんですか？」

「転落です」

「犬に噛まれたにせよ、転落したにせよ、サンディタウンで治療できたでしょうに」

「若い子って、そういうものでしょう。リーズの自宅に帰ったほうがいいと思い込んでしまって」

「ここより向こうのほうが人目を惹かない、ということかな。ここサンディタウンで犬に噛まれて治療を受けたとなれば、まあ二時間のうちにウィットビー巡査部長の耳に入るでしょうからね」

彼女は答えず、ただ〝これはなんの話につながるんでしょう？〟とでも言うように、彼に微笑しただけだった。

彼は言った。「どうしてサンディタウンを選ばれたんです？　いやな思い出がたくさんあるのに」

「話題の場所ですもの、部長刑事。聞いてらっしゃいません？　広告ビラによれば、地球上でいちばん健康的な場所。長く逗留していれば、ひょっとするとわたしの視力だって戻ってくるかもしれない！」

苦い気持ちが混じっている。だが、殺人に至るほどの苦味だろうか？

彼は言った。「ホッグ・ローストに出席したとき以前に、ホールの敷地に入ったことはありましたか？」

「可能性はありますね」彼女は言った。「わたしは歩くのが好きです。ぶらぶら歩きまわっていたとき、敷地に迷い込んでしまったかもしれない」

「そうだとしたら、気がつくでしょう？」

「どうしてです？　あなたと同じように、部長刑事、わたしもここではよそ者です」

熟練のダンス・パートナーのように、彼女は正確に彼と調子を合わせて動いていた。

彼は言った。「レイディ・デナムについて、どうお感じですか？」

「もちろん、わずかながら個人的憤慨を感じます」

「動物権擁護の活動家として、彼女を狙おうと決めるほどの憤慨でしょうか？」

「とんでもない」彼女は言った。「あの人はホリスの豚ビジネスのオーナーだった。それだけでも、個人的感情など抜きにして、充分ターゲットにする理由になります。あそこの農場の状態はひどい。ご自分の目で確かめたいなら、わたしのスーツケースに写真が入っていますわ」

そら来た。スーツケースの中を見ろとすすめている。もちろん、彼が引き下がるように、わざとはったりをかけているのかもしれないが。

彼は言った。「どうも。ええ、差し支えなければ、荷物を調べさせていただきたい」

彼女はキー・リングを彼のほうへ押した。

「ご遠慮なく」

彼は鍵には触れずに言った。「昨日、ホッグ・ローストに出席されたことに関して、シーモア刑事に供述した内容に加えたいことが、なにかありますか？」

彼女は言った。「一晩ぐっすり眠って、今朝目を覚ましたら、なんだか他人のドラマの中に踏み込んでしまったような気がして、もう家に帰るのがいちばんいいと思いました。それだけです」

ドアをノックする音がして、ボウラーが顔を覗かせて小声で言った。「ちょっといいですか、部長刑事？」

「聴取一時中止」ウィールドは言った。「デニス、わたしが出ているあいだに、ミセス・グリフィスのスーツケースの中を調べてくれないか？」

彼は立ち上がり、女に目をくれもせずに部屋から出ていった。

優勢だと思いたいのはやまやまだが、正直に判断して、これまでのところはせいぜい引き分けだった。勘では、レイディ・デナムの死は動物権とはなんの関係もないという気がするが、部長刑事たる者、勘で決めるわけにはいかない。なにも見えない闇の中を慎重に一歩ずつ進んでいくのが彼の仕事だった。

古いことわざがふと頭に浮かんだ――〝盲人の国では、片目の男は王様〟。

〝片目の女は女王様〟だ。

3

彼を迎えたハット・ボウラーの微笑は、あまりに明るく、とても本物とは思えなかった。

ウィールドは言った。「よし、ハット。何がそんなに重要なんだ？」

「それほど重要なことじゃありません、部長刑事」ボウラーは言った。「ミス・ブレットンなんですが。今、ホールにいるんです。衣類とか、私物を少し取ってきたいと言って」

ウィールドは私生活上でも、職業上でも、長年のあいだに言い逃れを聞きつける敏感な耳を身につけていた。彼は言った。「つまり、ミス・ブレットンはホールの外で足止めされている、スクログズ巡査がわたしに連絡せずには誰一人中に入れてはいけないと厳しく命じられているから、ということか？」

「いえ、正確にはそういうわけじゃ」ボウラーは言った。

「じゃ、最初からやり直そう。今度は正確にな」ウィールドは言った。

結局、こういうことだった。ボウラーは二階の窓の奥に人影がよぎるのを目にした。ミック・スクログズに誰を入れたんだと訊くと、「一人だって入れてません」との答えが返ってきた。調べると、それはクララ・ブレットンだった。彼女は鍵を持っていたので裏口から入ったのだと言った。ボウラーとしては、これでスクログズの嫌疑は晴れたと思ったが、巡査自身はすっかりおびえて――問われもせずに出てきたこの言葉は、パスコーの命令の実行者たるウィールドの評判を証明するものだったが――「そんなこと言ったって、おれ、あの醜男に殺される！」と言ったのだった。

ボウラーは心優しく、スクログズは好青年だったから、クララ・ブレットンが衣類を持ち出したいという要望を受け入れ、その後彼女に付き添って送っていけばいい、と刑事は思わないでもなかったが、一つ問題があった。

「それが、彼女がいたのは自室ではなくて、レイディ・デナムの部屋だったんです」

「どうしてわかった？」ウィールドは訊いた。

「ミス・ブレレトンみたいな人が住んでる部屋には見えませんでした」ボウラーは言った。「装飾が多すぎる。それに、置いてあるものも彼女のものとは思えなかった」

「古風な趣味の人なのかもしれない」

「いいえ。スクログズィーに彼女を階下へ連れていかせて、わたしは部屋を調べてみました。あれは絶対にあのおばあちゃんの部屋です」

「何をしていたのかと、ブレレトンに訊いたか？」

「いいえ。もし彼女がなにかをさがしていたんなら、こっちが気づいていると知られないほうがいいと思ったんです。まずあなたに話をしないうちは」

「あの部屋なら捜索した。知ってるだろう？　主任警部はあの部屋にあるものをことに気にかけていた。関連性のありそうなものはなにも見つからなかった。それなら、ブレレトンは何をさがしていたんだ？」

「これかもしれません」ボウラーは言った。

彼はA5判の茶封筒を取り出し、中から写真四枚をテーブルに振り出した。色はあまりよくなく、ふつうのカートリッジ紙にプリントされていたが、画像は充分鮮明だった。上のほうから見下ろして撮ったもので、中年の男が若い女に覆いかぶさっている。二人とも裸だ。影からすると、太陽が空高く上がっている。二人の下の地面は砂のように見える。浜辺かもしれない。

ウィールドは写真を仔細に見た。ボウラーがぎこちなくしていた理由はこれでわかった。写真を見つけ出したのは立派だが、彼が点を稼げば、同時にスクログズの失敗を明らかにすることになる。

「ブレレトンじゃないな」部長刑事は言った。

「ええ。アジア人みたいに見えます。男のほうはわかりますか、部長刑事？」

「いや。どこにあったんだ？」

「骨董の書き物机の中です」

「じゃ、どうして捜索したときに見つからなかったんだ？」ウィールドはやや苛立って言った。「担当者の注意が足りなかったな」

「いえ、そうは思いません」ボウラーは言った。「ある引出しの下に隠れた引出しがあるんです。わたしの祖父は家具師で、わたしは子供のころ、祖父の手伝いをするのが好きでした。それで、こういう秘密の引出しのことなんか、祖父からすっかり教わったんです。うちの家族はみんな、わたしが跡を継ぐだろうと思っていたんですが、わたしが魅せられたのは、ものを隠すことより、見つけ出すことのほうで。あ、すみません……」

声がしだいに小さくなって消えた。よけいなことまで言い出してしまったと思ったからだが、ウィールドはわかったというようにうなずいて言った。「よくやった。するとレイディ・デナムはなんのためにエロ写真なんか持っていたのか？」

「そして、ミス・ブレレトンはどうしてその写真が欲しかったのか？」ボウラーは言った。

「さがしていたのがこれだったとすればな」ウィールドは言った。「彼女はバッグを持っていたか？」

「いいえ」

「何を着ていた？」

「袖なしのトップ、ゆったりしたコットン・ジャケット、薄手のカーゴ・パンツ、正面に大きなポケットがいくつもついてるようなやつです」

「ずいぶんよく見たんだな？」

ハットは顔を赤らめ、それからにんまりした。

「しっかり観察する、それをあなたに教えられましたから、部長刑事」

「そのとおりだ。じゃ、きみは戻って、わたしがこっちの仕事をすませるまで、ミス・ブレレトンをしっかり観察し続けてくれ。長くはかからない」

彼は取調室に戻った。テーブルの上にはサンディ・グリフィスのスーツケースの中身が広げてあった。衣類、洗面用具、ノート一冊、ペイパーバック二冊、ラップトップ。これはスイッチを入れてあった。

彼が尋ねるような視線を向けると、女は言った。「見てくださってかまわないと、ミスター・シーモアに申し上げましたの」

きれいな機械だった。アドレスブックは最小限、〈ごみ箱〉は空っぽ、ドキュメントは〈ホリス〉と題したフォルダーひとつだけだった。

彼はそれを開いた。豚の写真が数枚あった。金属の檻の中ですし詰めになっている。不快に思ったが、顔には出さなかった。動物福祉の規則違反かどうかは知らないが、ポークチョップの好きな人間が見たい光景ではない。死んだ子豚が汚物の中に横たわっている写真もあった。

「あなたがこの写真を撮ったんですか？」

彼女は肩をすくめた。

「このためにサンディタウンにいらしたんですか？　豚農場を襲撃するため？」

「襲撃があったんですか？」

「何者かが正門の看板に落書きをした、と聞いています。あなたが到着した日の晩だった、と思いますが」

「ほらね。わたしたちだけじゃないんたわ」彼女はにっこりして言った。

「すると、あれをやったのがあなたとあなたの〝姪〟たちだった、というのは否定なさるんですね」

「もちろんです。わたしたちはこういう人たちの責任を追及するために法律を使いたいんです。損害罪を犯して自分たちが犯罪者になることはないでしょう？」

彼は言った。「しかし、法律はのろくて面倒だし、あなたたちは直接行動でいい気分になるのかもしれない」

「あなたはご自分の仕事に関してそう感じておられますの、部長刑事？」

「いいえ」ウィールドは言った。「わたしはのろくて面倒なのが好みです。デニス？　きみからミセス・グリフィスに訊きたいことはあるか？」

録音機はオフのままで、聴取は正式には再開していないとわかっていたから、シーモアはこれを仕事を終了してよしという合図に受け取り、調べていたノートを閉じてテーブルに置いた。

「いいえ」彼は言った。

「よし。ご協力ありがとうございました、ミセス・グリフィスス」

「もう帰っていいんですか?」

「もちろんです。スーツケースを詰め直すお手伝いをしましょうか?」

「けっこうです。男は荷物を解くことはできても、詰め直すとなると、女に任せたほうがうまくいきます」

「そうですね。人それぞれ、というやつだ」

「まったく。それでおかしいと思ったんですけど——このおしゃべりのあいだ、あなたは一度も、昨日レイディ・デナムが殺害されたという事実に直接触れなかった」

初めてウィールドの顔に、親しい友人や同僚なら微笑と認めるかもしれないものがよぎった。

「いや」彼は言った。「本当におかしいのは、あなたもその事実に触れなかったという点ですよ。荷造りがすんだら、シーモア刑事に知らせてください。そうしたら、彼がシーヴュー・テラスまでお送りしますから」


ドアを閉めると、彼はシーモアに言った。「で、きみはどう思う、デニス?」

いつものようにすばやく、率直な答えが返ってきた。

「豚農場の看板にスプレー缶で落書きしたのは、ほぼ間違いなくあいつですね。たぶん、彼女が車を運転して、若いのが塀をよじのぼったんだ。それに、レイディ・デナムが受け取った例の手紙を書いたのも彼女だと思います。あの話は出しませんでしたね、部長刑事」

「うん。彼女は訊かれそうなことをすべて予測していたから、あのことにも心の準備をしていたはずだ。いちばんいいのは、そういう予測どおりの質問をしないことだった。彼女があの手紙を書いたというのは、勘以上になにかあるのか?」

「例のおかしな綴りです。さっきノートを調べたでしょう。重要なことはなにもない、メモとか、あれこれ書きとめているだけですけど、〝ダイエット(diet)〟と〝レシート(receipt)〟をどっちもe・iと綴っていたのが目につきました」

「〝レシート〟はそれが正しい綴りだよ、デニス」ウィールドは優しく言った。

「そうですか?」シーモアは落ち着き払って言った。「覚えとくよう努力します。でも、〝ダイエット〟はd-i-e-tでしょう? d-e-i-tじゃない」

「ああ。すると、彼女は脅迫状を書き、犯行現場にいた。なら、どうしてホッグ・ロースト殺人事件の容疑者にならないんだ?」

「あの女が殺人をやるとは思えないからです」シーモアは言った。

こういう根拠のない判断を思い切って口にする刑事は彼一人だ、とウィールドは思った。ノヴェロやボウラーと比べると、シーモアはときに単純すぎるようにも見えるが、彼はいつも裏表のない、率直な反応を見せてくれる。

「動物権擁護の過激派が人を殺したり大怪我をさせたりする事件は、世界中でたくさん起きている」ウィールドは言った。「それに、彼女は片目を失ったことについて、自分で言っているほど淡々とした態度ではないような気がしたがね」

「ええ、そりゃまあ、彼女はあの婆さんに向かって石を放り投げたかもしれない。おどかすために、崖っぷちのフェンスを壊しさえしたかもしれない。でも、首を絞めるというのは……女の手口じゃないでしょう?」

ウィールドはこれが性差別に当たるものかどうか判断しようとした。どちらにせよ、その意見にはまずまず賛成だった。フェンスと落石は純粋に事故だった可能性すらある。車のブレーキをいじくるのは、運転者に害を与えようという深刻な試みになるが、地元の修理工はそんな考えを笑い飛ばし、レイディ・デナムが車のメンテナンス費用を惜しんだからブレーキが故障したのだと言っていた。

「よし、デニス。レイディ・ネルソン（ネルソン提督〔ロード・ネルソン〕は戦傷で片目を失った）をテラスへ送り届けたら、これを報告書にしてくれ、主任警部が見られるようにな。わたしはホールへ行って、貧しい親類と話をしてくる」

だが、ホールまで行くと、クララ・ブレレトンの姿はなかった。

「泳ぎに行ったんです」ボウラーは言った。明るく気楽な調子を心がけていたが、まったくそんなふうには聞こえなかった。

「なんだって！」

「部長刑事が来るまで待つようにと言ったんです。それでしばらくすわっていたんですが、二分ばかり前、ふいに立ち上がって、暑いから浜辺に下りて泳いでもいいだろうか、あっちで部長刑事をお待ちするから、と言いました。それはちょっと、と言ったんですが、彼女はもう歩き出してしまって。逮捕しない限り、どうやって止められるかわかりませんでした」

「じゃ、どうしていっしょに行かなかった？」

「あなたにお知らせしたほうがいいと思って」

「電話があるだろう」

「ええ、わかってます。実はその、彼女はなにも手にしていなかったので、服の下に水着を着ていたんなら別ですけど、ひょっとすると裸で泳ぐつもりなのかと……」

なんてこった、とウィールドは思った。感じやすい若いストレートの男ってやつは、どうなってるんだ？　わずかなものしか身につけていない若い女を見るとよだれを垂らすくせに、裸の若い女を目にすると思うと、恥ずかしくて動けなくなる！

「それなら彼女のほうの問題だ」ウィールドは言った。「来い」

あとで話を聞くぞ、という目つきでスクログズを見ると――彼はさりげなく距離を置いていた――ウィールドは崖の小道のほうへ歩き出した。

歩きながら、ボウラーは自己弁護を続けた。

「どっちみち、違いはないと思ったんですよ、部長刑事。だって、写真はこっちの手元にあるし……」

「彼女がさがしていたのがあの写真だったと、どうしてわかる？」ウィールドは口をはさんだ。「あれは狙いではなかったから、部屋に残してあったのかもしれないじゃないか」

二人は小道のてっぺんまで来て、立ち止まった。目の前には海が見える。高く上った昼の太陽の下で、絹のようにてらてらした青さが熱にぼやけた水平線まではるかに広がっていた。一瞬、ここに来る理由となったあさましい問題を忘れ、そのずっと上まで二人は持ち上げられた。

　ウィールドは、万病を癒すとトム・パーカーが主張する有名な海の空気を深く吸い込み、平和で美しいこの風景を満喫した。ひょっとすると、この道を下りていって、もしあの女の子が裸で泳いでいたら、おれたちも服を脱いでいっしょに泳ぎ出すのがいいのかもしれないな！

　ばかな夢想を頭から追いやり、小道を下り始めた。

　最初は緩い傾斜だが、それから急になってくる。めまいしやすい人ならともかく、長いあいだに足元の岩が踏み均されていたから、歩くのがむずかしいわけではなかった。それでも、賢い人間なら足元に注意を集中させ、風景のことは忘れる。ボウラーは若者らしく自信たっぷりにすいすいと先を行っていたが、ふいに足を止め、叫んだ。「部長刑事！」

　今では傾斜がぐんと険しくなり、若く活動的な者ですら注意が必要だった。岩棚があり、その下の崖は垂直に切り立っているかに思えた。ここで小道は岩棚に沿ってぐっと右に曲がり、それからジグザグに下りていく。岩棚のへりからずっと、小道には最後まで木のフェンスがついていて、墜落を防いでいた。

　これが、レイディ・デナムが故意の損害《サボタージュ》を疑ったフェンスだった。今では疑いはない。もっとも、サボタージュという表現は微妙すぎるかもしれない。フェンスのいちばん上の横木がざっくり折れ、支柱からぶらぶら下がっているのだった。

　ボウラーは最後の数フィートを飛び下り、支柱の一本につかまって体を支えると、下を覗き込んで「あ、くそ！」と言った。それから、首を折りそうなスピードでジグザグの道を駆け下りていった。

　ウィールドは壊れたフェンスまで行き、見下ろした。若い刑事があんな反応を示した理由がわかった。

　眼下に、海に磨かれた滑らかな大石が見えた。その上にうつぶせに大の字になっているのは、クララ・ブレレトンの体だった。

4

チャーリーが居間に入っていくと、ダルジールはイラクを占領した合衆国よろしく、トム・パーカーの低いスカンジナビア製の椅子を占領していて、なんとか立ち上がろうとしたものの、満足のいく退出戦略を編み出せずに苦労していた。

「どうぞそのまま」彼女は言った。「立ち上がることはありませんから」

「いや、負かされんぞ」彼は言った。「ほら！　やった！　また会えてうれしいですよ、ミス・ヘイウッド。いかがです？」

「元気にしています、ミスター・ディール」

彼女がわざと名前を間違って発音したのは意にも介さず、彼は言った。「いや、フォーマルなのはやめにしよう。わたしはあんたのお父さんの旧友だ。アンディと呼んでください。アンディおじさんだっていい。で、わたしはあんたをチャーリーと呼ばせてもらうよ、いいね？」

アンディおじさんだって！　よしてよ！

彼女はつんとして答えた。「もちろんです、アンディ。パパの友達なら誰でも……父の友達です」

彼は爆笑した。メアリ・パーカーは二人が打ち解けているのを見て喜んだ。「することがあるので、これで失礼させていただきますね。あとで簡単なお昼にしましょう。なにか軽いものというだけですけど。ごいっしょに召し上がっていかれますか、ミスター・ダルジール？」

「それはどうもご親切に、奥さん。軽いお昼はなによりだ。ま、重いお昼には勝てませんがね」

メアリはこれが冗談だといいと思いながら、礼儀正しく微笑して言った。「よかった。外に運びますね、それがいいでしょう？　こんなお天気ですもの」

チャーリーは先に立ってテラスに出た。ミニーがついてきたが、すぐ後ろではない。彼女は距離判断のエキスパートだった。近づきすぎれば注意を惹き、よそへ行けと言われる。離れすぎればなにも聞こえない。彼女は目立たないようにと努力していたが、遠くから響いてきたむせび泣くようなサイレンの音も注意を逸らす助けになった。

「平和を乱しているのは警察かしら?」チャーリーは言った。

ダルジールは聴覚の鋭い耳の後ろに手を当てて言った。

「われわれじゃないな。救急車だと思う。町のほうみたいだ。きっと、ばかなやつが海岸で日射病で倒れたかなんかだろう」

このやりとりに紛れて、ミニーは十フィートほど離れたテラスのへりにあぐらをかいてすわると、できるだけ縮こまり、じっとしていた。

「で、わたしになんの話があるんですか、アンディ?」チャーリーは言った。この会話の主導権を握ると決めている。

「殺人だ」彼は言った。

「ほう? 目撃者として? 容疑者として? それとも、心理学の訓練を受けているから? 残念ながら、犯罪者プロファイリングの経験はありませんけど」

「ああ、しかしあんたは目が鋭いし、脳味噌が鋭いし、そのうえ詮索好きだ」

「わたしをそんなふうに査定しているんですか? たった二度ばかり短時間会っただけで? 警察が推理を誤ってばかりいるのも不思議はないわね!」

「よくあることさ。精神科医が殺人狂を退院させて、そいつが誰か気の毒なやつを殺すことになるみたいなもんでね」

「それは同じとは言えません」

「ああ。あんたがたは二度ばかり短時間会っただけでそんなことはしない。ふつう、何年もカルテを研究したあげく、それでも間違うんだ。ともかく、わたしはあんたについて、性急な判断を下しちゃいないよ、チャーリー。あんたの頭の内側に入ってみた。Eメールを読んだんだ」

「なんですって!」チャーリーは怒って言った。「サンディタウンじゅうで、まだ読んでない人が一人でも残ってるかしら？」

「残ってるさ。いつだって映画化を待つってやつが何人かいるもんだ」ダルジールはにやりとして言った。「心配するな。わたしは名誉毀損であんたを訴えるつもりはない。いいか、軽い昼飯が出てくる前にまじめになろう。われわれが協力して情報を一つにまとめたら役に立つと思うんだ」

「そうですか？　つまり、わたしがあのノヴェロのくそばばあにEメールを見せたみたいに、ってこと？」

「いや、そういうことじゃない。かわいそうなアイヴァーにはつらく当たらないでやってくれ。彼女はいい人物で、よくできた警官だが、まだ下っ端だ。ほかの人たちに命じられたことをやらなきゃならない」

「それで、あなたはそのてっぺんにいるのね？」

「そうとも。お城の王様、それがわたしだ」巨漢はすまして言った。

「じゃ、警察車の中でわたしとミスター・ゴッドリーが話しているのを盗み聞きしようっていうのは、あなたのアイデアだったの？」

「え？」

この〝え？〟には膨大な確信がこもっていて、ダルジールは携帯電話の策略を本当に知らなかったと、チャーリーはへたな宣誓や議論よりもよっぽど説得された。

何があったか、彼女は簡潔に説明した。ゴッドリーが話したことを彼に教えないでおくことはないと思った。あの話は治療師の奇妙な態度を説明するものでしかなかったし、どっちみち、狡猾なパスコーなら、きっとあれをテープに録っていただろう。

ダルジールは策略を非難するどころか、自分が面目を施したように得意顔になった。

「ピートのやつ、レトリーヴァーなみの鼻の持ち主だからな」彼は満足げに言った。「ヒントをちょいと嗅がせてやれば、即座に追跡を始める」

「極悪非道なやり口よ。たぶん違法でしょうしね」彼女は言い返した。

「おいおい。できる限りの方法で真相に到達するのは警官の仕事だよ」

「それで人を傷つけてもいいわけ！」

「ゴッドリーが傷ついたとは思えんな。そもそもあんなことが必要になったのは、あいつが隠し事をしていたせいだ」

「わたしのことよ！　ああやって騙すのに、わたしも片棒を担いでいたみたいに見えた。まあともかく、ミスター・ゴッドリーはそう思い込んだんだわ！」

「おやおや」ダルジールは言った。「なるほど、それなら彼がすごく傷ついただろうってのはわかる。ま、気にするな。クソ文学《シット・リット》にはしょっちゅう誤解が出てくるだろう？　彼が真実を突き止めて、あんたが悪さに加担していなかったと気がつけば、それだけ甘みが増すってもんだ」

チャーリーは、あれは女性文学《チック・リット》のことだろうと解釈し、ダルジールはよくわかってあんなことを言ったと仮定したので、今の台詞に含まれた意味を解き明かそうとした。

「ちょっと待って」彼女は言った。「あなたがパスコーにヒントを与えた、とおっしゃったわね。どんなヒント？」

「ゴッドリーがあんたにめろめろだ、というようなことを言ったんじゃなかったかな。きっとそれで、彼はあんたになら打ち明け話をするだろうとピートは考えたんだな。利口だろう？」

チャーリーは激しく首を振った。会話の主導権は彼女の手からずるずると離れ、もう取り返せそうになかった。笑おうとした――彼が今言ったことときたら、あまりばかげていて笑いたくなる――だが、なぜか笑えなかった。

「ばかばかしい」彼女は言った。「あの人はわたしなんてなんの価値もないと思ってる。わたしと同じ部屋にいるのすら努力が必要なのよ」

「そういう若い男って、いるもんだよな」巨漢は言った。「あんたに夢中だが、あんたから好かれるチャンスはぜんぜんないと思っている。あんたは魅力的で、頭がよくて、彼には高嶺の花だからさ」

「わたしが？」

「ああ。恋はちょいと近眼だ、というんじゃないか？　ほらほら、チャーリー、若い男をめちゃくちゃに惚れさせるって、そう悪いことじゃないだろう？」

「若い男でなんかないでしょ」チャーリーは言った。彼の話がまだ呑み込めなかった。こんなに明らかにばかげたことを、どうしてこんなに自信たっぷりに言い切れるんだろう？

「細かいところにこだわるんだな」ダルジールは言った。「わたしの水準からすれば、三十は若い」

「三十？」

「に、なったばかりだ。捜査室の掲示板に生年月日やなんかが出ていたのを見た。そりゃまあ、あのもじゃもじゃひげのせいで年より上に見えるが、たぶんそのためにひげを生やしているんだろう。ちょっと貫禄がつくようにな」

チャーリーはひげを剃ったミスター・ゴッドリーの顔を思い描こうとしたが、頭に浮かんでこなかった。まあ、どうでもいい。三十、四十、五十、よもや万に一つダルジールが正しいとしたって、あの気の毒な男はこれに耐え、いずれ乗り越えるのが運命なのだ。

「ね」彼女は言った。「こんなことはなにも関係ないでしょ？　大事なのは、彼がわたしにあの話をしたから、警察の言い方を借りれば、容疑者の枠から外れたってこと。そうじゃない？」

「そうかな？」ダルジールは疑うように言った。「むしろ、彼とミス・リーがレイディ・Dに対して深刻に腹を立てる充分な動機になると思うがね。彼はレイディ・Dと言い争っているところを見られただろう？　そうだ、彼に指を向けた人間の一人はあんただったんじゃないか？」

「いいえ、違います」彼女は怒って言い返した。「わたしが言ったのは……あれが大陪審を前にした証言になるなんて知らなかったし……ともかく、人を殺すようなことじゃないでしょ？」

「もっと些細なことで殺しに走った人間をいくらも知ってるよ」彼は言った。「それに、あれは偶発的な事故だったのかもしれん」

「偶発的に絞め殺した？　よしてよ！」彼女は嘲笑した。「じゃ、オリー・ホリスはどうなの？　あれは事故でなんかなかった。どうしてミスター・ゴッドリーが彼を殺そうなんて思う?」

「ゴッドリーを殺人に結びつけるなにかをオリーが目にしたとか?」

「ばかばかしい! もしレイディ・デナムと口論した理由がお姉さんを守るためだったとしたら、そのお姉さんの治療室で人殺しをするはずがないでしょう?」

ダルジールはよしというように、その大きな白髪頭を縦に振った。

「そらな」彼は言った。「あんたが頭がいいというわたしの見立ては正しかったよ、チャーリー。ミスター・ゴッドリーは殺人犯でないと、われわれ二人とも論理に助けられずに考えているが、そいつはそれを支持するいい論理だ。じゃ、次は誰だ?」

「探偵はあなたよ」彼女は言った。「それに、この一方通行にはちょっとうんざりしてきたわ。警察はわたしのEメールに、私的な会話のテープまで手に入れている。そろそろ、そちらが知っていることを教えてくれてもいいんじゃないかしら。それともこの〝いやあ、お嬢さん、あんたとおれとはいいコンビになるぜ〟というのも、ノヴェロやパスコーの策略と同じようなもの?」

「おっしゃるとおりだ」彼はためらわずに言った。「かわりばんこでいこう。で、約束しておくよ。あんたが教えてくれたことは、あんたの許可なしには誰にも伝えない、いいな?」

「わかりました」彼女は言った。「じゃ、今度はあなたの番よ、アンディ」

「オーケー。容疑者をあらためていこう。まずはあんたを外すのがいちばんだろうな」

「わたし?」

「ああ。いいかげんな綴りのせいで、あんたも容疑者だとピート・パスコーは考えている」

彼は綴りに間違いのある無名の手紙のことを説明した。

「昔からいつもeとiがごちゃごちゃなの」彼女は言った。

「でも、Eメールでは誰も気にしないでしょ?」

「そんなこと、ピート・パスコーには言うなよ」ダルジールは言った。「もし彼が自殺して遺書を残したとして、セミコロン一つでも間違っていたら、それは偽造だとわたしは見抜くね。だが、心配するな。わたしの判断では、あんたがもし無名の手紙を書こうと決めたら、そこにある手がかりはミスじゃなく、注意を逸らすためにわざと入れたものだ」

これはほめ言葉として意図されたもののようだった。

「つまり、わたしはいい犯罪者になるってこと?」チャーリーは言った。

「それがいい探偵になる要素だ」彼は言った。「わたしを見ろ。遺伝子が一つ多いか少ないかすれば、犯罪界のナポレオンになっていたところだ!」

彼はシャツの下に片手を入れ、ひどく陰鬱な表情で海のほうへ目をやったから、彼女は声を上げて笑った。

「それがナポレオンの真似なら、ジミー・キャグニーの真似はリクエストしないように気をつけなくちゃ!」

「ジミー・キャグニー? あんたの年にしては古いな。いや、待てよ。おふくろさんが昔の映画をよく見るんだったな? ごめん、私生活に踏み込むつもりはなかったんだが、みんなあんたのEメールに混ざっていたろう? そうだ、もう一つ、ただでくれてやろう。信頼関係を築くためにな。フェスターとペットだ!」

「だれ?」

「ドクター・レスター・フェルデンハマーとペチューラ・シェルドン看護師だ。クリニックのあのパーティーで会ったろう。ホッグ・ローストのときにもな」

「ええ。あの二人がどうなの?」

「ほら、あんたはEメールで、ダフがフェスターに惚れているとメアリ・パーカーから教わったと書いていたじゃないか。それに、彼の愛情は別の女性に向いているとも」

「で、その別の女性とはシェルドン看護師? すると、どういうこと? 情熱の犯罪? あの二人、それにはちょっと年取ってるんじゃない?」

「あんた、まったく年齢差別主義者だな。ペットとフェスターはわたしより若い。わたしだってまだその気になればばりばりの情熱を見せてやれるぞ。女二人はあのパーティーで大げんかをやって、最後はペットがダフにワインをぶっかけたんだ」

「それで死ぬってもんじゃないでしょ？」

「ああ、だがそっちへの一歩だ」

彼女は首を振った。

「いいえ。女がワインをぶっかけるのは、相手にすごく腹を立てたからよ。相手を殺すのには、情熱的な嫉妬心が必要。シェルドンが三十も年上の女に嫉妬するとは思えない。それに、死体をホッグ・ローストの籠に突っ込んだのは、衝動というより、意図があったということじゃない？」

彼は満足げにうなずいた。思ったとおりだ。この娘は頭の回転が速い。事件に関わる内密の情報を漏らしたと知られたら、ピートに殺されそうだが、若いヘイウッドはこちらの言い逃れなど宗教裁判官なみに鋭く嗅ぎつけてしまうだろうと思ったのだった。

彼は言った。「意図があったのかもしれない。ペットとフェスターはダフに苛立ったというだけじゃすまなかったのかもしれない」

彼女はゆっくり言った。「ええ、それは考えました。もしフェルデンハマーがダフにちょっかいを出されたくないと思ったんなら、自分にその気はないとはっきり言えばすむでしょう？　そりゃ、彼女はしつこかった。たいていの女なら、彼が半年スイスへ逃げ出したとき、それと感づくわ。で、彼女がスイスまで追いかけてきたとき、いいかげんにしろ、年を考えろ、とかぴしっと言ってやればすみそうなもの。ただし……」

ダルジールは身を乗り出し、励ますようにうなずいた。

「ただし、なんだね？」彼は言った。

「ただし」チャーリーは言った。「もしダフがなにか彼の弱みを握っていたんならべつ。彼女がミス・リーを魔女小屋から追い出したやり方を見れば、恐喝くらいなんとも思わない人だったのは明らかよ！」

巨漢は椅子にゆったり背をつけ、満面の笑みを見せた。

「わたしに相手が決まっていなかったらな、チャーリー、あんたを嫁にくれとストンピーに頼むところだ」

「そんなことになったら、わたし、スイスよりずっと遠くまで逃げ出すわ」彼女は言い返した。「じゃ、あなたもそういう結論に達していたのね。それなら正しいはずだわ！その弱みとは何か、見当はついているの？」

「まだだ。だが、いずれわかる。そうしたら、彼を操るために彼女が使っていたものが、その糸を切ろうと彼に思わせるほど重大なものだったのかどうか、わかるだろう」

救急車のむせぶようなサイレンが、また町のほうから流れてきた。

ダルジールは音が薄れて消えるまで待ってから、椅子の上で身を乗り出し、言った。「で、あんたはこれをどう思うね、ミニー？」

チャーリーは首を回し、初めてテラスの端に丸くなった小さな人影を目にとめた。少女はゆっくり背筋を伸ばし、腕を伸ばすと、深い眠りから覚めたばかりという様子であくびをした。

「え、なに？」彼女は言った。

巨漢は雷のような音で拍手した。

「なんとまあ、名演技じゃないか、なあ、チャーリー？マギー・スミス、油断するなよ！さあ、お嬢ちゃん、オスカーは獲ったんだ、パーティーに加わっていいぞ。レイディ・デナムでも、ほかの誰でもいいが、なにか役に立ちそうなことを教えてもらえないか？」

ミニーはチャーリーと同じで、あれかこれかと迷って時間を無駄にすることはなかった。

眠さのかけらもない顔で、彼女は立ち上がり、二人のそばに来た。

「どんなこと？」彼女は言った。

「なんでもいい、ほかの人が知らないようなことならな」

ミニーは一瞬しかめ面になって考えを集中させたが、それから言った。「そうね、あなたがデカ尻……あ、ごめん、レイディ・デナム……それとドクター・フェルデンハマーについて言ってたことだけど、彼女はほんとにドクターが大好きだったんだと思う。だってね、あたしの学校の校長のミス・ワトソンは、教頭のミスター・スタンドファーストが給食のおばさんとセックスしてたからって、二人とも首にしちゃったの。校長先生だってミスター・スタンドファーストとやってたくせに」

チャーリーはぎょっとして少女を見たが、ダルジールはよくわかるというふうに巨大な頭を縦に振って言った。

「だけど、レイディ・デナムは気にしなかったんだな？」

「まあ、気にしなかったのかどうかはわからないけど、ドクター・フェルデンハマーがインド人の女の人とやってるのを見たあとでも、まだ彼を好きだったわ」

　これって、ますますおかしな話になっていく、とチャーリーは思った。頭の中でせっせと教科書をめくり、少女にもっと話をさせる微妙な心理テクニックがどこかに出ていなかったかとさがした。

　巨漢は言った。「インド人の女の人か……」これにぴんときたような言い方だった。それから、大きな黄色い歯を剥き出した。まるで眠っていたワニがぱしゃぱしゃというリズミカルな水音で目を覚まし、それが泳いで近づいてくる人間の音だと気がついて顎をうごめかし、期待ににやりとするような表情だった。

　彼は言った。「ああ、そうか。思い出した。フェスターとインド人の女の人。よし！　まあ、チャーリーはそのことを知らないだろう。教えてあげたらどうだ？」

　彼は本当にミニーが言っていることをわかっているのか？　それとも、これは教科書に頼らずに彼が編み出した個人的テクニックで、少女にすっかり話をさせようという魂胆なのか？　後者だろう、とチャーリーは思った。ダルジールは見かけよりずっと利口だ。もちろん、見かけがクロマニヨン人だったら、それもむずかしくはないけれど！

　スポットライトを浴びて大喜びのミニーは言った。「去年のお誕生日に、シッドおじさんが新しい自転車を買ってくれたの。子供用じゃなくて、ちゃんとしたやつね。ママは高すぎるって言ったんだけど、シッドおじさんは、そんなことはない、ぼくはいちばん愛してる人にはいつだって自転車《バイク》を買ってやる、それを一家の伝統にすべきだ、って言ったわ。ともかく、ママとパパはデジタル・カメラを買ってくれた。それだってすごく高かったのよ」

「ああ、いちばんの人にはいちばんいいものでなきゃな」ダルジールは言った。

ミニーはうれしそうな顔になり、続けた。「あたし、海岸沿いに自転車に乗っていったの。しばらくして一休みしようと止まったら、デカ尻……ごめん、レイディ……」

「デカ尻でかまわないよ」ダルジールは言った。「今なら彼女も気にしないだろう。ところで、あんたの誕生日はいつだね？」

「九月九日。来月よ。十歳になるの」彼女は希望をこめて言った。

「忘れないよ」ダルジールは言った。「聖ウルフヒルダの祭日だ。彼女もすごく頭のいい女だった。じゃ、話を続けてくれ」

「デカ尻の馬、ジンジャーが見えたの。それより前に、垣根の向こうに見えていたんだけど、このときはジンジャーは一人で草を食べてた。それで写真を撮ろうと思って、しばらくやってたら、デカ尻が出てきたの。あたしはお誕生日のカードをありがとうって言ったんだけど、彼女、なんの話かわからないみたいな顔をしたわ。それから、あたしのカメラを借りてもいいかって訊いてきた。あたしはほんとはいやだったんだけど、彼女はいつのまにかカメラを取り上げて、またいなくなっちゃったの」

「どこへ行ったんだ？」

「崖のほう。あそこではそんなに高くないの、北崖とは違ってね。大きな砂丘っていうくらい。それで、少したったら戻ってきて、メモリー・カードをもらいたいって言うのよ。それじゃ、あたしはもう写真が撮れなくなるって言ったの。そしたら、じゃあ貸してもらうだけでいい、一日十ポンドでどうかって言ったわ」

「十ポンド？　それで、あんたは十ポンドもらったのか？」

「ううん、十五」少女は言った。「シッドおじさんはね、誰かが値段をつけてきたら、必ずその倍をよこせと言って、そのぶんの半分以下まで値切らせちゃいけないって言うのよ」

ダルジールはチャーリーを警告の目でにらみ、彼女は笑いを押し殺した。

「で、それからどうした？」彼は訊いた。

「またしばらく自転車に乗った。でも、後ろを振り返ったら彼女がいなくなっていたから、何の写真を撮っていたんだろうって、見にいったの」

「それで、何だった？」

「ドクター・フェルデンハマーとインド人の女の人が浜にいた。セックスしてた」

「ドクター・フェルデンハマーだったのは確かなのか？」ダルジールは言った。この話ならすっかり知っているはずなのを忘れていた。

「ええ、そうよ。ドクター・フェルデンハマーなら、その二日くらい前にうちにディナーに来ていたもの。あたしの誕生日がもうすぐだって聞いて、二十ポンドくれた。本当に欲しいものを買うんだよって言ってね。でもママに貯金させられちゃったけど」

「ママってやつは、そこが困るんだよな」ダルジールは言った。「いつも子供の将来を考えている。続けてくれ」

「うん、二人に見られたらたいへんだと思ったから、あたしはそうっと離れて自転車に戻って、うちに帰った」

チャーリーは言った。「ミニー、二人がセックスしてたと言ったけど、それは……その、ヤスをしてたという意味、それとも……」

「服をすっかり脱いでた――だからインド人の女の人だってわかったのよ。全身が茶色かったから――それで、二人はいっしょにボインボインて上がったり下がったりしてた。いいのよ、チャーリー。学校でみんな習ったもん」

その言い方があまり生意気だったので、ダルジールは噴き出した。

チャーリーはふいにぴしりと言った。「そのインド人の女の人だけど、名前はあるの？」

「でしょうね」ミニーは言った。「誰だって名前がある。あの人のはきっとインドの名前でしょうけど」

「でも、誰なの？」

「クリニックの人。一度、町で見かけたことがあった。きれいなシルクのインドの服を着てたわ。でも、もう長いこと見かけていないから、きっと別の仕事になったのね。役に立ったかしら、ミスター・アンディ？」

「かもしれないな、ミニー。どう思う、チャーリー?」

「かもね」チャーリーは言った。「そこで見たことを、誰かに話したの、ミニー?」

「スー・ロックスリーに話したわ。学校の親友。でも、そんなことなら彼女のベビーシッターはボーイフレンドと毎週土曜日に居間でやるって。すごくつまんないって言われた。それで、あとは誰にも話さなかった。シッド叔父さん以外はね」

「シドニー叔父さんに話したの?」チャーリーは言った。

「どうして?」

「うちに帰ったら、叔父さんがいて、自転車は気に入ったかって訊かれたから、今までで最高のプレゼントだって言ったの。どこまで乗ったのって訊かれたから、教えたのよ。シッド叔父さんとあたしはなんでも話すの。あたし、もうちょっと年がいってたら、結婚するんだけどなあ」

だめよ、残念でした、とチャーリーは思った。

ダルジールは言った。「それで、シッド叔父さんはなんて言ったんだ?」

「セックスっていうのは、やってる人たちだけのあいだのことだから、誰にも話しちゃいけないよって。でも、あなたはその中に入らないわよね、ミスター・アンディ、だって、警察官でしょう?」

「そうだよ、勘定に入らない」巨漢は言った。「叔父さんはほかにもなにか言った?」

「ううん。あたしが自転車をありがとうって、またお礼を言ったら、きみは特別な女の子だよって。それで、じゃ、十八歳になったら、あたしにもオートバイを買ってくれる、って訊いたら、叔父さんは笑って、買ってあげるかもしれないって言ったわ」

チャーリーは訊いた。「どうしてオートバイのことなんか考えたの、ミン?」そう口に出したとたん、後悔した。

少女は言った。「だって、叔父さんはテディのお誕生日にオートバイを買ってあげたんだもん。でも、テディがお礼を言ってるとき、聞いたら、秘密だって二人で言ってたから、ほんとはしゃべっちゃいけなかったんだ」

「わたしのことも警察官だと思って」チャーリーは言った。

彼女は巨漢を見なかったが、その視線を感じた。

彼は言った。「おとうさんとおかあさんは？　デカ尻がメモリー・カードを借りて十五ポンド渡したんなら、どうしてかと思ったろう」

「教えなかったの」ミニーは即座に言った。「ドクター・フェルデンハマーの二十ポンドみたいに、すぐ貯金させられちゃうでしょ。あたし、使い道があったから」

何に？　とチャーリーは思った。聞かないでおいたほうがいいのかどうか？

ダルジールは言った。「すごくおもしろい話だったよ、ミニー。うんと役に立った。さてと、ひとつ頼まれてくれるかな？　こう話していたら、喉が渇いてしまった。おかあさんのところへ行って、軽いランチのときに軽いビールがもらえるかどうか、訊いてみてくれないか？」

ミニーは逆らわず、すばやく家に入った。

声の届かないところまで行ってしまうと、チャーリーがぴしりと言った。「あの子が聞き耳を立てていると知っていらしたんなら、どうしてさっさと追い出さなかったの？」

「で、あのちょっとした情報をのがす？」ダルジールは言った。「ミンを見たとたん、こいつはサンディタウンの耳と目だとわかった！　知っていることの半分しかわからないが、理解しようがしまいが、情報はすべてしまい込まれる。あんただって、あの年齢のころはああだったろう。まあ、これでダフが握っていたフェスターの弱みの問題が解決したかもな」

「彼がスタッフの一人と寝ているところをつかまえたって、たいした弱みにはならないけど」チャーリーは言った。

「彼女がスタッフでなかったら？」

「だって……ああ、なるほど……患者だったかもしれないってことね？　でもまさか……」

「ドクター・フェルデンハマーみたいな立派なプロの医者が自分の患者とやるはずはない、という意味かね？　これから心理学の仕事に就くつもりなら、もっとずっと悪いことを耳にする覚悟が必要だ。あんた自身がすること、考えることとは千マイルも隔たったようなことばかりさ」

「ほう。つまり、あなたがあの聖女のことを知っているみたいな？」チャーリーは言い返した。

「ウルフヒルダ？」ダルジールは笑った。「いや、あの聖女とわたしはずいぶん共通点があってね。頭がよくて、非常に道徳心がある。王様が彼女と寝たがったので、排水管を通って逃げた。それに、予期せぬ客が来ると、酒びんの数を増やすことができた。そいつはわたしがぜひ習いたいトリックだ」

この人って、目に見える以上のものを絶対に持っているわね、とチャーリーは思った。

彼女は言った。「おもしろいわ。でも、あそこにミニーがいるとわかっていながら、彼女に盗み聞きを続けさせたのは、やっぱり無責任だったと思うけど」

「このごろのカリキュラムに入ってないようなことは、なにも聞いてないと思うがね！」ダルジールは言った。「ミスター・スタンドファーストと給食のおばさんは視覚教材だったのかもしれんな。ともかく、だからあの子をさっき追い立てたんだ。彼女は明らかにシッド叔父さんのケツから太陽が輝き出てると思ってるから、あの男の話を耳に入れさせたくなかった。あいつがテッド准男爵にオートバイをやったってのは、どういうことなんだ？」

「さあね。初耳よ」チャーリーは無関心を装って言った。「わたしはシッドのことなんて、よく知りません」

「赤いマセラッティを持っていて、すごくゴージャスな男だってことのほかには？　おいおい、チャーリー、あんたの〝知らないふり〟はミニーの〝聞かないふり〟と似たり寄ったりだぞ」

ちぇっ、とチャーリーは思った。一般的には、シッドの言うとおりだと思う。セックスはやっているカップルのあいだだけの問題だ。もちろん、かれらの心理学者には関心がある。それにたぶん警察にも。もしそれが重大な犯罪に関連しているとすれば……？

なにしろ、警官たちは彼女のEメールをもう読んでしまったのだ。まだ腹は立つけれど、それが事実だった。それに、彼女は偶然、二つの点について、警察を誤導してしまっていた。第一に、テッドとクララの関係の親密さについて。第二に、嵐が始まったとき、クララとシッドがどこにいたか。おそらく大事なことではないだろうが、すでに二人の人間が死んでいるとなると……

「息が詰まらんうちに、吐き出してしまえ」ダルジールはすすめた。

「シッドはゲイなんです」彼女は言った。「テッドも。百パーセントそうなのかどうかはわからない――たぶん、テッドはバイセクシュアルなんじゃないかと思いますけど」

ダルジールが驚いた顔を見せるとは思わなかったし、そのとおりだった。

「ほう？　そういうやつは多い。ありがたいことに、移る病気じゃないがね。さもなきゃ、署ではみんながチュチュを着ているところだ。それがわかったときは、あんたにはちょっとショックだったろう、二人にあんなふうに憧れたあとじゃな。しかし、どうしてわかった？」

「今朝のことです。シッドをホテルのプールで見たとき、わたしがEメールに書いたホッグ・ロースト[の]話は間違っていたと気がつきました。崖の洞穴でテディがセックスしていた相手はクララじゃなくて、シッドだった！」

ダルジールはひゅーっと口笛を吹いて、言った。「たいそうな間違いだ。ちょっと近眼気味なのか？」

彼女は経緯を話し、彼がまだ疑いの日で見ているので、憤慨した。

「洞穴の中は暗かったんです」彼女は強く言った。「ほんの一目見ただけだし、彼はうつぶせになっていた。長い白い脚が見えただけ。それで、プールでまたその脚を見て、洞穴で見たのは絶対に疑いなくあれだとわかった。彼、脚を剃ってるんだと思うわ！」

「なんだって！」巨漢は言った。「どのあたりまで剃ってるんだろうな？」

そこにエンジンの轟音が聞こえてきて、この興味深い推測はそれまでになった。〈セクシー・アニマル〉というより、喘息持ちの宦官みたいに聞こえた。チャーリーには誰だかすぐわかった。やがて、見慣れたサイドカー付きオートバイが家の脇をまわって現われ、砂利を蹴散らして止まった。ゴードン・ゴッドリーが敏捷な動きでオートバイを降り、巨漢の言っていたとおりの年齢なのだと思わせた。それから、大股にテラスに近づいた。彼の視線はチャーリーに焦点を合わせていたが、ほんの二フィート前に来るまで、目にしているのが彼女だと自信がないような様子だった。彼は触れようとするかのように手を差し伸べたが、それから椅子にぐったりすわり込み、言った。「ありがたい！　きみじゃないんだ！」

チャーリーはこういう状況に対処する最善の方法はなかったかと、また頭の中で講義ノートをぺらぺら繰ったが、なにも見つからなかったので、こう言うしかなかった。

「あの、わたしですけど」

「あ、ごめん」ゴッドリーは目を離さず、息を弾ませて言った。「こういうことなんだ。警察からようやく解放されたあと、自動車修理工場にバイクを取りにいったんだけど、交通が遮断されていた。何があったのかと警察官に訊いたら、女の子が崖から落ちたと言う。どこの女の子だと訊くと、警官は、誰だか知らないけど、キョート・ハウスに滞在していた人だと思うと言った。それで、ぼくはバイクに飛び乗り、まっすぐここまで来た。だってひょっとして……」

彼は言葉を止めた。息が切れたのか、あるいは深刻な言葉を口にすべきでないと思ったのか。

チャーリーと巨漢が目を見交わし、とりとめもない推測をしていると、メアリがばたばたとテラスに出てきた。すぐあとからミニーもついてきた。

子供は興奮に目を輝かせ、母親はショックで青ざめていた。

「メアリ、なんなの？」チャーリーは訊いた。

「クララよ」メアリは大声で言った。「つい今しがた、トムから電話があったの。サンディタウン・ホールで恐ろしい事故があったのよ。かわいそうなクララ。崖から墜落して、助からないかもしれない」

5

ピーター・パスコーが小道を出ていったあと、フラニー・ルートはコーヒーをもう一杯注ぎ、車椅子をコテッジに入れた。壁のＬＣＤパネルにリモコンを向けると、入口ゲートの鮮明な画像が現われた。

パスコーの車が出てきた。

ピーターはセンサーをさがしていたから、彼はよしというようにうなずいた。ピーターがカメラに向かって手を振ると、ルートは微笑し、お返しに手を振った。

車がいなくなると、彼はコーヒーを飲みながら、自己考察を始めた。彼は内省的なたちではないが、自分を知ることは行動を成功させる鍵だと、ずっと前から自己保存本能に教えられていた。反社会的人間ではないものの、自分の性格の中に反社会的要素と定義できそうな部分があるのは認めている。彼にとって社会とは自分を浮き立たせる、あるいは沈める、海だった。その潮流や干満を利用して動く方法を知っているから、波に乗って行きたいところへ行ける。流れに逆らい、疲れ果てて浜に乗り上げるような危険は冒さない。だが、だからといって、自分が社会の因習や人間関係になんの関わりも持たないと感じているわけではなかった。彼の不道徳には限度があり、超道徳的態度も、倫理的判断に対する完全な無関心には程遠い。彼にとって人類とはつねに娯楽を提供してくれる存在であり、競争に脇目もふらぬいやらしいドブネズミの群れではなかった。その中には、少数ながら、彼に忠誠心や愛情を呼び起こす人もいたし、また、愛着を持っておもしろがり、ときには同情に近いものさえ感じる、見世物の怪獣といった人たちもいた。

レイディ・デナムは彼の怪獣リストの上のほうに位置していたが、彼女のエネルギー、妥協しない直言、それに——自分がその対象にされる危険を冒さなかったことには感謝しつつも——衰えない性欲には感心した。彼女は目障りなごつごつしたブナの巨木のようなものだった。取り去られると、さまざまな遠くの景色が初めて目に入るようになるが、それでもその不在を残念にも思う。彼女がレスター・フェルデンハマーの弱みをなにか握っていたのは確かだろう。それが何だったのかは、まだ発見できずにいた。だが、アンディ・ダルジールが調べ出すというのに賭けてもいい。もう調べ出したかもしれない。これがあの男のすごいところだ。サンディタウンに来て二週間足らずというのに、名高いルートの鼻が六カ月前からかかっても嗅ぎ出せずにいることをもうわかっている！ でぶ野郎め、尊敬しないわけにはいかない。確かに、レイディ・Dと同様、彼も怪獣属に分類されるが——しかも、彼女より十倍も危険だ——ルートは彼を恐れることはあっても、憎むことは決してできなかった。

だが、彼がこうして自省を始める引き金となったのは、この二人の怪獣ではなかった。

ピーター・パスコーだ。こちらは怪獣ではない。最初は尊敬し、最後には愛することになった男だった。

肉体的な意味においてではない。彼がパスコーに向かって、自分の感情にホモ・エロティシズムは混じっていないと請け合った言葉に嘘はなかった。性的な愛、心を落ち着け、楽しませる愛なら、よく知っていた。これはそういうものではない。いや、彼のピーターに対する感情の度合いは、彼に嘘をつかなければならないときに感じる痛みで計ることができた。

フラニー・ルートの世界では、ふつう、人をうまく騙しおおせればうれしくなる。血がむずむずし、体がしなやかになり、蛇のようにするりと皮を脱ぎ捨ててしまえそうな気がする。だが、今回は違った。彼は不安感を抑えるため、言い逃れを試みた——〝必ずしもその順番ではありませんけどね〟——利口だ。だが、パスコーを相手に利口なところを見せたいとは、もう思わなかった。あけっぴろげでありたかった。彼はすでにあけっぴろげであることのすっきりしたうまみを味わい、それは癖になった。頭脳ゲームの相手にする怪獣なら世界にたっぷりいるが、ハートは柔らかい地面だから、鋭いひねりや回転をやると傷ついてしまう。

彼は欺瞞の時代を終わらせたくてしかたなかった。幸運にも、終わりのときは近づいていた。だが、告白で終わらせるつもりはない。これまで世界を観察し、経験した結果、真実が人を自由にしてくれることはめったにないと知っていた。実際、真実は人を刑務所へ送り込むことのほうが多い！

いや、これは彼の大好きなパラドックスの一つだが、あけっぴろげになるための道は、彼の頭の中の極端に入り組んだ迷路のごとき奥地を通っている。そこは北欧神話のいたずらとごまかしの精、ロキが支配している。この親しい精が、ここぞという瞬間、ここぞという場所を示してくれると、彼は疑っていなかった。

そのときが来るまでは、人間の努力のすべての分野にいえることだが、成功への鍵は情報であり、その情報を手に入れるのに、そう良心的にならないことだ。そのくらい、腕の立つ警察官なら誰でも知っているし、ピーター・パスコーは非常に腕の立つ警察官だ。言葉に出して言ったわけではないが、彼がチャーリー・ヘイウッドのEメールを手に入れ、有益と考えたことは明らかだった。おそらく彼女はラップトップを携帯電話に接続して使っているだろう。彼はワーク・ステーションへ行き、引出しから彼女のメール・アドレスと携帯の番号を書いた紙を取り出した。ホールのウィールドのコンピューター・システムにアクセスしようとしたときのような問題は起きないだろうと思った。実際、やってみると、チャーリーは若さゆえの傲慢から、ほとんど警備不足を楽しんでいるかのようだった！

二十分後、彼はもう一杯コーヒーをいれ、くつろいで、読み始めた。

6

またしても、パスコーがサンディタウン・ホールに到着すると、ウィールドがすっかり状況を制御していた。

「彼女は危険な状態だった」部長刑事は言った。「頭の怪我、どれだけ骨折があるかわからないし、脈はひどく弱かった。脊椎が心配で、動かすわけにもいかなかった。救急車は最低三十分、あるいはもっとかかると言ってきた。ヨークの北で大規模な玉突き事故があって、道路があちこちで渋滞していたんだ。彼女は三十分だってもつかどうかわからなかった。ヘリコプターを呼ぼうかとまで思ったが、そのときボウラーが〝アヴァロンはどうです？〟と言った。電話すると、あそこにも小型の救急車と救急隊員、それに設備の整った集中治療室もあるとわかった。さいわい、引き潮だったから、救急車は岩をよけて下まで来られた。


私費医療を神に感謝することになろうとは、思いもよらなかったよ！」

「それで、医者はどう考えている？」

「まだ連絡が来ていない。ノヴェロを向こうへやって、見張りを頼んだ。崖の小道全体と、私有の海岸部分は立入禁止にした。それに、CSIもまた呼んだ」

かれらは岩棚に立ち、壊れた手すりを見ていた。金属の支柱に留めつけた板のねじ穴の部分は確かに腐っていた。一時的に修理したときの紐はまだ支柱のまわりに残っていたが、手すりは数インチ先の、木がまだわりにしっかりした部分で折れていた。

「これを折るには、かなりの圧力がいりそうだな」パスコーは考えながら言った。「それに、警告の看板があったんじゃなかったか？」

「あそこだ」ウィールドは言い、岩棚沿いに二フィートほど離れたところに伏せてある四角い板を指さした。「嵐のあいだに吹き飛ばされたのかもしれない」

「じゃ、圧力は？」

「一息いれて、景色を眺めようと足を止めた。手すりに全体重をかけて寄りかかった。バリッ。彼女は落ちた」

「それほど体重のある人には見えなかったがな。ほかの人間が関わっていた可能性は？」

「わたしとボウラーがほんの二分ばかり後についていったはずはない。誰かが登ってきたとしたら、われわれの目を逃れたんだ。誰かが登ってきたとしたら、ものすごい速さで動いたことになる。下っていったとしたら、われわれが岩棚に着いたとき、浜は完全に無人だった」

「それでもCSIを呼んだのか？」

「たとえ墜落を目撃していたとしても、呼んだよ」ウィールドは言った。「殺人事件を捜査しているときは、どんな死も不審死と考えないと」

「そのとおりだ」パスコーは言い、庭へ戻ろうと道を上がり始めた。「ブレレトンは当分質問に答えられそうにない。死ぬかもしれないしな。彼女はレイディ・デナムの部屋にいた、というんだな。あそこで何をさがしていたのかが問題だ」

「これかもしれない」ウィールドは言い、写真を取り出した。「ボウラーが見つけた。われわれが見落としていた、書き物机の中の引出しに気がついたんだ。彼の両親は、家具作りの仕事を彼に継がせたかったらしい」

「両親のアドバイスに従うべきだったんじゃないのかな」

パスコーは感謝もせずにぶすっと言った。写真を調べた。

「お楽しみ中って感じだな。誰だかわかったのか？」

「これを手に入れてから、あまり時間がなくてね」ウィールドは言った。「ちょっと忙しくし」

「ごめん。じゃ、わたしに任せてくれ。それに、フロド・リーチに引出しを調べさせるよ。じゃ、ボウラーと話をして、彼がもっとなにか思い出せるか、訊いてみよう」

ウィールドは言った。「ハットはちょっと動揺してるんだ、ピート。魔女小屋にもっと早く着いていれば、オリー・ホリスは助かったかもしれないと考えているんだろう。そのうえ今度は、あの娘が泳ぎにいくと言ったとき、止めなかったのを悔やんでいる」

「それなら正しい方向へ一歩踏み出したと言えそうだ」パ

スコーは無関心そうに言った。

　行ってみると、ボウラーは小道のてっぺんにいた。今にもくずおれそうな様子だった。ウィールドは胸を打たれたが、パスコーは言った。「ひどい顔をしてるな、ハット。ぴしっとするか、さもなきゃ家に帰れ。こんな状態じゃ、誰の役にも立たない」

　ウィールドは思った。以前なら、パスコーは青年の手を取り、話をして、なんとか憂鬱から引き出そうとしていただろう。

　とはいえ、この新しいアプローチはもっと効果的なようだった。ボウラーは背筋を伸ばして言った。「大丈夫です、主任警部。ほんとです」

「よし、そうこなくちゃな」パスコーは元気よく言った。「じゃ、もう一度振り返ってみよう。きみがホールの中に誰かいると目にとめた瞬間からだ」

　彼は若い刑事を導き、出来事を一つずつ順番に話させた。それがすむと、言った。「ありがとう。それじゃ、記憶が新鮮なうちに供述書を書いてくれ」

「はい。ありがとうございます、主任警部」ボウラーは言った。

　まだ明るい顔ではなかったが、少なくとも、打ち負かされたという顔ではなくなっていた。

「書き終わったら、家に帰らせたほうがいいかもな」ウィールドは言った。

「なんのために？」パスコーは言った。「こっちは手に入るだけの頭数《ボディ》が必要なんだぞ」

「この調子だと、死体《ボディ》の供給には事欠かないみたいだがな」ウィールドは言い返した。めずらしく、挑発されていた。

　パスコーは一秒間、まばたきせずに相手を見ていたが、それから顔が緩み、悲しげな微笑になった。

　彼は言った。「ごめん、ウィールディ。家に帰されるべきなのは、わたしのほうだ！　被害者《ボディ》が三人、まだおしまいとは限らない。あ、くそ。さらに三人、見たくないやつが来た」

　二人は芝生の向こうに目をやった。屋敷の脇をまわって、サイドカー付きのオートバイがごとごとと苦しげにやって来た。エンジンに負担がかかっている理由は、まもなくわかった。ゴッドリーの後ろにはチャーリー・ヘイウッドがすわり、両手を治療師のウエストにからませている。一方、サイドカーには、東洋の神像が五穀豊穣の祝福を与えるために練り歩くような具合で、厳粛な顔のアンディ・ダルジールが乗っていた。これとは対照的に、ゴードン・ゴッドリーはうっとりした笑顔を見せていた。

オートバイは止まった。スクログズ巡査が最前の怠慢を償おうと、エトルリア軍に直面するホラチウス（古代ローマ伝説で、エトルリア人が攻めてきたとき、テベレ川にかかる橋の前で戦い、国を守った英雄）のごとき決然とした顔で駆け寄った。すると、ダルジールの姿が目に入り、きーっと急ブレーキで止まると、バックを始めた。

パスコーは動かず、巨漢が芝生を横切って彼のほうに来るまで待った。

「ピート」ダルジールは言った。「知らせを聞いたところだ。かわいそうに、あの娘の具合はどうだ？」

「連絡を待っているところです。アンディ、何の用です？　それに、どうしてあの二人を連れてきたんですか？」

「いや、公平に言って、あの二人がわたしを連れてきたんだと思うね。心配するな、きみを相手取って苦情を申し立てることはしないように説得ずみだ。実際、まともに考えれば、あのチャーリーとちゃんと仲直りして、仲間に引き入れるのが得策だぞ。あいつの知性はフェスターの歯にも負けないほどきらめいている。そう、それがここに来た用件の一つだ。ペットとフェスターに話をするようにと、きみに頼まれたろう？　だが、大事なことが先だ。クララだが、飛び下りたのか、突き落とされたのか？」

昔から聞き慣れた尊大な口調に戻っている、とパスコーは気づき、巨漢が沈黙の海にぽつんと浮かぶ廃船さながら、ぐったりと、わびしく、集中治療室に横たわった姿を初めて見たときの、自分の喪失感と絶望を思い出した。今、そのマストは修復され、帆は風をはらんでいる。そんな姿を見れば心底からうれしくなるべきだったが、魂がやや波立つのを感じるのは、懐旧の微風が吹いてくるせいだろうか?

そんな気持ちは無視して、彼は言った。「事故のように見えます。彼女は崖の小道を降りていった。岩棚まで来て、ぐらぐらの手すりに寄りかかると、手すりが折れた。しかし、ほかの可能性も除外していません」

「よしてよ!」チャーリー・ヘイウッドが大声を出した。「あなたたち二人とも、ほんのちょっと、警官であることをやめられないの? 巨漢のあとから芝生を横切ってここまで来ていた。「あなたたち二人とも、ほんのちょっと、警官であることをやめられないの? どうしてああなったかなんて、どうだっていいじゃない? クララの具合はどうなの? それがいちばん大事よ」

パスコーはしばらく彼女を見つめ、それから静かに言った。「ええ、もちろんです、ミス・ヘイウッド。しかし、搬送先のアヴァロンから連絡がないうちは、彼女の具合は知りようがない。すみませんが、今のところ、警官としての仕事を続けさせてもらいます」

ダルジールはチャーリーに向かって渋い顔を見せ、彼女はそれを黙っていろという忠告に受け取った。それから彼は言った。「では、どういうことだったんだ?」

パスコーがうなずいたので、ウィールドは経緯を話した。

ダルジールは言った。「すると、ほかの人間が関わっていたとすれば、そいつはあの娘が落ちるのと同じくらいの速さで崖を降りない限り、きみたちが来る前に逃げおおせたはずはない?」

「そうなんです」ウィールドは言った。「下には絶対に誰もいませんでした」

みんなの目がチャーリーに向いた。

「洞穴に隠れていた可能性はあるわ」

彼女は言った。「誰かがクララを突き落としたとして、その人物はあなたがたが降りてくる音を聞きつけ、洞穴に隠れたのかもしれない。クララを追って、あなたがたが浜へ駆けおりてしまってから、犯人はこっちに上がってきて、林を抜けて出ていった」

ダルジールは親のような誇りを持って彼女を見た。

「ほらな、頭がいいんだ」彼は言った。

パスコーは言った。「ああ、そうか。洞穴。思い出した。

Eメールにあった。あなたがサー・エドワードとミス・ブレレトンの行為の最中を目撃したとされる、あの洞穴ですね」

チャーリーは〝される〟の一言に気づき、パスコーは彼女の話をすべて割引きして受け取っていると巨漢に言われたのを思い出した。

彼女が反論する前に、ウィールドは言った。「その洞穴というのは、どこにあるんですか？」

「岩棚から左へ逸れたあたりです」彼女は言った。「ちょっと上、繁みに隠れているの。よく見ると、かすかに道がついています」

パスコーとウィールドは目を見交わした。

ウィールドは言った。「行ってみようか……？」

「いや」パスコーは言った。「万一の場合に備えて、現場を汚すのはよそう。CSIに任せる。ありがとう、ミス・ヘイウッド。ほかに、つけ加えたいことはありますか？」

その口調は平坦で礼儀正しいものだったが、チャーリーの耳には皮肉まみれに聞こえた。巨漢を見ると、彼は無表情に見返してきたが、彼女はそこに〝あんたの許可なしにはなにも言わないと約束した。ここはあんたしだいだよ〟という気持ちを読み取った。

彼女は言った。「ええ、一つあります、ミスター・パスコー。洞穴のこと。わたしは見間違っていました。あそこでテディ・デナムといっしょにいたのは、クララではなかった。シドニー・パーカーだったんです」

パスコーは顔に片手を走らせたので、反応は見えなかった。

「クララ・ブレレトンではなく、シドニー・パーカーだった。なるほど」彼は考えるように言った。「それはたいした見間違いでしたね、ミス・ヘイウッド。それがどう関連してくるかはわかりませんが、結論を引き出す前に、絶対確かだとしておかないと……」

チャーリーがまた挑発されそうになっているのを見て取り、ダルジールは急いで口をはさんだ。「この件はよく話し合ったんだ、ピート。ミス・ヘイウッドは確信を持っている。わたしもだ」

「それなら、警視、疑問の余地はなくなりました」パスコーは声から皮肉っぽさをすっかり除いて言った。「念のために伺いますが、ミス・ヘイウッド、あなたは人違いをしただけで、行動を見誤ったわけではないんですね？　男二人はやはり性行為の最中だった？」

チャーリーは言った。「ええ。テッドは確かにシッドと肛門性交していました」

巨漢はにやりとした。この娘を本当に気に入ってきた。

パスコーは感情を見せなかった。「では、この点を考慮に入れると、あなたがEメールで触れていた、テッド・デナムがミス・ブレレトンはもちろん、あなたにも言い寄ってきたというのも、やはりおそらくは誤解だった、ということになりますか？」

チャーリーは一瞬、暴力を振るおうと考えているような表情を見せたが、それから言った。「とんでもない。そりゃ、ある程度はレイディ・デナムを騙しておくための煙幕だったかもしれませんけど、テッドはたぶんバイセクシュアルなんだと思います」

パスコーは言った。「煙幕？　何を隠すための？　それに、なぜそんなものが必要なんです？」

「レイディ・デナムのことはわずかしか知りませんでしたけど、それでも、ゲイの男に遺産を残すような人だったとは思えません」チャーリーは言った。

「ま、イヴニング・ドレス二着くらいは別にしてな」ダルジールは陽気に言った。

パスコーはまたチャーリーから巨漢に視線を移した。

彼は言った。「ちょっと二人だけで話ができますか、警視？」

彼はホールのほうへ歩き出した。ダルジールはチャーリーにウィンクしてから、後を追った。

「すると、あの娘が襲われたとき、きみはここにいなかったんだな？」追いつくと、彼は言った。

「ええ」パスコーはぶっきらぼうに言った。「フラニー・ルートを訪ねていましたので」

「事情聴取、ということか？」

「それもあります。いいんです、アンディ。ゆうべ申し上げたように、個人的感情と職業上の責任は、ちゃんと分けておけますから」

「と、主教が女優に言ったようにな」ダルジールは言った。「で、さっきの二人だけの話ってやつだが——わたしはまずいことをしでかしたか？」

「イバラのやぶの中のウサギどん《ブレア・ラビット》（J・C・ハリス『リーマスおじさんの話』に登場するウサギ。ずる賢く窮地を脱する）程度のものですよ」パスコーは足を止め、巨漢と向き合うと、言った。「差し支えなければ、あなたが合意の上で捜査にプロとして関わられた件に戻りたいと思います。あなたが自発的に行なったアヴァロンでの聴取はどうだったか、教えていただけますか？」

ダルジールは顔をしかめて言った。「ちょっと出すぎた態度になってきたかな？　昔からの習慣てやつは、わたしと同様、そう簡単におさらばしない。これからは、規則どおりにやるよ。きみがボスだ」

「それは承知しています」パスコーは言った。「聴取の件ですが」

ダルジールはシェルドンとフェルデンハマーとの会話の要約を話した。

「で、結論は？」

「いや、待て。まだすんでない」

今度は、キョート・ハウス訪問の話になった。ミニー・パーカーの貢献に至ると、パスコーは呻いた。

「よしてくださいよ、アンディ」彼は言った。「ノヴェロが責任あるおとなの付き添いなしにあの子を聴取したといううんで、すでにトム・パーカーからさんざん油を搾られたんですよ。浜辺でセックスしている人間についてあなたがあの子に質問していたなんて知れたら、それこそまずいことになります」

「そんなんじゃない」ダルジールは抗弁した。「彼女が言い出したんだ。まったくあの子の想像の産物かもしれん」

「そうは思いません」パスコーは言い、写真の入った封筒を取り出した。「ここに写っている人が誰だかわかりますか？」

ダルジールは写真をひとしきり調べてから言った。「フェスターのやつ、尻に日焼け止めを塗っていたんだといいがな」

「フェスター？　これはドクター・フェルデンハマーなんですか？」

「ああ。間違いない。それに女のほうは、ミニーが教えてくれたインド人の女性だろうな」

「なるほど。そうなると、あの子にもう一度話をしなければなりませんね。われわれがどうやってその情報を手に入れたかは、ぼやかしておきましょう。しかし、あなたが責任あるおとなの付き添いなしにあの子と非公式に話をすることになった言い訳は、よく考えておいたほうがいいんじゃないかな」

「わたしに説教するなよ、ひげも生えないうちから」ダルジールは言い返した。部下役に徹するというさっきの決断をもう忘れていた。「ともかく、チャーリー・ヘイウッドは責任あるおとなだ。頭もある。ここで正道を踏み外しているのはわたしだけじゃないぞ。きみが私的会話を盗聴したと彼女が申し立ててみろ、まずいこととはどういうもんか、きみにもわかるだろう。わたしなら、すぐにあの娘との関係修復を始めるね」

「勾留中の容疑者との会話は私的とは見なされません」パスコーは法律を盾にとって言い切った。

「勾留中？」ダルジールは鼻を鳴らした。「ばかを言え！　ゴッドリーが無実なのはわかってるだろう。その証拠に、彼は今、自由に走りまわっている」

「彼が自由に走りまわれるのは、そもそもわたしがミス・ヘイウッドを使って、彼とミス・リーとの関係の真相を突き止めたからです」パスコーは言い返した。「昔のあなたは、こんなにこせこせ気を遣うことはなかったじゃないですか、アンディ」

「で、昔のきみは自分勝手な規則を作り上げたりしなかったじゃないか！」

男二人はひとしきりにらみ合ったが、それからどちらもにやりとした。

パスコーは言った。「ともかく、今の彼は苦情を申し立てたいって様子じゃありませんよ」

そろってチャーリーとゴッドリーのほうに目をやった。

二人は芝生の真ん中で会話に興じていた。

「そりゃ、あのかわいそうな男は彼女の耳から太陽が輝き出ていると思っているからさ」巨漢は言った。「たとえ泥沼に落としてやったって、チャーリーもいっしょなら、彼は感謝するよ。だけど、彼女のほうはまだ彼の大ファンというには程遠い」

「で、彼女は苦情を申し立てそうなタイプだと思われるんですか？」

「そうではないだろうな。だが、もし父親のストンピー・ヘイウッドが、きみが娘をいじめていると聞きつけたら、まあ、きみは私費健康保険《BUPA》の支払いがちゃんとすませてあるのを確かめておくことだな。考えておけ。で、考えているあいだに言っておこう。わたしはこう思う。フェスターワンガーは容疑者リストに入る。ダフは彼にしつこく言い寄り、彼はあまり強く振り切るわけにいかなかった。インド人の患者といけないことをしていると、彼女に知られていたからだ」

「ちょっと待った！」パスコーは言った。「彼女が患者だとはわかりません。看護師かもしれない」

「患者だね、腹の底でそう感じる」巨漢は言った。

「神についてそうおっしゃったら、全世界の人間が宗教に入りますね」パスコーは言った。

「ははは。いいか、彼女はどうしたって患者だ。医者は看護師と寝たからって、免許を剝奪されやしない。そんなことをしたら、国民健康保険制度《NHS》は今よりもっと医者不足でひどいことになっている！」

「それで、レイディ・デナムはフェルデンハマーに、結婚してくれないなら、浜辺のあの写真を公表すると言ってやった、と思われるんですか？　しかし、あんなのを見たら、たいていの女性は愛想を尽かすでしょう！」

「ダフは違う」ダルジールはほとんど尊敬の面持ちで言った。「たぶん、これであの男が使用可能だという証拠ができた、くらいに受け取っただろうよ！　どうも彼女がたった一度彼をベッドに引き込んだとき、あまり満足のいく結果にならなかったらしいから、ま、彼がいい調子なのを見てうれしかったんじゃないかな」

パスコーは首を振って言った。「でも、彼は医者だ」

「彼は男だ！」

「いや、医者は人の首を絞めたりしない、という意味です。医者なら毒薬を与えるとか、あるいは巨額の請求書で心臓発作を引き起こすとか」

ダルジールは笑って言った。「ああ。だけど、医者だって人の子、挑発されることもある」

「まあね。で、ほかには誰がこの推定上の患者のことを知っていますか？ ミニーはシッド・パーカーに教えた、とおっしゃいましたね？」

「そうだ。それで、おそらくシッドはテッド・デナムに教えたんだと思う。気の毒に、あいつはテッドにめちゃくちゃ惚れているのさ！ 〈セクシー・アニマル〉とかいうオートバイを買ってやったろう？ 相手をうれしがらせたい。恋って、そういうもんだよな？ すてきなプレゼントを贈る、おんぼろの屋敷をどうするかなんていう問題の解決に手を貸す、甘い言葉を耳にささやく、ベッドの睦言。ああ、テッドはそれでインド人の乙女《インディアン・メイド》のことを聞いたんだな」

「待ってくださいよ、アンディ。どうして彼女は急にメイドになったんです？ 彼女が患者だってことがいちばんのポイントだと思ったのに」

「すまん。言葉の連想っていうだけだ」

彼はラグビーの歌の最初の数節を口笛で吹いた。パスコーは完全なサッカー・ファンだから、ぽかんとしていた。それで、ダルジールは歌詞を入れて歌ってみせた。下品な言葉を好まないパスコーは、もっとぽかんとした顔になった。

ダルジールは言った。「デナムとフェスターがいっしょにいるのをわたしが初めて見たとき、テッドはこの歌を口笛で吹き、フェスターはかんかんになったが、なんとか自制した。たぶん、テッドがあの件を知っていると最初にフェスターに教えたとき、締めくくりにあの歌を歌ったんだろうな。で、そのあとは、フェスターを怒らせたくなったら、あの歌を口笛で吹いてやる」

「それだと、デナムを消す動機にもなりそうですが、わたしの知る限り、彼はまだちゃんと生きていますよ」

「ピート、きみの鋭い頭脳はどうなっちまったんだ？　ルートと話をしたのがいけないんだな。いつだってナメクジに塩になるんだ」

「ナメクジのイメージはあまりうれしくないですが、じゃ、わたしの間違いを正してくださいよ、アンディ」

「テディにとっていちばん困るのは、ダフがフェスターと結婚することだ。そんなことになったら、相続の希望はどうなる？　だから、テッドはインディアンの乙女の歌で、ダフに手を出すな、さもないと、とフェスターに警告を与えていた。色好みのダフネのほうは、まったく逆だ。インド人の女の件を使って、フェスターが自分と寝るよう圧力をかけていた！　かわいそうな男だ。恐喝者が二人、どちらかを満足させれば、もう一人を怒らせることになる！　二人が自分の金玉にそれぞれ手をかけ、反対の方向に引っ張っているって気がしていたろうな！」

「するとつまり、レイディ・デナムが死んだ今、フェルデンハマーはテッドのことを心配する必要がなくなった、ということですか？」

「よくやった！　時間はかかるが、最後には行き着く……」

「……と、女優がおいぼれ主教に言ったようにね」

「なんだよ、今度はわたしの台詞まで盗む気か！」

「昔、教えてくれましたね、アンディ。役に立つものなら使え、出どころがどれだけ汚染されていたってかまわない、とね。ミス・ヘイウッド！」

チャーリーは声のほうを見ると、ゴードン・ゴッドリーとの話をやめ、ゆっくり二人のほうに歩いてきた。こういう事態の扱い方を心得ているパスコーは、彼女がこちらまで来る前に、数歩進み出て迎えた。

「ミス・ヘイウッド」彼は言った。「お詫びを言わせてください。あなたに対するわたしの態度はやや身勝手《キャヴァリア》に見えたかもしれない、申し訳ありませんでした」

「騎士党員《キャヴァリア》じゃないわ。あなたはむしろ円頂党員《ラウンドヘッド》（十七世紀英国の内乱当時、王党派の騎士党員に敵対した議会派清教徒。短髪だった）よ」チャーリーは言った。「正しいと思ったら実行する、人の権利や感情なんかおかまいなし！」

パスコーは髪を剃り落としてしまったかどうか確かめるように、頭に手を走らせた。

「かもしれない。でも、ピューリタンよりはプロテスタントだと思いたいですがね。確かに、あなたの同意なしにミスター・ゴッドリーとの会話を聞いたことについて、今お詫びするのは正しいことだと思っています」

「けっこうだわ。彼もここにいるのよ。彼にも謝るおつもり？」

「いいえ」パスコーは言った。「彼が最初からわれわれに対してオープンであれば、こんな状況には至らなかった」

それから、彼はあの有名な少年ぽい微笑――ダルジールに言わせれば、あの魅惑の力で魔女の顔からイボが落ちる――を見せて、さらに言った。「どっちみち、彼は今ではこの一件を、禍が転じて福となったと考えているのではないかな。おかげであなたと親しくなれたんですからね」

チャーリーは思わず顔を赤らめた。

「あなたたちって、いったいどうしたっていうの？」彼女は言った。「殺人事件の捜査をやってるんでしょ、出会いの斡旋なんかじゃなくて！」

「またまた申し訳ない。ええ、ああいうことを軽々しく言うのはずいぶん身勝手《キャヴァリア》な態度でしたよね」

彼は自嘲的な悲しげな表情を作った。ダルジールが見ると、チャーリーは微笑を押し殺していた。

そのとき、この楽しい一幕に邪魔が入った。車の音だった。といっても、大きな音ではない。鳩灰色のダイムラーが入ってきたのだ。色つきガラスなので、中に乗っている人の姿は見えなかった。車が止まり、出てきた運転手は完璧な配役だった。長身でやせていて、制服に近いダーク・スーツを着ている。それから、まびさしのついた帽子を取り出してかぶり、後部ドアに近づいてあけたので、制服の運転手だとはっきりした。

「女王がおいでとは聞いてなかったぞ、ピート」ダルジールは言った。

乗客の脚が現われた。陛下がグレーのピンストライプを好むようになったのでなければ、これは女王の訪問ではなかった。

今、男が出てきてまっすぐ背を伸ばした。とはいえ、背は高くなかった。幅が広く、ずんぐりした体形で、四角く刈り込んだ黒いひげを生やしている。頭は運転手の第三肋骨までしか来なかった。

「『ロード・オブ・ザ・リング』のギムリだわ」チャーリーは言った。

同時に、ほとんど目につかずに、ほっそりした若い女が反対側のドアからするりと出てきた。鷺灰色のビジネス・スーツを着て、黒革のブリーフケースを提げている。

スクログズ巡査がまた出張ってきて、男に声をかけた。言葉が交わされ、スクログズはやりこめられた表情になった。彼が庭にいるグループを指さすと、男はずんずん近づいてきた。その一歩一歩は、実際に地面を震わせたわけではないが、その気になればそうできるというような印象を与えた。

近づいてくると、彼は一言吐き出した。

「ビアード《ひげ》！」

ふいにおかしな空想に走るというパスコーの癖は、この職業ではプラスになることもあるが、注意が逸れて命取りになりかねないこともある。今、新しい内務大臣（古い内務大臣だっていいが——どっちみち、内務大臣て、誰だっけ？）といってもいいほど重要人物らしく見える新来者が誰なのかを明らかにする戦略に考えを集中させるべきなのに、彼はつい、これは魔法の国の人物で、正しい合言葉を返してやらないと大惨事が起きるのではないかと考えていた。まだ〝ひげなし《ベアフェイス》！〟と〝毛皮袋《スポーラン》！〟のどちらにしようかと迷っていたとき、巨漢が前に出て、わざとらしくへつらって言った。「お目にかかれて光栄です、ミスター・ビアード。お待ちしておりました。わたしはダルジール、こちらは捜査の責任者であるパスコー主任警部です」

パスコーは地上に戻った。これはレイディ・デナムの弁護士、グレイズ・イン・ロードのミスター・ビアードだった。そして、ダルジールは前面に出ないという約束を守り、弁護士に礼儀正しく接していた。たいへんなことだ。なにせ、革命のあとで肉屋のディックが弁護士を皆殺しにしようと言った（シェイクスピア『ヘンリー六世 第二部』より）のを情け深い処置だと見なしているような男なのだから。

「お目にかかれてうれしいです」パスコーは握手して言った。「それに、同僚の方にも」

彼は女性のほうを見た。ビアードは目もくれなかった。

「秘書です。遅くなってすみません。道路工事で」

その声は低音で力強い響きがあり、聞くほうがマッサージされるみたいだ、とチャーリーは思った。電話で話したら、すぐデートの誘いにのってしまいそう。もっとも、〝秘書〟と〝道路工事〟の二語を同じ見下した調子で口にしたけれど。

「中に入りましょう」パスコーは言った。

歩き出しながら、彼はチャーリーのほうを向いて申し訳なさそうな顔をすると、小声で言った。「ごめん。遺言書だ。待っててくれ。あとで話そう。それでよければね。じゃ」

ダルジールはこの男のことをなんと呼んでいた？ 〝銀の舌〟。彼女は口車に乗せられやすいほうではない。だが、彼の滑らかな舌にのって、遺言書に関する情報の切れ端が出てくるのなら、それを聞く機会を逃すつもりはなかった。

向きを変えると、ゴッドリーがすぐそばに立っていたので、思わず一歩あとずさった。同時に彼はその倍の距離をバックして跳んだ。

彼女は言った。「ミスター・ゴッドリー、これからしょっちゅうわたしに忍び寄ってくるつもりなら、そのひげをなんとかしてもらわないとね」

「はい。すみません」

あまりうちひしがれた様子になったので、彼女は彼を蹴りつけたかのように罪の意識を感じた。

罪を償うことばかり考えて、彼女は言った。「思ったんですけど――トム・パーカーのサンディタウン開発計画のこと、お姉さま……義理のお姉さま……ドリスから、すっかり聞いていたんでしょう？」

「ええ。ドリスはフェスティヴァルにも、ほかのことにも、すごく熱を入れていた」

「でも、あなたは違った？」

「まあね。ぼくの好むようなことじゃない。大勢の人に囲まれるのは好きじゃないんだ。面倒で。それにドリスが……その……ミス・リーってことになると……」

言っている意味はわかった。彼は姉をとても愛しているが、人を騙すことはしたくない。職業がらみで彼女のそばにいるのは、本当につらかったのだろう。

「じゃ、どうして気が変わったの？」

ばかな質問だ。訊いたとたん、彼女には答えがわかったが、遅すぎた。

彼は彼女を見ようとせず、地面を見つめて、なにかもそもそとつぶやいた。

聞こえなくても、彼女にはかまわなかったから、「は？」とか「なに？」などとは言わなかった。ところが、その沈黙を彼は〝ごめんなさい、聞こえなかったわ〟と解釈し、背筋を伸ばすと、彼女の目をまっすぐ見た。

「きみとパーカー夫妻がうちに来て、ミスター・パーカーがきみは数日自分のところに滞在すると言ったとき、招待を受ければ、またきみに会えるかもしれないと思ったからです。だから来たんだ」

「でもそんな……ばかみたい！」チャーリーは言った。

「うん、そのとおりだ」彼は即座に言った。「それで思ったんだ。どんなにばかみたいか確かめる、いちばん単純な方法は、きみにもう一度会って、どうしてぼくはわざわざまた会ったりしたんだと考えることだ」

奇人に惚れられるなんてうれしくないと思っている、分別あるおとなの女が、ここで失望を感じるなど愚かなことだが、チャーリーは確かに失望にそっくりな胸の痛みをちくりと感じた。

「いい考えね」彼女は元気よく言った。

「そうでもない。今ではぜんぜんはかなことには思えないもの」彼は言った。「むしろ、完全に筋が通っているように思える。それに恥ずかしいけど、警察がぼくに話をさせようとしてやったあのトリック、きみが片棒を担いでいたと、ほんの一瞬だけど思ってしまったんだ。あとで考えてみると、絶対にそんなはずはないと思ったし、ついさっき、きみがあの二人に抗議しているのを聞いて、それが確かになった。というわけさ。ぼくがきみに対して抱いている感情は、希望はないかもしれないけど、ばかなことじゃあない。じゃ、行かなきゃ」

「どこへ？」彼女は訊いた。

「アヴァロンさ。きみの言ったとおりだ。あのクララって人のことを、今はなにより考えてあげなきゃいけない」

彼は向きを変え、早足で歩き去った。

彼女はその後ろ姿に声をかけ、もっと話す必要がある、と言いたい衝動を感じたが、なにか言うと、こちらに気があると思われそうで、こわかった。希望はないと彼がすでにわかっているのなら、それを変える危険を冒すことはないじゃない？

彼がオートバイに乗ったとき、入れ違いに、見慣れた薄ぎたないランド・ローヴァー・ディフェンダーが入ってきて、弁護士のダイムラーの横に寄ってとまると、運転者が飛び出してきた。背の高い青年で、肩幅が広い。顔全体をほころばせて、大股に芝生を横切り、彼女のほうに向かってきた。

「やあ、チャーリー」近づくとすぐ、彼は言った。「怒らないでくれよ。そっちのニュースを聞いたとき、親父は即座に行ってチャーリーの様子を確かめてくると言い張ったんだ。あれを止めるには、おれが来るしかなかった。それならまあ、二つの災いのうち、小さいほうだと思ってさ！」

彼の言うとおりだった。彼女はめちゃくちゃに憤慨していい。少なくとも、うんと腹を立てるべきだ。カミナリオヤジがいまだに彼女のことを保護の必要な弱々しい子供だと思っているなんて。

ところが、弟が腕を伸ばして彼女を抱きしめると、彼はもちろん、自分でも驚いたことに、「ああ、ジョージ！」と言うなり、彼女はわっと泣き出してしまった。

7

広い応接室では、サー・ヘンリー・デナムが、新たに入ってきた男四人組を貴族的無関心の表情で見下ろした。あのちょっと斜視の目つきは、欠点も隠さずに真実の肖像を描くという、ブラッドリー・ドーブの断固たる態度を示すものだろうか？　とパスコーは考えた。それとも、彼は雇われ画家の仕事にうんざりしていたというだけか？

応接室はミスター・ビアードの選択だった。相談もなく、みんなを率いてそこへ行ったのだ。おそらく、いつもここでダフネ・デナムに会っていたのだろう。それに、彼は主導権を握ることに明らかに慣れていた。たとえ、というか、ことに、警察官が同席しているときは。

彼は巨大なソファにすわった。秘書がその脇にブリーフケースを置き、そのほかの人間はすわらないようにというあからさまな合図にした。それから彼女は大きな書き物机の横の壁際にある小さい金箔張りのテーブルの前にすわり、メモ帳と鉛筆を用意して構えた。

パスコーとダルジールとウィールドは肘掛椅子を三つ、弁護士を囲む位置に動かし、バズビー・バークリー（一九三〇〜五〇年代に活躍したアメリカの映画監督。万華鏡のようにシンクロナイズしたダンスで有名）の映画に出演できそうな見事なタイミングで同時にすわった。

ビアードは言った。「どうやら、ミスター・パスコー、この極悪非道な犯行の加害者をまだ逮捕しておられないようですな？」

「はい」パスコーは言った。

ビアードは驚くに当たらないという様子でうなずいた。

「で、レイディ・デナムの遺言書のコピーは見ておられない？」

「ええ」見ていれば、今ごろあんたとここにすわって時間を無駄にしていないだろう、とパスコーは思い、ダルジールを一にらみして、そう声に出して言うなとわからせた。

「なるほど」ビアードは言った。驚いた口調ではなかったが、気を許せば驚いていたかもしれない、という口調だった。「では、わたくしのクライアントの遺言で利益を得るとまずまず期待しうる人全員をそちらでは容疑者と見なしておられるでしょうから、受益者に先立ってあなたがたに遺言の内容を明らかにすることは、正当であろうと考えます」

ダルジールは戸惑い顔で二重顎のひだをぼりぼり掻いた。この件に関して、弁護士が——いくらトゥールーズ＝ロートレックの自画像そっくりだって——選択の余地があるなどと想像しているとは理解できない、という態度だった。

「そうしていただければたいへん助かります」パスコーはぼそっと言った。

ミスター・ビアードはブリーフケースを開錠し、ベラム製のように見えるフォルダーを出すと、そこから書類を一つ取り出した。

彼は宣言した。「今、わたくしの手の中に、レイディ・ダフネ・デナムの最終遺言書と仮定されるものがあります」

「仮定される？」パスコーは言った。「これより後に作られた遺言書があるかもしれないと思われる理由があるんですか？」

ビアードはフレンチ・ホルンのようなため息をついて言った。「具体的な理由はありません。あれば申し上げていたでしょう。しかし、レイディ・デナムは晩年、遺言書執筆が趣味になっていた。めずらしいことではありません。年を取ると、クロスワードを解く人、クロスステッチをやる人、あるいは少数ながら俳句を詠む人などがいます。しかし大勢の人は、遺言書を書いては書き直すことに没頭する。基本的に、財産の大きさは関係ない。どんな性格のもの、どんな分量であれ、持ち運びできる所有物さえあれば、遺言執筆を趣味とする人はそれを配分し、また配分し直して、何時間でも楽しむことができる。しかし今回の場合のように、遺産が相当の大きさとなると、強い権力を振るうという要素もそこに加わってきます」

「では、レイディ・デナムはどれくらい頻繁に遺言を書き換えていたんですか?」パスコーは訊いた。

「わたくしの知るところでは、今年に入って四回」ビアードは言った。「というのは、意図された修正箇所が弁護士の助力を必要とするほど重大であった場合が四回、という意味です。おそらく、いや確実に、小規模な変更は頻繁にあったでしょうし、大規模な変更も、時間がたつうちにまた気が変わり、わたくしに相談する段階に至らなかった場合があったと思います。そういった書類は、もちろん、きちんと署名され、証人の副署がなければ、効力はありません。ですから、さきほど申し上げたとおり、これがわたくしの知る限りで、レイディ・デナムの最後の遺言書です。相当に詳細な書類であり、長さも相応にあります。そのすべてをお聞きになりたいですか?」

ダルジールはため息混じりの呻き声、あるいは呻き声混じりのため息を漏らした。音痴の男が『神々の黄昏』第二幕は終幕ではないと悟ったときに、その魂から湧き上がってくるような種類の音だった。

パスコーは言った。「細かい部分は省いていただければと思います、ミスター・ビアード。わたしがいちばん興味があるのは、当然ながら、主要な遺贈分です」

「けっこう。では、〝主要〟の定義はどのレベルから始まるのでしょうかな?」

またダルジールから音が出た。今度は人間的というより態的な音だった。

パスコーはあわてて言った。「トップから始めて、順々に下りていってください」

「すると、実際には最後から始めることになりますが」ミスター・ビアードは不快そうに言った。「しかしまあ、おっしゃるとおりにいたしましょう。〝婚姻による甥、サー・エドワード・デナム、ヨークシャー州デナム・パーク在住、に私の不動産および動産の残余分のすべてを遺贈する……〟。問題がおわかりでしょう、主任警部? そのほかの遺贈分の詳細がわからないと、この条項は無意味……」

「推定額はきっとおわかりでしょう」パスコーは言った。

「実額と違ってもあなたの責任にはしませんから」

「容易ではない、市場はつねに上下していますのでね。まあ、少なくとも一千万ポンド。いやそれどころか……」

「一千万でけっこうです」パスコーは言った。「続けてください」

彼は続けた。エスター・デナムは百万ポンドと伯母の宝飾品すべて、ただしクララ・ブレレトンはその中から一点だけ選んで自分のものにしてよい。彼女の相続分はそのほかに五千ポンド。

「五千」パスコーは口をはさんだ。「五十万ではなくて?」

「ええ、五千」ビアードは言った。

「状況を考慮すると、たいして多くはない。比較して、ということですが」

「考慮するのは弁護士の仕事ではありません、主任警部。比較するのもね。これはレイディ・デナムがときどき遺言書に加えていた変更の典型的なものだと申し上げておきましょう。主要な受益者はだいたい同じなのですが、その上下の序列は変化が大きい。過去十二カ月のあいだに、ミス・ブレレトンはホールと、さらに二百万ポンドを相続する、という時期もありました。クライアントはこの遺言書を用意したとき、従妹に対して悪感情を抱く理由があったのでしょうな。もう一週間長生きしていたら、これも必ずや変えられていたでしょう」

パスコーは言った。「受益者たちはレイディ・デナムがときどき加えていた変更を知っていましたか?」

「彼女が公表したとは思いませんが、もっとも近い関係にあった人たちに遺贈分配の件を教えていたことは疑いありませんね」

テッド・デナムがホールと遺産の大部分を自分が相続すると自信を持っていることは、これで説明がつく、とパスコーは考えた。だが、どうして彼は応接室の書き物机をひっかきまわしていたのだろう? 遺言書のコピーをさがしていた? だが、もう内容を知っているのなら、どうしてそんな必要があった? それにどうせ原本はビアードが保管しているはずじゃないか。

不思議だ——だが、不思議なことがあるからこそ、おれは雇用され、収入を得ているんだ!

「先に進んでよろしいですか？」ビアードが言ったので、彼は現実に引き戻された。

「どうぞ、そうしてください」

「もう一人の主要な受益者はミスター・アラン・ホリスです。彼は〈希望と錨〉亭の自由保有権を得る」

「パブか？　あれが手に入るなら、殺す価値はある」ダルジールは言った。「なかなか繁盛しているように見えた」

「そのとおりです、請け合いますよ。わたくしはサンディタウンに来るたび、あそこに泊まりますから」

「ほう？　あんたならブレレトン・マナー・ホテルのタイプじゃないかと思ったがね」ダルジールは言った。

「わたくしは長年こちらに参っておりますし、あのホテルはもちろん、オープンしたばかりです」ビアードは言った。「どちらにせよ、わたくしは簡素な生活を好みますので」

「じゃ、パブの予約がいっぱいだったらどうするんです？」巨漢は言った。

これは無関係なおしゃべりのように聞こえたが、一見無目的な巨漢の漫遊がやがて待ち焦がれた岸辺に至る（アーノルドの詩「ソーラブとラスタム」の一節のもじり）のを何年も前から見てきたパスコーは、黙っていた。

「〈希望と錨〉亭の宿泊用の二部屋は、わたくしとミス・ゲイ、そのほか亡くなったクライアントが定めた訪問者のみが使用することになっています。この取り決めでミスター・アラン・ホリスが損をしないよう、レイディ・デナムはきっとそれなりのことをしていたでしょうし、どのみち、大いなる遺産相続が期待されていましたから、彼は喜んで家主の希望に従ったと思いますね」

金箔張りのテーブルのほうから音がした。秘書がメモ帳を床に落としたのだった。彼女は屈んでそれを拾い上げ、頬を染めて小声で詫びを言った。

「わたしに言わせれば、大いなる遺産、イコール、ばかでかい動機だね」ダルジールはうんざりしたように言った。

「一般的原則としては、わたくしも同意見です。しかしこの件に関しては、ミスター・ホリスは商売で儲かっているうえ、彼の相続分が疑問視されたことはない。あの人は雇用者と決して仲違いしないという、けっこうな才能を持っているようで、レイディ・デナムが遺言書を何度書き換えても、唯一この遺贈分はいつも同じでした。それはクライアントとしては賢い手だったと、わたくしは思いますね。パブのビジネスがいずれは自分のものになるというのは、ミスター・ホリスにとって、店をできるだけ効率よく、正直に経営しようという強い動機になりますからな」

「信頼はしていたんでしょうが、それでも彼女は少なくとも週一回、経理をチェックしていた」パスコーは死んだ女の予定表を思い出し、ドライに言った。

「そりゃなんといっても、あいつはヨークシャー女だったからな。ベルトを締め、ズボン吊りをして（〝（男が）念には念を入れる〟という意味の成句）、というやつさ」ダルジールは言った。この文句を愉快がり、秘書は微笑した。

パスコーは言った。「われわれに教えておきたいことは、ほかになにかありますか、ミスター・ビアード？」

「さきほど申しましたように、遺言書が長いのは、細かい項目が多いからです」弁護士は言った。「小規模な遺贈分で、欲に駆られた犯罪を引き起こすほどのものはありませんが、一つ二つ、レイディ・デナムが配分を決めたときの心の状態を格別よく示していると思われそうなものがあります」

「たとえば？」

「ハロルド・ホリスに、彼の異母兄であり私の最初の夫である故人の所有であったひげ剃り用マグ、アナグマの毛のひげ剃り用ブラシ、および長刃の剃刀。これにより、彼が私の葬儀に参列したいと思うなら、見た目を整えられるように。さらに現金五ポンド、これで残る一生使えるだけの石鹸を買えるだろう」

「うわあ」パスコーは言った。

「うわあ、ですね、まったく。二人は仲がよくなかった。だが、すでにご存じかもしれませんが、故ミスター・ハワード・ホリスの遺言により、未亡人が死ぬと、ホリス一族の農家の所有権は腹違いの弟に復帰することになっています」

「ええ、それは知っていました。そのほかにはなにか？」

「そうですね。アヴァロン・クリニックのミス・ペチューラ・シェルドンには、ベッドを遺しています」

「ベッド？」

「ええ。シングル・ベッド一台。具体的には、〝かつての女中部屋に置いてある、狭くて硬いシングル・ベッド〟となっています。その意味をわたくしは完全に把握してはおりませんが、親切心からのことでないのは確かでしょうな。墓場からの最後の一矢というのは、遺言書ではめずらしくありません。反撃しようにも本人がもういないというのが魅力ですから」

「ま、墓の上で踊って、あと五十年生きてやるくらいだな」ダルジールは言った。

「誰しもそれが可能なわけではないでしょう。しかし、クライアントの小規模な遺贈がつねに悪意からなされたという印象は与えたくありません。たとえば、キョート・ハウス在住のメアリとトム・パーカー夫妻の子供たち各人に千ポンドずつが遺されています。子供たちが十八歳になるまでは、保護者が代理となってその金を投資すること。ただし、利息の一部で誕生日にはアイスクリームを買ってあげること、となっています。もう一人の遺産受取人は、ライク農場納屋在住のミスター・フランシス・ルートです。彼は電動車椅子購入に充てるよう、一万ポンドが受け取ります。それから、千ポンドがヨークシャー馬トラストに遺されている。彼女の馬、ジンジャーを死ぬまで世話するという条件でね」

これに、パスコーはにやりとした。フラニーの言ったとおりだ。心優しい怪獣。

「じゃ、馬が犯人かもな」巨漢はぼそっと言った。

パスコーは不快感に眉をひそめた。携帯電話が鳴った。ディスプレーを見ると、彼はダルジールとウィールドに向かって〝ノヴェロ〟と口を動かして見せてから、失礼と言って席をはずした。

外に出ると、彼は言った。「やあ、シャーリー。なにかあったか？」

「いいことと悪いことがあります。悪い知らせは、右脚、右腕、鎖骨、それに肋骨数本を骨折、頭蓋骨も割れている。

いい知らせは、脊椎には深刻な損傷はなさそうで、彼女は安定した状態です」

「意識は？」

「ありません。意識が戻らないうちは、医師団は彼女の頭の損傷がどの程度なのか、はっきり見極めることができません。最悪の場合、脳障害があるかもしれない」

「彼女を専門の病棟に移す予定は？」

「動かしてもこれ以上の損害を与えないとわかるまでは、移送はありません。心配ないですよ。わたしはエキスパートじゃありませんけど、ここと比べたら、わたしがこのまえ訪ねた国民健康保険制度《NHS》病院なんか、木賃宿に見えます。ドクター・フェルデンハマーは中央病院やそのほかのところから、病状に関連した分野の顧問医師を呼び集めています。金持ちの患者には、しょっちゅうこういうことをしているらしいですよ。顧問医師たちのアドバイスを聞いてから、ドクターは決断を下すつもりです。クララがよほどいい医療保険に入ってるならともかく、なるべく早くここを出たほうがいいですね。さもないと、請求書を目にしただけで、きっと死んじゃいますよ！」

「レイディ・デナムの遺言で、彼女はたっぷり遺産を受け取るだろうから大丈夫だと思い込んでいる人がいないといいがな」パスコーは言った。

「どうしてですか？」

「彼女は遺産を多少は受け取るが、たいした額ではない」

「その遺言書ですけど、日付は？」

「二週間くらい前かな？　どうして？」

「お電話したのは、もう一つ話があったからです。クララの衣類を調べました。ズボンのパッチポケットから、手書きの遺言書が見つかりました。レイディ・デナムの署名があって、日付はおとといです」

「どういう内容だ？」

「たいして多くはありません」ノヴェロは言った。スポットライトを浴びる瞬間を明らかに楽しんでいた。「全財産を、ヨークシャー馬トラストとかいうところに遺しているんです。あと、すごくおもしろいことがありますよ、主任警部。証人はミスター・オリヴァー・ホリスとミス・クララ・ブレトン。だから、彼女はこのことを知っていた。わたしの推理では、もし前の遺言書でなにかしら遺されているんなら、ないよりはあったほうがまし、ゆえに彼女はこっちを人に見せるつもりはなかった！」

パスコーはこれが暗示することを把握しようとして、長いあいだなにも言わなかった。

「もしもし？　まだそこにおいでですか？」

「ああ、シャーリー。その遺言書、誰にも見せていないだろうね？」

「はい」ノヴェロは傷ついた声で言った。

「よし。そのほかに役に立ちそうなものは見つかったか？」

「彼女の携帯くらいです」

「わかった。今どこにいるんだ、シャーリー？」

「集中治療室の外の廊下です」

「よし。そこにいろ。彼女に関わる人間は一人残らずメモして、メモしているところをかれらに見せるんだ。これから交代要員を送るから、そうしたら即座にここに戻ってくれ。それまでの時間つぶしに、ブレトンが今日、誰に電話したか、誰から電話があったか、調べてみるといい。時刻も含めてね。それだけ、できるかな？」

「と思います」ノヴェロは数独をやり、ニッケルバックを聴き、Eメールをチェックしつつ携帯で動画を撮影するのが第二の天性となっている人間らしい我慢の口調で言った。

「よし。だがなによりも、ブレトンから一秒たりと目を離すな。小便をしたくなったら、尿瓶をもらえ！」

わざと下品なことを言ったのは、命令を強調するためだった。ダルジールが言ったのなら、耳にとまらなかっただろう。

彼はまっすぐ応接室には戻らず、外に出た。スクログズ巡査がぱっと気をつけの姿勢になった。シャーリー・ヘイウッドが今では芝生の真ん中にすわり、熱心に話し込んでいるのが見えたが、相手はゴッドリーではなかった。背が高く肩幅の広い、ひげのない青年だ。治療師の姿はどこにもなかった。

「あれは誰だ？」彼はスクログズに言った。

「ミス・ヘイウッドの弟です。彼女は警視といっしょに来たので、いいだろうと思いました」

変わらないこともある。もし悪魔が警視といっしょにやって来たら、それがパスポートになって、角やら蹄やらあるものが続いて次々と到着するだろう。

スクログズがおびえた顔でこちらを見ているのに気づいた。

「ああ、それならいい」彼は言った。「おい、腰でも痛めたのか？　ばかに姿勢がこわばっている。医者に診てもらったほうがいいぞ。ここいらではセラピストには事欠かない」

戸惑い顔の巡査を残し、彼は捜査室へ行った。そこにはシーモアとボウラーがいた。

後者に写真の入った封筒を渡して、言った。「男はドクター・フェルデンハマーだ。女の顔がいちばんよく撮れているやつを引き伸ばして、ドクターの部分を削除したら、アヴァロンへ持っていけ。彼女は去年の秋ごろ、あそこの患者だったかもしれない。たぶんインド人。身元確認の必要があるが、目立たないようにな。噂を確かめろ。だが、自分から噂を広めないよう気をつけて」

「わかりました」ボウラーは言った。これは自分が許されたしるしだと、明らかに受け止めていた。

パスコーはシーモアのほうを向いて言った。「デニス、きみもクリニックに行ってくれ。ノヴェロと交代する。クララ・ブレレトンの見張りだ。見張りだぞ。ちゃんとした医療上の理由がない人間は一人も彼女に近づけるな。だが、医療スタッフも見張っていろ、いいな？」

「はい。警察として、そうする充分な理由があるんですね？」

パスコーは微笑して言った。「すまない。彼女は襲われたんだとわたしは思うし、またあんなことになってほしくない。じゃ、行ってくれ！」

「またまた、こんにちは」背後で声がした。「こうしょっちゅう会ってばかりは困るな、ピート」

振り返ると、ＣＳＩのフロド・リーチの陽気な顔が目に入った。

パスコーは彼といっしょに外に出ながら、何が起きたかを説明した。

「じゃ、彼女は落ちたのか、落とされたのか？　簡単じゃないね、ピート。しかし、簡単なことなんて好きなやつがいるか？」

「たまにはありがたいけどな」パスコーは言った。「もう一つ。もし突き落とされたんだとすると、崖の表面に洞穴があって、犯人はそこに隠れていてから逃亡したのかもしれないんだ。そこをよく見てくれ。あの若い女性が場所を教えてくれる」

彼はチャーリー・ヘイウッドのほうを指さした。

「了解。安心してくれ、チーフ。仕事はエキスパートが引き受けた！」

「そう聞くとうれしいよ。あっちがすんだら、ホールのレイディ・デナムの寝室を見てもらいたい」

「あんたたちがもう捜索したんじゃなかったのか？」

「古い書き物机の中の秘密の引出しを見落としていたんだ。幸運にも、もう一人の部下があとで見つけてくれた」

「秘密の引出しは大好きだ！」リーチは言った。「利口な刑事は中から何を見つけた？」

「写真」パスコーは言った。「だが、なにかがすでに持ち出されていたかもしれない。そこできみの任務になるんだ、フロド。レイディ・デナムのほかに誰が部屋に入ったか知りたい」

「ネズミ一匹だって入った形跡があったら、そのＤＮＡと指紋を見つけるよ」リーチは自信たっぷりに宣言した。

「指紋といえば、あの小屋で見つかったあれこれの残骸から、部分指紋がいくつか採れた。あんたたちからもらった見本に符合するのが二つ、ホリスって名前の男二人だ。一人はゆうべ殺された気の毒なやつだ。ホッグ・ローストの担当者だったんだから、驚くには当たらない。もう一人はミスター・アラン・ホリス。そっちはシャンペン・ボトルのホイルの切れ端についていた」

「彼は地元のパブ経営者だ。そこが酒類を提供したから、これも驚くには当たらない」パスコーは言った。「もっと驚かせてもらいたいんだがね」

「すまないね！　もう一つ。被害者のブラウスの正面、赤ワインのしみがついていたところに、小さな裂け目が見つかった。なにかにひっかかったらしい」

「なにかというと、たとえば……？」

「さあね！」フロドは陽気に言った。「おそらく、植物の棘や人の爪ではない――それなら、微量の痕跡が残っているはずだ。金属、かな」

「けっこうだね」パスコーはげんなりして言った。「その証拠で誰かを絞首刑にできるとは思わないな」

「絞首刑はそっちの仕事だ。わたしは知っていることを教えるだけ」リーチは言った。「じゃ、また！」

パスコーが屋敷に戻ると、玄関ドアがあき、ミスター・ビアードが後ろに秘書を伴って出てきた。

彼は言った。「ああ、いらっしゃったか、主任警部。ずいぶんお待ちしましたが、これ以上、そちらのお役に立てることはないと思いましてね。これから受益者たちに遺言書の条項を聞かせる手配をしなければなりませんし、その後は遺言執行者として、レイディ・デナムの遺産を固定するという複雑な仕事が控えています」

弁護士の背後にウィールドとダルジールの姿が見えた。二人とも、非常に違う形でだが、敗北を認めたことを顔に表わしている。この二人から歩き去るとは、ビアードはずいぶん強力な人物に違いない、とパスコーは思った。

ダイムラーのほうから、ごく育ちのいいカチリという音が聞こえた。運転手が後部ドアをあけたのだ。

パスコーは言った。「でしたら、ご協力ありがとうございました」

「はい。では、さようなら」

ダルジールの顔が変わり、この弁護士を自分が引き止めておけなかったのだから、パスコーができないのも無理はない、と表現していた。

「あ、一つだけ」パスコーは弁護士の後ろ姿に向かって言った。「ひょっとすると、推定受益者たちをあまり急いで招集しないほうがいいかもしれませんよ。あなたご自身、お手元の遺言書はあなたが知る限りで最終のものだ、とおっしゃっていたでしょう。ありもしない希望を人に抱かせるのはよくないことじゃありませんか？」

彼は返事を待たず、同僚二人をあとにして屋敷に入り、応接室に戻った。

まずウィールド、次に巨漢が続いた。三人は以前の席に着いた。

約三十秒後、ミス・ゲイが入ってきた。内気な花嫁のように目を床に落としたまま、壁際のテーブルのさっきの席に着いた。

間があり、それから弁護士が現われた。

パスコーは彼がまたソファに腰を下ろすまで待った。それから言った。「よしと。では、わたしの知っていることをお教えしましょう」

8

チャーリーとジョージは芝生にすわって話した。ときどき、捜査室に行き来する警官が不審な目で見たが、スクログズ巡査に話をすると、二人の存在の驚くべき正当性がすぐ確認された。少なくともチャーリーにとっては、驚くべきことだった。最初はあまり協力的でない目撃者兼容疑者として扱われていたのに、今では二つの犯行現場の目と鼻の先で、自由に日光浴をさせてもらっている。彼女の頭の中では、クララの墜落は事故ではなかったと確信があった。この点は太っちょアンディと話し合いたい。捜査の責任者はパスコーだと承知していたものの、彼の態度が変わったことで、彼女は安心するどころか、むしろ前より慎重になっていた。ダルジールは第一印象よりずっと多くを秘めている人だと、彼女にはようやくわかってきたが、新しい一面が明らかになるたび、彼の真実がそれだけあらわになるという気がする。パスコーの変化はもっと変幻自在のものだった。彼女にはまだまだその中核をつかめなかった。

今、彼女は弟の説得に気持ちを集中させていた――さっきあんなふうに泣き出したのは、女性の自然現象であって、深い心理的意味はない。困ったことに、子供のころ、彼は姉が泣くのをほとんど見た経験がなかった。彼女の我慢強さは有名で、ジョージは痛みや欲求不満で泣き出しそうになるたび、「チャーリーをごらん――こんなことでおねえちゃんは泣くと思うか?」と戒められるのがつねだった。だから今、彼は仰天したのだが、それにチャーリーは心を打たれると同時に苛立ちもした。

ウィリングデンに悪い報告が行くのは、チャーリーにとっていちばん困る。彼女は自立したおとなの女かもしれないが、もしカミナリオヤジがうちのかわいい娘が保護を必要としているなどと考えたら、誰がなんと言おうと、昔のストンピーに戻って、ちびのスクラムハーフに礼儀ってものを教えてやると、断固としてサンディタウンにやって来るに決まっている。

彼女には大いに有利な点が一つあった。ジョージとはいちばん年が近いから、彼女は昔から誰よりも頻繁に彼の保護者、師匠、エンターテイナー、いたずらの共謀者だった。服従の習慣が深く刻みつけられているので、彼はまもなく納得した――姉の涙はたんによくある女の自然現象で、男の水平線をしばし曇らせるが、無視していればすぐ通り過ぎる。

ジョージは、言葉の最善の意味で、単純な人間だった。頭は悪くない。学校ではクラスの上半分だったし、早いうちから農業の実務と経済の両面をしっかり把握していた。だが、人生に対しては明るい楽観主義者だ。なにごとも白か黒かで見る。出会った人はすべて好きになり、嫌う理由ができれば離れ、肩をすくめて先へ進むが、それでも、世界とその住人は全般的にすごくすばらしい、という確信が揺らぐことはない。女の子たちは彼を愛し、彼も愛を返したが、これまでのところ、決まったガールフレンドは作らず、姉のチャーリーのような人物を見つける必要があるし、チャーリーは一人しかいない、と言っていた。

チャーリーは家を離れて大学に行き、人間の心のありようを探っていたから、あれは近親相姦的な愛情ではないのかと、一時は恐ろしい疑念に目覚めたが、休暇に帰省し、弟のあけっぴろげで正直な顔、満面の笑みを見ると、そんな恐怖はすっかり飛び去った。そのうえダヴォスのスキー・ホリデーで、彼がまるでお菓子屋に入った子供のように楽しくやっているのを見たし、彼女のラッキーな友人たちから彼との一夜がどんなにすばらしかったかと有頂天の報告を聞いたので、心配はきれいさっぱり拭い去られた。

この二日間の出来事を仔細に話していると、それが引き金になって、スキー旅行の記憶が甦った。人の死は、個人的な知人の死は別として、ジョージにとってあまり大きな意味を持たない。レイディ・Dが死んだ話を姉から聞かされても、人間として心から痛ましく思うというより、成人指定ホラー映画を見たような反応を示した。

それから、心のコンパスがいつもいちばん明るい方向を向くようになっている人物ならではの陽気さで、彼は言った。「少なくとも、これでもうエスとエムはこそこそ隠れまわる必要はなくなったってことだよな」

「え？」

「おれがエミールに会ったって話したとき、おねえちゃん、彼は知り合いにぶつかって気まずく感じたんだろう、あの二人は伯母さんの反応がこわくて、目立たないようにしておきたいだろうから、って言ってたじゃないか。その伯母さんが死んだんだ、もう気にしなくていいだろ？」

「ええ。そのとおりよ。気にしなくていい……」

彼女の頭は高速で考えていた。どうしてもっと早く思いつかなかったんだろう？　遺言書の詳細がわからないうちは、エスターがこの殺人でどの程度の利益を得るか、見当もつかない。どちらにせよ、いくら虫の好かない女とはいえ、多少の金目当てに冷酷な殺人ができる人物とは思えなかった。だが一方、ジョージの言い方を借りれば、今まででこそこそ隠れまわらなければならなかった、それにはすごく腹が立っていただろう。あの押しの強い成金女が彼女の選んだ相手を承認しようとしないばっかりに。

それに、エスターには共犯者がいたわけだ。若い元気な男。チャーリーは知るよしもないが、まるで冷酷な人物らしい。だが、伯母が動物権擁護の活動家と争っているのを知っていたのはエスターだから、それで彼女を豚のかわりにロースト用の籠に入れようと思いついたに違いない……

チャーリーはこのすべてをジョージに話してみた。彼は子供のころと同じように夢中になって聞いていた。昔、姉は弟を寝かしつけようとして、近所の人たちの登場する物語を創って聞かせたが、ついゴシックな怪談にしてしまうものだから、すっかり逆効果になるのだった。

「ああ、いいね」彼は言った。「昔の腕前は健在だ」

「昔の腕前？　いやあね、ジョージ、これは作り話じゃないの、仮説。ほんとにあったかもしれないことなんだから！」

彼の表情が変わった。

「でっち上げた話だとばかり思ってたのに。ほら、牧師と吸血鬼とか、学校のミス・ハーディーと毒入り牛乳の話とかさ。あれは気に入ってたんだ……」

「ああいうのは違うわ。ただのばかげた作り話だったじゃない。ここで起きたことは現実よ」

「でも、エミールのことだけどさ……すごくいいやつって感じだよ。気に入ったんだ。いや、おねえちゃんの考え違いだと思うな。エミールじゃない。あいつはそんな人間じゃないよ」

彼女は腹が立つと同時に愛着をこめて弟を見た。「どうしてわかる？　エミールとはダヴォスで二度ばかり会っただけじゃない？　それからたった一度会って……」

「二度」彼は言った。

「二度？」

「うん。ほら、ガソリン・スタンドでばったり会ったとき、おれが電話番号を渡して、近所に来たら電話してくれと言ってやったっての、おぼえてるだろう？　それがさ、金曜日の午後、電話してきて、晩のフェリーで帰国するんだけど、その前に一杯やらないかって誘われたんだ。それで、〈駄馬の頭〉亭で会った」

これはどういう意味だろう？　チャーリーは考えを区

分けし、合理的推理と空想的推測が混じらないようにつとめた。容易ではなかった。大学で担当教師の一人から、かなりドライにこう言われたことがあった。「すべての分析は自己分析から始まります。あなたの場合は、ミス・ヘイウッド、自己分析で終わったほうがよさそうです」

「で、なんの話をしたの？」彼女は訊いた。

「おねえちゃんの話をいっぱいしたよ、じつは」ジョージはにやりとした。

「わたしの話？　でも、わたしは顔見知りっていうだけよ。だって、毒蔦のエスがあんなふうに彼にからみついてちゃ、ほかの女の子が近づくなんて、ありえなかったじゃない！」

「うん、まあ、おねえちゃんが大きな印象を残したのは確かだ。彼はなにもかも知りたがった」

チャーリーはこれが理解できなかった。エミールはわたしのことなんか、目にとめてもいなかったはずなのに！

それからふと気がついた。金曜日なら、彼女がデナム・パークに行き、まったくの意地悪心から、去年の十二月にベンゲル・バーであなたとエムがいっしょのところを見たわ、とエスターに言ってやった日だった。ふいに作り話が得意な彼女の想像力が駆けめぐった。彼女がエスの立場なら、この話を真っ先にエミールに伝えるだろう。すると彼はジョージと最近会ったことを思い出し、危険を嗅ぎつける。ジョージの電話番号をさがし出し、電話して、会う約束を取りつける。弟のことならチャーリーにはよくわかっている。おしゃべりが終わるころには、ジョージが姉に何を話し、彼女がどう反応したか、細大漏らさずエミールに知られてしまったはずだ。エムがヨークシャーに来ていると、チャーリーがすぐさまレイディ・Dにご注進に及ぶ心配はないと彼は判断しただろうが、それでも念には念を入れて、エスターにチャーリーと仲直りしておいたほうがいいとすすめた。これでホッグ・ローストの会場で彼女が突然愛想よくなった理由がわかった！

こう考えてきても、許されない恋人二人か、あの日の午後、レイディ・デナムを殺す狡猾な計画を立てた、という筋書きにはぜんぜん当てはまらなかった。だが、それはどうでもいい。チャーリーには、あの殺人事件全体が即興的なもののように思えた。なんらかの理由で、エミールはエスターに会おうとサンディタウン・ホールに来ていた……ダフが思いがけず二人を見つけ……ひょっとすると……

「あ、そうだ、忘れるとこだった。おねえちゃん宛てに手紙が来てたんだよ。リアムの筆跡みたいだって、おふくろは言ってた」ジョージはにやりとして言った。

もちろん、ママは正しい、とチャーリーは封筒を受け取って思った。きっと蒸気であけてみたいという誘惑に駆られたに決まってる！

破りあけながら、これ以前にいじくられた形跡がないかと調べるのはやめようと思ったが、だめだった！　結局、そんな形跡はなかった。

中は紙一枚で、彼女はすばやく読んだ。徹底的、率直、いやらしいほどの詫びの言葉だった。すべてぼくが悪かった、卑劣漢だった、魔が差したんだ。

魔っていうより、破廉恥ドットが迫ったせいでしょ、とチャーリーは怒って考えた。

だが、平身低頭のおべっかにしては、なかなかいい。締めくくりは、きみなしでは生きていけない、もう一度チャンスをくれ、となっていた。

「あれは誰だ？」ジョージは言った。

顔を上げると、アンディ・ダルジールがこちらに向かってくるところだったので、彼女は手紙を急いでポケットに突っ込んだ。

「ダルジール警視、パパの昔のラグビー仲間よ」彼女は言った。

ジョージは立ち上がり、手を差し出した。ダルジールは小人ではないが、それでも相手を見上げなければならなかったから、それを見てチャーリーはひそかに喜んだ。

「こんにちは、ミスター・ダルジール」ジョージはいつもの愛くるしい笑顔を輝かせて言った。「ジョージ・ヘイウッドです。お噂は父からたっぷり聞かされています」

「ほう？　あいつ、巨人を育てているとは教えてくれなかったぞ。会えてうれしいよ。試合ではどのポジションだ？」

「学校では第二列でしたけど、卒業してからはプレーしてません」

「そうか？　ストンピーは何を考えてるんだ？　きみのような体格の若者なら、なんとしてでも獲得しようってトップ・チームが五つ六つありそうだがな」

訊かれれば、チャーリーは教えてあげることができた。巨人の息子はラグビー選手としてすべて備えているが、殺し屋の素質だけは欠けていると、父親はしぶしぶ認めざるを得なかったのだ。彼が前進すれば、敵は当たって跳ね返るが、かれらをばりばり踏み潰して進むかわりに、助け起こし、大丈夫かと尋ねそうなのがジョージだった。

だが、その話をする暇はなかった。

彼女は言った。「どうですか？　遺言書はご覧になりました？」

「一つのかい遺言書は見た。サー・テッドがいちばん多くもらう。姉もかなりもらうが、クララの分はずっと少ない。だが、もう一つ遺言書があるようなんだ。そっちが有効だとすると、お払い箱になった馬たちのほかには、誰もなにももらわない。警察は厩舎のあの老いぼれ馬を取り調べたほうがいいかもな！」

チャーリーはにっこりして訊いた。「有効だとすると、とおっしゃったわ。疑いがあるんですか？」

「例のひげ面弁護士が見てみないうちはわからない。あのクララって子が持っていたんだ。あんたの友達のノヴェロがクリニックからこっちに持ってくるところだ。わたしはちょっと息抜きがてら、あんたに知らせてあげようと思ってね」

二人のあいだの取引の約束を守っているんだ、とチャーリーは思った。わたしにすべて教えてくれる。少なくとも、そのように聞こえる。なら、今度はこちらの番だ。

「ジョージ」彼女は言った。「エミール・クンツリ＝ガイガーに会った話、アンディにも聞かせてあげて」

弟が話し終えると、彼女は自分の解釈を加えた。

巨漢は顔をこすった。指の下で肉が動き、ゴムの仮面を外そうとしているような感じだ。あれが外れると、その下から……彼女はそこで空想をやめた。想像力は飛躍しすぎることもある。

　ダルジールは彼女がその想像力ですでに事実のずっと向こうまで飛躍してしまったと思っているような表情を見せた。

「しかしな……」彼は言いかけた。

　続く言葉は出なかった。ホールの外に車が近づき、シャーリー・ノヴェロが出てきたのだった。彼女はかれらをちらと見たが、なんの反応も示さず、屋敷の中に入った。

「戻ったほうがよさそうだ」ダルジールは言った。「待っているか？」

「もちろんです」

「じゃ、あとでな。きみもまたな、ジョージ。一杯飲む時間があるといいが。本人の口から聞いたことがないような親父さんの話をあれこれしてやるよ！」

　応接室のドアは閉まっていて、その外の廊下にパスコーとノヴェロがいた。パスコーは書類をしげしげ見ていた。

「それが遺言書か？」

「ええ」パスコーは言った。「見てください」

　ダルジールは調べた。市販の遺言書用紙に手書きで、署名があり、証人の副署もある。日付は金曜日、彼女が彼を療養ホームに訪ねてきたので、あんたは遺言書を書き換えて、脅威を感じる相手をすべて排除してしまえ、と彼が助言を与えて黙らせてしまった、あの日だった。動機をなくせば危険もなくなる、と彼は言ったのだった。

　ああではない扱いようはあったろうかと思い、考えが堂々巡りした。

　彼は言った。「ちゃんとしているように見えるがね」

　パスコーは言った。「ビアードがどう言うか、見てみましょう。シャーリー、ブレレトンの電話はチェックできたか？」

「はい」ノヴェロはメモ帳を取り出した。「今朝九時十五分に、彼女はデナム・パークのサー・エドワード・デナムに登録されている携帯から電話を受けました。通話時間は十分。九時三十分、彼女はある携帯に電話した。番号はわかっていますが、登録のない、使うたびにお金を払うタイプのものです。長さは五分。十時五分、彼女はエドワード

・デナムの番号にかけた。長さは三分。十二時十七分、彼女はまた彼にかけた。長さは五十秒」
「よくやった、シャーリー」パスコーは言った。「じゃ、次の仕事だ。デナム・パークに行って、テッド・デナムを連れてくる。姉もだ、そこにいたらな。ちょっと話があると招待する」

「招待する？」ノヴェロは任務を確実にしておこうとして訊いた。「つまり、感じよく頼む、という意味ですか？」

「いつもそうしてくれているといいがな、シャーリー」パスコーは微笑して言った。「うん、感じよく頼んでくれ。一度は。それでかれらが言い逃れをしようとしたら、逮捕しろ。必要なら手錠を掛けてもいい。いや、必要でなくてもだ」

彼は挑戦するように巨漢を見た。

ダルジールは言った。「きみが責任者だ。しかし、かれらが手錠を掛けられてここに来たら、きみはマスコミに叩かれるぞ」

「めずらしいことじゃないでしょう。タイミングを見れば、ブレレトンがあの最後の電話をかけたのは、レイディ・デナムの寝室にいたあいだです。わたしの推理では、レイディ・Dは、自分を脅迫しているのがテッドだと完全に確信は持てなかったとしても、彼とシッド・パーカーが自分を差し置いて、なにやら金銭的な取引を企てているらしいとわかると、非常に腹を立て、地元滞在中のエキスパートのアドバイスに従うことに決めた――では、舞台からお辞儀をどうぞ、アンディ……」

「うるさい！」巨漢は唸った。この話題を愉快がっていなかった。

「それで、彼女は新しくみんなを遺贈から除外した遺言書を作り、ホッグ・ローストの前に彼に見せた。尻を蹴上げて教訓とするためにね。当然、彼女の死後、テッドがまず考えたのは……」

「彼が殺したというのか？」

「わたしのリストの中では上のほうです。彼がまず考えたのは、新しい遺言書を見つけて破棄することだった。だが、どこにも見つからなかった。パニックに陥るほどのことはない。もし彼に見つからないなら、誰が見つけられる？　ホールを相続してから、ゆっくりさがせばいい。ただ、玉に瑕《きず》は証人たちだった。もしかれらが遺言書の存在を言い立てたら、本格的な捜索になるかもしれない。さいわい、うち一人はまもなくレイディ・デナムの後を追ってあの世へ……」

「つまり、テディはオリー・ホリスも殺したってことか？」

「動機は確実にあった」パスコーは言った。「すると、残るはもう一人の証人、クララだ。彼女は第二の遺言書のことを知っているだけでなく、レイディ・Dがそれをどこに隠したか、いちばん知っていそうな人物だ、と彼は、あるいは彼の姉は、気づいた。だが一方、もしこちらの遺言書が明るみに出れば、クララ自身も遺産を受け取れなくなる。賢明なのは、なにもしないこと、ブレレトンなら自己利益を考えて黙っているはずだから。あの姉はこう助言したんじゃないかと思いますね」

ダルジールはうなずいた。これは彼の解釈するエスターの人物像にも当てはまった。

　彼は言った。「だが、テッドは出会う女は誰でも自分の魅力で落とせると考えている……」

「ええ。それに、彼はあの遺言書を燃やしてしまわないうちは、しんから安心できない。それでブレレトンに電話して、ちゃらちゃらとおしゃべりする。彼女は、ええ、あれが隠してありそうな場所なら知っている、調べてみるから、そのあとで会いましょう、と言う」

「なんのために？　見つけしだい自分が破棄すると言えば簡単だろう、どうせそうするつもりなら？　あるいは、よほど良心がうずくんなら、ミスター・ビアードに手渡す」

「それは」パスコーは言った。「彼女の良心はそううずかなかったからです。何カ月もダフおばさんの気難しいのを我慢してきたのだから、遺産を相続する権利は稼ぎ出したと彼女は思う。しかし、彼女はそのあげくわずか数千ポンドしかもらえないのに、プレイボーイの准男爵とその姉は何百万も受け取る、それには本当に頭に来た！　それで、彼女はホールに行き、秘密の引出しを調べて遺言書を見つけ、テッドに電話して、あれは見つけた、これから浜辺で会おう、と言う。ところが、彼は岩棚の上で彼女を待ち受けている」

「で、彼女を突き落とす？　どうして遺言書を手にしないうちにそんなことをする？」

「本当に事故だったのかもしれない」パスコーは言った。「あるいは、彼女はそれをポケットに入れているとは教えず、もとの隠し場所に置いてきた、あそこならいつでも取り出せる、と言っておいた。それで彼は、そんなにしっかり隠してあるなら心配ない、と思う。従妹のクララにおれの相続分の一部をよこせと脅迫されるのはまっぴらだ。で、彼女は墜落。それから、ウィールディが来る音を聞きつけ、彼は洞穴にひょいと隠れる。まあ、わたしはそう見ています。どう思われますか、アンディ？」

「締まりなくぶらぶらしてる部分が鋳掛け屋の婚礼より多いな」ダルジールは言った。「だがまあ、あいつを連行する価値はありそうだ。しかし、エスターのほうはどうかな」

「反対ですか？　彼女はあの白鳥のごとき首までどっぷり浸かっていると、わたしは思いますね」パスコーは言った。「ホールで事情聴取したとき、彼女はその前に服を着替えていた。それがわかるのは、チャーリー・ヘイウッドがEメールの中で触れていたことがあったからです。シャーリーが賢く手に入れてくれた、あのEメールですがね」

ダルジールが目をやると、ノヴェロはあの一件を思い出させられて、顔をしかめた。いや、ほめられて謙遜して見せただけか！

「濡れたからだろ、雨が降っていた」

「彼女の供述によれば、彼女は嵐が始まるとすぐ、まっすぐホールに入った。それに、彼女は右腕を傷めたんだと思います。火傷かもしれない」

「ホッグ・ローストの籠で？　なら、みんなで死体を見つけたときのことだろう。バーベキューの炭火の上からはずそうと手伝ったから、火傷をしたし、服もきたなくなった」

パスコーは言った。「ずいぶんあの女性を弁護なさいますね、アンディ。まさか、年を取って騎士的になってきたんじゃないでしょうね？」

なんとまあ、生意気を言いやがる！ と巨漢は思った。それも、召使たちのいる前で！

「ダフネはいい気になって押さえつけてくるし、役立たずの弟は見境なく遊びまわっているばかりで、彼女は我慢しなきゃならないことだらけだった」彼は言った。

「わたしもまったく同意見です。伯母からは挑発され、弟のことはかばってやろうとし、彼女はなんでもやってやるというところまで行っていたでしょう。ところで、遺体が発見されたとき、彼女を見かけたという人は一人もいません。彼女自身、嵐がやんで、みんながまた外に出たとき、自分は家の中に残った、と言っている。ほかにコメントはありますか、アンディ？ あなたからのインプットはいつでも歓迎です」

「いや、ただ、あんな命知らずの悪漢二人を連行するんなら、わたしがアイヴァーについて行ったほうがいいんじゃないかな」

そう言いながら彼は二人の顔を見守り、この気前のいい手伝い申し出に対するかれらの反応をじっくり味わった。パスコーの顔には疑念、ノヴェロの顔には不満が表われていた。彼女のほうは理解できる。逮捕を実行する警官から、下っ端の助手に格下げされてしまうのだから。パスコーのほうは、たぶん、このでぶ野郎が事に加わるのを防ぐ方法はないのか？ とでも考えているんだろう。いや、そんなもんじゃない。こいつがおれの示威行進《パレード》に小便をひっかけるのを防ぐ方法はないか！

彼は言った。「ピート、こいつはきみの仕事だ。きみが責任者だ。逮捕はアイヴァーがやる。わたしはボディガード役としてくっついていくというだけだ」

「いいでしょう」パスコーはふいに決断して言った。「そうしてください。あと一つ。テッドの腕時計を持ってきてください。大きなごついロ－レックスです。もし彼が身につけていなかったら、さがす」

「令状なしで?」ダルジールは言った。

「想像力を働かせてください」パスコーは冷たく言った。

「どうしてその時計がいるんですか?」いつも学習熱心なノヴェロは訊いた。

「被害者のブラウスになにかがひっかかってほころびができていた。わたしがサー・エドワードを聴取したとき、彼は腕時計の留め金がはまらなくて困っていた」

「ロレックスの留め金はシルクにひっかかったくらいじゃ壊れないぞ」ダルジールは逆らった。

「ええ。でも、利口なミス・ヘイウッドが指摘してくれたように、この時計は偽物です、ご記憶でしょう?」パスコーは勝ち誇って言った。「きっと、息を吹きかけたって曲がるような留め金なんだ。じゃ、わたしは戻ります。ウィールドとビアードが、どっちが美男かで争いを始めないうちにね」

応接室に戻ってみると、弁護士と部長刑事は争うどころか、ギルバート&サリヴァンをめぐってすっかり話が弾んでいた。


「お話し中をすみません」パスコーは言った。「あの、これに目を通していただければありがたいのですが、ミスター・ビアード」

弁護士は遺言書用紙を受け取り、注意深く読んでいった。指をぱちんと鳴らすと、ミス・ゲイが拡大鏡を渡した。それを使って、彼は部分部分をさらに仔細に検分した。

ようやく満足すると、彼は拡大鏡を置き、ソファにゆったり背をもたせた。

「ここにあるのは」彼は言った。「遺言書です。目的は単純、表現に曖昧さはない。これ以前の遺言書すべてを無効にし、わたくしを唯一の執行者として任命している。これによれば、故レイディ・デナムの遺産はすべてヨークシャー馬トラストに遺贈される。手書きで、本文および署名はレイディ・デナムの筆跡であると、わたくしは合理的疑いの余地なく確認いたします。日付は二日前ですので、先ほど内容をご説明したあの遺言書よりもあとになります」

彼は言葉を切った。

「すると、念のため伺いますが」パスコーは言った。「さっき読み上げてくださったあの遺言書はもう有効ではない、さらに別の遺言書が出てこない限り、今ここにあるのが故レイディ・デナムの最終的な遺言書である、ということですね？」

「そうは申さなかったと信じますが、主任警部」ミスター・ビアードは言った。

「なんですって？　署名は本物だと確信する、とおっしゃったと思いましたが？」

「確かにそう申しましたし、そう確信します。これはまぎれもなくレイディ・デナムの署名です。しかし、次に証人二名、ミスター・オリヴァー・ホリスとミス・クララ・ブレトンとなっています。ミス・ブレトンの署名は、わたくしは過去に一度目にしただけですので、完全に確信は持てませんが、記憶ではこのようなものではなかった。ミスター・オリヴァー・ホリスのほうは、偶然、いやおそらくは重要なことでしょうが、このミス・ゲイとともに」——秘書はにこりともせずに、こくりと頭を下げた——「今ブリーフケースに入っている遺言書の証人となっている。よろしければ、そちらの署名と、目の前のこの署名とを比較してください。わたくしには必要もない。これは彼の筆跡ではないと、疑問の余地なく断言できます」

ビアードとウィールディがギルバート&サリヴァンの話をしていたのは正しい、とパスコーは思った。ここはティティプー（ギルバート&サリヴァン作オペラ『ミカド』の舞台となる〝日本〟の町）だ！

彼は言った。「つまり、どういうことでしょうか、ミスター・ビアード？」

弁護士は初めてにっこりした。黒いひげのあいだから白い歯がきらめき、まるでこの瞬間を今までの一生待ち焦がれていたとでもいうようだった。

「つまり、レイディ・デナムはご自分の遺言書を偽造したように見える、ということです！」

9

デニス・シーモアは病院が苦手だった。双子の娘たちが生まれたときには、最初の子の登場はなんとか目撃したものの、二番目が出てきたころには、彼は床に伸びて、自分のほうが看護されるというていたらくだった。だから、彼はしぶしぶアヴァロンへ行き、集中治療室への道を訊いたのだった。

シャーリー・ノヴェロはいそいそと交代に応じた。見張りの退屈さを薄める希望として彼女が差し出せるのは、さっきゴードン・ゴッドリーが現われて、患者に数分でいいから会わせてもらえないかと頼んできた、という警告だけだった。

「無害に聞こえたけど、頭のおかしいやつって、たいてい無害そうなものでしょ」ノヴェロは言った。「追い返したわ。でも、気をつけていて。ひげ面の男は絶対信用するな。なにか隠してるのがふつうだから」

「じゃ、おれは嫌われないほうだな」シーモアは顎を撫でながら、にんまりした。

「とんでもない。ひげを剃ってる男はもっと悪い。隠すことがなんにもないんだもの。じゃね、デニス」

それからずっと、彼は廊下の硬い椅子にすわっていた。意識に入ってくるものといえば、ベッドにじっと横たわった人物がつながれている生命維持装置から聞こえるピーッ、ピーッという音だけ。状況確認のために看護師が来たので救われた。なかなか美人で、彼はちゃらちゃらと話しかけてみたが、彼女は若く、三十代の男など見込みなしと見なしていたから、恥ずかしそうな顔をしたただけだった。十五分後に彼女がまた現われると、彼は今度はかわいそうな老人ふうのアプローチを試み、コーヒーを一杯もらえないものだろうか、と訊いた。

彼女は廊下の先を指さして言った。「訪問者用ラウンジ、右側の三つ目のドアです。どうぞご自由に」

彼女は病室に入った。さっき来たときと同じなら、数分は中にいるだろうと踏んで、シーモアは廊下を歩いていった。訪問者用ラウンジは、シーモアが入った経験のあるどんな病院の待合室とも違った。足は分厚いカーペットに沈んだ。上等な布張りの奥行きのある肘掛椅子が散在し、ゆったりしないかと誘っている。一方の壁際には棚があり、最新の新聞雑誌が並んでいる。反対側の壁際には骨董品のサイドボードがあり、焼き立てらしい香りのするスコーンが一皿、それに最新式のパーコレーターが置いてあった。

ボタンを押して、プラスチック・カップに茶色い泥水が満たされるのを見守るのに慣れているシーモアが、この機械はどうやって使うのかとまだ戸惑っていると、ドアがあいて、美人看護師が顔をのぞかせた。

「でも、車の扱いならお得意なんでしょ」彼女は言い、うまいコーヒーをいれてくれた。

「うん、フェラーリからしょっちゅう引き抜きが来るんだけど、あのチーム・カラーが好きじゃなくてね」

これはなかなかいい台詞だと思ったが、やや困惑した愛想笑いが返ってきただけだった。彼はスコーンを一個取り、ドアに向かおうとした。するとドアがあき、ハット・ボウラーが入ってきた。

「やあ、デニス。もりもり食いまくってるんじゃないかと思ったよ。伯父がちょっかい出したりしてませんでしたか、看護師さん？」

看護師は声を上げて笑い、言った。「ここで警察の大会があるって、わたし、聞き落としていたのかしら？」

「いや、ぼくはこの男がちゃんと仕事してるかどうか、確かめるために送り込まれただけです。それに、人をさがしてもいる。その明るい青い瞳が見逃すものはあまりないでしょう。この人、このあたりで見かけたことがありますか？」

彼は編集した写真を看護師の手にのせると、やすやすとコーヒーをいれた。それを見ると、さっきの看護師の反応以上に、シーモアは自分が年取ってきたと感じさせられた。

看護師は言った。「ミス・バナジーかもしれません。わたしが一年前にここで働き始めたとき、患者でしたけど、よくは知りません。わたしが来てまもなく、行ってしまったので」

「行ってしまった？　まさか、その、死んだ、という意味じゃないでしょうね？」ハットはその一言を悲しげな調子で小声で言った。

「ええ、違います。いなくなった、という意味です」看護師は笑いながら言った。

「よかった！」ハットはいっしょになって笑いながら言った。「ちょっと心配しちゃったよ。すると、彼女はすっかりよくなって、退院した？　それはなによりだ。きっと、転出先の住所がオフィスにあるでしょうね？」

「でしょうね」看護師は言った。「でも、そういかないかもしれません。わたしの記憶に間違いがなければ、彼女は退院したというより、もっとその、さっき言ったように……いなくなった、という感じだったから」

「いなくなった？　つまり……消えてしまった、とか？　今ここにいたのに、次の瞬間には影も形もない？　インドのロープ魔術みたいに？」

「いやだ、まさか！　ご家族が、連れ戻すと決めたんだと思います、ちょっと厄介なことがあって……あの、わたし、患者さんのことなんかしゃべってはいけないんです……」

「しゃべってないよ、だって、彼女はもう患者じゃないだろう？」ハットは得意げに言った。「どっちみち、彼女とドクター・フェルデンハマーの噂なら、誰もそんなことに目くじら立てないよ。医者のあいだではよくあることだ。警官のあいだでもね。だってさ、きみとぼくとがこうしておしゃべりしてるだろ、まったくやましいことなんかない。だけど、ぼくがきみに惚れてるって、誰かが噂を広め出したら、ぼくらには止めようがないじゃない？　ことにそういう噂って、簡単に信じられるからね。自分で言っておいて、もう自分で信じそうになってるんだから！」

ばかばかしいほど型通りのくどき文句だが、ちゃんと効き目がある、とシーモアは半分うらやましがって思った。あと二分も続ければ、ドクター・フェルデンハマーとミス・バナジーの噂の関係について彼女が知っていることを、ボウラーは一つ残らず聞き出してしまうだろう。

自由にやらせておこう。

「さて、戻らなくちゃな」彼は言った。

スコーンを口にくわえ、自由になった手で新聞を一部つかんだ。これで退屈との戦いに貴重な数分を勝ち取れるかもしれない。

集中治療室のドアに近づき、ガラスのパネル越しに中を覗いたとたん、ふいに退屈は神に祈願すべきものとなった。中に誰かいる。ベッドに横たわった患者の上に屈み込み、両手をその頭の上にゆらゆらさせている。

ゴードン・ゴッドリーだった。

カップと新聞を落とし、ダルジールが聞いたら誇りに思いそうな大声で「ハット！」と呼ばわると、シーモアはドアを押しあけ、飛び込んだ。

「何やってる？」彼は厳しく訊き、男をつかんで患者のそばから引き離した。

ゴッドリーはまったく抵抗しなかった。

「いいんです」彼は言った。「ほんとに。いいんです」

「よくなきゃたいへんだ、この野郎」シーモアはだみ声で言い、男を壁に押しつけると、片手を胸に当てて動けないようにし、残る片手を握りしめて、もし相手がなにかしようとしたら、ぶん殴ってやろうと構えた。

ハット・ボウラーがドアから勢いよく入ってきた。美人看護師が続いた。

「手伝おうか？」ボウラーは訊いた。

「いや、ちゃんとつかまえた」シーモアは言ったが、ゴッドリーより自分のほうが息を切らしていると気づいて腹が立った。「患者が無事かどうか、チェックしてくれますか？」

彼は無抵抗の捕虜をにらみつけた。やがて看護師は言った。「すべてちゃんとしているようです。被害はありません」

「よかった」ボウラーは言った。「よくやった、デニス。こいつがなにかする時間のないうちにつかまえたんだ」

「ああ助かった」シーモアは言った。間に合わなかったらパスコーに何を言われていたか、考えると震えがきた。

だが、ミスター・ゴッドリーは首を振っていた。

「いや、そうは思いません」彼は言った。「時間はたっぷりあったという気がしました」

「なんのための時間だよ、この野郎?」シーモアはまたぎょっとして訊いた。「彼女に何をしようとしていたんだ?」

そのとき、看護師が叫んだ。「見て!」

彼は何事かとびくびくしながら振り向いた。

クララ・ブレレトンが目をあけていた。きょろきょろと部屋を見まわし、そこにいる人々を見ていた。しゃべろうとするように、喉に入っている管に指を持っていった。

看護師は「ドクターを呼びます」と言って、ベッド脇の壁についたボタンを押した。

シーモアはゴッドリーに視線を戻した。

男はにこにこして、しきりにうなずいていた。

「ほらね」彼は言った。「時間はあったと思ったんだ」

10

生まれからしても、育ちからしても、シーモアは正直でまっすぐな男だった。だから、多くの同僚たちが想定するように、もうほんの少しよこしまになれれば、このキャリアでずっと高いところまで出世できただろう、などとは考えたこともない。

パスコーがアヴァロンに着くと、刑事は自分の職務怠慢でゴッドリーがクララ・ブレレトンに近づくのを許してしまったことを隠そうともしなかった。ただ、情状酌量のために、彼女が奇跡的回復を遂げたことをやや強調しすぎたかもしれない。

だが、パスコーは小言を浴びせたり、奇跡を論じ合ったりする気分ではなかった。

「もう口がきけるのか?」彼は訊いた。

「わかりません。ドクター・フェルデンハマーがわれわれを部屋から出してしまったので」

パスコーはおめおめと医者に邪魔立てされる気分でもなかった。ああいう医者たちはプロだから、毛むくじゃらの治療師をかたづけるように簡単にはいかない。

彼は大股に集中治療室に入った。クララ・ブレレトンはそこに横たわっていた。まだとても青ざめているが、呼吸や栄養補給用の管ははずされていた。その知的な目が彼の到着を認めたのがわかった。

ベッドのまわりに看護師や医師が何人も集まっていた。その一人がアメリカのアクセントでぷりぷりして言った。

「困りますね、どなたか知りませんが……」

「パスコーです。主任警部。ドクター・フェルデンハマーですね？　写真で見ています」

「そうです。では、あなたがパスコーか。話には聞いています」

「こちらこそ」パスコーは意味ありげに言った。「ミス・ブレレトンに話がしたいのですが」

「うちの人間の仕事がすまないうちは、不可能です」

「彼女に口がきけるなら、可能です」パスコーは言った。

二人はにらみ合ったが、ベッドからささやき声がして、にらめっこは終わりになった。

「ミスター・パスコー……」

「はい。ここにいます、ミス・ブレレトン」

「すみません」彼女は目にいっぱい涙をためて言った。

「なにも思い出せません……何があったんでしょう？……思い出せない……」

パスコーはフェルデンハマーに付き添われておとなしく部屋から出た。

「で、予後は？」彼は訊いた。懐柔的な調子になっていた。

「驚くほどいい。ご覧のとおり、補助なしに呼吸ができる。骨折と、おそらくは内臓の損傷もあるので、しばらくは寝たきりになるが、頭ははっきりしているようだ。こういうケースでは、記憶喪失がめずらしくない。記憶はいずれ戻ることが多いんです、少なくとも部分的にはね。だが、辛抱強く見守っていただかないと」

「うちの警官の一人が、常時彼女に付き添うか、そばにいるようにします。そちらのスタッフに対して彼女が言ったことはなんでも、即座にこちらに伝えると、約束してください」

「われわれには秘密厳守の義務があるんですよ、ミスター・パスコー……」

「患者に対する責任を真剣に受け止めておられるのを聞いて、うれしいですよ、ドクター」パスコーは重々しく言った。「人種や宗教に関わりなくね。その概念については、将来あなたと話し合う必要が出てくるかもしれない。今のところは、そちらからお約束いただければ……」

フェルデンハマーは不安そうに彼を見た。写真を見た、という一言を思い出したのだろう。ようやく彼は言った。

「はい、もちろんです。われわれは喜んで協力します。では、失礼」

彼は病室に戻った。

パスコーは言った。「デニス、今度は失敗するなよ、いいな？　次回はそうラッキーにはいかないかもしれないからな」

「はい」

「さてと、ハットはどこだ？」

ボウラーは訪問者用ラウンジにすわってコーヒーを飲んでいた。

「一杯いかがですか？」彼は訊いた。「すごくうまいですよ」

「けっこうだ。その物腰態度からすると、ハット、ニュースがあるようだな」

「はい。写真の女性はミス・インディラ・バナジー、ここの患者だった人です。病気は心理的なものだった。わたしの情報提供者は詳しいことは知りませんし、どっちみち、話したがらない……」

「はいはい、患者の秘密厳守ってやつだろ、よくわかってるよ」パスコーは言った。

「でも、ちょっとゴシップを話すくらいなら、気にしなかった。どうやら、ミス・バナジーはいわゆる色っぽい女《ホット・スタッフ》だったようで……」

　パスコーは年上の自分にわかる言い方を見つけようと、青年が努力しているのに気づいた。

　彼は言った。「つまり、尻軽だった？」

「ええ」ボウラーはにやりとした。「ごく若いころに始まったようです。ここに入院したときはほんの十七歳だった。なんでも、看護師たちは彼女を〝バナジー・ジャンプ〟（〝ジャンプ〟には俗語で〝性交する〟の意味もある）とあだ名していたらしい」

「うまいな。で、彼女とフェルデンハマーのことは？」

「ええ。いろいろ噂があった。裏づけのあるものはなかったんですが、一般的にいって、インディラは欲しいものは必ず手に入れる、とみんなが了解していた」

「家族は？　もし家族が感づいていたら……」

「感づいていたかもしれませんが、驚きはしなかったでしょう」ボウラーは言った。「家族としては、捜査を要求して、かえってタブロイド紙にほかのことまで掘っくり返されてはやぶ蛇だ。だから、黙って娘を連れ去った」

「よし。よくやった、ハット。もう一つ仕事だ。シドニー・パーカーとは調子よくいったようだったな？　じゃ、ホテルまで行って、またあいつと話をしてくれ」

「はい。主任警部、あの話はほんとですか、彼がゲイだっていう？」

「気にしないだろう？」

「もちろんです」ハットは憤慨して言った。

「ああ、わかった。彼に気に入られたのは、きみの文化的深みと機知に富んだ会話のせいだと思っていたんだ！　考えすぎるな、ハット——利用しろ！　効き目がありそうなら、シャツのボタンをもう一個はずせ。わたしが知りたいのは、あいつとテッド・デナムが岩壁の愛の巣でセックスするのをやめたのが正確に何時だったかだ。ああいう行為がどのくらい時間がかかるか、シッドは記録しておくのが好きかもしれないぞ。なんといっても会計士だからな。いいか？」

「はい」ハットはうれしくなさそうに言った。

「もし彼が協力をしぶるようだったら、ドクター・フェルデンハマーが法定年齢未満でしかも自分の患者である少女を相手に猥褻行為を実行しているところを見てしまったと、姪のミニーから教えられたとき、なぜ彼は警察に通報しなかったのか、と言ってやればいい」

「でも、ミス・バナジーは十七歳でしたよ」ハットは逆らった。

「きみはそれを知っている、わたしも知っている。だが、シドニー・パーカーが知っている理由はないだろう？」パスコーは言った。「なにかわかったら電話してくれ」

彼は立ち上がり、外に出て車に乗った。ホールに戻ると、期待どおり、ダルジールとノヴェロがデナム姉弟を連れて帰ってきていた。二人は離しておくようにと、彼はウィールドに指示してあった。テッドは捜査室に、エスターはホールに。

ダルジールは芝生にすわり、チャーリー・ヘイウッドとその弟に話をしていた。いっしょにもう一人いた。サミー・ラドルスディンだ。

「あいつ、ここでいったい何してるんだ？」パスコーはスクログズ巡査に訊いた。

「主任警部を待っていると言いました。あなたはそれを承知している、ということでした」

ある意味では、それは本当だった。だが、今はあの記者とおしゃべりしようという気分ではなかった。

ダルジールは彼を見つけ、かなり苦労して芝生から立ち上がった。ラドルスディンも立ち上がろうとしたが、巨漢がその肩に手を当て、押し戻した。

「で、彼女はなんと言っている？」彼は屋敷の石段のところでパスコーに会うと、訊いた。

「都合よく記憶喪失です」パスコーは言った。

「いや、シニカルになるな」ダルジールは言った。「ああいうんで頭をひどく打ったりすれば、脳の働きだっておかしくなる、わたしにはわかるんだ。今だって、吹っ飛ばされる前の出来事はたいてい、ずっと昔に見て、たいしておもしろくないと思った映画みたいな気がする。ともかく、どうして彼女には嘘をつく理由がある？」

「それは、風がどっちへ吹くか、まだはっきりわからないからです」パスコーは言った。

「なんの風だ?」

「テッド・デナムがしゃべると口から吹き出される風です。彼をつかまえたとき、どんな様子でしたか? 問題はありましたか?」

「子羊のごとくおとなしく従った。腕時計のことに触れると、彼は行って取ってきてくれた。フロドに渡してチェックを頼んだよ。だが、きみの言ったとおりだ、あの壊れた留め金はまるでぺらぺらだった」

「それはいい。で、エスターは?」

「あっちも問題なし。どうやら、連行されたのはどっちにとっても青天の霹靂ではなかったようだな」

「つまり、二人はおそらく多少のリハーサルをすませていた」パスコーは言った。「女が監督兼脚本家だ。テッドがちゃんと台詞をおぼえているか、見ものですね。聴取はエスターから始めようと思います。そうすれば、台詞がわかる」

ダルジールは言った。「ピート、テッドとクララのことだが、きみは一つ忘れているんじゃないか? わたしとアイヴァーがデナム・パークに出かけたとき、あの遺言書が有効でないと、きみは知らなかった」

「だから?」

「だから、きみが紡ぎ出した例の凝った話は筋が通らない、もし准男爵が遺言書のことを持ち出したとたん、クララが〝いったいなんの話?〟と言えばな。だって、彼女の署名が偽造に違いないと気づけば、彼はもう心配なくなるだろう? 警察に遺言書を見つけさせればいい! 見つかったってなにも変わらない!」

パスコーは平然としていた。

「違いはありません。クララは非常に頭がいい。きっとデナムは魅力を振りまき、くだくだしく話をしたでしょう。うまく彼女を丸め込んで良心の咎めを忘れさせた、と想像しながらね。だが実は、長話のおかげで彼女はこれがどういうことなのかと考える暇があった。彼女はテッドに、考える時間をくれと言う。彼のほうは、クララが善良で正直な市民となるべきか、遺言書を破り捨てるか、迷っているのだと思う。ところが彼女のほうは、この遺言書を見る必要がある、と考えている。そして、それを見つけると、サー・テッドがこれは有効だと考えている限り、実際に有効かどうかは関係ない、と悟る！　ね、頭がいいでしょう」

「それほどでもない」巨漢は言った。「頭がいいなら、ダフとオリーの死でいちばん得する人物はテッドだとわかったろう。それなら、殺人犯かもしれない男と無人の浜辺で落ち合うのはまずい、ともわかったはずだ。もう一つある。もしテッドが相続権を切られたと考えたんなら、どうして伯母さんを殺そうなんて思う？」

「わかりません、アンディ」パスコーは苛立って言った。「はずみでやってしまったことだったのかもしれない。彼を取り調べるとき、訊いてみますよ。ところで、あなたがデナム姉弟を連れてきたとき、ラドルスディンはここにいましたか？」

「ああ、残念ながらな」

「くそ。わたしがOKを出さないうちになにか紙面に出したら殺してやると言ってやってください」

「ピート、《中部ヨーク・ニュース》の口封じをいくらやったってしょうがない。もうそろそろ、全国紙のハゲタカどもがサンディタウンに舞い降りてくるだろう。わたしなら、記者会見を考えるがね」

「あなたがそれをすすめる日が来るとは思いもよらなかったな、アンディ」

「きみがそれをすすめない日が来るとは思いもよらなかったよ、ピート」

二人はしばらく黙って見つめ合ったが、やがてパスコーは無理に微笑して言った。「じゃ、エスターをこれ以上待たせておくわけにいきませんから」

「わたしに同席してほしくないのか？」

パスコーは言った。「ええ。でも、お申し出には感謝します」

「いつでもどうぞ」巨漢は言った。向きを変え、芝生の三人のところに戻った。近づいていくと、彼は言った。「ぷっつん！」

「なんですか？」チャーリーは言った。

「なんでもない。へその緒が切れた音だ」

「で、どうなってるんです、ミスター・ダルジール？」ラドルスディンは言った。「サー・エドワードの罪状を聞けるのはいつごろになると考えればいいですか？」

「わたしの腹が鳴る音のせいで、なにも聞こえないだろうよ」ダルジールは言った。「飢え死にしそうだ。チャーリー、ジョージ、ここで一日ごろごろして、犯行現場の捜査の邪魔になってはいかん。さあ、立った、立った。みんなで〈希望と錨〉亭に行こう。ミスター・ラドルスディンがおごってくれる」

サミー・ラドルスディンは異を唱えようとするかに見えた。だがそれから目を上げると、ダルジールの巨体が〝ホイの老人〟（スコットランド、オークニー諸島のホイ島にある塔のような岩）のごとく、ぬっと立ちはだかっていた。

「喜んで、ミスター・ダルジール」彼は言った。「おごらせていただきますよ」

11

パスコーは戦略を念入りに練り上げて、広い応接室へ向かった。エスターはビアードが占めていたソファにすわっているはずだ。うんざりした無関心と知的優越の混じった表情を浮かべて。ノヴェロは反対側にすわって見張っている。彼が入室すると、刑事は立ち上がり、席を譲る。彼は腰を下ろし、微笑し、お待たせしてすみませんと言う。それから、最初の供述書の内容を彼女といっしょにあらため、ごく細かい部分まで彼女に再確認させる。やがて、彼はそっと彼女を押して、供述を修正させ始める。嵐にあわずにすんだのなら、なぜ服を着替える必要を感じたのか？　ホッグ・ローストの籠から遺体を取り出す仕事を手伝わなかったのなら、なぜ腕に火傷することになったのか？　なんですって？　腕を火傷していない？　では、その右袖をまくり上げていただけませんか……？

最後には、彼女は自分の脚本を放棄して、彼の脚本を受け入れなければならなくなる。そこからドラマは展開する。ところが、ドアを押しあけたとき、彼は間違った芝居を稽古していたと悟った。

エスター・デナムはソファにすわっているのではなく、開いた書き物机の前でなにか書いていた。腕を覆うブラウスを着ているのではなく、袖なしのトップを着て、右の前腕のきちんとした包帯をあらわにしていた。その背後に立ったノヴェロは、パスコーが入ってきたので振り向き、どうしようもないというように肩をすくめた。

「ミス・デナム」パスコーは言った。

「もうちょっとで終わります」女は顔を上げもせずに言った。「あなたがまだしばらくお見えになれないと聞いたので、修正した供述書を自分で書いておけば、話が早いと思ったんです。ほら、できた」

彼女は派手な身振りで名前を書くと、数枚の便箋をまとめ、ノヴェロに渡した。

「あなたが証人として署名なさるんじゃないの？」彼女は言った。「今日一日だって、偽造問題がたっぷりあったでしょ」

ノヴェロはまたパスコーに目をやった。彼はうなずき、彼女はペンを取って署名すると、紙をパスコーに渡した。

この事件では、みんななんて協力的なんだろう、と彼は思った。ルートはウィールドのために供述書を用意していた。フェルデンハマーは供述書をダルジールに渡した。今度はエスター・デナムも同じことをしている。

彼は肘掛椅子に腰を下ろした。女は書き物机の前から移動し、優美な姿勢でもたれるようにソファにすわった。

これで、物理的にはさっき彼が思い描いたとおりの情景になった。だが、手元の紙をよく見もしないうちから、彼が用意していた脚本は窓から外へ捨てられてしまったようだと見当がついた。

サンディタウン・ホールの名入りの便箋に流麗な筆記体で書かれたこの新しい供述書は、告白であり、反駁でもあった。文体には苦心の跡が見える、とパスコーは思った。

敷地内を散歩してからホールに戻ろうとしたとき、ホッグ・ローストの機械付近の長い草の中に隠れたレイディ・デナムの遺体にぶつかった。死んでいるのを確かめると、まず、助けを呼ぼうと考えた。そのとき、彼女のブラウスに男物の腕時計がひっかかっているのに気づいた。よく調べると、それは私の弟、サー・エドワード・デナムのものとわかった。その朝、遺言の変更をめぐって怒った弟がレイディ・デナムと激論になったことを知っていたので、彼が伯母の死に関わっているのではないかと、心配になってきた。遺体の首の周辺に跡があったため、他殺のように思えた。もしゆっくり考える暇があれば、弟にはとてもそのようなことはできないという結論に達しただろうが、それほどの暇がなかった。私はエドワードを助けようとしか考えなかった。腕時計をブラウスからはずした。それから、捜査を誤導する方法はほかにないかと頭を働かせた。レイディ・デナムが動物権擁護過激派と昔から戦っていたことを知っていたので、過激派の関与をほのめかすことはできないかと考えた。ホッグ・ローストの機械が近くにあった。籠の中に、豚の代わりにレイディ・デナムの遺体を入れてやれば、殺人の動機を明確に示すステートメントになるのではないか。ローストの実行責任者であるオリー・ホリスの姿はなかったし、嵐がひどくなり、人がこちらにふいにやって来る可能性は低かったから、私はバーベキューの炭火の上から籠をウィンチで巻き上げてはずし、小屋の中にあった分厚い断熱手袋をはめると、なんとか豚を出し、代わりに遺体を入れたが、その折、前腕を少し火傷してしまった。

私はそれからホールに戻り、人に見られずに裏口から入って、弟が水泳に出かける前に更衣室として使ったことを知っている部屋に行った。弟はそこにいて、タオルで体を拭いていた。私が何をしたか話すと、彼はなんの話かまったくわからないということがすぐに明らかになった。実際、彼はそれまでの一時間ほど、同性愛の恋人であるシドニー・パーカーとともに過ごしていたのだった。私がレイディ・デナムのことを教えると、彼はびっくり仰天した。私は弟の無実を確信し、現場に彼の腕時計があったのは、何者かが彼に嫌疑の指を向けようとしているという意味だと気づいた。そのほかにどんな偽の手がかりが残されているかわからないので、なにも言わずに犯人を出し抜く努力をするのが最善のようだった。そのため、遺体が発見されたとき、エドワードは真っ先に駆けつけなければならないと、二人で合意した。そうすれば、彼の関わりを示す物理的証拠がわざと残されていたとしても、籠から遺体を取り出すときに接触したためだという言い訳が立つからだ。エドワードは頭の明晰なほうではないが、厳しい状況に立たされたとき、いつも非常に冷静沈着な人物で、私は当然ながらたいへん心配したものの、彼は比較的容易にこれをやってのけた。

　警察の捜査により、真犯人が早々に発見され、この件における私の役割が露見せずにすめばよいと願っていたのだが、明らかにそうはいかなかった。実際、私はこの隠蔽の重荷を下ろす機会を得てうれしい。私の行動が捜査の妨げとなったことを遺憾に思う。この供述書を自発的に提供したことで、今後、警察の真犯人追跡に障害がなくなればと希望している。

　パスコーは読み終えると深くため息をついて、言った。

「ミス・デナム、われわれがこの供述書をどう解釈するにせよ、この中であなたは非常に深刻な違法行為をしたとご自分で認めているということをおわかりですか？」

「はい」

「あなたは誤解から弟さんの犯行を隠蔽しようとした、とおっしゃいますが、これがもし実際に弟さんの犯行だったとわかったとすると、その隠蔽を試みたというのはもっと深刻な違法行為になりますが？」

「それは考慮《ワークアウト》しました。でも、供述書に嘘はありません」

「ほんとですか？　ずいぶん運動《ワークアウト》なさるんですか、ミス・デナム？」

「は？」

「週に二、三回ジムに行く？　ウェート・トレーニングなどをなさる？」

「いいえ、まったく」

「だろうと思いました。そういうエクササイズの結果に伴う、二頭筋、三頭筋、三角筋といった筋肉のはっきりした輪郭が見られませんからね」

「胸筋はどうかしら、主任警部？　充分な輪郭が見えています？」

「すばらしい輪郭だ、もしすべて神様の業ならね」パスコーは言った。「しかし、わたしの申しているのはこういうことです。あなたは若く、健康で、力もあるように見えますが、それでも、あれだけのことを人手を借りずにやってのけたとは信じ難い。伯母様は特に小柄ではなかった。ウィンチと滑車の仕掛けは、たとえよく油を差してあっても、動かすのにはかなりの力を要する」

「つまり？」

「つまり、これはあなたと弟さんとが協力してやったことだというほうが、ずっとありそうだ」

「わたしたちが共謀してレイディ・デナムを殺害したと思われるの？」彼女は微笑した。「はっきり申し上げておくわ。もしわたしの頭脳がそちらを向いたとしたら、これよりずっと単純なものを考え出していたわね！」

「信じますよ」パスコーは微笑を返して言った。「これはいかにも男性的な怒りと衝動を感じさせる。たぶん、あなたは事がクライマックスに達したところにぶつかったんでしょう。殺人を防ぐには間に合わなかったので、すぐに注意を逸らす行動に出た。書かれたことのそこまでは本当でしょうが、実際にはエドワードがいっしょにいて、あなたの指示に従っていた」

「いいえ」彼女は冷静に言い張った。「わたしは一人でした。テディは現場にいなかった。きっとシッド・パーカーがアリバイを提供できるでしょう」

「同感です」パスコーは言った。「姉の愛がこれだけのことを成し遂げられるなら、恋人の愛もそれに劣らぬ力があるでしょう。残念ながら、ミスター・パーカーの話にはあなたのお話と同じ程度の重さ、あるいは軽さしかありません」

「愛をあまり高く買っていらっしゃらないようね、ミスター・パスコー」

「とんでもない。わたしの神々の殿堂《パンテオン》の中では、愛より上に来るのは真実だけですよ」パスコーは言った。「これから、弟さんと話をします。彼をよくご存じのあなたとしては、彼は尋問に耐えられると思いますか？」

「楽々ね。弟は知っているほんのわずかなことをあなたにお教えするだけです。真実をそんなに崇め奉っていらっしゃるのなら、最後には、あなただってその神様の存在を認めなければならなくなりますわ」

彼はアンディ・ダルジールが最初から明瞭に見ていたもの、磨き抜いた甲羅の下の本当の女の姿がようやく見えてきたように感じた。巨漢から、この女は同情を勝ち得た。パスコーからは尊敬を勝ち得ただけだった。

彼女のただ一つの弱点はテッドだった。彼女はテッドのために隠蔽工作をしていると、彼は一瞬たりと疑わなかった。

だが、弟が詳しい尋問に耐えうるという彼女の泰然たる自信は誤っているとも、彼は疑わなかった。これが愛の困るところだ。愛のせいで人はばかなことをする。いや、もっと悪い。愛のせいで、人は弱点に目がいかなくなる。

彼は言った。「では、尋問がどんな具合にいったか、あとでお知らせしましょう」

それから立ち上がり、部屋を出た。

12

サミー・ラドルスディンのおんぼろフィエスタが先頭、ジョージのランド・ローヴァーがその後ろに続いて、サンディタウン・ホールのゲートに近づくと、マスコミの興味が高まってくるとの予想は正しかったとダルジールに見て取れた。道には記者やカメラマンが群がって、通るのもままならない。

サミーはブレーキを踏もうとしたが、巨漢の手に締め具のごとく太腿をつかまれた。

「アクセルだ、サミー、ブレーキじゃない」ダルジールは言った。「あいつらがどかなかったら、なぎ倒せ。それから左折して坂道を上がる」

北崖の頂上まで来ると、彼はフィエスタを導いて迷路のような田舎道をあちらへこちらへと走らせ、ようやく三十分後、追跡を試みる記者をすべて振り切ったと満足した。それから車を海岸道路に戻し、南崖経由で町にまた入った。ランド・ローヴァーがすぐ後ろについてきた。

かれらは〈希望と錨〉亭の裏に駐車し、裏口からパブに入った。警視をよく知る利口なジャーナリストなら奥の小部屋で待ち構えていたかもしれないが、そういうジャーナリストといえばラドルスディンしかいないから、みんなで部屋に入ると、そこは無人だった。

「いやあ、愉快だったな」ジョージ・ヘイウッドはにっこりして言った。「さぞ喉が渇いたでしょう、ミスター・ダルジール。何を飲まれます?」

ダルジールはうれしそうにうなずいた。こうでなくちゃな。若い者がすすんで年長者に飲み物をおごろうという。しかし、この場合は違う。

彼は言った。「きみにはあとでおごってもらうよ、ジョージ。まずはミスター・ラドルスディンのおごりだ」

サミーは言った。「どんな毒薬でもどうぞ」落ち着き払っているのは、〝ダルジール警視用飲み物〟と書いた経費請求書なら必ず文句なしに通ると承知しているからだった。

彼は注文を聞いてバーに行き、呼び出しのベルを鳴らした。しばらくしてバーメイドのジェニーが現われた。

「すみません」彼女は言った。「ちょっと手が足りなくて。アランがアヴァロンへ行ったもんですから」

「ほう?」ダルジールは言った。「まさか病気じゃなかろうな?」

「いいえ。お聞きになっていませんか? レイディ・デナムの従妹のクララが入院しているんです。墜落事故があって。意識を回復したと聞いたもので、みんなでお金を出し合ってお花を買って、アランが届けると申し出たんです」

「じゃ、彼の友達なんだね?」

「わたしたちみんな、彼女のことは好きでしたし、ちょっと気の毒にも思っていました。ことにアランはね。レイディ・デナムがどういう人か知っていたから。彼女が経理記録を調べる態度はまるでスパイ衛星だ、一つでもエラーがあれば、五十マイル上空から見つけ出す、と言ってたわ。あの婆さん――あ、ごめんなさい、死んだ人を悪く言っちゃいけないわね――レイディ・デナムは遺言でクララが楽に暮らせるくらいのお金を遺してあげたんだといいけど。遺産は何百万ポンドにものぼる、とかいうんでしょう?」

彼女は最後に疑問符を添え、期待するようにダルジールを見た。

この人が何者か、今じゃサンディタウンじゅうの人間が知っているんだわ、とチャーリーは思った。そして、もしなにか情報のある人がいるとすればそれはこの人だと、みんな思い込んでいる。

おかしなことに、彼女自身もほぼ同じように思い込んでいると自覚した。

だが、彼はこう言っただけだった。「ああ、遺言書ってやつはおかしなもんだ。しかし、ミスター・ビアードがここに泊まっているんじゃないのか? 彼に訊くのがいちばんだよ」

「あの人に口を割らせるくらいなら、うちのおじいちゃんに話をさせるってほうがまだ可能性があるわ。おじいちゃんは十年間、〝ブレア引っ込め！〟としか言わなくて」ジェニーは言った。「今は〝ブラウン引っ込め！〟としか言わないの」

彼女は注文を受け、飲み物を注ぎ始めた。ドアがあき、フラニー・ルートが車椅子で入ってきた。彼は芝居がかった驚愕の表情であんぐり口を開いたが、それを見たチャーリーは、あの裏に真の驚愕が隠れているように感じた。

「ぼくのお気に入りの人たちが一つ屋根の下に全員集合だ」彼は言った。「ミスター・ダルジール。チャーリー。それにジョージ。きみはジョージだよね？　顔が似ているし、チャーリーからずいぶん話を聞いているから、もう知り合いのような気がする」

彼は手を伸ばし、青年二人は握手した。ラドルスディンが飲み物を捧げ持ってバーから戻ってきた。ルートは顔を上げ、彼に笑みを向けた。

「今度はミスター・ラドルスディンだ、《ニュース》のスター記者、ですよね。お久しぶりです、ミスター・ラドルスディン」

サミーは「え？」と言って相手をまじまじ見た。そして、車椅子の男からダルジールに視線を移し、また相手を見直した。

「ルート、だな？」彼は慎重に言った。「フラニー・ルート？」

「ええ。以前、一度ぼくをインタビューなさいましたよね。いや、二度だったかな？　いい記事だったけど、写真はいまいちだった」

「思い出した。あんた、こんなところで何してるんだ？」彼はさりげない調子を心がけたが、目は憶測に輝いていた。

「ま、あれやこれやね」ルートは微笑して言った。「で、ホールの状況はどうですか、アンディ？　准男爵と姉が尋問のために連行されたと聞いています。深刻なんですか？　つまり、警察からもうじき公式発表があるんでしょうか？」

またみんなの注目が巨漢に集まった。

彼はビールをひとしきり飲んでから、言った。「だろうな」

「メモしてくださいよ、ミスター・ラドルスディン。今週の一言。ダルジール警視は言う、〝だろうな〟」

　ルートはやや躁状態だ、とチャーリーは気づいた。ほとんど抑圧されないエネルギーがあたりに漂い、いつもの冷静にコントロールされた雰囲気と違う。

　ダルジールは反応しなかった。その目はルートが入ってきたときのままあいているドアに注がれていた。ふいに彼はグラスを置くと、「小便がしたくなった。あ、そのビールには唾をつけてあるからな」と言って出ていった。チャーリーが見ていると、表のバーと小部屋とのあいだの通路に出たところで、彼は階段を降りてきた若い女と鉢合わせしそうになった。詫びるかのように彼は足を止め、それからドアが閉まった。

「それじゃ、ジョージ」ルートは言った。「きみはお姉さんを救うために駆けつけてきたの？　ご家族はさぞかし心配だろうね、〝健康ホリデーのふるさと〟が突然〝死の《コスタ・》海岸《デ・ムエルテ》〟になっちゃったんじゃあ！」

「チャーリーを救う？　冗談でしょ」ジョージは笑った。「ぼくから見れば、昔から人を救いに駆けつけるのは彼女のほうだ」

「それは信じられる」ルートは言った。「彼女がここに来てからというもの、ぼくらはみんな、彼女の注目の的にされてきたって感じだ。帰ってしまったら、寂しくなるよ」

　これは儀礼的な言葉に過ぎないとわかっていても、チャーリーはひどくうれしくなった。

　彼女は言った。「で、そのインタビューって、なんのためだったんですか、ミスター・ラドルスディン？　フラニーが有名人だったなんて、知らなかった」

　ルートは尋ねるような目でジャーナリストを見た。ラドルスディンは、おそらく成人してから初めて、どぎまぎした。

　だが、そのときまたドアがあいたので、彼は返事をする必要がなくなった。今度入ってきたのはアラン・ホリスだった。

「すまない、ジェニー」彼は言った。「大忙しだった？」

「いいえ、大丈夫よ。クララの具合は？」

「片腕、片脚に肋骨数本が折れて、まだかなりショック状態だけど、医者のほうは喜んでる」ホリスは答えた。「病室に入れてもらえた時間は短くて、みんなからのお見舞いの言葉を伝えるくらいだった。あ、それにもちろん、花は渡したよ。彼女から、みんなによろしくって。かわいそうに、それだけ言うのが精一杯だった」

「何があったのか、わかったんですか？」ラドルスディンは訊いた。

「まだです。彼女はなんにも思い出せないらしい」

「あのホールに住む人はみんな悪運に見舞われるって、人は噂してるわ」ジェニーは言った。「だからホッグ・ホリスがあそこを買う前、ずっと空き家だったのよ。で、彼はあんなことになったでしょ。それからレイディ・デナム。今度は気の毒なクララ」

「彼女はホールを相続したってこと？」ラドルスディンはぴしりと言った。

「さあね」ジェニーは言った。「あれを相続する価値がある人がいるとすれば、それは彼女よ」

「心配するな。みんなそれなりに価値に応じたものを受け取る」ダルジールは言った。人目を惹かずにいつのまにか部屋に戻ってきていた。巨体のわりに足は軽いのね、とチャーリーは思った。

バーメイドは巨漢の言葉にはうなずけないという顔をした。ホリスは言った。「よし、ジェニー、こっちはわたしが引き受ける。きみはバーに戻ってくれ」

「こんにちは、ミスター・ホリス」ダルジールは言った。「アヴァロンではあれこれうまくいっていましたか？」

店主はさっきほかの人たちに伝えたことを繰り返し、さらに言い加えた。「看護師たちはみんな、あの治療師の話でもちきりでしたよ。ほら、ゴッドリーっていう、トム・パーカーのサーカスの一員。クララは目を覚まさないんじゃないか、もし覚ましても脳がおかしくなっているんじゃないかと心配していたようなんです。ところが、彼が二分ばかりそばにいたあいだに、彼女は目をあけ、脳にもなんの問題もなかった。考えちゃいますよね」

「ゴッドリー？　それって、警察がゆうべ針師のところで現行犯逮捕したと思った、あの男か？」ラドルスディンは訊いた。人間的興味の分野でいい記事になりそうだと、においを嗅ぎつけ、鼻をうごめかせていた。

「現行犯逮捕されたときみが思った男だよ」ダルジールは厳しい声音で言った。「《ニュース》で彼のことを書き立てたあの記事が原因で、もし彼がきみを告訴しようと決めたら、編集長から首を切られて、きみこそ癒しの手が必要になるね」

　彼は腰を下ろし、ビールの残りを飲み干すと、ジョージを見て言った。「じゃ、さっきの話のとおり、一パイント頼むよ」

　ジョージがバーに行くと、巨漢はチャーリーに向かって、からかい半分に重々しく言った。「しかしまあ、確かに考えてしまうよな。そばにいたら便利そうだ、あのゴッドリーは。ほんとにそういう才能があるんならな」

　チャーリーは取り持ち爺さんの話なんかに関心はないというところを示して、あくびをした。

　ルートは言った。「きみの論文に役立つかもしれないね、チャーリー。それとも、ここ二日の経験で、きみの興味は代替医療から犯罪者プロファイリングに方向転換してしまったかな？」

　彼女は冷ややかに言った。「自分の勉強に早く戻りたいわ」

「じゃ、うちに帰るつもりなの、チャーリー？」ジョージは言い、泡立つビールを巨漢の前に置いた。

　ルートと巨漢が二人ともこちらを見て答えを待っていると彼女は意識した。

　彼女は言った。「ええ、でもキョート・ハウスでわたしが役に立つうちは滞在を続けるわ。この事件はずいぶんメアリの重荷になっているもの」

　利他的に聞こえて、なかなか上出来、と彼女は思った。もっとも、パブにすわってエールを飲んでいるのが友達の家族の世話にどれほどの貢献になるのかと、誰も問題にしなければだが。

　またドアがあいた。入ってきたのはウィットビー巡査部長だった。どう見ても視野狭窄に陥っている。グラスの腹に名前が書けるほどきりりと冷えた飲み物のことばかり夢想しているせいだ。

すわっている客には目もくれず、まっすぐバーに行くと、スツールにどさりと腰を下ろして言った。「いつものやつ、一パイント頼む、アラン。それだけの仕事はしたからな」

「たいへんな一日だったのか、ジャグ？」ドアがあいたとたん、ビールを汲み始めていた店主は言った。

「たいへんなんてもんじゃない！」巡査部長は言った。「あんたの馬鹿従兄をさがして、ヨークシャーじゅう駆けずりまわってた。それもみんな、犯罪捜査部のあのきざ男が〝ミスター・ヘン・ホリスと早急に話をすることが肝要だ〟と仰せになるからさ」

パスコーのパロディとしては悪くない、とダルジールは思った。巡査部長がさらに個人的な話に入らないうちに口をはさむべきかと迷ったが、もうちょっと待ったほうがおもしろそうだと決めた。

「あいつ、どこにもいない。それでとうとうあきらめて、ホールに報告に行ったわけさ。そしたらどうだ？　向こうじゃテッド・デナムと姉を逮捕して、取り調べのために本部へ連行するとさ。おれに電話してそう知らせてやろうと思った人間がいたか？　ご冗談でしょ！　あのカモメのクソ野郎にオカマの群れ、あいつらが考えることといやあ――」

「ジ、ジ、ジャグ！」

この一言はウィットビーの耳に運命を告げる雷鳴のごとく響いた。

スツールにすわったまま、くるりと振り向いた。顔にはムンクの『叫び』がにこにこマークに見えるくらいの表情を浮かべていた。

「ミスター・ダルジール」彼はどもった。

「外へ出ろ」巨漢は言った。

二人が出るとドアがバタンと閉まり、その勢いで中にいる人々は気圧の増加を感じるほどだった。

「定年退職まであとどのくらいだ、ジャグ？」巨漢は訊いた。

「九ヵ月です、警視」

「巡査部長としての年金全額支給か？」

「はい」

「違うね！　おまえがパブのバーに立って上司の悪口を言い、そこらじゅうの人間に警察の秘密情報を教えていると、噂の噂でもわたしの耳に届いたら、おまえはケツを思い切りどやされて追い出される。失業手当を出してもらおうと社会保障局に行くと、すわるのに座布団が必要になるくらいさ。わかったか？」

「はい、警視」

「よし。戻って飲み物をかたづけろ。誰にもなにも言うな。たとえパブが突然炎上したって、火事だ！　と叫んでもいけない。いいな？」

「わかりました」

彼はしゅんとなった巡査部長が小部屋に戻るまで待ってから、外の通りに出て、携帯電話で番号を押した。

「パスコーです」

「何がどうなってるんだ？」

「ああどうも、アンディ。ちょうどよかった。お電話して現況をお知らせしようと思っていたところでした。事態を少し先へ進めようと決めました。デナム姉弟は二人とも逮捕され、正式な聴取のため、警察本部へ向かっています。ここにはその設備がありませんし、もちろん、留置場もありませんから」

「あいつらを留置する気か？」ダルジールは信じられないというように言った。

「あと数時間は釈放することはないと思います」パスコーは慎重に答えた。

「で、どうしてそういうことになったんだ？」

パスコーはレイディ・デナムの遺体発見をめぐるエスターの話を伝えた。

「彼女はその話を翻さない。弟も自分の話を翻さない。こちらは、嵐が来るまでシドニー・パーカーとセックスしていた、という話です。パーカーもそのタイミングを確かだとしている。それにテッドとエスターはどちらも、今日はあなたに連行されるまで一日中いっしょにいたと言っているので、クララ・ブレトン事件に彼はアリバイがある」

「電話は？」

「ああ、そうだ。デナムはそっちも返事を用意していました。彼はクララの様子を尋ねようと、午前中に電話した。彼女が電話に出たところで邪魔が入り、彼女はあとで自分からかけると約束し、そのとおりにして、元気だと言った」

「嘘としては危険が大きいな。彼女が目を覚まして何を言うか、彼にはわからないんだから」

「わかっていたのかもしれませんよ。あなたとノヴェロがパークに現われる直前に、アヴァロンに電話していた。きっとフェルデンハマーをつかまえて、このまま教えてくださった例の下品な歌を一、二節口笛で吹き……」

「《インディアンの乙女》」

「そうでした。それからドクターに、患者の経過を率直に詳しく教えろと頼んだ。〝奇跡的に意識を回復〟は悪い知らせだったでしょう。だが、〝完全な記憶喪失〟のほうは彼の耳に〈巡礼たちのコーラス〉（ワーグナーのオペラ『タンホイザー』より）のように響いたはずだ」

「そっちも下品な歌か？　脳味噌をボクサー・ショーツの中にしまっとくような人物にしちゃ、ちょっと利口すぎないか？」

「姉の女予言者《シビル》が耳にささやいてくれれば大丈夫ですよ」

「彼女の名前はエスターだと思っていたがな」

「何をおっしゃる、アンディ。では、失礼します。当然ながら、わたしは本部に戻り、取り調べを始めます」

「当然ながらな。豪傑ダンには話をしたか？」

「もちろんです。重要な展開があれば真っ先にお知らせしますと、本部長には約束しました。進展があったので、喜んでいました」

「そうだろうよ。進展はけっこうだが、あわてて行き過ぎるなよ。じゃ、気をつけて」

「そちらこそ、アンディ。あとでまたお目にかかります。と思います。次回はお見舞いのブドウを忘れませんよ」

　ダルジールは電話を切り、そのまま二分ほど立ったまま考えにふけった。事件のことを考えようとするのだが、ふいにひどくくたびれてしまったという事実が邪魔をして集中できない。捜査に関してこう不安を感じるのは、自分の肉体的衰弱の徴候であって、ピーター・パスコーが勘違いしているしるしではないのか？

「アンディ、大丈夫？」

振り向くと、チャーリー・ヘイウッドが心配そうに彼を見つめていた。思ったより長いあいだ、ここに立ちんぼうだったに違いない。

「ああ、チャーリー、なんでもない」

「ほんとに？　わたしたち、心配になってきたのよ、あんまり長く外にいらっしゃるから」

彼女といっしょに小部屋に戻ると、〝わたしたち〟とはヘイウッド姉弟とフラニー・ルートだとわかった。

「ラドルスディンは？」

「二分くらい前に出ていきました」

くそ。裏口から駐車場に出て、たぶん今ごろは町へ向かっているだろう。警察本部からニュースが出た場合に備えて待ち構えていようというのだ。たとえあと数時間これという新情報が出てこないとしても、デナム姉弟の逮捕は彼の豊富な想像力に充分すぎるほどの素材を与え、煽情的見出しが生み出されるだろう。

おれの問題じゃない、と彼は自分に言い聞かせた。

チャーリーは言った。「ジョージにアヴァロンまで送らせましょうか？」

彼は言った。「弟さんが親切におごってくれたビールを飲み終えないうちはだめだ」

ホリスとウィットビーはカウンターを挟んで鳩首会談をしていたが、巨漢が再登場したとたん、話はぴたりとやんだ。

ややあって店主は言った。「法律の問題なんですがね、ミスター・ダルジール。ジャグに訊いていたところなんです。もしテッドが殺人に関わっていたとわかったとしたら、レイディ・Dが彼に遺した金はどうなるんでしょう？」

「わたしは弁護士じゃない」ダルジールは不機嫌に言った。「もし弁護士だとしたら、あんたには高くて手が出ないよ」

ビールを一口飲むと、気持ちが落ち着いただけでなく、ホリスはとても上質な酒をストックしていると思い出した。それに、この店主は彼がパジャマにガウン、スリッパ片方という格好のときに、なにも言わず、異議も唱えずに店に迎え入れてくれたではないか。そういう人物に対して無愛想になってはいけない。

彼は言った。「しかしまあ、かりにサー・テッドが殺人罪で有罪になったとすれば、彼は金に手をつけることはできない、それは確かだ。ほかの遺贈分はそのままだろうから、あんたはあの酒倉と呼んでいる地下牢を修理できるよ、それが気になっているんならな」

アラン・ホリスは冷たい目で彼を見た。

「いいえ、そんなことが気になったんじゃありません、ミスター・ダルジール。それに、レイディ・デナムがきちんと埋葬され、彼女を殺したとんでもない野郎が監獄にぶち込まれないうちは、そんなことをどうこうするつもりはありません」

「すまなかった」ダルジールはあくどいほど力をこめて謝った。「失礼なことを言ってしまった。たぶん、テッドの受け取り分はダフが遺言書なしに死んだ場合と同じ扱いになるんじゃないかな。そうすると、家族が請求できる。血縁の家族、ということだがね」

「つまり、ブレレトン家、ということですか?」ホリスは言った。

「ああ。ホリス一族に請求権があるとは思わんな」ダルジールは言った。「すまん、またやってしまった。警官てやつは、大足で人の私生活に踏み込んでしまう」

「あなたなら、踏み込む場所をたいがい心得ておられるでしょうがね」ホリスはかすかに微笑して言った。「でも、わたしは本当に今あるもので満足なんです。むしろ、若いクララのことを考えていたんですよ」

「状況によるな」ダルジールは言った。「彼女はどの程度の近親者なんだ? それに、ブレレトン一族でまだ元気なのはほかに何人いる?」

ウィットビーは咳払いし、教室で手を挙げた小学生のような顔で巨漢を見た。

ダルジールは許可するようにうなずいた。

「ダフ・ブレトンは一人っ子でした」彼は言った。「でも、伯父二人と伯母が一人いた。みんなもう死んでいると思いますがね。いちばん上のデレクには娘二人と息子一人。弟のマイケルには少なくとも息子が一人、もしかするともっとかもしれない。イーディスには息子が三人いた。クララはデレクの長男の孫娘だと思うので、そうするとまたまたいとこになるのかな、それともまたまたまたいとこか……」

「遠すぎるな」ダルジールは口をはさんだ。「いとこがまだ生きていて、その子供たちもいるとすれば、クララは出走馬だとしてもずっと下のほうで、賭けの対象にもならない」

「いいかげんにしてください！」フラニー・ルートがぴしりと言った。「ぼくたちは殺害された女性の話をしているんですよ！　逮捕されたのはぼくらの知り合いだ。その逮捕が正当か不当かは関係ない、この国でいったん法律にわしづかみにされてしまったらね。制度はその犠牲者を必要とする。そして誰が犠牲になるかなんて、選んでるわけじゃないんだ！」

彼は頬を紅潮させ、ぷつりと言葉を切った。

ダルジールは目を丸くして彼を見た。

「なんだよ」彼は驚いて言った。「きみがからんでいるのは例の第三思考とかいうたわごとで、アムネスティ・インターナショナルだとは思わなかったがな」

「ぼくのことはご存じでしょう」ルートはいつもの自制心を取り戻して言った。「いつも不当な仕打ちに対して感受性が強い。もっとも、ここで不当な仕打ちが出てくると予期しているわけじゃありませんよ。ピーター・パスコーが責任者で、あなたがいつものたくましい《ルード》健康体に戻られたとあってはね、アンディ」

「健康は健康だが、無礼《ルード》じゃないぞ」巨漢は言った。「ウィットビー巡査部長、地元の知識を披露してくれたんだから、今度はそれを実務に応用してみてはどうかね？　さっき入ってきたとき、ヘン・ホリスをさがして時間を無駄にしたとぶつくさ言っていただろう。さがすのをやめろと誰かから命令されたのか？」

「いいえ、そういうわけじゃ。でも考えたんです……」

「きみの年で考え始めるのはよせ、ジャグ。混乱するばかりだ。言われたことをやっていればいい。さがすのを続けろ」

「でも、あちこちぜんぶ調べたんですよ」巡査部長は逆らった。

「ミルストーンは見たかい？」アラン・ホリスは言った。

「いいや。あいつ、ホッグが死んでダフに追い出されて以来、あそこには行ってないぜ」ウィットビーは言い返した。

「ほっぽらかしで、もうあばらやだ。どうしてあんなところに行こうなんて思う？」

「それはさ」ホリスは言った。「今じゃ、あそこはまたあいつのものだろ？　少なくとも、遺産の分配がすんだら、そうなるじゃないか」

「ミルストーンて、なんだ？」ダルジールは訊いた。

「ミルストーン農場、ホッグとヘンが育った実家です」ホリスは説明した。「ホッグはそれを妻に遺贈したんですが、それは彼女の生きているあいだだけという条件つきだった。これでヘンの名義に戻ります」

「で、彼は法律的なことがかたづくのを待たなければなんぞと心配せずに、すぐ引越しを始めるだろうっていうのか？」

「ヘンは法律的なことにやかましくないですからね」店主はにやりとして言った。

「ほらな、ジャグ。そこへ行って見てみろ。それでそいつが見つかったら連れてきて、わたしに知らせろ」

「はい。警視はどちらにおられますか？」

どこにいるか？　ダルジールは迷った。ホールには行かない、それは確かだ。サーカスと新しい団長は町を去った。取り残された道化みたいにぶらぶらしていてもしょうがない。ここでビールをちびちびやりながら、あと一時間くらいすわっていてもいい。それは気を惹かれる。だが、ホームの心地よいベッドほど魅力はない。

彼は言った。「これだけ活躍したんだ、アヴァロンで休んでいるよ。ジョージ、どうだ？　送ってもらおうかと思うんだが」
「喜んで」ジョージ・ヘイウッドは言った。

13

ジャグ・ウィットビー巡査部長は革命家ではなかった。自由の旗を翻し、アンディ・ダルジールの極悪非道な支配を打倒すべく、先頭切って突撃するつもりはなかった。階級、個性、体格、すべてにおいて、巨漢にはかなわなかった。

とはいえ、彼も警視と同じ、硬い石から切り出されていた。頑固な独立心という同じ長い伝統に属していた。世界を同じ黒眼鏡を通して見た。要するに、彼もまたヨークシャー男だった。考えてみると、ウィットビーという名前なのだから、おそらくあのでぶじじいより純血のヨークシャー男だろう。ダルジールだって、あれはどういう名前だ？　タータンを思わせるじゃないか。国境の向こうから来たいかれたスコットランド野郎ってにおいがする。

というわけで、彼は巨漢に面と向かって〝失せろよ！〟と言う気概はなかったが、自分とあの恐ろしい存在とのあいだの距離が開いていくにつれ、ここサンディタウンとその周辺地域の法の番人として二十五年間勤めてきた自負心が甦ってきた。

　そうだ、命令は遂行する。無意味でばかげた命令だとは思うが。しかし、自分なりの時間に自分なりの速度でやる。まずは法に定められた飲食の権利を行使し、家に帰って、日曜日のローストの残りの冷肉とバブル・アンド・スクイーク（残り物のポテトとキャベツの炒め物）――彼の妻は季節や天候に関わりなく、毎週月曜日には必ずこのメニューを供した――を食べる。それから、法に定められた休息の権利を行使し、いつものようにお気に入りの肘掛椅子で三十分昼寝。続いて法に定められた娯楽の権利を行使し、テレビでお気に入りのアメリカの警察ドラマを見る。

　こうして元気回復したところで、ミルストーン農場を見にいき、すでに確信していることを再確認する。すなわち、ネズミ、コウモリ、クモのほかにあそこを占拠しているものはいない。

「あんた、まさかこれから出てくっていうんじゃないだろうね？」彼が九時半ごろ靴を履こうとすると、妻が訊いた。

「言ったろ。ミルストーンを見てこなきゃならないんだ」

「あそこまで行き着くころには、もう真っ暗よ。真っ暗なときに行くような場所じゃない」彼女は言った。「明日の朝じゃまずいの？」

　自尊心あるヨークシャー男が女性からの助言を受け入れる前には、内心の議論を顔に表わして長々と続ける必要があるが、それがすむと彼はうなずいて言った。「そう言われりゃそうだな。でも、電話が鳴ったらおまえが出るんだぞ。で、もし相手があのでぶ野郎だったら、おれは出かけてると言ってくれ！」

　居間の明るい暖かさの中にすわっているときには、この大胆さがいい気持ちだった。だが寝室の闇の中に横たわっていると、それはすぐ無謀なことに思えてきて、眠りの浅い夜のあいだに目が覚めるたび、ますます無謀に感じられるのだった。

夜が明けるとまもなく、彼は起き上がり、ぐずぐずしていた理由を問われる前にこの無益な義務を果たしてしまおうと決めた。

ミルストーン農場に向かって、深く轍の掘れた、雑草だらけの長い坂道を車で上がっていくと、そういえば、このまえこの同じ道を来たのは、ホッグ・ホリスの死という悲しい知らせを届けたときだった、と思い出した。

兄が成功し、サンディタウン・ホールと百戸村《ハンドレッド》の領主の地位を手に入れてからは、ヘンが一人でここに住んでいた。ウィットビーが訪ねたのはひどく寒い日で、強風がみぞれを背中にびしびし吹きつけてきたにもかかわらず、ヘンは彼を招き入れなかった。だから無駄な言葉は抜きにして、彼は敷居の前で悲報を告げたのだった。

「ホッグが死んだ」

「死んだ」ヘンは言った。

疑問符はつかなかったが、ジャグはこれを確認要請として取り扱った。

「ああ」彼は言った。「心臓麻痺。見つかったときには、豚どもにかじられていた」

「そうか」

そしてドアが閉まった。

ひょっとすると、ヘン・ホリスは台所に引っ込み、そこにすわって、若いころ兄と過ごした幸福な日々を思い出していたのかもしれない。あるいは涙をこぼしたか。

いやそれより、地元の憶測によれば、彼は家の中を歩きまわり、とうとうすっかりおれのもんだ！　と考えていた。もしそうだったのなら、兄の死より大きなショックが控えていた。

財産のすべてはホッグの寡婦に遺されたと明らかになると、ヘンは愕然とした。だが、地元の憶測者たちは説明に事欠かなかった。

「ホッグは一族のほとんどはしょうもないやつらだと思っていた。よく言っていたろう、若いアフンは別として、ほかには信用して湯を沸かせと頼めるほどの人間さえいないって。あいつは自分の欲しいものはよくわかっていた。商売だろうと女だろうと、これと決めれば一直線。しかも、ダフ・ブレトンはたいていその一直線の途中まで出て彼を迎えた！　ああいう女房はホッグにとっちゃ天の配剤だったし、あいつはいつだって借りはちゃんと返したからな」

だがそれでも家族は家族だ。不公平ではなかった、と地元の人々は認めた。ミルストーンの土地家屋の所有権は未亡人の生存中のみ彼女のもので、ヘンが彼女より長生きすればそれは彼に復帰する、との条項が入っていたからだ。

だから、彼はただじっと時機を待ち、実家に住み続けながら、義姉の寿命が尽きるか高い塀で落馬するかして、なるべく早く消えてくれるようにと、たまに祈りをつぶやいていればいいだけだった。

しかし、ヘンは異母兄の商才には欠けるとしても、遅れをいやがる辛抱のなさは共有していた。彼は法廷でダフネに挑戦し、敗訴した。それから、法廷の外で彼女に挑戦し、人殺しだと言い立てて、警察、マスコミ、そのほか聞いてくれる相手ならかまわず訴えた。ここでも彼は敗れた。

その結果、仕事も家も、すべて失った。

自分は居住中の借家人であると主張しようとしたが、それまで一銭も家賃を払っていないのだから、どうにもならなかった。ミルストーン居住はホリス・ハムとの雇用契約の一部であると主張しようとしたが、みずから仕事をやめてしまったのだから、これも通用しなかった。

それで彼は立ち退かされ、家は長年のあいだ空き家となっていた。こういう田舎では、人間から奪われたものを取り返そうと、つねに自然がてぐすね引いて待ち構えている。人間の存在には暖かい避難所とある程度の清潔が必要だから、それでかなり長い休戦が可能になる。だが、人がいったん気を緩め、ほんの数カ月でも退却してしまったら、自然は所有権奪還にかかる。けちのせいか、意地悪のせいか、ホッグの未亡人は天候や野生動物の襲撃を抑えておくのに必要な最低限の維持管理さえしなかった。屋根瓦は吹き飛ばされ、窓枠は腐り、ガラスはひびが入り、断熱材には穴があき、水道管は凍り、ネズミはかじり、ウサギは穴を掘り、虫はトンネルを作り、それでもそういう侵蝕を修繕、あるいは防止する手段はなにひとつ取られなかった。

まだ廃屋とはいえない。そうなるには、もうあと十年くらいほっぽらかしにしておく必要がある。

いくらヘン・ホリスが馬鹿でも、たっぷり二週間かけて改修工事をしてからでなきゃ、ここで一晩過ごそうとはするまい、とウィットビー巡査部長は近づきながら思った。朝霧の中から家と家畜小屋のかたまりがおどろおどろしく姿を現わしたところだった。

玄関ドアにノッカーはなく、ただ周辺よりやや暗い色の楕円形部分が残っていて、そこにかつては百年ほどノッカーがついていたのだが、木の部分が腐るとともに、ねじが緩んで取れてしまったのだと示していた。

ウィットビーはこぶしを握り、オーク板を思い切り叩いたので、ドアは枠の中でがたがた揺れた。

ノックの音はずいぶん長いあいだ反響しているように思えた。まるで音が家の中を部屋から部屋へとまわり、吸収してくれる生命体をさがしているかのようだった。

結局、生命体は見つからず、音はひとりでに消えた。

もう一度ノックすることはないと決め、ウィットビーは次の手を考慮した。でぶのダルジールを叩き起こし、報告することはありませんと報告してやるのは愉快だろう！

だが、そうする勇気はあるかと考えているうちに、膀胱を空にする強い必要を感じた。

ズボンの前ボタンをはずしたが、古い社会儀礼から、いかにぼろ家とはいえヘン・ホリスの玄関先に小便するのははばかられて、家の脇へまわった。

すると、玄関に近づいたときの角度では壁の向こう側になって見えなかったものが目に入った。

ヘンの古ぼけた自転車だ。

とりあえず、このことを考えるのは後回しにして、彼は小便をすませた。

最後に一振りすると、行動開始だ。一歩ずつ、慎重に。あわてて可能な結論に飛びつくことはない。そういうのはパスコーみたいな犯罪捜査部のきざな坊やに任せておけばいい。

まず、玄関ドアをふたたびがんがん叩きながら、大声で呼び立てた。「ヘン！　中にいるのか？　ジャグ・ウィットビーだ！　隠れても無駄だぞ！」

今度もまた、がらんどうの家にこだまが響いただけ。

彼は家の裏手にまわり、小さい枠に小さいガラスの嵌まった窓から中を覗いたが、陽光がまっすぐ射していても、埃や雨で汚れたガラスの向こうは見えなかった。

裏口のドアは単純な作りだった。錠はなく、掛け金だけ。もちろん、内側には丈夫なボルトが二本くらいはついているはずだ。それでこそ人を信用しないヨークシャーの農夫は枕を高くして眠れる。

彼は掛け金を上げた。抵抗はなかった。ドアはきしんであいた。

こうなると、実際的で年のいったヨークシャーの巡査部長ですら、頭の中で二歩ほど先走り、いちばんうれしくない結論に達するのを止めることはできなかった。

彼は広い台所に入った。

ホリス一家がミルストーンに住んでいたころは、ここが生活の中心だったはずだ。ホリスのおふくろさんが料理に使った、古いコンロがあった。男たちがすわって食事した、傷だらけの長いテーブルがあった。氷雨のしとしと降る中で一日を過ごしたあと、かれらは巨大なアーチ形の暖炉の前に押し合ってすわり、体を乾かしたろう。あるいは、寒い冬の夜長、赤く光る燃えさしを見つめ、そこに自分らの将来を読み取っていたか。

テーブルの一隅に、吸殻があふれそうになった灰皿が置いてあった。その横にはガラスのタンブラーが一個、逆さに立ててある。そしてちょうど真ん中には空のウィスキーのボトルがあって、一枚の紙を押さえていた。

ジャグはそれを無視した。あとは読むことしか残っていないと確信してからでも、時間は充分ある。

長い経験から、彼は承知していた。農夫がもうこれまでと思い定めたとき、家族がいれば、彼は納屋か牛小屋に行き、動物にしか見られないところで、顎の下にショットガンを当てる。

だが、一人暮らしなら、慣れ親しんだ自宅の暖炉の前でおさらばする。

だから、台所が無人だとわかって一安心した。こういう陰気な古家にいるから、縁起でもないことを考えるんだ、と彼は自分を戒めた。だいたい、ダフ・ブレトンが死んで、ようやく人生が上向きになったって瞬間を選んで、その人生をおしまいにしようなんて、どうして思う？

まあ、家族の家がまた自分のものになったのを記念して、あいつらしく一人ぼっちで祝ったあと、千鳥足で二階へ上がり、古い埃だらけのベッドに倒れ込んでぐうぐう眠っているのかもしれんな。

彼は叫んだ。「ヘン！　そっちにいるのか？」

どれだけ大声を出しても消せない思いがあった。ヘンは銃で自殺する道を選ぶはずはない。ショットガンを持っていないから。

このことを知っているのは、ヘンがここから立ち退かされた翌年、ジャグ自身が彼のショットガンを押収したからだった。ここ数年、地方警察は銃の所持者を非常に詳しくチェックするようになった。ヘンが免許を更新しなかったとき、ウィットビーは彼を訪問し、いつものように不平不満を山と聞かされたあと、銃を受け取って帰ったのだった。

だから、ありそうなことではないとはいえ、もし彼が自殺しようと決めたのなら、銃を使ったはずはなかった。

すると、田舎の生活の苦悩を長く見てきた巡査部長の頭に、今度は別の映像が浮かんだ。

銃でなければロープだ。それには高い梁のある納屋が好んで使われる。農家はたいてい天井が低くて、おとなの男が飛び下りられるほどの縦の空間がないが、たまに階段の構造によって、踊り場の上の梁にしっかりくくりつけた短いロープを使えば、断固として心を決めた男なら、下の玄関ホールにぶら下がるだけの余裕がある場合はあった。

だが、ヘンが自殺する理由はない。今という今、しかもこの家で！　ウィットビーは頭の中で繰り返した。理由はぜんぜんない。

確かめる方法は一つだけ。

ゆっくりと、ジャグ・ウィットビーはホールに通じる内側のドアの掛け金を上げた。ゆっくりとドアを押しあけた。

「あ、くそ」彼は言った。「くそ、くそ、くそ、くそ、くそ！」

14

アンディ・ダルジールはミルストーン農場の玄関先の石段に腰を下ろし、朝の太陽の下で、証拠袋の透明ビニール越しに書き置きを読んだ。

鉛筆書きで、丸っこい字体、一字一字離した書き方だった。

あれは事故だった。おれは手伝いに行っただけだ。ホッグ・ローストの機械がおかしくなって、手を貸してもらえないかとオリーが電話してきたから。

そしたらダフに見つかってけんかになり、あいつはおれがぜったいにミルストーンに足を踏み入れられないようにしてやる、この手で火をつけてやったっていい、とかぬかしたんで、おれはつかみかかった。あいつは倒れて頭を打って、そこにねそべったままこっちを見上げて笑いながら言った。じゃあどうするつもりなの、ヘン・ホリス？　首を絞める？　すると頭の中がまっくらになり、また明るくなってみると、おれはそのとおりにしちまったとわかった。あいつの首を絞めて殺した。オリーはあわをくって、助けを呼ぼうとした。おれは言った。ばかなまねはよせ、それじゃ二人ともおしまいだ。おれがここにいたことはだれも知らない。だれかほかのやつに死体を見つけさせよう。ダフ・ブレトンに死んでもらいたいやつならたくさんいる。たとえばあのテッド・デナムとかな。そう言ったとき、そうだ、あいつが犯人だと思わせる手はないかと考えた。あいつはいつもおれをゴミあつかいしてきた。オリーが、やつは子供たちといっしょに泳ぎにいった、服を置いてある部屋は知っている、と言った。おれはオリーを屋敷へ送り出し、デナムの持ち物をなにか取ってこいと頼んだ。それをここに置いてやれば、警官をだませる。そのあいだに、おれは死体を小屋から離れたところまで引きずっていった。オリーがデナムの使ってる例のきざな時計を持って戻ってくると、おれは、どっかよそに行け、雷だったから機械から遠くで雨宿りしていたと答えておけ、と言った。おれは時計をばあさんの服にひっかけると、死体は草むらに置いて、逃げた。あれがどうしてホッグ・ローストの籠に入ることになったのかは知らない。なにかわけがあってオリーがそっと戻ってきて、あれをあそこに入れたというんなら別だが。でも、あとで魔女小屋で会ったとき、あれは自分のしたことじゃないと言っていた。おれはあいつが最初の話を守るように念を押したが、気の弱い男で、すっかりおびえて、ミス・リーが戻ってきて針を抜いてくれたら、すぐウィットビーに会ってなにもかも話すと言った。あれは事故だったと警察にぜったいわからせる。おれは言った。ばかめ、事故でぐうぜん人の首を絞めるようなやつがどこにいる？　するとまた頭の中がまっくらになってきて、おれは針を一本取ると、あいつの背中に突き刺していた。殺すつもりはなかった。ダフ・ブレトンだって、殺すつもりはなかったんだ。まあ、はじめのうちはな。でも、これがどう見えるかはわかる。

おれはここ何年も、ミルストーンを取り戻すことだけを生きがいにしてきた。ところが、ようやく取り戻したら、これだ。あとどれだけ自分のものにしておける？ 刑務所に入れられるのはたしかだし、たとえ長生きして出てこれたって、ミルストーンはおれのものにさせてもらえないかもしれない。だから、みんな地獄におちろ。この家に暮らせないなら、すくなくともここで死んでやる。

こんちくしょうめ。


「気の毒なやつだ」ダルジールは言った。

ウィットビーはびっくりして警視を見ると、うなずいて、同じ言葉を繰り返した。「ええ、気の毒なやつだ。これからどうしますか、警視？」

彼はダルジールの手中にあった。巨漢と話をしないうちは、ほかの誰にも連絡しようとは思わなかった。

電話で起こされたダルジールは、眠そうな、間延びした声で言ったのだった。「よほど悪い知らせでなかったら、怒るぞ、ジャグ」

だが、実際にどのくらい悪い知らせかを聞くと、その声は冷たく明瞭になった。

「死んでいる？」

「確実です」

「で、書き置きがあるのか？」

「はい。台所のテーブルの上、空のウィスキー・ボトルの下です」

「書き置きを袋に入れ、家から出て、わたしが行くまで待て」

彼はペット・シェルドンの車を借りた。その顔を見ると、彼女は説明を求めなかった。アヴァロンのゲートを出しなに、朝刊を積んで入ってきた新聞販売店のヴァンに会ったので、声をかけ、一部もらった。

《中部ヨーク・ニュース》の一面を一目見るだけで充分だ

った。正式に罪状が決まって起訴されたとはさすがに書いていないが、今回もサミー・ラドルスディンは、中部ヨークシャーの町々はふたたび安全になった、州のポアロたるパスコー主任警部が、称号のある加害者（とその共犯者）を牢屋に入れてくれたから、という印象を与えていた。

「ああ、ピート、ピート」ダルジールは唸った。「警告したろう。クソなら、無視していればそのうち剝がれ落ちる。こすってもしつこく落ちないのは、ああいうやつらの称賛だ！」

一つありがたいことに、こうまで劇的にフライングしたのは《中部ヨーク・ニュース》だけだった。ほかの新聞は、仲間の一人に恥をかかせるチャンスなら嬉々として利用するだろうと、彼は疑わなかった。だから、パスコーが態勢を立て直す時間はまだたっぷりあった。デナム姉弟を逮捕するのはけっこうだ。なんといっても、二人は深刻な犯罪行為を認めたのだから。だが、事実関係の札をちょっと切り直してやれば——ピートは札を切るのがすごくうまい！——かれらを警察本部に移送したのは、マスコミの注目をサンディタウンから逸らす賢い戦略だったと見せるのは簡単だ。その結果、現場にとどまった人間が彼の指示に従い、きちんとした結論を出す。ダン・トリンブルは大喜び。事件解決、完全自白、加害者死亡、裁判なし。これ以上満足のいくことがあるか？

「これからどうするか？」彼はジャグ・ウィットビーの言葉を繰り返した。「きみはミスター・パスコーに電話しろ」

「わたしがですか？　警視がなさるかと……」

「いや。きみの縄張りだ、ジャグ。きみは地元のことに詳しいから、この家まで来た。手柄はきみのものだ。それにミスター・パスコーのものでもある。きみはミスター・パスコーの指示に従ってここに来た、とマスコミには言う、いいな？　そのとおりだろう？　だって、主任警部はヘンをさがすのをやめろとは命じなかったんだからな」

「はい、でもあれは警視が……」

「わたしはここに来なかった、ジャグ。わたしはベッドでぐっすり眠っている。なにしろ回復期の患者だからな」

彼は石段から立ち上がり、陽光の中で伸びをした。

パスコーはもう起きているはずだ。デナム姉弟に会いたくてうずうずしている。もう一押ししてやれば、もうちょっと狡猾にやれば、答えを手に入れられる、そうすれば（朝食の席でおそらく読んだばかりの）見出しが現実になると、期待して――信じて！――いるだろう。

ヘン・ホリスのニュースにはショックを受けるだろうが、やがてほっとする。

だが、それはダルジールから来ないほうがいい。

彼がそのニュースを伝えたら、どうしたって、〝だから言ったろう！〟とほくそえんでいるように聞こえてしまう。

「そりゃ」巨漢は知らぬ顔の太陽に向かって言った。「おれは確かにそう言ってやったんだからな！」

第五巻

ミス・ヘイウッド、驚かせてしまいましたわね。
いったいどういう人間かとあきれていらっしゃる。
こんなすばやい行動には慣れておいでないと、
お顔を見ればわかりますわ。

1

送信者：charley@whiffle.com
宛先：cassie@natterjack.com
件名：お別れ&フェスティヴァル！

ハイ、キャス！
サンディタウンからの最後のメールです！　前にも話したけど、偉大なる竜頭蛇尾のあと、わたしはまっすぐ家に帰り、ウィリングデン農場の生活という平静な確実性にどっぷり浸かるつもりだった。ありきたりの――おんぼろ我が家の――退屈な生活がこんなに魅力的に思えたことはなかった。でもトムとメアリはすごく熱心に滞在をすすめた。わたしは暗い日々を生き抜いたのだから、夜明けを見たいだろう、とかね。まあ、それがトム。メアリはもっと、なんていうか、「もちろんご家族のもとに帰りたいでしょう。でも、今ではわたしたちのことも家族だと思ってくださるとうれしいわ」とか、「まあ少なくとも、わたしはあなたを家族と考えているのよ。それにミニーはすごく寂しがるでしょう。わたしもよ、絶対に。でも、どうぞプレッシャーは感じないでね！」

言葉にはしなかったけど、メアリは心の奥底にわだかまりがあって、夜中に悪夢にうなされているのかもしれないわ。トムがレイディ・Dの死になんらかの形で関わっていたという悪夢。あるいは、彼女自身があの人を嫌って信用していなかったから、罪の意識を感じて、事件が峠を越した今になって（よくあることだけど）緊張が表に出てきた！

そんな彼女をぽいと棄てることなんて、できないでしょ！　だからオーケーした。でも、公休日までには家に帰るという約束。月曜日にウィリングデン農業共進会《カントリー・ショー》に出て、パパが〝もっともセクシーな雌牛〟、ママが〝もっともおいしいヴィクトリア・スポンジ〟で賞をばんばん取るところを見なくちゃ、わたしは〝ヘイウッド家のもっとも黒い羊（家族の面目をつぶす厄介者）〟部門で金メダルだもんね！

　それで、今日、土曜日まで滞在することにしました。サンディタウン初の健康フェスティヴァルのグランド・オープニングを見られるように。「傷を負ったコミュニティが癒されていくのに、今のサンディタウンほどふさわしいところはない」とトムは言う。きっと、わたしを相手に開会のスピーチを練習しているんだわ！　でも、言うとおりかもしれない。サンディタウンは確かに見事な回復力を見せている。ヘンが遺体で発見されてからわずか四日というのに、地元の人たちはもう驚天動地の反応から、心得顔の運命論とでもいうものに移行している。ホリス家は呪われた一族だった、幸福になるように生まれついていなかった、〈希望と錨〉亭のアランだけが呪いを免れたらしい、おふくろさんの浮気でできた子なのかもな！　「ヘンはいつも言っていた、おれはミルストーンで生まれた、誰も――天国の神様だろうが、ホールのあのばばあだろうが――おれがあそこで死ぬのを邪魔することはできない！」そんなことを言ってる人までいたわ。

　わたしは研究用メモをたくさん取った。いつかちょっとした論文を書くかも。『悲劇と集団意識』――ちょっとださい？　オーケー、じゃ、『豚と針と二ヤードのロープ』！　ごめん。わたしも同じことをしてるって、一目瞭然ね。悲劇を話の種に変えている。

　でも、論文を忘れてはいないわ。クララのお見舞いに行って、ひそかに面接してきちゃった。ゴッドリー・ゴードンの奇跡の癒しとされるものは、ヘンの自殺よりさらに人気の話題よ。トムはゴードンを説得して自分の代替医療チームに入れたというんで、得意満面のウハウハ。当然ながら、わたしはトムに教えていないわ、あの貴重な治療師がサンディタウンに来てくれたのは、彼がわたしに惚れてたからだって！！！！　こっちから惚れることはまあないけど、それでもいい気分。ま、今では彼のこと、かなりいい人だと思ってるんだけどね。ともかく、彼にもわかったらしくて、ここ数日、ぜんぜん姿を見ていない。フェスティヴァルのオープニングに来ないんじゃないかって、トムはちょっと心配してるみたいだけど、ゴードンは約束を破ったりしないって言っておいた。そんなタイプじゃないもの。

クララはよく回復している。結局のところ、おもに骨折と脳震盪ということらしい。たぶん最初からそうだったんでしょうけど、地元ではゴードンが癒したといまだに感心されてるわ！ 今ならNHSの専門病棟に移せるんだけど、テッド・デナムが彼女はアヴァロン入院を続けて、専門家のほうが通ってくるべきだ（費用は彼が持つ！）、と主張しているの。テッドは、予想どおり、《ニュース》で第一容疑者扱いのさらし者にされた経験からすぐさま立ち直り、〈セクシー・アニマル〉にまたがって町へ乗りつける。まるで崇拝者を求めるアレグザンダー大王みたい、というか、そのとおりなのよ。みんな金持ちの若い郷士が大好き。ダフおばあちゃんよりずっと金離れがよさそうなんだもの！

彼は開発コンソーシアム内のダフの役割を引き継ぎ、彼女が請け合った仕事（さらにそれ以上！）を実行すると、トムに約束した。健康フェスティヴァルは、もちろんトムが力を入れた企画だけど、テッドの初めての見せ場は来週のダフのお葬式。彼がお通夜に何を計画しているか、考えるのがこわい！ エスターの姿はあまり見かけないけど、ちょっと会ったら、ホッグ・ローストのときに始まった雪解けが続いていた。もしかしたら、わたしを特に嫌っていたわけじゃなくて、たんにダフの大きな影の下で生きることにむかついていたのかな。スイス人の彼氏が戻ってきたかどうかはまだわからない。伯母さんがしっかり地中に落着かないうちに彼を見せびらかすのは不謹慎だと思っているのかも。

クララの話に戻ると、論文に利用できそうなことはあまりない。ひょっとして、白いトンネル体験をしたかもしれないと期待したのよ。ゴードンが向こうの端にいて、〝戻れ！〟と叫んでいるとか。でも彼女が思い出せるのは、お菓子屋の夢だけ。中に入れない、というの！ ユング式に考えれば意味があるかな。家に帰ったら、参考書を当たってみなくちゃ。

警官たちは荷物をまとめてサンディタウン・ホールを出ていった。その前にノヴェロにぶつかった——あるいは、彼女がわざとわたしにぶつかるようにしたのか。「すみませんでした。仕事なので」と言ったから、わたしは答えた。「ええ、こっちも同じよ。人が信頼してくれるように仕向けるのが仕事。違いはね、もしわたしがその人たちを裏切ったら、わたしはプロとして失格だってこと」

執念深く赦さないこのわたし！

パブでアンディ・ダルジールに会った。今度のことをどう感じているかって訊かれた。わたしは「すべてかたづいてうれしい。そう思いませんか？」と言った。彼は、うれしがるのは自分の仕事のうちじゃない、と答えた。どういう意味かしら。考えてみなくちゃ。彼も帰るそうです、週末明けにね。この騒ぎのおかげで、すっかり調子を取り戻した、あと数週間で仕事に戻るのが楽しみだ、と言っていた。「そう聞いて、ミスター・パスコーも喜ぶでしょうね」と言ったら、「そう思うかね？」だって。

ミスター・ディールのおもしろいところはね、何を言っても——まるでありきたりのことでも——こっちはつい、そのこだまに耳を傾けずにはいられないってこと。

ミニーがやって来て、出かける時間だと言ってる！　わたしのベッドにすわって、こっちを非難の目で見つめてるわ。オープニングのあとでわたしが家に帰るのを、自分が侮辱されたみたいに受け取ってるんだと思う。それに、シッド叔父さんと准男爵の関係について、多少は察したんじゃないかな。驚くことじゃないわね。前にも言ったけど、もしわたしがＭＩ５の長官だったら、すぐさまミンを雇うもの！　さいわい、彼女はわたしをキョートに送ってきてくれたジョージに出会って——一目惚れ！　わたしがシッドと結婚して彼女の義理の姉にならないんだったら、逆に自分がジョージと結婚して義理の妹になると決めた！　オープニングのあとでわたしが出発するのを埋め合わせてくれるのは、ジョージがわたしを迎えに来るってことだけ！

シッドはロンドンに帰った。今日、現われるかどうかはわからない。テッドがとてつもない大金持ちになった今、あの奇妙なカップルの将来がどうなるか、おもしろいところね。愛とは不思議なもの。周囲のすべてが変化しても、愛はいつまでも変わらない、というのが詩の世界。わたしの観察は違うわ。愛は状況によってころころ変わる生物よ。手近に松の木があって、さらに手近に元親友がいれば――ほらね！　リアムの悔い改めの手紙は、まだ検討中。おねえちゃんとマホガニー色のハンサムさんとの関係は例外となりますように。愛はいつまでも変わらず、最後には二人はウィリングデンで、スイカズラのからむかわいいコテッジに落ち着く！

行かなくちゃ。ミンが爆発しそう。

次のメールはうちからね！

愛をこめて
チャーリー

2

よし、ミルドレッド。あんたと話をするのはこれが最後だ。いつだって別れはつらいが、現実を認めよう、わたしたちの関係には終わりが来た。成り行きってのはおかしなもんだな。初めてあんたを目にしたときは、あんなものの耳にわたしが甘い言葉をささやくなんてことは金輪際ないからな、と思った！　ところが今じゃ、手離しがたいって気がする。

もちろん、だからこそ関係を終わらせるときなんだ。楽しむようになったのは確かだが、続けるのは危険すぎる、と朝の礼拝前に彼の鐘紐を引っ張った堂守の妻に向かって牧師が言ったようにな。ここにはほかのやつらに聞かれたくないことが入っている――わたしだって、また聞きたいとは思わないようなことだ！

だから、これが最後、最後の考え、最後のあれこれだ。

ピートにウィールディ、巡業サーカスの一団はみんな、荷物をまとめていなくなった。いなくなって初めて、どんなに寂しくなるかに気がついた。病気療養はけっこうだが、もしダフのばあさんが殺されず、その後のいろんなことが起きていなかったら、それにわたしがあんなふうに関わっていなかったら、たぶん今の状態に回復するのに三週間はよけいかかっただろう。

木曜日にキャップが来たとき、説得するのは一仕事だった。わたしがもう退院願いを提出した、週末には家に帰ると言うと、厳しい戒告が始まった。最後には彼女をベッドに押し倒して、どれほどよくなったかを見せてやらなきゃならなかった。ペットとのことは、トレーニング・セッションだったと考えようとしている。本番に向けての準備。おかしいよな？　どういう水準で考えたってまずいことだとわかっているのに、なんとか正当化しようとしているとはな。少なくとも、ペットのほうは愛情からしたことだと主張できる——もっとも、バナジー・ジャンプのスリルに誘惑されたフェスターに対する仕返しもちょっとはあったろうがね！　あのことをペットは知っていたに違いない。こういう場所で、婦長の耳に届かないことなんかない！

ともかく、あのおかげで、わたしはキャップとの接触に戻るのに自信を持てた。ちゃんと昔の調子に戻っていたらしく、事がすむと彼女は言った。「なんで日曜日まで待たなきゃならないの？」健康フェスティヴァルの開会式に出たいからだと言うと、「いったいどうしてそんなものに？」と彼女は言った。あれに関わっている人たち大勢と知り合いになったし、みんなにさよならを言ういい機会だと思う、と言ったら、彼女は疑うような顔になったから、また気を逸らしてやらなきゃならなかった。

少なくとも、これでわたしの回復ぶりは一時の偶然ではないと彼女は納得した。それに、わたしが彼女の動物権擁護活動についてやかましくしないのと同じで、彼女も質問を控えるべきときをわきまえている。

実のところ、たとえ真実を白状する薬を注射されたとしても、どんな答えが出てきたか、よくわからない。ここでのことはすべて終わった。そうだろう？　ピートは無事にやってのけ、後光がほんのちょっと曲がっただけだった。あいつは完全にわたしの予想どおりにプレーした。あとはリラックスして、拍手喝采を受けるだけだ。だが、危うく間違えるところだったというので、あのすでに鋭い鼻がさらに研ぎ澄まされ、彼は電話してきて、どう思うかとわたしに訊いた。電話したのがそのためだと言ったわけじゃない。状況を知らせておきたかった、じきに職場に戻れるといいですね、と言ったさ。だが、これで事件はきちんと解決したと思うかと訊いているってことは、われわれ二人ともわかっていた。

いったいわたしに何が言える？　もしわたしがアイルランド人なら、そもそもここから始めたりしなかった（アイリッシュ・ジョークの落ちの一つ）、と言えたかもな！　まあ、クソをしていて、これでおしまいと思うんだが、なにか体の深いところにあるものが、じっとしていろ、まだ出てくるものがあると告げている、みたいなもんだと言えばよかったか。

だが、そんなことに意味があるか？　未解決部分？　未解決部分のない事件なんか、お目にかかったことがない。われわれは警察官だぞ、まったく！　国家の奉仕者で、神の道具でなんかない。長年のあいだに一つ学んだのは、人間を扱っていると、すべてを知るのは無理だってことだ。知るべきことすべてを知っているときだってな。だからあいつには言ってやった。よくやった、ピート。裁判なし、仕返しの心配もなし！　リラックスして楽しめよ！

だけど、つい考えずにはいられない、と市営プールでガールスカウト二十人に洗礼を施した牧師が言ったようにな。

なんとか気持ちの整理がついたと思ったのもつかのま、今朝、朝食に降りていったら、そこにフラニー・ルートがすわって、ほかの入院患者たちとしゃべっているじゃないか。やつはわたしに向かってにんまり笑い、明るく手を振ってみせたから、あの車椅子ごとつかみ上げてテラスへ放り出してやろうかと思ったが、じっとしていた。だが、予想どおり、まもなく椅子を転がして近寄ってきたから、なんでそんなにうきうきしているんだと訊いてやった。

彼は言った。「さあね、アンディ。でもなんとなく、今日はどんなことでも可能な日だって気がするんです。そういう経験がきっとおありでしょう。ゴルフをすればパットが決まる、ラグビーをすればコンバージョン・キックがゴールポストの上を高々と飛んでいく、ビールを飲めばちょうどいい温度、角を曲がれば夢に見た女の子と鉢合わせする」

そのとおりだ。そういう経験ならあった。そんな日には、ねだるか借りるか盗むかしてでも金をかき集め、出走馬表にやみくもにピンを突き刺して選んだ馬に全額を賭けるもんだ！

だが、今日はそういう日には思えなかった、まあ、わたしにとってはな。

わたしは言った。「そのとおりだといいな」

そして彼は例の第三思考とかいうたわごとを、こやしを撒く百姓みたいに撒き散らしに出ていった。

すると、考えずにはいられなかった。あれこそ、ここを出る前にぜひともかたづけたい未解決部分だ！　あとで、健康フェスティヴァルの開会式のとき、あいつをつかまえて、じっくり一対一で話をしようか。ほかにも一人か二人、最後に言葉を交わしたい人がいる。さよならを言うだけでもな。みんなブレトン・マナー・ホテルに集まる。キスする相手もいれば、キックする相手もいる。酒はたっぷり出ているだろうし、今回は心ゆくまで飲ませてもらおうって気分だから、回復している証拠だ！　そうしたら、明日の朝一番にキャップが迎えにきてくれて、グッドバイ・サンディタウンだ！

さてと……

最後に一つ、ミルドレッドに録音したものをぜんぶ消す。くそ！　きっとすごく簡単なんだろうが、あのずる賢いフェスターめ、消す方法だけは教えてくれなかった。これを返す前に、すっかり消しておかなければ。それより、いつか土曜の夜にラグビー・クラブに行って、選手たちに《インディアンの乙女》を五十番まで歌わせたやつをわたしの録音の上に入れて、フェスター宛てに郵送してやるか！

さてと、もうすぐペットが迎えにくるはずだ。酔っ払って騒いで、こいつをなくしたりしてはたいへんだから、安全のためにまたトイレの水槽に隠しておこう。チャーリーは電子機器に強いから、訊いたら、きっと削除の方法を教えてくれるだろう。

さよなら、ミルドレッド。つきあいは楽しかったよ。でもこんなふうに会うのを続けてはいられない。

さよなら！

3

送信者：charley@whiffle.com
宛先：cassie@natterjack.com
件名：絶対に終わり！　いや始まりかも！

キャス、嘘ついちゃった！　次回は家から書きますって言ったのに。おぼえとくべきだった——オズからお許しが出ないうちは魔法の国を出られないんだった！　というわけで、まだここにいます。ジョージは階下でパーカー夫妻とお茶を飲み、ミンは彼の脚にまつわりついてる！　わたしは二階で荷造り、と彼は思ってる！　でもおねえちゃんに打ち明けて胸をすっきりさせたいことがありすぎる。だから、書きます。

健康フェスティヴァルの開会式には全員が集まった——

ほんとに全員。すごく活気にあふれていた。おかしいわね、死はサンディタウンを暗くしない。むしろ町は元気になった！　市議会のがめつい議員たちはみんなまた来ていて、ホッグ・ローストのとき途中でやめになった分を取り返そうと、酒類に目をつけていた。デナム姉弟はもちろんいたわ。エスはすごくゴージャスでセクシー、あのツーピース・ドレスはたぶんヴェルサーチェね。うらやましくて、あの目をひっかき出してやりたいくらいだった！　テッドはリネンのスーツで、映画「愛と哀しみの果て」から抜け出てきたみたい。いかにも慈悲深い荘園主って感じ。それからパーカー一家。トムは発射直前の宇宙ロケットなみにエネルギーがはちきれそう。メアリはクリーミーな色合いのローラ・アシュレーのドレスで、顔も同じくらい真っ白だから、アヴァロンの回復期患者《コンヴィー》みたい。子供たちは勝手に駆けまわり、ミンはジョージがいつ来るのと二分ごとにわたしに訊いてくる。ダイアナも来たわ、もちろん！　大忙しで、おしゃべりする暇もない。この催しの立役者みたいに振る舞っていて、ちょっとすれ違ったとき、今朝はずっと立ちっぱなしだと言っていた。そんなにがんばると、あとがたいへんだとわかっているのにね。

こういう催しだから、当然、アヴァロンの人たちが大勢いた。中心はドクター・フェルデンハマー、白いスーツ姿で、すぐに手術をしてくれそう。そのすぐ後ろにシェルドン看護師。暑さにまいっていたけど、ボスに張りついて、彼がかわいい若い子に気を惹かれるたび、断固とした態度であの豊満な体を二人のあいだに割り込ませる。あれを見ていたら、彼は厳しい番人を交換しただけなんじゃないかと思った。

そういえば――フェルデンハマーがどうしてトムの代替医療支援にあんなに熱心に同調するんだろうとわたしが不思議に思ったの、おぼえてる？　答えは簡単――シドニー・パーカーよ！　ドクターとインド人の患者を浜辺で見たとミンは彼に教えた。それでシッドはたっぷりヒントを出してやって、彼がトム兄貴の大事な企画に乗るよう仕向けた！　フェルデンハマーがほとんどかわいそうになっちゃうわ。一つ悪いことをしたせいで、三方から恐喝されるなんて！

もちろん、トムが集めたあれこれのセラピストたちもみんな顔をそろえていた。ミス・リーとちょっと話したわ。いつもよりもっと東洋的に見せていた。ここ数日のあいだに、彼女が実はミス・ドリス・ゴッドリーで、リーズ出身、元テスコ店員だってことがはっきりして、今では秘密どころか、広く知られているんだけど、誰もそんなことが重要だと思っていない！　弟さんはどこですかと訊いたら、どこかにいるはずと言ったけど、彼は見当たらなかった。

わたしを避けてるのかなと思った。だって、強い情熱を感じながら報いられない相手のそばにいる痛みって、激しいはずだわ。ちょっと罪悪感を感じたし、満足感もあった。もし彼を見かけたら、なるべく気を楽にさせてあげようと決めた。欲望の対象となると、責任も出てくる――でも、それはすっかりご存じよね！

突き倒しそうな力でわたしの肩を叩く人がいた。アンディ・ダルジールだった。わたしは言った。「あなたに逮捕されないよう、気をつけなくちゃ！」彼はにやりとして言った。「じゃ、悪さをしないことだな！　わたしはもうじき仕事に戻る」

わたしは刺激してやろうとして言った。「そしたら、この事件の捜査を再開する？」

これには反応があった。

「どうして？　どういう意味だ？」かなりどきっとした様子。

わたしは言った。「ドクター・フェルデンハマーが患者と不適切な関係を持った事件。あの人、何度もやってるかもしれないでしょ！」

彼は大きな頭を横に振って言った。「いいや。まあちょっと人間らしい優しさを見せてやれよ。われわれ男ってのは弱い器だ。固い決意の女に目をつけられたら、ふにゃふにゃになって言いなりだ。わたしの聞いたところじゃ、あのインド人の娘は、こうと決めたら引かなかったそうだ」

「じゃ、いつものように、女が悪いってこと？」

「いや」彼は言った。「設計ミスだよ。エンジニアの責任で、エンジンに責任はない」

おもしろい。なんだか実感がこもっているみたいだった。でもそれ以上探らないうちに、フラニー・ルートが車椅子を転がしてやって来た。

アンディは言った。「きみをさがしていたんだ、ルート。なんでこんなに時間がかかった？」

するとフラニーは答えた。「ぼくのつとめはタイムテーブルどおりにいくものじゃないんですよ、アンディ。次にぼくがアヴァロンを訪問したとき、ほかの患者さんたちといっしょに参加してくだされればわかります」

「そのときにはわたしはいないよ」アンディは言った。「明日、家に帰るんでね。その前にいくつかはっきりさせたいことがある。まずはきみからだ！」

これはおもしろくなりそうだと思った。でも話が始まらないうちに、それまでミュージカル・ナンバーを演奏していたサンディタウン・ブラスバンドが、ふいに女王が登場するときに聞くようなファンファーレを始めたの。それが静かになると、拡声器からダイアナ・パーカーの声が聞こえてきた。「みなさま、これより開会式を始めさせていただきます。では、本日の主役にご注目を――ミスター・トム・パーカーです！」

ホテルの正面に演壇が置かれ、そこに立てば、芝生に群がっているわたしたちにも顔がよく見えた。トムがマイクの前に進み出ると、熱狂的な拍手が起きた。彼は両手を挙げ、喝采がおさまるまで待ってから、言った。「待ちに待った、すばらしい、意義ある催しが実現の運びとなりました。ただ、計画を推し進める中心人物であった一人が出席できなくなったことだけが悔やまれます。わたしにとって、親愛なる友人だった。サンディタウンの人たちみんなにとっても、そうでした。ですから、悲劇的に亡くなられた大切な人物、ダフネ・デナムをしのんで、ここで一分間の黙禱を捧げたいと思います」

ピンが落ちるどころか、羽一本落ちたって聞こえるほど、静まり返った。

それから、トムは黙禱の終わりを手を叩いて示し、みんなも加わって、さっきトムを迎えたのよりもっと大きな拍手になった。すべてレイディ・Dのため。わたしは目頭が熱くなった。アンディさえ感動した様子で、かわいそうなフラニーは頭を垂れて表情を隠していた。

それからトムのスピーチ。やりすぎるんじゃないかと心配したんだけど（前にも教えてあげたように、彼はサンディタウンの驚異を話し出すと、永久に止まらなくなるからね）、これは見事に簡潔だった。賢く、機知に富んで、ポイントを押さえている。「健康は幸福の基盤です」と彼は言った。「幸福は健康から来る。サンディタウンはその両方を、この地を訪れる人すべてに提供すべく、尽くしていきます」

続いて、フェスティヴァルのアトラクションを簡単に紹介。もちろん、アヴァロン・クリニックとトムの代替医療チームも含めてね。セラピストたちは敷地内に点在するしゃれた小さいテントの中で相談に応じる。それから、「健康であれ。幸福であれ！」と一声叫んで、彼はフェスティヴァル開始を宣言した。

このスピーチのあいだに、フラニーは隙を見て自分とアンディ・ダルジールのあいだに距離を取っていた。するとアンディは「逃げるのはいいが、隠れることはできんぞ」と言った。

わたしは言った。「そう緊急の用件て、なんなの、こんなに天気のいい日に？」

彼は言った。「真実、ではどうだ？」

わたしは言った。「なんの真実？」

彼は言った。「がっかりさせないでくれよ、チャーリー」

それで、わたしはいやな気持ちになった。すべて終わっていてほしかったから。わたしは自分に言い聞かせていたのよ、疑いを持つなんてばかみたい、こっちはなりたてほやほやの心理学者で、警官じゃないし、プロが満足したんなら、わたしがいつまでも心配することなんてないでしょ！　たいした謙遜！　でも今、わたしの痛いところをでぶのアンディ・ダルジールが蹴りつけてきた。

彼はいなくなった。すると、別の指がわたしの肩を叩いた。ダルジールのと比べると、叩くなんてものじゃない、おずおずとさわっただけ、落ち葉がはらりと触れたみたいだった。

ゴードン・ゴッドリーだと察したけど、振り向いてみると、そこには若い男が立っていた。ひげをきれいに剃り、髪は頭蓋骨が見えるほど短く刈って、わたしに向かって恥ずかしそうに微笑している。

その恥ずかしそうな笑顔で正体がわかった。

わたしは言った。「やだ、ほんとにあなたなの、ゴードン？」

彼は言った。「うん、ごめん、驚かせるつもりはなかったんだ」

わたしは言った。「いいえ、その、驚いたのは確かだけど、よく似合うわ、ほんとよ」

彼は小学生みたいににっこり笑い、わたしも思わずにっこり笑い返していた。

ほんとによく似合うの。そりゃ、彼がブラッドかレオナルドに変身したってわけじゃないけど、悪くない、ううん、それ以上、なかなかすてきなのよ！

わたしは言った。「だけど、どうして」それから、はっとして言葉を切った。だって、答えを聞きたくないと思ったから。でも考え直した。ばかね、答えを聞いたらいいじゃない？　今まで、あんたのために髪を切り、ひげを剃ってくれた人なんていなかった。これからだってたぶんいない。楽しめるうちに楽しんどきなさいよ！

「どうしてそんなことしたの？」わたしは訊いた。

「それはその、ほんのちょっとでも状況を変化させるチャンスがあるかもしれない、いやあるんだから、それを実行しないのはばかだと思ったんだ。でも、これで考えが変わったなんてきみがすぐ言ってくれるとは期待していないよ。慣れるまでしばらくかかるだろう。ぼくだって、まだ慣れてない」

わたしが口をはさまなかったら、彼はずっとしゃべり続けていたと思う。

わたしは言った。「いいのよ。うん、そのほうが好き。でもそこにそんな深い意味は――ただ、こっちのほうが好きっていうだけ！」

「じゃ、正しい方向への一歩だったね」彼は言った。「それなら、鬘につけひげの必要はないってことだ！」

あの人がジョークを言った！　ゴッドリー・ゴードンにはユーモア感覚がある！　わたしにとっては、髪を切るよりそのほうが大きな一歩だった——彼にそう教えるつもりはなかったけどね！

わたしは言った。「あなたとクララのこと、聞いたわ。アヴァロンでのこと」

これで彼はまた恥ずかしそうになった。男女の出会いに照れている恥ずかしさじゃなくて、〝これはまったくプライベートなことだから〟という様子。

彼は言った。「うん、まあ、その、わかるだろ」

わたしは言った。「ううん、わからない。どうしてあんなことができるの？」

すると彼はわたしをまっすぐ見た。恥ずかしそうなところはまったくなかった。そしてすごくまじめに言った。

「ぼくの中を霊が通っていくんだ。どうなってるのかはわからない。どういう霊なのかさえ知らない。わかるのは、ぼくが霊を利用するんじゃなくて、霊がぼくを利用するってことだけだ」

もっと尋ねたかったけど、そうするとさらに一歩になる。今度はわたしのほうからね。それだけ親密さが増せば、彼も隠さず教えてくれるかも——

気をつけなさいよ、あんた、と自戒した。

わたしは言った。「じゃ、もし歯が痛くなったりしたら、電話するわね」

彼は言った。「うん、どうぞ。でも、どっちみちぼくはきみのことを考えている。つまり、きみを光の中に掲げている」

わたしは言った。「なんですって？」すると彼は言った。「その、きみが害にあわないように、ぼくの力でできるだけのことをしている。きみはその場にいなくたっていいんだ、必ずしもね。光の中に掲げていればいい」

わたしは言った。「あら、それじゃ、あなたはわたしをそういうふうにしか考えていないの？」

こんなこと言っちゃいけなかったかも。挑発的！　彼が顔を真っ赤にしたので、わたしはすごい罪悪感を感じた。

彼は目を逸らして、あわててぶつぶつ言い出した。「いや、ごめん、でもときどき……」

わたしは急いで割って入った。「ねえ、いいのよ、ほんとに。女の子はときには暗いところにいたいことだってある、明るい光の中ばかりじゃなくね！　そうだ、あなたはテントで重病人を癒すとかしてるはずじゃなかった？」

彼は言った。「ああ、そうだね。どこなのかな」まるでヨーク競馬場に降りてきた火星人て顔できょろきょろ見まわしていたから、わたしは「じゃ、見つけにいきましょう」と言った。

並んで歩き出した。たまに腕が触れ合って、なんだか仲よしみたいな感じだった。やがて小さなテントまで来た。上品なデザインの小ぶりな看板に〈ゴードン・ゴッドリー、治療師〉と書いたのが入口のフラップに掛かっていた。でも、並んで待っている人はいない。たいていのゲストはお酒とビュッフェに夢中なんでしょう。病気より食欲が先！実際テントのそばにいたのは一人だけ――フラニー・ルート。彼はどうやらまだアンディ・ダルジールとかくれんぼの最中らしかった。

そう、わたしたちがテントに近づいたとき、アンディがこちらに向かってくるのが見えた。フランにも見えたのか、彼はふいに車椅子をくるりと回し、まるで車椅子競走のスタートみたいなことをした！

運悪く、そのすぐ脇にテントを支えるロープがぴんと張ってあった。車輪の一つがそれにぶつかって上向きになり、あっと思うまもなく、椅子全体がひっくり返って、かわいそうなフラニーはわたしたちの足元に投げ出された！

ゴードンはすばやく動いた。屈んで、両腕をフラニーの胴体にまわし、彼を引っ張って立ち上がらせた。一方、わたしは車椅子を立て直し、彼がすぐすわれるように持ってきた。

でも、彼はすわらなかった。ゴードンにしがみついていた。すごくしっかりと。まるでタンゴでも踊ってるみたいに！　彼の顔が見えた。フラニーの顔ということだけど、なんだか光に満ちて、目が輝き、唇が動いたものの、言葉は出てこなかった。

二人は立ち尽くしていた。しっかり組み合わさったまま、どちらも身動きせず、ゲイの恋人たちの彫像さながら。

それから、フラニーがゴードンの腕を緩め、彼を少し押しやった。ゴードンにつかまっていた自分の手も離し、そこに立った。一人で、支えも、助けもなく。

とうとう、短く一歩踏み出した。さらに一歩。また一歩。そして、顔を反らし、空に向かって叫んだ。「歩ける！」

これにはみんなの視線が集まった！ ふいに、飲み食いのことを考えている人はいなくなった。ビュッフェに集まった人たちは向きを変え、散らばり、それから輪になってまた集まった――中心にはフラニーとゴードン。

トムが現われ、出来事を目にすると、顔がほころんだ。いやらせを頼んだって、こうはうまくいかなかった！ アンディ・ダルジールも輪の中に入ってきて、フランの顔をまっすぐ見た。何を考えていたのかはわからないけど、彼が口を開くより早く駆け寄ってきたのは、誰かと思えばエス・デナム！ 今まで彼女がフラニー・ルートに向かって（あるいは彼に関して）いいことを言うのなんか、聞いたためしがなかったのに、まるで生き別れになっていた双子の兄に再会したみたいに抱きつくと、さっきのフラニーとゴードンの抱擁がニアミスに見えるくらいの激しい抱擁！

これっていったいどうなってるの？ とわたしは思った。

するとエスはフランを車椅子に乗せてやり、「無理しないでね」と言った。

今では大勢が集まってきて、わあ、とか、ひゃあ、とか言いながら質問をぶつけ、答えなんか聞いていない。見ると、ゴードンはそっとテントに入った。

わたしも続いて入り、彼の肩をつかんだ。彼が振り返って「なに？」と言ったので、わたしは「おめでとう！」と言った。「ぼくじゃなかった」「ええ、わかってる、霊があなたを通して働いたんでしょ」「いや、どうかな、よくわからない」「あら、そういう消極的な態度はいいかげんによして！ 自分のためを思って、人生で一度くらいは積極的になりなさいよ！」

彼はまっすぐわたしを見ると、言った。「よし！ そうする！」

次の瞬間、彼はわたしをつかんで、唇をわたしの唇にぶちゅっと押しつけた。まるで窒息死させようって感じ！

わたしの最初の反応は——膝蹴りをくらわせてやるか、ただ押しやるか？

それから考え直した。この人、自分よりキスの下手な男は宇宙にいないってこと、わかってるのかしら？　で、純粋に慈善と教育の精神から、彼の唇に沿って舌を走らせてやると、彼は口を開いたから、わたしは舌を差し入れ——

——

まるで花火の青い導火紙に火をつけたみたいだった。ただし、花火と違って、退却の可能性はなかった！　これは彼にとって、未開の国なんだとわかった。わたしの喉に飛びつき、ぐいと引き寄せて、背骨がきしむほどだったもの。彼の片手がわたしのお尻の片方（左側だったと思う）に下りてきたとき、わたしはなんとか頭を反らせて言った。

「お尻におできがあって、癒しが必要だと思うの？」

彼の手は、火がついたみたいにぱっと離れた。

わたしはその手をつかみ、元の場所に戻した。

「びくびくしないで。でももしびくびくなら、そんなの、わたしが直してあげる」

おねえちゃん、わたしってやっぱり看護本能ありかも。

あるいは、これはすごくいい気持ちだと、気がついただけかな！

わたしたちを引き離すには、つるはしが必要かと思ったけど、実際にはテントに飛び込んできた小さい人一人で充分だった。もちろん、ミニー・パーカーよ。

彼女はゴードンを不審の目で見ると言った。「あなたがこの人と結婚して、あたしがジョージと結婚すると、この人、義理のお兄さんになるの？」

「ミン」わたしは言った。「なによ、結婚、結婚て？　それは昔の本の終わり方。このごろじゃ……」

どう締めくくったらいいのか自信がなかった。でも、心配無用、ミンのほうがちゃんと心得ていた。

「みんなセックスするだけ、でしょ」彼女は言った。「でも、あたしがジョージとセックスしても、あなたはやっぱり義理のお姉さんになる、そうでしょ?」

「わたしはいつだってあなたの友達よ、ミニー。じゃ、さっさと出ていきなさい!」

だって、わたしはゴードンの教育に戻りたかったんだもの!

というわけ。クレイジーよね? わたしと治療師! もちろん発展の余地なし。でもなんだか、変わらずに彼といっしょにいるのが楽しみ!

悪漢リアムとあのへいこらしたお詫びの手紙はどうなるの、と訊きたい?

そう、あの手紙なら十回以上も読んだけど、心を決めかねた。赦す! と思ってみたり、忘れる! と思ってみたり。でも、もう問題なし。ここに帰ってくると真っ先に、あれをびりびりに破いた! 昔の過ちを繰り返すことはないわ、新しい世界で新しい過ちが山ほど待っているんだもの!

カミナリオヤジをゴードンに会わせるの、待ちきれない! 今夜か、あるいは明日の朝。ジョージにはまだ話してないんだけど、彼はわたしの荷物だけうちへ持って帰る。わたしはあの有名なサイドカーに乗せてもらうの。そして、ウィリングデンに帰る途中でウィリングディーンに立ち寄るつもり。そこでゴッドリー・ゴードンの奇跡の力をたっぷりテストさせてもらうのよ!

でも、ジョークを言っちゃいけない。なにしろ、昔なら奇跡と呼ばれたものを、わたしは今日確かに目にしたんだもの。フラニーのためにも、あれが永続的なものだといいと思います。

まあ、ある意味、わたしがゴードンにキスするっていうのも一種の奇跡でしょうね? それとも、予期せぬ出来事を大げさに表現しているっていうだけ?

どうでもいい。欲しいとわかっているものを手に入れるのはたいしたことじゃない。それに、そういうときって、たいてい小さい文字で書かれた条項がどこかにくっついているのを見落としているんだわ。

それより、想像もできなかったもの、夢にさえ出てこなかったものを手に入れると、これは無条件のお買い得だとわかるのよ！

無神経？　利己的？　ばかみたい？　そう言ってる声が聞こえるわ。

昔から同じ。わたしはこういう人間だって、何度もおねえちゃんに言われたことがある。何を言われてるのかわかる程度の年になって以来ね！

今のところ、大事なのは、ハッピーだってこと。おねえちゃんと同じ――でしょ？　尊い仕事をすれば天国に行けるとしても、毎朝目を覚ましてうれしいと思えるのは、マホガニーのハンサムさんのおかげよね！

じゃ、おやすみ、よい夢を。早く、安全に、うちに帰ってきてね。マホガニー・ハンサム同伴で。あるいは、もしうまくいかなくなっちゃっても、ま、気にしない。完全無料で、ゴッドリー・ゴードンが肉体的病気を治してくれるし、手ごろな料金で、利口な妹が一対一の分析セッションをして差し上げます！

愛、愛、愛をこめて
チャーリー

第六巻

……ここのところがちょっとおかしい……まあ気にするな……だって、最適の場所で起きたことじゃないか。禍を転じて福となす。それこそ望んでいたことではないかな。

1

アンディ・ダルジールがアヴァロンに戻ったのは、午後遅くだった。

妙に満足のいかない一日だった。開会式に出かけたときは、まだ頭にひっかかっている疑問のいくつかを解決しようと固く決めていた。ところが、答えが出るどころか、帰るころにはもっと疑問が増えていた。その多くはフラニー・ルートにからむものだったが、質問する機会はなかった。有頂天の青年のもとにレスター・フェルデンハマーが駆けつけてきて、ペット・シェルドンの助けを借りて、彼の脚をさわって調べ、彼が二、三歩、まだふらつきながらもしだいに自信を持って歩き出すと、アヴァロンへ行って徹底的に調べてみよう、と言った。そのあと、ルートはまた車椅子に乗り、おめでとうを言いに来た、あるいはたんに見物に来た大勢の人たちと話し、ときたま、まだできるのを確かめるように立ち上がり、そのあいだじゅう満面に笑みを浮かべていたから、あの笑みを消してやろうなどと思えるのはアンディ・ダルジールよりもっと無慈悲な人間だけだった。

それがいちばんかもな、とダルジールは思った。わたしの人生でただ一度、眠る犬を眠らせておく（〝事を荒立てない〟という意味の成句）べきときなのかもしれない。

だが、うろつく老ライオンは犬のことなど、目覚めていようと眠っていようと、気にしない。ライオンは捕らえるべき獲物にがぶりと噛みつくまで、狩りを続けるようにできているのだ！

アヴァロンへ帰る途中で〈希望と錨〉亭に寄ろうと決めたときにも、気分は晴れなかった。うまいビールを飲みながら、アラン・ホリスと静かにおしゃべりする――彼にもいくつか訊きたいことがあった――というのはサンディタウン滞在の締めくくりにふさわしいと思えた。だが、窓にお知らせが出ていて、土曜日にはパブは六時開店となっていた。おそらく、ホリスとスタッフもフェスティヴァルのオープニングに出かけられるようにだろう。だが、会場で店主を見かけた記憶はなかった。

というわけで、ダルジールはむっとした気分で自室のドアをあけた。

まだ明るい昼間だというのに、カーテンが閉まっていた。

彼は照明のスイッチを入れた。

天井の中央の電球の光が、彼の枕に鎮座したミルドレッドの銀の表面に反射した。

頭に一つの可能性が浮かんだ——ふつうより良心的な掃除係がトイレの水槽の中を覗き、これが入っているのを見つけ、取り外して、持ち主に返すため、ベッドに置いていった。

この案は浮かぶと同時に没した。

彼はゆっくり進み出て、録音機を取り上げた。

これは自分のものではないと、即座にわかった。同じメーカーの同じ型だから、おそらく重さも形も正確に同じだろう。だが、さわったとたん、これはミルドレッドではないとわかった。さわっている女が誰だか即座に見分けがつかないようでは、男はこれほど長く生き延びてこられない。

彼はすぐ浴室に行き、察したことを確認した——ミルドレッドはもうそこになかった。

それから、偽のミルドレッドを手に、掛けぶとんの上にすわり、それをひとしきり見つめた。

とうとう親指が〈再生〉ボタンに行くのを許した。

指はボタンを押した。

2

こんにちは、アンディ。

ぼくの声が聞こえて驚きましたか？

当然です。でもたぶん、ありきたりの人間ほどの驚きようではなかったでしょう。あなたには、行くべき理由がまるでない方向へ二、三歩大股に踏み出す能力と、もちろん、絶対にあきらめない意志の強さがある。だからこそ、こんなふうにあなたに接触しようと決めたんです。

未解決部分があるのはいやでしょう。物語が完結しないのは大嫌い。ぼくも同じです。ですからちょっとお許しをいただき、昔の小説で、全知全能の作者が自分の創り出した舞台の書き割りの後ろからひょいと出てきて読者に直接話しかける、あんな感じで、この物語をあなたのために完結して差し上げましょう。ぼくは膨張した利己主義の持ち主だと、過去にあなたから非難を受けましたが、これはたんにそういう利己主義から出た行為ではありません。知識という日の射す高台への道を、ぼくはこれから切り開いてあげますが、放っておけば、あなたは例によって象のようにずかずかとそこまで登っていき、付随損害がたいへんなものになるでしょう——ぼく自身への損害がある、それは認めますが、もっと大事なのはピーターのキャリアや、ぼくが大好きになったそのほかいろんな人たちの人生、このところずいぶん痛い目にあった親愛なるサンディタウンの将来や評判が受ける損害です。あなたご自身すら被害をこうむるかもしれない。

罪責や苦悩を描くのはほかの人のペンに任せましょう。ぼくはそういういやな話題はなるべく早く切り上げます。これという罪のない人たちの心をまずまず楽にしてあげたい、それが先決だからです。その中にはぼくも含まれます。これは告白ではありません。ぼくはなんの犯罪も犯していない。少なくとも、あなたのような度量の大きい裁判官から赦していただけないほど深刻な罪は犯していません。

まずは簡単な自伝から。そうすればあなたは憶測を確認し、さらに確かな全体像を築けるでしょうからね。ぼくはヨーロッパに行ったとき、完全に回復するための治療法を見つけよう、どんな形でもかまわない、と断固として決めていました。究極的には、万病を癒す薬は死ですからね、そうでしょう？　ぼくは自分の生などどうでもよかったが、それと同じくらい患者の生をかえりみない医者を見つけました。彼にとっては、一人ひとりの死は自分が理解を深めるために必要な一段階にすぎなかった。それから何カ月にもわたって続いた苦痛と苦闘の話は飛ばします。ぼくはあなたの同情を買おうとしているんじゃありませんから。でもご興味がおありなら、その詳細の一部はピーターに教えてあります。ただし、やや混乱させてね。なにしろ、あのとき彼に与えることができたのは、回復するかもしれないという希望で、回復したという事実ではありませんでしたから。とにかく、ぼくはまた歩けるようになった、とだけ申し上げておきましょう。ぼくとしては、救い主ドクター・マイトラーに対する称賛と感謝の言葉を連ね、彼の革新的技術が普遍的に認められ、展開されるよう求めたいところです。しかし残念ながら、彼は患者のみならず自分の安全もかえりみず、研究所が火事になってしまった。それで、ぼくがまだ車椅子から這い出すすべを学んでいたころ、ドクターとその研究記録のすべては灰燼に帰してしまったのです。

その後、ぼくは黙っていた。当初の動機は一種の虚栄心でした。知り合いの人たちの前に、完全に回復した姿でふたたび現われてみせたかった。驚愕させたかったんです！　でも、長い月日をかけてしだいに力を取り戻してくるにつれ、この変化を人に教えないでおけばいろいろと有利なこともあると気づいてきました。たとえば、旅行です。前にもご説明したように、現在の状況では、ぼくがふたたびアメリカを訪問するチャンスはまったくありません。でも、もし立ち上がって歩きまわるぼくのほうが別の人物となり、別の身分証明を持てれば……

ダヴォスのアヴァロンに戻ったとき、考えはまだ混乱していて、クリニックの院長、ドクター・クリングにすべて打ち明けてしまおうかと思っていました。彼とはすでにとてもいい関係を築いていましたのでね。ところが、彼はレスター・フェルデンハマーと職場交換をしていたので、ぼくは黙って車椅子の生活を続けていました。すると、二つのことが起きた。まず初めに、悲しいことですが、以前の入院中に親しくなっていたエミール・クンツリ＝ガイガーという青年が亡くなりました。初めて会ったのは彼が入院したばかりのころで、回復の希望はあったのです。しかし、何度かよくなりかけたのに、結局悪化して、死が近づいていた。彼はぼくにまた会えたのを喜び、ぼくは力の限り彼に慰めを与えました。不思議なことですが、自分自身の経験だけでなく、あのときエミールと話をしたことから、ぼくは第三思考の概念をまじめに受け取るようになったのです。でも、ぼくの第一と第二の思考はつねに生きることにあります。ある日、彼の部屋で引出しからなにかを取り出してあげたとき、彼のパスポートと運転免許証を見かけました。そこに貼られた顔写真とやつれた彼の顔を悲しく見比べていて、ふと、ぼくたちはわりに似ていると気がつきました。顔の形、骨格、といったところがね。

数日後、彼は亡くなりました。その前に、彼はぼくの介護に感謝し、なにか自分を思い出すよすがになるものを持っていってくれと言っていました。ぼくはパスポートと運転免許証を取りました。

長髪の鬘をつけ、薄く顎ひげを生やすと、突然別のアイデンティティができた。もっとも、それでどうするか、まだはっきり決めてはいませんでしたが。

一方、ぼくとレスターとの関係は進展していきました。彼は話のできる相手だった。まだ打ち明け話をするほどの親しさではありませんでしたが、ダフネ・デナムとその一行が昨年のクリスマスに現われたとき、ぼくは状況をすばやく査定しました。彼女は肉食動物、彼は獲物だった！でも、レスターの問題を分析する暇はほとんどなかった。自分の問題があったからです。

一目惚れを信じていますか、アンディ？　パートナーのキャップ・マーヴェルと出会われたとき、この人こそ自分の相手だと確信しましたか？　あなたの話し振りから、彼女がどれほど大切な存在かわかります――ええ、とっくにお気づきでしょうが、あなたが録音なさったわくわくする話はすっかり聞かせてもらいました――でも、それが長い時間をかけてゆっくり燃えていったものか、突然の爆発だったのかは、知りようがありません。

ぼくとエスター・デナムの場合は、爆発でした。ぼくのほうは、白熱する焼き印で魂にメッセージを押されたようなものだった――〝これこそおまえの女だ！〟とね。彼女のほうはそういうのではなく、むしろ、〝やだ、信じられないわ、車椅子の男に惚れるなんてこと、ありうる？いかれてるわよ、さっさと引きなさい！〟という感じだった。

彼女がぼくに惹かれ、それでどんなにショックを受けているか、見ればわかりました。いったん部屋を出たら、もう二度とぼくに会わないと心を決めていた。実際、彼女はほとんど即座に失礼と言って、トイレに行こうとした。ぼくは大胆にも、トイレの場所を教えてあげると言いました。ぼくはレスターとダフにはおかしな態度だと思われそうでしたが、うまい具合に彼はパニック、彼女は肉欲で目がくらんでいた！

トイレに行き、彼女がドアをあけて中に入ったとき、ぼくはすぐ後ろから押し入った。彼女は怒って振り向きましたが、怒りは驚愕に変わった。ぼくが車椅子から立ち上がり、彼女にキスしたからです。

次の一瞬、彼女はショックを受けて抵抗し、ぼくのほうは彼女がレイプだとわめいて看護師が駆けつけてくるのじゃないかと、ぞっとした。

すると、彼女はキスを返してきて、それが止まったのは大笑いが始まったからだった。だって、あんまり予想外で、あんまり想像もつかないことだから、笑っちゃう！　と言ってね。

そのとき、ぼくの思ったとおりだとわかった。彼女こそぼくの女だった。ただもちろん、ダフネの目から見れば、車椅子にすわっていようといまいと、ぼくが彼女といっしょになるなんて論外だった。それに、もしエスがダフに反旗を翻したら、遺産を一ペニーももらえなくなるのは彼女だけじゃなく、大事な弟のテッドもだった。

お気づきのように、テディは頭の切れるほうではない。エスはずっと彼の面倒をみてきたんです。家族の忠誠心というのは、いちばん価値の低いやつでもちょっとは無条件の愛情を受け取るようにと神様が用意してくれるものだと思いますね。ぼくがエスターを求めるなら、テッドもおまけについてくる。

ぼくたちは、というか、彼女とエミールは逢引を始めました。ダフが女王然と振る舞っている高級な地区からはずっと離れて、ベンゲル・バーで学生たちといっしょに騒いだ。そこでジョージ・ヘイウッドと美しいチャーリーに出会ったんです。エスターとは会うたびに愛が深まり、彼女のホリデーが終わるころには、これから状況がどうなるにせよ、ぼくは彼女を追って行かなければならないと思いました。そして、神様はロマンチックな心を持っているから、完璧なシナリオを書いてくれた！

やがて、滞在を引き伸ばそうという懸命の努力も空しく、とうとうレスターはサンディタウンへ戻らなければならなくなった。このころには、ぼくらは大親友になっていましたから、ぼくが彼といっしょにイギリスに、それもよく知ったヨークシャーに帰り、アヴァロンの近くに落ち着いてその仕事に関わるのは、まったく自然なことに思えました。

ぼくがどんなにいそいそとイギリスへ旅したか——レスターがどんなにいやいや旅したか——言葉に尽くせません！

ぼくはコテッジに落ち着き、警備にはできる限りの手を打ちました。ときどきエスはテッドのバイクに乗って訪ねてきた。どこか遠くで落ち合い、ぼくはエミールとなって、週末をずっといっしょに過ごすこともあった。ぼくは実際、二つの生活をどちらも楽しんでいましたが、いつか自分の足で立ち、エスターといっしょになる日をつねに期待していました。

ダフが生きているあいだは、その日は来ない。でも誓って言いますよ、アンディ、ぼくは彼女を消すためになにかしようなどとは、ただの一度だって考えたことはありません！　実はぼくはダフをしだいに好きになり、彼女がやりたいことをやっているのを見るのが楽しくなっていた！　それに、ぼくは彼女のお気に入りにもなっていた。ぼくがレスターと親しいのを見て取り、彼が自分のことをどう思っているか、ペット・シェルドンとの仲はどうなのか、それとなくぼくから聞き出してやれると考えたんでしょうね！　でも、似たもの意識もあったんじゃないかな。欲しいものを手に入れるいちばんの早道を見つけるためなら、あまり良心にこだわらない人間どうしとしてね！

というわけで、ホッグ・ローストの日の話になります。

ぼくが車椅子にすわってシャンペンを楽しみながら、海の向こうに大きな嵐がふつふつと湧き上がってくるのを見守っていると、エスターが近づいてきました。なにかおかしいと、すぐわかった。公衆の面前では、彼女はふつう、ぼくを家具かなにかみたいに扱っていましたからね！

彼女はひどく興奮していて、恐ろしいことが起きた、と言いました。

テディがダフネ伯母さんを殺した！

ぼくは、あなたふうの言い方をするなら、あいた口がふさがらなかった。エスターの話では、敷地内をぶらぶらしていて、偶然、ホッグ・ローストの場所の向こうの草むらの中に倒れていた死体にぶつかった。どうしてテッドのしわざとわかるのか、とぼくは訊いた。彼女はテッドが使っているあの派手な偽物の腕時計をぼくに見せ、これがダフの服にひっかかっていたのだと言いました。しかも、その日の朝、ダフはテッドに彼が遺産を相続しないという内容の新しい遺言書を見せたので、二人は激しいけんかになっていた。

さて、アンディ、あなたやぼくのように良識があって、片目をつねに人生の現実にしっかり据えている男なら、誰かに相続権を否定されたというときを選んでその人物を殺そうとするやつはいない、と思うでしょう！

残念ながら、テッドの場合、行動が理性に曇らされることはめったにないので、エスもぼくも、まずこれは彼のしたことだと考えるのになんの抵抗もありませんでした。それに、犯行現場に腕時計を置いていく愚かさも、たんに典型的としか思えなかった！

テッドは今どこにいるのかと、ぼくは訊いた。知らない、見つからない、と彼女は言った。嵐が始まり、みんなが屋敷に向かってきたので、ぼくは「死体を見せて」と言いました。

彼女はその場所にぼくを連れていった。ホッグ・ローストの場所にオリー・ホリスの姿がなかったのが奇妙だと思った。ダフネがそこに倒れているのを見ると、本当に動揺しました。ついさっきまで、彼女は生命にあふれ、あの年というのに精力的で、やる気満々の人だったのに！　こんなふうに終わりを迎えるのは間違っている。ぼくはテッドに対してすごく腹が立ちましたが、エスターのために、なんとかして彼を守らなければならなかった。

エスターは腕時計を取り去ったものの、あの馬鹿がほかにどんな証拠を残しているか、わかったものではない。ぼくはあたりを見まわし、形跡を消すとともに、捜査を誤導する方法はないかと考えた。そのとき、すべきことがひらめいた。

それで、エスターの手を借りて、ぼくはバーベキューの炭火の上からローストの籠を引き上げると、豚を取り出し、気の毒なダフネを中に入れました。

彼女にさらにこんな辱めを与えるのは本当に心が痛みました。目には涙が浮かび、ぼくはあれ以来ずっと、彼女の魂に赦しと理解をこいねがっています。彼女自身がどれだけのことをできる人だったかよく知っていますから、赦しと理解を与えられたと、疑っていません。

エスターは立派で、ぼくの命令どおり、なんでもやりました。作業が終わったころには土砂降りになっていて、二人ともびしょ濡れの泥まみれ、しかもエスは腕に火傷までしてしまいました。

ぼくは彼女に、家に戻って服を着替え、テッドをつかまえて、これ以上ばかなことをしないようになんとか見張っていろと命じました。

一方、ぼくは芝生のいちばん低くなったあたりへ向かいました。そこはすっかりぬかるんでさていて、ぼくは車椅子をひっくり返し、自分は泥の中を転がって、服が汚れている理由にしました。それからその場に横たわり、今後を見通そうとしながら、嵐がおさまるのをじっと待ちました。

ペット・シェルドンがぼくの介護を始めたあとは、することはなく、家に帰ってエスターからその後の経過の報告を待つしかありませんでした。

その日の夕方、彼女はバイクでやって来た。その話は信じ難かった。彼女がテッドを見つけたとき、彼は家の中にいて体を拭き、着替えをしているところだった。ダフの死はまったく知らないと言った。彼は子供たちに付き添って浜辺に行き、シッドもいっしょだった。しばらくすると、子供を監督するおとなはたっぷりいるとわかったので、二人は崖の途中にある古い洞穴へ引っ込み、嵐が始まるまでずっとセックスしていたという。

恋人はあまりいいアリバイ提供者にはなりませんが、少なくとも一部分はチャーリー・ヘイウッドの証言で確認が取れると、われわれにはわかっていますよね（ええ、もちろんぼくはチャーリーのEメールを見ましたよ。当然でしょう？　野卑にして放埒な警察があれをきたならしい手に取って熟読することができるのなら、どうしてぼくがそうしていけない？　それに、あれよりずっと手間はかかりましたが、ぼくはなんとかエド・ウィールドの防護壁の下から忍び込んで、目撃者調書と彼の分析解釈をおもしろく読みました。あの人も幸福のあまり、警戒が緩んでいるのかな！）。

ぼくのほうは、テッドは無実だとエスターが言い切ってくれればそれでよかった。こんなことでテッドが彼女を騙せるはずがない。

すると、興味深い疑問が残ります——実際には何があったのか？

それに、死体の上にテッドの腕時計を残していった利口な悪漢は誰だ？

できることなら、ぼくは最初からあなたとピーターに正直に話してしまいたいところだった。でも、アンディ、あなたはすぐにぼくをすべての犯罪の中心に据えようとする。そうなれば、捜査は間違った臭跡を追って時間を無駄にするでしょう。かわいそうなピーターは、それでなくたって追わなければならない臭跡をたっぷり抱えているのに！

ええ、ぼくは自分なりの調べを進めるために、自由が必要でした。

嵐が始まる前にオリー・ホリスが現場から消えたことは重要そうだと推理しました。それに、ホッグ・ローストが遅れたのはなぜだろうとも思った。巻き上げ機のギアを最近修理した跡があることは、見て気づいていました。オリーのしたことか？　かもしれない。でも、あの複雑な仕掛けはヘン・ホリスがこしらえたものだというのはよく知られている。ホッグの死後はホールでは好ましからざる人物とされているが、もし機械に深刻な問題が起きれば、オリーがまず頼るのは彼だろう。では、ヘンが身内の頼みを聞いて駆けつけて来て、ダフの知らぬまに彼女の提供する酒や食べ物を楽しみ、いい気分になっていたとしたら？　すると偶然、彼女が通りかかり、彼を見つけた……

この可能性をピーターにそれとなく教えようとしたのですが、彼は上の空でした。オリーの死はぼくの仮説にある程度当てはまりましたが、ピーターはそこで容疑者を見つけてしまった。この人物は一つの殺人に関しては現行犯らしいとされ、もう一つの殺人に関しては、被害者とけんかしていたと報告されていた。

スター記者ラドルスディンの熱烈な支援を受け、翌朝にはピーターは東部一のすばやい探偵ともてはやされたが、やがて戴冠もしないうちにその月桂冠は枯れてしまったとわかっただけだった。ラドルスディンみたいな友達がいるんじゃ、ピーターにはぼくやあなたのような友達がどうしたって必要ですよ、アンディ！

そのあと、偽造の遺言書とクララ・ブレレトンの奇妙な事件が続いた。これでテディは前面に押し出された。愚か者め！　エスターの言うことをちゃんと聞いていれば、クララに接触しようなんて思いもしなかっただろうに。彼は最悪の馬鹿ですよ——自分は利口だと思い込んでいる馬鹿！

しかし、クララの〝事故〟のせいでピーターがまた間違った臭跡を追い始めたのと同時に、クララが関わってきたため、ぼくの頭には妙な考えが浮かんできました。

ここではウィールディが役に立ってくれた。証拠や調書をすぐにコンピューターに入力してくれるので、そこからまっすぐぼくのコンピューターへ、というわけです。エスターはピーターの網にかかりそうだった。ぼくがこのすべてに筋の通った説明を見つけられなければ、出頭して自分の役割を白状しなければならなくなる、とわかりました。とりあえず、うまい嘘はしっかりした真実を基盤に構築されるという昔ながらの原則にもとづいて、ピーターがエスターの関与を突き止めそうになったとき、彼を満足させておくために、なにか用意しておくのがよさそうでした。それで、ぼくたちは真実を明らかにしつつ、ぼくは登場しないというバージョンを準備しました。

阿呆のラドルスディンにあおられて、マスコミはもうまたピーターの勝利と騒いでいました(ところで、アンディ、少なくとも地元では、マスコミが〝王は死んだ、新王万歳!〟と叫ぶのにいやに熱心だというのが気になりませんか?)。もちろん、ピーターが正式に罪状を決めて起訴するところまで事を放置するつもりは、ぼくにはまったくありませんでしたが、このドラマの中の自分の役割をすすんで白状する前に、ヘン・ホリスが関与しているに違いないというぼくの仮説を試してみる方法を見つけたかったのです。

すると悲しいことに、ミルストーン農場で遺体が発見された。

すべての断片がうまくおさまった。ダフの不倶戴天の敵であるヘンが、彼女の知らないうちに、許しも得ないでホールにいたのだから、主要容疑者に決まっていますよね? 彼は罪の意識に駆られて自殺。それも彼女に立ち退かされた家、自分が生まれた家の中で。これならピーターの完璧な捜査(のように見えるはずのもの)の完璧な結末だった! それに、このおかげでデナム姉弟の嫌疑は晴れ、ぼくは自由に奇跡の回復をやってのけ(お楽しみいただけたでしょうか!)、今ではずいぶん金持ちになった愛するエスターとともに、黄金の夕日に向かって歩き去ることができることになった。ピーターの苦労がこうして実ったのですから、ぼくだって彼やマスコミと同じくらい喜んでいいはずでした。

でも、あなたと同じでね、アンディ、ぼくは物事を放っておけないという頭の持ち主です。それは祝福でもあり、呪いでもありますね。

ふと思い出したのは、死ぬ少し前に厩舎でダフに会ったというペット・シェルドンの話でした。ダフは怒っていた、それはそうです。でもペットは、彼女が傷ついていた、動揺していた、という印象を受けています。

ダフを怒らせるのはむずかしくない。でも動揺させるのはずっとたいへんだ。

それに、ぼくは遺体にテッドの時計が置いてあったことが気になっていました。これは冷静な頭で考えた行為で、ダフを殺したあとパニックに陥り、もう一人殺したあげく自殺に走る、というような頭とは違う。

単純に現実的なレベルで考えても、テッドがホールで着替えをして、その部屋に彼の衣類といっしょに時計が置いてあるなどと、どうしてヘンにわかったでしょう？

しかし、こういう疑念や保留や疑問に加えて、ぼくには特別な知識がありました。

ぼくは昔から、人間の行動、虚栄、希望、恐怖、強さ、弱さ、それになにより、人が自分や他人を騙す行為に魅せられてきました。ですから、ここサンディタウンに暮らすようになってからの数カ月のあいだに、ぼくは周囲の出来事に詳しく注意を払ってきました。一見するとたがいになんのつながりもなく、たいして意味もないようなことなのに、強引に決着をつけようとか、無理にパターンを見つけようとかしないでいると、それらがいつのまにかまとまってきて、しばしば驚くべき絵が現われるのには目を見張ります。

チャーリー・ヘイウッドはそれを薄々感づいていた。彼女はきっと立派な臨床心理学者になるでしょうね。アンディ、あなたもあなたなりにこういう絵を描く画家だ。ときには芸術家に近い。前にも申し上げたとおり、ぼくがこうしてあなたに話をしようと決めたのは、どうもあなたがすでに事件の輪郭を察しているようだと思ったからです。

ぼくが理解するに至ったのはこういうことです。親愛なるダフネは寄る年波にもめげず強い性欲を持った女でしたから、いやがるレスターにたまに会う程度では必要を満たすことができなかった。いったん結婚して寝室に縛りつけてしまえば、彼女は必ずや彼に望ましい芸を仕込んだことでしょう。しかし、獲物の追跡が続いているあいだは、コンディションを保っておくのに別の人間が必要だった。彼女の高い水準に応えられるだけの精力があり、しかも二人の関係を秘密にしておこうという理由をもった人物。

その条件にかなったのがアラン・ホリスだった。彼はダフネに雇われていた。そのうえ、彼女が死んだら〈希望と錨〉亭の自由保有権というごほうびを受け取ることになっていた。彼女は〝経理確認のため〟彼と規則的に会うことができた。会合が頻繁でも、彼女が金に細かい人間だと知っている人たちは誰も驚かなかった。パブ内の寝室はホリス自身のほかには、弁護士のビアードとその秘書がこちらに来たとき使うだけだった（あなたはミス・ゲイに話をしてみる価値があるかもしれないと思われたのだから、きっと頭の中では推理がこの方向へ進んでいたんでしょう、アンディ。違いますか？）。

それで、彼女は定期的メンテナンスにアランを利用しても安全だ、心配ないと感じていた。もし彼女がこれを単純な機械的取引とずっと見なしていたのなら、悪いことはなにも起きなかったかもしれません。ところが悲しいかな（強情でわがままな人物にありがちなことですが）、慣れは軽視につながるどころか、慣れ親しむにつれ、愛着のようなものが湧いてきた。

彼女はアラン・ホリスを気に入り、信頼するようになったうえ、相手も同じ気持ちを抱いていると信じたのです。ああ、アンディ、ここにはあなたとぼくにとって学ぶべき教訓がありますね。利用する相手から好かれているとは決して信じるな！

そこで、仮説の極限に達します。こんな根拠薄弱な証拠と悲劇的ほのめかしに基づいているだけですから、フィクションの形にでもしなければ自分でも正当化できません。しばらくおつきあいのほどを！

彼女を騙していた甥とやり合ったあと、心をかき乱されたダフネ・デナムが窓から外を見ると、内なる調和を取り戻させてくれるただ一人の男が働いている姿が目に入った。

「アラン」彼女は声をかけた。「ちょっと中に入ってもらえますか。経理に関して話し合いたい件があります」

ホリスは従い、二人は彼女の部屋に上がった。しばらくして出てきた彼女は落ち着いた微笑を浮かべ、入れるものは入れ、帳尻はぴたりと合っている女ならではの顔をしていた。

それから一時間ほど、彼女は客たちのあいだをゆったりと歩き、おせじや感謝の言葉を上品に受けていたが、それもむさくるしいミスター・ゴッドリーにぶつかるまでだった。隣人のミスター・パーカーが後ろ盾となっているからパーティーに招待してやっただけなのに、口論となり、彼女は落ち着きを失った。心の平衡を取り戻そうと、彼女はパーティーの中心から離れ、気がつくとホッグ・ローストの小屋に近づいていた。

仕事を担当するオリー・ホリスから、機械に故障があって準備が遅れると連絡があり、すでに腹が立っていたが、そのうえ、回転する豚に焼き汁をかけるためロースト用の籠のそばにいるはずのオリーの姿は見えなかった。

音、というより、いくつかの音が組み合わさったものが耳に入った。

機械小屋から聞こえてきたのだ。シャンペンのコルクをぽんと抜く音のようだ。それに大声と下品な笑い声が加わっていた。

彼女は近づいた。ぷりぷりして、非難の言葉が唇まで出かかっていた。声の一つは大嫌いなヘン・ホリスのものとわかって、なおさら怒りは増した。

そのとき、はっと足が止まった。もう一つの声、もっと聞き慣れた声が耳に響いたからだった。アラン・ホリスの声だった。彼女の召使、彼女の奉仕者、そして彼女の友達、と愚かにも信じていた男だった。

彼が言っている言葉に、彼女の血は凍った。

「ああ、注いでくれ、ヘン、今日は重労働だった。しかもいちばんきついのは、奥方様の種付けさ！　いやはや、手に余る――どころじゃない、手押し車にだって余るよ！　賞を取ったでかい豚とベッドに入ってるみたいなもんさ。ああ、それに、行くってときの声だって、まるで豚だぜ。喉を掻っ切ったときのな。ひーっ、ひーっ、ひーっ。豚の悲鳴もダフのよがり声もおんなじだ。ひーっ、ひーっ、ひーっ――ああ、やめないで、アラン――ひーっ、ひーっ、ひーっ！」

レイディ・デナムは向きを変え、急いでその場を離れた。厩舎まで来てようやく足を止めた。ここで彼女は愛する老馬のジンジャーに思いのたけを打ち明けた。しばらくのあいだ、心の傷の痛みが怒りを消した。彼女が奔放に身を投げ出した相手、信頼し、好きでさえあった男、彼女が生きているあいだはたっぷり利益を受け、死ねばさらに大きな利益を受けることになっているこの男が、彼女を裏切り、嘲笑し、下品な親類の前で彼女の名前を言いふらし、大敵ヘン・ホリスに彼女をからかう武器を与えた……こんな痛みにどうやって耐えたらいいの？　彼女は辛抱強いジンジャーに尋ねた。こんな恥をどうやって耐えていける？

背後で物音がした。振り返ると、もう一つの憎悪の対象が近づいてくるのが見えた。ドクター・フェルデンハマーをめぐる恋敵、シェルドン看護師だった。何を聞かれた？　シェルドンに悪用されそうなことを馬にしゃべっただろうか？

この女、大胆にも同情するような表情を浮かべて、大丈夫ですかなどと訊いてきた！　我慢ならない！　レイディ・デナムは目から涙を払い、身の程をわきまえさせるのだと女に立ち向かった。まもなく、やりこめられたシェルドンは言葉もなく震え、手にしたグラスのワインを相手にひっかけてやるのがせいぜいだった。

この勝利で元気を取り戻したレイディ・デナムは、血管の中を義憤が激しくめぐり、苦痛や苦悩といった弱々しい感情を押し流していくのを感じた。ホリス一族の男どもめ、目に物見せてくれる！

彼女はホッグ・ロースト小屋に戻った。入口に立つと、あたりは静まった。背後では嵐の近づいた空が凄みを増し、遠い稲妻の一瞬の光に彼女の輪郭がくっきりと浮かび上がった。

「オリー・ホリス」彼女は呼ばわった。「明日の朝、新しい仕事をさがし始めなさい。ヘン・ホリス、わたしの土地に無断侵入していますね。五分以内に出ていかなければ、犬をけしかけます。アラン・ホリス、あなたには〈希望と錨〉亭をやめてもらいます。店を離れるときが来たら、振り返ってせいぜい別れを惜しむことね。そのころまでには、わたしはあなたの名前を遺言書から消しますから、〈希望と錨〉亭は手の届かないところへ行っている。忠誠心や品位というものがない人ではしかたないわ！」

言い終えると、空に雷が鳴り響いた。彼女は向きを変え、勝ち誇って歩き去った。これでもう、ホリスがなにを言ったところで、レイディ・ダフネ・デナムの評判には蚊に食われたほどの傷しかつかないと、自信があった。

そのとき、肩に手を感じて振り返った。アラン・ホリスだった。かつては熱望した彼の手の感触に今ではぞっとした。彼女はホリスの顔をひっぱたいた。驚きあきれたことに、彼は殴り返してきた。彼女は倒れ、石に頭をぶつけた。だが、もっと悪いことが待っていた。彼の体がのしかかってくる重みを感じるのは、その日二度目だった。今度も彼女は喉を切られた豚のように悲鳴を上げたが、今度ばかりは似ているのは声だけではなかった。彼の手が喉のまわりにかかり、彼女は本当に死んでいったのである。

このあたりがフィクションでざりざり迫れる真実だろうと思いますよ、アンディ。たぶん、オリーはパニックに駆られて逃げ出した。ヘンは、仇敵が死んだというのでまずは喜んだが、それから自分に降りかかってくる今後の影響を考え始めた。一方、冷静なアランは彼にダフネを草むらへ引っ張っていかせ、それから姿を消すよう命じた。現場に彼がいたことは誰も知りようがない。

次に、アラン自身はホールへ戻った。嵐がどんどん近づいていて、人々は興奮していた。彼はクララに会い、何が起きたかを教えた。どうしてそんなことをしたのか、とあなたはおっしゃるでしょう。それはね、ワトソンくん、ぼくが鋭い青い目を光らせて収集した地元の豆知識によれば、あの落ち着いて物静かなクララは伯母さんの例に倣い、アランの売り物を自分でも味見していたからですよ！　テッドに罪を着せようという利口な案は、彼女が考え出したものだろうとぼくは見ています。だって、彼はいちばんそれらしい容疑者だし、泳ぎに行くので着替えをして、服と時計が置いてある場所を彼女はたまたま知っていたんですからね。それで、アランが酒類を庭から家の中へ運び込んでいるあいだに、彼女はそっといなくなり、時計の留め金を壊して、ダフの服にひっかけた。それから戻ってきて、彼女とアランは大事な時期にはいつもいっしょにいたと、たがいにアリバイを提供した。

その日の夕方、オリーはパブに来る。まだ動転している。喘息がひどいので、ミス・リーのところへ治療を受けに行く。オリーは頼りにならないとアランにはわかる。いずれ真相をばらしてしまうだろう。しばらくしてヘンが現われると、アランはまず、法律上は二人とも同等に有罪だとわからせる。確かに、ヘンは実際にダフネを絞め殺したのではないから、刑は軽いかもしれないが、それでも刑務所行きになる。それに、これが決め手ですが、おまえはミルストーン農場を相続することができなくなるぞと、アランはきっと言ったんでしょう（ここは法的に興味深い点です。農場がヘンに復帰するというのはホッグの遺言によるもので、ダフネの遺言とは関係ない。でも、ヘンはそんな微妙な問題を論じるような状態ではなかったでしょう！）。

それからアランはヘンにオリーの居場所を教える。公平にいって、おそらく彼としてはヘンがオリーに話をして、ばかなまねはよせとわからせてくれればいい、くらいに思っていたんでしょうが、ヘンがかっとなって、気の毒なオリーの脊椎に針をぶすりと刺してしまったとなると、どんな神様を信仰しているかはともかく、すべて自分に都合のいい方向へ動いているという、神のおしるしのように思えたでしょう！

こうなると、鎖に唯一残っている弱い環はヘンだ。なに、簡単にかたづけられる。彼がどこに行くか、アランは知っている。それでその晩、彼はスコッチのボトル持参でミルストーンへ出かける。

ヘンはもう自殺していた、という可能性はありますが、たぶんそうではなかったでしょう。ともかく、アランがミルストーンを出たときには、ヘンは階段の上からロープでぶら下がり、台所のテーブルには遺書が残されていた。アランは一石二鳥、最後の目撃者を消すと同時に、警察には殺人を自白した犯人を提供した。

これにはさらにもう一つの利益があると、それからわかった。これでテッドは容疑者ではなくなったから、もらうべき遺産をもらうのに問題はない。クララはテッドの巨額の相続分の分け前にあずかろうと、すでに一度試みていた——第二の遺言書をおおやけにすると脅してね。もちろん、これは偽物だったとみんなにわかられてしまったから、役に立たなかった。でも、今では彼女にはもう一つ、奥の手がある。彼女は落ちたのか、落とされたのか？　さあ、ぼくにはわかりません。テッドを知っているので、どちらも可能性はあると思えます。どちらにせよ、クララが突然記憶を取り戻すかもしれないというびくびくものの事態は、今後非常に役に立つでしょうね。

でも、心配には及びませんよ、アンディ。クララがあれは事故だったと公式に思い出さないうちは、テッドが一銭も払わないよう、ぼくが見張っています。それは数千ポンドの価値はあると思いますよ、どうでしょう？　それに、クララはあのちっぽけな相続額を補うものをもらって当然だ。ダフにとって、たいていの場面で、彼女はとても有能で忠実な召使だったんですから。

もちろん、あなたのような正義漢にとっての大きな問題は、ずる賢く容赦ないアラン・ホリスの野郎をどうするか、です。

ご安心ください、アンディ。神の手にゆだねるのがいちばんという正義もあります。空の上の大中央裁判所に神がアランを召喚するのに任せませんか。そこでは、神が正義を下すとき、右側には親愛なるダフネ、左側にはぞっとするヘン・ホリスが立っていると、ぼくは疑いません。主の計画によって、アランが受ける報いが、たとえ間接的にであれ、ダフネ本人に帰することができるものだったら、実にぴったりですよね？

まあ、どんなことだって可能ですよ、アンディ。それはぼくが誰よりもよく知っています。

というわけです。もちろん、これをたとえ一部でも立証するのはむずかしい。それに、そんなことをする意味がどこにあります？ ぼくが言っていることは大部分憶測ですし、ピーターはもう結果を出した。ここで騒ぎ立てては、彼かあなたが大馬鹿に見えるばかりです。

まあ、ぼくのこのちょっとした陳述をなにかの証拠と考えることはできるでしょうね。それは法廷で認められる証拠となるか？ ぼくにはわかりません。でも、もしそうなら、あなたがミルドレッドに語ったこと（ところで、名前が気に入りましたよ）のすべても証拠として認められることになる、もし誰かがコピーを持っていて、それを公表する理由があればね。私的な考えというのは、まま恥ずかしいものです。それだけじゃない、人知れずちょっと手を抜いた部分、ちょっと楽しんだことなどがあからさまになるのもね。でも、驚きましたよ、アンディ、あなたのような方がミルドレッドの隠し場所に水槽を選んだとは！ 彼女の誇りが傷つくのはもちろんですが、このごろではみんなテレビでしっかり犯罪教育を受けているから、誰だってまずあそこを覗いてみるでしょう！

でも、彼女のことは心配ご無用。まったく安全です。ぼくのこともご心配なく。奇跡の力で完全な健康体に戻りましたから（あれは奇跡でしたよ、アンディ。タイミングが少々ずれていただけでね）、この命は神からの賜物だということを、そう簡単に忘れはしません。ぼくには文学の仕事がある。第三思考を宣べ伝える仕事がある。愛する女性がそばにいる——そんなぼくが世界に、あるいはあなたに、どんな脅威を与えうるでしょう？ スクルージ同様、ぼくは回心した罪びとです。きっとぼくの名前は未来の人々のあいだで、情け深く気前のいい人物の代名詞となりますよ！

　というわけです、アンディ。じきにお訪ねすると、ピーターにお伝えください。かわいいロージーが、ぼくが今も前と同じにまっすぐな男であるのをその目で確かめられるようにね！

　ぼくらの行く道はまた交差することがあるでしょうか？

　もちろんあります。この世か、あの世でね。

　ですから、最後は確定的なグッドバイではなく、希望を含めたアウフヴィーダーゼーエンにしておきましょう！

　ところで、削除《デリート》するには、コントロール・パッドの左下にある小さなDのマークを押せばいいだけです。ぜんぶ削除したければ、もう一度それを押してください。

　利口であれ、親愛なるアンディ、そして善良は善良になれる者に任せておきなさい！（C・キングズリーの詩「惜別」のもじり）

乾杯《スラーンチャ》！

3

　アンディ・ダルジールは部屋の中を三度時計回りに歩き、それから三度逆回りに歩いた。

　ここに迷信的意味はない。ただ、彼の頭の中で荒れ狂う、対立する感情の大渦巻きを反映しているというだけだった。

　荒れ狂う怒りがあった。あのずる賢い蛇、ルートが自分の頭の中にするりと入り込み、その内奥にぬらぬらした跡を残していったことに対する怒り。恐怖もあった。この侵入がどういう結果になるかに対する恐怖。ミルドレッドは間違いだった。世の始めから、もっとも私的な考えを女に打ち明ければ大惨事につながると、男は教えられてきたのに、ちっとも学んでいない！

　だが同時に、自分の漠然とした疑惑がやはりそのとおりだとわかったという、自己満悦感もあった。ルートのこと、アラン・ホリスのこと、このいまいましい事件全体！

しかし、これには罪悪感が伴っていた。疑惑を口にしなかったという罪悪感。だが、そんなことができたはずはないだろう、と彼は自己弁護した。ピーター・パスコーが担当者だったから、ダルジールが何を言っても、自分の耳にさえ、岡目八目のいい気なコメントにしか聞こえなかった。だが、それだけではない、と認めざるをえなかった。彼は自分の疑念を押し殺していたのだ。アラン・ホリスが好きだったから。上等のビールと歓迎の姿勢が気に入っていたから。あいつをなんと呼んでいたっけ？　パブ店主の中の貴公子！

貴公子は信頼するべからず！（旧約聖書、「詩編」より）

それに恨みもあった。決断を無理やり迫られたことに対する恨み。今こそサンディタウンから歩き去り、あの本を閉じ、棚に上げて、二度と開かない、それが可能だと思えたちょうどそのときに。彼はルートの奇跡の回復とされるものも、なんとか理解していた。これであのぺてん師が堂々とエスター・デナムと同棲を始められるのだと思うと、愉快だった。彼女は非常に頭がよく、非常に混乱した女だ。運がよければ、惚れたルートは自分がお得意の毒を逆に彼女から飲まされるはめになるかもしれない！　それに――これはもっとずっと大きなプラス面だ――〝奇跡の癒し〟が火花となり、チャーリーとあの治療師の周辺に最初から存在していた性的な雰囲気に火がついていた。どんな物語でも、少なくとも一組のカップルが手に手を携え、夕日に向かって歩き去るべきだ。この不似合いな二人がとうとういっしょになったのを見ると、彼の心はしみじみ温かくなった。

あれやこれやに関する真実を暴露したら、かれらがどういう影響を受けるか、彼にはよくわからなかった。なんの影響もないかもしれない。二人は若く、すぐに元気を回復する。だが、傷つく人たちもいるはずだった。ペットとの一度の浮気をキャップはたぶん赦してくれるだろうが、今まで二人のあいだに存在していると彼が感じていた、言葉に出さない絶対的信頼は、それでおしまいになる。ペットがフェスターを愛するあまり、彼のために別の男に脚を開くこともいとわないと知ったら、フェスターはどう思う？　自分がインド人の娘とやったことを思い出すか。あるいは、自分の態度は棚に上げ、女にはよりよい態度を要求するという、太古の昔から男に与えられた権利を行使するだろうか？

もしルートのアドバイスを無視して騒ぎ立てたら、あの野郎、なんらかの形でミルドレッドをさらしものにする、それはもちろんだ。

決まってる！　そうしないはずがない！

確かなのは、事件がいちおう満足のいく解決を見た直後に捜査を再開するのでは、ピーター・パスコーがちょっとみっともない目にあうということだ。ルート自身はパスコーに対して兄／父固定観念を抱いているから、この一点だけでも、なにもしないでおく決定的な理由になると考えている。

だが、いったいなぜあのろくでなしはこんなばかげたメッセージを残していったんだろう？

神にゆだねるべき正義もあるとかいう、あれはなんだ？　自分が説いてまわっているあの第三思考とやらのたわごとを、とうとう本気で信じるようになったのか？　昔のルートなら、必ずわかっていたはずだ。漠然とした疑念を持ったアンディ・ダルジールなら、事態をそっとしておこうと決めるかもしれないが、彼に確実性を与えれば、結果は一つしかない。

ダルジールは歩くのをやめた。頭は澄んでいた。大事なのは一つだけ。ダフ・デナム、あの見事な怪物、七十に近づこうというのに、たいていの人間が十七のとき持っているよりたっぷり生命力にあふれていたあの女が、死んでしまった。そして、彼女を殺した悪漢は自宅でのうのうとしている。

結果がどうなろうと、中部ヨークシャー警察犯罪捜査部長アンドルー・ダルジール警視たるもの、これを神に任せておくわけにはいかなかった。

彼は時計を見た。六時になるところだ。ホリスは〈希望と錨〉亭を開く準備をしているだろう。

賢明なのは、ピート・パスコーに電話して、すっかり話すことだった。しかし、彼は感受性が強いとされていて、その敏感な部分を傷つけないよう、つま先立ちでそっと歩きまわるような体格もなければ技術も自分にはないと、ダルジールはとうとう認めていた。どっちみち、そんなことをするのはまったく恩着せがましい！　ピートはもうおとなだ、自分の面倒は自分でみられる。

それに、どんな議論より説得力があるのは、万事休すと悟った時のホリスの顔を見たいという、彼の中の燃える欲望だった。

アラン・ホリスを仕留めてやる、それといっしょに何が破滅しようとかまうものか。

彼は部屋を出て、ペット・シェルドンのオフィスに行った。

彼女はデスクの向こうにすわっていた。

「また車を貸してもらいたいんだがね」彼は言った。「これで最後だ」

彼女はため息をつき、キーを投げてよこした。実にいい女だ、フェスターにはもったいない、と彼は思った。会えなくなるのが残念だ。

「ありがとう」彼は言った。

向きを変えようとすると、彼女は言った。「ああ、アンディ、あなたにって、これを置いていった人がいるわ。お別れのプレゼントかもね」

彼女はダルジールの名前が書いてある、詰め物入り封筒を渡した。

「手紙爆弾てほうがありそうだがな」彼は言った。

彼は封を切らないまま、それを助手席に置き、サンディタウンに向かう下り坂に車を走らせた。

六時にあと一、二分というころ、パブに近づいた。駐車場に入るとき、正面のドアがまだ閉まっているのを目にとめた。だが、このまえ来たとき使った裏口は半開きになっていた。

そちらに向かって歩き出したとき、女の悲鳴が聞こえた。

彼は走り出した。最初の二歩で息切れがして、サンディタウンの名高い治癒力もまだまだ効き目が足りないと思い知らされたが、それでも勢いでドアを抜け、厨房を抜け、地下倉に続く階段のてっぺんまで来て、荒い息をしながら止まった。

下を見ると、神に先を越されたことが見て取れた。ただ一つの裸電球が輪郭のくっきりした黒い影を投げ、カラヴァッジオが絵にしそうな光景になっていた。バーメイドのジェニーがビール樽や材木の破片の混乱の中でひざまずいていた。それらに埋もれ、見えない目で彼女をじっと見上げて倒れているのは、アラン・ホリスだった。

階段を降りてくるダルジールの足音を聞きつけ、ジェニーは振り向いた。その顔には自然なショックが表われていたが、彼女は神経の太いヨークシャー女だった。さっき思わず悲鳴を上げたあと、地下へ降りて雇い主の状態を確かめたのだ。たいていの女なら、走り出て助けを求めるところだ。

「死んでます」彼女は目に涙を浮かべて言った。「あの婆さんに結局やられたんだわ。この地下倉をなんとかしてほしいって、何カ月も前から頼んでいたのに、けちなもんだからお金を出そうとしなかった。おかげで、こんなことになっちゃって」

サンディタウンの住民の多くが、まさにそう考えるだろう、とダルジールは崩れた樽棚を調べながら思った。最初に何が崩れたのか、すぐにはわからない。古い棚板か、支柱か。だが、いったん動きが始まれば、雪崩のごとく、止めようがなかったはずだ。

ダフネのせいではない、あるいは少なくとも、彼女は運命の媒介者にすぎなかったと考える人もいるだろう。ホリス一族は呪われていた、それけみんな知っている。運が開けたと思えても、決して長続きしなかった。

「いや、ジェニー」彼はジェニーを助けて階段を上がりながら言った。「むやみに人のせいにするのはよそう。あれは神の業《アクト・オヴ・ゴッド》（法律用語では〝不可抗力〟のこと）だった」

あるいは神の代理人、ルートの業か、と彼は思った。

ウィットビー巡査部長と救急車を呼んだあと、彼は頭の中で、この出来事が暗示するものをああでもない、こうでもないと考えた。事件は確実に変化した。あらゆる意味で。

地下倉の出来事が本当にルートのしわざだということはありうるだろうか？

もちろんありうる！

これで、彼の録音メッセージがまったく違って見えてくる。今思えば、あれは性急に行動するな、じっとして、神に機会を与えろ、という警告だった、それなら筋が通る。警告どころではない。脅迫つきの指図だった。

ダルジールは脅迫が嫌いだ。脅迫などを気にするたちの男なら、正義の名のもとに無視しようと決めて満足するかもしれない。だが、ダルジールは自問していた。その同じ正義のためには、自分が知っていること、察していることのすべてをパスコーにぶちまける必要があるのか？　快い行為ではない。それどころか、不親切だし、事態をぶちこわしにする。究極的になんの結果も出ないことはほぼ確実だ。

実際、もしルートからミルドレッドという形を取った脅迫を突きつけられているのでなければ、こんなことをそもそも考えただろうか？　正義のために脅迫を無視するのはともかく、腹が立つから脅迫を無視するとは、ばかばかしいにもほどがある！

頭の中でまだ激論を続けながら、一時間後、彼はようやく〈希望と錨〉亭を救急隊に任せ、アヴァロンへ戻ろうと、ペットの車に乗り込んだ。天気が変わってきていた。健康フェスティヴァルの開会式を祝福してくれた明るく暖かい日は、今では薄れつつある記憶にすぎなかった。風が立ち、黒ずんできた空にちぎれ雲を飛ばし、車のフロントガラスにぱらぱらと最初の雨粒を打ちつけた。

やはり公休日の週末だ、天気は悪くなるに決まっている。

イグニションにキーを入れたとき、助手席の封筒に気づいた。

彼は思った。もしこれがほんとに手紙爆弾なら、また被害者警官、かわいそうな老患者に逆戻りだ。だけど今度は絶対にシーダーズにチェックインしてやるからな！

彼は封筒を取り上げ、破りあけた。

ミルドレッドが滑り出てきた。

無署名の短い手紙がついていた。

アンディ、申し上げたとおり、ミルドレッドは安全のためにぼくが取り去っておきました。これからはもっとしっかり面倒をみてあげてくださいね。彼女ばかりでなく、まわりの女性みんなを。

ご無事でお帰りください！

ダルジールはシートに深く体を沈めた。不思議な感情が湧き上がってきた。しばらく抵抗したが、やがてあきらめた。それはフラニー・ルートに対する尊敬の念だった！ たいした野郎だ。脅迫するぞという脅迫を使って時間を稼ぐが、現実に脅迫しては、最終的に逆効果になると承知している。若いチャーリー・ヘイウッドはルートに心理学を習ったらいい！

彼はエンジンをかけ、駐車場を出ると、北崖に続く上り坂に入った。

ふいに、ルートがアラン・ホリスの死に関わっているかどうかという問題は、もう問題でなくなっていた。

もしわたしがパブに行って、ホリスがあの地下倉で働いているのを見つけていたら、このいまいましい問題をぜんぶあいつの上にぶん投げてやったさ！　とダルジールは思った。

ほっとけ！　最終責任を取るのはトップの男、それはわたしだ！

フラニー・ルートなら、あの利口者にこの一戦は勝たせてやれ。戦争全体の勝敗をつける時間なら、まだ一生分ある！

彼は窓を下げた。寒く荒れた天気こそ今の自分にはふさわしい、大いに楽しんでやろうじゃないか、という気がした。締め出しておくことはない。

「気をつけろよ、ろくでなしどもめ！」彼はあいた窓から怒鳴った。「ダルジール様のお帰りだ！」

北海の半分を後ろにつけた一陣の風が、その言葉を車の中へ吹き戻した。

彼はあわてて窓を上げた。

トム・パーカーがなんと言おうとかまうものか。冷たい海風に当たれば悪い風邪をひくと、どこの阿呆だって知っている！

南崖のふもとで町の境界線を越したとき、少し先で道路の上に掛かっているカラフルな横断幕が風にあおられ、紐が一本切れたので、ねじれて読めなくなっていた。まあいい。さっき通ったとき、あれは読んだ。

サンディタウンへようこそ、健康ホリデーのふるさと！

「よしてくれよ」アンディ・ダルジールは言った。「健康ホリデーであああいう目にあうんなら、また煙草を始めたほうがましだ！」

訳者あとがき

来年（二〇一〇年）、四十周年を迎える長寿シリーズ〈ダルジール&パスコー〉。四十年のあいだ、二人は（年はあまり取らないできたものの）怪事件の数々に遭遇し、前作ではダルジールはテロリストの爆弾で危うく死ぬところだった。

本書『死は万病を癒す薬』（*A Cure for All Diseases*,2008）で、生命の脆さを実感しながらもようやく回復に向かってきた警視は、パートナーのキャップのすすめで、ヨークシャーの東海岸、サンディタウンにある私立病院アヴァロン・クリニックに付属する療養ホームにしばらく入院することになった。

病人とはいえ、なにしろダルジール警視だ、ひょんなきっかけでさまざまな人物に出会う。サンディタウンの大地主で、環境や健康にフレンドリーな町の再開発を推進するトム・パーカー、彼の家に遊びにきている心理学専攻の大学生シャーロット（チャーリー）・ヘイウッド、町の名士で裕福なレイディ・デナム、アヴァロンの院長でアメリカ人医師のレスター・フェルデンハマー……そのうえなんの偶然か、ずっと音信不通で死んだかと思われていたフラニー・ルートまでが現われた。彼とダルジール、パスコーとのつながりは長い（詳しくは『死の笑話集』あとがきをご参照ください）。

静かな海辺の町を舞台に、こうして個性豊かな役者が勢揃いしたところで、殺人が起きる。パスコーの言葉を借りれば、〝グラン・ギニョール〟な殺人だ。動機は？　犯人は？　登場人物はそれぞれの視点、それぞれの知識をもとに推理するが、仮説を立てれば覆され、進むと思えば行き詰まる。黄金時代の探偵小説さながら、ひねりに次ぐひねりの謎解きを堪能できる大作だ。

冒頭の献辞にあるように、本書はジェイン・オースティンが一八一七年に書いた未完の小説『サンディトン』を下敷きにしている（各巻頭ページのエピグラフは同書からの引用）。レジナルド・ヒル自身が語ったところによると、『サンディトン』を自分なりに完成させてみようというアイデアが頭に浮かんでから、十年温めていたのだが、そうだ、ダルジールとパスコーの活躍する話にできる、と思いつくと、すべてがぴたりとおさまり、本書が出来上がったのだという。

もちろん、そんな裏話は知らなくても充分おもしろい小説だが、『サンディトン』を読むと、そのプロットやキャラクターをヒルがほとんどそのまま利用しているのがわかり、十九世紀から二十一世紀への移行のあまりの見事さに笑ってしまう（！）こと請け合いだ。ヒルが皮肉まじりに描いている健康ビジネスや海浜地の再開発は、今のイギリスの現実であると同時に、オースティンが彼女の時代の現実として皮肉まじりに描いたものでもある。

〈ダルジール＆パスコー〉シリーズの次作は *Midnight Fugue*（2009）。職場に復帰したばかりのダルジールは、古い知り合いの警察官から電話を受けた。彼の婚約者は、七年前に夫が失踪し、その後まったく行方が知れないため、死亡証明書を申請して再婚するつもりだったが、そのとき、中部ヨークシャーから差出人不明の手紙を受け取り、そこには夫の最近の写真が入っていたという。彼はまだ生きているのか？

調べてみてくれと頼まれたダルジールは、ロンドンからやって来た婚約者に会うが、そこから思いがけず、過去から現在へ長い影を落とす、複雑にもつれた犯罪が浮かび上がってきた。事の発端から幕切れまで、二十四時間のドラマが展開する。

追記　読者に一言お詫びと訂正を。前作『ダルジールの死』のあとがきで、物語の時間を「八月末の公休日」と書きましたが、実は「五月末の公休日」でした。夏の陽射しと暑さが強調されていて、つい八月と考えたのが間違いでした。それから三カ月後が本書の物語の時間です。イギリスの八月末、夏の終わりの天気は、最終ページでよくわかります。

二〇〇九年十月

HAYAKAWA POCKET MYSTERY BOOKS No. 1830

松《まつ》下《した》祥《さち》子《こ》

上智大学外国語学部英語学科卒
英米文学翻訳家

訳書
『パディントン発4時50分』アガサ・クリスティー
『異人館』レジナルド・ヒル
『パズルレディと赤いニシン』パーネル・ホール
『紳士同盟』ジョン・ボーランド
（以上早川書房刊）他多数

この本の型は，縦18.4センチ，横10.6センチのポケット・ブック判です．

検印
廃止

〔死《し》は万病《まんびょう》を癒《いや》す薬《くすり》〕

2009年11月10日印刷　2009年11月15日発行

著者　レジナルド・ヒル
訳者　松下祥子
発行者　早川浩
印刷所　星野精版印刷株式会社
表紙印刷　大平舎美術印刷
製本所　株式会社川島製本所

発行所　株式会社　**早川書房**

東京都千代田区神田多町2ノ2
電話　03-3252-3111（大代表）
振替　00160-3-47799
http://www.hayakawa-online.co.jp

〔乱丁・落丁本は小社制作部宛お送り下さい
送料小社負担にてお取りかえいたします〕

ISBN978-4-15-001830-6 C0297
Printed and bound in Japan

ハヤカワ・ミステリ〈話題作〉

1803
ハリウッド警察25時
ジョゼフ・ウォンボー
小林宏明訳
激務に励む警官たちと華やかな街に巣食うケチな犯罪者たちの生態を生き生きと描く話題作。元警官の巨匠が久々に放つ本格警察小説

1804
東方の黄金
R・V・ヒューリック
和爾桃子訳
知事が殺害され、その下手人すらも上がらぬ町へ乗り込んだ人物こそ……神のごとき名探偵として名を轟かすディー判事、最初の事件

1805
愛する者に死を
リチャード・ニーリイ
仁賀克雄訳
出版社に舞い込んだ奇妙な手紙の裏には罠が潜んでいた。どんでん返しの名手として知られる著者の長篇デビュー作、ついに邦訳なる

1806
北東の大地、逃亡の西
スコット・ウォルヴン
七搦理美子訳
自然の厳しさが残る大地、棄て去られた町、無法の群れと化した男たち。知られざるアメリカが、ここにある。全米注目の処女短篇集

1807
ベスト・アメリカン・ミステリ
クラック・コカイン・ダイエット
トゥロー&ペンズラー編
加賀山卓朗・他訳
ディーヴァー、レナードらの常連たちに加え、先年惜しくも世を去ったマクベインが最後の登場をはたす、恒例の年刊傑作集。21篇収録

ハヤカワ・ミステリ〈話題作〉

1808
ロジャー・マーガトロイドのしわざ
ギルバート・アデア
松本依子訳
吹雪の邸、密室での殺人、不可解な暗号、意外な告白。読者の推理に真っ向から挑戦する黄金期の本格ミステリへの鮮烈なオマージュ

1809
紫雲の怪
R・V・ヒューリック
和爾桃子訳
ディー判事に持ち込まれた奇怪な事件。発見された死体の首と胴体は別々の人間のものだった……シリーズ中屈指の怪奇色を醸す傑作

1810
ダルジールの死
レジナルド・ヒル
松下祥子訳
〈ダルジール警視シリーズ〉爆破事件に巻き込まれ、あの警視が死亡⁉ 予想もしない緊急事態に、パスコーは単独捜査へと突っ走る

1811
教会の悪魔
ポール・ドハティ
和爾桃子訳
司直の手が及ばない教会へ逃げ込んだ殺人犯は、なぜ自ら首を吊ったのか？ 喧噪の中世ロンドンに、密偵ヒュー・コーベット初登場

1812
絞首人の手伝い
ヘイク・タルボット
森　英俊訳
呪いの言葉をかけられただけで頓死した男の死体は、わずか数時間で腐乱した…… 不可能犯罪の醍醐味を詰めこんだ幻の本格ミステリ

1813 第七の女 フレデリック・モレイ 野口雄司訳
〈パリ警視庁賞受賞〉七日間で、七人の女を殺す——警察を嘲笑うような殺人者の跳梁。連続殺人鬼対フランス警察の対決を描く傑作

1814 荒野のホームズ S・ホッケンスミス 日暮雅通訳
牛の暴走に踏みにじられた死体を見て、兄貴の目がキラリ。かの名探偵の魂を宿した快男児が繰り広げる、痛快ウェスタン・ミステリ

1815 七番目の仮説 ポール・アルテ 平岡 敦訳
〈ツイスト博士シリーズ〉狭い廊下から忽然と病人が消えた！ それはさすがの名探偵をも苦しめる、難事件中の難事件の発端だった

1816 江南の鐘 R・V・ヒューリック 和爾桃子訳
強姦殺人を皮切りに次々起こる怪事件！ ごぞんじディー判事、最後の最後に閃く名推理とは？ シリーズ代表作を新訳決定版で贈る

1817 亡き妻へのレクイエム リチャード・ニーリイ 仁賀克雄訳
過去から届いた一通の手紙。それは二十年前に自殺した妻が、その当日に書いたものだったが……サプライズの巨匠が放つサスペンス

ハヤカワ・ミステリ〈話題作〉

1818 暗黒街の女 ミーガン・アボット 漆原敦子訳

〈アメリカ探偵作家クラブ賞受賞〉貧しい娘はギャングの女性幹部と知り合い、暗黒街でのし上がる。情感豊かに描くノワールの逸品。

1819 天外消失 早川書房編集部・編

〈世界短篇傑作集〉伝説の名アンソロジーの精髄が復活。密室不可能犯罪の極致といわれる表題作をはじめ、多士済々の十四篇を収録

1820 虎の首 ポール・アルテ 平岡 敦訳

〈ツイスト博士シリーズ〉休暇帰りの博士の鞄から出てきた物は……。バラバラ死体、密室、インド魔術！ 怪奇と論理の華麗な饗宴

1821 カタコンベの復讐者 P・J・ランベール 野口雄司訳

〈パリ警視庁賞受賞〉地下墓地で発見された死体には、首と両手がなかった……女性警部と敏腕ジャーナリストは協力して真相を追う

1822 二壜の調味料 ロード・ダンセイニ 小林 晋訳

乱歩絶賛の表題作など、探偵リンリーが活躍するシリーズ短篇9篇を含む全26篇収録。ブラックユーモアとツイストにあふれる傑作集

ハヤカワ・ミステリ〈話題作〉

1823 沙蘭の迷路 R・V・ヒューリック 和爾桃子訳

赴任したディー判事を待つ、怪事件の数々。頭脳と行動力を駆使した判事の活躍を見よ！著者の記念すべきデビュー作を最新訳で贈る。

1824 新・幻想と怪奇 R・ティンパリー他 仁賀克雄編・訳

ゴースト・ストーリーの名手として知られるティンパリーをはじめ、ボーモント、マティスンらの知られざる名品、十七篇を収録する

1825 荒野のホームズ、西へ行く S・ホッケンスミス 日暮雅通訳

鉄路の果てに待つものは、夢か希望か、殺人か？　鉄道警護に雇われた兄弟が遭遇する、怪事件の顛末やいかに。シリーズ第二弾登場

1826 ハリウッド警察特務隊 ジョゼフ・ウォンボー 小林宏明訳

ロス市警地域防犯調停局には、騒音被害、迷惑駐車など、ありとあらゆる苦情が……〝カラス〟の異名をとる警官たちを描く警察小説

1827 暗殺のジャムセッション ロス・トーマス 真崎義博訳

冷戦の最前線から帰国し〈マックの店〉を再開したものの、元相棒が転げ込んできて、再び裏の世界へ……『冷戦交換ゲーム』の続篇